坚不可摧

UNBROKEN

[美]劳拉·希伦布兰德◎著
王祖宁◎译

新世界出版社
NEW WORLD PRESS

北京版权保护中心引进书版权合同登记号：图字 01-2019-0362 号

图书在版编目（CIP）数据

坚不可摧 /（美）劳拉·希伦布兰德著；王祖宁译
. -- 北京：新世界出版社，2019.6
ISBN 978-7-5104-6729-5

Ⅰ. ①坚… Ⅱ. ①劳… ②王… Ⅲ. ①长篇小说 – 美国 – 现代 Ⅳ. ① I712.45

中国版本图书馆 CIP 数据核字 (2019) 第 013297 号

坚不可摧

作　　者：[美] 劳拉·希伦布兰德（Laura Hillenbrand）
译　　者：王祖宁
策　　划：中资海派
执行策划：黄　河　桂　林
责任编辑：丁　鼎
特约编辑：韩周航
专业审校：徐　进
责任校对：宣　慧
责任印制：王宝根　胡小瑜
出版发行：新世界出版社
社　　址：北京西城区百万庄大街 24 号（100037）
发 行 部：（010）6899 5968（010）6899 8705（传真）
总 编 室：（010）6899 5424（010）6832 6679（传真）
http：//www.nwp.cn　http: //www.newworld-press.com
版 权 部：+8610 6899 6306
版权部电子信箱：frank@nwp.com.cn
印　　刷：深圳福圣印刷有限公司
经　　销：新华书店
开　　本：787mm × 1092mm　1/16
字　　数：460 千字　　**印　张**：28
版　　次：2019 年 6 月第 1 版　　2019 年 6 月第 1 次印刷
书　　号：ISBN 978-7-5104-6729-5
定　　价：55.00 元

致中国读者信

To my Chinese readers,

I hope you will enjoy the remarkable life story of Louis Zamperini, a World War II airman who was taken prisoner by the Japanese, but found ways to resist, defy and overcome these captors. May you find inspiration in the story of this resilient young man.

With best wishes,

Laura Hillenbrand

亲爱的中国读者：

希望你们喜欢这个不同寻常的传奇故事。本书的主人公路易·赞贝里尼是二战中的一名空军中尉，在战机失事后被日军俘虏，囚于日军战俘营，但是一直顽强抗争，从未屈服。希望你们能从他坚韧不屈的精神中得到鼓励和启发。

致以最美好的祝福！

劳拉·希伦布兰德

权　威　推　荐

《纽约时报》

希伦布兰德是一位激情四射、极富说服力的作家……她带给我们的故事里有很多令人难以忘怀的角色，更有众多令人潸然泪下的时刻和峰回路转的关头……毫无疑问，这绝对是一流的作品。

《纽约时报书评》

雄心与力量的完美结合体……希伦布兰德不仅是个睿智和自律的作家，更是一个充满想象力的作家，她给我们讲述了一个令人窒息的故事。她的研究深邃透彻，她的文笔晶莹剔透，在她的笔下，《坚不可摧》紧紧地抓住了读者的呼吸。

《华尔街日报》

《坚不可摧》这本书中的描述堪称绝妙……故事情节感人肺腑……是一篇起死回生的奋斗诗篇。

《时代周刊》

希伦布兰德用沉静高雅的文笔叙述了一个扣人心弦的精彩故事。

《新闻周刊》

神作！！《坚不可摧》至少值两个感叹号：一次为它所讲述的故事，一次为它叙述的方式——快节奏，细节无缺失。

《华盛顿邮报》

这是对一段非凡的人生最严谨、高昂、优美的叙述。

《出版商周刊》

从1936年奥运会到第二次世界大战日本最残忍的战俘集中营，这个令人心碎的故事讲述了一个和《奔腾年代》完全不一样的故事。但这本书同样令人爱不释手。希伦布兰德丰富、细腻的叙述方式非同寻常，无人能及。这个充满英雄主义、丑恶人性、生与死、欢乐与痛苦、冷血与救赎的故事，为我们还原了一段尘封的记忆。

《书单杂志》

希伦布兰德的写作风格依旧是那么淋漓畅快，犀利敏锐，和《奔腾年代》一样，本书同样是一部让人一旦拿起便爱不释手的杰作。

《科克斯书评》

希伦布兰德再次带给我们一部描绘勇气和力量的作品……这部经过深入调查的纪实作品既有令人牵肠挂肚的情节，也有让人愤慨万分的片段，更不乏令人深思的妙语，无时无刻不让人扼腕。

《人物》

令人吃惊又着迷……希伦布兰德的电影式写作“来势汹汹”，笔下的故事令人难忘。看这本书的时候，你一定舍不得眨眼。

《波士顿环球报》

《坚不可摧》内容紧张刺激……你最好坐稳了。

《名利场》杂志

赞贝里尼的故事绝对是有史以来最令人称奇的生存纪实。而这之后发生的故事同样令人惊叹。

《纽约》杂志

万里挑一的好故事，所有批评家都不得不用他们最讨厌的词汇来评论这本书：不可思议、令人难忘、扣人心弦、感动万分、毛骨悚然、振奋人心。

《洛杉矶时报》

扣人心弦、激动人心、无法抵抗……希伦布兰德把赞贝里尼的故事写得悬念丛生、高潮迭起。

《华盛顿人》

警告：如果打开《坚不可摧》放在你家的小狗面前，你会发现，它白天会无精打采，晚上则会彻夜难眠，因为它太想知道，一个奥运会长跑名将怎么会沦落为二战战俘，最后陷入无尽的绝望。在希伦布兰德的笔下，这显然就是一个契机。

《俄勒冈人报》

希伦布兰德的故事并非“值得一读”，而是“必读”，她将写作上升到了艺术的层次。

《*O*》杂志（奥普拉·温弗瑞主编）

一个关于胜利和救赎的传奇，一个不畏千辛万苦，以超人毅力战胜逆境的传奇，书中的描写细致入微。

《娱乐周刊》

《坚不可摧》以令人惊叹的描述验证了意志坚韧者的超人能力。

《圣路易斯快邮报》

真是难以置信……赞贝里尼的生命就代表着勇气、无畏、善良和难以动摇的坚韧。每个人都迫切地想知道：《坚不可摧》能否与旷世巨作《奔腾年代》相提并论？不用担心，你只要耐心读完第一章，就别想放下这本书了。

《达拉斯晨报》

难以置信！希伦布兰德又打造了一部融合体育、历史和战胜困境等元素的经典之作。这是一部传记的极致，一段非凡的历史，一段非凡的人生。

ELLE **杂志**

无法抵抗……希伦布兰德再次展现了她运用在《奔腾年代》中的写作技巧，整个故事跃然纸上。

《点名》日报

无与伦比。希伦布兰德的畅销作品《奔腾年代》令读者燃起了求胜之心，如今又用一部《坚不可摧》令读者们大饱眼福。

《沙龙》网络杂志

其他纪实文学作家都没有希伦布兰德这样的眼力，选择这样的主题；也没有她那样严谨的态度和投入的精神来将故事诉诸文字。如果故事界有奥运会，希伦布兰德绝对能拿下金牌。

《天生就会跑》作者　克里斯托弗·麦克杜格尔

《坚不可摧》给予了人们太多期待，只有希伦布兰德的文字才能驾驭如此跌宕起伏的故事。

目录

第四章 战俘营：不屈岁月

第五章 战后：救赎之路

引 言 太平洋漂流记

四面望去，除了海水还是海水。

1943 年 6 月 22 日，在一望无际的太平洋上，陆军航空兵团投弹手、奥运会长跑选手路易·赞贝里尼躺在一只救生艇上，一路向西漂去。他身旁斜倚着一名中士，他是轰炸机上的机枪手。这只救生艇的后面还系着另一只救生艇，上面歪歪扭扭地躺着一名士兵，一条“之”字形的伤口横贯在他的额头上。他们饱经风吹日晒，皮肤已经被救生艇染成了黄色，个个骨瘦如柴。救生艇的四周围着一群鲨鱼，它们一边懒洋洋地来回游弋，一边等待时机。

这些人已经在海上漂泊了 27 天，赤道潜流把他们带到了 1 000 英里（1 英里 =1.609 千米，下同）外日军控制的水域。两只救生艇已经变得七零八落，时不时散发出一阵酸臭焦灼的味道。因为被海水浸泡的时间过长，他们身上全是水泡，嘴唇也肿得十分厉害，只有使劲儿才能按回去。他们昼夜凝望着天空，时而虚弱地哼起《白色圣诞节》，时而喃喃地祈求食物。人们早已停止了搜救行动，在这方圆 6 400 万平方英里（1 平方英里 =2.59 平方千米，下同）的汪洋大海中，他们显得形单影只。

一个月以前，26 岁的赞贝里尼还是世界上最杰出的长跑运动员之一。在许多人看来，他完全有望刷新竞赛史上最难突破的世界纪录——4 分钟内跑完 1 英里。但是现在，他昔日健硕的身躯只剩下不到 100 磅（1 磅≈0.45 千克，下同）重，奔走如飞的双腿也变得举步维艰。除了他的家人外，所有人都放弃了相信他会生还的希望。

第 27 天清晨，他们听到空中隐隐传来一阵轰鸣声。每一名空军士兵都知道这声音意味着什么。这是活塞式螺旋桨运转的声音。他们抬眼望去，只见一架飞机从他们头顶上的高空掠过。赞贝里尼立刻点燃了两枚信号弹，然后把染色粉末撒入海中。很快，他们的救生艇就被一片鲜艳夺目的橘黄色海水包围。但是飞机却继续前行，并且慢慢地消失在天边。三个人顿时像泄了气的皮球。可没过多久，轰鸣声又再次响起，飞机突然折回头来。飞行员肯定是看到他们了。

于是，这几名伤兵艰难地伸出瘦得皮包骨、被救生艇染成黄色的胳膊奋力挥舞，扯开那由于干渴而变得嘶哑的喉咙大声呼喊。霎时间，飞机直冲而下，几乎擦着救生艇一侧横扫过去。就在那一刻，赞贝里尼瞥见，飞行员的身上穿着深蓝色的制服。

还没等他回过神来，耳边就响起了震天动地的咆哮声。海水顿时像炸开了锅一样，救生艇的碎片上下翻飞，机关枪火焰四射。显然，这并不是美国的救援队，而是日军的轰炸机！

他们迅速翻身入水，在救生艇底下蜷缩着抱成一团。子弹呼啸着穿透救生艇射入水中，在他们身旁激起一排排浪花。机关枪声不绝于耳，接着便是一阵狂轰滥炸。直到火力稍歇，他们才拖着疲惫的身体爬上那只烈焰熊熊的救生艇。就在这时，敌机忽地从他们一侧掠过，打了个旋儿后再次朝他们疾冲过来。一眨眼的工夫，飞机已经调整好了角度。赞贝里尼清清楚楚地看到，机枪的枪口正对着他们。

赞贝里尼回头看了看自己的伙伴，只见他们奄奄一息，根本无力跳回水中。当他们两个东倒西歪地躺在救生艇上，双手举过头顶时，赞贝里尼孤身一人跃入了大海。

然而，就在救生艇的底下，一群虎视眈眈的鲨鱼早已迫不及待，它们潜入水中，迅速向赞贝里尼游来。

UNBROKEN

第一章 少年：跑出托兰斯

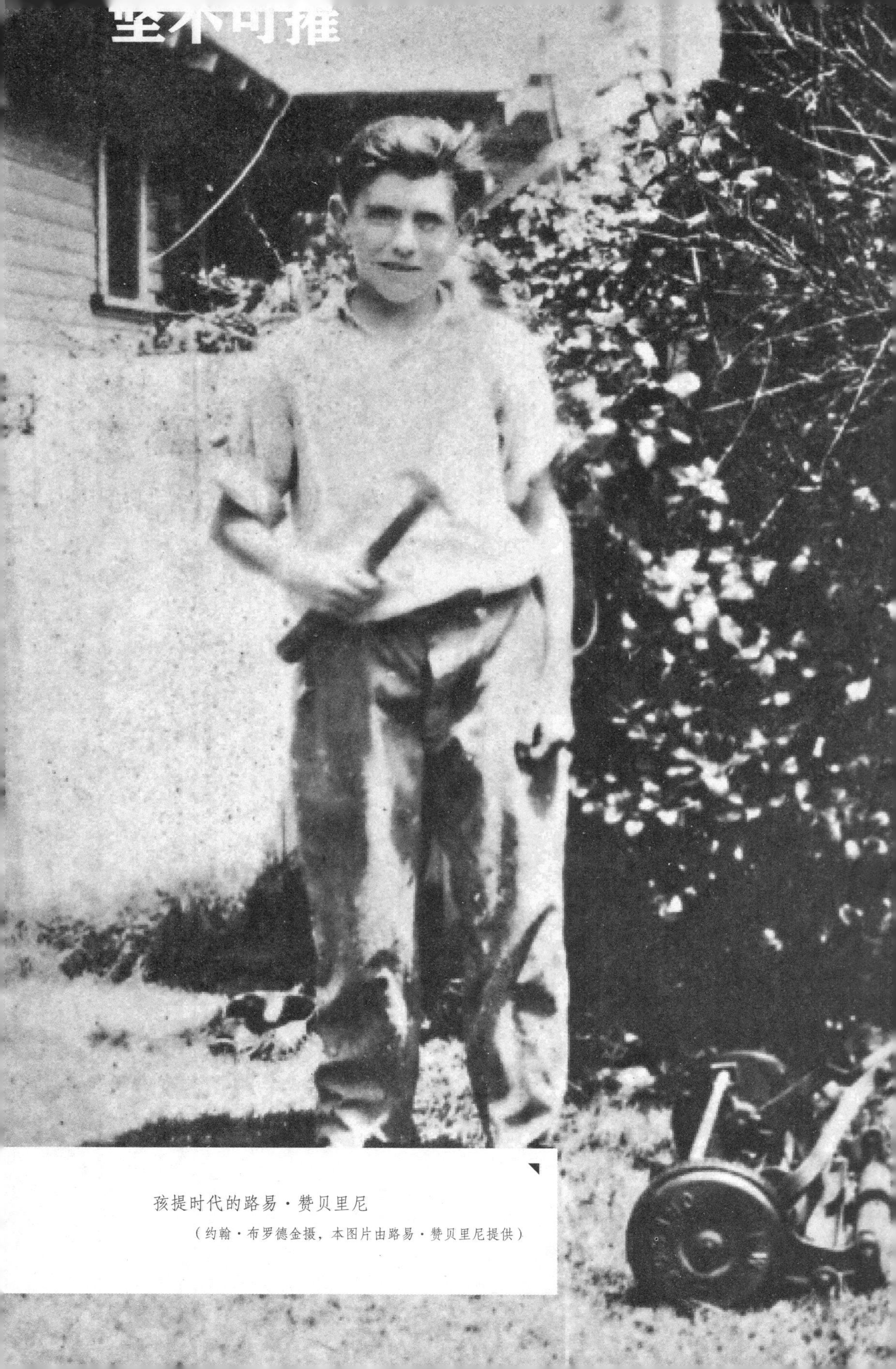

孩提时代的路易·赞贝里尼

（约翰·布罗德金摄，本图片由路易·赞贝里尼提供）

叛逆少年

1929 年 8 月 26 日黎明之前，天还是灰蒙蒙的。在加利福尼亚州托兰斯一所小房子后面的卧室里，一个 12 岁的男孩忽然听到一个怪异的声音从外面传来，而且变得越来越响。一个黑压压的庞然大物正在他家的房顶上空缓缓飞行。小男孩一跃而起，飞快地跑下楼梯，咣当一声推开后门，三两步来到草坪上。天空黑压压的，看起来阴森可怖，他们的院子仿佛也在随着这种声响而瑟瑟发抖。小男孩仰面朝天，怔怔地站在哥哥身旁。

整个天空好像都消失了。唯一能够看到的是一个圆形的巨大黑影正从头顶隆隆驶过。这个庞然大物高耸入云，差不多有两个半足球场那么长，满天的星斗都被它遮住了光芒。

小男孩看到的其实是德国的齐柏林号飞艇。这艘飞艇长约 800 英尺（1 英尺 =0.3048 米，下同），高 110 英尺，于 1929 年制造，是人类有史以来最大的航空器。它比当时最先进的飞机还要舒适豪华，轻而易举就能到达很远的地方，令所有人叹为观止，堪称世界奇迹。

再过 3 天，这艘飞艇就可以完成自己的环球之旅，在人类航空史上写下前无古人的创举。1929 年 8 月 7 日，齐柏林号从新泽西的莱克赫斯特起锚升空，一路轰轰烈烈地朝曼哈顿方向驶去。时值炎夏，在第五大道上，人们正准备拆除纽约华道夫酒店，然后在原地兴建一栋前所未有的摩天大楼——帝国大厦；在布朗克斯的扬基体育场，运动员们整装待发、跃跃欲试：卢·格里格身着 4 号球衣，贝比·鲁斯身着 3 号球衣，他即将完成自己职业生涯中的第 500 次本垒打；在华尔街，股票价格空前暴涨。

在自由女神像上空缓缓转了一圈后，齐柏林号掉头向北，继续朝大西洋进发，途经法国、瑞士和德国。当飞艇驶过纽伦堡时，曾在 1928 年大选中受挫的极端纳粹政客阿道夫·希特勒刚刚结束自己的演说，正向听众大肆鼓吹自己的选择性堕胎理论。在法兰克福，一个名叫埃迪丝·弗兰克的犹太女人正在照料自己刚刚出生的小女儿安妮。接着，齐柏林号继续向东北方的苏联驶去。在荒凉的西伯利亚平原，当那些连火车都没见过的村民看到这艘飞艇时，纷纷双膝跪地祈祷。

8 月 19 日，大约 400 万日本人挥舞着手帕，高呼："万岁！"齐柏林号在东京上空盘旋一周后安全着陆。4 天后，在德国和日本的国歌声中，飞艇在台风中升空，以令人惊叹的速度飞临太平洋，一路朝美国飞去。齐柏林号的乘客们向窗外望去，只能看到云端飞艇的黑影，并将其形容为"就像一条巨大无比的鲨鱼那样如影随形"。当云开雾散后，人们望见远处太平洋的海面上出现一个庞然怪兽般可怕的倒影。

8 月 25 日，齐柏林号飞抵旧金山，在暮色霭霭中穿越加利福尼亚海岸线后，接下来是暗无天日、一片死寂。时至子夜，在徐徐的微风中，飞艇驶过托兰斯上空，地上三三两两的人们仍然半梦半醒，不知道这里究竟发生了什么。在格拉梅西大道上，一个还穿着睡衣的小男孩正在自家的后院里仰头观望。

飞艇似乎就在他的头顶缓缓移动，小男孩赤脚站在草坪上，满脸都是惊恐。他也许会说，这种景象"美极了，可怕极了"。他听到引擎在夜空中隆隆轰鸣，却看不到银色的机身、卷曲的花纹和鳍状的尾翼。他看到的只是一个黑压压的庞然大物。不，与其说这是一个庞然大物，不如说更像是一个巨大的黑洞，连天空都被它吞噬掉了。

★★★

这个小男孩名叫路易·塞尔维·赞贝里尼，父母都是意大利移民。1917 年 1 月 26 日，他出生于纽约州的奥利安镇，出生时足足有 11.5 磅重，一头黑发就像带刺的铁丝网一样又粗又硬。男孩的父亲安东尼从 14 岁起就开始独自谋生，先后当过矿工、拳击运动员和建筑工人。他的母亲路易丝是一个体态娇小、性格开朗的美人，16 岁就结了婚，18 岁时生下了路易。他们在家中仍讲意大利语，路易丝和安东尼叫他“图茨”，也就是“宝贝”。

从学会走路那天起，小路易就显得桀骜不驯。在其他孩子的记忆中，他总是横冲直撞，在屋里院外上蹿下跳。母亲路易丝气得把他扔到椅子上，想让他老老实实待着，可是一眨眼的工夫，小路易就会消失得无影无踪。除非把他紧紧地拽进自己的怀里，否则路易丝根本找不到孩子在哪里。

1919 年，两岁的路易和哥哥皮特同时患上肺炎在家中休养。可是，路易却悄悄从卧室窗户爬下一楼，一边扒光身上的衣服，一边狂奔。警察在他身后穷追不舍，路上的行人都被这一幕惊呆了。不久，在一名小儿科医师的建议下，路易丝和安东尼决定举家迁往气候温暖的加利福尼亚。当火车在中央车站刚刚停下，小路易就一溜烟儿蹿了出去，一直跑到车厢尽头，最后从乘务员专用车厢跳了下去。为了寻找路易，火车只好往回开，路易丝快要急疯了。哥哥皮特一眼看见，自己的弟弟正在不远处的铁轨上优哉游哉地闲逛。看见他们过来，小路易一头扎进妈妈的怀里，咧开嘴，操着意大利语笑道：“我就知道你会回来的。”

随后，一家人在加利福尼亚州的托兰斯安顿了下来。镇上只有 1 800 多人，安东尼很快便找到了一份铁路电气技师的工作，并且在郊区购置了一块半公顷大的土地。他和路易丝亲手建造了一座简陋的木屋，屋内没有自来水龙头，茅厕也搭建在后院里。因为房顶经常漏雨，就连床上也放着接水用的木桶。而所谓的锁其实就是一个钩子，为此路易丝常常拿着一根擀面杖坐在门后的苹果箱上，以防有人因小偷小摸而吓到自己的孩子。

一年以后，他们搬到了格拉梅西大道的住处。然而无论在哪里，路易丝都能把盗贼拒之门外，却不能把自己的儿子拴在家里。有一次，路易和别人在一条车水马龙的公路上赛跑，差点就被一辆汽车撞上。他不是蹿上蹿下被竹竿刺穿了腿，就是从高处摔下以致弄伤了脚趾，路易丝甚至不得不请邻居帮忙把伤口缝上。还有一次，路易爬上一个钻井平台，一头扎进了集水井里，差点被淹死。当他浑身是油地跑回家里时，安东尼足足用了 1 加仑（1 加仑 ≈ 3.785 升）松节油使劲给他擦洗过后，才认出这个男孩是自己的儿子。

路易从来都不愿意接受任何形式的约束，无论是火车车厢还是自家的大门都关不住他。从咿呀学语时起，只要有人限制他的自由，他都不会善罢甘休。甜言蜜语也好，约法三章也罢，所有的手段都只能招致他更加顽固的抵抗。5 岁时，路易学会了抽烟，经常在上幼儿园的路上捡别人丢掉的烟头抽。8 岁时，有一天晚上他躲到桌子下面，拾起几杯酒，一股脑儿喝个精光，然后摇摇晃晃地走到前门廊，一头栽进玫瑰丛里。路易天生喜欢打破常规，从小就桀骜不驯。随着年龄的增长，他变得格外聪明伶俐，而且不再满足于自己的小打小闹。于是，这个托兰斯顽童逐渐变成了叛逆少年。

凡是见到可以吃的东西，路易都会据为己有。他经常在口袋里装上一卷用来撬门开锁的电线，然后在大街小巷东游西逛。只要哪家的厨房没人，路易就会乘虚而入，等主人返回时，桌上的晚餐早已消失得无影无踪。只要他们探头朝窗外看去，就会瞥见一个长腿男孩手里托着蛋糕在小巷里飞奔。在当地，不管谁家举行宴会，只要宾客名单上没有路易，他就会破门而入，随手丢给看门狗一根骨头，然后将那家的冰箱一扫而空。在一次聚会上，路易竟然偷走了整整一桶啤酒。他还发现，麦因茨面包店的冷却台离后门只有咫尺之遥，于是他撬开门锁长驱直入，抓起馅饼大快朵颐，吃饱后还不忘把剩下的点心统统带走，以备不时之需。如果有其他毛贼想要顺手牵羊，路易就会暂时洗手，等到他们不慎被捉、店主放松警惕时，他就会呼朋引伴，再次将这家面包房洗劫一空。

只要讲起自己的童年，路易差不多都会以同一句话作为结尾，“……然后我撒腿就跑”，这一招几乎屡试不爽。的确，他经常被别人追得满街乱跑，甚至有两三个人还威胁说要干掉他。警察也隔三岔五地来找他，为了最大限度地隐匿罪证，他在镇上布置了许多储藏地点，用于囤积自己的战利品。在他家附近的林子里，路易曾经挖过一个足够容纳 3 人的洞穴。有一次，皮特还在镇上高中的露天看台下面找到一个偷来的酒罐，不过里面只剩下一群酩酊大醉的蚂蚁，显然是路易藏在那里的。

在托兰斯剧院的前厅里，路易用卫生纸堵住自动收费电话的投币孔。每隔一段时间他就会过来看看，先用电线伸到硬币的后面，钩住纸片一拉，里面的零钱就哗啦一下倒进自己的手里。路易经常把大捆的废铜烂铁卖给一家五金店，可是这位店主怎么也想不到，这个眉开眼笑的意大利男孩手中的铜线，竟然是前天夜里从自己仓库里偷来的。路易发现，当他跟别的孩子在马戏团里打架的时候，为了息事宁人，大人们往往不惜破费几角零花钱。于是，路易立刻停止了这场斗殴，然后又会在一群陌生人当中四处晃悠，伺机再次寻衅滋事。

如果乘务员不肯为他停车，路易就会在铁轨上涂满润滑油作为报复。如果哪位老师因为比赛犯规罚他站墙角，他就会用牙签扎破这个人的汽车轮胎。在打破该州童子军摩擦生火的时间纪录以后，他把蘸了汽油的火煤和火柴头丢在一起，再次打破自己的纪录，同时制造了一场小规模的爆炸事件。还有一次，路易从邻居家里偷来一根咖啡过滤器上的管子，再把这根管子架在树上一个隐秘的地方，嘴里含满辣椒籽往管子里一吹，吓得左邻右舍的女孩四散奔逃。

在托兰斯，他的恶作剧几乎无人不知。一天夜里，路易爬上一个浸礼会教堂的尖塔，把钢丝的一端系在大钟上，另一端系在旁边的一棵树上。忽然间，托兰斯钟声大作，不仅惊动了警察和消防队，整个镇上的男女老少也都闻声而至。一些迷信的人甚至认为这是上帝的神迹。

只有一件事让路易害怕。在他八九岁的时候，一架飞机在托兰斯附近着陆，飞行员带着他在空中兜了一圈。按照常理，像他这样一个无所畏惧的男孩应该求之不得才对，但飞机的速度和离地高度却让他感到心惊胆战。下了飞机之后，路易决定以后再也不要和它扯上任何关系。

从小时候起，路易最擅长的事情就是逃跑。这种本领不只让他变得异常顽劣，还造就了他未来的人生道路。路易深知，自己足智多谋又胆大妄为，什么困境都难不倒他，任何事情都不能使他气馁。当历史将他送上战场时，正是这种百折不挠的乐观精神让他死里逃生。

★★★

路易比哥哥小了 20 个月，两人的性格却有天壤之别。皮特·赞贝里尼不仅面容英俊、外表整洁，而且尊老爱幼、彬彬有礼，因此人缘颇佳。由于他少年老成、行事果断，就连父母在做重大决定时也要和他商量。每天吃饭的时候，他都会为母亲拉开椅子，到了晚上 7 点就准时上床睡觉。为了不让闹钟吵醒同床的路易，皮特总是把它塞在自己的枕头下面。凌晨两点半，他就起床挨家挨户送报。皮特把赚到的每分钱都存进银行，但到了大萧条时期，这笔储蓄却变得一文不值。他嗓音动听、生性体贴，他的裤子上经常别着几枚别针，以防自己舞伴的裙带突然滑落。有一次，他还救起了一个溺水的女孩。皮特看起来和蔼可亲，总能让自己身边的伙伴，甚至一些大人都心悦诚服，就连一贯无法无天的路易也对他言听计从。

路易十分崇拜皮特，而皮特对他和两个妹妹西尔维娅和弗吉尼亚也呵护备至。相较之下，路易就逊色多了。西尔维娅记得，母亲曾经泪眼汪汪地告诉她，要是路易能够像皮特那样该多好。然而，路易知道，人们对哥哥的赞誉其实是真假参半的，这让他感到非常愤懑。虽然路易考试总是不及格，但皮特的成绩比自己也好不到哪去。即便如此，在校长的眼里，皮特一直都是一个品学兼优的好孩子。那天夜里，当托兰斯镇上莫名其妙地响起钟声时，如果手电筒能够照得再远一些，人们就会发现皮特其实就藏在路易身旁。事实上，赞贝里尼家手里抓着邻居的食物在大街小巷东奔西跑的并不只是路易一人，但从来没有人对皮特产生过丝毫怀疑。“皮特从来都没有被捉到过，”西尔维娅说，“人们捉到的总是路易。”

路易与其他所有的孩子都格格不入。小时候，他身体瘦弱，还患有严重的肺炎，在他刚入学参加野外赛跑的时候，托兰斯镇上的任何一个女孩都能将他打倒在地。虽然成年以后路易相貌堂堂，但是童年时代的他，五官似乎各不相让、比例失调，看起来有些怪异。他的耳垂又长又宽，就像手枪外面的皮套一样。他的一头黑发又粗又硬，总是乱蓬蓬地扣在脑门上。为了把它们弄平，路易试过很多办法，比如用玛姬姑姑的烙铁烫，每天晚上入睡前把头发塞进一只丝袜里，往头上大把大把地抹橄榄油等。不过，这些除了给他招来一堆苍蝇外，任何作用都没有。

还有一个问题就是他的民族。在 20 世纪 20 年代初赞贝里尼一家刚刚搬到托兰斯镇时，当地人对意大利移民非常蔑视。为此，邻居们甚至曾经联合起来向市议会请愿，要求驱逐赞贝里尼一家。上小学以前，路易只会磕磕巴巴地说几句简单的英语，根本无法掩饰自己的出身。在幼儿园里，路易总是一言不发。但是到了一年级，当他有一次对着另外一个孩子冲口而出“杂种！”时，老师抓个正着，决定让他留级以示惩戒。这更让路易感到痛心疾首。

在学校，路易向来都是众矢之的。因为他看起来行动怪异，所以那些恃强凌弱之徒不是拿石头扔他，就是对他拳打脚踢、肆意侮辱，好让他用意大利语还口。为了向这些人示好，路易不惜让出自己的午餐，但是这个举动不仅没有收到任何效果，反而使他被他们打得头破血流。他本来可以撒腿就跑或含泪求饶，但他从来都没这样做。“就算你把他打死，”西尔维娅说，“也别指望他会喊疼或抹眼泪。”路易只是用手挡住脸，任凭他们拳脚相加。

★★★

当路易十一二岁时，他的人生发生了巨大的转变。他总是孤零零地在托兰斯的郊区四处游荡，好发泄自己心中的怒气。只有几个以他为首的野孩子愿意与他为伍。也许他本来可以成为一个讨人喜欢的孩子，但实在性情太暴躁又不服管束。从表面上看，他似乎天不怕地不怕，但是内心却备受煎熬。在许多次聚会上，那些接受邀请前来参加的孩子都会看到，路易总是在门外独自徘徊，却没有勇气走进来。

意识到连自己也保护不了，路易十分苦恼，他开始潜心研究防身术。安东尼教会他制作拳击沙袋，他们还把两个灌满铅的咖啡罐一边一个焊在一根管子上当作杠铃。后来，有人想殴打他时，他从左侧低头躲过，然后猛地挥出右拳，正中那个男孩的面门。男孩惨叫一声，带着满嘴鲜血夺路而逃。在回家的路上，路易感到一种从未有过的轻松，那种感觉他一辈子也忘不掉。

随着年龄的增长，路易的脾气变得越来越暴躁。同时，他出拳也越来越迅猛。他曾教训过一个女孩，也曾把一名教师推倒在地上，还曾用坏掉的土豆扔警察。哪个孩子胆敢跟他过不去，他就掴人耳光。就连那些曾经对他非打即骂的大孩子现在也避让他几分。有一次，路易无意中碰见皮特和另外一个男孩在前院里怒目相向，两个人都攥紧了拳头，等待对方先出手。“路易受不了这种局面，”皮特还记得，“他站在那里大喊：‘揍他，皮特！揍他，皮特！’但我还是没有动。就在这时，路易突然蹿了出来，照着那个家伙的肚子就是一拳，然后掉头就跑！”

对路易的所作所为，安东尼·赞贝里尼也无计可施。警察从来都是家里的常客，他们经常站在门口对路易进行说服教育。安东尼需要不停地对四邻五舍道歉，用自己仅够糊口的一点薪水赔偿别人的损失。他虽然疼爱自己的儿子，却对路易的劣行恼怒至极，经常打他。有一次，安东尼看见路易半夜里鬼鬼祟祟地爬出窗户，气得他朝路易的屁股狠狠踹了一脚，竟把他踢飞了出去。路易虽然疼得冷汗直冒，却始终咬紧牙关，不吭一声。第二天，他又故技重演，就是为了证明谁都管不了他。

路易的母亲路易丝采取了另外一种办法。路易有一双湛蓝湛蓝的眼睛，这简直就是她的翻版。如果有人推了路易丝一把，她会以牙还牙；如果卖肉的敢对她缺斤短两，她就会拎着煎锅直奔肉铺。路易丝从小就喜欢恶作剧，她曾经把糖霜抹在一个纸盒上，作为生日礼物送给邻居，结果刀子刚刚扎下去就被卡住了。有一次，皮特告诉妈妈，如果她能把糖罐给他，他就会喝下一勺蓖麻油。结果，路易丝看着儿子一口气喝完蓖麻油，却递给他一个空罐子。“你只说要糖罐，亲爱的，”她乐得合不拢嘴，“可没说要别的。”正因为如此，她当然知道路易为什么这样无法无天。在一次万圣节的晚上，路易丝把自己打扮成男孩的模样，和自己的两个儿子一起在大街小巷疯跑，挨家挨户地要糖果。另外一帮男孩子看到了，还以为她是当地的某个恶棍，于是结伴将她扭翻在地。等到警察匆匆赶来时，已经是4个孩子母亲、体型娇小的路易丝·赞贝里尼正与那帮孩子厮打成一团，警察好不容易才把她从这场混战中拉了出来。

路易丝知道，一味体罚只会激起路易更加激烈的反抗，所以她计划暗中改变儿子。为了替自己物色一个眼线，她经常给路易的同学带一些自己制作的馅饼。性格温和、嗜好甜食的男孩休曾被路易打落了牙齿，他接受了路易丝的贿赂，并且愿意为她通风报信。当路易突然发现，母亲对自己的一切行动都了如指掌时，禁不住怀疑她是不是有某种超能力。除此之外，向母亲告密的当然少不了西尔维娅，所以每到吃饭的时候，路易宁愿独自一人满腹怨恨地站在外面，也不愿跟妹妹坐在一起。有一次，路易甚至气得怒火中烧，追着西尔维娅满街跑。大概这是她生平第一次比路易跑得还快，西尔维娅朝着巷子的尽头飞奔而去，躲在父亲的工棚里关上大门。路易却把自己的宠物——一条3英尺长的蛇放进了下水道，吓得她夺路而逃。西尔维娅把自己反锁到父亲的汽车里，整整一下午说什么也不肯出来。“这件事关系到我的生死存亡。”时隔 75 年，西尔维娅仍然心有余悸地说。

路易丝费尽了力气，也没能改变路易一丝一毫。有一次，他离家出走，在圣迭戈晃悠了好几天，晚上就睡在立交桥上。他还在牧场上骑着一头公牛横冲直撞，可怜他被牛甩到了一棵刚砍倒的树上，参差不齐的树枝把他的膝盖割了一个大口子，他用手帕胡乱包扎了一下就一瘸一拐地回了家。结果这个伤口整整缝了 27 针，但他仍然毫不悔改。没过多久，路易又打折了一个男孩的鼻梁，还把另一个孩子倒挂起来，往他的嘴里塞满纸巾。镇上的家长都严令自己的孩子不准接近路易。当路易在一个村子里入室盗窃被人发现后，这家的主人怒不可遏，用装满矿盐的猎枪，对着他的屁股就是一枪。路易曾经把一个男孩打得昏迷不醒，因为不知道这个男孩是不是死了，就把他推到了沟里。当路易丝看见路易满手是血地回到家里时，忍不住号啕大哭起来。

★★★

到了上高中的年龄，与其说路易是一个顽劣少年，不如说更像一个危险的男人。路易几乎门门功课都不及格，再加上没什么特长，所以根本没机会拿到奖学金。因为家里经济拮据，没钱供他上大学，他只上到了高中。他们一家子还没到周末，就把安东尼的薪水花得干干净净。有时候路易丝不得不东拼西凑，用茄子、野蘑菇、馊掉的牛奶、发硬的面包，还有路易和皮特在野外打到的兔子勉强让大家填饱肚子。那个时期正值大萧条来袭，当地的失业率高达 25%，路易很难找到一份像样的工作，而他对自己也没抱太高的期望。如果问他将来想做什么，他八成会说：“牛仔。”

20 世纪 30 年代，美国举国上下都痴迷于所谓的“优生学理论”，认为只要剔除基因库中那些“身心有缺陷者”，就可以提高整个人种的素质。这些“缺陷者”包括罪犯、孤儿、残疾人、流浪汉、癫痫病患者、手淫者、聋人、盲人、酒鬼、意志薄弱者、心智不全的人群，以及有过婚外性行为的妇女（这种行为在当时被人们看作一种精神疾病）和生殖器尺寸超过一定标准的女孩。一些优生学家大肆鼓吹要对上述人群实施安乐死，还有些精神病院甚至暗中采取行动，要么假装疏忽，要么公然谋杀，导致大批患者死亡。在伊利诺伊州的一家精神病院，医生让新来的病人喝感染了肺结核的奶牛产下的奶，希望这些不合时宜的病人能自然死亡。在那里，这些患者的死亡率高达 40%。当时还有另一种广为流行的做法，就是对那些行为不端、运气不佳、无可救药而落入州政府手中的人实施强制绝育。当时路易已经十几岁了，而优生学在加利福尼亚州方兴未艾，最终约有两万人被迫接受这个手术。

当路易只有十一二岁的时候，托兰斯镇上发生的一件事让他幡然醒悟。当时镇上有个孩子被人们认为意志薄弱，将来有可能成为少年犯，于是镇上的人集体出资请医生对他实施了绝育手术。虽然这种做法几近疯狂，但在当时却并不违法，因此尽管这个孩子每门功课都名列前茅，但这件事就连他的亲生父母也无力阻止。路易还从来没有像当时那样意识到，他距离少管所和监狱只有一步之遥。作为一个总是惹是生非的孩子、成绩令人失望的学生和形迹可疑的意大利移民，路易知道，自己正是优生论者试图从基因库中剔除的不二人选。他忽然感到自己的性命危在旦夕，不由得心惊胆战起来。

然而在他的内心深处，路易知道，现在的他并不是真正的自己。他也想与别人建立联系，只不过行动迟疑罢了。他曾经擦洗过地板，好让妈妈大吃一惊，但是路易丝却以为这是皮特干的。父亲外出时，路易对家里的马蒙·罗斯福直列八缸轿车的发动机彻底检修了一次。他还亲手烤饼干分给大家吃，在母亲嫌他弄得一团糟把他轰出厨房后，他还跑到邻居家继续烤。他甚至把自己偷来的东西全部分给别人。“路易为人仗义，”皮特说，“他什么东西都可以拿给别人，不管这个东西是不是他的。”

路易一次次尝试向他人示好，却一次次以失败告终。最后，他只好把内心包裹起来。他如饥似渴地阅读赞恩·格雷的小说，并且希望自己也能像书中人物一样，骑着马来到西部边陲，过一种与世隔绝的生活。电影院一放映约翰·韦恩的片子，他就偷偷溜进去，两眼痴迷地望着银幕上无边无际的西部风光。有几个晚上，他干脆把铺盖搬到院子里，一人酣然入梦。有时，他躺在床上翻来覆去，一边看着天花板上牛仔明星汤姆·米克斯和他那匹名叫托尼宝马的海报，一边暗自苦恼：为什么自己会这样走投无路，而不能像他们那样自由自在。

在后面的卧室里，路易时常听到有火车经过。每当这时，皮特早已沉沉睡去，而路易却静静地躺在哥哥身旁，仔细倾听这种粗犷低沉的声音：先是隐隐约约，接着轰轰烈烈，然后一点点消失。这声音听起来是那样令人振奋，让路易不由得浮想联翩，仿佛自己就在那列火车上，在隆隆声中一路驶向遥远的西部，越来越远，最后消失得无影无踪。

奔跑如飞

1931 年，路易·赞贝里尼的人生发生了巨大转折。有一天，14 岁的路易在一家锁匠铺无意中听人说到，把任意一把钥匙插进一把锁里，打开该锁的概率约为 1/50。受到这番话的启发，路易开始搜集各种各样的钥匙，不过始终没能打开任何一把锁。直到有一次，当他把自家的钥匙插进托兰斯高中体育场后门的门锁，那门竟然“啪”的一声开了。篮球赛季开始，每张入场券 10 美分。令人奇怪的是，体育场卖出的票数和露天看台上观众的数量出入很大。直到 1931 年末，有人才发现了其中的蹊跷，于是路易一次又一次地被扭送到校长办公室。在加利福尼亚，冬季出生的学生每年 1 月份入学，现在的路易也该升入九年级了。为了惩罚他，校长决定取消路易参加学校各类体育活动和其他社会活动的资格。路易本来就没参加过这类活动，所以压根儿就不在乎。

得知此事，皮特拉上母亲路易丝径直来到校长办公室。路易丝虽然说不了几句英文，但还是被儿子连哄带劝地拉了过来，这样一来皮特就显得更有说服力。他告诉校长，其实路易十分渴望得到他人的关注，从未受过表扬的他，只能靠惹是生非吸引大家的目光。如果能够通过正当的渠道得到人们的认可，皮特认为，路易就会改过自新。所以，皮特请求校长准许路易参加一项体育运动，校长却显得犹豫不决。于是皮特逼问他，是否愿意眼睁睁地看着路易的人生就此葬送。对一个 16 岁的孩子来说，公然顶撞校长本来是一件大逆不道的事情，但皮特不仅能够设法逃脱罪责，而且

（本图片由路易·赞贝里尼提供）

还能够让他人心甘情愿听从自己的意见。这样的孩子在托兰斯镇并不多见。最后，校长终于同意让路易参加 1932 年的体育运动会。

对路易的前途，皮特野心勃勃。在 1931 年至 1932 年，即将毕业的皮特接到了 10 封大学代表队的邀请函，其中包括 3 封篮球队和 3 封棒球队的来信。径赛才是皮特的强项，他曾经创下 0.5 英里跑的全校纪录，并以 5 分 06 秒的成绩刷新了该校的一英里赛跑纪录。在皮特看来，逃跑就像是路易的家常便饭。因此，当他望着弟弟时，好像已经看到了一名未来的运动健将。

不过让路易第一次走上径赛场的不是皮特，而是一群女孩。1932 年 2 月，九年级的学生准备举行一场年级田径比赛，但路易所在的班里只有 4 个男生，而两腿瘦长的他似乎是唯一一个看起来可以参赛的人选。于是，女孩们施展甜言蜜语，让路易迷迷糊糊地赤脚站在了 660 码（1 码 =0.9144 米，下同）的赛道上。当别人全都跑出去以后，他才反应过来，只好在后面毛手毛脚地跟着，不一会儿就落在了后面。路易最后一个到达终点，他听到许多人在旁边窃笑。他无法忍受这种耻辱，顾不得累得上气不接下气，径直跑下赛道，躲在了看台后面。恍惚中，他好像听见谁在旁边说话。先是教练咕哝了一句“这孩子无论如何也不适合参加赛跑”，接着便听到皮特的声音：“他是我弟弟。”

从此以后，皮特一门心思都扑到路易的身上，每天强迫他进行训练，连拖带哄地把他再次拉回赛道上。一开始，路易无精打采地跑着，但到后来，当他听到看台上同学们的加油声后，不由得加快了脚步，迅速超过一个个选手，最终拿到了第三名的好成绩。虽然路易痛恨跑步，但观众的欢呼声让他无比陶醉。因此，为了能够赢得更多人的赞许，他克服了自己的厌恶心理。每天早上，皮特都会把路易从床上揪起来训练，然后拎着一根棍子骑车在后面督促。只要一感到疲倦，路易就会放慢速度或者喊肚子疼。这时候，皮特就会吆喝他站起来接着跑。渐渐地，路易开始初露锋芒。当赛季结束时，他是托兰斯镇上第一个进入全城决赛的选手，并最终获得第五名。

皮特的预见是对的，路易的确很有跑步的天分。但对路易来说，接受训练无异于是另一种形式的约束。每当夜深人静时，他都会听到一列列火车在耳畔呼啸而过的声音。直到 1932 年夏天，他再也无法忍受这种折磨了。

★★★

这件事要从父亲让他帮忙做家务说起。路易坚决不干，安东尼就朝他吐了一口口水。于是，路易顺手拽过几件衣服往包里一塞，头也不回地向门口奔去。安东尼和路易丝喝令他马上停下，但是路易可不管这一套。无可奈何的母亲只好冲进厨房，拿了一个蜡纸包裹的三明治出来递了过去。路易把三明治胡乱塞进包里，继续往前走。当他快到门口时，忽然听见有人喊他的名字。路易转过脸去，看见一脸铁青的父亲把手伸了过来，里面攥着一张两美元的钞票。对于一个薪水尚不足以糊口的人来说，这相当于一笔不小的财富。路易接过这张钞票，然后走出门外。

他拉上另外一个朋友，两人搭便车来到洛杉矶。到了晚上，他们打碎一辆汽车的窗户，睡在后面的座位上。第二天一早，他俩跳上一列火车，爬到车顶，一路向北而去。

这次出走的经历就像是一场噩梦。两人无意中跳进了一节闷罐车厢。没过多久，他们就疯了似的想要逃跑。路易找到了一根废弃的金属条，然后站在自己同伴的肩上，把车顶戳了一个窟窿。两个人一前一后艰难地钻了出去，但是都被划得遍体鳞伤。接着，一名乘警发现了他们。在枪口的威胁之下，他们不得不从疾驰的列车上跳了下去。他俩一直走了几天几夜。他们想要从果园和杂货店里偷点吃的，却被店主穷追不舍。最后，两人来到一个车站，精疲力竭地坐在地上分吃一罐偷来的青豆。他们俩鼻青脸肿、伤痕累累，身上也都湿透了，看起来肮脏不堪。就在这时，一列火车轰轰隆隆地驶了过来。路易抬头望去，“我看到……餐桌上铺着精致洁白的台布，上面摆着晶莹剔透的高脚杯和香气四溢的食物，人们一边欢声笑语，一边享用着美食，”他后来这样说道，“而我却坐在那里冻得浑身发抖，像个可怜虫一样嚼着一罐青豆。”霎时间，他想起手中紧紧攥着钞票的父亲和满脸忧虑地拿着三明治的母亲。路易站起身来，朝着家的方向走去。

当路易走进前门时，路易丝立刻飞奔过来，一把将他搂在怀里，仔细检查了一遍儿子身上的伤口，然后把他拉进厨房，端出一盘饼干。安东尼闻讯赶回家中，当他看到路易后，先是如释重负地叹了口气，然后一屁股跌坐在椅子上，面颊的线条也变得柔和多了。吃过晚饭后，路易来到楼上，颓然地倒在床上，悄声告诉皮特说他再也不会离家出走了。

★★★

1932 年的整个夏天，路易除了训练还是训练。在一位朋友的邀请下，路易来到了加利福尼亚州南部沙漠深处的卡维拉印第安人保留地，住在一所小木屋里。每天一早，太阳刚刚升起的时候，路易就起床开始训练。他带上步枪，从灌木蒿丛出发，慢跑着越过几座山头，来到沟壑遍布的沙漠之中。他一路追赶着马群，想要跳上那些疾走如飞的马匹，却只能抓住一把鬃毛。他跳进硫黄矿泉中畅游，泉边洗衣的卡维拉女人随处可见。路易摊开四肢，平躺在地上晒太阳。每天下午，路易沿原路返回木屋。途中，他会打上一两只兔子作为晚餐。到了傍晚，路易独自一人爬上屋顶，靠在那里津津有味地阅读赞恩·格雷的小说。当夕阳西下、人声渐逝时，他就会痴痴地凝望着四周的美景，看着暮色四合，苍茫的天空逐渐由灰变紫，最终与大地融为一体。第二天清晨，路易再次踏上征程，而这一征程既没有起点，也没有终点；他既不是为了谁而奔跑，也不是为了什么而训练。他之所以要奔跑，是因为他从骨子里渴望这样做。与此同时，他身上的一切躁动、不安和叛逆也都随之消失殆尽，剩下的只有平和与安详。

从卡维拉返回家中时，路易已经无法抑制自己奔跑的欲望。从前他是为了逃命而疯跑，而现在他是为了拼搏而飞驰。在皮特的指导下，路易一边投递《托兰斯先驱导报》，一边进行训练。他从一所学校出发，一路跑到海滩，然后再原途折回。他很少在人行道上停留，而是跃上草坪，跨过花丛，直接把报纸扔在四邻五舍的门口。同时，路易开始戒烟戒酒。为了增加自己的肺活量，他每次都要跑到雷东杜海滩的公共游泳池，然后猛地一下扎进水底，抓住排水塞浮在那里一动不动。渐渐地，他能够待在水底的时间越来越长，并且最终达到了 3 分 45 秒。有趣的是，游泳池里的人们常以为他快要淹死了，所以经常有人跳下去救他。

路易还找到了自己的榜样。在 20 世纪 30 年代，体育径赛蔚然成风，顶尖运动员的名字几乎家喻户晓，其中包括堪萨斯大学的一英里赛跑选手格伦·坎宁汉。还是个孩子的时候，坎宁汉所在的校舍发生了一次爆炸。他的哥哥在事故中丧生，小格伦的双腿和躯干也被严重烧伤。一个半月以后，他可以坐起身来。又过了几个月，坎宁汉才能够勉强站立。由于四肢无法伸展，他不得不把自己架在椅子上，一瘸一拐地向前挪动。有一次，他独自摸索到了家中一头骡子的后面。这头名叫品特的骡子性情温顺。于是，坎宁汉放开缰绳，忍着钻心的剧痛，踉踉跄跄地和它一起跑了起来。数年之后，他开始出现在赛场上，以微弱优势击败对手，并且刷新了一英里赛跑的纪录。1932 年，这位为人谦逊、性情腼腆、双腿和后背伤痕累累的坎宁汉一跃成为举国皆知的新闻人物，被人们公认为美国历史上最伟大的一英里赛跑运动员，同时也成了路易心目中的英雄。

同年秋天，皮特来到康普顿的一所免费专科学校就读。在这里，他成了学校的长跑明星。每天晚上，他都会返回家中训练路易，一边和他跑步，一边教他怎样摆动手臂和怎样战胜对手。路易天生就是块跑步的料。当他迈出一条腿时，同侧的臀部就会随着向前，因此路易每一步都能跨出 7 英尺远，极为有效地提高了奔跑速度。当看到他在托兰斯高中的跨栏比赛时，时任啦啦队队长的鲍尔索克斯连声惊呼："帅呆了！"但是在皮特看来，这种短跑并不适合路易，他应当像格伦·坎宁汉那样，参加一英里赛跑的角逐。

★★★

1933年1月，路易升入十年级。如今的他早已不像当年那样孤僻乖戾，因此颇受学校那群俊男靓女的拥戴。他们邀请路易来到凯洛露天牛肉饼店参加小型烧烤聚会，还请他与大家一起和着尤克里里琴声放声欢唱。随后，他们又把毛巾打结当作足球进行比赛。最后，一名啦啦队队长一头栽进了垃圾箱。这种突如其来的人气让路易感到目眩神迷，也推动他参加了班长的竞选，并且借用皮特在康普顿获得班长职务时的演讲词而一举获胜。最让人感到兴奋的是，现在的路易摇身一变，竟然成了许多女孩的梦中情人。在 16 岁生日那天，路易独自在街上散步，不知从哪里突然出现一群嘻嘻哈哈的啦啦队成员。其中一个女孩坐在路易的大腿上，其余的照着他的屁股一共拍了 16 下，算作给他的生日礼物。

当2月的赛季到来时，路易才真正明白自己从皮特的训练中获益匪浅。他取得了惊人的进步。他身穿母亲用一条丝绸裙改成的黑色运动短裤，一举赢得了880码的比赛，而且还比皮特曾经保持的学校纪录快了2秒多。一周之后，他又以5分03秒的成绩在一英里的赛事中顺利夺魁，整整比皮特快了3秒。在接下来的运动会上，他用4分58秒时间跑完了一英里。3个星期以后，他再次以4分50秒6的成绩刷新了自己的纪录。4月初，他用时4分46秒。到了4月底，这一时间再次缩短为4分42秒。“天哪！天哪！天哪！”当地一家报纸这样写道，“难道这个家伙会飞不成？这就是路易·赞贝里尼！”

在这段时间里，路易几乎每个星期都要参加一英里跑的比赛。他花了3个月的时间，把自己的成绩提高了整整21秒。在这个赛季中，路易健

路易以超过第二名1/4英里多的优势获得1933年加州大学洛杉矶分校两英里越野赛冠军，图为皮特为迎接路易而在其身后追赶

（本图片由路易·赞贝里尼提供）

步如飞，场场攻无不克、战无不胜，他的奔跑速度在托兰斯高中已经无人能及。接下来，在康普顿的一次两英里比赛中，路易轻松超过皮特和其他13名大学运动员。尽管当时他只有16岁，而且从来没有接受过此类训练，但他还是以50码的优势位居第一。随后，路易又参加了加州大学洛杉矶分校举行的越野比赛。他奔跑起来是那样毫不费力，似乎要飞起来一样，一路上始终遥遥领先，把其他选手远远地甩在了后面。在比赛的中途，当他让第二名落下1/8英里时，有观众认为这个身着黑色运动短裤的男孩很可能会支撑不住突然累倒。然而，路易不仅没有趴下，反而直奔终点，并且再次刷新了这项比赛的历史纪录。当他跑完全程回头张望时，发现视野所及之处竟然看不到一名对手。后来他才得知，第二名距离自己足有1/4英里之遥。

刹那间，路易感到一阵头晕目眩。不过，这不是由于身体上的疲倦，而是因为他终于找到了真正的自我。

托兰斯旋风

每个星期六都会上演这一幕。路易来到径赛场地，首先做一些热身运动，接着侧卧在内场的草坪上观察地形，然后胸有成竹地走到起跑线前，一声枪响过后，就像箭一样“嗖”地一下绝尘而去。这个时候，皮特会在内场来回奔跑，一边掐着秒表，一边大声喝令，为路易加油助威。一旦皮特发出信号，路易就会迈腿飞奔，而其他选手——用一名记者的话来说——只能“无精打采、心灰意冷地”在他的后面远远尾随。当路易飞一般地到达终点时，皮特早已在那里等候，而看台上的观众也会发出震天动地的喝彩声。接下来，路易为那些在台下挤成一团的女孩子签名过后，乘坐自家的马蒙汽车疾驰而去。等他返回家中，先是母亲拥吻道贺，然后父亲会在草坪上给手拿奖杯的路易摄影留念。在当时的径赛中，获胜者的奖品一般都是一块腕表，而路易赢得的腕表已经不计其数，几乎镇上的每一个人都曾经接受过他的馈赠。每隔一段时间就会有人争相传颂，某某男孩横空出世，必将一举击败路易·赞贝里尼，然而每一次都被路易远远地甩在了后面。其中一次，有记者这样写道：“这个孩子不知道自己究竟能跑多快，直到星期六他才如梦初醒。”

在 1934 年南加利福尼亚州田径项目总决赛中，路易在高中时代的表现达到了顶峰。这里的体育设施堪称一流，路易再次轻松摘冠，以 4 分 21 秒 3 的佳绩打破了第一次世界大战期间 4 分 23 秒 6 的全国高中赛事纪录。(这个成绩曾经被人们称作“世界校际”纪录，实际上是一种不恰

路易（左）和皮特（贝特曼/考比斯图片公司提供）

当的说法，因为当时官方并没有设立世界高中体育赛事的相关纪录。后来还有资料记载这一纪录的时间为 4 分 21 秒 2，然而 1934 年的所有资料都显示为 4 分 21 秒 3。由于不同机构对于纪录的校验标准不一，所以才出现了上述情况。但是，根据当时报纸上的相关记载，此前的纪录是 4 分 23 秒 6，1916 年由艾德·希尔兹创立。1925 年，虽然切尔西·昂鲁将这一纪录刷新为 4 分 20 秒 5，但是却没有经过官方正式核准。1930 年，坎宁汉也曾经跑出了 4 分 24 秒 7 的成绩，略逊于昂鲁和希尔兹。直到 1953 年，路易的纪录才被鲍勃·西曼打破。）为了与路易一决雌雄，他的对手精疲力竭，终因体力不支被抬下赛场。但是，当路易走到皮特跟前时，一种愧疚的感觉油然而生。他感到自己精力充沛。路易告诉皮特，如果第二圈跑得再快一些，他的成绩应该能够提高到 4 分 18 秒。有记者曾经预言，20 年内不会有人打破路易的纪录，事实上是 19 年。

从前的路易在镇上恶名远扬，而现在却一举成名，成了家喻户晓的超级明星，托兰斯也宽恕了他过去的一切。当他训练的时候，跑道两侧总是挤满了呐喊助威的观众，他们高喊 :“加油，铁人！”《洛杉矶时报》和《观察家报》也分别在体育版对这个绰号为“托兰斯暴风”的天才进行了连篇累牍的报道。实际上，人们更乐于称他为“托兰斯旋风”。《托兰斯先驱导报》甚至为他的双腿投下了 50 000 美元的巨额保险。每逢路易参加比赛时，托兰斯镇上的人们就会成群结队来到赛场，熙熙攘攘地挤满了看台。然而，这一切却让路易感到异常窘迫，他还告诉自己的父母不要前来观看比赛。尽管如此，路易丝还是忍不住来到了赛场，躲在人群后面偷偷张望，但是当她看到竞争如此激烈时，不由紧张地捂住了双眼。

在此之前，路易最大的愿望就是溜进别人的厨房大快朵颐，而现在他为自己设立了一个野心勃勃的疯狂目标：1936 年的柏林奥运会。奥运会上没有一英里项目，因此一英里选手只能参加 1 500 米的比赛，这比一英里短了将近 109 米。这个男子项目需要具备一定的经验，大部分运动员都是在二十几岁甚至更晚一些才能达到自己的巅峰状态。1934 年，在路易刚刚打破全国高中一英里赛纪录之后，格伦·坎宁汉参加了 1 500 米的赛事，并且以 4 分 6 秒 7 的成绩刷新了世界纪录。坎宁汉从四年级起就开始参赛，到 1936 年柏林奥运会开幕时，他应该还不到 27 岁。直到 28 岁时，坎宁汉才取得了自己一英里跑的最好成绩。然而，即便一直训练到 1936 年，那时 19 岁的路易也只有 5 年的参赛经验。

但是，路易已经是美国竞技史上速度最快的一英里赛高中选手。在短短的两年内，他取得了巨大的进步，将自己的成绩提高了 42 秒。当他以 3.5 秒的优势打破一英里赛纪录时，只有 17 岁，而坎宁汉在这个项目夺冠时已经 20 岁了。（显然，由于严重烧伤，坎宁汉直到 18 岁才上高中。）有鉴于此，即使那些谨小慎微的径赛权威也开始认为路易有望在一英里赛中取得惊人突破。路易在每一场比赛中都拔得头筹，这无疑大大地增强了他们的信心。路易相信自己的能力，而皮特也同样对弟弟充满信心。现在，路易最大的愿望就是参加柏林奥运会。

1935 年 12 月，路易高中毕业。再过几个星期就是 1936 年了，此时的路易满脑子想的都是柏林。奥运会径赛项目选拔赛总决赛将于 7 月在纽约举行，届时，奥委会将根据运动员一系列项目的参赛成绩决定其是否能够入选。路易只有7个月的准备时间。与此同时，他还要对纷至沓来的大学奖学金与通知书做出选择。作为全国前十名一英里赛大学选手，皮特已经拿到了南加州大学的奖学金，于是他劝说路易也来该校就读，不过可以申请延期，到秋季再入学。这样一来，他就能留出足够的时间进行准备。路易听从了皮特的建议，随即搬来他的住处，并且在皮特的指导下，全心全意地投入了训练。日复一日，他的脑子里只有一个念头，那就是柏林的1 500米比赛。

直到春季，路易才开始意识到，自己不可能在这项比赛中取得冠军。虽然他进步很快，但是仍然无法在短短数月中赶超那些经验丰富的赛手。他太年轻了。此时此刻，路易感到心痛欲绝。

★★★

5月的一天，路易在浏览报纸时无意中得知，本月22日，一场盛大的径赛运动会将在洛杉矶大体育场举行。其中，5 000米项目最受人关注的运动员是26岁的中学教师诺尔曼·布莱特。1935年，布莱特曾经打破了两英里赛的全国纪录，他5 000米的成绩位居第二，仅次于23岁传奇人物唐·拉什。拉什来自印第安纳州立大学，曾经打破多项全国纪录。美国国家代表队将选派3名5 000米选手赴柏林参赛，拉什和布莱特两人众望所归。皮特劝路易参加康普顿公开赛，在5 000米项目上试试身手。"如果能够战平诺尔曼·布莱特，"他告诉路易，"你就能够进入国家队。"

这个主意给路易带来了一丝希望。路易最擅长的是一英里赛，但是一英里只需要跑四圈，而5 000米相当于这一距离的三倍还多，超过12圈。除了一英里赛以外，路易只参加过两次其他项目的比赛。正如这项比赛一样，参加5 000米竞技选手的年龄都要比路易大得多，而现在距离康普顿公开赛只剩下两个星期，距离7月份的选拔赛也只有两个多月。如果参加比赛，路易将成为美国最年轻的5 000米项目种子选手。但是他已经别无选择，于是立即开始了刻苦的训练。有一次，路易一不小心，整个脚趾上的皮都被揭了下来，鲜血顿时染透了他的袜子。

事实证明，这场有着上万观众的比赛造成了巨大的轰动。路易和布莱特飞一般地同时冲了出去，把其他选手远远地甩在了身后。每一次不论是谁超过了对方一点点，另一个就会迎头赶上，这时看台上就会发出雷鸣般的喝彩声。在最后一圈时，他们一起进入终点直道，但是布莱特在内圈，路易在外圈。在他们的前面，一个名叫约翰·卡西的运动员已经落后了将近一圈，正准备中途退场。裁判朝卡西挥动手臂，但是他还没来得及避让，布莱特和路易就冲了过来。只见布莱特一闪身从卡西的左侧插了过去，所以路易只好转向右手边。这时，一头雾水的卡西反而继续向右侧跑去，把路易挤得更远。路易加快了速度，想要绕过他，但是卡西也加紧脚步，几乎将路易挤到了看台边缘。最后，路易转而向左侧跨出半步，但身体却突然失去了平衡，一只手摁在了地上。

皮特看到，布莱特现在已经领先几码。路易迅速站起身来，在布莱特的后面紧追不舍。在人群震天动地的呐喊声中，路易在终点赶上了布莱特，但还是晚了一点，最终以一线之差输给布莱特。1936 年的这场比赛是美国有史以来速度最快的一次 5 000 米赛事，布莱特和路易分别获得冠亚军。路易的奥林匹克之梦再次燃起了希望。

6 月 13 日，路易参加了奥运会 5 000 米项目的第二轮选拔赛。与此同时，他的脚伤再次复发，使他无法继续坚持训练，这让他吃了大亏。布莱特以 4 码的优势击败了他，但是路易不负众望，跑出了自 1931 年来美国运动史上 5 000 米第三名的好成绩，并且应邀参加奥运会选拔赛总决赛。

★★★

1936 年 7 月 3 日，托兰斯镇上的居民扶老携幼，自发为路易送行。他们送给路易一个装满旅费的钱夹、一张到纽约的火车票、几套新运动衣、一把剃须刀和一个手提箱。箱子的上面刻有一行铭文：托兰斯旋风。这让路易感到十分尴尬，等到离开人们的视线以后，他用胶带贴住了自己的绰号，然后才登上火车。路易在自己的日记里写道，在火车上，只要遇到漂亮的女孩他就走上前去自我介绍，仅是从芝加哥到俄亥俄州的路上，他就结识了 5 个女孩。

抵达纽约以后，当列车门缓缓打开时，路易感到一股热浪扑面而来。这是迄今为止美国最热的一个夏天，纽约的温度也屡创新高。1936 年时，空调还十分罕见，只有在少数剧院和商场才可以偶尔见到，所以人们根本没办法享受到。在路易到达的那一周里，纽约连续 3 天突破了美国有史以来的最高温度，酷暑导致 3 000 多名美国人死亡。在曼哈顿，温度甚至达到了 41 摄氏度以上，将近 40 人因此丧生。

在林肯饭店，路易和诺尔曼·布莱特住在同一个房间。就像其他运动员一样，他们不得不在高温下不分昼夜地刻苦训练。白天烈日当空，晚上彻夜难眠，再加上水土不服、饮食失调，几乎所有运动员的体重都大幅减轻，据估计至少有 10 磅。一名选手因为无法忍受这里炎热的天气，干脆来到当地一家装有空调的剧院，买票进去后在播放电影的时候呼呼大睡。像其他人一样，路易的状况也好不到哪里去。由于严重脱水，只要是能喝的东西都被他一饮而尽。有一次，在 41.1 摄氏度的高温下跑完 880 米后，他一口气喝完了 8 瓶橘子水，外加一夸脱（1 美制夸脱 = 0.946 升）啤酒。每天晚上，趁着暑热暂消，路易都会走完 6 英里的路程。他看起来瘦多了。

早在比赛开始之前，各大报纸对结果的竞相揣测就已激怒了路易。其中，唐·拉什已经先后三次参加过全国大学生体育协会的 5 000 米项目，不仅刷新了两英里的世界纪录和 10 000 米的全国纪录，而且还曾经多次以 150 码的优势击败了布莱特，因此许多人认为他是不可战胜的。在这些报道中，布莱特被列为亚军，还有其他几名运动员位居第三至第五，根本没有提到路易的名字。拉什的风头盖过了所有其他运动员，包括路易，但是只有前三名才能前往柏林参加奥运会，

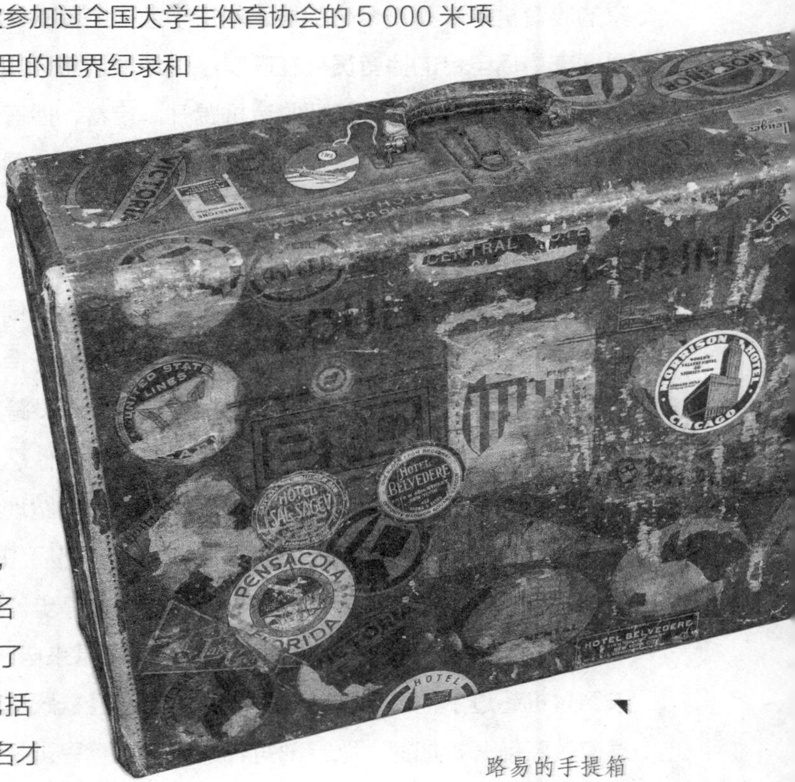

路易的手提箱
（由戴维·麦金托什拍摄）

而路易坚信自己一定是其中之一。他写信告诉皮特："如果没有热趴下，我一定要打败布莱特，并且给拉什点颜色看看。"

比赛前的那天夜里，路易躺在蒸笼一样的房间里辗转反侧，彻夜难眠。他在想，如果自己失败了将会有多少人感到失望。翌日清晨，路易和布莱特一起离开饭店。选拔赛将在东河与哈莱姆河交汇处兰德尔岛上新建的一座体育场内举行。当天，市区的气温接近 32 摄氏度，但是当他们下了轮渡以后，才发现这里更加炎热，气温竟然高达 37 摄氏度左右。赛场内不断有运动员跌倒在地，然后被抬往医院抢救。路易坐在那里候场，火辣辣的太阳几乎就要把他"晒化了"。

最后，终于轮到他们上场了。一声枪响过后，选手们立刻向前冲了出去。只见拉什一马当先，布莱特在他的身后紧追不舍，路易暂时落在了后面。运动场上开始了激烈的角逐。

在美洲大陆的另一侧，托兰斯镇的居民聚集一堂，围坐在赞贝里尼家的收音机前，不过个个都显得怒形于色。路易的比赛时间早就到了，但是国家广播电台的播音员仍在喋喋不休地报道游泳项目的赛况。皮特强压心中的怒火，恨不得一脚把收音机踢开。接着，播音员终于提到了 5 000 米选手现在的排名，但是压根儿没有提到路易。路易丝受不了这种紧张的气氛，于是悄悄溜进厨房，捂住了自己的耳朵。

比赛已经进行到第七圈，第八圈，第九圈。拉什和布莱特仍然比得难解难分，而路易处在一个不前不后的位置，正准备伺机加速。体育场内闷热得令人窒息。一个选手倒下了，其他选手别无选择，只能从他的身上跳过去。没过多久，又一个选手倒下了，其他运动员跨过他继续比赛。

此时，诺尔曼·布莱特的脚感到火烧火燎，他忍着剧烈的疼痛，步履蹒跚地跳到一边，活动了一下脚踝，然后脚步踉跄地返回赛道。布莱特现在的状况实在不妙，他不仅落后于拉什，而且路易和其他几名选手也已经追到了身后。明知胜利无望，布莱特仍然没有停步。

进入最后一圈时，拉什想要稍事喘息，于是来自印第安纳州的汤姆·德卡德趁机超过了他。在拉什的身后，路易已经跃跃欲试，并且在向非终点直道转弯前开始加速。路易离拉什越来越近，只剩下一两码的距离。看着眼前这位名噪一时的唐·拉什，路易突然感到一阵胆怯。在接下来的几步

1936 年的奥运会选拔赛，终点线上不分伯仲的路易和拉什
（本图片由路易·赞贝里尼提供）

中，路易显得犹豫不决。一眨眼间，他们已经来到最后一个弯道，直到这时路易才猛然回过神来，于是他大步流星地向前赶去。

就在他们转弯的时候，路易已经追到了拉什的旁边，只见拉什忽地从右侧超过了德卡德，而路易被逼到直道一侧。路易和拉什甩下德卡德，几乎是肩并肩地进入了最后的直线赛道。现在距离终点只剩下一百码的距离，路易暂时领先，而拉什紧贴在他的身后锲而不舍。这时的他们已经用尽了全身的力气，谁也很难跑得再快一些。路易的余光瞥见，拉什离自己不过一拳之遥，绝对不能让他超过自己。

路易和拉什同时甩开膀子，挺起胸脯准备冲刺。在距离终点只有几码的地方，拉什渐渐赶上了路易。这两名选手迈开因为精疲力竭而瘫软的双腿，一纵身跃过了裁判，他们之间的距离，路易后来追忆道："针都几乎插不进。"

播音员的声音在托兰斯镇的一个房间里铿锵回荡。"赞贝里尼，"他宣布，"最终获胜。"

站在厨房里的路易丝突然听到，隔壁的人群中爆发出震天动地的欢呼声。在屋子外面，汽车喇叭声响彻云霄，左邻右舍蜂拥而至，门前被挤得水泄不通。一群接一群欢呼雀跃的托兰斯居民团团围住路易丝向她道贺，这位母亲任凭幸福的泪水在自己脸上流淌。安东尼"砰"的一声打开一瓶红酒，一边面带笑容地斟满周围所有的酒杯，一边嗓音颤抖地向满座来宾致意。他的祝酒词，用一个在场者后来的话说，"简直颠三倒四，不伦不类"。没过多久，电波中传来路易的声音，他向托兰斯镇的每一个人表达了谢意。

但是，播音员的报道只是一面之词。裁判最终判定第一名是拉什，而非赞贝里尼。德卡德获得季军。虽然播音员随即更正了自己的口误，但是这一变化丝毫没有消减托兰斯镇上喜气洋洋的气氛，进入奥运会国家代表队的运动员里有他们家乡的孩子！

比赛结束几分钟以后，路易来到一处冷水浴冲凉。他的脚底像火烧火燎一般，受伤的脚趾被鞋钉硌得生疼。擦干身体以后，路易称了一下自己的体重。在这场比赛中，他光是流汗就减轻了 3 磅重。路易照了照镜子，只见里面的面孔形同鬼魅、憔悴不堪。

在屋子的另一侧，诺尔曼·布莱特有气无力地躺倒在长凳上，一只脚压在另一条腿的膝盖处，眼睛直瞪瞪地盯着自己的脚踝。由于高温炙烤，他的双脚严重受伤，大块皮肤都粘在了袜子上。布莱特在比赛中排名第五，距离入围奥运会只有两名之差。（布莱特虽然没有机会参加奥运会，但是他终生都致力于长跑，并且在年事已高时取得了许多不俗的成绩。在晚年双目失明后，布莱特仍然没有停止自己奔跑的脚步，不过需要有人在前面牵着一根绳子作为向导。"唯一的问题在于，虽然我的哥哥已经年近耄耋，但几乎没有哪个向导比他跑得更快，"乔治·布莱特·昆克尔写道，"当他 80 岁时，他的侄孙经常到护理中心陪他一起散步，每当这时布莱特就会拿出秒表，记录自己的步速。"）

截至夜幕降临时，路易一共收到了 125 份电报。"托兰斯为你而疯狂。"其中一份这样写道。"镇上乐翻了天。"另一份电报写道。路易甚至还收到了一份托兰斯警察局发来的电报，不过这次不是对他进行追捕，而是表示祝贺。

当天晚上，路易仔仔细细地翻遍了各大晚报有关这场赛事的报道。在有些图片中，他好像和拉什齐头并进；但是在另外一些图片中，他似乎又超过了拉什。在赛场上，路易几乎可以肯定自己才是真正的冠军。虽说前三名都有资格参加奥运会的比赛，但是路易却觉得自己受骗了。

当路易认真研读报纸的同时，裁判们也正忙着对 5 000 米项目的摄影和胶片进行复核。随后，路易往家中发回电报，将最新消息告诉父母：裁判宣布结果为平局。周三下午赴柏林。定当再接再厉。

第二天，当西尔维娅回到家里时，屋子里到处都是前来道贺的亲朋好友和新闻记者。路易 12 岁的妹妹弗吉尼亚把哥哥曾经获得的奖品搂在胸前，告诉采访者自己准备成为赞贝里尼家第二个长跑明星。安东尼来到基瓦尼俱乐部，和路易当童子军时的教练一起开怀痛饮，直至次日凌晨四时方休。

为了对人们的祝贺表示谢意，皮特在镇上四处奔走。“我从来没有这样高兴过，”他写信告诉路易，“走在路上的时候，我必须敞开自己的衣襟，否则这件小小的衬衫怎能容下我骄傲的胸膛。”

此时的路易正在奔赴德国的途中，在这届奥运会上，他不仅是美国国家代表队中最年轻的长跑运动员，而且还要在这个自己仅仅参加过四次的项目中与其他选手展开激烈角逐。

在德国“顺手牵羊”

1936年，美国奥运会代表队的运动员共同搭乘豪华客轮“曼哈顿”号前往德国。客轮刚刚驶过自由女神像，路易顺手牵羊的毛病就故态复萌。不过据路易解释说，他不是船上行窃的始作俑者。路易知道，他的身边到处都是诸如杰西·欧文斯和格伦·坎宁汉那样经验丰富的赛场老手，自己只不过是一个初出茅庐的毛头小子，所以，他刻意收敛起自己心浮气躁的本性，并且开始一本正经地蓄起络腮胡子。但是，他很快就意识到，这艘船上的所有人都在“收集”纪念品，比如毛巾、烟灰缸等，凡是能够据为己有的东西，他们都会顺手牵羊。“他们从来没有怀疑过我，”路易后来回忆道，“因为我早就是惯犯了。”于是，他不仅剃掉了自己的胡须，而且还和其他窃贼一起把“曼哈顿”号洗劫一空。

每个人都在竭力为自己争取训练空间。体操运动员在室内架设好器械，但是只要船身一晃，它们就立刻东倒西歪。篮球运动员在甲板上练习传球，但是过不了多久，海风就会把篮球吹进大西洋。击剑选手连站都站不稳。水上运动员发现，船上的游泳池本来就小，再加上里面的海水波涛汹涌，一会儿只有2英尺深，一会儿又变成了7英尺深，在巨浪的冲击之下，水球选手只能赤膊冲浪了。每一次潮水涌起，运动员就会连人带水跌到甲板上，因此教练不得不用绳子把他们系到墙上。对于径赛选手来说，情况也同样糟糕。路易发现，唯一能够训练的办法就是把头等舱的甲板当作环形跑道，然后在桌椅板凳，以及那些躺着晒太阳的电影明星和其他运动员

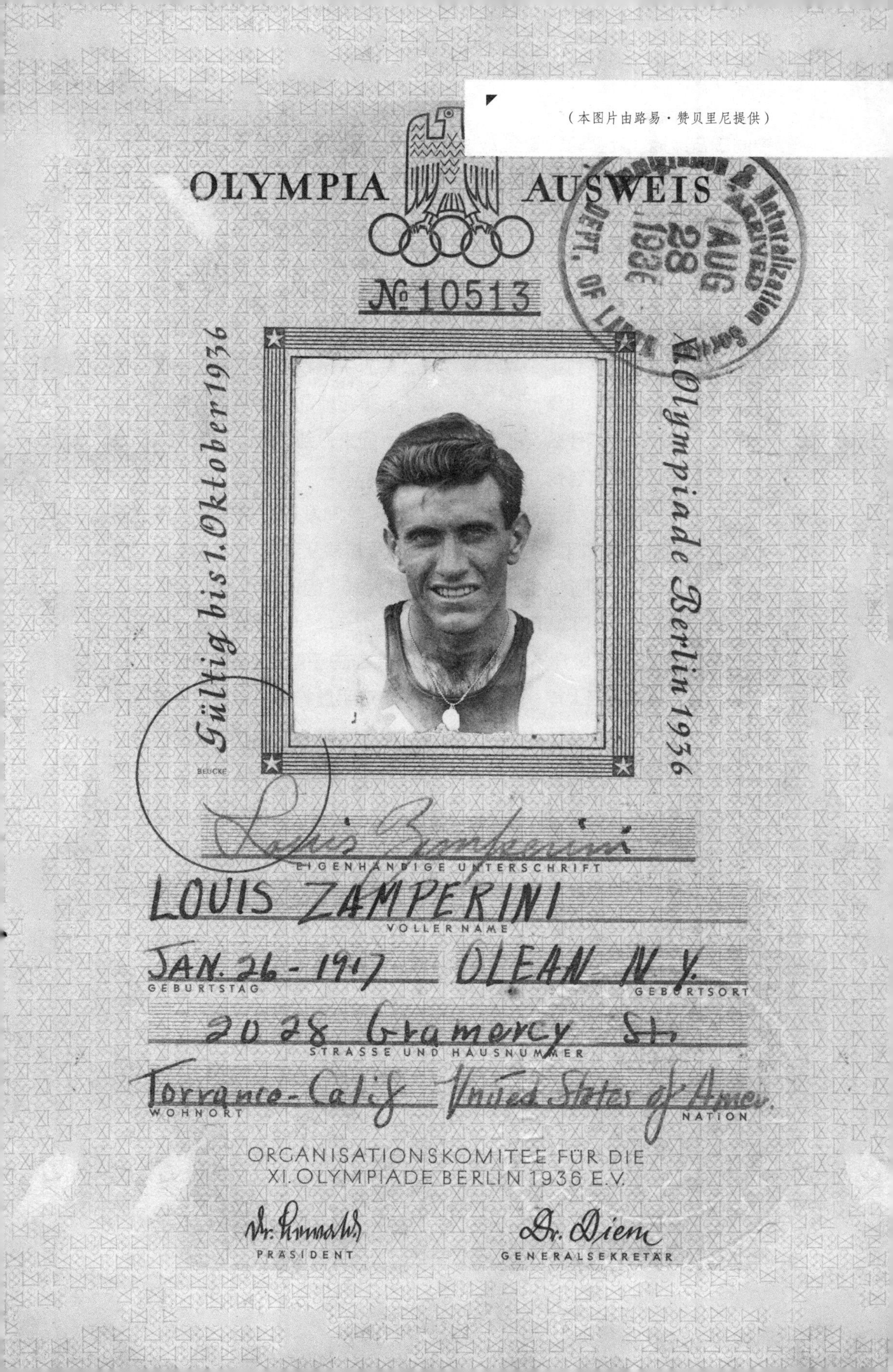

OLYMPIA AUSWEIS

№ 10513

Gültig bis 1. Oktober 1936

XI. Olympiade Berlin 1936

Louis Zamperini

EIGENHÄNDIGE UNTERSCHRIFT

LOUIS ZAMPERINI

VOLLER NAME

JAN. 26 - 1917 GEBURTSTAG

OLEAN N.Y. GEBURTSORT

2028 Gramercy St.

STRASSE UND HAUSNUMMER

Torrance-Calif. WOHNORT

United States of Amer. NATION

ORGANISATIONSKOMITEE FÜR DIE
XI. OLYMPIADE BERLIN 1936 E.V.

Dr. Lewald PRÄSIDENT

Dr. Diem GENERALSEKRETÄR

AUG 28 1936

DEPT. OF LABOR

（本图片由路易·赞贝里尼提供）

中间左右穿插。当客轮行驶至外海以后，他们跑起步来摇摇晃晃，时而朝着一个方向倾斜，时而又朝着另外一个方向俯冲。路易只能放慢速度，连后面的马拉松选手都甩不掉。

路易的青少年阶段是在大萧条时期度过的，对于发硬的面包和馊掉的牛奶，他早就习以为常。他生平只下过两次馆子，“曼哈顿”号对他来说简直就像天堂。每天一起床，运动员不仅可以享用可可饮料，而且还有源源不绝的各式糕点。到了9点，餐厅里会供应牛排和鸡蛋。接下来便是咖啡、午餐、下午茶和晚宴，让人目不暇接、眼花缭乱。在两餐之间，只要一摁铃，不管你想吃什么，就会有专人送上门来。到了晚上，船上的运动员们就会来到厨房风卷残云。

在头等舱的甲板上迤逦前行时，路易无意间发现，在一扇神奇的小窗户里，一瓶瓶的啤酒总是取之不尽。只要路易从这里经过，里面的啤酒就会消失不见。许多人由于晕船而胃口大减，因此船上一直有甜点供应。不过，路易的胃口却没有受到丝毫影响，所有的点心都被他一扫而光。他的饭量之大，在这里几乎无人不知。有一次，由于船上的糕点所剩无几，客轮不得不临时抛锚上岸补货。于是，长跑选手詹姆斯·卢瓦尔半开玩笑地说：“这都是路易·赞贝里尼的功劳。”每次就餐时，路易总是喜欢坐在铅球运动员杰克·托兰斯的旁边。别看这个人块头很大，但是胃口却出奇地小。凡是托兰斯吃不完的东西，路易会立刻毫不犹豫地倒进自己的盘子里，然后甩开腮帮子狼吞虎咽起来。

7月17日晚，当路易又一次饱餐一顿后，感到非常震撼，于是顺手把菜品记在了一个信封的背面：

1品脱（1品脱=0.47升）菠萝汁

2碗牛肉汤

2份沙丁鱼色拉

5个圆面包

2玻璃杯牛奶

4根腌小黄瓜

2盘鸡肉

2 客甜薯

4 块黄油

3 客冰激凌配威化饼

3 大块涂有糖霜的白蛋糕

1.5 磅樱桃

1 个苹果

1 个橘子

1 杯冰水

“这是我有生以来吃过的最丰盛的一顿饭，”路易后来写道，“我简直不敢相信自己的眼睛，但是我就在那里……不知道这些美食最后都到了哪里。”

然而，他很快就知道了。就在他们抵达德国的汉堡之前，一名医生注意到，许多运动员的体重有了显著的增长。一个标枪运动员在 5 天之内增加了 8 磅，几名摔跤、拳击和举重选手的体重都超过了原有的级别，有些甚至因此丧失了参赛资格。唐·拉什长了 10 磅重。不过，谁都赶不上路易。当他走下“曼哈顿”号时，体重比 9 天前整整多出 12 磅。

★★★

7 月 24 日，代表队由轮船转乘火车，中途在法兰克福下车参加了当地举行的欢迎晚宴，之后重新启程出发，这时，不少人手里都多了一个出自东道主国家的价值不菲的高脚杯。然而没过多久，德国人就追上了这趟火车。他们翻箱倒柜四处搜寻，收回了这些酒杯，然后才将这群前往柏林参赛的美国人放行。就在列车启动之前，站台上围着一群手持剪刀的青少年，他们齐声叫喊：“杰西在哪里？杰西在哪里？”当欧文斯走出车门，他们蜂拥而上，纷纷拿起手中的剪刀，一片片剪掉他身上的衣服。欧文斯一纵身跳回车厢。

列车载着运动员们一路来到奥运村。这里的设计均出自德国国防军上尉沃尔夫冈·福斯特纳之手。在一片片位于山毛榉林和湖泊之间大大小小的空地上，零零散散地分布着 140 间小屋，购物商场、理发店、邮局、牙科诊所、蒸汽浴室、医院、训练场地和餐厅散布其中。在奥运村组委会的办公室里，正在展览当时的高科技产品——电视机。在密林深处的小路上，还有许多从外地输入的动物。来自日本的运动员对梅花鹿非常着迷，不停地给它们喂食。后来，德国人悄悄地把这些梅花鹿从奥运村转移了出去。一名英国运动员甚至奇怪，这里会不会还有鹳，结果第二天就有二百多只鹳出现在他的面前。

路易和欧文斯等几名运动员住在一间房子里。欧文斯就像父亲一样处处呵护路易，但后者并不领情。有一次，他把门把手上“请勿打扰”的牌子偷走，可怜的欧文斯立刻就被一群索要签名的仰慕者围得水泄不通。除了饱食终日以外，路易就是在奥运村里游泳和闲逛。这里最受欢迎的群体非日本人莫属。他们出手阔绰、四处送礼，被公认为奥运会上的“圣诞老人”。

8 月 1 日，和其他奥运选手一起，路易乘车来到柏林市区，准备参加开幕仪式。他目力所及之处，无不显示出一种扭曲的威严气氛。纳粹标志随处可见，约有 1/3 的男性公民都身着制服，其中甚至有许多还只是孩子。军队公然在街头耀武扬威。虽然《凡尔赛和约》明文规定，德国不能拥有任何战机，但是崭露头角的德国空军早已蠢蠢欲动，滑翔机不时从观光客和希特勒青年团的头顶呼啸而过。公共汽车的顶部和底座都装有冲锋枪，稍加改良就能当作装甲车使用。整条街道纤尘不染，即使是马匹留下的粪便也会立即被那些身着制服的清道夫收拾干净。在柏林，吉卜赛人和犹太学生都消失得无影无踪——吉卜赛人被关进了军营，犹太人被囚禁在柏林大学的操场上，剩下的只有那些笑容可掬的“雅利安人”。在这里，唯一不协调的景象就是犹太人商店里一扇扇破碎的窗户。

汽车在奥林匹克体育场前停了下来。各国运动员鱼贯而入，然后立正站好。这时，两万只鸽子腾空而起，人群爆发出一阵雷鸣般的掌声。当惊慌失措的鸽子在运动场上空四处盘旋时，礼炮声轰然响起，不少运动员头上都落满了鸽子粪。所有的新闻报道都众口一词地说，这群鸽子被放生了。路易站在那里，忍不住笑得浑身发颤。

路易已经先后参加过 4 次 5 000 米的比赛。虽然他进步神速，成绩与拉什不相上下，但路易知道，自己获得奥运会奖牌的可能性仍然微乎其微。这不仅是因为他在船上无所事事而导致体型走样，更是因为他在奥运村里饱食终日几乎变成了一个胖墩。在奥运会 5 000 米的赛事中，没有哪个国家能够与芬兰相提并论，该国运动员曾经在 1912 年、1924 年、1928 年和 1932 年获得金牌。其中，1932 年的冠军劳利·莱蒂宁又重返赛场，准备再展雄风。他的两个队友—贡纳·赫克特和伊尔马利·萨尔米宁也都身手不凡。一名记者注意到，当看到这 3 个人进行训练时，路易在旁边显得瞠目结舌。路易太过年轻，又缺乏比赛经验，因此想要打败芬兰人不啻异想天开。对于这一点，他自己也一清二楚。不过，路易相信，他终会在 4 年后某一天的 1 500 米赛场上大显身手。

在 5 000 米的预选赛开始之前，路易独自来到体育场上。他看到欧文斯在 100 米的预选赛中超常发挥，而坎宁汉也在 1 500 米的赛事中打破了世界纪录，但是坎宁汉最终仍然在决赛中败给新西兰选手杰克·拉弗洛克。路易感到自己恍若置身梦境。每当希特勒进入赛场，人们就会立即起立，向他行纳粹手礼。当外国运动员取得胜利时，该国的国歌只演奏一小段就很快终止。但是，当德国运动员获得冠军时，整个体育场都回荡着《德意志高于一切》的声音，看台上的观众纷纷举起右臂，一次又一次地呐喊："胜利万岁！"游泳健将艾利斯·卡明斯曾经说过，对于美国人来说，这种有辱自尊的民族主义无异于一种亵渎，但是德国人却不以为意。纳粹的秘密警察在体育场中来回穿梭，注视着看台上的一举一动。坐在艾利斯旁边的一位妇女因为不愿意对希特勒敬礼，只好蜷缩在艾利斯和自己的母亲中间，一边自言自语："不要让他们看见我！不要让他们看见我！"

★★★

8 月 4 日，5 000 米项目将进行 3 场预赛。路易抽到了竞争空前激烈的第三组，与莱蒂宁对抗。每个小组的前五名才有资格进入决赛。在第一组当中，唐·拉什位居第三。在第二组当中，他的另一个队友汤姆·德卡德惨遭淘汰。现在轮到第三组上场了，路易撒腿狂奔，却感到自己的身躯异常沉重，双腿就像灌了铅一样，最后以微弱优势取得第五名。路易感觉"自己快要累死了"，他在日记中这样写道。决赛之前，他只有 3 天的准备时间。

在这期间，路易收到了一封皮特的来信。信封里面装着两张纸牌——

一张爱司（即 A）和一张大鬼（即大王）。在大鬼的背面，皮特写道："你想要哪一张，是呆头呆脑的大鬼，还是无往不胜的爱司？决定权在你手中！"在爱司的背面写着："希望你能够像爱司那样无往不胜，成为赛场上的佼佼者。如果你不喜欢大鬼而选择了爱司，愿这张纸牌为你带来好运。皮特。"

8 月 7 日，路易终于站在了奥林匹克运动场 5 000 米决赛场上。环形看台上，成千上万的观众人头攒动。看到这种景象，路易禁不住暗自吃惊。于是他低下头去，深吸一口气，头部几乎触到了草坪，试图借此缓解自己的紧张情绪。一转眼时间到了，只见路易站起身来，走到起点线后，弯腰下蹲，等待枪响。他胸前那张写着 751 的号牌在风中飒飒作响。

"砰"的一声枪响后，路易就像受到电击一样，想要立刻撒腿狂奔，但他还是努力抑制住了欲望，因为他知道前面还有很长的路要跑。当参赛选手纷纷向前冲去时，路易反而放慢了脚步，好让他们在前面互相争夺。拉什暂居第一，其后有 3 名芬兰运动员紧追不放。路易抢到了跑道内侧，和其他几名选手一起跟在第一拨领跑者的后面。

一圈一圈地过去了。拉什一直保持着领先地位，那 3 个芬兰人也始终紧随其后。在第二拨运动员中，路易开始加快了速度。就在这时，他忽然嗅到一阵令人作呕的气味。他左右看了看，才发现这股恶臭是从自己前面的一名运动员身上传来的，原来这个家伙的头顶抹了一层黏糊糊的润发油。路易突然觉得胃里翻江倒海，他不得不放慢脚步、拉开距离，臭味随即消失了。拉什和 3 个芬兰人越跑越远，路易想要追上他们，却显得力不从心。眼看自己与前面几个人的距离渐渐拉开，路易已经被他们甩在了后面，排到了第 12 名，而路易的身后只剩下 3 名运动员遥遥尾随。

在他们的前面，3 个芬兰人左穿右插，想要把拉什挤到一边，但是后者却寸步不让。跑到第八圈的时候，萨尔米宁摆动肘部，狠狠地撞向拉什的胸口。这突如其来的一击顿时让拉什疼得弯下了腰，3 名芬兰运动员趁机超过了他。在进入第 11 圈时，他们 3 个仍然不分先后，好像就要包揽这个项目的奖牌一样。不知什么时候，也许是他们离得太近了，萨尔米宁的一条腿竟然碰到了赫克特。只见赫克特的身体晃了一下，而萨尔米宁却重重地栽到了跑道上。就像拉什一样，当萨尔米宁不知所措地站起身来继

第 751 号选手路易参加奥运会 5 000 米比赛

续奔跑时，他已经错失良机。

不过，这一切路易都没有看到。他很快就超过了落在后面的拉什，不过这已经没有什么意义了。路易实在太累了，而那几个芬兰人又太远了，他根本就不可能赶上他们。就在此时，路易忽然想起皮特，想起数年前他们一起坐在床上时，哥哥说过的那番话：如果暂时的痛苦能够换来终生的荣耀，那么这种痛苦就是值得的。路易心想：这回我豁出去了。

就在距离终点只剩下一圈的时候，路易看到那个头发抹得油光可鉴的家伙已经超过了几名运动员，在自己的前面遥遥领先。刹那间，路易开始了惊人的加速。只见他双腿飞奔，鞋钉在赛道上蹬蹬作响，速度之快令人瞠目结舌。路易“嗖”地一下冲过弯道，直奔终点赛道，把一个又一个运动员甩在身后。“只要我还有一口气在，”路易可能会说，“我就要把它使出来。”

实际上，当路易冲过最后一个弯道时，赫克特已经到达了终点，莱蒂宁也紧随其后。但是这一切路易都没有看到，因为他正在努力追赶前面那个抹着头油的家伙。就在这时，路易忽然听到看台上爆发出一阵阵呐喊声。他知道人们一定是看到了自己，正在为自己加油助威。就连希特勒也探出头来，把目光聚焦到他身上。皮特的话在他的脑海中不停地回响，路易继续奔跑，仿佛整个身体都要燃烧起来一样。那个油脑袋离自己越来越近，路易甚至能够闻到他身上散发出的恶臭。他用尽全身力气冲过了终点线。在最后一圈里，他赶上了 50 码的距离，比自己过去的最好成绩缩短了 8 秒。虽然路易的最终成绩是美国 1936 年 5 000 米项目中最快的一个，而且比拉什去年的最好成绩也快了将近 12 秒，但是他仍然以一线之差屈居第八。

当路易气喘吁吁地弯腰扶着软绵绵的双腿时，他甚至也为自己最后冲刺的速度而感到惊异。他跑得实在是太快了。这时，两名裁判也匆匆赶了过来，他们目瞪口呆地看着手中的秒表，上面记录着路易跑完最后一圈所用的时间。两只秒表显示的时间毫无二致。

在 20 世纪 30 年代的男子长跑项目中，最后一圈的成绩能够快于一分钟的人寥若晨星。即使是在相对较短的一英里赛事中，这一规律同样适用：有史以来速度最快的 3 名一英里选手跑完最后一圈的时间分别为 61.2 秒、58.9 秒和 59.1 秒。也就是说，速度最快的选手在最后一圈里也没有突破 58.9 秒。因此，对于距离更长的 5 000 米比赛来说，最后一圈的用时如果能够小于 70 秒，就足以成为一则轰动一时的新闻。在 1932 年的奥运会上，莱蒂宁打破了男子 5 000 米的纪录，他最后一圈的成绩是 69.2 秒。

但是，路易跑完最后一圈只用了 56 秒。

★★★

路易擦干身上的汗水，然后走上看台。在一旁的包厢里，一群随员众星捧月般簇拥着希特勒。有人指着希特勒旁边一个面色惨白的人对路易说，那就是希特勒的宣传部长约瑟夫·戈培尔。路易从来没有听说过此人。他取出相机，径直走到戈培尔面前，问他可否允许自己为元首拍一张照片。戈培尔询问了一下路易的名字和比赛项目，然后接过相机摁下快门，和希特勒耳语几句后，把相机还给了路易。

戈培尔告诉路易，希特勒想要接见他，然后领着路易来到元首的座位前。希特勒从包厢里探出身来，面带微笑地向路易伸出手来。站在下首的路易只能远远伸手过去。希特勒轻轻碰了碰他的指尖，然后用德语说了一句什么。翻译官立即将它译了出来：

“啊，你就是那个在最后一圈飞奔的男孩。”

★★★

比赛刚一结束，路易便按捺不住那惹是生非的心性。他原本希望格伦·坎宁汉能够和他一起出去遛遛，但是他心目中的这位英雄显然太过老成。不过，路易很快就找到了一个和自己一样心浮气躁的同伴。他们胡乱兜上队服，然后直奔柏林市区。他俩在酒吧里四处逡巡，专找女孩搭讪。只要看到身穿制服的人，他们就会鹦鹉学舌般地齐喊：“希特勒万岁！”凡是能够撬开的德国制造的东西，他们都会顺手牵羊。在一台自动贩卖机里，他们发现了德国啤酒，每次能够出售一升，他俩花了很长时间才喝完。然后，他俩醉醺醺地在街头晃悠。等逛够了，他们就重返这台自动贩卖机前取酒，只不过这次喝光一升啤酒的时间比第一次快多了。

他们俩转着转着就来到了总理府对面。正在这时，一辆汽车在门前停了下来，希特勒钻出汽车，走进里面。路易不由得仔细打量起这栋建筑，发现大门旁边悬挂着一面小小的纳粹党旗。这可是一件再合适不过的纪念品，而且看起来唾手可得，路易心想。在 1936 年的夏天，这面旗子无论是对于路易还是对于大多数美国人来说，并没有太多的意义。但是，由于有两杯德国啤酒下肚，这时的路易早已技痒难忍。

在总理府的台阶上，有两名卫兵来回巡逻。路易观察了一下，发现他俩每次交汇时，刚好有一段时间都是后背对着这面旗。路易趁着这个空当飞奔至门前，但是随即意识到，旗子悬挂的位置要比自己想象的高很多。于是他使劲跳起来，想要把它拽下来。第一次没够着，他接着再跳。忘乎所以的路易完全忽略了卫兵的存在。一眨眼的工夫，那两名卫兵已经一边喊着一边朝他跑了过来。路易猛地一跳，终于抓住旗子的一角，最后连人带旗摔到了人行道上。他手忙脚乱地站起来，拼命逃跑。

只听“砰”的一声枪响！路易回过头去，看到一名卫兵举枪对空，一边高声喊着“Halten Sie！”（德语“站住！”的意思。——译者注），一边冲自己疾奔过来。这句话让路易清醒过来，他顿时停住了脚步。卫兵一把抓住路易的肩膀把他扭了过来，这才看清他的身上穿着奥运会的参赛服装。卫兵踌躇了一下，问他叫什么名字。对于纳粹，路易只知道一件事，那就是他们对犹太人恨之入骨。想到这里，他在报名的时候故意操着夸张的意大利口音，光是卷舌音就“足足拖了两分多钟”。

两名卫兵交头接耳地商议了一阵，其中一个转身进去。不一会儿，从里面走出一个看起来似乎是他们头领的人物。这个新来的德国人问路易，为什么要偷这面旗子。路易操着一口浓重的意大利口音答道，自己想要一个纪念品，用以纪念自己在美丽的德国度过的这段美好时光。最后，几名德国人把这面旗子送给路易，然后放了他。

对于路易的这次冒险经历，媒体很快便听到了风声。他们大肆渲染，说路易“悍然闯入希特勒的府邸”，在“枪林弹雨”中盗走了一面纳粹党旗。当他冲出“18 英尺”以后，“两队荷枪实弹的卫兵”终于将他制伏，并且对其大打出手。一名德国卫兵举起枪托，朝路易的脑门猛击下去。就在这千钧一发的时刻，德军总司令突然出现，而路易凭着如簧巧舌打动了这位将军，最终逃过一劫。在另一个版本中，说希特勒亲自把纳粹党旗赠给了路易。此外还有人传说，路易灵机一动，把旗子藏在了一个他们永远找不到的地方。后来，为了赢得一个女孩的芳心，上面这几种说法被路易信手拈来地使用。

8 月 11 日，路易打点行装，其中包括那面纳粹党旗和一大堆从德国人那里偷来的东西，然后离开了奥运村的房间。各项赛事已经接近尾声，许多径赛运动员都准备尽早动身，好赶往英格兰和苏格兰参加接下来的比赛。数天之后，奥运会在一场盛大的焰火表演中隆重落幕。希特勒的这次表演可谓毫无破绽，并且赢得了全世界的一片赞誉。

美国篮球运动员弗兰克·鲁宾没有立刻动身，而是在柏林停留了几天。几位德国朋友邀请他外出就餐，于是他们一起在街上闲逛，想要找一家合适的餐馆。没走多远，就有一家精致整洁的餐厅映入眼帘，鲁宾提议进去看看，但是当他的朋友看到窗户上悬挂的大卫王之星（大卫王之星即犹太教的六芒星，是犹太人的象征和标志性饰物。——译者注）标志时，立刻踟蹰不前。要是被别人看到了，“恐怕对自己不利”。他们这样告诉鲁宾。最后，他们还是来到了一家非犹太餐厅，接着又参观了一个公共游泳场。当他们走近游泳场的时候，鲁宾无意间看到，门口的标志牌上赫然写着：犹太人禁止入内。奥运会期间，这些标志曾经消失得无影无踪。但转瞬之间，它们又在整个柏林市死灰复燃。同样，以极端反犹而臭名昭著的《先锋报》也曾在比赛期间销声匿迹，而眼下却又在大街小巷的报摊上卷土重来。虽然鲁宾在柏林获得了一枚奥运会金牌，但是他的心情并不轻松。当离开这里时，他只觉得如释重负。他隐隐感到，某种可怕的事情即将发生。

奥运村并没有闲置多久，这里的房屋很快就变成了军营。随着奥运会赛事的结束，奥运村的设计者犹太人福斯特纳上尉扩大宣传的作用也已经不复存在。在听到有关元首将要革去自己职务的消息后，他含恨自尽。在距此不到 20 英里的奥拉宁堡镇，第一批囚犯正被押解至萨克森豪森的集中营。

★★★

9 月 2 日傍晚，路易抵达托兰斯镇。人们立刻蜂拥而上，把他按进一辆卡车后面的宝座上，浩浩荡荡地朝车库方向进发。那里已经有四千多名群众闻讯而至，他们和着乐队的声音摁响汽车喇叭，拉开工厂的汽笛，为路易的到来放声欢呼。路易与大家一一握手，并且笑逐颜开地合影留念。“我起跑晚了，”路易说，“而且跑得也太慢。”

回到家中以后，路易开始思考未来。路易知道，自己才 19 岁，而且仅有 4 次 5 000 米项目的参赛经验，因此想要在 1936 年的奥运会上夺得奖牌不啻水中捞月。但到 1940 年下届奥运会开幕时，他已经 23 岁，如果能够经过数年的训练，想要在 1 500 米比赛中大显身手并非难事。皮特的脑子里也盘桓着同样的念头。路易一定能够在 1940 年的奥运会上摘取桂冠，这一点他们俩都深信不疑。

一个星期以前，官方刚刚宣布了举办下届奥运会的城市——日本东京，而路易的梦想也再一次被点燃。

愤而从军

在南加州大学，路易发现校园里的世界级径赛名将随处可见。他和自己最好的朋友佩顿·乔丹一起，每天上午上课，下午参加训练。就像路易一样，乔丹虽因擅长短跑而名噪一时，但在1936年奥运会的预赛中，面对杰西·欧文斯，他也无法望其项背。所以，他俩不约而同地把夺冠的希望寄托在了东京奥运会上。每到晚上，路易和乔丹以及其他几名队友就会钻进他那辆1931年款的老式福特，一路开往托兰斯镇，然后尽情享用路易丝·赞贝里尼亲手烹制的意大利面。也许是他们觉得与这家人的关系已经到了熟不拘礼的地步，有一次西尔维娅发现一位跳高运动员竟然在自己的床上鼾声如雷。在业余时间里，路易不是忙着在大大小小的婚礼上碰运气，就是在电影摄制组里当群众演员，再不就是使坏捉弄自己的室友，比如用猫粮换掉他们的辣香肠或者用氧化镁乳液充当牛奶。为了追求同校的女生，路易可以不择手段。有一次，他甚至故意撞在一个漂亮女孩的车上，然后假装摔倒，最后竟然成功地邀请女孩赴约。

每逢课间，路易、乔丹和几个朋友就会一起来到办公楼前，坐在南加州大学的象征——汤米·特洛伊的雕像下谈天说地。他们的旁边经常徘徊着一个衣着一丝不苟的日本移民。有时候，他也会加入到路易他们的圈子中来。他的名字叫藤井·詹姆斯·佐佐木（本书日本人名皆为音译。——译者注），人们都叫他吉米。吉米十几岁的时候来到美国，并且在帕洛阿尔托市定居。那时的他看起来已经像个成年人了，但是却要从小学读起，因

1940年，正在为奥运会全力备战的路易
（本图片由路易·赞贝里尼提供）

此受尽了周围人的冷嘲热讽。在路易这几个朋友中，谁都不记得吉米在南加州大学攻读的是什么专业，但是只要提到他，每一个人都会回想起那个生性恬静、温文尔雅、沉默寡言而又总是笑容可掬的学生。

吉米对径赛运动非常着迷，一直希望能够结识路易，而路易也对吉米的博学多才印象深刻。在来到南加州大学之前，吉米自称，他曾经在哈佛、普林斯顿和耶鲁大学拿过学位。由于在体育和音乐方面的共同爱好，他们俩很快就成了无话不谈的知己。

除此以外，路易和吉米之间还有一个共同点。在交往过程中，路易听说吉米每天都要到托兰斯镇去，就问他是否也住在那里。吉米回答说“不是”，并且告诉路易自己非常关心日本国内人民的疾苦，所以到托兰斯镇向那些具有日本血统的村民进行演讲，鼓励他们筹集资金寄回日本以扶危济困。对于这一点，路易虽然感到十分钦佩，但偶尔也不免疑窦丛生，因为住在这里的日裔居民屈指可数。

吉米并不像人们表面上看到的那样简单。他根本没有上过哈佛、耶鲁或者普林斯顿大学。他的朋友们以为他不过30岁，实际上他已经年近不惑。他不仅结过婚，而且还有两个女儿。不过，路易和他的朋友们却一直被蒙

路易的跑鞋。穿着这双鞋，他从未输过
（由戴维·麦金托什拍摄）

在鼓里。尽管他没事就泡在南加州大学，让人们以为他也是一名学生，但这一切都是假象。早在十几年前，他就已经从南加州大学毕业，获得了政治学学士学位。路易和他的朋友们并不知道，吉米之所以要假扮学生，其实是另有原因。

★★★

在南加州大学的径赛场上，路易堪称一位重量级人物。为了能够在1940年的东京奥运会上夺得金牌，他一次又一次地在多个项目中打破纪录，并且大幅刷新自己的成绩。有一次比赛中，他甚至超出第二名100码的距离。1938年春，他跑完一英里只需要4分13秒7，与当时的世界纪录4分6秒4相比只差7秒多。他的教练预言，路易完全有望打破这一纪录。这名教练说，唯一一个能够与他一较高下的，是一个绰号“海洋饼干”的运动员。

1938 年的一个下午，比赛结束后，格伦·坎宁汉站在体育场的更衣室旁接受记者采访。“那就是下一个一英里比赛的冠军，”他一边说，一边把目光投向屋子的对面，“如果他集中精力进行这个项目的训练，谁也别想打败他。”记者们纷纷回过头来，朝坎宁汉所指的方向看去，只见路易站在那里，尴尬得满面通红。

在20世纪30年代，径赛专家开始对四分钟一英里赛的提法表示质疑。包括坎宁汉在内的大部分评论员都认为，没有人可能在四分钟内完成一英里的比赛。1935 年，当坎宁汉将这一时间缩短为 4 分 6 秒 7 时，一些权威人士开始采取科学方法对这项比赛进行研究。根据芬兰数学家创立的有关人体构造极限理论，著名径赛教练布鲁特斯·汉密尔顿在《业余体育家》杂志上撰文指出，四分钟一英里赛是不可能的。他在文中写道，人类跑完一英里的最短时间应该是 4 分 1 秒 6。

皮特并不认同这种说法。从上届奥运会开始，他始终坚信路易天生就是参加四分钟一英里赛的选手。虽然路易总是想要摆脱这种定位，但是到了 1938 年春天，他还是重新考虑了皮特的意见。路易的教练三令五申，禁止他在山地进行训练，因为当时人们普遍误认为这会有损于运动员的心肺功能，但是路易却对他的警告充耳不闻。整个 5 月，每天晚上他都会翻过体育场的栅栏，进入比赛场内，然后楼上楼下不停地奔跑，直到双腿麻木为止。到了 6 月，他感到身体蠢蠢欲动，无论是速度还是耐力都达到了空前的巅峰状态。路易心想，也许皮特是对的，不止他一个人有这样的想法。一些长跑专家，包括奥运会短跑冠军查理·帕多克，纷纷发表文章，指出路易有可能成为第一个在四分钟内跑完一英里的人。就连坎宁汉也一改往日的态度，认为路易的确具有这种能力。坎宁汉告诉记者，比起自己，赞贝里尼更有可能拿下四分钟一英里的比赛。

1938 年 6 月，路易来到明尼阿波利斯市参加全美大学生体育协会锦标赛，想要在一英里比赛中有所突破。在与其他运动员交谈时，求胜心切的路易不慎泄露了自己最新的训练方法、参赛策略和最快速度。于是，很快便有传言说，路易准备在一英里赛中大显身手。比赛的前一天晚上，一

路易庆祝自己在全美大学生体育协会锦标赛上的破纪录夺冠，此时的他一根肋骨断裂，双腿和一只脚也严重受伤

（本图片由路易·赞贝里尼提供）

名来自圣母玛利亚大学的教练满面严肃地敲开路易的房门，告诉他有些教练已经下令，让他的参赛对手削尖鞋钉，伺机寻衅。路易对他的警告完全不以为意，认为没有人会做出这种勾当。

然而他错了。比赛进行到一半，就在路易想要加速领先时，几名选手突然围拢过来，将他困在中间。路易几次试图打开缺口，但是总有人设法遮挡。就在这时，他身旁的运动员猛地掉转方向，狠狠踩在他的一只脚上，鞋钉立刻刺破了他的脚趾。随后，他前面的那个人也开始使劲向后踢，很快就划伤了他的小腿。还有一个人用力挥动手臂，狠命朝他的胸口撞去，最后撞折了他一根肋骨。观众席上一片哗然。

此时的路易流血不止，伤口剧痛，但是仍然无法突出重围。在这一圈半里，他的前后左右始终紧紧聚集着几名选手，如果他迈开步子的话，势必会碰上前面的运动员。在接近最后一个弯道时，路易终于发现自己的前面露出了一个小小的缺口。他一跃而起，风驰电掣般地超过前面的领跑者。尽管他双腿淌血、胸口生疼，脚上的跑鞋也已经被踩得破烂不堪，但最终他还是轻松夺冠。

路易缓缓停了下来，满腹委屈和不解。当教练让他估计自己的速度时，路易回答，应该不低于 4 分 20 秒。这时公示板上贴出了比赛成绩，看台上突然爆发出阵阵喝彩声。路易跑完一英里的时间是 4 分 8 秒 3，这不仅是全美大学生体育协会一英里项目的最好成绩，也在户外一英里赛中排名世界第五。路易仅以 1.9 秒之差与这项运动的世界纪录失之交臂。在随后 15 年的全美大学生体育协会锦标赛上，始终没人能够打破路易创下的这项纪录。

数周之后，日本突然宣布放弃 1940 年奥运会的承办权，比赛将在芬兰进行。于是，路易把自己的目标从东京转到赫尔辛基，继续苦练本领。在 1939 年的每一场比赛中，路易连连夺冠。1940 年的前几个月，在国内举行的一系列室内一英里比赛中，虽然强手如林，但路易的表现更为出色。他不仅把自己的成绩再次缩短了 2 秒 2，而且先后两次击败坎宁汉，进步异常神速。当年 2 月，在波士顿花园体育场举行的比赛中，他跑出了 4 分 8 秒 2，比有史以来室内一英里赛的最好成绩仅差 0.6 秒。两周以后，在麦迪逊花园广场，著名运动健将查克·芬斯克在室内一英里赛中与世界纪录持平，与他一线之差的路易成绩为 4 分 7 秒 9。随着奥运会赛事日渐临近，路易正处于最为理想的巅峰状态。

然而，当路易在大学赛场上纵横驰骋的时候，历史发生了巨大的转折。在欧洲，希特勒吞并这块大陆的阴谋呼之欲出。在亚洲，日本领导人也抱着同样的妄想。由于自然资源匮乏，人口众多，再加上长期以来赋税沉重导致内需下降、贸易失衡，日本经济已经接近崩溃的边缘。因此，对于周边邻国的丰富资源，日本领导人早就心存觊觎。他们知道，一旦将其据为己有，日本就可以获得经济上的独立。此外，还有些日本人以为，亚洲的其他国家都是劣等民族，而日本天生就是他们的统治者。“世界上的人种存在着优劣之分，”1940 年，日本政客中岛知久平曾经说过，“作为优等种族，指引和领导那些劣等种族乃是我们义不容辞的神圣义务。”中岛宣传，日本人“是世界上唯一一个优等种族”。基于上述理论，一些日本政客深受所谓“神圣义务”和“天赋使命”的驱使，秘密策划着让“大和民族的血统”在周边国家生根发芽的阴谋，并妄图征服整个远东地区。

实际上，对于这一阴谋，日本政府早已开始了长期的精心策划。在过去的数十年间，日本已经建立了一支凶悍孔武、装备先进的陆军和海军。为了实现自己的帝国主义野心，日本在国内强制推行军事化管理的教育制度，对学生进行粗暴无情的军事训练，迫使举国上下做好投入战争的准备。最后，日军还通过强化灌输与殴打惩戒等方式，让每一名士兵都变得极端凶残。“当暴力被披上神圣的外衣后，”历史学家张纯如曾经写道，“文化就成了催生日本帝国军队残暴行径的强大动力，也正是这种动力，驱使欧洲人进行十字军东征和设立西班牙宗教裁判所。”张纯如还引述一位日本将军 1933 年的言论：“每一枚子弹都要充满帝国主义的信念，每一把刺刀都要闪耀着国家道德的光辉。”1931 年，日本悍然出海，迅速侵占了中国东北三省，扶植满洲国作为傀儡，对当地人民进行无情镇压。而这一切只是个开始。

20 世纪 30 年代末，德国和日本早已蠢蠢欲动。1937 年，日本首先发动袭击，公然出兵中国，妄图占领东北三省以外的其他地区。两年以后，希特勒入侵波兰，欧洲爆发战争。长期奉行孤立主义的美国发现，自己也被卷入了冲突之中：在欧洲，昔日的盟国成了希特勒的眼中钉；在太平洋地区，长期以来的盟友中国饱受日本蹂躏，而包括夏威夷、威克岛、关岛和中途岛在内的美国领土以及菲律宾都危在旦夕。整个世界陷入了一场巨大的灾难之中。

1940 年 4 月的一天，阴云惨淡，当路易回到自己的宿舍时，发现南加州大学的校园里一片沸腾。希特勒在欧洲发动“闪电战”,苏联紧随其后，欧洲大陆陷入全面战争。本届夏季奥运会的举办国芬兰业已风雨飘摇。赫尔辛基的奥林匹克体育场在苏联的轰炸之下已经化作一堆废墟。那个曾经在柏林 5 000 米项目中击败路易、为芬兰夺得一枚金牌的贡纳·赫克特，也在保卫国家的战斗中牺牲。官方正式宣布，本届奥运会不再举行。

路易顿时一蹶不振。他开始不停地生病，先是食物中毒，然后是肋膜炎。他没有了昔日雄风，接连输掉了一场又一场比赛。当南加州大学春季学期结束时，路易悄悄藏起了自己的班级戒指，然后离开了校园。他还差几分就可以拿到学位，但是要耽搁接下来一整年的时间。于是，路易在洛克希德航空公司找到一份焊接工作，将自己曾有的奥林匹克梦想埋在心底。

1940 年夏，当路易在洛克希德航空公司挥汗如雨的时候，美国也正滑向战争的边缘。在欧洲，希特勒已经把英国及其盟国的军队逼到了敦刻尔克。在太平洋战场，日军在中国长驱直入，打到了印度支那。为了阻止

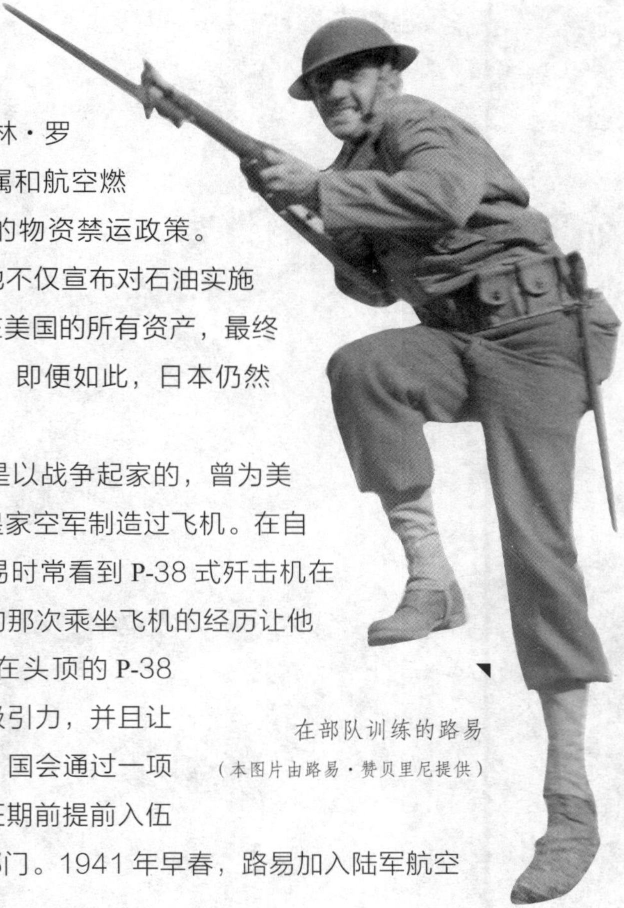

在部队训练的路易
（本图片由路易·赞贝里尼提供）

日本得寸进尺，富兰克林·罗斯福总统开始对废旧金属和航空燃料等强制推行日渐升级的物资禁运政策。在接下来的几个月中，他不仅宣布对石油实施禁运，并且冻结了日本在美国的所有资产，最终宣布实施全面贸易禁运。即便如此，日本仍然一意孤行。

洛克希德航空公司是以战争起家的，曾为美国陆军航空兵团和英国皇家空军制造过飞机。在自己工作的飞机库里，路易时常看到 P-38 式歼击机在顶空盘旋。路易童年时的那次乘坐飞机的经历让他感到惴惴不安，但是现在头顶的 P-38 歼击机对他而言充满了吸引力，并且让他念念不忘。直到 9 月，国会通过一项征兵法案，规定凡在应征期前提前入伍的，可以自己选择服役部门。1941 年早春，路易加入陆军航空兵团。

路易随即被遣往位于圣玛丽亚的汉考克航空大学。直到这时，路易才发现，在天上开飞机和从地上看飞机完全不同。由于患有晕机症，他总是过度紧张，动作僵硬。在签署征兵合约时，路易根本就没有认真阅读上面的条款，所以很快被陆军航空兵团淘汰。随后，路易得到了一份电影龙套演员的工作。当他参演埃罗尔·弗林和奥利维亚·德·哈维兰主演的《马革裹尸还》(*They Died with Their Boots On*) 时，一封来信不期而至。他到了服役的年龄。

入伍期限恰好就在这部影片停机之前。如果能够完成摄制，路易就会得到一笔不小的报酬。于是，在轮到自己进行体检时，路易事先吃下一大把糖果，最终由于血糖值过高没能通过测试。征兵人员让他过几天再来体检，路易立刻返回摄制组，在拿到自己的薪水后，于 9 月 29 日参加陆军。

当完成所有基本训练以后，路易意外地发现了一桩令人烦恼的事情。在此之前，他根本没有看过陆军航空兵团的征兵合约上写着什么就入了伍；

坚不可摧

路易登上陆军航空队的一架教练机

直到现在他才知道，自己再次加入了同一部队。1941 年 11 月，路易来到得克萨斯州的休斯敦埃灵顿空军基地。陆军航空兵团准备把他培养成一名投弹手。

★★★

当年秋季，当路易正在为成为一名空军士兵加紧训练时，一封加急信件放到了联邦调查局局长 J. 埃德加·胡佛的办公桌上。这封信出自国防部军情局一名准将之手。

信中说，有可靠线民报告军方，在加利福尼亚州某日本民间机构就职的一名当地居民，实际上受雇于日本海军，其目的是为日本发动战争筹集资金。最近，日本海军将领已将这名男子转移至华盛顿特区继续执行秘密任务。据该线民透露，此人曾经化名“佐佐木先生”。这位佐佐木先生就是路易的好友吉米。

尽管这位线民的报告几经辗转，并没有提到关于佐佐木有关活动的传闻，但是根据此后托兰斯镇警察局一位副巡长的记录，佐佐木经常神出鬼没于托兰斯大道旁一家发电厂的附近。他在那里架设起一台功率强大的无线电发报器，向日本政府传递信息。如果这一指控属实，那么佐佐木神秘的托兰斯之旅也就不足为奇了。路易的好友有可能是个间谍。

佐佐木的确受雇于日本海军，并且搬到了华盛顿特区。他在日本大使馆内就职，和许多国会议员住在一起。佐佐木混迹于华盛顿的上流社会，经常与一群议员在大厦的鸡尾酒会上举杯畅谈，或者在海军陆军乡村俱乐部里打高尔夫球。他还结识了许多警务人员和国务院官员，并且自告奋勇地在聚会结束后充当他们的司机。不过，至于佐佐木究竟是哪一边的，谁也搞不清楚。在一次鸡尾酒会上，他曾经向一位众议员透露，日本正在制造自己的航空母舰，这可是一则极为敏感的情报。

这封来信给联邦调查局敲响了警钟。为了引起国务卿的重视，联邦调查局局长胡佛于 1941 年 11 月 26 日下令对佐佐木一案进行调查。

★★★

大约两周以后的一个星期天早晨，太阳刚刚升起，一名飞行员驾驶着一架小型飞机在太平洋上空驶过。在他的下方，黑沉沉的海水开始逐渐泛白，浪花无情地拍打着瓦胡岛北岸。当飞行员抵达夏威夷群岛时，这里已经是一片阳光灿烂。

在瓦胡岛上，人们刚刚睁开惺忪的睡眼。在希克姆营区，一群士兵正在洗车。在呼啦巷里，爸爸妈妈正在为孩子们梳洗打扮，准备前往教堂参加弥撒。在惠勒营区的军官俱乐部里，三三两两的军官刚刚离开牌局。在一间营房里，两名士兵正在进行枕头大战。在爱娃海军营区，一名技术军士拿起相机，把镜头对准了自己 13 岁的儿子。军舰随着港口的波涛轻轻摇摆，餐厅里空无一人，不少士兵还在自己的铺位上呼呼大睡。在“亚利桑那”号军舰上，一名军官正为美国军舰棒球锦标赛做热身准备。今天是星期天，甲板上照例奏起国歌，几名士兵列队集合，冉冉升起一面美国国旗。

在他们的上空，飞行员清清楚楚地看到了 8 艘旗舰，这就是美国太平洋舰队的全副阵容。整个地区都笼罩在一片薄雾之中。

这名飞行员是渊田美津雄。他重新盖上飞机的座舱罩，随即点燃一枚信号弹，只见一道青烟迅速划破长空。接着，他命令报务员发出战斗信号。在渊田的身后，180 余架日本战机已离开本土，直奔瓦胡岛而来。（在第一次进攻中，日军共出动 183 架战机，但是有两架在起飞时失事。）“亚

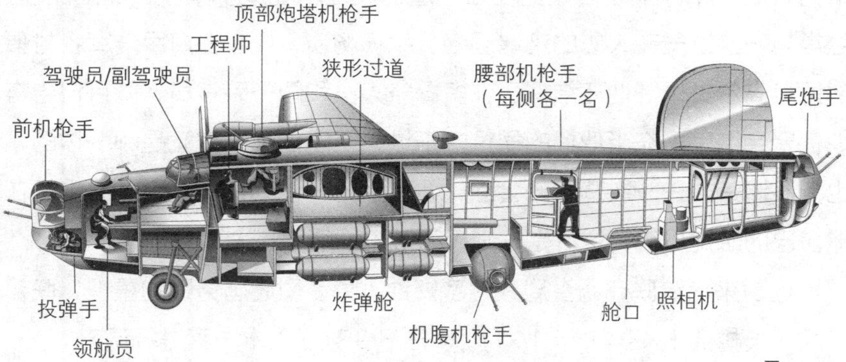

B-24“解放者”

利桑那”号上的士兵不知道出了什么事情，纷纷来到甲板上仰头观望。

在营房里，刚才还在进行枕头大战的两名士兵中，有一名突然倒地身亡，颈部被子弹穿透，伤口足有 3 英寸（1 英寸 =2.54 厘米，下同）那么深。他的战友急忙跑到窗边，只见一架轰炸机俯冲直下，朝一幢大厦撞去，大厦轰然倒塌。他只记得，飞机的机翼上赫然印着一轮红色的太阳。

当天早晨，皮特·赞贝里尼正在一位朋友的家中玩扑克，然后准备外出打高尔夫球。在他的身后，煎锅里的华夫饼嗞嗞地冒着热气，旁边还有一台收音机。就在这时，一个急迫的声音突然打断了主持人的播报，皮特他们目瞪口呆地放下了手中的扑克牌。

这个周末，路易正在得克萨斯州的一家剧院里看电影。剧场里人头攒动，到处都是现役军人。对于和平时代的士兵来说，这里可以让他们在无休无止的训练后稍事喘息。电影刚演到一半，银幕突然一片空白。霎时间，剧院里灯火通明，一名男子匆匆忙忙登上舞台。难道是发生火灾了吗？路易暗想。“所有军人必须立即返回驻地，”这名男子说道，“日本已经对珍珠港发动了袭击。”

时至今日，路易还清清楚楚地记得自己当时的表情，他坐在那里瞠目结舌，对于眼前发生的一切毫无头绪。美国要开战了。他抓起自己的帽子，从剧场里疾奔出去。

UNBROKEN

第二章 二战：绝命飞行

会飞的棺材

当日本战机掠过瓦胡岛上空时，就在距离该地 2 000 英里开外的威克岛环礁上，几名海军陆战队士兵正在一顶作为餐厅的帐篷内享用薄饼。威克岛是位于太平洋深处的一个弹丸之地，岛上淡水资源极其匮乏，然而却是作为空军基地最为理想的要冲地点，具有巨大的战略价值。这里只有一个机场和区区 500 名美国官兵，其中大多数是海军。除了偶尔有几架泛美航空公司的飞机中途在此加油以外，这里从来没有过任何趣闻。但是，就在 12 月的一个清晨，威克岛的海军陆战队队员刚刚拿起桌上的薄饼，空袭警报突然鸣响。到了正午时分，天空被黑压压的日本轰炸机遮得严严实实，所有的建筑物都已经被夷为平地。直到这时，这个方圆不足 3 平方英里的珊瑚岛上的士兵才如梦初醒，第二次世界大战已经向美国袭来。

当天早晨，整个太平洋地区的情况都如出一辙。在不到两个小时的时间里，日本突袭珍珠港，对美国海军造成了重创，2 400 余人丧生。与此同时，日本还对泰国、中国上海、马来亚、菲律宾、关岛、中途岛和威克岛发动了袭击。在短短的一天之内，日军以猝不及防之势开始了惨无人道的大规模屠杀。

美国人早已枕戈待旦。在日本轰炸夏威夷岛不到一小时内，美军已经在旧金山海湾布设了地雷。在华盛顿，民防部长菲奥雷洛·拉瓜迪亚坐在一辆警车里穿梭于市区的大街小巷，一边拉响警笛，一边拿着喇叭大喊："镇定！镇定！"在白宫里，埃莉诺·罗斯福给女儿安娜发出一封急信，要她立即带着孩子离开西海岸。一名仆役长偶然间听到，总统正在加紧研究，一旦日军步步紧逼直捣芝加哥，美国将作何回应。与此同时，在马萨诸塞大道上，日本大使馆的上空浓烟滚滚，吸引了大批民众站在人行道上默默驻足围观。原来工作人员正在院子里焚烧文件，而这也正是佐佐木先生工作的地方。

"会飞的棺材"，
一架B-24"解放者"

12月7至8日夜间，仅是旧金山一处就先后四次拉响空袭警报。凌晨4时，在得克萨斯州的谢泼德空军学校，惊慌失措的军官们在营地里奔走相告，一边高喊"日军飞机来了"，一边喝令所有学员外出集合。在接下来的几天里，美军不停地在加利福尼亚州沿岸挖掘壕沟，奥克兰的大小学校也都纷纷停课。从新泽西到阿拉斯加，所有水库、桥梁、隧道、工厂和码头都有重兵把守。在内布拉斯加州的科尼市，有关部门甚至专门派出人员向居民示范怎样用花园中的水龙头对付从天而降的燃烧弹。大大小小的建筑物，从独门独户的农舍到威严肃穆的白宫，所有窗户都被黑色的窗帘遮得严严实实。到处都是骇人听闻的传言：日本即将对堪萨斯城发动袭击；日本对旧金山进行狂轰滥炸；日军攻陷了巴拿马运河。

日本几乎横扫全球。12月10日，日军入侵菲律宾，占领关岛。翌日，日军攻占缅甸，数日后又对英属婆罗洲发动了袭击。香港也于圣诞节当天陷落。1月，北婆罗洲、腊包尔、马尼拉和美国在菲律宾的军事基地也相继失守。区区70天之内，日军就攻陷了马来亚和新加坡。

但是，只有一处久攻不下。日本人原以为，拿下威克岛易如反掌，然而事实却恰恰相反。整整三天三夜，日军对这个小小的珊瑚岛进行了狂轰滥炸。12 月 11 日，包括 11 艘驱逐舰和轻型巡洋舰在内的大批日军兵力再次对威克岛发起猛烈的攻势。面对敌众我寡的形势，岛上守军奋起还击，不仅击沉了两艘驱逐舰和其他 9 艘舰艇，而且还击落了两架轰炸机，一度迫使日军撤退，这也是日军自发动战争以来第一次失利。直到 12 月 23 日，日本终于攻下威克岛，并俘虏了岛上的美军官兵。在这场鏖战中，美军阵亡 52 人，日军为 1 153 人。

在接下来的几天里，美军俘虏被关押在这里的空军基地。每到夜晚，他们冷得浑身发抖，而到了白天，这里又变得酷热难耐。一开始，日军不停地对他们进行殴打以示惩罚，但是后来一名日本军官出面干涉，于是大部分俘虏被塞进船舱押往日本和中国的被占领土，沦为日本人的首批阶下囚。然而，美国人不知道的是，有 98 名美军俘虏仍然被留在威克岛上，面临着被奴役的悲惨命运。

对于路易来说，重新加入陆军航空兵团本来是一件十分倒霉的事情，但是后来事实证明这次经历并没有他想象的那样糟糕。路易先后在得克萨斯州埃灵顿空军基地和米德兰陆军飞行学校进行训练，并且取得了优异的成绩。一般情况下，训练中他们只会在一定高度进行直线飞行，因此晕机症不是太大问题。最让人感到得意的是，飞行员的服装对于女人来说有着一种无法抵抗的诱惑力。一天下午，当路易独自在街上行走的时候，一辆敞篷车突然在他的身边戛然而止，路易在车上一群金发女郎众星捧月般的簇拥之下，一路疾驰而过，来到了一个聚会上。当这种事情再次发生时，路易突然悟出了其中的门道。

路易的训练任务是学会操作两种轰炸瞄准仪。在飞机进行俯冲式轰炸时，他使用的是一个价值不过 1 美元的手动瞄准仪。这个瞄准仪由一个带有支架的铝制托盘和一个吊锤组成。当飞机平行驾驶时，他使用的则是诺顿瞄准仪。实际上，这个瞄准仪是一台极为复杂的高级计算器，价值高达 8 000 美元，相当于当时美国一台普通计算器价格的两倍之多。当使用诺顿瞄准仪时，路易首先要通过肉眼对目标进行粗略估测，然后在计算器内输入风速、海拔等相关数据。随后，这台瞄准仪就会对飞机进行自动操控，并且根据目标的位置选择精确路线，计算出适合的轰炸角度，然后在最佳

一名投弹手在
投弹瞄准器前工作

时机投下炸弹。在完成上述程序以后，路易就会喊道："投弹完毕！"这时候，飞行员才重新接管轰炸机的控制权。在当时，诺顿瞄准仪属于高度机密的武器，不仅在存放处有重兵把守，而且运输过程也极为严格，任何人都不得对其进行拍照或者记录相关信息。如果飞机失控，为了防止瞄准仪落入敌方，路易必须立即掏出自己的柯特 45 手枪摧毁这台仪器，然后才能设法逃生。

1942 年 8 月，路易从米德兰陆军飞行学校毕业，正式成为一名二等中尉。他跳上一位好友的凯迪拉克前往加利福尼亚州，打算在最后一轮集训前向自己的家人告别，然后再开赴前线。时任海军中尉的皮特正在圣迭戈服役，为了与路易团聚，也专程赶回了家中。

8 月 19 日下午，赞贝里尼一家人站在门前的台阶上一起拍照留念，这也是他们的最后一张合影。身着戎装的路易和皮特英姿飒爽地站在最下面一级台阶上，显得中间的路易丝是那样的娇弱无助。8月的骄阳火辣辣地照在她的脸上，路易丝泪光盈盈地攥着两个儿子的手臂。她和路易都没有看镜头，而是四目相视，生怕一眨眼对方就会瞬间消失一样。

路易和父亲一起开车前往火车站。站台上人满为患，到处都是穿着军装的年轻人和泣不成声的父母亲朋。他们一边紧紧拥抱在一起，一边依依惜别。当路易拥抱父亲的时候，他感到父亲的身体在不住地颤抖。

列车徐徐开动了。路易把头探出窗外，只见父亲站在那里，手停在半空中，脸上挂着一丝勉强的笑容。路易心想，不知道自己还能不能再次见到父亲。

火车一路来到华盛顿州的埃夫拉塔。干涸的河床上建有一座空军基地，由于这里一年四季沙尘不断，所以无论是基地、士兵还是飞机都显得灰蒙蒙的。一脚踩在地上，灰尘足有几英寸深。衣服只要从箱子里拿出来，立刻就会变得肮脏不堪。士兵们只能席地而坐，在室外用餐，每一口食物中都掺着不计其数的沙砾。在21天之内，地面人员必须更换完毕24架几乎已经被沙尘掩埋的轰炸机，因此为了避免跑道上扬尘过多，他们不得不喷洒汽油。除此以外，由于军中没有剃须刀出售，几乎每一个人都蓄着颇显狼藉的络腮胡子。

路易准备离家参战前所拍摄的最后一张全家福。后排从左至右分别是：西尔维娅的未婚夫哈维·弗拉默尔、弗吉尼亚、西尔维娅和安东尼·赞贝里尼。前排：皮特、路易丝和路易
（本图片由路易·赞贝里尼提供）

菲尔所在的机组成员。从左至右：菲利普斯、临时副驾驶员格罗斯、赞贝里尼、米歇尔、道格拉斯、皮尔斯贝利和格拉斯曼。墨兹内特、拉姆伯特和布鲁克斯三位成员没有出现在此幅照片中

（本图片由路易·赞贝里尼提供）

到达基地以后，路易站在那里四处眺望，没过多久他就发现自己已经通身是汗、绝望至极。就在此时，一个身材矮小的二等中尉朝他走了过来，告诉路易自己名叫罗素·艾伦·菲利普斯，是路易所在轰炸机上的飞行员。

1916 年，菲利普斯出生于印第安纳州的格林卡斯尔，今年刚满 26 岁。他生长在印第安纳州拉波特一个极为虔诚的宗教家庭，父亲是一名卫理公会牧师。从孩提时代起，菲利普斯就显得格外沉默寡言，人们以为他生性温顺柔弱，但事实上，他胆大无畏。菲利普斯曾经只身背上一袋干粮，偷偷搭乘市内公交车，然后躲在汽车后备厢里伺机潜入印地 500 赛车的内场。在普度大学读书时，他拿过了森林保护学学位。在后备军官训练团，他的班长曾经说过，菲利普斯是他有生以来见过的“体型最差、仪表最邋遢的士兵”。尽管班长对他的评价不高，菲利普斯还是参加了陆军航空兵团。后来的事实也证明，他天生就是做飞行员的材料。在拉波特，乡里乡亲都叫他艾伦；但在军营里，大家都称他为菲利普斯。

对于菲利普斯，人们注意到他的第一件事往往正是他毫不引人注目。

罗素·艾伦·菲利普斯（本图片由凯伦·卢米斯提供）

菲利普斯一向默默无闻，人们总是过了很久才发现他的存在。由于他身材矮小、两腿粗短，看起来就像是一个消防栓。一名战友甚至调侃菲利普斯说，因为“他的臀部离地面太近”，所以干脆就叫“喷砂机”好了。此外，不知道是什么原因，他的一条裤腿总是比另一条短很多。再加上菲利普斯长相腼腆幼稚，混在人堆里根本就显不出来。除了生性木讷以外，这大概就是他无论在哪都毫不引人注目的原因。虽然菲利普斯为人友善，但是从他的信件中可以推知，他其实是一个能言善辩但却不愿枉费唇舌的人。如果把他放在一个聚会中，你会发现整个晚上当周围的人们都在喋喋不休时，唯有他始终一言不发。人们往往在与他交谈许久之后才会注意到，他先前根本就没有做出任何回应。

如果说菲利普斯也有沸点的话，那么他可能从来都没有达到过。无论是上级的颐指气使还是下级的愚蠢劣行，甚至是戎马生涯中任何一名军官都难免带有的乖张个性，他都能够淡然置之。即使是对那些无理取闹的人们，他也能够做到心平气和、逆来顺受。直到后来，路易和其他队员发现，甚至是在千钧一发的时刻，这位平日里看似忍气吞声的飞行员依然面不改色。菲利普斯的血管里流淌着的仿佛不是血液，而是冰水。

菲利普斯也曾有过一段炽烈的爱情。刚上大学的时候，他的父亲来到泰瑞豪特传教。在那里，菲利普斯的妹妹把教堂唱诗班里一个名叫塞西尔·佩利的师范专业女大学生介绍给了哥哥，菲利普斯叫她茜茜。茜茜是一个身材曼妙、性格开朗、思维敏捷的金发美人，还养了一只名叫“乔珀”的猫咪。在泰瑞豪特的一次舞会上，艾伦吻了茜茜，从此他们俩便疯狂地坠入了爱河。

1941 年 11 月一个星期六的夜晚，菲利普斯从印第安纳波利斯站乘火车前往陆军航空兵团。距离发车还有 5 分钟时，茜茜赶到了车站。菲利普斯对女友许下诺言，等到战争结束，他就会迎娶茜茜。他把茜茜的照片珍藏在自己的衣箱里，每周都要给她写几封缠绵的情书。在茜茜 21 岁那天，菲利普斯把自己的薪水寄给她，让茜茜自己挑选一枚订婚戒指。没过多久，一枚刻有艾伦名字的戒指就戴在了茜茜的无名指上。

1942 年 6 月，茜茜毕业后随即来到凤凰城，想要亲眼一睹艾伦在蓝天翱翔的英姿。这时的他们已经被爱情冲昏了头脑，本来想要就地举行婚礼，但是转念一想，还是决定在菲利普斯的下一个训练地点再结婚。这样一来，直到艾伦开赴前线之前，他们仍然有一段时间可以生活在一起。随后，他就被派往埃夫拉塔。当他看到这里的情形以后，恨不得踢自己一脚。“早知如此，要是能在凤凰城结婚多好，”他写信给茜茜，“我可不希望你住在一个像埃夫拉塔这样的垃圾堆里。”于是，他们再次推迟了婚期。等到秋天，艾伦的训练就会告一段落。他们希望，在艾伦参战之前，他们也许还有机会举行婚礼。

在埃夫拉塔，路易和菲利普斯很快就结成了好友。菲利普斯十分喜欢路易生性健谈、为人友善的性格，而路易也十分欣赏菲利普斯处变不惊的态度，认为他是自己见过的最好的人。他们两个不仅从来都没有发生过口角，而且总是形影不离。菲利普斯叫路易“赞普”，而路易叫菲利普斯“菲尔”。

菲尔的飞机上还有其他几名成员。22 岁的史丹利·皮尔斯贝利参军以前曾经在缅因州经营一个家庭农场，现在是这架轰炸机上的工程师和炮塔枪手。另外一位工程师是来自弗吉尼亚州的克莱伦斯·道格拉斯，负责操纵位于机翼后方两侧的机枪。罗伯特·米歇尔来自伊利诺伊州，父亲是一位大学教授，负责机上的导航工作，并且操纵机身前部的机枪。弗兰克·格拉斯曼身材矮小，头发卷曲，长相酷似喜剧明星哈珀·马克斯，先后担任机上的发报员和机身腹部的枪手。因为弗兰克来自芝加哥，所以人送绰号“暴徒”。雷·拉姆伯特负责操纵飞机尾部的机枪。哈里·布鲁克斯来自密歇根州，相貌英俊，性格爽朗，是机上最讨女人喜欢的飞行员。他负责操纵无线电设备以及机身中部的机枪。副驾驶员名叫乔治·墨兹内特。为了有朝一日成为合格的飞行员，他这个副驾驶需要在不同的飞机上来回调动，所以和这架轰炸机上其他成员相处的时间并不太长，却很快与菲尔和路易成了朋友。

在这些人中，只有墨兹内特、米歇尔、菲尔和路易是军官，其他几个人是士兵。除了哈里·布鲁克斯和菲尔已经有了女友以外，其他人都是单身汉。哈里的女朋友名叫詹妮特，在战事开始之前，他们曾经把婚期定在 1943 年 5 月 8 日。

★★★

部队给每个人分发了加厚羊皮夹克和羊毛衫，然后集体拍照留念，随后他们几个正式成为空军第七师第 307 轰炸团第 372 轰炸中队第 9 分队 8 号机组人员。现在他们就只差一架飞机了。

路易一直希望自己能够被派遣到 B-17“飞行堡垒”轰炸机上，因为它外形帅气、动力强劲、反应灵敏、装备先进、性能稳定、机翼很长，几乎坚不可摧，作为男人没有人不喜欢这个型号的轰炸机。而每一名飞行员都不希望自己被分到 B-24“解放者”轰炸机上。与 B-17 比较起来，B-24 只有一个明显的优点。由于 B-24 拥有备用油箱，而且它的“戴维斯”机翼十分修长、效率极高，所以可以连飞一天一夜，被誉为硝烟弥漫的二战战场上一个决定性装备。

B-24 加固型“解放者”面部扁平、棱角分明，看起来阴森可怖，谁也不会去喜欢这样一架飞机。人们给它起了很多栩栩如生的外号，比如“会飞的砖头”“会飞的货车”“大笨头”等。由于 B-24 的机舱内空间极为逼仄，所以在执行任务时，驾驶员和副驾驶员只能在长达 16 个小时的时间内一动不动。此外，这种飞机的控制台也显得异常高大，即使飞行员极目眺望，除了机头以外，几乎什么也看不到。轰炸机上的过道仅有 9 英寸宽，就连平时想要在上面保持平衡都很困难，更不用说遇到湍流了，机组成员一不小心就会栽倒在隔间的铝制舱门上。人体自身的重量再加上跌倒时所造成的冲击力，就会使这些质地脆弱的舱门顷刻之间变得面目全非。

此外，驾驶 B-24 在跑道上滑行时异常危险。由于轮子本身没有转向，驾驶员只能依靠交替使用两侧的引擎和刹车进行操纵，而飞机两侧制动系统的灵敏度存在一定差异，所以每当飞机在跑道上滑行时，就会一路磕磕碰碰，远远偏离预定的轨道，最后人们不得不用铲子把它从坑里挖出来。

在第一次进入 B-24 的驾驶舱时，一名飞行员这样描述道：“我好像坐在自家门口的走廊上开飞机，而整栋房子就是机身。”持有这种悲观看法的远远不止他一个人。“解放者”是当时世界上质量最大的飞机，其中 D 型重达 71 200 磅。驾驶这种轰炸机就像与一头硕大的棕熊赤膊角力，最终飞行员会被耗得浑身酸软、精疲力竭。如果 B-24 的飞行员穿着无袖衬衫，人们一眼就能将他们分辨出来。因为他们只能使用左手操纵摇杆，同时用右手进行配合，所以他们的左臂远比右臂显得粗壮。此外，由于机身过于笨重，飞行中很难保持队形，而保持队形对于防御来说尤为关键。只要碰上一点气流，或者有人在舱内走动，飞机就会立刻偏离原有的坐标。

B-24 还存在诸多技术上的困难。如果四个引擎中有一个失灵，飞机就很难继续驾驶；如果有两个引擎出现故障，飞机就要紧急迫降。自从 B-24 问世不久，就不断有尾翼在半空脱落的事故发生。战争刚刚开始，这种飞机就以不堪一击而闻名。尤其是它细长的双翼很容易在战斗中折断，在埃夫拉塔的一些人看来，B-24 不啻一个死亡陷阱。

经过漫长的等待，第 372 飞行中队的轰炸机终于抵达埃夫拉塔。菲尔和战友们一起走出来向远处眺望，虽然飞机距离他们还有一段距离，但他们还是一眼就认了出来，绝对不会有错。人们纷纷开始抱怨，路易听到旁边有人说：“这分明就是一口会飞的棺材。”

位于“超人”号驾驶舱的菲尔

（本图片由路易·赞贝里尼提供）

★★★

和其他人一样，他们也被分配到一架 B-24D 轰炸机上。在接下来的三个月中——8 月和 10 月在埃夫拉塔，9 月在苏城——他们几乎吃喝拉撒都在这架飞机上。他们列队飞行，在牵引飞机的带领下打击目标，进行模拟训练和俯冲轰炸。有一天，由于他们在艾奥瓦州急速飞行时高度过低，螺旋桨在地上激起一片扬沙，机腹的油漆被蹭掉一大片。菲利普斯坐在机尾的舱口，本想在模拟炸弹命中目标的时候抓拍一张照片，但是却擦伤了双腿。在这个过程中，路易一直待在装有玻璃窗机头凸出部分的“温室”里对目标进行轰炸。没过多久，他们的“英勇事迹”便传到了指挥官那里，在第 372 分队投掷了 100 磅炸弹之后，很快就有农民怒不可遏地打电话过来，说自己的厕所已经被夷为平地，一头奶牛也不幸一命呜呼。

在埃夫拉塔，菲尔和其他机组成员第一次懂得了什么叫害怕。在一次训练中，他们的无线电突然失灵，飞机随即迷失了方向。他们稀里糊涂地继续飞行了数小时之久，直至午夜时分，才最终设法在斯波坎附近一带降落，距离原定的目标十万八千里。在这三个半小时里，他们完全与外界失去了联络，航空兵团派人搜遍了整个西海岸。当菲尔走下飞机时，先是被一个上校痛斥了一番。等他飞回埃夫拉塔时，又分别被另一名上校和少校责骂了一顿。“说真的，一夜之间，我好像突然长大了许多。”他写信告诉茜茜。

他们的担忧其实不无道理。在路易还没有开始进行轰炸训练时，他曾经收到过一封来自陆军航空兵团好友的来信。信上写道：

“我想你已经知道，上个星期有学员和教官挂掉了。真可怜，他们连逃命的机会都没有。当他们从基线航程转为着陆模式时熄了火，飞机一个侧翻倒在了地上……这几乎把他们两个撕成了碎片。安全带将那个教官一切为二。在飞机的残骸上，就像有人往上甩出去了几盘子西红柿和饼干一样，血肉模糊，一片狼藉，根本分不清谁是谁。”

在美国所有准飞行员的信件中，类似的故事屡见不鲜。因为导航错误、机械故障甚至时运不济而丧生的学员的比例高得惊人。在这次战争期间，陆军航空队（前身为陆军航空兵团）在美国本土发生意外共 52 651 起，造成 14 903 人死亡。其中虽然不乏海岸巡逻队和执勤人员，但大多数还是那些正在接受训练的空军学员。他们连真正的战场是什么样还不知道，就已经命丧黄泉。在菲尔和其他机组成员接受训练的三个月中，陆军航空队共有 3 041 架在本土遭遇事故，平均每天损失 33 架飞机和 9 名学员。在接下来的几个月里，每个月的死亡人数超过 500，人们对此早已司空见惯。1943 年 8 月，美国仅本土就有 590 名学员丧生，平均每天 19 人。

路易、菲尔和其他几名机组成员目睹了这些惨剧的发生。当年 7 月，路易的好友因驾驶 B-24 而遇难。在此之前，他刚刚与菲尔一起吃过晚饭。一天清晨，大雨倾盆，菲尔的队友和另外一班机组人员同时接到命令，要求他们集体出航。就在飞机即将起飞的那一刻，菲尔再次接到命令，要求他们返回营地，但是另外一架飞机已经出行，并在飞出两英里之后坠毁，飞行员和导航员双双毙命。10 月，他们来到苏城训练，同队的另一架飞机在着陆时发生意外，造成两人死亡。但是，当媒体对这起事故进行报道时，并没有对外透露机组人员的姓名。得知此事以后，菲尔中途飞一般地离开了会场，打电话告诉家人，自己驾驶的飞机没有坠毁。

为了教给学员如何在遭遇坠机事故时进行自救，陆军航空队可谓不遗余力。他们让学员进行演练，在撞机前后应当使用哪些装备，并且采取哪些行动才能逃生。每个人都要在容易发生冲撞的岗位接受训练，路易被分配到了右侧机翼的舷窗下。学员们还要进行模拟跳伞，学会怎样从失事的飞机上跳下来。有人滚下过道，从炸弹舱门一跃而出；还有人越过舷窗跳下飞机，但是在真的航行过程中，这种做法会不会被窗子后面的两个引擎一分为二就不得而知了。他们还教给学员怎样进行海上迫降。菲尔虽然学了，但仍然觉得让这种形体巨大的飞机在水面上降落简直“荒唐至极”。在后来播放的训练影片中，菲尔越发对自己的看法深信不疑，因为每一架试图进行海上迫降的 B-24 最后都以失败而告终。

他们的训练极为严酷，因此包括菲尔在内的每一名机组成员都发生了巨大的转变。在接下来的日子里，也许无法保证每一个人都能存活下来，但对于这一群技术精湛的飞行员来说，如果能够幸免于难，不能不说是自己的运气。他们的团结协作可谓天衣无缝，无论是投掷炸弹还是进行射击，他们机组的训练成绩在整个中队都无与伦比，菲尔更是众望所归。B-24

位于“超人”号驾驶舱的菲尔

（本图片由路易·赞贝里尼提供）

本来是为高个飞行员设计的，所以为了让自己够得着脚踏板并且看得见控制台，菲尔不得不在自己的座位上加了一个靠垫。尽管如此，他的表现仍然异常出色。借用路易告诉一位记者的话来说，菲尔“还真是一个了不起的飞行员”。

菲尔开的那架 B-24 与众不同。由于向轰炸舱补给油料速度极为缓慢，每当这时，皮尔斯贝利总是神经兮兮地一边在机舱内踱步，一边时不时地嗅一嗅空气的味道。另外一个油料输送阀门也不好伺候，为了防止阀门过宽导致引擎功率下降或者触发逆火震裂耳膜，皮尔斯贝利和道格拉斯不得不经常调节它的位置。只有当油箱差不多耗空时，阀门才开始工作，这时仪表就会奇迹般地显示飞机的燃油在不断上升。不知出于什么原因，飞机上的一个引擎比另外几个油耗要高，所以驾驶员必须时刻留意每一个阀门。

随着时间的推移，菲尔他们逐渐打消了对“解放者”原有的顾虑。在经过数百小时的密集训练之后，这架飞机仍然完好无损。尽管它外观丑陋、毛病百出，但是性能优越、粗犷耐久。对此，地勤人员也有同感，并且对菲尔的飞机呵护备至。每当出航时，他们就会满腹忧虑；等到返航时，他们仿佛如释重负。只要机身有一点擦伤，他们就会埋怨这几名机组成员。很多飞行员都喜欢把 B-24 叫作“空中闷罐车”，但是菲尔和路易却不喜欢这个名字。但凡提到这架飞机，路易就会亲切地称为“我们家”。

下了飞机以后，他们一起喝酒，到当地的湖里游泳，或者在埃夫拉塔和苏城附近闲逛。到了苏城以后，路易发现先于他们到达此地的地勤士兵已经告诉这里的妇女，他们的肩章代表自己是军官。于是，路易不得不着手纠正这个错误。这时菲尔正在办公室值夜班。一天晚上，他迷迷糊糊地做了一个奇怪的梦。在梦里，他从前线返回家中，却发现茜茜已经移情别恋。

★★★

1942 年 10 月中旬的一个星期六下午，第 372 中队接到命令，要求他们即刻打点行装。他们将中止飞行训练，前往加州的汉密尔顿军事基地，然后火速开赴前线。听到这个消息，菲尔立刻一蹶不振。再过三天茜茜就要到了，他们本来打算在苏城举行婚礼。20 日一早，整个中队飞离了艾奥瓦州。

到达汉密尔顿军事基地以后，一名画家已经在那里待命。按照要求，他准备在每一架飞机上画出它们的名字和图案。在美国，为轰炸机取名这个传统由来已久，因此很多 B-24 的机组成员都跃跃欲试，并且想出了不少响亮的名号，比如“万众合一”“轴心粉碎机”“坏小子”“炸弹客”等。一些飞机上的措辞相当露骨，有的还画着穿着单薄甚至赤身裸体的女郎。还有一架飞机上画的是一名海员追求一个裸女的情景，飞机的名字是“威利·魅哥”。比这更加不堪入目的图案比比皆是，路易还在一架轰炸机旁边嬉皮笑脸地拍了一张照片。

菲尔的飞机也要取个名字，但谁都不知道该叫什么才好。战争结束以后，对于究竟是谁为这架飞机命名的，几名幸存者各执一词。不过，那年秋季，菲尔在一封家书里清清楚楚地写道，是副驾驶员乔治·墨兹内特提议将飞机命名为“超人”。大家立即表示一致赞同，并且把它写在了飞机的机头。这名“超人”的一只手攥着一枚炸弹，另一只手举着一挺机关枪。路易不太喜欢这幅作品，因为在照片里，那挺机枪画得更像是一把铲子，但是菲尔却对它推崇备至。大多数机组成员都喜欢用“她”来称呼这架飞机，不过菲尔却坚持认为自己的飞机绝对是个男子汉。

他们知道自己将要参加战斗，但是并不清楚服役地点。因为部队给每个人分发了厚重的棉服，所以路易猜想他们很可能被派往阿拉斯加州的阿留申群岛。几个月前，日本人刚刚入侵了这一地区。所幸的是，他的推测并不正确，这支分队最终被派往夏威夷。10 月 24 日的晚上，路易打电话给家人，想要在临行前做最后一次道别。就在路易挂断电话几分钟以后，皮特也回家探亲，兄弟两人刚好错过通话的机会。

在和路易通完电话以后，路易丝不知什么时候拿出了一沓卡片，卡片上面详细地记录了自己每一次收到路易圣诞贺卡的时间。在路易最后一次探亲时，她曾经在其中一张卡片上草草记下了他们的会面时间和路易即将前往的地点。这一次，她记下了自己与儿子通话的时间，而这也成了路易丝战争日记的最初两行。

在离开汉密尔顿军事基地之前，路易把一个小小的包裹投进邮箱，寄给自己的母亲。路易丝打开包裹，发现里面装着一对机翼模型。每天一早，路易丝都会把这对机翼别在自己的裙子上。到了晚上睡觉的时候，她又会把它们从裙子上取下来，然后再别在自己的睡衣上。

1942 年 11 月 2 日，“超人”机组成员登上飞机，准备开赴前线。这将是一次异常艰险的航程。日本刚刚建立起来一个巨大的帝国，这个帝国北起冰雪覆盖的阿留申群岛，南至赤道以南数百英里的爪哇岛，纵深五千英里；西起印度边境，东至太平洋中部的吉尔伯特和马绍尔群岛，绵延六千多英里。可以说，澳大利亚以北和国际日期变更线以西的整个太平洋海域都已经被日本据为己有。只有太平洋东部的几座小岛得以幸免，其中便包括夏威夷群岛、坎顿、富那富提和风景如画的巴尔米拉环礁。然而，就像人们所说的那样，正是在这些弹丸之地，陆军航空队的广大官兵“浴血奋战，攻克了一个又一个岛屿”，并且最终夺取了太平洋战场的胜利。

就在当天，“超人”号轰炸机第一次来到太平洋上空，朝着瓦胡岛的希克姆基地飞去。十一个月前，日本从该岛对美国挑起了战争，而现在美军也要从这里对日军发起反击。他们距离加利福尼亚州的边界越来越远，放眼望去，除了海水还是海水。从今天起，直至胜利或者失败，直至调离、退伍甚至阵亡，他们的四周和脚下只有一望无际的太平洋。在这深不可测的洋底，已经堆积了不计其数的折戟战机的残骸和空军士兵的尸骨。随着这场旷日持久的惨烈战争的持续，太平洋底的遗骸也越积越多。

论持久空战

对于日军的袭击，瓦胡岛守军时刻不敢掉以轻心。因为地面上到处都被打得坑坑洼洼，当局根本来不及修补，所以只要有车辆驶过，必然会一路颠簸。在希克姆基地的牢房，屋顶上仍然有不少弹孔，每逢下雨天，里面的士兵就会被淋成落汤鸡。在瓦胡岛上，空袭和入侵警报接二连三，因此所有的地方都要经过严格的伪装，一位地勤人员甚至在自己的日记里这样写道："人们肉眼能够看到的地方，还不到这个岛屿面积的 1/3。"到了夜晚，整个小岛仿佛凭空消失了一样。每一扇窗户都要拉上遮光的窗帘；每一辆汽车都要罩上前面的大灯；为了保证岛上伸手不见五指，巡逻人员无处不在，就连人们划一根火柴都不允许。有命令规定，所有的士兵必须时刻在腰带上挂着防毒面具。对于那些酷爱冲浪的当地居民来说，他们不得不东躲西藏地穿过铁丝网，跑到远处的怀基基海滩去。

路易和菲尔所在的第 372 飞行中队被派往北岸山脚下的一个军事基地——卡胡库海滩。即将晋升一等中尉的路易和菲尔与米歇尔、墨兹内特和其他 12 名年轻军官住在同一个营地。这里的蚊子泛滥成灾。"你打死 1 只，"菲尔写道，"马上又飞来 10 只。"在营地的外面，卡胡库海滩风景宜人；"在营地的里面，"菲尔写道，"就像十几头密苏里州的肥猪正在污泥坑里打滚一样。"即使是通宵达旦地狂欢作乐也于事无补。有一次，这 16 名军官打水仗一直打到凌晨 4 点，当菲尔醒来时，他的手臂和膝盖都酸痛难当。一个晚上，路易和菲尔比赛喝酒，大概是啤酒喝多了，他们

为应对高空严寒而全副武装的路易（本图片由路易·赞贝里尼提供）

俩一头撞在牢房中间薄薄的隔墙上，墙壁立刻倒了下来，但是菲尔和路易仍然踉踉跄跄地向前冲去，一连撞倒了两堵隔墙，他们才终于站住了脚步。当第 307 轰炸机团团长威廉·马西尼看到这里的惨状以后，他极为不悦地抱怨道：“不知道赞贝里尼这家伙是怎么搅进来的。”

在军营里，只有一件事情能够让他们提起兴趣。在洗手间里的墙壁上，贴满了各式各样风骚女郎的画像，这里简直就像一个色情图片的盛会。这些血气方刚但是性欲却无法得到满足的飞行员们所创造出来的奇迹，不能不让菲尔叹为观止。每当置身其间，菲尔都仿佛感到自己与远在印第安纳州的传教士父亲之间的距离变得越来越远。

★★★

每个人都期待着能够与敌军一决雌雄，但始终没有任何战事发生。与此相反，他们日复一日、没完没了地听课和训练，而每当墨兹内特调往其他机组时，他们还要不停地适应一个又一个临时派来的副驾驶员。第一次飞到夏威夷群岛的上空时，他们惊奇地发现，原来上级给他们配备冬装并非画蛇添足。在一万米的高空，即使是在热带地区，外部气温也极低，驾驶舱的玻璃窗偶尔还会被冻上。除了机舱前部的温度较高以外，轰炸机内的其他人员都穿着羊毛夹克、皮靴甚至电动加热服装，一边来回走动，一边跺脚取暖。但是在地勤人员的眼里，这架轰炸机无异于一个会飞的冰箱。飞机启程前，他们会把一些苏打汽水藏在里面，等到任务结束时再取出来，汽水就会冻成冰块。

在考艾岛进行训练时，他们很快便发现了自己的天赋。有时候，他们也会进行一些小小的恶作剧。譬如，在一次飞行射击训练中，菲尔驾驶着“超人”号，朝着一根电话线杆直冲过去。事实上，他们机组瞄准的精度是整个飞行中队平均成绩的三倍。路易投弹的水平更是独树一帜。在一次俯冲轰炸训练中，9 次里他有 7 次命中要害。不过，最令人感到头疼的是，在他们进行训练时，旁边总是坐着一位吹毛求疵、颐指气使、令人生厌的上尉对每次航程进行监督。有一次，“超人”号在一次例行飞行中一个引擎失灵，菲尔只好折回头去，在卡胡库海滩着陆，但是菲尔的这一举动却惹恼了那名上尉，他跟在飞机后面，风驰电掣般地驾驶着吉普车，喝令他们重新启程。路易表示，只要上尉愿意登机，他们可以继续驾驶这架只有三个引擎的轰炸机。听到这里，上尉立即改变了自己的态度。

如果没有训练任务，他们就会在海上进行搜索，每天花上 10 个小时四处巡逻，寻觅敌军的蛛丝马迹。这可是一项异常枯燥的工作。每逢这时，路易要么趴在米歇尔的导航台上呼呼大睡，要么跟着菲尔偷师驾驶技术。在几次飞行过程当中，路易总是东倒西歪地躺在驾驶舱的后面，津津有味地读着艾勒里·奎恩的小说。为此道格拉斯感到非常烦恼，因为每次从这里经过时他都不得不跨过路易的那双长腿。有一次，他甚至抄起一个灭火器来，照着路易就砸了过去。整天无所事事让这几名炮手感到十分无聊，于是他们干脆瞄准了一群鲸鱼进行射击。见到此景，菲尔立刻大声喝止，可是那群鲸鱼却安然无恙地游走了。后来他们才知道，子弹射入水里数英尺以后便不足以致人死命。这一常识看似微不足道，但是后来却成了他们的救命稻草。

一天清晨，在进行海上巡逻时，菲尔驾驶的飞机恰好驶过一艘美军潜艇的上空。他们看到，这艘潜艇缓缓地漂浮在海面上，几名水手正在甲板上漫不经心地来回走动。于是，路易和菲尔准备“狠狠地吓他们一跳”。路易打开炸弹舱门，菲尔瞄准潜艇呼啸着俯冲而下。“一眨眼的工夫，他们全都挤进了潜艇，”路易在自己的日记中写道，“对于他们敌我不分，我只能给个 F；但是对于如此迅速的下潜，我想应该打 A+。”

因为海上搜索的工作枯燥乏味，所以几乎每个人都喜欢搞恶作剧。有一次，菲尔偷走了路易的啤酒，于是路易趁人不备悄悄溜进“超人”号，把自己的口香糖塞进驾驶舱的下水道里，堵住了驾驶员小便用的管子。等到飞机起飞以后不久，当菲尔解手时，不知怎的管子开始滴滴答答，一阵气流过来，他的裤子立刻变成了湿的。为了防止自己遭到报复，整整两天路易都躲在檀香山不敢露面。还有一次，一位在地面执勤的军官唠唠叨叨地抱怨说，不该给飞行员那么高的薪水。于是，菲尔他们邀请这名军官亲自驾驶一下轰炸机。在飞行过程当中，他们让他坐在副驾驶员的位置上，而路易却钻在导航台下面飞机操纵杆铰链的旁边。每当这名军官拉动操纵杆时，菲尔都一本正经地端坐不动，但是路易却在下面来回拽动铰链，因此飞机也跟着忽上忽下。看着他一脸惊慌失措的样子，路易强忍着没有笑出声来。从此以后，这名军官再也不提飞行员的薪水问题了。

为了打消寂寞，菲尔更喜欢显露一下自己的本领。每天的海上搜索任务结束以后，他和另一名飞行员就会一起返回瓦胡岛。跑在前头的那个要首先收起轮子，在保证不危及机身的情况下尽量压低飞行高度，而另一架飞机就会压得更低。有一次，菲尔驾驶的“超人”号几乎贴着地面掠了过去，他甚至能够隔着窗户看到旁边楼房第一层里的状况。事后回忆起来，菲尔还心有余悸地说：“太疯狂了！”

★★★

他们每在空中航行一天，就会休息一天。在这一天里，他们会聚在一起打牌，瓜分西西寄来的包裹，然后结伴看电影。为了时刻保持最佳的身体状态，路易会在跑道上转上几圈。在卡胡库的时候，他和菲尔一起带着

等待起飞

（本图片由路易·赞贝里尼提供）

自己的充气床垫到海边冲浪，结果差一点就被海水淹死。后来，他们俩不知从哪里借来一辆汽车，在岛上兜风时忽然发现，这里竟然有好几座军事基地。但是等他们靠近了以后才看清，这些基地里面的飞机和其他装备都是胶合板制作的用以蒙蔽日军侦察机的仿真赝品。有一次经过檀香山时，他们找到了一个相当不错的落脚点，叫“钟氏牛排餐厅”。在这家餐厅里，只要 2.5 美元，你就可以买到一块像胳膊一样厚、像脸一样大的牛排，不过路易还从来没有看到过有哪一位食客能够把它吃光。

对于飞机上的大多数军官来说，最好的去处莫过于檀香山的北岸军官俱乐部。那里不仅有网球场和年轻女孩，还可以洗上一个热水澡。如果他们机组成员中有士兵的射击成绩在整个中队位居榜首，为了表示奖励，路易就会把自己的肩章别在这名士兵的身上，然后偷偷将他带进俱乐部。有一次，路易刚拉起一个女孩准备跳舞，马特尼上校便一屁股坐在他的位置上，并与旁边因为假装二等中尉而一脸惊恐的克莱伦斯·道格拉斯攀谈起来。当路易终于从舞池脱身，心急火燎地赶往道格拉斯身旁准备替他打圆场时，这位上校仍然蒙在鼓里，并且还告诉路易，道格拉斯真是一个好人。

一天，当路易正在军官俱乐部里跳舞的时候，一眼瞥见那个下令让他们驾驶只有三个引擎飞机的上尉也走了进来。于是，路易不知从哪弄来一袋面粉，然后买通一个女孩和他一起在舞池当中围着这名上尉转圈。每次转到他身边时，路易就会在他的衣领后面撒上一把面粉。差不多过了一个小时以后，俱乐部里的每个人都在等着看他的好戏。最后，路易顺手抄起一杯水，就势绕到这名上尉的背后，朝着他的衬衫泼了过去，然后迅速躲了起来。上尉转过头，这才发现自己的背上已经成了面糊。他看了一圈也没有找到谁是肇事者，于是气急败坏地离开了俱乐部。等他走了以后，路易立刻举杯向全场庆祝。“我们又多了一个女孩。”他说。

11 月过去了，眨眼就到了 12 月，他们仍未看到日军的丝毫踪迹。就在此时，瓜达尔卡纳尔岛上正在展开激战，这更让瓦胡岛上的士兵感到与世隔绝、心灰意冷，并且对真刀真枪的冲锋陷阵充满了向往。每当有 B-17 从战场返回时，路易和他的战友们都会呆呆地驻足观望。一开始，所有的轰炸机看起来都没有什么两样。有一次，一名飞行员向他们展示了他飞机上的一个弹孔。“老天！”路易后来说道，“我吓得汗毛都竖了起来。”

★★★

在圣诞节三天之前，机组参战的时刻终于到了。路易几人和其他 25 架战机的机组成员同时接到命令，要求整理三天的衣物，并立即向机长报到。路易走到“超人”号跟前，发现飞机轰炸舱的两个备用油箱里已经加满了汽油，配备了 6 枚 500 磅重的炸弹。路易在自己的日记中写道，这样看来，他们将要飞抵的目的地肯定“非常遥远”。不过，战机上并没有配备诺顿瞄准仪，而是发给路易一个手动瞄准仪。这就意味着他们的任务很可能是俯冲式轰炸。机组成员接到一份命令，但上级要求在升空之后他们才能打开。

“超人”号离开地面 5 分钟后，机组成员撕开信封，这才知道他们将要前往中途岛。8 个小时后，他们到达目的地，人们搬来一箱百威啤酒表示欢迎，并且向他们透露了一条重大新闻。日本人已经在威克岛环礁建立了军事基地，因此美国陆军航空队即将发动太平洋战场上最大规模的空袭，将这个基地付之一炬。

第二天下午，机组人员按要求来到会议室集中。实际上，这里也是整个基地的唯一一所剧院，虽然圣诞树上挂满了亮片和彩条，却显得了无生气。当天夜里，他们将对威克岛进行俯冲轰炸，并且一举击溃敌军。这次行动长达 16 小时，中间没有任何间断，是开战以来历时最久的一次空中打击。这也是 B-24 的飞行极限，因为即使加上备用油箱，最终他们也可能接近燃油底线。

行动开始之前，路易独自来到机场上。地勤人员正在对战机进行检修，卸掉任何有可能增加一丝一毫重量的物品。为了让飞机在夜间更加隐蔽，他们在机腹和机翼处刷上黑色的油漆。路易走到“超人”号跟前，登上轰炸舱，只见炸弹已经准备就绪。前不久，路易大学里的同窗佩顿·乔丹刚与高中女友玛吉喜结连理，为了表示祝贺，路易信手在一枚炸弹上写下“玛吉和佩顿·乔丹”几个大字。

1942 年 12 月 23 日下午 4 时，26 架 B-24 装载着 73 000 加仑燃料和 75 000 磅炸弹，从中途岛缓缓升空。在这支方队中，“超人”号位于后方。天色渐晚，随着夜幕徐徐降临，他们在月光暗淡的星空下持续前行。

晚 11 时许，菲尔的战机距离威克岛只剩下大约 150 英里，于是他关闭了外部探照灯。四周浓云密布。按照原定计划，轰炸机应该列队进入该岛，但外界能见度极低，飞行员根本看不到其他战机。此时此刻，他们不能冒险使用无线电彼此联络，只能在一片死寂中独自飞行。为了避免发生撞机事故，他们不得不借助窗户上微弱的反光，在黑暗中绕来绕去。威克岛已经近在咫尺，但是他们却看不到。史丹利·皮尔斯贝利独自坐在“超人”号高高的炮塔上，心中暗想，不知道自己是否能够活着回来。

★★★

子夜时分，马特尼上校驾驶的领航战机“复仇笨伯”打破了无线电静默。

“到了，伙计们！”

马特尼立即压低飞行高度，刹那间便钻出了云层。“复仇笨伯”的下面就是由三座狭长小岛环绕而成的威克岛环礁。就在副驾驶员报告飞行速度和海拔数据时，马特尼开足马力朝孔雀峰上的一连串建筑物直冲过去。在他的战机两侧，还有两架 B-24 紧随其后。到达轰炸高度后，马特尼拉起机头，同时扯开嗓子对投弹手喊话：“你在等什么，怎么还不投弹！”

“已经投弹完毕，长官！”他的话音刚落，只听一声巨响，孔雀峰上的高楼大厦顿时被夷为平地。时间是 0 点 45 分。

马特尼兜了个圈子，而后向下望去。遭到“复仇笨伯”和其他两架飞机轰炸的孔雀峰此时已经成了一片火海。马特尼明白自己只是侥幸获胜，因为当他们投弹的时候，日本人正沉浸在梦中，所以没有人使用防空火炮进行还击。随后，马特尼调转方向朝中途岛方向返回，一批又一批 B-24 战机接踵而至，但日军士兵很快清醒了过来，只见他们纷纷向高射炮塔奔去。

马特尼后上方的路易从“超人”号里望见，一束束耀眼的光芒在云端来回震荡。他打开轰炸舱的控制阀，舱门在轰隆声中开启。路易把炸弹架调节到“手动选择”的位置，“啪”的一声摁下开关，然后固定好炸弹底座。菲尔原计划要俯冲到 4 000 英尺处再投掷炸弹，然而当战机下降到这一高度时，四周仍然浓云密布。路易的轰炸目标应该是飞机跑道，但是他根本看不清楚任何物体。于是，菲尔继续以极快的速度降低飞行高度。刹那间，他们距离地面只剩下 2 500 英尺，“超人”号迅速钻出云层，而狭长妖娆的威克岛骤然出现在他们脚下。

接下来发生的事令皮尔斯贝利终生难忘。“就像夜空突然爆发了一样，”他后来回忆道，“刚才还伸手不见五指的小岛一瞬间变得火光冲天。有几处地方烈焰熊熊，冒出滚滚浓烟，好像整个小岛都被烧着了一样。爆炸声此起彼伏，所到之处无不火光冲天。探照灯的强光摇摆不定，忽而在云端，忽而又回到地面上。大批日军士兵仓皇奔走，有的甚至只穿着日式丁字裤。”然而，无论皮尔斯贝利还是其他美军飞行员都不知道的是，那天夜晚他们的目标中不仅有日本人，还有 98 名惨遭俘虏的美军将士。

这时，日军的零式战斗机开始盘旋升空。美军轰炸机中部和尾部的炮手纷纷加强火力，朝地面进行猛烈轰击，探照灯被一个接一个地炸成碎片。在皮尔斯贝利看来，“好像全世界所有的炮火”同时对准了空中一样。高射炮开始朝美军战机发起反击，随着一声声巨响，弹片像雨点般四散坠落。熊熊火光中，示踪剂把整个夜空都染成了黄色、红色和绿色，让人眼花缭乱。此情此景令皮尔斯贝利想起了圣诞节，他忽然想起来：他们刚刚越过了国际日期变更线，现在子夜已过，今天正是圣诞节。

菲尔运足力气，把急速俯冲的“超人”号带回了空中。就在他们立足未稳时，路易一眼看见，在南北方向的跑道上，一架零式战斗机的尾灯正在不停闪烁。于是，路易立即对这道闪光进行跟踪，希望在它起飞之前就一举将其击溃。他们之间的距离越来越近，这时忽听“轰”的一声巨响，“超人”号剧烈震动起来。原来有一枚炮弹击中了“超人”号的左翼，还有一枚则击中了尾翼。在示踪剂的映衬之下，路易能够清清楚楚地看到自己右侧的情景。他先在跑道南端丢下一枚炸弹，数过两声之后，接着把另外 5 枚炸弹投向了跑道旁边的一连串掩体和几架还没有来得及开动的战机。

“超人”号卸下了 3 000 磅重的炸弹，开始迅速升空。听到路易“投弹完毕”的喊声后，菲尔在高射炮制造的弹雨中左躲右闪，艰难地朝左侧疾飞。路易向地面望去，只见自己刚刚投下的 5 枚炸弹令敌军的掩体和飞机燃起了熊熊烈火。但一步之差，他没能击中那架零式战斗机。炸弹在它的后面轰然爆炸，霎时间照亮了整个跑道。菲尔调转机头，驾着“超人”号向中途岛驶去，而此时的威克岛已经变成了一片火海，到处都是奔逃的人群。

★★★

由于肾上腺素的作用，战机上的美军士兵个个绷紧了神经。明知道日军已经有几架零式战斗机暗中升空，但是谁也不清楚他们究竟在什么位置。突然，在美军方队中，不知从哪里冒出一架零式战斗机，照着前面的美军轰炸机就是一炮，后者随即对其进行还击，但是这架零式战斗机却蓦地消失了。皮尔斯贝利朝窗外望去，只见黄色的示踪剂划破长空，径直指向他们的战机。皮尔斯贝利发现，一架 B-24 的炮手误以为他们是敌机，正准备向他们开火。与此同时，菲尔也看到了眼前发生的一切，他立刻调转机头朝一旁飞去。双方的交火也随即中止。

炸弹舱门好像被什么东西卡住了，路易只好亲自爬过去看个究竟。当菲尔驾驶战机猛地从俯冲轰炸转为疾速升空时，巨大的地心引力将备用燃料箱拖离了原位，刚好堵住炸弹舱门，他们无计可施。开启的炸弹舱门在空中形成了很大的阻力，这将消耗更多燃油。对于几乎接近极限的飞行任务来说，这可是一条令人悲观的消息。

他们所能做的只有等待和希望。他们默默传递着菠萝汁和牛肉三明治。激烈的战斗和飞机的不停颠簸让路易精疲力竭、头晕目眩。他透过云间的缝隙直直地看着窗外苍茫的夜空。

现在，他们已经开出威克岛 75 英里。飞机上一个人回头远远张望，发现仍然能够看到这座小小的岛屿。它就像烧着了一样。

★★★

在太平洋上，此时天刚破晓。霍华德·K. 雷米准将站在中途岛机场跑道旁边，一边抬头仰望天空，一边等待航空队的轰炸机平安归来。他的脸上刻满了深深的皱纹。太平洋上空大约 200 英尺处笼罩着一层氤氲的浓雾，雨势也越来越大。在有些地方，能见度只有几英尺远。在这种情况下，想要准确找到地势低平、面积狭小的中途岛已属不易，更为糟糕的是，战机上的燃料是否能够撑到那里还是个问题。

一架飞机出现了，接着又出现了第二架、第三架。航空队的战机陆陆续续地返回了机场，所有的油箱都已经告罄，还有一架引擎失灵。但是，

“超人”号却始终不见踪迹。

在茫茫大雾中，菲尔只是扫了一眼燃油表便立刻明白，自己已经陷入了真正的困境。由于炸弹舱门始终未能关闭，再加上狂风呼啸而来，剩下的燃油越来越少，油箱几乎已经见底。虽然菲尔不清楚自己是否能够找到中途岛的位置，但是现在没有其他选择。直到清晨 8 点，他才透过雾气隐隐看见了这座小岛。只是一眨眼的工夫，“超人”号的一个引擎“啪啪”响了两声便没了动静。

菲尔知道，另外三部引擎也随时有可能失灵。他小心翼翼地驾驶着战机，准确定位跑道后准备降落。引擎仍然在转动。菲尔距离地面越来越近，最终“超人”号安全着陆。就在飞机拐进跑道的那一刹那，第二部引擎也随即熄火。当菲尔驾驶战机来到掩蔽战壕前时，另外两部引擎也宣告失灵。假如这趟航程稍稍远出一点，“超人”号就将坠入大海。

雷米将军来到每一架战机前，对大家胜利归来表示祝贺。当一脸倦容的机组成员走出“超人”号时，机场上的海军陆战队队员欢声雷动。日本军队曾经在威克岛上对他们的战友进行了残暴的攻击，为了让敌人血债血还，他们足足隐忍了一年之久。现在，海军陆战队队员纷纷朝空鸣枪，设宴款待这些飞行员。

这次行动无疑是一次大捷，他们对敌人进行了迎头痛击。每一架战机都平安归来。除了一枚炸弹掉进距岸边 20 英尺的水中以外，所有炸弹都命中了目标。敌方军事基地受到了重创——据粗略估计，日军死伤过半，而美军则向人们展示了 B-24 强大的攻击能力。还有一个好消息他们尚不知晓，那就是威克岛上的所有美军俘虏都幸免于难。

第二天，大雨倾盆而至，机场的跑道上积满了水。菲尔和战友们一起坐在雨里，看着不远处的信天翁一次又一次地在雨里扑腾，样子可笑极了。次日清晨，他们乘坐“超人”号返回卡胡库。新年前夜，路易和墨兹内特飞机上的炮兵军士小詹姆斯·克灵格一起参加一个聚会，直到凌晨四点半才东倒西歪地来到那间满是色情贴画的厕所。数小时后，切斯特·尼米兹上将突然造访基地，为前往威克岛执行任务的飞行员颁发杰出飞行十字勋章，同时授予其他机组人员空军奖章。路易好不容易才打起精神站了起来。

美军发动空袭的消息很快就传了出去，将士们顿时成了民众争相传颂的英雄人物。有媒体甚至报道，这次行动是送给盟军最好的圣诞礼物。还有报纸在头条刊登，“日军一败涂地”。然而，东京广播的论调却恰恰相反。据他们报道，美国人遭到了日军的顽强抵抗，最终“落荒而逃”。在《檀香山广告报》上，路易看到一幅漫画，描述的是他在威克岛投弹时的情形。于是，路易把它剪了下来，塞进自己的钱夹。

1943 年初，由于威克岛首战告捷，美国空军开始变得妄自尊大，因为这次胜利似乎易如反掌。一位上将甚至断言，年内便可以将日军彻底制伏，而菲尔也不断听到有关复员回家的传言。

“在我看来，”他写信告诉母亲，“现在谈这个还为时尚早。”

排队去送死

1943 年 1 月 8 日凌晨，太阳还没有升起。曾经与路易一起共度新年前夜的乔治 · 墨兹内特和詹姆斯 · 克灵格与自己的机组成员在考艾岛巴尔金沙滩岸边的跑道上集合，准备和另外两架飞机一起前往珍珠港执行一次训练任务。这架飞机上的飞行员是乔纳森 · 考克斯威尔少校，也是菲尔最为亲密的战友之一。

考克斯威尔驾驶飞机滑上跑道，想要联系指挥塔，但控制台的无线电却关闭了。他沿着跑道逐渐升空，驶过海滩，飞入苍茫的天空。在考克斯威尔的身后，另外两架飞机也陆续起飞。清晨时分，这两架飞机平安返回，但是考克斯威尔的战机却不见踪影。实际上，从他起飞以后就再也没有人看见过这架飞机。

直到 8 点钟的汇报会上，路易才听说考克斯威尔的飞机失踪了。那天上午，菲尔机组的任务是到巴尔金沙滩进行轰炸训练，于是他们立刻动身前往岸边，想要找到自己战友的下落。有人在岸边发现了一张 400 美元的支票，仔细一看才知道是寄给墨兹内特的。

“超人”号到达 1.5 万英尺的高空后，他们得到消息说失踪的 B-24 已经找到，就在距离岸边不远处的洋底，10 名机组成员无一生还。

考克斯威尔的战机滑离跑道，刚刚升空后，一个转向便栽进了海里。坠机事故发生后，其中几名机组成员尚能行动，他们试图游向陆地，但是很快便遭到了鲨鱼的袭击，路易在日记中这样写道：他们最后“只剩下一把骨头”，他们当中有5人，包括墨兹内特——他与路易和菲尔住在一起。上级刚刚决定晋升克灵格为一等中尉，但是他还没有亲耳听到这一喜讯便命丧黄泉。与那些在珍珠港阵亡的将士一起，他们的遗骸被葬于檀香山公墓。

路易感到自己浑身颤抖。他来到夏威夷不过两个月，但是轰炸团已有数十人丧生。路易所在的营房里，超过四分之一的人一去不返。

第一次事故发生在驶向旧金山的途中，一架B-24无缘无故地消失不见。在1943年至1945年，这种情况时有发生，约400名陆军航空队员在前往战区的途中失踪。第二次事故发生在卡胡库，一架战机失火后在海滩坠落，四名机组人员因此丧生。还有一次，一架飞机撞到了山上。由于四个引擎先后失灵，一架轰炸机在进行迫降时造成两人死亡。在另一架轰炸机上，当绿色引擎向机翼输送燃料时汽油滴进了轰炸舱，就在舱门轰隆隆开启的那一刹那，噌地冒出一个火星，整个飞机随即爆炸。只有三名机组人员幸存，其中包括一名刚刚系好降落伞的士兵，随着一声巨响，一股热浪将他掀出机外。在威克岛空袭行动结束以后，上级派遣一架飞机前去拍摄损失情况，但是被一枚高射炮弹击中。机组成员发出最后一条信息——“任务未完成”，便没了动静。接下来就是考克斯威尔的坠机事故。

在这些伤亡中，只有一次源于敌军的炮火，这实在不合常理。在第二次世界大战中，美国陆军航空队共有35 933架战机失事。然而，只有极少部分飞机是由于运气不佳在战斗中坠毁，其余大部分都是源于内部事故，

刚被高射炮击中的B-24“史蒂夫诺维奇Ⅱ”号。飞机在空中旋转几圈后爆炸。雷达操作员、一等中尉爱德华·沃尔什被飞机投掷出来并成功打开了降落伞从而得以生还，其他机组人员全部遇难

在起飞时坠毁的 B-24 轰炸机

这一事实不能不令人感到诧异。1943 年，在菲尔机组服役的太平洋战区，每一架战机在战斗中被击落，就有六架飞机因意外事故而坠毁。随着时间的推移，虽然在战场上失事的飞机越来越多，但是因非战斗因素而造成的损失也绝不容小觑。

飞机失事必然会造成机组成员的伤亡。在陆军航空队，有 35 946 人在战场外丧生，其中绝大部分都死于意外坠机事故。（军方没有具体分析是哪些因素造成了非战斗伤亡，但是数据明确显示坠机事故是造成人员死亡的首要原因。第一，非战斗伤亡不包括由于羁押、囚禁或者失踪引起的人员死亡。第二，疾病也不是造成非战斗伤亡的首要因素。在整个美国陆军当中，包括在疟疾横行的丛林地面作战以致死于疾病的人数为 15 779。较之这一数字，死于疾病的陆军航空队人数在非战斗死亡人数中只占很小一部分。最后，约有 1.5 万名飞行员因本土坠机事故而丧生，因此在战斗中发生的坠机事故更有可能造成同样巨大的伤亡数字。）即使在战斗中，因事故丧生的飞行员也要比阵亡沙场的飞行员多。根据陆军航空队军医总监提交的一份报告显示，1943 年 11 月 1 日至 1945 年 5 月 25 日期间，第十五航空队 70% 的人员伤亡是由意外事故而非敌军攻击造成的。

在许多情况下，问题都出在飞机本身。一方面，B-24 轰炸机应用了很多最新技术；另一方面，由于长期超负荷运转，许多战机都毛病百出。仅在 1943 年 1 月，路易在日记中就记下了“超人”号和其他自己乘坐过的战机不下十处严重机械故障，其中包括两部引擎在战斗中同时熄火、燃料泄漏、油压问题、起落架在降落时无法打开等。有一次，“超人”号在着陆时刹车突然失灵，当菲尔终于将轰炸机停下时，他们距离跑道的尽头不过三英尺远，而前面就是深不可测的太平洋。

恶劣的天气也是造成大量人员伤亡的原因之一。每当暴风雨来临时，能见度几乎为零，而对于飞行员来说，最大的问题就是如何准确定位这些小小的岛屿，或者在夏威夷机场跑道两旁连绵的群山中来回穿梭。即使在风和日丽时，想要平稳操纵一架 B-24 也并非易事；而一旦遭遇热带风暴，就算驾驶员和副驾驶员倾尽全力也很难控制这个庞然大物。

当年元月，“超人”号先后两次出师不利，在暴风雨的猛烈冲击之下，菲尔根本无法继续驾驶。有一次，飞机在空中左右摇晃了差不多 10 分钟，副驾驶员几乎吓破了胆，甚至担心菲尔会不会让路易过来取代自己的位置。

1 月上旬，上级给菲尔的飞机上派来一名固定的副驾驶员，名叫查尔顿・休・卡帕内尔。卡帕内尔从前是个足球队员，生性爽朗、体格健壮，与飞机上的每一个人都关系融洽。他总是叼着一根雪茄，一边滋滋有味地抽着烟，一边时不时地说上几句俏皮话。一天，海上巡逻任务结束以后，突然狂风大作，当菲尔正准备绕道而行时，卡帕内尔问他敢不敢飞进狂风里面。“这算得了什么。”菲尔回答，然后驾驶飞机一头扎进狂风之中。“超人”号立刻就被暴风雨吞没，菲尔什么也看不清楚。雨点哗哗地砸向机身，过道里冷风飕飕，飞机开始剧烈颠簸，机组成员只好紧紧抓住头顶的扶手，跟着飞机一起上下抖动。在飞进暴风雨之前，他们距离地面大约 1 000 英尺，但是现在由于机身的摆动过于猛烈，所以根本无法得知他们

副驾驶员查尔顿·休·卡帕内尔

（本图片由路易·赞贝里尼提供）

的飞行高度。再加上能见度极低，他们甚至不知道哪边是海洋。

因此，每当飞机骤降时，他们都以为自己的大限已到。在此之前，他们还能清清楚楚地看到远处的瓦胡岛，但是这会儿却什么也看不到。菲尔死死地攥住操纵杆，脸上已经汗如雨下。皮尔斯贝利也系好了自己的降落伞。

眼看飞机就要失控，坐在无线电设备后面的哈里·布鲁克斯突然从夏威夷无线电台捕获了一丝微弱的信号。飞机上恰好装有无线电测向仪，于是哈里迅速对信号进行了定位。菲尔用尽了全身的力气，驾驶飞机朝哈里指示的方向开去。他们很快脱离了暴风中心，找到了陆地的位置，然后安全降落。这时的菲尔早已精疲力竭，湿透的衬衫甚至能拧出水来。

机场的跑道也是一个令人头疼的问题。由于很多岛屿都面积狭小，为了保证跑道的长度，建筑人员不得不在一端的珊瑚礁上继续筑路，可即便是这样，机场仍然缺乏足够的空间。在历经长时间飞行后，许多战机的燃料所剩无几，所以经常出现两架飞机同时降落的情况。前面的飞机只有等到为后面的飞机留出足够的滑行空间时，才能开始着陆，所以很多飞机在降落时都会超出跑道，一头掉进海里。于是，地勤人员总是在海边停着一台装有牵引索的推土机。

对于一架装满了燃料和炸弹的 B-24 来说，起飞必须在 4 000 英尺长的跑道上，但是凹凸不平的跑道两旁经常长满了高可参天的棕榈树，为飞机的起降带来极大的困难。“那次起飞异常惊险，”在驾驶着一架负载超重的战机起飞时，参谋军士弗兰克·罗斯尼克这样写道，“我们当中有 6 个人不得不站在炸弹舱门之间的狭窄缝隙中，两手下面就是装满燃料的油箱，烈性辛烷航空燃料散发的气味甚至让人无法呼吸。当飞机磕磕绊绊地在跑道上滑行时，透过我们所在炸弹舱门之间的缝隙，可以清楚地看到珊瑚礁压实填充的路面。就在这时，只听‘嗖’的一声，一把棕榈树叶的碎屑突然卡进了门缝，而且两边都有……只有洗衣工知道我当时有多害怕。”

其次还有人为失误。有时一架飞机会撞上另一架飞机。B-24 燃油泄漏的缺陷人尽皆知，只要点燃一根火柴，整个飞机就会毁于一旦。在一次航行过程中，“超人”号的第三部引擎突然熄火，后来皮尔斯贝利才发现是临时副驾驶员玩忽职守：他把自己的一只脚跷在了引擎点火开关的上面，不知道什么时候把它拨到了“关”的位置。还有一次，控制台警告一名飞行员说，他的正前方是一座高山。飞行员回答他看到了，但还是一头撞了过去。就在这起奇怪的惨剧发生的同时，一架轰炸机在进行训练时突然上升，为了防止跌倒，其中的一名机组成员下意识地顺手一拉，拽住了救生艇的手柄。救生艇立刻弹了出去，并且裹住了机尾平衡翼。由于无法有效控制飞机，驾驶员下令大家跳伞。后来，他们终于安全着陆，所有机组成员全部生还。

最后，还存在着无法克服的导航困难。虽然导航员可以使用一系列仪器采集数据，从而进行异常复杂的球面三角学计算，但是在一望无际的大海中，所有地方看起来没有任何不同，尤其是在夜间，想要在其中准确找到一个一片漆黑、宽不过几码、海拔极低的小岛或者目标，即使采用所有仪器，得出的数据也往往十分粗略。“每次当我使用六分校准仪时，”导航员约翰·惠勒这样写道，“我必须打开飞行甲板上的安全门，两脚分别站在导航桌和无线电桌上，同时让无线电员拽住我的双腿，否则我就会被吸出舱外。”在茫茫的太平洋上空飞行时，如果是在夜晚，有时候导航员就会像古代波利尼西亚水手一样，通过观察星座以辨别方向。但是如果遇上

高射炮击中飞机的瞬间

狂风暴雨或者乌云满天的日子，这种方法就派不上用场了。

在这种情况下，如果有机组能够准确抵达目的地，不能不让人啧啧称奇。很多人曾经迷失过航向。马丁·科恩是瓦胡岛上的军械官，有一次他在雷达室里看到，一架飞机因为没有雷达装置怎么也找不到这座小岛。“我们只能坐在那里，眼睁睁地看着飞机从岛上飞过，而且再也没有回来，”他说，“我能够从雷达上看见它。这种感觉十分可怕。在战争中，人命就是这样贱如草芥。”

★★★

在真枪实弹的战斗过程中，飞行的危险往往会呈几何倍数增加。日本战机遍布空中，而且大都是行动灵活迅速的零式战斗机，战斗一开始就能立刻占据上风。零式战斗机上的飞行员惯于使用机关枪和杀伤力极大的 20mm 加农炮对对方战机进行扫射，一旦击中，飞机上就会被炸出许多洞口。如果没有击中对方，一些零式战斗机甚至会撞向对方战机，这就是日军“神风敢死队”的作风。当一架 B-24 返回基地时，一侧机翼上偶尔还挂着半架零式战斗机的残骸。此外，飞行员还要时刻提防来自地面高射炮火的攻击，尤其是高射炮弹炸裂之后形成的金属碎片锋利无比，只要挨上，飞机就会立刻被划开一个口子。因此，为了躲避高射炮火和敌军战机的袭击，轰炸机的驾驶员必须不停变换飞行高度和方向。但是在进行轰炸时，“驾驶”飞机的不是飞行员，而是诺顿轰炸瞄准仪，所以根本无法采用迂回战术。在接近敌机时，B-24 必须操纵瞄准仪 3 分钟至 5 分钟；而日本战机上的测距仪只需要不到 60 秒的时间就能精确定位对方战机的飞行高度。从理论上讲，日本战机已经先胜一筹。

在交战期间，美军的轰炸机群还有可能对彼此造成威胁。为了防止敌机进攻的同时命中极为狭小的目标，B-24 必须紧密结队飞行。一旦发生混乱，这些战机就会互相碰撞、误伤对方，甚至发生更加糟糕的情况。有一次，三架 B-24 列队飞行，前往某港口执行轰炸任务。当他们以 50 英尺的高度驶过一个狭窄的峡谷时，突然遭到地面炮火的猛烈攻击。到了港口以后，罗伯特·斯特朗中尉驾驶战机的右侧翼尖碰到了罗宾逊中尉战机的驾驶舱窗户。就在罗宾逊的轰炸机投下一枚重达 1 000 磅的水雷时，这一冲撞导致斯特朗的战机猛地朝左侧翻转，恰好跌到了罗宾逊飞机的下面。这枚水雷一下就砸中了斯特朗的飞机，尽管没有爆炸，但是却把机身撕开了一个 18 英尺见方的洞口，并且落在中部炮手的身后，斯特朗的战机差一点就被一分为二。与此同时，水雷的降落伞装置自动打开，给飞机造成了极大的阻力。机组人员割断了降落伞的绳索，试图推开这枚水雷，但是它却纹丝不动。于是，他们拆开机枪，用枪管把水雷撬了出去。当斯特朗小心翼翼地开着这架几乎被砸成两半的飞机返回基地时，尾翼“啪”的一声裂了开来，与机身之间形成了一个巨大的缝隙。不可思议的是，斯特朗驾驶着这架“解放者”继续飞出 800 英里，然后安全着陆。当路易所在飞行中队的一名飞行员杰西·斯代走近这架轰炸机时，他只用一只手就把尾翼折了下来。

战争的风险造成的伤亡令人触目惊心。在第二次世界大战期间，陆军航空队有 52 173 人在战斗中牺牲。斯代后来成了路易和菲尔机组所在飞行中队的队长。按照他的说法，作为一名太平洋战区轰炸机组的飞行员，在完成自己服役期间的 40 次战斗任务时，有 50% 的可能战死疆场。（当路易和菲尔刚被调往太平洋战区时，这一役期包括 30 次战斗任务，但是后来有所增加。）

除了平安归来、受伤或者阵亡以外，飞行员还面临着另外一种危险。在战争期间，数以千计的飞行员在战斗或者例行飞行中失踪。许多人不幸葬身海底，一些人流落到了汪洋大海或者荒岛之上，还有一些成为俘虏。如果不能及时找到他们，军方就会宣布他们失踪。如果在 13 个月内仍然未能发现他们的踪迹，军方就会宣布他们已经死亡。

★★★

在大多数情况下，无论是进行水上迫降还是被敌机击中，这些惨遭厄运的太平洋轰炸机都会落到水面上。如果发生坠机事故，那么机组成员很难幸存；但如果是进行水上迫降，根据不同的机型，机组成员就有活下来的可能。B-17 和随后问世的同一系列体型巨大的 B-29 都有着宽阔低垂的机翼，恰好和机身形成一个相对平坦的表面，因此能够较为平稳地漂浮在水面上。这两种机型的炸弹舱门十分牢固，而且几乎与机身齐平，在进行水上迫降时不会轻易掉落。第一架进行水上迫降的 B-29 机组成员不仅得以幸存，而且在第二天一早毫发无损地漂到了一个印第安海滩上。然而，B-24 的情形却截然相反。它的机翼过于狭窄，并且高出机身许多。此外，B-24 的炸弹舱门突出于机腹之下，所以在大多数情况下进行水上迫降时，舱门都会因大量进水而断裂开来，从而将机身一分为二。对于 B-17 来说，只有不到 1/4 的飞机在进行水上迫降时受损。而对于 B-24 来说，将近 2/3 的飞机产生破损，仅有 1/4 的机组成员能够生还。

B-24 飞机的幸存者必须尽快逃生，这一点尤为关键。假如机身密封不严，“解放者”就会立即开始下沉。一名飞行员称，自己的 B-24 在进行水上迫降时，“嗖”地一下就沉了下去。当飞机沉入很深的地方时，他仍然能看到指示灯在不停闪烁。每一名飞行员都配备有“梅·韦斯特”救生背心，但是因为有些人在喝碳酸饮料时经常盗用其中的二氧化碳气筒，所以许多背心根本无法充气。（这种救生背心充气后胸部巨大，所以被人们戏称为“梅·韦斯特”——一位美国女演员的名字。在 20 世纪 70 年代，服役人员又将其更名为多莉·佩顿，同样也是一名美国女演员的名字。）救生艇需要人工启动：如果在机舱内部，机组成员必须在水上迫降或者坠机前拉动手柄；如果在机舱外部，他们可以爬到机翼上，然后打开救生艇的操纵杆。救生艇一旦启动，就会立即自行充气。

幸存者必须立即登上救生艇。在经历过此类事故后，许多飞行员都会首先谈到鲨鱼，因为几乎就在飞机掉进水里的那一瞬间，它们便会成群结队地围拢过来。1943 年，路易在南加州大学的径赛队友海军上尉亚特·里丁与另外一名机组成员进行水上迫降时突然失去了知觉。当飞机开始下沉时，里丁的导航员埃弗里特·阿尔蒙德把他从飞机里拖了出来，在分别给他们的救生背心充好气后，将自己和里丁系在了一起。等到里丁清醒过来以后，阿尔蒙德开始拖着他朝 20 英里开外最近的一座小岛奋力游去。这时，鲨鱼已经将他们团团包围。一条鲨鱼猛地扑了过来，一口咬住阿尔蒙德的一条腿便往下拽，很快就把他们两个都拽到了水底。接着，不知是碰到了什么东西，鲨鱼突然松开了牙齿，他们俩重新浮上了水面，周围的海水已经被染成了鲜红色。阿尔蒙德的一条腿眼看就要被鲨鱼撕掉，于是他把自己的救生背心套在里丁的头上，任凭自己越陷越深。在接下来的 18 个小时里，里丁孤身一人在大海上漂浮，不时抄起望远镜手脚并用地驱赶着身旁的鲨鱼。当一艘救生艇终于发现他的时候，里丁的双腿已经被撕咬得伤痕累累，下巴也被一条鲨鱼的鱼鳍割开了一个血口。但是多亏了阿尔蒙德，他最终得以生还，而年仅 21 岁的阿尔蒙德却葬身海底。虽然有人曾经提名授予他一枚勇气勋章，但是后来却并没有实现。（两部出版物在谈到这次事件时，误把里丁当作葬身鱼腹的英雄，但是后来里丁在接受报纸采访时亲口证实，其实是阿尔蒙德救了自己。）

所有人都听说过类似里丁的故事，每一名飞行员在飞机上也都曾经向下张望，看到鲨鱼在海里游来游去。对于大多数飞行员来说，鲨鱼是那样令人恐惧，因此当飞机无法继续航行而必须选择进行水上迫降或者跳伞时，即使是在一架 B-24 上，他们也宁愿选择前者，因为至少他们可以落在救生艇的旁边。

★★★

为了搜寻遇难飞机的残骸和水上迫降的幸存者，军方不遗余力，但是在一望无际的太平洋战场上，获得救援的可能性微乎其微。有许多失事飞机来不及发出任何求救信号，而在通常情况下，只有等到他们超过了预计归队时间，也就是说在飞机失事 16 个小时以后，人们才知道这架飞机已经坠毁。如果在夜幕降临前人们没有察觉到情况异常，那么只有等到次日清晨救援行动才有可能开始。在这段时间里，救生艇上的伤兵不仅要冒着遭受袭击的危险，而且早已远远漂离了最初的失事地点。

对于救援人员来说，想要找到这些幸存者无异于大海捞针。为了保持无线电静默，许多机组成员在飞行过程中没有进行任何联系，所以救援人员只能按照正常情况下的原定路线进行搜索。但问题是，失事飞机往往已经航行了很长一段距离，甚至偏离原定路线数百英里。而失事飞机一旦坠落，湾流和海风平均每天还会将救生艇带出几十英里。正因为如此，搜索范围经常需要扩大到方圆数千英里的区域。因此，救生艇漂浮的时间越长，他们偏离的地点就越远，获救的机会也就变得更加渺茫。

即使救援人员真的飞到了幸存者的附近，他们能够看到这只救生艇的可能性也几近于零，这一事实的确令人感到更加心寒。一般来说，一架小型飞机上的救生艇只有一个小小的浴缸那么大，而一架大型飞机上的救生艇也只不过有一人来长。虽然救援飞机的飞行高度通常只有 1 000 英尺，但是从这一高度来看，一艘救生艇很可能被误认为是一顶白色的帽子或者一丝微弱的光线。如果天气不好，人们根本发现不了小小的救生艇。许多用于搜救的飞机极其容易失速，所以飞机必须保持高速状态，这往往使得机组成员根本无法观测到每一个区域，极有可能对失事人员忽略不计。

在 1944 年的夏秋之交，为了对太平洋搜救工作的悲观结果做出应对，陆军航空队对原有的搜救制度进行了极大的改善。救生艇上配备了无线电设备和更加充足的食品，军方飞机航线的沿途也派遣了不少船只，救援人员开始使用水上飞机进行作业。这些改良的确增加了搜救工作的力度，但是当他们到达坠机地点以后，多数人仍然难以获救。远东空军航空医务总署的报告显示，从 1944 年 7 月至 1945 年 2 月，在飞机失事以后，只有不到 30% 的人员成功获救。即使救援人对失事地点进行了准确定位，获救人员也只有 46%。在部分月份，这一数字变得更加可怜。1945 年 1 月，第十一轰炸团失事飞机中的 167 名飞行员只有 21 人生还，只占 12.6%。

在这场战争的后期，情况同样不容乐观，而对于那些在 1944 年夏季之前失事飞机上的机组成员来说，情况则更加糟糕。因为当时的搜救工作缺乏现代化的制度，所以救援人员可能毫无头绪，救生艇上设备简陋，救援措施也效率低下。菲尔飞机上的每一个人都清楚，如果他们的飞机失事，他们获救的可能微乎其微。

救援工作毫无成效，再加上意外事故造成的人员伤亡节节攀升，在人们心理上留下了严重的阴影。在还没有发现遇难人员之前，搜救飞机很可能也已经坠入海中。在某段时间内，东方航空兵团的卡特里娜水上飞机在进行人员搜救时，有一半因为进行海上降落而机毁人亡。这样看来，每一名飞行员获救，就有几名搜救人员因此而丧生。在战争开始的第一年，这种情况尤其突出。

★★★

随着时间一天天地过去，由于丝毫看不到搜救人员的踪迹，救生艇上的人们往往会变得越来越心灰意冷。皮筏上的干粮最多只能维持几天。饥饿、干渴、白天烈日当头、夜晚冷风刺骨，这些幸存者很快就会只剩下皮包骨头。不出数日便会有人死亡，其他人也会丧失理智。1942 年 9 月，一架 B-17 战机在太平洋失事，9 名机组成员乘坐皮艇逃生。在短短的两三天内，便有一人死亡，其余 8 人精神失常。其中两人产生幻听，耳边好像一直有音乐和狗吠的声音。一个人认为一架海军飞机正从后面推着他们的救生艇，还有两个人为了一瓶幻想中的啤酒而你争我夺。另外两个人觉得满天都是敌机，所以便对着空中破口大骂。最后一个人好像看到了一艘小船，于是一头扑了过去，掉进海里淹死了。到了第六天，当一架搜救飞机朝他们飞来时，他们甚至分辨不清楚这是不是幻象。等到第七天他们终于获救时，这几名幸存者已经连自己的胳膊都抬不起来了。

然而，还有人比他们的命运更悲惨。1942 年 2 月，在印度洋的圣诞岛附近漂浮着一只木筏，木筏上放着一口像是在这艘木筏上临时搭建的棺材，棺材里面停放着一具男尸。由于长期日晒雨淋，这名男子身上蓝色的工装已经泛白。他的旁边还放着一只鞋子，显然不是他的。谁也不知道他是什么人，或者来自何方。

对于坠机人员来说，在所有这些可怕的厄运当中，他们最不希望发生的事情就是被日军俘虏。这种恐惧源于1937年初，也就是日本刚刚入侵中国时发生的一起事件。日军包围南京城后，约有50万平民和9万名中国士兵被困其中。在得到日军保证他们生命安全的承诺后，这些士兵缴械投降、束手就擒。随后，日本官方下达了一道书面指令：就地处决所有战俘。

在接下来的6个星期中，日本人所进行的疯狂屠杀罄竹难书。大批战俘被枭首、射杀、捅死或者活活烧死。接着，日本人又把矛头对准了平民百姓，在军中展开杀人竞赛，强暴了数以万计的妇女，公然肢解残害或者放狗撕咬他们。许多日军士兵都曾经站在堆积如山的尸体、被砍掉的头颅以及吊起来遭受淫辱的妇女旁边摆出姿势拍照留念。就像是在进行棒球比赛一样，日本媒体不仅为他们的杀人竞赛进行计数，而且对他们的"英勇表现"大加揄扬。据历史学家估计，在这场臭名昭著的"南京浩劫"中，日军一共屠杀了20万~43万名中国人，其中包括9万名战俘。

每一个美国飞行员都听说过南京，而日军此后的所作所为有过之而无不及。在路易所在的飞行中队里，一则关于马绍尔群岛夸贾林环礁的传闻不胫而走。夸贾林环礁是日本的领土，人们传说，这个岛上的所有战俘都被日本人杀得一干二净，因此人称"死亡之岛"。有一次，一架B-24在日军上空严重损毁，所有机组成员中只有一人选择跳伞，其他人因为对被俘之后的命运感到不寒而栗，宁愿机毁人亡。这一事件进一步证实了此前有关日军如何暴虐的传闻。

★★★

对于飞行人员来说，这些危险很难漠然置之。阵亡将士并不只是白纸黑字的数字，而是他们的室友和酒友，甚至是10秒前刚刚与他们的飞机擦肩而过的亲密战友。这些人不是一个接一个地死去。有时候，整个营房的1/4会突然空空如也。这里很少举行葬礼，因为人们很少能够找到他们的尸体。死了就是死了，这就是他们生命的终点。

飞行员们都竭力避免谈论有关死亡的话题，但是对于死亡的恐惧在每个人的心头都挥之不去。在路易所在的飞行中队里，一名士兵经常因压力过大而流鼻血，还有一个人只要开始飞行便紧张得无法行动。飞行员乔·迪西记得，一名机组成员总是忧心如焚，反复向他打听：如果有人在飞机上情绪失控，其他成员能不能对他开枪？结果事情真的被他不幸言中，由于惊慌失措，那名机组成员腰间的枪支一不小心走了火。

有些人几乎可以肯定，自己只有死路一条，而其他人谁也不敢保证自己能活下来。无论是路易还是菲尔，这都是一个无法逃避的事实。在过去的两个月中，他们虽然只参加过一次战斗任务，但是已经有 5 位战友阵亡，他们自己也好几次与死神擦肩而过。从前和他们朝夕相处的伙伴如今已经葬身太平洋底，每当看到自己逝去战友所住的房间和用过的冰箱时，他们总是睹物思人。

在离开美国本土以前，路易收到了一本草绿色封面的《圣经》。为了缓解自己的紧张情绪，他曾经试着阅读《圣经》，但却没有任何作用，于是路易干脆把它扔到了一边。后来，路易拿出自己的留声机，在悠扬的古典音乐中舒缓自己的神经。每当菲尔斜倚在自己的床上，垫着一个放翻的纸盒执笔给茜茜写信时，他就会溜出门外，沿着跑道在沙滩上一口气跑出几英里，把这些烦恼忘得一干二净。为了做到有备无患，路易还去过一家五金店，买来一块厚厚的金属条，费尽力气搬到“超人”号上，然后把它挡在自己的舱盖旁边，希望能够借此阻挡来自地面的炮火。他不停地参加各种培训，学习如何在荒岛求生、怎样进行伤口包扎，甚至还师从一位夏威夷长者学习怎样躲避鲨鱼的攻击：睁大眼睛、露出牙齿，像在足球场上那样伸直手臂推开鲨鱼，或者挥拳猛击鲨鱼的鼻孔。

像其他人一样，路易和菲尔都嗜酒如命。路易说，几杯啤酒下肚，他就有可能暂时忘掉自己死去的战友。军中每人每周只供应四瓶啤酒，但是每个人都有每个人的办法。烈酒对于路易来说，就像橡子对于松鼠一样不可缺少。只要能够找到酒喝，他就会一醉方休，还会把剩下的全部藏起来。在训练时，他会把烈酒灌进自己的刮胡膏瓶里。如果赴外地参加行动，他还会把酒藏进蛋黄酱罐子或者番茄酱瓶子里。有一次，路易在无线电通信员哈里·布鲁克斯的防毒面具皮套中私藏了一瓶当地酿造的名为“五岛劲酒”的伤胃酒。由于这种酒质量低劣，人们又戏称为“溃疡劲酒”。在检查士兵是否携带防毒面罩时，一名军警拍了拍布鲁克斯的臀部，结果酒瓶破了，布鲁克斯的裤腿立刻变得湿淋淋的。不过，这瓶酒也许洒了更好。路易发现，在饮用这种劣质白酒期间，自己的胸毛不知道什么时候开始自动脱落。后来他才得知，“五岛劲酒”经常被人们用做涂料稀释剂。从此以后，他开始痛饮啤酒。

和其他机组成员一样，菲尔也时刻面临死亡的危险。然而除此之外，他还有另一层担忧。作为飞机驾驶员，他非常清楚，一旦出现半点差池，其他 8 名机组成员就会命丧他手。于是，菲尔总是随身携带两个护身符。一个是茜茜送给他的手镯，菲尔认为这只手镯能够让自己逢凶化吉，因此须臾不离己身。此外，他的口袋里一直揣着一块银圆。等到有一天他与茜茜私奔时，菲尔说道，他得给搬运行李的侍者留点小费。“等我到家以后，”他写信告诉茜茜，“我想带你藏到一个谁也找不到我们的地方。”

1943 年初，随着大量人员阵亡，每个人都形成了自己祭奠死者的独特方式。不知从什么时候起，军中开始流行一种仪式。如果有人没有按时返回，其他的人就会打开他的衣柜，取出他的酒瓶，一人喝上一口以示纪念。在一场没法举行葬礼的战争中，他们所能做到的也就只有这样而已了。

594个弹孔

1943年2月，“超人”号机组成员前往位于赤道附近的坎顿岛进行了一次短暂的访问，在这里，他们生平第一次看到用炸弹捕猎鲨鱼的场面。坎顿岛气候炎热，来到这里就像身处炼狱一般。从外形上看，这座岛屿好像是一块猪排。小岛上面几乎被珊瑚和矮小的植被所覆盖，它们紧紧地贴在地面上，仿佛被滚滚热浪压得抬不起头来。整座岛上只有一棵树。每当海水退潮时，珊瑚岛的四周到处都是鲨鱼。为了诱捕这些鲨鱼，当地渔民充分发挥了聪明才智。他们在长长的钓竿上挂上一些残羹剩饭，然后把钓竿投进海里，并且不停地来回摇晃。一旦有鲨鱼上钩，渔民就会抄起旁边的手榴弹，顺势丢进鲨鱼的嘴里，然后看着鲨鱼被炸死。

这一次，“超人”号机组成员被派往坎顿岛上执行两项任务：其中一项任务与日本占领的马金岛有关；另一项则是关于吉尔伯特群岛的塔拉瓦。在第一次执行任务时，领航飞机迷失了方向，结果他们兜了个圈子，又回到了美属豪兰岛的上空。早在6年前，这个岛屿逐渐消失时，艾米利亚·埃尔哈特曾经想要占领此岛。他们可以看到豪兰岛上飞机跑道上的太阳旗，显然这是日军的标志。随后，他们又找到了马金岛。但由于存在浓密的云层，路易根本看不到下面的情况。在上空转了三圈之后，他们仍然无法找到自己的目的地，因此上校命令他们投掷炸弹后迅速离开。透过云层中一条窄窄的缝隙，路易隐隐约约看到了一排建筑物，于是他立刻把重达3 000磅的炸弹丢了下去。顷刻之间，这里被夷为平地，空中升起滚滚浓烟。

两天以后，机组人员带着 6 名摄像人员飞回吉尔伯特群岛。他们来回穿梭于这些燃烧的岛屿并对其进行拍照。由于“超人”号飞机的机头在进行地对空袭击时受到损坏，他们只能返回坎顿岛原地待命。在距离坎顿岛 300 英里的地方，机械师道格拉斯发现，飞机的燃油计量表突然开始急速摇摆，最后停在一个极低的位置上。于是，道格拉斯宣布，按照他们目前的飞行速度，油箱里的燃油根本不足以撑到坎顿岛。

菲尔尽可能地减缓螺旋桨的转速，然后倾斜油箱，保证用尽最后一滴燃油。所有的机组人员都把自己还没有来得及吃下的东西扔了出去，而且 15 个人全都挤到了机舱的前部。他们认为这样可以减轻飞机的负担，从而增加航行的速度。在意识到返回坎顿岛的可能性微乎其微时，他们开始重新考虑返回豪兰岛。但是，当他们想起那里坑坑洼洼的飞机跑道时，很快便打消了返航回豪兰岛的想法。随后，他们又考虑在豪兰岛附近的海面上进行水上迫降，不过此举很可能会引起鲨鱼的围攻。到了最后，他们还是一致决定尽最大努力返回坎顿岛。

他们肩并肩挤在飞机的前舱，除了等待还是等待。太阳开始落山了。路易一边凝视着飞机下面的苍茫夜空，一边暗自想象坠机会是一种什么样的感觉。燃油计量表的位置越来越低，所有人似乎都在等着听发动机熄火的声音。最后，计量表终于降到了最低的位置，菲尔打开探照灯朝地面照射过去，突然发现了下面的飞机跑道。菲尔意识到飞机飞得太高了，于是他骤然降低了飞行高度，由于速度过猛，皮尔斯贝利一下子冲到了机舱顶部，仿佛在半空中停了一会儿，然后“扑通”一下跌落下来。

“超人”号在坎顿岛着陆时，飞机的尾翼低垂，因此最后一滴油又流回了油箱。但转眼之间，一台发动机便宣告熄火。

两周以后，他们才知道，如果当时进行水上迫降，他们将会面临什么，等待着他们的将会是多大的灾难。

一架 B-25 战机飞出瓦胡岛后，试图通过无线电发出求救信号，人们只知道他们的燃料不够了，随后便没有了音讯。“超人”号机组临时应召展开搜救行动。经过一个半小时的搜索，路易看到探照灯的灯光扫射到一股螺旋状的浓烟。于是,“超人”号和两架水上飞机一起立刻赶往出事地点。

当他们赶到坠落地点以后，路易被眼前的景象惊呆了。两只救生艇在失事飞机的残骸中漂浮，B-25 上的所有机组人员都紧紧抓着这两只仅有的救生艇，而救生艇的四周已经被一群群鲨鱼团团包围，其中几条甚至长达 20 英尺。这些鲨鱼在水里跃跃欲试，好像随时都会把救生艇打翻。最后，在他们有可能落入鲨鱼腹中之前，营救飞机及时赶到。当天晚上，被救人员设宴款待路易他们以示感谢。直到现在，“超人”号的机组成员才终于理解，为什么他们要向鲨鱼投掷手榴弹。在随后的一次飞行中，当他们看到有几条鲨鱼围攻 6 条鲸鱼时，立刻开火射向那几条鲨鱼。可是没过多久，他们又对自己的举动感到愧疚。在此后的航行过程中，即使看到鲨鱼，“超人”号的机组成员也不会再去伤害它们。

位于夏威夷群岛西南方向大约 2 500 英里的瑙鲁岛是很晚形成的一小块陆地。仅有 8 平方英里的瑙鲁岛在太平洋上显得那样形单影只。要不是穿着草裙的当地人脚下这块土地其实也是 5 万吨高浓度的磷酸盐，恐怕这个地方早就被世人遗忘了。1900 年，人们发现磷酸盐不仅是制作肥料的主要原料，而且也是制造军火的主要原料。从那时起，这个岛屿便成了无价的宝地。1942 年 8 月，日本攻占了瑙鲁岛。他们把没有逃走的欧洲商人关进监狱，并强迫当地人和中国人为他们开采磷酸盐和修建飞机跑道。他们还用武力强迫政府处决了不少当地的犯人。因此，当飞机跑道修好的时候，日本人不仅开采了大量的磷酸盐，而且还拥有了发动空袭的理想基地。

4 月 17 日，路易刚刚跑步回来，便接到命令前去听一场作战情况汇报。

在作战情况会上，他们机组和其他 24 名 B-24 机组成员被要求在海拔 8 000 英尺的高度对瑙鲁岛发动进攻。这个高度无疑是对路易和其他机组成员的一次严峻考验。整个一周他们都在进行 8 000 ~ 10 000 英尺的飞行训练。全体机组人员都对在此高度发生空战并命丧疆场这件事惴惴不安。“我们只能希望，”战争打响的两天前，路易在日记中写道，“在实战过程中，当海拔过低时，我们不需要投掷炸弹。”皮尔斯贝利总是情不自禁地想起作战情况会上的内容。那里一共有 10 ~ 12 架零式战斗机等着他们去干掉。在此之前，皮尔斯贝利只是在威克岛上远远地看到过一架零式战斗机，他还从来没有与这种敌人交过火。一架零式战斗机就足以让人感到心惊胆战，然而现在他们却要面对整整 12 架。

翌日，天色未明时，唐纳德 · 纳尔逊中尉来到了“超人”号机组。虽然他并不是这架飞机的机组成员，但是却要求一同登机，因为他想亲眼观看这场战斗。

他们从富那富提发起进攻，先向西迂回飞行，以掩饰他们的起飞地点。在空中航行了 6 个半小时后，“超人”号才抵达瑙鲁岛。飞机上，所有人都默不作声。“超人”号在前面领航，后面紧紧跟随着美军的轰炸机群。就在这时，太阳开始缓缓升起，天色逐渐放亮，日军已经能够看到他们的战机了。

大约在 11 点 20 分时，导航员米切尔打破了沉默。他告诉大家，他们必须在 15 分钟内飞越瑙鲁岛。透过驾驶舱的舷窗，路易可以依稀分辨出这块陆地，星星点点的岛屿个个海拔都很低。路易向下望去，发现下面的水面上有一个黑色的倒影。那是美国的潜水艇。如果轰炸机被击落，这艘潜水艇早已做好准备，可以立即展开救援行动。“超人”号飞过海面，悄悄地绕过瑙鲁岛。这时，路易突然感到一阵恐惧。

一切都静得可怕。除了“超人”号以外，后面的 9 架飞机都沿着同一个方向飞向瑙鲁岛。天空中气流平稳，飞机滑过时一点儿动静都没有。菲尔把控制权交给诺顿瞄准仪。转眼之间，“超人”号的第一个轰炸目标已经进入了他们的视线。他们的下方是一群战机，飞机跑道的一侧是一排建筑物。路易来到自己的位置上，耐心等待投弹时机。

突然，空中响起了一阵噼里啪啦的声音。霎时间浓烟滚滚、火光冲天。高射炮发出嘶嘶的声音，一股长条状的烟雾从飞机尾部喷出，旋即化做一股黑烟。由于发射了大量炮弹，高射炮的炮口因摩擦而产生了火花。金属弹片四处飞溅，有的从下面直插过来，有的像雨点般从空中落下。此时此刻，对于菲尔来说，除了控制好诺顿瞄准仪以外，其他事都无能为力。

好像有什么东西撞上了“超人”号左侧的轰炸机，而后这架由约翰·雅各布斯中尉驾驶的战机犹如溺水一般猛地坠落下去。几乎与此同时，“超人”号右侧的飞机也被击中了。几英尺之外的皮尔斯贝利亲眼看到这架轰炸机被击中的过程，他甚至还可以看清飞机里面的驾驶员。只见这架飞机先是剧烈摇晃了起来，然后迅速从空中跌落，消失在“超人”号的右翼之下。菲尔感到，也许他们都会死去，现在只剩“超人”号孤军奋战了。

路易的注意力仍然还在地面上，他想瞄准下面的停机场。当他准备投弹时，只听一声巨响，路易突然感到浑身战栗。“超人”号右侧的方向舵大约有一半被炸飞了，中间一张餐桌也被炸开了花。路易看不到自己的轰炸目标。正当他四处寻找目标时，一颗炮弹猛地击中了炸弹舱，机身上顿时出现了一个巨大的弹孔，飞机也开始剧烈摇晃。

最后，路易终于找到了目标，立刻投下第一批炸弹。这些炸弹旋即下落，全部命中目标。接着“超人”号飞过一排红顶的兵营和一架高射炮，它们分别是路易的第二和第三个轰炸目标。路易看着炸弹将这些建筑和高射炮炸得一塌糊涂，发出噼里啪啦的声响。现在，他还剩一颗炸弹，也就是说他还有一次轰炸目标的机会。在机场的北侧，路易一眼看见一间小木屋，于是这间小木屋就成了路易最后一个轰炸目标。炸弹准确地落到了小木屋上。随后，路易大喊一声：“投弹完毕！”然后他转动阀门，将炸弹舱门关上。透过驾驶舱的缝隙，路易看到，炸弹引燃的火光仍在左右晃动。这时，菲尔重新接管了飞机的操控权。就在路易向小木屋投掷炸弹以后，“超人”号的后边和下面分别出现了一道耀眼的白光和冲天的大火。虽然这次投弹的目标纯属猜测，不过这座小木屋恰好就是敌军的燃料库，而且炸弹

瑙鲁岛空战

准确命中目标。在炮塔之上，皮尔斯贝利向后转动机枪，他看到大量的浓烟从下面滚滚升起。

然而，他们还没来得及庆祝这一胜利，几架零式战斗机就突然出现在他们的周围。路易一共看到了 9 架飞机，于是他开足火力朝四周猛射，机枪顿时喷射出炽烈的火花。但是，日军战机驾驶员的胆大妄为和娴熟技巧还是让“超人”号机组成员感到震惊。这些零式战斗机在美军轰炸机群中横冲直撞，一边开火射击，一边左右穿梭，试图将美军战机隔开。他们距离“超人”号近在咫尺，路易甚至能够看清对方驾驶员的面孔。双方进行近距离射击，子弹四溅。美军的一架轰炸机被己方炮火（甚至是本机的腰部机枪）误伤 17 次之多。

在中弹飞机开始下降时，零式战斗机就会猛扑过来。路易看到，一架美军轰炸机前后左右被 4 架零式战斗机团团包围。驾驶员操纵飞机想要钻进乌云躲藏起来，借此分散他们的追击。在此之前，一名炮手刚刚击落了一架零式战斗机。菲尔看到，雅各布斯中尉驾驶的飞机仍在空中。他的飞机有三部引擎可以工作，但失去了右方向舵。在零式战斗机的包围之下，“超人”号的飞行显得异常艰难。炮手们近乎疯狂地开火射击，终于击落了一架零式战斗机。一架 B-24 上的飞行员托尔·汉姆瑞看到雅各布斯仍然在敌机包围中奋力挣扎，于是他调头返回，同时放慢飞行速度，并突然用机上的全部武器向一架零式战斗机开火。这架零式战斗机被迫后撤，而后雅各布斯与汉姆瑞的飞机一起从敌机的包围圈中钻了出来。

第一批轰炸机在零式战斗机的追击下向外海飞去。日军战斗机和高射炮被击毁后，日军基地暴露无遗。随后，美军的 B-24 机群蜂拥而至，穿过浓烟，向日本的磷酸盐工厂投掷了大量炸弹。在最后一架飞越瑙鲁岛的战机上，一名记者举起望远镜，看到整个岛屿就像火山爆发一样，到处都弥漫着浓烟和熊熊的火焰。他还看到一架着火的日军战机和几辆被炸毁的汽车，唯独看不到一个活人。

菲尔和卡帕内尔开足了马力，想要让“超人”号飞回原地。但是这架飞机严重受损，菲尔越是向上飞，它越是想打旋。看样子很快就要熄火，飞行员必须使出浑身解数才能保持机身平衡。这时，有 3 架零式战斗机围在“超人”号的身边，对它猛烈射击。“超人”号上的炮手们拼命还击，不断卸下热得发烫的弹夹：米歇尔在机头，皮尔斯贝利在顶部炮塔里，格拉斯曼在机身中部，兰伯特在机尾部，布鲁克斯和道格拉斯在宽大的腰部窗户旁边，而路易此时位于轰炸员座舱内。子弹从四面八方射进敌机。路易看到零式战斗机的机身和机翼上的弹孔越来越多，但它们仍毫无退意。“超人”号向四面八方倾泻着弹药，可自己也中弹无数，有的弹孔甚至大到可以从中向外看到天空与海洋。每过一刻，机身上的弹孔数都在成倍增加。

就在路易准备转身离开轰炸员座舱时，忽然看到一架零式战斗机径直朝“超人”号俯冲过来。米歇尔和零式战斗机上的飞行员几乎同时开火向对方射击。路易和米歇尔感到子弹就在他们周围的空中穿梭，其中一颗差一点就打中米歇尔的胳膊，而另一颗则擦过路易的脸颊。双方的交火异常激烈，敌机击中了“超人”号上的炮塔电线，造成炮塔无法使用。几乎与此同时，路易看到另一架零式战斗机猛冲过来。刚才米歇尔曾击中了它。霎时间，这架零式战斗机加速撞向“超人”号的机头。巨大的冲击力让这架零式战斗机停下来，轰然坠入距离岸边不过咫尺的海中。

路易用手转动已经坏掉的炮塔，让米歇尔从里面爬出来。炮手们还在奋力还击，可“超人”号已经摇摇欲坠。此时还有两架零式战斗机盘旋在它的左右。

顶部炮塔里的皮尔斯贝利脸朝后侧，手拿一把火力凶猛的点 50 口径机枪。这种机枪每分钟可以射出 800 发子弹，子弹速度达每秒 3 000 英尺。因此，这把枪可以在距离 4 英里开外的地方将敌人置于死地。如果有机会，这种机枪甚至能够击落一架零式战斗机。但是零式战斗机在下面，顶部炮塔里的皮尔斯贝利根本无法射击。虽然他能感到零式战斗机重重地撞击着超人飞机的腹部，但是他只能看到“超人”号的机翼。于是，他把自己的全部精力都集中在距离“超人”号最近的一架零式战斗机上。皮尔斯贝利心想：如果它敢上来，我就把它大卸八块。

他耐心地等待时机。“超人”号仿佛发出着令人痛苦的声音，不停地来回摇晃。飞机上的炮手们正在朝下方射击，而零式战斗机则试图从下向上攻击。皮尔斯贝利还在等待机会。突然，路易看到一架零式战斗机从“超人”号右侧猛冲下来。皮尔斯贝利还从来没看到过这架飞机。接下来，路易听到一阵震耳欲聋的砰砰声，顿时浑身剧痛，好像要裂开一样。

原来这架零式战斗机击中了“超人”号的右侧,飞机旋转着倒向一侧。子弹撕开了尾炮手兰伯特的臀部和左腿。当“超人”号开始剧烈摇晃时，他也随着机身左右摇摆。然而，正是飞机的摇摆救了他，一架零式战斗机的炮弹原本恰好对准了刚才他头部所在的位置，但是现在只是震碎了他的目镜。再往上看，榴霰弹落在布鲁克斯和道格拉斯所在的飞机中部。两块弹片扎进了格拉斯曼的背部，他正在腹部炮塔里，精神高度紧张，反而没有任何感觉。零式战斗机第二次发动进攻，射中了“超人”号上的乘客纳尔逊。最后，一枚炸弹炸飞了顶部炮塔的舱壁，皮尔斯贝利从脚到膝盖全都被弹片射中,“超人”号上的一半成员都被这些弹片射中。随后,“超人”号猛地倒向一侧，眼看就要失控。菲尔和卡帕内尔奋力拉动操纵杆，才终于稳住了飞机。

当飞机恢复平衡以后，菲尔大声问路易，飞机的损坏程度如何。路易从前炮塔钻出来，第一眼看到的是遍体鳞伤的布鲁克斯躺在炸弹舱旁的狭形过道里。炸弹舱的门敞开着，布鲁克斯一只手紧紧扒在狭窄的过道上，他的半个身体都悬挂在那里，一条腿在空中不停地摇晃。他两眼肿胀，上半身鲜血淋漓，朝路易举起一只胳膊，满脸都是痛苦的表情。

路易一把拽住他的手腕，把他拉进机舱的一个座位旁。布鲁克斯扑通一声向前倒下,路易看到,他背后的衬衫上有许多弹孔,头发里也满是鲜血。

路易把布鲁克斯用力推到一个角落里。布鲁克斯立刻昏了过去。路易找到一个坐垫，顺手盖在他的身上，然后返回炸弹舱。路易随即发现炸弹舱的墙上出现了一条裂缝，紫色的液体正满地流淌，控制炸弹舱门开关的液压线被严重损坏。由于液压线受损，菲尔便不能通过控制这条电线操作着陆装置，或者调节飞机的航行速度。然而这些却是飞机着陆时所必需的装置，但是现在他们既没有液压线，也没有刹车闸。

路易转动手柄把炸弹舱的门关上。他向后望了望，看到道格拉斯、兰伯特和纳尔逊三个人浑身是血地躺在一起。道格拉斯和兰伯特趴在地上，匍匐着向前爬去，似乎想要够到自己的机枪。纳尔逊因为腹部中弹，躺在那里一动也不动。

路易大声朝驾驶舱喊话求救。菲尔也扯开嗓子回答，他快控制不住飞机了,需要卡帕内尔留下来帮忙。路易说这里出现了非常可怕的意外情况。

菲尔只好独自掌控飞机。卡帕内尔站起身来看到机舱的情况后，立刻拔腿疾奔，找来吗啡、磺胺类药物、氧气面罩和绷带，依次放在每个人身边。

路易跪在昏迷的布鲁克斯身旁，用手抚摸他的头部，这才发现他的后脑上有两个弹孔，背部也有四处较大的伤口。于是，路易立即给他戴上氧气面罩，然后用绷带包扎他的头部。与此同时，路易非常担心“超人”号的飞行状况。现在机头、机腹和机尾的炮手都已经丧失战斗力，机身也遭到重创，而菲尔只能单独待在驾驶室里，竭力保持平衡。零式战斗机仍然在朝他们开枪射击。要是再倒下一个人，路易心想，我们就全完了。

当路易专心照顾布鲁克斯的时候，他忽然感到肩头发痒，好像什么东西滴下来了。路易抬头一看，发现鲜血从顶部炮塔中的皮尔斯贝利的腿上汩汩流淌。于是，路易急忙跑到皮尔斯贝利身旁。

皮尔斯贝利仍然坐在自己的位置上，面对机舱狭窄的过道，手里握着机枪，双眼扫视着天空。他看上去面色惨白，一条腿在下面来回晃动，靴子被炸开了花。在他旁边的机身上有一个外形酷似得克萨斯州的巨大弹孔，足有一个沙滩球那么大。炮塔上弹孔密布，地板上到处都是弹片。

路易开始检查皮尔斯贝利的伤口，但是他却晃了晃脑袋，根本不理会路易。他知道零式战斗机迟早会回来结束这场厮杀，而他也必须找到那架零式战斗机。在这个紧急关头，这些伤痛早就被他抛到九霄云外去了。

突然之间，一个闪着火光的东西从正下方朝他们冲了过来。皮尔斯贝利不知喊了些什么，只见路易飞快地挪开双脚，皮尔斯贝利猛地将高速旋转器装进了炮塔。炮塔立刻恢复了正常，把皮尔斯贝利转到了 90 度开外。

一架零式战斗机突然跃起，刚找到平衡便立即加速向“超人”号撞去。皮尔斯贝利吓得目瞪口呆。霎时间，也许一切都将结束——只要零式战斗机的飞行员摁下射击按钮，“超人”号上的 10 个人就会坠入太平洋。皮尔斯贝利甚至可以清清楚楚地看到这个即将结束他们生命的飞行员。阳光火辣辣直射在他的脸上，一块白色的头巾缠在他的脖子上。皮尔斯贝利心想，我必须干掉他。

皮尔斯贝利猛吸一口气，然后开枪射击。他看到子弹从枪管疾速冲出，穿透了那架零式战斗机的驾驶舱。舱盖立刻分崩离析，里面的驾驶员一头朝前面栽了下去。

顶尖的炮塔机枪手史丹利·皮尔斯贝利。图为其在飞机腰部机枪旁

（本图片由路易·赞贝里尼提供）

“超人”号躲过一劫。零式战斗机的日本飞行员肯定是看到顶部炮塔被炸塌了，机身中部的窗户边上无人，所以认为所有的炮手都死了。皮尔斯贝利为此已经等了很长时间。

一架零式战斗机被打折了翅膀，好像一只受伤的鸟一样孱弱无力。皮尔斯贝利觉得，在飞机坠入大海之前，这名飞行员就已经死掉了。

潜水艇上的人亲眼看到这些零式战斗机一架接一架地全部落入汪洋大海之中。紧接着，美军轰炸机发起反击。后来，潜水艇上的人听说，没有一架零式战斗机能够返回瑙鲁岛。也有人认为，幸亏美军发动了这次空袭，日本人才没有从瑙鲁岛运走哪怕一点磷酸盐。

刚才激战中被暂时忘却的伤痛开始涌向皮尔斯贝利。路易长吁了一口气，坐到了炮塔的椅子上，然后把跌入自己怀中的皮尔斯贝利挨着布鲁克斯放到了地板上。路易握住皮尔斯贝利的一只靴子，尽可能轻地慢慢往下脱。

皮尔斯贝利忍着剧痛，终于把靴子脱了下来。路易看到，皮尔斯贝利左脚的大拇指被齐根炸掉，落在靴子里。挨着大拇指的脚趾头只剩下一点点皮。他的小腿上扎满了弹片，就像是一个针垫。路易没有别的办法，只能给皮尔斯贝利进行简单的包扎，然后给他注射了一剂吗啡。看着他吃下一片磺胺类药片后，路易赶忙过去查看飞机的状况。

“超人”号眼看大势已去。在正常情况下，菲尔根本无法使飞机从一侧翻转到另一侧。此时，“超人”号拼命地左右翻滚，菲尔几乎已经控制不住它了。于是，他干脆把自己的双脚放在操纵杆上，使出浑身的力气推动操纵杆。但是，机头仍然不停地摆动，飞机濒临失速，就像海豚一样上下跳跃。

迄今为止，凡是还有行动能力的机组成员都在紧张地思索着“超人”号的状况。他们的处境异常危险，这一点毋庸置疑。飞机右侧的方向舵被敌机打掉了一半，而且方向舵的电缆也被切断。这些电缆本来是用来控制升高仪的，而飞机的飞行高度是靠这些升高仪来控制的，可是现在这些电缆全被严重损毁。此外，这些电缆还可以用于保持平衡，使得飞行员更好地控制飞机的飞行高度，即飞机在空中的方位，从而大大降低飞行员驾驶飞机的难度。燃料一滴一滴地漏到炮塔下面的地板上。没人知道飞机降落装置的状况，但是从机身中弹程度来看，飞机的轮胎想必已被击中。此时，剧烈晃动的炸弹舱里满是液压油。

菲尔已经竭尽全力。他放慢一侧的引擎，以便形成力差，使飞机转向并且加速。这样可以减轻飞机的颠簸程度，降低飞机失速的风险。如果菲尔能够继续控制住飞机的操纵杆，机身就会不再颤抖。在关掉皮尔斯贝利附近的燃料箱后，漏油现象停止了。路易取过一根细绳，把切断的方向舵和电线绑到了一起。尽管这种做法本身并没有什么直接的作用，但是如果剩下的电线也坏了，也许会有一些帮助。

富那富提离这里约有 5 个小时的航程。如果“超人”号能够载着他们飞到那里，那么他们就必须在没有液压控制的降落装置、襟翼和刹车的情况下完成着陆。不过，他们可以用手泵扩大襟翼的方法着陆。但这两种着陆方法都是在没有液压制动器的情况下进行的手动操作。如果没有装载炸弹或者过多的燃料，这架约重 4 万磅却没有制动装置的 B-24 飞机如果以超过 90 ~ 110 英里的时速着陆，需要滑行 1 万英尺。富纳富提的机场跑道长约 6 660 英尺，而它的尽头就是暗礁和大海。

几个小时过去了。“超人”号还在不停晃动着，挣扎着。路易和卡帕内尔一起穿梭于伤员之间。皮尔斯贝利躺在地板上，呆呆地望着自己流血不止的双腿。米歇尔弓着腰趴在仪表盘上。菲尔正在竭尽全力地控制着这架飞机。道格拉斯看起来异常痛苦，一会儿说起自己的肩膀，一会儿又提到自己的胳膊。皮尔斯贝利说，他整个人都快被撕成碎片了，此时，布鲁克斯躺在皮尔斯贝利身旁，他脖子上全是鲜血。每当他呼吸时，鲜血便汩汩涌出，这种声音令皮尔斯贝利难以忍受。

还有一两次，当路易跪在布鲁克斯身边时，他忽然睁开眼睛，气若游丝地咕哝着什么。路易把耳朵凑到他的嘴边，可是仍然听不到他在说些什么。布鲁克斯又晕过去了。每个人都十分清楚，他肯定活不下来，但是谁也不愿意说出来。

几乎每一个人都知道，他们有可能在着陆之前或者着陆时坠毁。然而无论怎样，每个人都缄默不语。

当巴掌大的富那富提岛掠入视线时，天色渐渐暗去。菲尔开始试着把飞机降到跑道上。他们动作太快了。有人走向狭窄的过道，用工具撬开了炸弹舱门；飞机悬在空中，速度开始变慢。道格拉斯来到炮塔下面去取着陆装置，他需要两只手来完成这项工作——一只手推阀门，另一只手打开气泵。可是他的身体剧痛钻心，每次抬起胳膊的时间超不过几秒钟。皮尔斯贝利虽然也站不起来，但是他能够用胳膊够到阀门。最终，他们一起放下了这个装置。

路易摸索到一根降落伞的绳子，于是他立刻把绳子像系腰带似的缠在受伤人员的身上，然后再把绳子缠到飞机某个静止的部位。但是纳尔逊是肚子受伤，所以不能往他身上缠绳子，路易只好把绳子拴在他胳膊和腋下。由于担心起火后大家不易逃生，路易没有在绳子上打结。相反，路易把绳子的末端交到受伤人员的手中，这样他们可以自己设法逃生。

怎样才能让轰炸机停下来是个十分棘手的问题。路易灵机一动，为什么不试着在飞机的尾部绑上两顶降落伞，当飞机降落时再通过机舱中间的窗户把降落伞抛出去，然后拉开伞锁。在此之前，还从来没有人想到过这种方法，这无疑是一次异常大胆的尝试。不过此时，他们只能孤注一掷了。路易和道格拉斯分别在机舱的两个窗户间打开了降落伞，然后把它们捆在炮架上。接着，道格拉斯回到自己的座位上，留下路易独自站在那里，左右两只手里各拉着一个开伞锁。

“超人”号开始向富那富提岛降落。下面站着不计其数的记者和其他机组成员。他们目不转睛地注视着这架飞机跌跌撞撞地一路返回。“超人”号下降的速度越来越慢。在飞机着陆之前，路易看了看时速表，每小时 110 英里。对于一架没有制动器的飞机来说，这样的速度显然太快了。

霎时间，飞机平稳地触到了陆地，“超人”号起落架上的轮子轻轻地滑过跑道，路易很快便站稳了脚跟。但是，随即传来了猛烈的刨凿声，他们担心的事情终于发生了：飞机左边的轮胎瘪了。菲尔使出浑身解数想要控制住飞机，但是“超人”号还是开始向左侧旋转，并且向停机坪上的另外两架轰炸机冲了过去。卡帕尼尔猛地踩下了右侧的刹车，飞机仍然在快速旋转，最后终于歪歪扭扭地停在了其他几架轰炸机的空当里。路易站在后面，手里紧紧地握着降落伞的绳索，不过现在看来这些绳索已经用不上了。

道格拉斯迅速打开舱盖，缓慢而艰难地爬到飞机顶上，把自己受伤的胳膊举过头顶，然后同另外一只胳膊交叉起来做十字状。这个姿势的意思是说，这里有伤员。路易从炸弹舱内跳出来以后，也发出了同样的信号。一群人蜂拥而至，不一会儿，他们的飞机就被地勤人员团团围住。路易匆匆看了一眼满目疮痍的“超人”号。这时，地勤人员开始清点这架战机上的弹孔。为了避免重复，每数一个，他们就会用粉笔做出标记。最后，“超人”号的身上一共有 594 个弹孔。瑙鲁岛上所有的轰炸机都已经返回原地，每一架战机都伤痕累累，但是没有哪一架比“超人”号身上的弹孔更多。

★★★

皮尔斯贝利被送进营房，在那里等候治疗。在医生进来之前，他在那里躺了足足有一个小时之久。当医生问他是否认识哈里·布鲁克斯时，皮尔斯贝利回答说认识。

“他没有挺过来。”医生说道。

技术军士哈里·布鲁克斯在他 23 岁生日的前一周不幸去世。一个多星期以后，布鲁克斯的妈妈、住在密歇根州克拉克斯派尔西大街 511—1—2 的寡妇爱迪娜才得知这一消息。此外，这个消息还传到了住在另外一个镇上哈里路的珍妮特那里，珍妮特是布鲁克斯的未婚妻。在布鲁克斯参军之前，他和未婚妻已经定好了良辰吉日。但是，就在他们婚礼前九天，布鲁克斯离开了人世。

日军来袭

富那富提的夜幕已经降临，地勤人员正在维修战损的轰炸机。他们把弹孔补上，把机械故障排除，然后再给每一架飞机油箱加满，装上 6 枚 500 磅重的炸弹，为次日对塔拉瓦岛发动攻击做好准备。“超人”号仍然停在上次熄火的地方，整个机身布满了大大小小的弹孔，不仅无法参加此次行动，恐怕今后再也难以执行其他任务了。

瑙鲁岛一役结束后的几个小时里，路易一直拖着疲惫的身躯坚持在医务室帮忙。随后，他来到一片椰子林前，里面搭着几顶用做营房的帐篷。路易找到自己的帐篷，一屁股跌坐在菲尔旁边的帆布床上。他们旁边就是记者的营地。在医务室里，皮尔斯贝利斜倚在那里，双腿鲜血淋漓。在他的身旁，“超人”号上的另一名机组成员正昏昏欲睡。没过多久，营地就熄灯了，岛上立刻一片寂静。

大约凌晨 3 点，路易隐隐听到耳畔传来一阵嗡嗡的声音，原来是一架小型飞机在他们的上空盘旋。路易躺在床上，只听这个声音变得越来越远，然后渐渐地消失了。路易心想，也许是哪个飞行员在云层里迷了路，但愿他们能够早些找到回家的方向。

就在路易恍惚睡去的时候，忽然听到小岛南部“轰”的一声！警报大作，接着便从远处传来一阵枪声。不一会儿，一名海军陆战队员惊慌失措地急奔而至，高声喊道：“空袭了！空袭了！”原来路易刚才听到的嗡嗡声不是一架迷路的美国战机，而是一架日本侦察机，侦察机的后面跟着成群结队的敌军轰炸机。富那富提遭到了攻击。

包括路易和菲尔在内的飞行员和记者手忙脚乱地拽上鞋子，箭一般地冲出帐篷。这时外面已经乱作一团，到处都是哭天喊地的人群。他们环顾四周，发现这里没有任何物体可以作为遮挡。接连不断的爆炸声一次比一次更大、一次比一次更近，大地也仿佛在随之颤抖。

“我往四下看了看，立刻叫道：‘老天爷！这可让我们往哪里跑？’”飞行员乔·迪西回忆道。他看到唯一可供躲避的地方就是一棵椰子树旁一个浅浅的土坑，于是迪西立即钻了进去，许多人也随即跳了下来。迪西飞机上的无线电报务员赫尔曼·斯克尔斯和其他 5 名机组成员一起，躲在了一辆军械车旁的壕沟中。军械车的下面趴着 3 个人，还有一个藏在了旁边的垃圾堆里。飞行员杰西·斯代藏到附近的一个洞里。一名士兵飞似的跑到了小岛的尽头，一个猛子就扎进了水中，这才记起自己根本就不会游泳。还有一些人实在无路可逃，只得双膝跪地，用自己头上的钢盔在沙滩上拼命挖着。当他们在一片漆黑中不停地挖掘壕沟时，爆炸声离这里越来越近，于是一名士兵忍不住高声咒骂起来，埋怨那些该死的将军怎么能够让他们驻扎在这样一个毫无隐蔽物的小岛上。

数十名当地居民跑到空地上的一座大型教堂里。一个名叫方尼·布莱克·拉德的海军陆战队员立刻意识到，这座白色的建筑物在黑压压的小岛上必然显得格外抢眼，于是他立刻冲了进去，大声喝令他们离开。但是大家对他的喊话似乎充耳不闻，于是他只好拔出枪来，这些人才纷纷逃开。

在医务室里，史丹利·皮尔斯贝利躺在那里惊恐万状。刚才他还在打着盹儿，可是一眨眼的工夫，岛上的爆炸声和警报声此起彼伏，震耳欲聋，身边的人们四散奔逃，还有人匆匆忙忙抬起担架上的伤兵撒腿就跑。除了皮尔斯贝利以外，整个房间里空无一人。显而易见，人们都把他忘了。他一下子就坐了起来，却无法站起身来。

路易和菲尔飞快地穿过一片椰树林，四处搜寻藏身之所。这时炸弹已经呼啸着掠过他们的上空，发出巨大的声响，就好像一个巨人正在踢足球：轰隆隆……轰隆隆……轰隆隆……轰隆隆！最后，路易和菲尔终于找到一处建在水上的木制民居。他们一纵身潜入水中，发现身旁已经蹲着 20 来个人。炮弹仿佛就在他们的头顶落下，他们能够清清楚楚地听到炸弹在空中旋转的声音。

霎时间，这里变得如同白昼一般，到处都是乒乒乓乓的声音。大地沉重地喘着粗气，四处狂风呼啸，冒着刺鼻的青烟。他们旁边的椰树也都变得残缺不全。一枚炸弹恰好落在路易和菲尔一分钟前还躺在其中的帐篷，另一枚炸弹在一道壕沟旁炸开，碎片击中了最上面那个人的脊梁。他只叫了一声“我好像中弹了，伙计们”，便昏了过去。还有一枚炸弹落在军械车上，空中顿时溅起成千上万的弹片。大难不死的几名军士驾驶着这辆满是弹孔的卡车飞速驶过杰西·斯代的身边。就在这时，位于中间的一名枪手忽然听到一阵呻吟声。他定睛一看，原来他们的卡车压上了一顶帐篷，帐篷里面的帆布床上还坐着两名伤兵。另一枚炸弹击中斯克尔斯所在的壕沟，正好落在一名尾炮手的脚下。炸弹没有爆炸，而是咝咝作响。这名炮手吓得魂飞魄散，“我的天哪！”过了好一会儿，他才醒过神来，原来掉进壕沟里的不是一枚炸弹，而是一个灭火器。距他几码远的地方，路易和菲尔蜷缩着挤在一起。他们头顶的小木屋虽然在剧烈地晃动，但是屹立不倒。

炸弹落在环礁上。爆炸声慢慢变得越来越远，最后停止。一些人从掩体中爬出来，有的帮助救护伤员，有的忙着灭火。但是路易和其他人待在原地没动，因为他们知道敌机会很快返回。不少人划亮火柴心有余悸地点燃手中颤抖的香烟。如果敌军发动袭击，其中一个咕哝说，恐怕这里只剩下一堆炮灰。这时，天边又一次隐隐传来一阵嗡嗡声，敌机再次开始狂轰滥炸。

有几个人跑过医务室时看见了里面的皮尔斯贝利，于是冲进去把他扔上一副担架，抬着他来到一间狭窄的水泥房中——里面到处都是伤兵。房间里十分拥挤，有的人只能被放在架子上。这里伸手不见五指，医护人员一边匆匆忙忙地来回穿梭，一边打开手电筒查看病人的情况。皮尔斯贝利惊魂未定地躺在那里，一边大口大口地喘着粗气，一边侧耳聆听炸弹爆炸的声音。那声音离这里越来越近。他感到自己快要大难临头了，脑海中一幅接一幅地闪过这里被炸得灰飞烟灭的场景。房子里人满为患，但是每个都默不作声，皮尔斯贝利觉得自己好像躺在一间停尸房里一样。他感到自己的双腿阵阵剧痛，忍不住呻吟起来。医生在黑暗中摸索到他的身体，给他注射了一支吗啡。爆炸声越来越大，很快就来到他们的头顶，随着轰隆隆的巨大声响，天花板开始剧烈颤动，水泥簌簌地落了一地。

房子外面一片狼藉。人们被炸得鬼哭狼嚎，早就有人开始骂娘。一名飞行员还记得，那些人的喊叫如同“野兽的吼声一般”。不少人的耳膜被震裂。一名士兵死于心脏病突发。还有一个人的胳膊被炸开了花。其他人不是在痛苦呜咽，就是在跪地祈祷，甚至大小便失禁。“我不只是害怕，而是感到心惊胆战，”一名飞行员写信告诉自己的家人，“我原来以为自己一上飞机就害怕，但这是我生平第一次感到自己距离死亡只有咫尺之遥。”菲尔对此也有同感，即使是在瑙鲁岛一战中，他也没有感到如此恐惧。此时，路易就蜷缩在菲尔的身边。当他在椰树林中疾奔的时候，完全是靠本能和肾上腺激素的指引。对于周围发生的一切，他根本顾不上产生任何想法。但是现在，当炸弹一次又一次在他的身旁爆炸时，他突然感到一种莫名的恐惧。

军士长弗兰克·罗斯尼克钻在珊瑚礁下的一条战壕里，除了头上的钢盔、脚上一双没有系带的鞋子和一条平角短裤以外，浑身一丝不挂。“落下的炸弹有数吨之重，”他后来写道，“那些炸弹多得足够装满一火车皮。整个爆炸好像有人从一处极高的地方推下一台钢琴，猛地砸向地面，然后发出轰然巨响。所有的棕榈树都被炸开了花，横七竖八地倒在我们身旁。每当有炸弹爆炸时，大地便尘土飞扬，一瞬间四周变得雪亮，看起来可怕极了。炸弹的碎片四处飞溅，只要有弹片掉进壕沟，我们就会手忙脚乱地来回摸索，然后马上把它们扔出去。在炸弹爆炸的间隙，这里听起来就像是一座教堂，因为附近的战壕中人们呼喊上帝的声音此起彼伏。炸弹坠落的地点越近，人们呼唤的声音就越高。我好像听到有人在暗暗抽泣。人们担心自己会被敌机看见，所以根本不敢抬头。”

第三轮轰炸过后，美军又有两名士兵阵亡。随后，日军丧心病狂地进行了第四轮轰炸。其中两枚炸弹落在了飞机跑道上，而跑道上有几架加满油并且装好炸弹的 B-24。第一枚引起了巨大的爆炸，弹片像雨点一样落得遍地都是。另一枚炸弹点燃了冲天的大火，火势迅速蔓延到战机的机关枪上，子弹呼啸着从四面八方喷射而出，在空中擦出一道道耀眼的光芒。没过多久，这架飞机上 500 磅重的炸弹就没有了声响。

最后，小岛上的炮火声终于平息下来。一些士兵浑身颤抖着站起身来。当他们走进这片废墟之中时，另一架 B-24 突然爆炸，顷刻之间引燃了 2 300

天亮后的富那富提
（本图片由路易·赞贝里尼提供）

加仑汽油、3 000 磅炸弹和一个 0.50 口径机枪的弹药箱，爆炸声不绝于耳。“好像整个小岛都被炸开了一样。”一名副驾驶员后来这样写道。随后，一切复归平静。

黎明时分，人们纷纷从隐蔽地点钻出来。那个跳进海里的士兵抱着一块岩石在滔天的潮汐中站了三个小时。借着微弱的晨曦，那名一边用钢盔挖土、一边咒骂着将军的士兵突然发现，原来这些将军刚才就在自己的身边挖掘壕沟。路易和菲尔从小木屋下面爬了上来，岸上到处都是精疲力竭、满脸惊恐的人。

富那富提满目疮痍。一枚炸弹击中了教堂的尖顶，整栋房子都塌了下来，多亏了拉德下士，里面空无一人。路易和菲尔所住的地方留下了一个巨大的弹坑。旁边的一顶帐篷也东倒西歪，帐篷的中间赫然竖着一枚炸弹。有人把炸弹捆在一辆卡车上，然后开车来到岸边，一个急转把炸弹甩进了海里。罗斯尼克来到机场的跑道旁边，这才看见有 6 枚日式炸弹一字排开。这种炸弹需要在下坠过程中飞速旋转才能引爆，但是投掷它们的飞行员显然投得太迟了，由于高度不够，炸弹无法顺利引爆。于是，人们把这几枚炸弹也拖进了海里。

“B-24 战机遇袭的地方有一些深深的弹坑，旁边的一圈椰子树都被削成了半截，”路易在日记里写道，“其中一个弹坑，深 35 英尺，宽 60 英尺。地上到处是轰炸机的残片。”战机原本位于富那富提的西侧，现在起落架和驾驶座却都被炸到了小岛的东侧。这架轰炸机只剩下了一个尾翼、两个翼尖和两个螺旋桨，它们的中间是一堆黑色的炮灰。在飞机跑道上，一架 1 200 马力的普拉特 - 惠特尼引擎孤零零地停在那里，机身早已不见踪影。路易无意间看到，一名记者正望着一个巨大的弹坑泪流满面，于是他走上前去，满以为坑里会是一具死尸，然而那里只有一台面目全非的打字机。

岛上到处都是阵亡和负伤的将士。在爆炸产生的强大冲击波下，两名来不及躲避的机械师浑身瘀青。面对这突如其来的创伤，他们一时说不出话来，只能通过手势与别人交流。许多人一脸凝重地围在一辆军械车旁，这辆卡车被炸得只剩下两个残缺不全的座椅和一堆扭曲变形的废铁。躲在卡车下面的三个人血肉模糊，一名无线电报务员头部中弹不幸身亡。路易还看到一名当地居民的尸体，他身上只穿着一条丁字裤，仰面朝天地躺在地上，半边头颅不翼而飞。菲尔毫发未损，路易的胳膊被划了一个口子。

一名无线电报务员记得，这次袭击日军一共出动了 14 架轰炸机，但是也有人认为只有 6 架，于是人们把它们称作“六架臭蛋”。所有人都认为敌机有可能再次返回，于是菲尔、路易与其他许多人一起忙用铁锹和钢盔挖掘战壕。当他们稍事休息的时候，路易和菲尔就会来到海滩上，一起在那里坐上个把钟头，整理一下自己纷乱的思绪。

★★★

当天晚些时候，路易来到医务室帮忙。皮尔斯贝利被人抬回了自己的帆布床上。他的一条腿严重烧伤，在床边不住地摇晃，下面已经流了一摊鲜血。卡帕内尔坐在他的旁边，对他击落那架零式战斗机的行为表示感谢。

医生担心皮尔斯贝利的脚可能无法止血，需要动手术才行，但是眼下却一点儿麻醉药品也没有，所以皮尔斯贝利必须在没有麻醉的情况下动手术。医生要他双手握床，并且让路易压在他的双腿上面，然后用钳子撕开皮尔斯贝利脚部的肌肉组织，从骨头上取下一长条已经残缺不全的皮肤，最后缝合伤口。

“超人”号就停在机场跑道的旁边，起落架左侧的轮胎已经支离破碎，在半空中悬挂着，所以机身微微向左倾斜。虽然日本人没有看到这架飞机，但是“超人”号看起来却遍体鳞伤。大大小小的 594 个弹孔痕迹清晰可见：子弹射穿的地方坑坑洼洼，弹片划过的地方伤痕累累，4 枚加农炮弹在机身上炸开了一个人头大的口子，皮尔斯贝利所在炮塔旁边的洞口也足有拳头那么大，而舵叶处的弹坑面积几乎有一扇门那么大。机身上的油漆从头到尾都斑驳陆离，好像飞机是从带刺的铁丝网里飞出来的一样。“超人”号的身边围满了记者和飞行员，令人感到惊异的是，在遭受如此众多损伤之后，这架战机竟然能够继续飞行 5 小时之久。人们不禁对菲尔的出色表现赞不绝口，并且开始重新界定原本以不堪一击著称的 B-24 机型的真正价值。一名摄影师爬进机舱，按动快门拍下一张照片。这时天刚蒙蒙亮，而机舱内部仍然一片漆黑，当晨曦透过弹孔照射进来时，就像是夜空

瑙鲁岛一役后第二天，站在“超人”号旁边的路易

（本图片由路易·赞贝里尼提供）

路易与被击穿的“超人”号

中闪烁着无数的星星。

像“超人”号一样疲惫不堪的路易独自来到战机跟前，把头伸进其中一个弹孔，看到右侧舵叶的电线被一分为二，悬挂在那里。路易伸出手来，仔细抚摸着“超人”号身上的斑斑弹痕。除了一名机组成员以外，这架飞机拯救了其他所有人的生命，它现在简直就像自己最亲密的战友。

路易、菲尔、卡帕内尔、米歇尔和浑身缠着绷带的格拉斯曼一起乘坐另一架飞机返回坎顿岛，皮尔斯贝利、兰伯特和道格拉斯由于伤势严重而无法同行。数日之后，这几名伤兵被送往萨摩亚群岛，医生只看了一眼皮尔斯贝利的下肢，就宣布他的腿已经“严重溃烂”。在接下来的 5 个月中，兰伯特需要住院接受治疗。（兰伯特后来返回战场，加入另外一个机组，先后参加了至少 95 次军事行动，立下赫赫战功。）当一位将军为他颁发紫心勋章时，兰伯特却无法站立，于是将军把这枚勋章别在他的床单上。身体残疾的道格拉斯离开了战场，而布鲁克斯则在富那富提海军陆战队的公墓里永远沉睡。

这个机组的人各奔东西。他们再也见不到“超人”号了。

★★★

在返回夏威夷的途中，路易的心口仿佛压着一块大石头。当飞机中途在帕尔米拉环礁加油时，路易冲了一个热水澡，然后来到基地的影院看电影。银幕上播放的恰好是《马革裹尸还》，正是这场战争开始前路易参与演出的电影，然而今非昔比，距离当时一切好像已经过了一个世纪一样。

回到夏威夷群岛以后，路易仿佛进入了冬眠期。他变得脾气暴躁、少言寡语。菲尔也一反常态，经常喝得烂醉如泥。他们身心俱疲，而且也失去了战机，所以没有被派去参加其他任务，于是他们就在檀香山消磨时间。有一次，一个莽汉喝醉了酒，四处寻衅滋事，菲尔只是冷冷地瞪了他一眼，但是路易却感到难以忍受。最后，当他俩气急败坏地来到外面想要一较高下时，那个莽汉却临阵退缩了。从此以后，就算是和自己的战友一起喝啤酒，路易也无法融入其中。他总是独自钻进自己的房间里，一遍又一遍地听音乐。唯一能让他感到安慰的就是跑步，他一边在卡胡库岛的沙滩上沿着机场跑道慢跑，一边回忆 1936 年的奥运会。只有这样，他才能够暂且忘记哈里·布鲁克斯那张悲痛欲绝的脸。

5 月 24 日，路易、菲尔和“超人”号上的其他老兵被调往第 11 轰炸团第 42 飞行中队。这支中队驻扎在瓦胡岛东侧风光旖旎的夸卢阿岛。先后有 6 名成员加入这个机组，以弥补空缺的位置。但是，与素不相识的人一起航行却让路易和菲尔感到很不自在。“我一点也不喜欢这个主意，”路易在自己的日记中写道，“每进来一个新人，我们的战斗力就下降一次。”对于这几名“超人”号机组的老兵来说，唯一值得注意的就是他们的尾部炮手——一个来自克里夫兰名叫弗朗西斯·麦克纳马拉的中士。这名中士嗜甜食如命，几乎餐餐不离点心。飞机上的人们都管他叫“迈克”。

在很长一段时间里，他们仍然没有自己的飞机。第 11 轰炸团需要的“解放者”必须从其他战区调运，而第一批抵达的 5 架战机身上都满是弹孔。其中一架名为“青蜂侠”号的轰炸机看起来更是千疮百孔，机身一侧溅满了黑乎乎的东西，引擎上的油漆也已经全部脱落。即使是在没有装载炸弹并且四部引擎运行良好的情况下，“青蜂侠”号也只能在空中兜上一圈，而且摇摆不定、机尾下沉，就连驾驶员也感到心情沉重。工程师进行了一番检查，可没有给出任何解释，因此每一名飞行员都对“青蜂侠”号感到心有余悸。每当这架战机执行任务时，就有地勤人员偷偷从上面拆下部分零件挪作他用。有一次，路易乘坐“青蜂侠”号前往一个不远的地方，下了飞机以后，他说这是自己见过的“最最疯狂的飞机”，而且永远也不希望再见到它。

5 月 26 日，路易收拾好行李，乘车来到自己在夸卢阿岛上的新居所，一处距离大海只有 30 英尺的民居。路易与菲尔、米歇尔和卡帕内尔住在一起。路易在房子里待了一个下午，把车库改造成自己的单间。菲尔前去中队参加会议，在会上结识了一名新来的飞行员乔治·史密提·史密斯，而史密提恰好是茜茜的好友。会议结束以后，菲尔和史密提一起待到很晚，他们一直在谈论茜茜。等他回来以后，路易已经上床睡觉了。第二天，菲尔和卡帕内尔前往檀香山，准备到常氏牛排馆大快朵颐。

此时，在希克姆空军基地所在的整个小岛上，9 名飞行员和一名乘客登上了一架 B-24 战机。飞行员名叫克莱伦斯·卡本宁，来自田纳西州。他刚刚结束了在旧金山的行动，准备前去坎顿岛执行任务，然后再飞往澳大利亚。地面上的人们望着这架战机缓缓升空，然后向南飞去，直至消失在视线之中。

“谁也别想活下去”

1943年5月27日凌晨5点，当路易从睡梦中醒来时，房间的其他人还在梦乡。他蹑手蹑脚地走到外面，一溜烟跑上房屋后面的山丘，想清醒一下自己的头脑，接着，他回来穿上训练服，开始沿着机场跑道慢跑。途中路易遇到了一名中士，于是问他能不能在吉普车上为自己计时。中士点头答应，然后开车在路易旁边跟着，结果路易只用了4分12秒就跑完了1英里。对于沙滩来说，这样的速度无疑是惊人的。他正处于自己的巅峰期。

路易回到自己的住处，简单洗漱之后穿好衣服。早餐过后，他花了一会儿时间收拾房间，然后给佩顿·乔丹写了一封信。路易把信塞进上衣口袋，与菲尔和卡帕内尔一起钻进一辆借来的汽车，朝檀香山进发。

在基地门口，有人打旗示意他们停车。到了跟前，他们才发现这个人就是那个曾经让他们继续驾驶那架只有三个引擎战机的中尉。中尉告诉他们有紧急公务，克莱伦斯·卡本宁驾驶的B-24前天从希克姆出发前往坎顿岛，直到现在也没有着陆。这名中尉以为他们驾驶的B-24大小和体积较小的B-25差不多，想知道有没有人自愿前去搜索。菲尔回答他们没有飞机。中尉说他们可以驾驶“青蜂侠”号。当菲尔告诉中尉这架飞机不安全时，他却回答飞机已经通过了检修。无论是路易还是菲尔都清楚，所谓的“自愿”其实就是命令。于是，菲尔、路易和卡帕内尔只好返回驻地，召集自己的队友。这名中尉又叫醒了飞行员乔·迪西和其他机组成员，他们将驾驶“黛西·梅”号一同进行搜索。

"青蜂侠"号（本图片由路易·赞贝里尼提供）

出发前，路易拿起自己在奥运会上买到的那副望远镜，打开日记本，草草地记下了这次行程。"只有一架飞机，就是机尾下沉的'青蜂侠'号，"他写道，"对于这次搜救任务，我们一百个不情愿，但最后菲尔还是让步了。"

临走时，路易匆匆忙忙写下一张纸条扔进柜子，里面放着他用来藏酒的调料罐。"一个星期以内，如果我们还没有回来，"纸条上这样写着，"酒就是你们的了。"

★★★

中尉在"青蜂侠"号旁边等着菲尔一行。他展开一张地图，认为卡本宁现在应定位于帕尔米拉以北 200 英里处，至于为什么他们应该在那里，中尉却说不清楚。然而根据军方的报告，这架战机自起飞后就失去了联系，所以可能会在任何一个地方。中尉告诉菲尔按照 208 航向飞行，在与帕尔米拉环礁平行的纬度进行搜索。对于迪西的机组，他也下达了同样的指令，但是指明的地点稍有不同。中尉命令这两架飞机连续搜索一天，然后在帕尔米拉降落，如果有必要的话，第二天还要继续进行搜救。

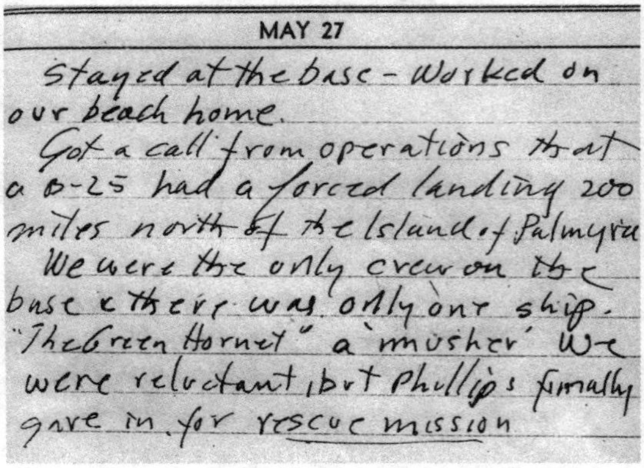
MAY 27
Stayed at the base - Worked on
our beach home.
Got a call from operations that
a B-25 had a forced landing 200
miles north of the Island of Palmyra
We were the only crew on the
base & there was only one ship.
"The Green Hornet" a "musher" We
were reluctant, but Phillips finally
gave in. for rescue mission

路易的最后一篇日记，写于
1943年5月27日
（本图片由路易·赞贝里尼提供）

起飞之前，菲尔的每一名机组成员都对“青蜂侠”号深感不安。路易试着安慰自己，飞机上既没有炸弹也没有军火，也许能够在空中平稳航行。最让菲尔担心的是，他从来没有驾驶过这架战机，天知道它有些什么毛病。他唯一知道的就是这架飞机早已残缺不全，但愿关键的零件都没有丢失。机组成员首先回顾了一下坠机自救程序，然后专门检查机上的救生设备是否齐全。飞机上有一个补给箱，由尾炮手负责装满。另外还有一个救生艇，装在驾驶舱的一个黄色袋子里。这个救生艇由中部炮手负责，路易仔细检查了一遍，确保万无一失。像其他机组成员一样，他也穿上了自己的充气背心，但是菲尔却没有穿，也许是因为穿上这个会给驾驶增加困难。

在临行前的最后一刻，一名士兵跑过来问他能不能搭载这架飞机前往帕尔米拉。没有人表示反对，于是他在机舱后面找了一个座位坐了下来。加上这名士兵，飞机上一共有11个人。

当菲尔和卡帕内尔驾驶飞机滑进跑道时，路易忽然记起自己写给佩顿·乔丹的那封信。他立刻从上衣口袋掏出信来，把头探出机窗外丢给一名地勤人员，让他帮忙寄给乔丹。

“黛西·梅”号几乎与“青蜂侠”号同时起飞。一开始，两架飞机一直并肩航行。在“青蜂侠”号上，除了“超人”号原有的4名机组成员以外，其他都是新人，所以互相没有太多话说。大多数时候路易都待在驾驶舱里，与菲尔和卡帕内尔闲聊。

由于“青蜂侠”号的机尾始终低于机头，所以很快就落在了“黛西·梅”

号的后面。大约飞出 200 英里后，菲尔通过无线电联络迪西，告诉他不要等自己。仅凭肉眼，这两架飞机的机组成员已经看不到对方了。

下午两点钟左右，“青蜂侠”号到达了距帕尔米拉环礁以北 25 英里处的搜救地点。四周云层浓密，所以看不到下面的海面。于是，菲尔把飞行高度降低到 800 英尺，这才钻出云层。路易掏出自己的望远镜，来到中部的舷窗旁开始搜索。不一会儿，菲尔的声音就从对讲机中断断续续地传了出来，让他过来这边，大家轮流使用望远镜进行观察。路易奉命行事，继续待在驾驶舱里菲尔和卡帕内尔的后面。

当他们进行搜索的时候，卡帕内尔问菲尔能不能与自己换一换座位，让自己接替机长的位置。这种做法无可厚非，因为它可以让副驾驶员积累更多的经验。菲尔同意了。于是，体型高大的卡帕内尔从后面挤到左边的位置上，而菲尔挪到右边的座位上。“青蜂侠”号暂时由卡帕内尔接管。

几分钟以后，有人注意到飞机一侧的引擎比另一侧油耗要高出许多，所以左右重量的差别越来越大。为了保持机身平衡，他们开始把燃油从一侧运往另一侧。突然，飞机猛地抖了一下。路易看了看转速计，发现最左侧一号引擎的转速开始减缓。他朝窗外望去，引擎正在剧烈晃动，随后便没了动静。轰炸机立刻向左侧倾斜，并且开始迅速坠落。

“青蜂侠”号的高度本来就很低，所以菲尔和卡帕内尔调头的时间少得可怜。虽然他们动作迅速，但是路易还是觉得这次换位是一次失误。为了尽量减少一号引擎熄火造成的阻力，他们必须将这部引擎螺旋桨叶片的方向调整到与风向一致的位置，从而阻止螺旋桨的转动。在通常情况下，这本来是卡帕内尔的职责，但是现在他却坐在机长的位置上。因此，卡帕内尔只好一边驾驶，一边喊话让新来的技师到驾驶舱调整螺旋桨叶片。这一步至关重要，然而想要准确辨别哪一部螺旋桨的叶片需要调整却并不容易，因为尽管引擎熄火，但是螺旋桨的叶片仍然能够随风转动，看起来就像正常的叶片一样。

在控制台的塑料盖下，一共有四个这样的调整按键，每部引擎一个。新来的技师侧身挤到卡帕内尔和菲尔的中间，刷地掀开盖子，砰的一声按下去一个按键。与此同时，“青蜂侠”号颤抖了一下，继续向左侧栽去。原来他摁下去的不是一号引擎的按键，而是二号引擎的。现在，飞机左侧的两部引擎都已经熄火，而一号引擎的叶片也没有调整好。

菲尔加大了右侧两部引擎的马力，希望能够为二号引擎重启赢得足够的时间。由于右侧引擎高速运转，而左侧引擎阻力巨大，所以机身开始在空中打旋。二号引擎仍然没有任何开始运转的迹象。飞机继续急速下坠。

看来“青蜂侠”号注定命运多舛。现在菲尔唯一能做的就是让飞机在水上迫降时保持平衡。他通过对讲机蹦出四个字来：

“准备坠机。”

路易迅速奔出驾驶舱，呼喊着让每一个人就位。当飞机继续旋转时，他一把拽出备用救生艇来，然后艰难地爬回自己在右侧舷窗的位置。他看见新来的尾炮手迈克死命抱住救生补给箱，而其他人正在手忙脚乱地穿戴充气背心。虽然距离较远，但路易还是注意到米歇尔不在机头的座位上。本来米歇尔的职责是计算飞机的坐标，然后告诉无线电报务员以便发出求救信号，同时将六分仪和天文导航仪绑在自己的身上。但是，如果飞机继续这样旋转，那么机头就会首先入水，所以导航员很难从狭窄的逃生通道中钻出来。

当驾驶舱后的机组成员纷纷往较为安全的机舱中部和后部逃命时，显然还有一个人在前面坚守。路易几乎可以肯定，他就是那位按错键的技师。在坠机事故发生时，救生艇不会自动启动，所以必须有人待在驾驶舱后拉开头顶的手柄。此外，为了保证救生艇不会距离机身太远，以便幸存者游到旁边，他只有等到坠机的那一刻才能拉动手柄。这就意味着，他几乎没有时间跑回安全的位置，也几乎不存在逃生的可能。

菲尔和卡帕内尔已经使出了浑身解数，但是随着右侧引擎全力开动，“青蜂侠”号向左侧旋转的速度越来越快。他们已经没有时间发求救信号了。菲尔想要找到一处较高的浪头以便顺利迫降，但他根本无法保持机身平衡，就算他能做到，也为时已晚。飞机眼看就要猛然跌落。菲尔甚至来不及穿上自己的充气背心。奇怪的是，这时的他似乎已经没有了恐惧。他一边望着汹涌的浪花，一边心想：我已经无能为力了。

路易坐在舱壁旁的地板上，他的身边还有另外 5 个人。所有的人都吓呆了，谁也不说一句话。路易看了看右侧的舷窗，只看到满天的乌云在不停地旋转。霎时间，路易忽然产生了一种强烈的求生欲望。他知道自己前面的舱壁有多厚，也知道自己的头颅撞上去会有什么结果。路易仿佛感到飞机已经触到了水面，于是他最后看了一眼旋转的天空，然后拽起前面的救生艇，迅速把头低到胸口。在这可怕的时刻，他们的内心备受煎熬。就在飞机入水前的那一瞬间，路易的脑海中忽然产生了一个无比绝望的念头：谁也别想活下去。

★★★

路易只觉得猛地颠簸了一下，然后便什么都听不到了。他的身体像箭一般地冲向前方，机身裂开了一个大洞，不知道是什么东西缠住了他的身体。冰冷的海浪迎面拍打过来，然后又骤然跌落下去。“青蜂侠”号的头部和左侧机翼首先入水，机身随即直插进去，溅起高高的浪花。

当机身在身旁断裂的时候，路易觉得自己在海水中越陷越深。接着，飞机突然停止下潜，路易的身体一下子涌到了海面上。飞机坠落的力道已经耗尽，由于舱内残留空气的作用，机身暂时浮上水面。路易张开嘴，大口大口地喘气。很快，舱内的空气便漏了出去，海水再次涌向路易。机身只是倾斜了一下，然后便迅速下坠，仿佛有人使劲把它扔进洋底一样。

路易努力辨认出自己的位置。他的后面不是尾翼，前面也不是侧翼。坠机前还围在他身边的那些人早已不见踪影。巨大的冲击力把他砸进了机身中部的炮架，路易面部朝下，救生艇就在他身后，但他却动弹不得。炮架狠狠地压住了他的脖子，随后不计其数的绳索把路易、救生艇和炮架缠绕在了一起。凭着自己的感觉，路易知道这是“青蜂侠”号操作系统的一团电线。当尾翼断裂时，电线从里面崩了出来，一下子甩到了他的身上。路易用尽全身力气想要挣开，但是没有任何作用。他感觉自己快憋死了，根本无法呼吸。

在驾驶舱的残骸内，菲尔正设法出来。就在飞机坠入水面的那一刻，他的身体猛地向前冲去，头部不知被什么东西狠狠砸了一下。一个浪头拍了下来，菲尔立刻随着驾驶舱迅速向下坠落。眨眼之间，周围变成漆黑一片，菲尔知道自己距离海面有一定距离了，而且飞机还在不断下沉。当他看到卡帕内尔正在挣扎着钻出机舱时，忽然想到自己的旁边就是驾驶舱的窗户，而现在窗户上的玻璃早已不见踪影。于是，菲尔使劲用脚蹬着某个东西，从狭窄的缝隙里挤了出来。他飞快地游上海面，阳光猛地出现在眼前。

菲尔的四周全是飞机的残骸。他的头部血流不止，脚踝和手指也都受了重伤。菲尔看到大约 4 英尺开外的海面上漂浮着一块较大的物体，于是奋力游了过去，紧紧抓住了它。前面就有两只救生艇，但是上面空无一人。菲尔看了看周围，根本没有卡帕内尔的踪影。

此时此刻，在海洋深处的某个地方，路易仍然困在机舱内的一团电线中间无法脱身。他眼睁睁地看着一具尸体从自己的头顶无力地漂过。飞机越陷越深，而他距离这个世界也越来越远。一瞬间，路易觉得自己的耳膜突然鼓了起来。恍惚之中，他仿佛记得自己在雷东杜海滩的游泳池里潜水时，在水深 20 英尺的地方自己的耳膜就会鼓起来。水底已经被黑暗吞噬，浩瀚的海水造成了巨大的压力。路易软弱无力地继续挣扎着。他的脑海里只有一个念头：这下完了。

路易突然感到什么东西猛地击中了自己的额头。他一边不顾一切地撕扯着身上的电线，拼命咬紧牙关屏住呼吸，一边感到一阵阵头晕目眩，意识也越来越模糊。刹那间，路易隐隐觉得一切都结束了，然后便昏了过去。

在一片漆黑中，他突然清醒过来。路易心想，自己大概已经死了。可是，周围的海水是那样冰冷，飞机的残骸压得他透不过气来。不知什么时候，他身上的电线突然脱落了，缠在身上的救生艇也不知去向。路易在机舱内漂浮着，随着机身一起迅速坠向近 1 700 英尺的深渊。他什么也看不见，身上的救生背心虽然没有充气，但是却托着他来到机舱顶部。路易肺部的空气已经耗尽，他本能地张开嘴巴呼吸，但是立刻呛进了一口又苦又咸的海水。海水里充满了鲜血和汽油的味道。路易的肺部开始进水。

他奋力挥舞着手臂，想要找到一个出口。就在这时，他的右手碰到了什么东西，手指上南加州大学的班级戒指硌得生疼。他的手好像卡住了。路易伸出左手，摸到了一条长长的、光滑的金属片。他立刻意识到，自己正在机身中部右侧舷窗的窗口。于是，路易迅速游了过去，双脚蹬住窗框，同时挣开右臂，猛地钻了出来，手指被割伤了。他在机身上使劲一顶，划破了衬衫下的皮肤，然后顺势向上游去。战机继续飞速坠落。

路易摸索着拽开自己救生背心上的充气绳索，希望里面的二氧化碳最好没有被人盗走。幸运的是，救生背心一下子就鼓胀了起来。他顿时感到自己身轻如燕，一眨眼工夫就从一堆堆残骸里钻了出来。

霎时间，海面上的阳光刺得他睁不开眼。他猛地吸了一口气，刚才咽下的混着汽油的海水立刻被吐了出来。路易大难不死。

UNBROKEN

第三章 坠机：孤海求生

坠机事件

海面上到处都是轰炸机的残骸。石油、液压油以及 1 000 多加仑的燃油就像飞机体内的血液一样，在四周迅速蔓延开来。星星点点的碎片旁边，环绕着一道道鲜红的血迹。

路易听到了一阵声响。他转过头去，发现菲尔就在距离自己几十英尺的地方，双手紧紧抓住一个看上去好像是油箱的东西。他的旁边就是尾炮手迈克。两人的身上都没有充气背心。一股股的鲜血不断从菲尔的头顶冒出来，顺着面部流淌。他的眼神看起来恍惚迷离，好像有些神志不清。除了他们三个之外，再也看不到其他人的踪迹。

路易看到水面上有一只救生艇，有可能是飞机断裂的一刹那弹射出来的，不过更有可能是那个技师在飞机即将坠毁的那一刻做出的最后一次壮举，他猛地拉开手柄，启动了这只救生艇。救生艇被释放后便自动充气，然后顺着水流越漂越远。

路易知道菲尔必须立刻止血，但是如果自己先去救菲尔，这只救生艇就会一去不返，那么他们谁也活不了。于是，路易朝着救生艇游了过去。他的衣服和鞋子造成了巨大的阻力，短短的一段距离却费尽了力气。水流和风速要远比他快，路易只能眼睁睁地看着救生艇漂走，自己已经够不到了。他决定放弃，然后回头看了看菲尔和迈克，这三个人的心里都十分清楚，他们已经没有希望了。就在这时，路易发现两英尺开外的地方漂着一条细绳，绳子的另一端正是那只救生艇。他一把攥住绳子，把救生艇拽了过来，然后爬了上去。又一只救生艇从路易的身边漂过，他抄起身边的船桨，使出全身的力气划到旁边，刚好能够伸手拉起那只救生艇上的绳索。路易把绳索穿进索环内，然后把两只救生艇拴到了一起。

接着，路易立刻朝着菲尔和迈克的方向划去。菲尔害怕自己抓着的金属残片戳破救生艇，便使劲推开了它。路易把菲尔拽了上来，这时迈克也挣扎着爬上了救生艇。和路易一样，他们两人满面油污。但是，这只小小的救生艇长不过 6 英尺，宽不过 2 英尺，3 个人都坐在上面显得非常拥挤。

菲尔的额头左侧靠近发际线的地方有两道口子，鲜血正在汩汩地向外喷涌，和着海水一起流到了船底。在参加童子军和檀香山的急救课程时，路易学过一点有关的内容，于是他顺着菲尔的颈部摸到了脉搏跳动的颈动脉。他指着这个地方，告诉迈克用力压住。接着，路易脱下自己和菲尔身上的衬衫，又让迈克也脱下衣服。路易拿起菲尔的衬衫往水里蘸了蘸，把它折成纱布的形状使劲压住伤口。随后，他又拿起另一件衬衫，把它紧紧地系在菲尔的头部，然后轻轻地把菲尔滑到另一只救生艇上。

菲尔的意识一片模糊。他只知道自己坠机了，接着有人把他从海里拽到了救生艇上，也知道路易就在自己的旁边。他感到异常恐惧，但没有惊慌失措。作为第一驾驶员，他理所应当是一机之长，但是现在自身的状况不允许他做出任何决定。菲尔看到，路易右手上的无名指处被严重割伤，但是其他部位并无大碍。于是，他要求路易接替机长的位置，路易点头同意。

“我很高兴，幸亏这是你，赞普。”菲尔柔声说道。随后，菲尔安静了下来。

突然，他们听到水底发出了一阵轻微的响动，好像有人在痛苦地呻吟，又好像有人在奋力呼救，但是海水立刻涌进了嘴里，接着便陷入一片死寂。路易立刻抓起一只船桨，在附近兜了一个圈子，想要找到那个溺水的人。也许是卡帕内尔，刚才在水底的时候路易还看到过他。至于这个人究竟是谁，他们都不得而知。很快这阵声响便消失了，那个人肯定是沉入了水底，再也没有浮上来。

★★★

菲尔的情况已经相对稳定，于是路易把注意力转到了两只救生艇上。救生艇是两层橡胶做的，上面覆盖着一层帆布，中间竖着一块板壁，将船底隔成两半。这两只救生艇暂时状况良好，最大的问题就是粮食。迈克手里的补给箱不是在飞机坠毁的时候掉进了海里，就是在他逃生的时候不见了踪影。路易翻遍了他们几个的口袋，里面只有钱夹和几枚硬币。他们的手表倒是都还戴在手上，不过指针却停在了飞机入水时的那一刻。自从到达瓦胡岛以后，这大概是菲尔第一次手腕上没有戴着茜茜送给他的手镯，口袋里没有装着那枚硬币。也许是因为这次任务过于匆忙，菲尔忘记了这些护身符，也或许是因为它们在事故发生时遗失了。

救生艇的口袋里应该装着一些食品补给，不过这也是他们现在所拥有的一切。路易小心翼翼地拆开口袋，向里面看了看。他找到了几块厚厚的巧克力——可能是好时公司生产的军用食品——每一块巧克力都被分成了几格，并且包裹在蜡纸密封的容器里以免受到毒气感染。为了保证士兵只会在必要的情况下食用，这些巧克力味道很苦，几乎难以下咽，却富含热量、不易融化。包装上的说明写着，每人每天只吃两格，早上一格，晚上一格。服用时要置于舌下，在 30 分钟内逐渐溶解。

除了巧克力以外，路易在帆布箱里还找到了几罐 200 多毫升的淡水、一面铜镜、一把信号枪、海水染色剂、一副鱼钩、一卷钓线和两个气泵。另外，在救生艇的把手处还藏着一把钳子和一个改锥。路易左思右想，不明白为什么有人会在救生艇里放上改锥和钳子。每一只救生艇上都有一个修补工具箱，可以在漏气时使用。别的什么也没有。

食品当然远远不够。一年以后，每架 B-24 上都配有遮阳篷，一面是蓝色的，另一面是黄色的。当需要进行伪装时，就可以把遮阳篷翻转到蓝色的那一面；而当他们需要发出求救信号时，就可以翻转到黄色的那一面。从 1944 年起，所有的救生艇上都装有水桶、桅杆、海锚、防晒油、急救药品、螺丝刀、手电筒、渔具、折叠刀、剪刀、求生哨、指南针和宗教手册。但是在"青蜂侠"号的救生艇里，包括刀具在内的上述用品一样也没有，甚至也没有一种名为"吉布森女郎"的无线电发射器，这种发射器可以将求救信号传送到两百英里开外的地方。早在近一年以前，新型飞机上已经配备了这些设施。在接下来的两个月内，所有的飞机上也都装配齐全。但“青蜂侠”号上却什么也没有。他们也没有任何导航设备。本来米歇尔应该把这些设备绑在自己的身上，但是即使他这样做了，导航仪也早已随他沉入水底。

最令人担心的还是饮水的问题。那几罐淡水支撑不了多长时间。虽然周围的海水取之不尽，但他们知道绝对不可以饮用，因为海水中的盐分极高，而且会产生很大的毒副作用。如果一个人喝进了海水，那么他的肾脏必须通过尿液排出这些盐分，而想要排出盐分，海水内所含的淡水是远远不够的，因此人体只能从自身的细胞内抽取水分，从而导致细胞坏死。这样看来，饮用海水反而会让人体变得更加缺水。

菲尔、路易和迈克在赤道附近漂泊，没有淡水，没有任何衣物可以作为遮挡，他们的处境变得越来越艰难。这两只救生艇上既没有海水提纯或者蒸馏设施，也没有可以储存饮水的容器。早在 5 个月前，哈普·阿诺德将军曾经下令，在所有救生艇上配备德拉诺海水蒸馏器，虽然每次只能蒸馏出少量饮用水，但是却可以反复使用。不过，他的命令因故被推迟执行。

★★★

自从钻出水面的那一刻起，迈克始终一言不发。不知是什么原因，在这次坠机事故中，迈克几乎毫发未损。路易让他做什么他就做什么，但是脸上总是带着一副惊恐万状的表情。

当路易俯身过来时，他突然号啕大哭起来：“我们要死了！”路易安慰他说，飞行中队很快就会展开救援，说不定今晚、最迟明天就应该会找到他们。迈克仍然高声哭喊。精疲力竭的路易只能吓唬他说，如果他继续这样，等到他们返回基地时，他会如实向上级汇报迈克的表现。但是，路易的这番话没有产生丝毫效果。无可奈何之下，路易挥手用掌背掴了迈克一个耳光。迈克马上挥手还击，但他总算不哭了。

路易制定了严格的规定。每人每天只能食用两格巧克力，早上一次，晚上一次。然后，路易又给每个人分配了一罐淡水，每人每天只能喝两到三口。按照这样的消耗速度计算，他们的食物和饮水还可以支撑几天。

现在，他们已经清点了救生艇上的补给，并且制定了饮食规定，剩下的事情就是等待。路易竭尽全力不让自己去想那些死去的战友和刚才水底发出的微弱的求救声。在经历过如此严重的坠机事故后，能够有三人幸存已经够令人吃惊的了。

回想起来，他们 3 个都位于机舱右侧，而飞机是从左侧入水的，所以他们才得以生还。然而，对于自己的逃生过程，路易却感到大惑不解。既然他已经在水底的重压之下昏了过去，随着飞机的不断下坠，压力只会变得越来越大，那么他又是怎样清醒过来的呢？另外，他又是怎样在失去意识的情况下挣脱那些电线的呢？

他们抬头仰望天空。路易一直把手放在菲尔的头上，以便为他止血。坠机事故发生后，“青蜂侠”号的最后一丝痕迹——围在救生艇四周的星星点点的汽油、液压油和燃料也已经逐渐散去。他们朝下看去，隐隐约约有一些深蓝色的倒影在水里晃动。突然，这些倒影的轮廓变得越来越鲜明，其中一个猛地划破水面，在救生艇的四周来回游动。紧接着，另一个倒影也钻出了水面。鲨鱼已经发现了他们的踪迹。几只长满黑白相间条纹的领航鱼拍打着水花，飞快地游到他们的四周。

路易觉得这些鲨鱼应该属于灰鲭鲨或者礁石鲨类。它们距离救生艇不过咫尺之遥，只要一伸手就能够到它们。最小的有 6 英尺长，还有一些足有 12 英尺长，差不多是救生艇长度的两倍。这些鲨鱼在救生艇周围四处游动，时不时地用鱼鳍碰一碰船帮，但是却不敢轻易攻击上面的伤兵。它们好像在等待这些人自投罗网。

太阳落下以后，海面上顿时变得冰冷刺骨。他们 3 个用手从大海中舀进一些水来，当人体的热量传到水中以后，他们就不再觉得那样寒冷。尽管早已精疲力竭，他们还是竭力克制自己不要入睡。否则一旦有飞机或者潜水艇路过，他们就会错失良机。菲尔的下半身在水中尚可支持，但是上半身却冷得不住打战。

天色逐渐暗了下来，海面上一片死寂，只能听到菲尔的牙齿咯咯发抖的声音。这时，大海上风平浪静，但是他们的心里却感到无比恐惧。救生艇的下面，几条鲨鱼仍然在来回游动，偶尔还会试探性地碰一碰船底。

路易的一只胳膊搭在船帮上，手始终放在菲尔的额头。在路易的手掌下面，菲尔甚至能够感觉到鲨鱼正在摩擦着自己的脊背，随后便恍惚睡去。不一会儿，另一只救生艇上的路易也进入了梦乡。

唯独迈克仍然醒着，此时此刻，他的心中充满了恐惧。一阵纠结之后，他仿佛下定了决心，然后猛地坐了起来。

海上迷航

当天下午晚些时间，“黛西·梅”号在帕尔米拉环礁着陆。为了寻找卡本宁的战机，他们飞行了整整一天，可什么也没发现。吃过晚饭，迪西来到基地的剧场看电影。就在电影播放的中间，有人突然告诉他要立刻向基地指挥官汇报。当迪西赶过去以后，才听说“青蜂侠”号没有抵达目的地。“我的天！”他说。迪西知道，只有两种可能：一种是菲尔的机组已经返回夏威夷；另一种就是，按照迪西的话说，“他们栽了”。于是，立即有人联系夏威夷方面。迪西清楚，即使“青蜂侠”号不幸坠毁，他们也只有等到明天一早才能开始搜救，因此他返回营地上床休息。

大约子夜时分，一名海军军官叫醒迪西机上的无线电报务员赫尔曼·斯克尔斯，告诉他菲尔的战机失踪了。这名海军军官想要检查一下斯克尔斯的无线电日志，看看他们最后一次联系地点。斯克尔斯让这名军官叫醒迪西，然后他们3个一起来到基地的办公室检查飞行日志。但是，日志所能提供的信息非常有限。

凌晨4点30分，“青蜂侠”号失踪的消息对外公布。现在已经有两架战机失踪——卡本宁和菲尔驾驶的战机——21人不知去向。

海军接管了海上搜救工作。只要太阳出来，他们就会立即派遣“黛西·梅”号以及至少两架海军水上飞机和至少一架陆军航空飞机开展救援。刚刚出航的时候，“青蜂侠”号和“黛西·梅”号几乎齐头并进，所以在最初的200英里内应该没有坠毁。显然，“青蜂侠”号一定是在“黛西·梅”

号和帕尔米拉环礁之间将近 800 英里的某个地点失踪，如果有人侥幸逃生的话，他们现在需要做的就是计算出这些幸存者漂流的方向。但是，帕尔米拉环礁恰好位于西向北赤道湾流和东向赤道逆流的交汇之处，那里形成了一股巨大的涡流。因此，在纬度上相差几英里，他们漂往的方向就有可能截然相反。没有人知道这架飞机究竟在何处入水，所以搜救工作只能在大范围内展开。

每一个机组都分到了不同的搜索坐标。“黛西·梅”号从帕尔米拉出发向北飞行。其他几架飞机从瓦胡岛出发向南飞行，其中包括乔治·史密提·史密斯驾驶的飞机。前一天夜里，他还和菲尔一起谈论茜茜。当噩耗传来时，史密斯问自己是否能够参加搜救，并且得到了上级的准许。

天色蒙蒙亮时，搜救人员就出发了。每一个人都知道，“青蜂侠”号机组成员能够生还的机会十分渺茫，但是就像斯克尔斯说的那样，“我们只能希望，希望，希望……”

★★★

太阳升起来时，路易醒了过来。迈克就在自己的身边倒着。菲尔躺在另一只救生艇里，看起来仍然意识不清。路易坐起身来，把目光转向天空和大海，希望能够看到搜救人员的一丝踪迹，然而他看到的只有一群群的鲨鱼。

路易决定为大家分配早餐，每人一格巧克力。他解开救生艇上的帆布口袋，朝里面看了看，所有的巧克力都不翼而飞。路易又看了看救生艇四周，没有巧克力，也没有包装纸。他转过头去盯着迈克。这名中士也盯着路易，但是睁大的双眼里却充满了愧疚。

当路易意识到迈克偷吃了所有的巧克力时，他顿时感到怒火中烧。虽然他与这名尾炮手的接触不多，但一直认为他是一个教养良好、为人友善的好人，只不过有时候过于放纵，甚至不免心浮气躁。然而，这次坠机却让他一改常态。虽然路易清楚，没有食物他们 3 个很可能活不下去，但他尽量不让自己产生这个念头。军方肯定已经开始进行搜救。救援人员今天晚上、最迟明天就能找到他们，所以没有了巧克力算不得什么大事。于是，路易强压自己心头的怒火，告诉迈克他的行为有多么令人失望，但是他理解迈克是因为惊慌失措才这么做的，并且安慰迈克他们很快就能获救。迈克仍然一语不发。

海面上的夜晚寒风刺骨，白天又酷热难当。路易凝望着天空。菲尔因为失血过多而陷入了昏睡之中。迈克的一头红发仿佛要被炙热的阳光烤焦了一样，心神不定地坐在一处较远的地方。他们三个早已饥肠辘辘，但是却无可奈何。救生艇上虽然有钓钩和钓竿，但是他们却没有什么东西可以当鱼饵。他们默默地坐在那里，忽然听到一阵声音从空中传来。三人立刻意识到，这是飞机的声音。他们抬头向上望去，只见一架 B-25 正从高空向东方飞去。因为飞机的飞行高度很高，所以不会是前来进行救援的，而很可能是一架飞往帕尔米拉环礁的飞机。

路易掏了掏救生艇上的帆布口袋，找到信号枪，在里面装上信号弹。但是，救生艇的底面太软，他根本站不稳当，所以只好踮起脚尖双膝跪地，然后举起了手中的信号枪。路易扣动扳机，只听“砰”的一声，鲜红色的信号弹喷射而出，在空中划出一条长长的轨迹。就在这枚信号弹升空的同时，路易迅速掏出海水染色剂，三下两下洒在周围的水面，一片黄绿色的海水立刻把他们包围了起来。

信号弹划破长空，路易、菲尔和迈克眼睁睁地盯着那架轰炸机，希望上面的人们能够发现他们。慢慢地，信号弹熄灭了。轰炸机越飞越远，最后终于看不见了。与此同时，救生艇四周的染色剂也开始逐渐消散。

对于这些落难者来说，眼前的情景让他们明白了一件极为重要的事情。虽然军方知道他们在海上坠落，但是因为没有参照物，谁也不清楚他们是从哪个方向漂走的，以及速度有多快。从夏威夷群岛出发南北方向的飞机航线应该更接近“青蜂侠”号坠落的地点，那么这架向东航行的 B-25 就意味着他们的救生艇正在向西漂去，他们距离友军的水域越来越远，获救的可能性因而越来越渺茫。

当天晚上，搜救飞机陆续返回基地。他们什么也没有找到，准备第二天一早继续搜索。救生艇上，阳光逐渐消失了。三人各自啜了一口淡水，然后用手往救生艇里舀进一些海水以维持身体的温度，然后相继躺下。一群鲨鱼再次游了过来，用它们的脊背摩挲着救生艇的船底。

★★★

第二天，菲尔几乎昏昏沉沉地睡了一整天。路易喝了一口水，开始考虑食物的问题。迈克仍然漠然踞坐，一言不发。整整一天，他们没有看到任何救援飞机。

5 月 30 日，也就是第三天清晨，路易、迈克和菲尔忽然听到了一阵熟悉的轰鸣声。毫无疑问，这是一架 B-24 发出的沉闷的吼声。没过多久，这架飞机就来到了他们右上方的低空中，机头就像一条笨拙的鲸鱼，正朝东南方向飞去，在云间时隐时现。这是一架搜救飞机。它与救生艇之间的距离很近，路易觉得自己似乎能够看清尾翼上第 42 飞行中队的队徽。

于是，路易一把抄起信号枪，装好信号弹，然后扣动扳机。信号弹直冲轰炸机飞了过去，眼看就要打到飞机身上。但是，信号弹没有射中飞机，而是从机身一侧擦了过去，炸开一束红色的火花，从救生艇上看去异常显眼。路易重新装好信号弹，再次举枪发射。就在此时，飞机突然向右侧急转。路易连放两枪，但信号弹都从尾翼经过。

这架飞机就是“黛西 · 梅”号。机组成员正在轮流使用望远镜对海面进行搜索。在当时的天气情况下，搜救工作十分困难，救援人员只能透过云层之间的间隙向下查看。每一个人都刻不容缓地想要找到这些幸存者，因为他们不仅是自己的中队队友，而且还是自己的亲密伙伴。“如果说在执行海上搜救任务时，我们只有一次连一点蛛丝马迹都没有放过的话，”斯克尔斯回忆道，“那就是这一次。”

信号弹的光芒逐渐消散，“黛西 · 梅”号越飞越远。飞机上的人们什么也没有看见，他们只是按照固定航线向右侧转向。路易、菲尔和迈克眼睁睁地看着“黛西 · 梅”号的双翼变得越来越小，最后完全消失在视线之中。

这些飞行员距离他们仿佛近在咫尺，但就是视而不见。好长一段时间，路易都感到怒火中烧。但是他的怒火很快就平息了下来。以他自己进行海上搜救的经验来看，即使是晴空万里，想要从高空发现一只小小的救生艇都非常困难，更不用说在这样浓云密布的日子里了。就路易所知，在他驾驶飞机时，同样也曾忽略过那些救生艇上的落难者。

然而，他们获救的最佳时机已经一去不返。随着时间的流逝，他们向西漂得越来越远，早已偏离了原有的航线。如果救援人员仍然没有找到他们，那么唯一能够活下去的办法就是登上陆地。

他们知道，在自己西侧 2 000 英里之内没有任何岛屿。（在他们的正西方向马绍尔群岛中途有一处地方，水深只有 5 英尺，几乎可以被称作岛屿，但实际上仍然不是陆地。）如果出现奇迹，他们能够活着漂过如此遥远的距离，就有可能到达马绍尔群岛。如果他们偏南一些，就有可能来到吉尔伯特群岛。但是，即使他们吉星高照，来到这两座岛上，而不是与陆地擦肩而过甚至重新被卷入太平洋，他们也会遇到更大的麻烦，因为这些岛屿都归日本所有。

★★★

那一天，史密提也来到大海上空进行搜索，想要找到这些失踪人员的蛛丝马迹。在距离巴尔博峰不到 50 英里的地方，靠近瓦胡岛背风一侧的基地上，有机组成员好像发现了什么。史密提盘旋着飞近细看，发现有一堆黄色的长方形箱子横七竖八地散落在水面上。这些箱子的四周围着许多体型巨大的海鱼。

显然，这些箱子不是从“青蜂侠”号上掉下来的。它们距离瓦胡岛太近，“青蜂侠”号上的东西不可能千里迢迢漂泊到一个与洋流方向完全相反的地方。但是，卡本宁的飞机很可能就是在史密提搜索的这条南北航线上坠落的。这些箱子应该是卡本宁机组成员的最后遗物。

不过，史密提看到的不只是这些箱子。在“青蜂侠”号坠落地点附近的某个区域，他发现了水面上有一个亮黄色的物体在晃动。于是，他降低高度盘旋了一周。这个物体好像是一个 B-24 轰炸机上的补给箱，但是他不敢肯定。史密提在这个箱子的附近海域盘旋了 15 分钟，什么也没有找到：没有残骸，没有救生艇，也没有落水的飞行员。凭着自己的感觉，史密提认为这就是菲尔飞机上掉下来的东西。他的感觉是对的。回到瓦胡岛以后，史密提不禁想起自己的好友茜茜。如果让茜茜知道自己的未婚夫已经失踪，她该多么伤心欲绝啊。

第 42 飞行中队的人们已经丧失了希望。“卡帕内尔、菲利普斯、赞贝里尼和米歇尔在前往帕尔米拉环礁途中失踪，”一名地勤人员在自己的日记中写道，“这种事情真令人难以置信。前两天，我还开车和他们几个一起去卡胡库海滩兜风，一路上有说有笑，但现在他们却很可能已经不在人世了！其他飞行员没有任何反应，看起来就像是什么事情都没有发生一样，还说要把他们的衣物寄回家中，好像早就习以为常了一样。不过，这就是现实，人们不得不习以为常！”

★★★

三人的身体每况愈下。除了迈克一人把全部巧克力都吞进了自己的肚子里外，那两人从前天凌晨早饭过后直至现在都没有进食。他们饥渴交加。当那架 B-24 从空中消失以后，他们又度过了一个寒风刺骨的夜晚，接着便进入第四天。没有飞机，没有船只，也没有潜艇。每个人的淡水都喝光了。

到了第 5 天，迈克突然情绪失控。他好几天没有吃东西了，突然开始高声尖叫，说他们都要死了。迈克两眼通红、露出凶光，不停地大喊大叫。路易“啪”地给了他一个耳光，迈克立即没有了动静，反而看起来一脸满足的样子。也许是比起他脑海中的可怕想象来说，路易的坚毅果决让他觉得宽慰不少。

迈克完全有理由丧失信心。他们的淡水告罄。自从上次那架 B-24 消失以后，再也没有飞机出现过。赤道洋流一路向西，把他们带到远离友军的地方。即使现在军方的营救工作尚未停止，那也将很快被取消。

那天晚上，路易怎么也睡不着，于是他开始对天祷告。路易生平只做过一次祈祷。当他还是个孩子的时候，有一次路易丝病得十分厉害，路易担心会失去母亲，所以才开始祷告。现在，在这只小小的救生艇上，路易再一次在自己的心中默默祈祷，希望有人能够搭救他们。

当救生艇在茫茫的大海上越漂越远时，他们临行前寄出的信件陆续到达了家人和朋友的手中。谁也不知道他们已经失踪。根据军方的有关规定，只有等到首次营救工作结束后，才能通知失踪者的家人。

飞机失事第二天，菲尔写给父亲的最后一封信被投进了弗吉尼亚州的邮箱。菲利普斯神父一直喜欢用小名艾伦称呼自己的儿子，现在他已经成为皮克特营地的随军牧师。几周以前，在当地报纸一篇关于“超人”号在瑙鲁岛战役中英勇事迹的报道中，他最后一次听到有关艾伦的消息。菲利普斯牧师把这篇写有艾伦壮举的报道剪了下来，一直随身携带。在为儿子感到骄傲的同时，菲利普斯牧师也十分担忧。“我当然希望这是他深入前线的最后一次战斗。”他写信告诉自己的女儿。

也许正是因为这种担忧，菲利普斯牧师才写信给艾伦。在这封信中，他问起艾伦那年春天他们机组成员曾经从鲨鱼群中的一只救生艇中营救出的那些人的近况。在最后一封回信中，他安慰父亲说：“那些人都很安全。”接着，就好像是在为自己打气一样，艾伦继续写道：“我的情况还是老样子……我会尽快给你写信。今天就到这里吧。——艾伦”

在飞机坠毁后的那个周末，皮特、弗吉尼亚和路易丝·赞贝里尼临时决定到长滩市的卡帕内尔家中拜访。这次聚会气氛轻松愉悦，他们不约而同地谈起了路易和卡帕内尔。拜访结束后，皮特写信给路易，让他告诉卡帕内尔他的家人非常热情。在准备封口的时候，皮特又塞进了一张自己满面笑容的照片，照片的反面写有一行小字：“不要被他们打败。”

在加利福尼亚州的萨拉纳普，佩顿·乔丹打开路易在“青蜂侠”号起飞时从舷窗里丢出的那封信。“亲爱的佩顿和玛吉，”信中写道，“不知道怎么回事，我现在还活蹦乱跳的。”

“这个家伙真得好好注意一下了。”乔丹心想。

菲尔写给茜茜的信也寄到了印第安纳州的普林斯顿。毕业以后，茜茜在这里的一所高中教书。菲尔在这封信中说，夏威夷的月亮让他怀念起他们最后一次见面时的情形。“我永远也不会忘记那些美好时光，还有和你在一起时的点点滴滴，亲爱的。我期待有一天，我们可以再像从前那样形影不离。”和许多其他人一样，信的末尾深情地写着，“我爱你，我爱你，我爱你。”

从此以后，再没有人收到这些失踪人员的任何消息。皮特写给路易的那封信寄到了第 11 轰炸团邮箱所在的旧金山邮局，有人在信封上写下“海上失踪”字样，然后投回邮箱寄给皮特。

★★★

从“青蜂侠”号失踪到现在，已经一个星期了。虽然进行了密集搜索，但是却一无所获。最终，军方向外界宣布菲尔的机组成员全部失踪。在华盛顿，有关部门已经着手通知遇难者的家人。“黛西·梅”号也接到了返回瓦胡岛的命令。救援工作全面结束。“黛西·梅”号的机组成员感到痛心疾首，他们想继续搜索。在飞回瓦胡岛的途中，他们谈起了这些失踪人员。

在夸卢阿岛上，一个名叫杰克·克雷的二等中尉走进宿舍，准备执行一项令人伤感的任务。他必须将这些失踪人员的所有物品登记造册，然后寄回给他们的家人。路易的房间和他周四一早离开时没有什么两样：衣物、柜子、日记和一张埃斯特·威廉姆斯的海报。日记上潦潦草草地记下了自己的这次营救任务。路易留在衣柜里的那张纸条和瓶子里的酒已经不见了。在路易的个人物品当中，克雷发现有不少在飞机上拍摄的照片，其中一些在取景时没有避开诺顿瞄准仪，因此他将这些照片收走。路易衣柜里的其余物品被打包送回托兰斯镇。

1943 年 6 月 4 日，一个星期四的傍晚，菲尔的母亲凯尔西独自待在印第安纳州普林斯顿的家中。由于丈夫和儿子都不在身边，她卖掉了在泰瑞豪特的房产，搬到普林斯顿来住，这样可以和自己的女儿玛莎和未来的儿媳茜茜离得更近一些。后来，凯尔西和茜茜成了要好的朋友。当天晚上，当凯尔西前去看望玛莎的时候，有人送给她一份电报：

> 我们非常遗憾地通知你，接太平洋战区总司令报告，你的儿子一等中尉罗素·A. 菲利普斯自 5 月 27 日起失踪。如有具体细节或进一步消息，我们会尽快告知。

同一天晚上，赞贝里尼家中也收到了一份电报。路易丝打电话给西尔维娅。当时，西尔维娅刚刚与一个名叫哈维·弗拉默尔的消防队员结婚，他们一起居住在附近的郊外。听到哥哥失踪的消息后，西尔维娅开始变得歇斯底里，她的哭声甚至惊动了左邻右舍，当有人过来问她究竟发生了什么事情时，西尔维娅早已泣不成声。最后，她强打精神，打电话给正在消防站上班的哈维。在电话里，西尔维娅表现得语无伦次、神志恍惚，不知道该怎么做才好。于是哈维告诉她去找自己的母亲。西尔维娅这才放下电话，三步并作两步跑出家门。

在 45 分钟的回家途中，西尔维娅哭了一路。数周以前，就在美军空袭瑙鲁之前，她在一份晨报的头版看到一张路易的照片。路易正站在“超人”号里对着一个巨大的弹孔张望，看起来神色可怖。这张照片让西尔维娅吓了一跳。当她听说路易失踪的消息以后，禁不住想起了这张照片。西尔维娅终于来到了母亲的门口，她努力镇定了一下自己的情绪。

西尔维娅的父亲看起来神色冷峻，母亲则满面阴云。就像其他家庭成员一样，虽然西尔维娅也认为路易有可能已经葬身大海，但还是劝母亲不要担心。“周围那么多小岛，”西尔维娅说，“说不定他正在哪个上面教别人跳草裙舞。”皮特闻讯也从圣迭戈赶回家中。“如果他带有牙刷和小刀，并且碰上陆地的话，”他告诉自己的母亲，“肯定没问题。”

也许就在那天，或者稍后几天，路易丝找到了路易临行前和自己一起拍的合影。他站在路易丝旁边，一只手搂着母亲的腰。在这张照片的背面，路易丝写道：“报告中说路易失踪了。1943 年 5 月 27 日。”

★★★

路易失踪的消息成了 6 月 5 日加州广播和报纸的头条新闻。《洛杉矶先驱晚报》和《快报》上分别刊登了一篇题为《赞贝里尼生平》的特写。不过，这与其说是一篇报道，不如说更像一则讣告。身为海军军官的佩顿·乔丹在返回基地后听到了这一消息，不禁倒吸一口凉气。回到基地后，他感到浑身麻木，坐在那里很久都一动不动。过了好一会儿，他才张口与其他人说话。乔丹的任务是训练军校学员的生存技能，他们谈起路易面临的种种可能，并且一致认为如果路易接受过正规训练，就有可能生存下来。

皮特打电话给乔丹，他们谈起了路易。当皮特说到自己希望人们能够找到路易时，乔丹听得出他的声音略显颤抖。乔丹本来想向路易的父母致电以示慰问，但是怎么也开不了口。他不知道该说些什么。那天晚上，他开车回家，把路易失踪的消息告诉了妻子玛吉。早在南加州大学就读时，玛吉就认识路易了。他们像往常一样各忙各的，但是谁也不说话，然后静静地躺在床上，一直到东方发白。

在托兰斯镇，安东尼·赞贝里尼仍然一脸铁青，路易丝泪流满面地不停祈祷。在巨大的精神压力之下，她的手开始溃烂。西尔维娅觉得，母亲的双手肿得就像汉堡包一样。

这些天里，他们度日如年，但路易丝却始终坚信，自己的儿子一定会平安归来。

★★★

因为在瑙鲁之战中负伤，史丹利·皮尔斯贝利和克莱伦斯·道格拉斯至今仍在萨摩亚岛住院。道格拉斯肩膀上的伤口还远未痊愈。皮尔斯贝利不得不忍受剧痛，看起来异常沮丧。医生无法取出他腿中所有的弹片，每一块弹片在他体内都像刀割一样，要过很长时间他才能够下地行走。在梦里，皮尔斯贝利看到轰炸机一次又一次朝着自己俯冲过来。

当皮尔斯贝利躺在床上时，一脸震惊的道格拉斯走进来。

"机组的飞机坠毁了。"他说。

皮尔斯贝利惊呆了。他的第一个感觉就是愧疚。"要是我还在那里，"他后来说道，"我一定不会让这种事情发生。"

道格拉斯和皮尔斯贝利谁都没有再说什么。分开以后，他们都沉浸在无限的悲伤之中。道格拉斯很快就被转往国内的医院。皮尔斯贝利仍然在萨摩亚的病床上度日如年，时时刻刻梦想着从床上站起来。（当皮尔斯贝利恢复行走能力以后，他随即被派往另一个机组，接替一名阵亡的中部炮手。由于对新人不信任，这架飞机上的人员对他异常冷漠。在一次行动中，一架零式战斗机试图撞向他们的飞机，当时一枚炸弹在舱内爆炸。机械师发现皮尔斯贝利倒在地板上，眼睑部位插着一块很大的弹片，满脸都是鲜血。飞机仓促降落，皮尔斯贝利在接受包扎后被送回营地。幸运的是，他最终活了下来，一条义肢和体内残留的无数弹片见证了他的苦难。二战后，皮尔斯贝利被授予多枚勋章。"太可怕了，真是太可怕了，"60 年后，他泪流满面地说，"……只要你想起这件事来，一切仿佛就在你的眼前。这就是战争。"）

在瓦胡岛，路易的朋友们聚集在一处营房中。在房间的一个角落里，他们悬挂起一面小小的旗帜，以缅怀自己的战友赞贝里尼。就在此时，路易、菲尔和迈克一路向西漂去，而包括第 11 轰炸团第 42 飞行中队在内的盟军正在太平洋战场上浴血奋战，尖刀一般直插日本的咽喉。

饥渴交加

菲尔觉得自己的喉咙好像烧着了一样。热带的骄阳直射在他们身上，灼伤了他们的皮肤。因为极度干渴，他们几个的嘴唇都干裂肿胀，上唇几乎堵住鼻孔，而下唇肿到下巴。长期的风吹日晒，再加上海水中盐分和燃油残余物的感染，他们的身上到处都是口子。白色的浪花接连不断地拍打着这些伤痕，路易觉得好像有人往伤口上倒酒一样。阳光在海水的反射下晃得他们头晕目眩，甚至睁不开眼睛。在海水的浸泡下，他们的脚上布满了大大小小的裂口。由于烈日的炙烤，这两只救生艇不时散发出一种焦灼的味道。

水罐早就空空如也。虽然又热又渴，可是除了不停地往身上浇海水，他们没有别的办法。冰凉的海水让人感到更加干渴，然而谁也不敢沾唇。救生艇的周围到处都是鲨鱼。当其他鲨鱼陆续散去以后，一条长达 6 ~ 8 英尺的鲨鱼却始终不肯离开，不分昼夜地尾随着他们。对于这条鲨鱼，他们不得不格外提防，一旦它游得过近，其中一人就会抄起船桨使劲把它捣开。

他们已经三天三夜没有喝水了。就在这时，水天相接处开始逐渐变暗，而且越来越近。霎时间乌云翻滚、大雨倾盆。他们立刻仰起头来，伸开四肢躺在船上，个个都张大了嘴巴。雨水打在他们的胸脯上、嘴唇上、脸颊上、舌头上，浸透了他们的肌肤，冲走了他们伤口里的盐分、汗渍和汽油，流进了他们的喉咙，滋润了他们的身体。他们感到痛快极了。

他们知道，这场大雨很快就会过去，因此必须找到一个盛水的容器。当然，瓶口狭窄的水罐即使放在雨中，也根本接不住水。路易一边仰着头张嘴狂饮，一边在救生艇上四下里摸索着。他把手伸进帆布口袋，从里面拽出一个气泵。气泵外面是一个约有 14 英寸长的帆布罩，罩子的一头用线缝着。路易一把扯开接口，把它卷成一个锥形的容器，然后满心欢喜地看着里面蓄满了雨水。

当路易收集了差不多有约 1 000 毫升雨水时，一个浪头打来，猛地砸到了船帮上，并飞溅到容器中。不仅接到的雨水不能喝了，而且被打湿的帆布还要冲洗干净，才能再次接水。即使这一切都干完了，可还是躲不开下一个浪头，因为路易没法看见它们。

路易想出了一个新办法。他不再把所有的雨水都存在这个容器里，而是每接一点就用嘴吸走一点，然后再吐到水罐里。如果水罐满了，他就会盖上盖子，每隔 30 秒钟给菲尔和迈克喂一次水。接着，他们又撕开第二个气泵，如法炮制出了另一个接水器。当太阳出来以后，他们发现，这些帆布容器还能够兼做太阳帽。他们三个人轮流使用，每次让其中两人戴上。

★★★

路易他们实在饿极了。一开始，迈克独吞巧克力的举动似乎情有可原，但是现在却引发了一场巨大的灾难。路易对迈克恨之入骨，而迈克好像也知道这一点。尽管迈克对此绝口不提，但是路易还是能够从他的行动中看得出来，迈克对于自己的所作所为感到十分愧疚。

饥肠辘辘的他们逐渐显露出饥饿导致的典型症状，即无法把自己的注意力从食物上拿开。他们目不转睛地盯着海水，虽然里面有许多可供充饥的鱼类，但是没有鱼饵，他们连一条小鱼也钓不上来。偶尔还有海鸟掠过他们的头顶，但他们总是够不着。他们甚至仔细端详了一下自己的鞋子，想要看看这些皮革是否能够下咽，不过他们最终还是打消了这个念头。

时间一天一天过去。每天晚上，当白昼的酷热散尽时，海面上就会变得冷风刺骨，让人难以入眠。菲尔独自躺在一只救生艇上，由于没有他人的体温用以取暖，每到夜里他都冻得直打冷战，根本睡不着觉。到了白天，炽热的阳光和来回晃动的救生艇让这些极度困倦的人们昏昏欲睡。因此，在白天的大部分时间里，他们先后入睡，而到了晚上，只能躺在那里，尽量节约自己仅有的能量。

★★★

菲尔忽然觉得，在空中的小鸟看来，他们这几个头顶着帆布口袋、一动不动的人类一定像是没有生命的物体。他想得没错。在他们开始在海上漂泊的第九或第十天，路易感到有东西落在了自己的帽子上，他甚至可以看见这个物体在救生艇上的倒影。原来是一只信天翁。因为路易的脑袋藏在帆布口袋下面，所以这只小鸟大概不知道自己落在了一个人的头上。

慢慢地，慢慢地，路易朝这只信天翁伸出手去。他的动作慢得就像时钟上的分针一样。小鸟仍然毫不知情地停在那里。就在这时，路易的一只手已经挪到了小鸟的旁边，猛地张开手指，像钳子一样紧紧地攥住了它的双腿。这只鸟儿拼命地啄着，啄得路易的关节生疼。路易一把拽住小鸟的头部，扭断了它的脖子。

接着，路易取出钳子把这只信天翁撕开。只见内脏伴着一阵恶臭从躯干中流了出来。他们三个禁不住想要反胃。路易分别给菲尔和迈克递过去一块肉，然后自己也撕下一块。一股腥臭的气味扑鼻而来，他们不由得感到一阵阵恶心。他们以手掩鼻，可还是难以下咽，最后决定放弃。

虽然他们吃不下鸟肉，但是可以将它当鱼饵。路易拿出钓竿，在钓线上系上一个小小的鱼钩，挂上鱼饵甩了出去。不一会儿，一条鲨鱼游了过来，一口咬住鱼钩，扯断钓线，连同钓钩和鱼饵一起吞了下去。路易只好掏出另一个鱼钩，结果又引来一条鲨鱼。第三次仍然如此。最后，鲨鱼终于不再咬钩。路易突然感到有什么东西在扯线，他猛地一拉，拽上来一条小小的领航鱼。当路易撕开这条鱼时，他们开始担心，谁也没有生吃过鱼肉。他们小心翼翼地把一小块鱼肉放进嘴里。尽管鱼肉尝起来没有任何滋味，但他们还是把鱼吃得只剩下骨头。

在一个多星期的时间里，这是他们头一次有食物下肚。三个人分吃一条鱼虽然不足以果腹，但是其中的蛋白质却在他们体内产生了一些能量。于是路易说道，如果他们能够想方设法继续坚持，就一定可以捕获食物，说到这里，他和菲尔都感到欢欣鼓舞，但是迈克却没有任何反应。

菲尔很为那只信天翁感到难过。在他那个年代，许多男孩都读过柯勒律治的《古舟子咏》。在这首诗中，一只可爱的信天翁在一个水手的窗边不停地鸣叫，所以水手便将它杀死。结果，这名水手和其他船员都困在了一潭死水之中，受尽了干渴和怪物的折磨。后来，所有的船员都死了，只剩下这名水手求生不得、求死不能。那只死去的信天翁一直挂在他的脖子上，只要他一闭上眼，那些死去的机组人员仿佛就在眼前，狠狠地瞪着他。

路易并不迷信。那年圣诞节时常有信天翁飞到中途岛上。路易很喜欢这种场景，所以他也为那只信天翁感到难过。柯勒律治的那首诗让菲尔感到毛骨悚然，于是他反复提醒路易猎杀信天翁会带来霉运。飞机都坠毁了，路易心想，难道还有什么比这更倒霉的吗？

★★★

又是几天过去了。路易不仅什么也没有抓到，就连鱼饵也已所剩无几。此外，再也没有小鸟落到救生艇上了。虽然海上时不时地会下雨，可是他们的水罐仍然有一半时间是空着的。

他们的感官几乎失去了知觉。当风平浪静时，大海一片死寂。他们能摸到的只有海水、自己的皮肤和帆布帽子。除了救生艇散发出的煳味，什么味道也没有。放眼望去，除了天空就是大海。不知从什么时候起，路易养成了挖耳朵的习惯，挖着挖着就能够到里面的耳屎。接着，他会把自己的手指放到鼻子下面去嗅，这种味道似乎能让他感到精神一振。于是，他经常把手指伸进耳朵里，然后掏出来闻。后来，菲尔也开始如法炮制。

每当路易睡着的时候，就会梦见自己来到了陆地上，想要好好睡上一觉，但是却没有一个安全的地方，到处都是岩石、泥浆和大片大片的仙人掌；他不是在悬崖峭壁之上，就是在乱石险滩之中，大地在脚下剧烈颤抖，他怎么也站不稳身体。菲尔也一直做着同样的梦。

时间一天天过去，菲尔忽然想起了去年冬天在《人生》杂志上读到的一篇文章，文章的作者是第一次世界大战王牌飞行员艾迪·里肯贝克。那年 10 月，里肯贝克和另一名机组成员驾驶着一架 B-17 来到太平洋上空，后来迷失了航向。就在燃油即将告罄之时，驾驶员进行了水上迫降，最后他们都游到了救生艇上。他们在海上漂流了几个星期，靠着船上的食物、雨水、鱼肉和鸟肉维持生命。其中一个人没有坚持下来，其他人全都精神失常。有的不停地嘟囔着根本就不存在的东西，有的哼着莫名其妙的歌谣，有的为究竟在哪里停下自己想象中的汽车而争执不休。一名中尉仿佛中了邪一样，看到有东西在引诱自己投身海底。最后，船上的人变得四分五裂。只有一个人最终到达了陆地，当地居民通过无线电联络富那富提，其他人才先后获救。

里肯贝克机组成员的遭遇几乎代表了人类的生存极限。里肯贝克后来写道，自己一共在海上漂泊了 21 天（实际上是 24 天）。在菲尔、路易和迈克看来，这无疑堪称历史最长的生存纪录。不过，真正的纪录发生在 1942 年，三架失事海军飞机的遇难者在充气救生艇上漂泊了 34 天之久才来到一座太平洋岛屿上，被岛上的居民救了下来。（1942 年，潘恩・林的战机被德军潜水艇击落，他独自在一只救生艇上生存了 133 天。这是一个史无前例的纪录，但是他的救生艇是一艘体型较大、木制合金的“加莱船”，上面载有 10 加仑淡水、许多食物、一把手电筒和其他应急用品等。）

一开始，菲尔对计算日期不以为意，但是随着时间的推移，他开始留意他们在海上漂泊的天数。他能够清清楚楚地进行计算，而每到新的一天，他就会告诉自己，他们一定会在里肯贝克的纪录之前获救。但是一旦时间超出这一纪录，菲尔就不知道该怎么办了。

路易当然也熟悉里肯贝克的故事，不过他之所以会想起这个还另有原因。酷热、脱水、压力和饥饿很快就把里肯贝克的大多数伙伴逼疯了。对于乘坐救生艇在大海逃生的人们来说，这种事情屡见不鲜。因此，路易更为关心的不是食物，而是他们的精神状况。他记得在自己的大学生理课上，指导教师曾经告诉他们，人的大脑就像肌肉一样，如果不常使用就会产生萎缩。路易下定决心，不管他们的身体会出现什么状况，一定要牢牢掌握自己的意识。

自从飞机失事几天以后，路易就开始不停地向其他两个人提问，凡是他们能够想到的事情都可以用来发问。菲尔十分配合，没过多久他就和路易把这只救生艇变成了你问我答的现场。他们开始分享自己的经历，从刚记事起，每一分钟发生的事情都没有错过。路易讲起了他在南加州大学的故事，而菲尔则谈到了自己在印第安纳州立大学的经历。他们滔滔不绝地描述着自己曾经有过的美好时光。他们反反复复地提起自己戏弄对方的恶作剧。每一次回答后接着就是下一次提问。菲尔甚至哼起了教堂的圣诗，而路易教他们两个学唱《白色的圣诞节》。在6月的大海上，他们一同唱起这支著名的圣诞歌曲，但是听众只有四周虎视眈眈的鲨鱼。

每一场谈话都必然以食物告终。路易经常向菲尔吹嘘，自己母亲的厨艺有多么精湛。不知从什么时候起，菲尔要求路易描述路易丝所做的每一道菜。于是，路易开始详细讲解母亲烹饪的过程，每到这个时候，他们三个人都会觉得十分满足。路易不停地讲，从不漏过任何一个细节。渐渐地，他们仿佛看到路易丝的厨房浮现在自己眼前。

从此以后，救生艇上每天都会进行三次同样的仪式，其中南瓜饼和意大利面是他们最爱谈论的话题。这几个人对路易丝的厨艺了如指掌，因此只要路易漏掉其中一丁点儿内容或者讲错了什么，菲尔或者迈克就会立刻纠正他的错误，甚至让他重讲。当想象中的大餐就绪以后，他们就会狼吞虎咽地吃下每一口食物。对于这一场景，他的描述是那样逼真，以至于能够蒙骗过他们饥肠辘辘的肚子，不过，这只是暂时的。

在享用过这顿虚幻的大餐以后，过去的事情都已耳熟能详，于是他们开始谈论自己的未来。路易提到，自己计划在托兰斯镇火车站买下一座车库，然后把它改建成一个餐馆。菲尔梦想着能够回到印第安纳州立大学，也许自己可以当一名教师。他甚至迫不及待地想要回到印地500赛车的赛场上。第二次世界大战的爆发推迟了比赛日期，但是在菲尔的脑海里，这场比赛却如期举行，他好像就坐在内场草坪的地毯上，一边尽情地享用美味，一边观看赛车风驰电掣般地从自己面前飞过。他还想起了茜茜。在离开宿舍出航以前，他没想到要把茜茜的相片塞进自己的钱夹里，因为在他的心里，茜茜从来没有离开过自己。

路易和菲尔之间的你问我答进行得如火如荼，从而暂时忘却了眼前的磨难，好像他们的未来是铁定的事实。在想象中，他们仿佛回到了原来的世界，最终皆大欢喜地结束了这场灾难，他们无时无刻不在期盼着这一结果的发生。通过这种方式，他们为自己找到了活下去的理由。

然而，他们谁也不愿意首先提起坠机事件。一次，路易想要提起这个话题，但是菲尔身上的有些状况却让他犹豫不决。有时候，菲尔的思绪显得异常纠结。路易猜想，如果让菲尔在自己的脑海里重现这一事故，他很有可能会把坠机的责任归咎于自己。路易本来想告诉菲尔他没有做错任何事情，但还是觉得这个话题会触及菲尔的痛处，所以什么都没有提。

当路易和菲尔相互鼓励的时候，迈克总是坐在那里一言不发。有时候，他会请路易描述一下某道菜的做法，偶尔也会插进一两句话来，但是路易不愿意粗暴地强迫他也参与其中。因为迈克与他们之间没有太多的共同语言，尽管他们一再鼓励，迈克还是对未来充满了悲观情绪。对他来说，似乎这个世界早已远去。

事实证明，能够从救生艇上获救的人员寥寥无几，所以迈克的想法不无道理。值得注意的是，虽然他们与迈克同处逆境，但是对未来的期望却截然不同。菲尔经常会怀疑自己究竟能够支撑多久，但是从未考虑自己即将死去。路易与他有着同样的想法。他们两人都很清楚，虽然自己的前景不乐观，但却能够赶走自己心头的恐惧，把注意力集中到如何生存上，并且相互安慰，一切都会好起来的。

让人感到惊奇的是，这三个年轻人经过了同样的训练，经历了同样的事故，但是他们面对困境的态度却有着天壤之别。也许这种差异是由生理状况造成的：有些人天生就乐观向上，而另一些人对任何事都心灰意懒。从蹒跚学步时起，路易就跟随家人坐火车四处迁徙，但是对于自己的安全问题，他向来都能够积极看待，这说明他天生就是一个乐观主义者。也许其他人的经历对他们的生存意志产生了截然不同的作用。菲尔和路易在富那富提大轰炸中幸存了下来，在接下来的瑙鲁之战中也表现优异，所以互相信任对方。“如果只剩下一口吃的，他一定会让给我。”有一次谈起路易时，菲尔曾经这样说过。而迈克从来没有参加过真刀真枪的战斗，也不认识他们两人，甚至对自己的某些心理也不够了解。面对眼前的这场灾难，他唯一知道的事情就是，在第一个晚上他就因为惊慌失措而吃光了他们所有的食物。随着时间一天一天过去，饥饿的阴云越逼越近，而迈克的这一举动造成了严重的后果，所以他更觉得自己一无是处。

菲尔还有另外一种精神力量在支撑着自己，这一点路易并没有意识到。他的家人曾经说过，菲尔性格安静，是一名虔诚的教徒，这也许跟他的父母不无关系。“很早以前我就反复对艾伦讲，无论在何时何地，都要尽自己最大的努力，”菲尔的父亲曾经写道，“然而，当事情超出了自己力所能及的范围时，就要祈求上帝的帮助。”菲尔从来没有谈到过自己的信仰，但是一直在大海上哼唱着歌曲。在他的心中，上帝一定会来保护自己的。每当想到这里，菲尔都感到救援仿佛离他越来越近，而绝望仿佛越来越远。

从孩提时代起，路易会把所有困难都视为对自己智慧、计谋和反抗决心的一种挑战，结果成长为一名叛逆少年。他的放任不羁不仅令父母一筹莫展，也让全镇的人感到头疼。但是，再困难的事情路易每次都能轻松应对，因此不论前面的道路上有些什么，他总是能够信心十足。现在，他身处绝境，绝望和死亡成了他最大的敌人。然而，正是当年在托兰斯镇上那种天不怕地不怕的精神，让他在人生最大的挑战面前仍然顽强生存。

尽管面临同样的困境，但是他们三人迥异的态度决定了各自不同的命运。路易和菲尔用希望代替恐惧，坚持不懈地设法生存，而每一次胜利都增加了他们生理上和心理上的力量。迈克的畏缩情绪似乎让他变得不知所措，他越是不愿意参与其中，意志就越发薄弱。因此，虽然他的活动量最少，但是随着时间的流逝，他的体能反而衰弱得最快。无论是路易和菲尔的乐观向上，还是迈克的一蹶不振，其实都是一种自我实现的过程。

★★★

两周过去了。三人的皮肤已经被严重灼伤，有些地方肿得十分厉害，甚至裂开了口子。白色的浪花在不知不觉间侵蚀了他们的手指甲和脚趾甲，而盐渍的伤口也从双腿蔓延到了臀部和背部。在阳光和海水的侵蚀下，救生艇早已严重变形，黄色的染料浸透了他们的衣物和皮肤，所有的东西都湿漉漉、黏糊糊的。

他们的身体正变得越来越瘦。每一天，路易都可以看出自己和同伴在体重上的变化：裤子更松了，脸更尖了。第14天以后，他们看起来个个形同鬼魅。他们的肉体仿佛凭空蒸发了一样，两颊深陷，脸上长满了胡子。他们的身体正在消耗着自身的营养。

现在，情况到了一个相当严峻的阶段，对于从前那些遭逢过相同困境的人来说，甚至是一个令人毛骨悚然的转折点。1820年，当一艘名为“埃塞克斯”的捕鲸船被一条愤怒的鲸鱼撞沉后，那些沦落救生艇上的幸存者们在濒临死亡时开始自相残杀。距此大约60年之后,另一艘名为“木樨草”的游艇不幸失事，饥饿的幸存者们杀死了一名不足20岁的船员，并且分而食之。每当遭遇事故时，关于食人的传说总是屡见不鲜，因此英国人甚至把这种选择牺牲者的行为称作“海上风俗”。对于陆地上饱食终日的人们来说，这种食人的想法的确令人作呕，但对于那些濒临死亡的水手来说，饥饿足以改变一个人的思维方式，让他们在痛苦中行为失控，从而认为食人是一种合情合理，甚至是不可避免的解决办法。

但是路易认为，食用同类不仅令人作呕，而且不可想象。对他来说，即使某个人已经自然死亡，要将他送入自己的腹中仍然是一种令人发指的行径。这一点他们三人都坚信不疑。无论是现在还是将来，自相残杀是绝对不可取的。

从第14天开始，路易的行为发生了转变。他开始出声祷告。路易不知道怎样向上帝祈祷，于是他断断续续地背诵着自己从电影中听来的祷词。每当路易祷告时，菲尔都会低下头来，最后和他一起说“阿门”。迈克只是在一旁侧耳聆听。

赤道洋流带着救生艇一路漂去，铁锚在他们的后面弯弯曲曲。看起来他们仍然在向西行驶，但是由于没有参照物，对于方位谁也没有把握。唯一能确定的是至少他们没有停止行进。

★★★

第14天前后，又一只信天翁落到了路易的头顶。于是，路易再次缓缓挪动右手，猛地抓住了这只小鸟，然后把它杀死。这几个人看了看这只信天翁，随即想起了上次那只躯干里的恶臭。路易将它开膛破肚，令人惊讶的是，这次并没有像上次那样臭不可闻。不过，还是没有人愿意吃进肚里。路易把鸟肉分成几份，坚持要每个人都吃一点。三个人勉强将鸟肉吞了下去。由于迈克看起来极度饥渴，路易和菲尔把鸟血递给了他。

在这只信天翁的腹中，他们发现了几条可以用做诱饵的小鱼。靠着这几条小鱼，路易又钓上来一条鱼。他把一部分鸟肉作为鱼饵存了起来，然后洗净鱼骨，准备晾干后当作钓钩。

★★★

时间在无情地流逝。路易又钓到了几条鱼，还有一条是被浪头打进来的。他把其中一条撕开做成鱼饵，并且利用这些鱼饵又钓到了不少体型肥厚的领航鱼。间或会有细雨洒落，每逢这时，他们就会舔干落下来的每一滴雨。到了晚上，路易和菲尔会轮流主持祈祷，而迈克仍然封闭在自己的世界里。

这三人已经瘦得皮包骨了。一开始，菲尔由于受到严重的脑震荡而精疲力竭，但是现在却恢复了稍许力气。迈克的精神几近崩溃，身体也变得越来越衰弱。已经许多天没有下雨了，他们的水罐空空如也。现在是第 21 天。他们抓到了一条鱼，并且为自己打破了里肯贝克的纪录而小小地庆祝了一下。

不知是什么时候，路易忽然闻到一股腐臭的味道，在他们的身边飘来飘去。这股臭味来自菲尔的额头。他头上用衬衫做成的绷带血迹斑斑，开始腐烂，一块一块地逐渐剥落，掉在救生艇上。菲尔毫不知情，而路易却难以忍受。路易解开衬衫，轻轻地将它从菲尔头上揭了下来。一块厚厚的血痂掉下来后，菲尔的伤口不再流血，而且几乎已经恢复平整。看来衬衫可以不要了。几天以后，路易看到一个奇怪的景象。在海天相接之处，水面越升越高，渐渐涌起一条巨大的黑线，上下翻滚着朝他们这边疾速奔来。路易立刻大喊一声，警告菲尔和迈克。他们两个猛地转过身来，尽量压低自己的重心蹲在救生艇上，以免被浪头掀翻。海浪很快便呼啸而至，他们三人抱成一团。

直到这条黑线来到身边时，他们才看清原来不是海浪，而是一大群海豚正在飞速向他们游来。这群海豚冲到救生艇的旁边，然后开始围着他们旋转。菲尔向四周望去，水面上有成千上万条海豚，一眼望不到边。这群海豚一直尾随他们不肯离开。三个人把胳膊伸进海里，想要捉上来几条，但是海豚却从他们的指间溜过。如果有网的话，他们就可以放进水中捞上一些，以补充救生艇上的食物。但是想要依靠徒手，他们一条也抓不着。

路易的手边已经没有鱼饵了。除了鲨鱼以外，唯一胆敢靠近这只救生艇的就是领航鱼，它们在鲨鱼中间来回穿梭，只要一伸手就可以够到。但是当路易想要抓住它们时，这些领航鱼会在眨眼之间溜之大吉。捕猎领航鱼只能使用较小的鱼钩，但是所有的小鱼钩都已经被鲨鱼破坏，路易只好使用信天翁的骨头，但是鱼儿很快就把骨头吐了出来。

路易看了看剩下的钓线，突然灵机一动。他把钓线分成几段，然后分别把它们系在大鱼钩上面，然后再把这些鱼钩系在自己的小指、中指和大拇指上，看起来就像是自己的爪子一样。路易把手放在水面上，一动不动地等待着。

一条鲨鱼和一条领航鱼肩并肩地游了过来。当领航鱼的头部掠过时，路易随即把手伸入水中，但是这条鱼却毫不知情，被路易一把捉了个正着。鱼钩深深插进鱼背，路易满心欢喜地把它拽了上来。

就在这一周里，一只小燕鸥忽然落在了救生艇上，刚好位于他们三个中间。因为这只燕鸥距离菲尔较近，所以他们悄无声息地互相示意菲尔出手。菲尔两手猛地一拍，将这只小鸟困在掌中。虽然这只瘦弱的小鸟身上没有多少肉可以吃，但是没过多久，另一只燕鸥又落在了救生艇上。这一次，迈克抓住了它。路易实在饿极了，连撕带咬地拽掉了羽毛，然后噗的一声吐了出来。几乎与此同时，他感到两颊里有什么东西在爬。原来这只燕鸥的身上布满了虱子，而现在爬到了路易的脸上。

路易觉得脸上奇痒难耐，自己还从来没有受过这种痛苦。他开始不停地抓挠摩挲，可无济于事，因为虱子早已钻进了他的胡子和头发里。于是，路易一头扎进水里，想要把这些虱子从身上冲走，吓得菲尔和迈克赶忙抄起桨来，拍打着那些朝路易蹿过来的鲨鱼。反复十几次以后，虱子终于没有了。

在这几天里，他们又捉到了三四只或者更多一些海鸟。有一只小鸟一直在救生艇旁低回，然后挣扎着向天空飞翔。迈克突然伸出手去，一把在空中抓住了鸟腿，然后把这只尚在蠕动的小鸟递给了路易。路易大吃一惊，没想到迈克如此身手敏捷。他们几个分吃了这些海鸟，最后只剩下一堆羽毛和骨头。

★★★

在接下来的日子里，路易半躺在救生艇的旁边，把系着鱼钩的那只手垂在水面上，想要再捉一些领航鱼，但一无所获。雨水很快就喝光了，他们感到饥渴难耐。一天又一天过去了，仍然没有下雨的迹象。有两次，当海面刮起暴风时，他们奋力划了过去，可他们到达以后，滴滴答答的雨点已经停止。精疲力竭的他们顿时感到心灰意冷。当又一场风暴在天边刮起时，谁也没有力气前去追赶了。

极度的干渴和灼热让菲尔举动失常，看起来几乎像是要自杀一样。当鲨鱼离救生艇较远时，菲尔突然朝着水面俯下身去。路易和迈克立刻挪到他的身旁，用船桨戳向四周的鲨鱼，而菲尔则倒挂在救生艇上，一头扎进冰凉的海水中。他张开嘴猛吸一口海水，再把它们吐出去，然后才气息奄奄地回到船上。看到菲尔没有什么大碍，其他两个人觉得也许这个办法值得一试。于是，他们轮流在水中浸泡，其他两个人负责驱赶鲨鱼。

他们断水已经到了第六天。每个人都意识到，如果继续这样下去，恐怕谁也活不了多久。

路易开始祈祷，菲尔和迈克低头沉默。如果上帝能够缓解他们的干渴，路易发誓，自己宁愿把生命献给上帝。

第二天，不知是他们的虔诚真的起了作用，还是暴风雨给他们开了个玩笑，天空仿佛开了个口子，瓢泼般的大雨倾盆而下。当这些雨水被喝光之后，他们又一次对上苍祷告，雨也再一次地如期而至。这些雨水足够让他们熬过一段时间，直到有飞机发现他们的踪迹。

鲨鱼和子弹

到了第 27 天的早上，一架飞机终于不期而至。

一开始，他们只听到引擎的阵阵轰鸣声，然后天空中便出现了一个小黑点。这个黑点迅速划过天边，向西挺进。从下面可以辨认出这是一架双引擎轰炸机，但是由于距离太远，也许他们用尽所剩的照明弹和海水染色剂也未必能引起飞行员的注意。经过商议和表决，大家一致决定冒险一搏。

路易向天空发射了一枚照明弹，之后迅速上膛，紧接着又发射了一枚。照明弹冒出一阵白烟，在天空留下两道醒目的弧线。为了引起飞机的注意，路易又打开了一个罐子，将里面的染料全部倒进海里，同时挖出镜片，尽量把阳光反射到飞机上去。

在做完所有这些事情以后，大家都屏住呼吸，静候着飞行员的反应。可令人失望的是，飞机却渐行渐远，在天空慢慢消失了。

眼望着孤注一掷的希望落空，这群死里逃生的落难者只能坐在他们不堪一击的救生艇里仰天长叹，一个巨浪袭来，救生艇颠簸翻滚，坠入了浪花的最深处。正当他们准备接受现实面对绝望时，地平线的西方突然亮光闪现，那亮光朝着这群落难者急转而来，在天空划出长长的弧线。是一架轰炸机！它竟然回来了！路易、菲尔和迈克顿时喜出望外，他们立即从头上扯下自己残缺不全的衬衫，在空中来回挥舞。他们哭着喊着，几乎无法控制自己的情绪。飞机逐渐接近了他们，驾驶员摆正机身，飞机慢慢掠过水面。霎时间，路易仰头向驾驶室张望，隐约可以看见里面坐着的一名飞行员和一名副驾驶。他惊喜交加，仿佛已经看到了美丽的棕榈树，吃上了可口的食物，仿佛已经踏上了坚实的陆地！正在这几人憧憬着生还的希望时，平静的海面上突然枪声大作。炮声震耳欲聋，他们几个的救生艇在炮火中上下颠簸，摇摇欲坠。没错，飞机上的炮手正在朝路易他们开火。

路易、菲尔和迈克只好各自抓住救生艇的边缘，翻身下船。他们蜷缩在救生艇的下方，希望依靠救生艇掩护自己。子弹不断地落到他们的四周，劈开海面，一路沉入海底。一时间，三个人命悬一线。过了一会儿，枪声突然停止了。

三个人立即浮出水面，急促地大口喘气。就在刚才，轰炸机还在他们的头顶盘旋轰鸣，而现在它已向东飞去，渐渐离开了他们的视线。真是祸不单行，轰炸机刚走，不远处的两条鲨鱼早已蠢蠢欲动。他们必须马上爬回救生艇才行。

菲尔的救生艇夹在他们三人中间，然而此时的他早已筋疲力尽，彻底耗尽了自己的最后一点力气。他挣扎着，可无论如何也没力气爬回到救生艇上。路易游了过来，从菲尔的背后猛推了他一把，菲尔终于踉跄着跌进了救生艇内。迈克的状况也不比菲尔好多少，于是路易又帮助迈克爬上了救生艇。最后，路易也跟着翻身上船。三个人惊魂未定地坐了下来，不过几乎毫发无伤。他们想，飞行员是不是把他们当成日本人了，但是令人难以置信的是，即使他们是日本人，飞行员也不应该对手无寸铁的幸存者下此毒手。就在他们满腹疑惑的时候，两只救生艇却一点点地瘪下去，气很快就要漏光了。

轰炸机突然调转方向，朝三名落难者直冲而来。路易满心希望这是机组人员意识到了自己的错误，现在正赶回来对他们进行救援。然而在距离水面大概两百英尺的时候，飞机却朝着他们俯冲下来，几乎与水面平行着从救生艇的上方掠过。他们立即看清了这架战机的外形，机翼后侧画着一轮鲜明的红日。原来这是一架日军飞机！

路易看到炮手已经将枪口对准了他们，他知道他们三个人必须立即跳进海水中。但是菲尔和迈克却精疲力竭地斜倚在救生艇上一动也不动。菲尔和迈克很清楚，如果他们再次跳进海里，根本就没有力气再爬上来，更何况，海里的鲨鱼也不会放过这顿美餐。可是如果他们待在救生艇上，炮手一定会把他们炸得血肉横飞。

飞机还在朝着三人靠近。菲尔和迈克在救生艇上躺了下来。菲尔把双脚蜷到胸口，双手抱头。而迈克也抱成一团，紧挨着菲尔。路易最后看了一眼这两个人，翻身跃入海中，游到救生艇下方躲了起来。

子弹闪着耀眼的光芒，犹如雨点般砸到海面上。路易藏在水中朝上望去，那些子弹穿透救生艇的帆布层，带着耀眼的光和热射入海里。然而，这些子弹刚一入水，很快就用尽了全部的力量，热气浸入水中，发出嘶嘶的声响。路易抓紧一艘救生艇的底部，伸直了胳膊，尽量将身子沉入海水更深处，以便让自己远离那些子弹的射程。在他之上，通过救生艇上凹陷的部分，他可以清楚地看到迈克和菲尔躺在原处，一动不动。

子弹不断在头顶爆开，路易挣扎着躲在救生艇下。水流包裹着他，不断地撞击着他的身体，仿佛要将他冲离救生艇的底部。他奋力挣扎着，但没有任何作用，水流不断拖拽着路易的身体，他仿佛随时会被大海卷走。但是路易很清楚，一旦他的双手脱离救生艇，就不可能再有力气抵抗水流的冲击重新游回去。就在他感到自己的双手将要用尽力气时，路易突然看到不远处有一条绳子，这条绳子一端拴在救生艇上，另一端飘在海水中。路易慌忙抓过绳子系到了自己腰间。

借助绳子的力量，路易把身体放平，紧紧贴住救生艇的底部，然而他的双脚却由于水流的冲击悬在半空中，他低头看看自己的脚，左脚的袜子已经被水流推到了小腿上，而右脚的袜子快要被冲走，被水流拍打着上下飘动。透过海水中阴沉昏暗的光线，路易看见一头张着血盆大口的成年鲨鱼正冲破黑暗，一路向他的双腿游来。

路易蜷缩着身子，把双腿尽量向身体收回。可是水流实在过于湍急，他根本没办法把双腿蜷回来。路易只好并拢双腿，让它们斜侧着，以尽量远离鲨鱼的嘴巴。然而鲨鱼继续游过来，这次瞄准了路易的头颅。路易忽然记起，在檀香山时一位长者曾经告诉过自己：当面对鲨鱼时，要露出狰狞的表情，然后猛捣鲨鱼的鼻部。鲨鱼几乎面对面地游了过来，路易立刻龇牙咧嘴、怒目圆睁，对准鲨鱼的鼻子一拳捣了过去。鲨鱼好像感到疼了一下，立即缩了回去，然而又游回来准备发动第二次攻击。路易没有马上行动，而是等到鲨鱼再次和他距离只有咫尺之遥时，才再次对着鲨鱼的鼻子出击。于是，鲨鱼只得再一次向后退回。

海面上，日本人停止了扫射。路易立即拉紧绳子，将自己拉回了救生艇旁边，然后赶快攀着救生艇的边缘爬了上去，暂时摆脱了鲨鱼的纠缠。

迈克和菲尔蜷缩着躺在一起，一动也不动，身边到处都是弹痕，救生艇千疮百孔。路易摇了摇迈克，迈克只是哼了一声。路易问迈克是否受伤，迈克说没有。路易又问菲尔，菲尔也说没事。

然而轰炸机又飞了回来，准备再次发动攻击。菲尔和迈克继续躺着装死，路易则斜倚在救生艇边缘，将身体滑入海里。子弹不断地落在菲尔的身边，鲨鱼也再次转了回来，路易只好又朝着鲨鱼的鼻尖猛击。一条鲨鱼退去了，另外一条却又蹿了过来。每当飞机飞离炮火射程的时候，路易就会翻身躺进救生艇里。路易就这样一面应付湍急的水流，一面躲避着雨点般的子弹，一面不断击退鲨鱼。而躺在救生艇里的菲尔和迈克最后竟然也安然无恙。

那架日本飞机后来又发动了四次袭击。为了躲避子弹，路易反复潜入海里和鲨鱼搏斗，然后为了躲避鲨鱼，再次爬上救生艇来。虽然路易早就感到精疲力竭，却毫发无损。每当路易从海里爬上救生艇时，他都觉得菲尔和迈克死定了，然而令人难以置信的是，尽管菲尔和迈克身旁被炸得满目疮痍，两人之间的空地也落满弹痕，但没有一枚子弹击中他们。

仿佛是为最后一次丧心病狂的扫射蓄势，那架日本轰炸机盘旋着离开，然后再次突然折回。路易只好又翻身跳入海里。这时，飞机的炸弹舱门突然开启，投下了一枚深水炸弹，炸弹落入水中，一直沉到距离救生艇大约 50 英尺的地方。救生艇上的这几个人紧紧地抱住了自己的身体，准备面对即将到来的爆炸。奇怪的是，要么是日本人碰巧放了颗哑弹，要么就是飞机上的炮兵操作失误，那枚炸弹沉入水中后，却没有发出任何声响。菲尔心想，如果日本人个个都这么无能，美国毫无疑问会最终赢得这场战争的胜利。

路易爬回了救生艇，整个人都瘫在了船上。当轰炸机再次盘旋回来时，他已经没有力气再跳入海里。因此，当日军战机做最后一次扫射时，他们三人都一动不动地躺在救生艇上。日本人没有再开枪，而是调头朝西飞去，并且渐渐消失在海面上。

扫射毁掉了他们的备用救生筏，路易、菲尔和迈克只能挤在一条两人救生筏中。图中是一个二战案例，它充分说明了轰炸机上的救生筏根本容不下三个人

菲尔的救生艇被劈成了两半。一颗子弹击中了它的气泵，彻底打穿了底座，将救生艇从头到尾劈裂了开来。救生艇上所有的东西都掉进了海里。但是，由于救生艇本身是用橡胶帆布制成的，所以没有沉入海底，但也完全没可能进行修复。整个救生艇就像一只泄了气的皮球一样皱巴巴地铺在海面上。

三个落难者蜷缩在一起，紧紧地挤在原先属于迈克和路易的那艘救生艇上，但是这只小小的救生艇对于三个成年人来说，显然过于拥挤。上面到处是子弹留下的大孔，两个气囊也都已经被打穿了。每次有人移动，救生艇中的空气就会通过气囊跑出来，并且越发瘪下去。救生艇在水中越来越瘪，眼看就要陷入海里。鲨鱼仿佛受到了子弹声音和人体气味的刺激，紧紧盯着渐渐沉入水中的救生艇，并且慢慢包围了这只救生艇。

就在他们三人精疲力竭地瘫坐在救生艇上时，一条鲨鱼突然从海中跃起，跳到船帮旁边，猛地张开血盆大口，准备一口咬住救生艇上的人拖入海里。不知道是谁一把抓过一只船桨，朝着鲨鱼一顿猛击，这条鲨鱼暂时退了下去，但是很快又有另一条鲨鱼蹿了过来。这群鲨鱼接二连三地向他们发起攻击。他们只能手忙脚乱地抄起船桨拼命挥舞，对着鲨鱼用力痛击。三个人在救生艇上挣扎着，忙着对付不断跃起的鲨鱼，却没有注意到救生艇透过弹孔正在不断漏气而变得越来越沉重。很快，救生艇的一角已经完全瘪了下去，然后浸入水中。

如果不能立即向救生艇充气，这只小艇很快就会沉下去，他们也会沦为鲨鱼的美餐。在日军轰炸机对他们进行扫射的过程中，一只气筒不见了，但是迈克和路易救生艇上的那只却留了下来。三个人立即抓过气筒，打开救生艇上的活塞，竭尽全力地向救生艇里打气。空气虽然流进了救生艇里，但是很快便顺着弹孔跑了出来。不过，他们很快发现，只要自己打气的频率足够快，虽然还会漏气，但打进的气体还是足够支撑救生艇膨胀起来的。于是，他们三个一边打气，一边对付着不断跃出海面的鲨鱼。

菲尔和迈克一边打气一边击退鲨鱼的进攻，而路易四下里摸索，然后一把拽起了工具包，里面装着一些修补材料、胶水和砂纸。如果要修补救生艇的话，首先要把救生艇的弹孔表面用砂纸打磨毛糙，然后再用胶水把补丁粘上去。然而想要修补救生艇，第一个问题就是这些砂纸是不防水的。当路易拿出砂纸浸入水中打磨救生艇时，上面的砂粒很快就被海水冲掉了。路易反复试了数次都不行，于是他开始诅咒那些设计这些用品的人们怎么会没有想到砂纸防水的问题。他必须找东西打磨弹孔周围的地方，这样才能把补丁打上去。他想了一会儿，然后把那块曾经用来向日本飞机反射太阳光的黄铜镜子拿了过来，然后用钳子把镜子铰出三个齿边。菲尔和迈克仍然拿着船桨在和鲨鱼拼命搏斗。

路易首先从救生艇顶部的漏洞开始打补丁。他从水里拉起弹孔区的橡皮，擦去表面的水分，然后尽量抬高，让它远离水面在太阳下晒干。接着，他用镜子的齿边在每个弹孔上切出一个“X”形的浅口。补丁材料的中间是橡胶，上下两层则是帆布。在划了“X”形的浅口以后，他剥去补丁的帆布表层，露出里面的橡胶，再用镜片把橡胶层打磨粗糙，涂上胶水，然后把补丁紧贴到弹孔上面。接下来，他只有等着太阳快点把胶水晒干。有时候，一个浪花打来，将刚补好的补丁全部打湿，而路易只好从头再来。

就在路易忙着修补救生艇时，鲨鱼也在不断对他进行侵袭。经过长时间的接触，这些鲨鱼已经变得越来越狡猾，它们不再急不可耐地跳起来盲目攻击，而是开始学会等待，伺机发动攻击。一旦菲尔和迈克的船桨落下，它们就会立即起身。一次又一次，它们从路易的背后扑了上来，可是路易忙着修补气孔无暇旁顾，迈克和菲尔就用船桨把它们驱赶开去。

就这样过去了不知多少个小时，三个人手脚并用，一刻也没有停歇，他们的身体因为疲惫显得越来越笨拙。对于这三个早已饥肠辘辘的人来说，给救生艇打气这样的任务也变得越来越艰难。一开始，他们站着用手打气，后来就变成了用胸口去压气筒。每个人都必须同时工作，一个负责打气，一个负责补船，一个负责驱赶鲨鱼，缺一不可。迈克第一次开始真正发挥作用，但是他几乎没有任何力气，所以干不了打气的活，但是他却用船桨驱赶走了一条又一条的鲨鱼。

夜幕降临了。没有灯光，路易就没办法继续修补救生艇。但是打气的工作却不能有丝毫懈怠。整个晚上，他们不停地向救生艇充气，最终他们的双臂几乎全部都失去了知觉。

第二天一早，路易又开始给救生艇打补丁，救生艇瘪下去的频率越来越缓慢，他们趁着打气的间歇能够稍事喘息。随着补丁慢慢开始发挥作用，三个人甚至能够轮流小睡一会儿了。

救生艇上面的弹孔已经补完了，剩下的问题就是如何修补救生艇底部的漏洞了。于是，他们三个都挤到救生艇的左边，好让救生艇右边的气孔露出来，然后把充气孔上的气塞打开，再把右侧的气放出来，救生艇的右侧渐渐瘪下去。接着，他们又把瘪下去的那个部分翻转上来，擦干弹孔旁边的水迹，等太阳把它晒干。随后，路易开始打补丁。当右边救生艇底部的洞补得差不多时，他们重新把气打满，让救生艇右边膨胀起来。最后，他们三个重新爬到刚刚补好的这边，把左侧放气，开始修补这个部分的弹孔。一旦有浪花砸下来，浸湿了补丁，路易就得重新修补。

最后，他们终于把能找到的弹孔都补上了。可是看着救生艇周围，仍然不断有气泡从救生艇底部冒上来，他们知道有些洞是无论如何也难以补救的，只能让这些弹孔继续存在下去。不管怎么说，那些打好的补丁已经极大地减慢了救生艇瘪下去的速度。而且即使遇到大浪，补丁也没有开裂。到了白天，他们三个每隔 15 分钟给救生艇打一次气，而在晚上几乎不用打气。随着救生艇渐渐鼓了起来，基本上可以支撑他们漂浮起来，鲨鱼也随即停止了攻击。

失去菲尔的救生艇对他们来说是一个沉重的打击。他们不但丢失了存在那只救生艇上所有的储备物资，而且现在三个人只能蜷缩在一个只能容纳两人的救生艇里，根本无法挪动身体。不管是谁想要有所动作，都得要求另外两个人腾出一些空间。救生艇里的空间实在太小了，路易、菲尔和迈克只好轮流舒展双腿。到了晚上，他们也只能头脚倒置着偶尔小憩。

不过，日军战机的扫射却为他们带来了两个好处。第一个好处，那只被打烂的救生艇可以进行充分利用。路易把表皮撕烂，剥开两边的橡胶层，取出了里面的帆布，这样他们就有了一张又大又轻的床单。白天的时候，这张床单可以遮挡烈日的炙烤，而到了夜晚就可以用于抵御寒冷。

另一个好处是，这架日军战机为他们带来了宝贵的信息。当三个人终于从漏气的救生艇和鲨鱼的攻击中得以喘息时，他们开始对那架日本轰炸机进行分析。经过讨论，他们认为飞机要么是从马绍尔群岛过来的，要么就是从吉尔伯特岛过来的。他们一直认为自己是在向西漂流，如果事实和他们的估计相一致的话，那么他们和马绍尔群岛之间的距离与吉尔伯特群岛之间的距离应该大致相等。于是他们猜想，那架轰炸机很可能是在进行海上搜索时发现他们的。美军战机在每天早上七点钟起飞，如果日本人的搜索程序与美军相同，那么他们的救生艇距离陆地只需要几个小时的时间。

在大致估算了那架轰炸机的巡航速度和范围以后，他们计算出飞机花了多长时间抵达他们所在的地点，最后得出他们距离日本军事基地的距离。在比较计算了这些数据之后，他们认为自己距离那架轰炸机所在的基地大约只有 700 英里。如果这个数据准确的话，那么他们正处于马绍尔群岛和吉尔伯特群岛东部 2 000 英里开外，迄今为止他们已经漂过了一半以上的距离，而且仍然在以每天 40 多英里的速度漂流着。菲尔把这些数据全部考虑了一遍，感到大吃一惊。在此之前，他们并没有想到自己会向西漂过这么远的距离。

获得了这些数据以后，他们开始计算自己大约还要多久才能抵达陆地。菲尔猜测，他们应该在第 46 天到达，而路易则认为是在第 47 天。假使这些数据大致正确，他们创造的纪录相当于埃迪·里肯贝尔在海上漂泊时间的两倍以上。这也就意味着，他们还得在救生艇上继续漂泊三个多星期。

但一想到将来可能面临的种种灾难，三个人都不寒而栗。轰炸机的扫射让他们确认了此前曾听到过的关于日本人的传闻。然而无论如何，他们最终知道了自己的方位，这是一件让人感到庆幸的事情，至少他们知道了在前方多远的地方就是陆地。虽然再次踏上土地的日子可能遥遥无期，但是这次轰炸机的扫射还是多多少少给他们带来一丝生还的希望。

然而，在路易和菲尔对自己的前途进行预测时，迈克始终黯然神伤、一语皆无。

云端歌声

路易坐在救生艇上，静静地望着海面。菲尔睡着了，而迈克仍然处于一种极度紧张的情绪中，惶惶不安。

两条大约 8 英尺长的鲨鱼悄无声息地游近了救生艇。每当它们掠过救生艇时，路易都会凑近看清它们的皮肤。他一次又一次地用拳头击打鲨鱼的鼻子，却从未真正感受过它们的皮肤。人们都说它们的表皮像砂纸般粗糙，于是路易好奇地将一只手伸进海水里，当鲨鱼游过他们的救生艇时，他就轻轻地把手放到鲨鱼的皮肤和鱼鳍上。正如人们所说的那样，它们的皮肤异常粗糙。每当这些海中猛兽掠过救生艇时，路易就能听到嗖嗖声。而当第二条鲨鱼掠过时，路易也同样用手轻轻抚摸它的表皮。真美，他想。

这样平静的状况并没有持续多久。路易很快就注意到了异常——两条鲨鱼突然都游走了。这四个星期以来，鲨鱼还从来没有放弃过对路易他们的追逐，而现在却突然悄无声息地退去了。路易跪了下来，斜倚着身子尽量向外探去。透过无尽的海水，路易想看看海水里到底发生了什么，却一无所获。他感到困惑极了。

突然，刚刚还被自己触摸过的一条鲨鱼以极快的速度跃出海面，张开血盆大口，向路易这边直冲过来。路易慌忙用双手挡住脸颊。鲨鱼头部撞到了路易的头上，并且挣扎着向路易咬去。路易的双手紧抓鲨鱼的鼻头，挣扎着把鲨鱼推开。鲨鱼掉进了海里，溅起了阵阵浪花。不一会儿，另一条鲨鱼也一跃而起扑向路易。路易抓过一只船桨，拼命击打鲨鱼的鼻子，鲨鱼退了回去，落入了海里。没有想到，第一条被击退的鲨鱼竟然又从海里翻身跃起，直冲路易，路易应接不暇，还没有抽回伸出去的手，却只听得身后有人挥舞着船桨将鲨鱼一棒打回了海里。让路易吃惊的是，救了自己的并不是菲尔，而是迈克。

路易还没来得及感激迈克，其中一条鲨鱼又跳了起来，紧接着另一条也跳了起来。路易和迈克并肩而坐，手握船桨，每次鲨鱼跳起，他们就挥动船桨重击鲨鱼。迈克像完全变了一个人似的，不久前，他还在游离状态，而现在，他全身都涌动着无穷的力量。

这样持续了几个回合，鲨鱼不断从相同的地点跃起，张开嘴巴向救生艇上的人俯冲。几分钟之后，这两条鲨鱼放弃了攻击。路易和迈克筋疲力尽地瘫坐在救生艇上。而菲尔也早就被这一动静吵醒了，但是由于只有两支船桨，他只能目瞪口呆地坐在一旁看着路易和迈克击打鲨鱼。对于鲨鱼的举动，菲尔同样感到不可思议。

“这到底是怎么回事？”菲尔问道。

路易高兴地望着迈克，感谢他的帮助，并且告诉迈克自己为他感到骄傲。这时，迈克全身瘫软地倒在了船底，一边微笑着望着路易。他刚才的举动已经完全透支了所剩的体力，但是他的表情不再像刚才那样惊魂未定了。迈克正在学着战胜自己。

对鲨鱼的突然袭击，路易感到恼怒不已。他原本以为，只有在人类侵犯了鲨鱼的领地，比如掉入海水中时，鲨鱼才会发动攻击。而如果他们留在自己的救生艇上，鲨鱼是不会主动攻击他们的。他原以为可以和这些海洋动物相安无事，井水不犯河水。让他没有想到的是，它们竟会无缘无故地对他们发起进攻，这不但打破了原本的公平状态，而且异常狡猾。路易忧心忡忡地考虑了一整夜，思索着该如何对付这些令人憎恨的鲨鱼。最后，路易拿定了主意。既然鲨鱼是想吃掉他，那么他就要主动去吃掉那些鲨鱼。

路易跪在救生艇边缘，观察着鲨鱼的一举一动，希望找到瘦弱一点的鲨鱼。一只大约 5 英尺长的鲨鱼游了过去，路易想拿它开刀。于是他和菲尔一起想了一个主意。

他们的救生艇上还留有一点诱饵，可能是他们吃掉最后一只海鸟后剩下的动物尸体。菲尔把这点诱饵挂到鱼钩上，然后在救生艇的一端将鱼钩放进海里，而在救生艇另一端，路易跪在救生艇上，面朝大海。鲨鱼闻到了诱饵的味道，游近了菲尔，它摆正身体，将尾巴对着路易。路易努力保持着平衡，倾斜着身子探出救生艇，把手伸入水中使劲抓住了那条鲨鱼的尾巴。鲨鱼晃动着尾巴想挣脱路易，但是路易紧紧抓着鲨鱼不放，鲨鱼用力挣扎，路易一下子被鲨鱼拖出了救生艇，掉进了海里。但是，路易仍然紧紧抓住鲨鱼不放，鲨鱼恼羞成怒，奋力地摇摆着尾巴想甩掉路易。路易一翻身迅速跳进了救生艇，连自己都对自己的速度感到惊异，后来他根本记不起自己是如何回到救生艇上的。

全身湿漉漉地回到救生艇上，路易对刚才的一切感到后怕极了。他重新思考了自己的计划，并且意识到自己过于低估了鲨鱼的力量，因为它们比自己想象的强壮得多。路易的第二个错误在于，不应该为了抓住鲨鱼而失去自己的平衡。第三个问题是，他不该让鲨鱼的尾巴仍然留在海里。鲨鱼在水中来去自如，自然会拼命反抗。想好了这些事情以后，路易准备等待机会，对另一条小一些的鲨鱼下手。

没过多久，一条体型更小一些的鲨鱼出现了，当它游到路易身旁时，路易估计这条鲨鱼大约有 4 英尺长。这次路易仍然跪在救生艇的旁边，但他双膝张开，轻轻向船外探去，保持了自己身体的重心。而菲尔趁机把诱饵挂到鱼钩上放入海水里。

这条鲨鱼果然闻到了诱饵的味道，并且迅速向菲尔游了过来，路易立刻用双手抱住鲨鱼的尾巴，用力把它拉出水面。鲨鱼拍打着海面拼命挣扎，但既没有办法摆脱路易，也无力把路易拖进海里。路易使劲把它拽进了救生艇。这条鲨鱼扭曲着身体拍打着救生艇，而菲尔则一把抓过一枚信号弹塞进了鲨鱼的嘴里。路易双手按住鲨鱼，拿住一把螺丝刀向鲨鱼的眼睛捅了下去，并且一刀毙命。鲨鱼立即停止了挣扎。

在夏威夷进行的求生训练中，路易知道了鲨鱼的其他部分都有毒，而只有肝脏是可以吃的。而想要剖开鲨鱼取出肝脏，却不是件容易的事。即便是用刀子，也不一定能轻而易举地划破像盔甲一般坚硬的鲨鱼皮，何况他们手里只有一面有齿边的镜子呢。不知道锯了多久，路易才终于把鲨鱼皮锯破了。而鲨鱼皮下的肉却放出一阵浓郁的氨气。路易把鲨鱼的肝脏切出来，很大一块。他给迈克切了很大一块，然后和菲尔分吃了剩下的部分。

在 5 月 27 日的早餐以后，这是他们第一次吃饱饭。吃完了鲨鱼肝，剩下的鲨鱼肉发出阵阵恶臭，他们把那些鲨鱼肉丢到了海里。后来，他们使用相同的办法又抓住了第二条鲨鱼，同样剖开鲨鱼吃了肝脏。

而在鲨鱼鱼群中，路易他们吃鲨鱼的消息似乎不胫而走。再没有小鲨鱼敢靠近救生艇了。偶尔会有些身长 12 英尺的大鲨鱼笨拙地游过救生艇，路易想了想，还是没有冒险对它们下手。所以很快，救生艇上的落难者们又开始遭到饥饿的侵袭。

迈克的状态每况愈下。他几乎一动不动地躺在救生艇上。虽然三个人的体重都在锐减，但是迈克瘦得最厉害。他的双眼深深地陷在眼眶里，毫无生气地望着一切。

大约在第 30 天的傍晚，三个人像往常一样向自己身上浇海水取暖。深蓝色的天空中，星星在闪闪发光，月光照耀在海面上，一切都显得那样静谧。三个人渐渐睡去。

睡梦中，路易突然听到一阵巨大的撞击声，与此同时感到一阵刺痛，紧接着就是失重的感觉。他睁大了眼睛，吃惊地感受着身边的一切。他突然意识到，他、迈克和菲尔正被悬在半空中。突然，他们又猛地掉到了救生艇上，在慌乱之中，三个人抱成了一团。有什么东西正在撞击着救生艇的底部！这个东西的力量奇大无比，而平时他们所见的普通鲨鱼根本不会有这样的力气，也没有鲨鱼对他们做出过这样的举动。

从救生艇的边缘向外望去，他们看到海面上露出了一个庞然大物：它有着巨大的白色嘴巴、宽阔的背脊和长长的鱼鳍，在月光下，这个庞然大物像幽灵一样阴森恐怖，至少有 20 英尺长，这个长度是救生艇的 3 倍以上。根据自己从前在求生训练过程中学到的内容，路易确定这是一头大白鲨。

三个落难者惊恐地看着眼前的庞然大物，一句话都不敢说。这头大白鲨仿佛是在研究救生艇，它游到救生艇的一端，尾巴则绕过来包着救生艇，围住三个人游来游去。然后，它停住了，嗖嗖地挥动着自己的尾巴，把尾巴伸进救生艇里，把救生艇推到了一边，溅起了阵阵水花。路易、迈克和菲尔坐在救生艇的正中，紧紧挨着彼此，一动不动。鲨鱼开始游到另一边，路易压低声音提醒道：“千万不要出声！”紧接着，救生艇又剧烈地晃动了起来，水花溅进救生艇里，大白鲨用尾巴拍打着救生艇，救生艇不断地颠簸摇晃。

一圈又一圈，大白鲨不断围着救生艇绕来绕去，每次拍打尾巴，都把救生艇里的人淋得透湿。它好像是把救生艇当成玩具，在嬉闹。每次鲨鱼绕过，救生艇上的三个人就会瑟缩成一团，等待救生艇被掀翻，他们掉进海里。最终，那条大白鲨仿佛是玩累了，潜入了大海深处，海面恢复了平静。此后，它再也没有出现。

路易、菲尔和迈克重新躺下，惊魂未定的三个人泡在溅进来的海水中，谁也没能再次入睡。

最后一只信天翁落到了救生艇上，路易一把逮住了它，把它的头拧了下来，将鸟身递给了菲尔。菲尔接过，倒提着将鸟的脖子放到了迈克

1943年5月26日，飞机失事前一天的弗朗西斯·麦克纳马拉

（本图片由路易·赞贝里尼提供）

弗朗西斯·麦克纳马拉（“迈克”）

（本图片由路易·赞贝里尼提供）

的嘴上，让鸟血流到迈克的嘴巴里。路易和菲尔用海水沾着信天翁，狼吞虎咽地咀嚼着最后的食物。他们给迈克喂了一些鸟肉，但是迈克并没有因此重新焕发神采。

在接下来的几天里，迈克开始变得意识模糊，偶尔气若游丝地自言自语。他的饮用水早已告罄。当菲尔打开水壶抿一口水时，迈克便会向菲尔讨水喝。菲尔的水也已经所剩无几，对他而言，缺水已经变成上天对他最残酷的考验。他知道自己水壶里仅存的雨水，对自己的生死有着决定性的作用。他不能救迈克。菲尔轻轻地对迈克说，他的水已经不够了。路易很同情菲尔，他不忍心拒绝迈克的要求，拿出自己的水壶，让迈克喝了一小口。

那天晚上，菲尔听到了一个孱弱的声音，是迈克在说话，迈克问路易自己是不是快要死了。路易望着迈克，迈克也正看着他。路易觉得，如果这个时候还对迈克说假话，那就是对他的不敬了。至少在死以前，他应该让迈克把想说的和想做的都说出来。于是路易告诉迈克，他可能会在半夜死去。之后，迈克没有再说什么。菲尔和路易重新躺下，用胳膊抱住迈克，睡了过去。

那天晚上不知道什么时候，路易在梦中听到一阵急促的喘气声，迈克缓慢而吃力地向外大口吐着粗气，这是他最后的呼吸。他也知道，自己走到了生命的尽头。

弗朗西斯·麦克纳马拉中士在自己生命的最后一次航行途中，一次吞食了救生艇上仅存的所有的巧克力，使他和另外两个人都陷入了极大的危机之中。然而，在他生命的最后日子里，他乘坐着一只漏了气的救生艇，一边与不断攻击他们的鲨鱼进行了坚持不懈的搏斗，在这番挣扎中，他用尽了自己的一切能量。这种抗争延迟了他的死亡，但并没有最终拯救他的生命。然而他的努力却对路易和菲尔的幸存有着非凡的意义。如果迈克没有从爆炸中幸存下来，路易和菲尔很可能早在第 33 天的时候就已葬身茫茫大海。在短暂生命的最后时间里，迈克用自己的行动救赎了自己。

第二天早上，菲尔用不知哪里来的，很可能是那只废旧救生艇上剥落的一块橡胶皮裹住了迈克的尸体。他们两人跪在迈克的身旁，轮流赞美着迈克生前的美德，并且同样也谈起了迈克对比萨饼的痴迷。路易很想为迈克说一段《圣经》祷词，但却不记得确切的语句，他结结巴巴地背诵着电影里常见的台词，结尾时念道，他们将要把迈克的遗体交给大海。路易为自己和菲尔祈祷，他向上帝发誓，如蒙获救，终身事主。这一切做完以后，路易抱起用橡胶皮包裹着的尸体，他感觉迈克的尸体不会超过 40 磅。路易在救生艇旁边弯下腰去，轻轻将迈克送入海里。迈克的尸体沉了下去。鲨鱼并没有理会。到了第二天晚上，路易和菲尔已经度过了他们在救生艇上的第 34 天。虽然他们自己并不知道，但是这已经打破了乘坐救生艇海上漂流的世界纪录。救生艇继续一路向西漂流。骤雨时不时地落在这只简陋破旧的救生艇上，这让路易和菲尔有了一定的淡水来源。与此同时，由于淡水只需要供给两个人而不再是三个人，路易和菲尔可以喝到更多的水了。路易用自己的军衔徽章做成了一个鱼钩，并且在鱼钩断裂前成功地捕到了一条鱼。

菲尔和路易几乎可以透过皮肤看到自己大腿骨的关节，他们的双腿已经瘦得像鸟腿一样纤细，所以膝盖明显地突了出来，可是腹部却深陷进去，肋骨也一根根清晰地显现出来。两人的胡子像杂草一样乱蓬蓬的。他们的皮肤开始泛黄，身体由于长期浸泡在盐水中而感到疼痛难忍。他们用焦灼的双眼望着遥远的海平线，希望能够看到陆地的一丝踪影，但是却一无所获。他们的饥饿感开始变得越发微弱，这是一个不祥的兆头，因为这意味着他们已经达到了饥饿的极限。

一天早上，当路易和菲尔醒来时，一切都显得异常平静，他们习以为常的波涛声消失了，救生艇一动不动地停在海面上。海面上一丝风都没有，海水像绸缎一般向四面绵绵不尽地延伸开去，和倒映在海里的蓝天白云融为一体。就像古时的水手那样，路易和菲尔已经到达了赤道无风带。在赤道地区，海风会突然消失，这时海水就诡异地静止下来。正如柯勒律治在《古舟子咏》中写道的那样，一切安静得“就像一幅画中的航船，停在一幅画中的海面”。

这真是一种非同寻常的体验。菲尔抬起头来，一边望着湛蓝的天空，一边喃喃自语。海面平静得像镜子一般，仿佛可以走在上面。不远处，一条鱼从海里跳了起来，水花溅起的声音清晰可闻。路易和菲尔看着鱼跳入海里之后的涟漪一圈圈向外散去，最终又恢复了一片寂静。

两个人说了一会儿话，分享着他们对这个世界的留恋。接着，他们满怀虔诚地继续保持沉默。他们身体的痛楚仿佛停止了一般，既不感到饥饿，也不感到口渴，他们仿佛没有了意识，对即将到来的死亡毫无知觉。

当他们望着这寂静而美丽的世界时，路易的脑海里冒出了一些始终挥之不去的念头。以前他曾观察过海鸟捕鱼的过程，因此对海鸟在潜入海中时能够不受海水折射影响而准确瞄准目标的能力惊讶不已。除此之外，他对鲨鱼完美的体形曲线、色彩渐变的表层皮肤以及它们在水中敏捷的滑行方式都自叹弗如。他甚至想到自己年少时，在印第安人的保留地卡维拉，曾经躺在赞恩·格雷家的屋顶上，远远遥望太阳落山时的美景。他感到，这些美不胜收的景色，在自己的整个人生中都可遇而不可求。漂浮在赤道无风带的这一天，对路易和菲尔来说，一定是上帝特地赐予他们的一件充满怜悯的礼物。

在愉悦和感恩的情绪之中，路易和菲尔静静等待着死神的到来。那一天，他们一直沉浸在大自然的美景之中，直到太阳落山。而他们的命运也从那天起开始发生了彻底的改变。

和他们日渐消瘦的身体一样，他们的意识也慢慢地变得迟钝模糊起来。但在救生艇上这超过 5 个星期的苦难磨炼，却让路易和菲尔有着惊人的冷静和沉着，他们相信自己正变得越来越理智。他们不断地相互提问，以测试对方的神志，先是倾听对方的讲述，然后开始追问其中很小的细节。他们甚至教对方唱歌，同时在自己的想象中烹制一顿美味佳肴。

路易越来越觉得他们的救生艇真是一处不可多得的避难所。相比海上，陆地世界显得那样喧嚣和嘈杂。而在大海上，救生艇漂浮在水中几乎毫无声响，除了救生艇本身的橡胶味以外，几乎没有别的味道。他的舌头上也什么味道都没有，海面上除了鲨鱼的鱼鳍时隐时现，几乎看不到其他鱼类，极目望去永远都是海天相接。时间仿佛静止了，他的思维逃离了世俗的一切，自由自在地在大自然中徜徉。在这样的环境里，他可以想象自己在任何地方咆哮，他觉得自己的思维既清晰又敏捷，无拘无束地任由自己的想象力不断蔓延，甚至可以持续好几个小时思考也不觉得疲倦。

他一直都喜欢回忆美好的往事。而在救生艇上，他的记忆变得愈加清晰。他甚至还能回忆起很久以前的事，或是记起某些从来不曾想到的细节。有一天，当他试图回想自己最初的记忆时，好像看到了一幢两层楼的房子，房子里的楼梯被分成了两段，每一段有六级楼梯，两段楼梯之间有一个平台相连。一个幼小的孩子沿着楼梯向上爬去。当他爬过了第一段的六级楼梯以后，还要穿过平台爬向上一段楼梯，这时一只大黄狗站在他的面前，保护着他，以免他从平台旁边摔下去。那是他父母的爱犬阿斯吉姆，当路易还很小的时候，他的父母就在奥利安开始喂养阿斯吉姆。在此之前，路易从来没有记起过阿斯吉姆。

在第 40 天的时候，路易和菲尔一起静静地躺在救生艇里，身上盖着从那只报废的救生艇上撕下的帆布。突然，路易坐了起来，他好像听到云端传来一阵歌声。他侧耳倾听，好像是合唱！路易轻轻地捅了一下菲尔，问他是否听到过什么声音。菲尔回答说没有。路易掀开帆布，眯着眼睛仰望天空，只见这里还是一如既往地平静，别的什么也没有。

天空中飘着洁白的云朵，路易看着一朵朵白云的轮廓，仿佛看到了一个个人的影子。他数了数，一共 21 个，他们齐声唱着美妙的歌曲，这是他从未听过的天籁之音。

路易静静地盯着天空，惊讶地倾听着歌手们的吟唱。他知道自己听到的和看到的都是不存在的，而它们却依然那么清晰地出现在他的脑海里。路易十分确信这根本不是幻觉，也不是幻听，他仿佛已经置身于那些歌手之中，就坐在他们的身旁，聆听他们的浅唱低吟，然后跟着他们一起歌唱，直到他们的歌声渐渐消失为止。

然而菲尔却什么也没有听见，什么也没有看见。因此路易认为，无论这意味着什么，这是只属于他一个人的记忆。

两个濒临死亡的人继续在大海上漂泊。一个星期过去了，他们没有进食，没有喝到一滴水。救生艇快要支撑不住了，那些补丁已经开始脱落，有些弹孔开始重新冒泡。救生艇撑不了多久了。

仰望天空时，菲尔注意到了一些不同寻常的情形。鸟儿好像越来越多了，而且开始隐约听到飞机声，偶尔还会看到一两个小黑点飞过天空，有时则更多，发出嗡嗡的声响。在此之前，他们所在的海域距离飞机搜索的范围过于遥远，而现在他们已经向西漂泊了很久。根据他们的推测，这些黑点应该是日本人的飞机。又过了几天，天空中的小黑点越来越多，每过一天，小黑点经过他们的时间就早一点。

路易开始喜欢上了这些小黑点。正是它们唤醒了日出，带来了温暖。每天早上，路易都躺在救生艇上远远地望着地平线，等待着它们的出现。在 7 月 12 日清晨，这既是他们在海上漂流的第 46 天，也是菲尔预计他们能够到达陆地的那一天，太阳还没有升起，天空一片暗淡，只有一丝微弱的光线透过云层照射下来。菲尔和路易担忧地望着天空，海风呼啸，浪花四溅。海浪把他们的小艇推到了一个让人眩晕的高处。路易望着翻滚的海浪，发出会心的微笑。菲尔也好像在享受着狂风暴雨的洗涤。他面朝着浪花，毫不畏惧一个接一个拍打过来的浪花。

在他们的西边，有什么东西忽隐忽现，但是它距离路易和菲尔太远了，只有在浪花把救生艇冲到高处时，才能大约看到轮廓。那是一个低矮的灰绿色物体，在海平面上忽上忽下。对于最初看到的景象，路易和菲尔各执一词。但是，当大海把他们托到高处，推着他们向西前进时，他们同时睁大眼睛，终于看清了那是什么。

一座岛屿。

台风大作

一整天里，海面上都阴云密布，疾风劲吹。路易和菲尔乘风破浪，睁大自己酸涩的双眼不断向西张望。他们满怀期待地眺望着远处的地平线，希望能够尽量看清楚前面的那块陆地，这让他们既振奋又疲惫。水流不断推着他们向西前进，远处的岛屿越来越清晰地映入眼帘。就在不远处，浪花仿佛在撞击着什么，形成了一条明亮的白色海岸线。不过，那既可能是岛屿，也可能是暗礁。到了下午，他们清清楚楚地看见了两座岛屿，接着又看到了十几座小岛，这些岛屿连在一起，就好像一节节火车车厢一样。路易和菲尔曾经在脑海里成千上万次地设想过他们看到陆地的情形，他们本以为自己一定会欣喜若狂。然而当他们真的看到海岛时，他们的内心却异常冷静。路易和菲尔冷静地考虑了眼下的形势，他们的身体极其虚弱，已经无力再承受任何意外事故，而现在的情况却相当紧迫。在他们的上空，乌云密布，一场疾风骤雨蓄势待发。

在参加军事训练时，路易和菲尔就已对太平洋中心的地理情况了如指掌。因此他们几乎可以肯定，前面的岛屿是吉尔伯特群岛或马绍尔群岛的一部分，属于日军占领区域。但是，在这两座群岛中间还有几十个环礁和小岛，而日本人很可能没有在这些小岛上驻军。路易和菲尔决定先在海岸线旁探查，找到一个无人居住的孤岛，或者只有土著人居住的岛屿。于是，他们在波涛汹涌的海面上沿着海岸线划桨，打算等夜幕降临时再登陆。

天空突然电闪雷鸣。顷刻之间，滂沱大雨从天而降，远处的岛屿在视线中消失了。海面开始涌起滔天的波浪，海风推着救生艇迎面朝着浪花扑去，浪花翻腾起来，托着救生艇忽上忽下，一时在浪顶距离水面 40 英尺，一时又坠入谷底被海水淹没。菲尔和路易很清楚他们现在的处境，即将到来的是一场台风。

浪花汹涌澎湃地迎上来，一会儿从侧面不断拍击着救生艇，一会儿又上下起伏想要将它掀入海中，救生艇随时都有可能翻倒。路易和菲尔拼命地向救生艇里舀水，以此给救生艇增加重量，好压住一个接一个的浪头。他们两个人分别坐在救生艇的两端，把自己的背压在救生艇底部，以降低自己的重心，从而保持平衡。他们清楚地知道，一旦被掀下救生艇，他们就再也不可能有力气爬回来。路易把救生艇的绳子缠起来，绕在中间的一个垫子上，然后穿过一个金属扣眼，最后绑在了自己和菲尔的腰上，并且拼命拽紧。他们双脚蹬在垫子上，身体尽量向后仰去。

夜幕降临了，暴风雨来势凶猛。这只小小的救生艇不知道越过了多少个滔天的浪花，上下颠簸了多久。当浪花每次托起救生艇时，就会在最高点把救生艇抛出去。在一片漆黑中，路易和菲尔觉得自己仿佛飞了起来，然后又重重地跌进海里。路易害怕极了，在“青蜂侠”号即将入水时他也没有这般恐惧。菲尔静静地躺在他的对面，一言不发。两个人都在想象着前面的岛屿，它仿佛触手可及，却很可能再也没有机会亲眼见到了。在接下来的任何一刻，他们随时都可能被掀到某个暗礁上，彻底丧失生存的希望。

那天夜里，不知从何时开始，暴风雨渐渐停了下来，转移到了下一个地点。（几天之后，一次灾难性的台风——几乎可以肯定就是导致这次暴风雨的元凶，在中国沿海地区登陆，一路摧毁房屋，掀翻电线杆，引发了大规模的洪水。）浪花仍然很大，但已经是强弩之末。路易和菲尔解下了缠在腰上的绳子，等待白天的到来。

在漆黑的夜幕中，他们能够闻到泥土的芬芳。雨水冲刷着植物，洗涤着生灵，仿佛整个岛屿都散发着一种独特的香气。这就是陆地的味道。整个夜里，路易和菲尔都沉浸在这种味道中，越来越难以自拔。天将破晓，他们听到了水流冲击礁石发出的声音。这时，路易和菲尔已精疲力竭，他们决定轮流睡觉，由一个人来负责观望。然而没过多久，两人都睡着了。

当他们醒来时，迎接路易和菲尔的是一个全新的世界。他们漂流到两座小岛的中间。他们向其中一座远远望去，看到了错落的草屋，结满果子的树，可是却杳无人迹。很久以前他们就听人说过，日本人所到之处，会把所有的土著变为奴隶，将他们全部驱赶出自己的家园。他们猜测，也许这个岛上的居民就遭到了如此厄运。路易和菲尔给自己满是水泡的双脚穿上鞋子，然后开始奋力朝岸边划去。突然，头上响起了飞机引擎的轰鸣声。他们抬头看了看，心想日本人应该是在进行例行的搜索，以这架飞机的高度来看，他们根本不可能看见海面上的救生艇。于是路易和菲尔继续前行。

在此之前，路易曾经预测他们会在第 47 天时发现陆地，而菲尔则估计是在第 46 天。事实上，他们是在第 46 天看见了陆地，而在第 47 天登陆岛屿，因此他们的估计都是正确的。

随着距离的拉近，他们看到了更多的岛屿。路易看见左侧有一座非常小的岛屿，他指着小岛对菲尔说，这座岛上竟然只有一棵树。然而紧接着，一件奇怪的事情发生了，那棵孤零零的树突然变成了两棵。路易和菲尔感到迷惑不解，但很快便恍然大悟。那根本不是什么小岛，那些竖起来的东西也不是树木，而是一艘船。由于船的位置和他们的救生艇是垂直的，所以一开始他们只看到船上的一根桅杆。后来由于方向的改变，后面的几根桅杆才渐渐显露出来。

路易和菲尔赶紧低下头。他们竭尽全力向海岸线划去，希望能在船上的水手发现他们之前着陆。然而一切都太晚了。那艘船突然调转了航向，朝路易和菲尔加速驶来。以路易和菲尔现在的速度，根本无法逃脱大船的追击。于是他们停止了划桨，准备接受即将到来的命运。

那艘船驶到了救生艇的旁边，路易和菲尔不禁向上张望。船头的一挺机关枪正好立在他们头顶的上方，甲板上站了一排日本人。所有人都全副武装，将枪口对准了路易和菲尔。

其中一个日本人解开了自己的衬衫，指着自己的胸膛。他似乎是想让路易和菲尔也这么做。路易一边解扣子，一边等待着日本人的子弹。然而，日本人却没有开枪，他们只是想看看路易和菲尔有没有携带武器。

一名士兵向救生艇放下了绳子，路易抓住了它。路易和菲尔想要借助绳子的力量爬到船上去，但是双腿却毫无力气。于是日本士兵又放下了救生梯，让两名落难者把自己绑了上去，然后再把他们拉到船上来。随后，他们把那只救生艇也拉了上去。在甲板上，路易和菲尔想要努力站起身来，但是他们的双腿完全不听使唤。日本人急不可耐地要路易和菲尔爬到他们身边去，他们只好手脚并用地在甲板上爬行。当他们爬到桅杆附近时，日本人把他们抓了起来，双手向后地把他们绑到了桅杆上。

其中一名士兵开始用日语向路易和菲尔训话，好像是在问什么问题。路易和菲尔胡乱回答着，试图弄清楚日本人想知道些什么。一名士兵拿出刺刀在路易面前晃来晃去，想把路易的胡子砍掉。而另一名士兵则用手枪抵住菲尔的下巴看了又看，接着又用手枪抵住路易。路易把头向前伸，希望日本人朝着他的前额瞄准。这样，当日本士兵开枪时，他就可以快速把头扭回来。果然，日本士兵射偏了，但是路易的头却重重撞到了桅杆上。

船长走上前来，大声训斥这些船员。整个气氛顿时发生了变化，日本人为路易和菲尔松了绑。有人给他们递上香烟，可是由于他们的胡子太长了，香烟竟点着了两人的胡子。于是又有人给他们递了两杯水，并给他们一人一块饼干。路易吃了一口饼干，含在嘴里细细品味，舍不得吞下。他慢慢地咀嚼饼干的香气，把掉下的饼干屑也吃得一干二净。这是八天以来，他吃的第一口食物。

另一艘船驶了过来，船员帮助路易和菲尔登上了这艘船，然后船开了。接着一名船员走了过来，给路易和菲尔带来了更多的饼干和一些椰子。一名年轻的水手走了过来，手上拿着一本日英字典，开始询问路易和菲尔。路易和菲尔简单地介绍了他们的经历。

没过多久，船就靠近了一座较大的岛屿。一名水手拿着绷带把路易和菲尔的双眼紧紧蒙上。紧接着又上来几个人，把路易和菲尔一左一右地搀着，他们分别抓住路易和菲尔的臂膀，半拖半拽地把他们带下了船。几分钟之后，路易感觉自己躺到了某个柔软的东西上，然后有人解下了他眼睛上的绷带。

此时，路易和菲尔正在一间医务室里，铁床上面放着柔软的床垫。他们身旁有扇小小的窗户，透过窗户，他们能够看到日本士兵正在用靶子练习刺杀。一名日本军官和路易身边的日本人说了几句话，然后又用英语说了一遍，又慢慢地重复了一遍，希望路易和菲尔能够听懂。

“这些是美国飞行员，”他说道，“对他们好点。”

一名医生面带微笑地走了进来，他一边给菲尔和路易检查身体，一边用英语和他们交流着。他往路易和菲尔的身体和灼伤的嘴唇上涂抹着药膏，然后用手检查按摸他们的腹部，又测了体温和脉搏，然后告诉路易和菲尔他们的身体一切正常。接着，有人帮助路易和菲尔站了起来，让他们轮流站到体重计上。整个过程中，路易和菲尔的身边都一直有人看护着他们，以防他们会因为双腿无力而跌倒。

刚刚登上“青蜂侠”号时，菲尔的体重大约是 150 磅。路易在到达夏威夷不久之后就开始记日记，根据他的日记记载，他最初的体重是 155 磅。在飞机失事前，由于从事体能训练，他的体重大约长到了 160 磅。而现在，菲尔的体重大约是 80 磅。至于路易，不同的人对路易当时的体重有着不同的记载，五英尺十英寸高的路易可能是 67 磅、79.5 磅，或者是 87 磅。无论确切的数字是哪个，路易和菲尔都只有原来体重的一半。

应医生的要求，有人拿来了一瓶苏联白兰地和两只杯子。路易和菲尔很快将它一饮而尽。然后他们又狼吞虎咽地吃了一大盘火腿鸡蛋、牛奶、刚刚出炉的面包和水果沙拉，并且还抽了几支香烟。随后，他们又被搀扶着来到另一个房间，坐在一群日本军官面前。路易和菲尔形容枯槁，皮肤已经被染成了黄色，这让他们面前坐着的那群日本军官目瞪口呆。一名会讲英语的军官询问路易和菲尔，为什么会在海上漂流。路易讲述了自己的经历，日本人一边静静地听，一边看着地图追踪他们的行程。

路易和菲尔只知道他们一开始坠落的地点，但是对现在的归宿却毫无头绪。日本军官告诉他们，现在他们正在马绍尔群岛的一座珊瑚岛上。这就意味着，路易和菲尔已经漂流了 2 000 英里。

越来越多的日本人凑了上来，他们打量着路易和菲尔的救生艇，数着上面的弹孔。救生艇上总共有 46 个弹孔。好奇的日本士兵还想要摸一摸路易和菲尔，但是被军官制止了。一名军官问路易那些弹孔是从哪里来的。路易回答说，一架日本轰炸机对他们进行了扫射。然而，那些日本军官却一脸难以置信地说，这根本不可能，因为这是违反军事法的。路易详细地描述了那架战斗机的情况和攻击的过程，那些日本军官面面相觑，再也没说什么。

日本人搭起了两张床，并且告诉路易和菲尔，他们可以想睡多久就睡多久。此时的路易和菲尔睡在干净柔软的床单上，他们不再饥肠辘辘，也不再疼痛难忍，并且为自己受到如此善待而心怀感激。菲尔长吁了一口气，心想：这些人一定是我们的朋友。

路易和菲尔在船上的医务室里待了两天，一直受到日本人无微不至的关心和照顾。到第三天时，一名日本副官来到医务室，给他们带来了牛肉、巧克力和椰果，这些都是上级委派他送来的。与此同时，他还带来了一条消息：有一条货船会把路易和菲尔转移到另一座珊瑚岛上，但是这座岛屿的名字让路易感到不寒而栗——夸贾林环礁。"夸贾林环礁"又名"死亡之岛"，这是一个因处决犯人而著称的小岛。

路易一生都无法忘记那个日本军官当时所说的话。"你们离开这儿之后，"他说道，"谁也没有办法保证你们能够活下来。"

货船在 7 月 15 号抵达目的地。路易和菲尔被押上了货船，并且被分别囚禁起来。船长送给路易和菲尔大量的食物。他们都逼迫自己尽可能多吃一些。

饥饿所引起的恶果之一就是，虽然身体由于缺乏食物濒临崩溃，却会对最初摄取的食物进行排斥。珊瑚岛上的食物非常符合路易和菲尔的胃口，但是货船上的食物却并非如此。整整一天，路易几乎都趴在船舷旁边，弯腰驼背向海里呕吐，身边还站着一名看守他的卫兵。菲尔的状况也毫无二致，很快就把自己吃进去的食物泻了出来。那天晚上，他被人搀着，至少去了六趟厕所。

货船抵达夸贾林环礁后，日本人开始变得冷酷起来。路易和菲尔再次被蒙住双眼，然后带上了一艘驳船。当驳船停下来后，他们被举了起来，有人扛着他们向前走。路易感觉自己上下颠簸，接着便被丢到了一个硬硬的东西上。菲尔随后摔在了他的旁边。路易小声对菲尔说了一句什么，立即有人用靴子朝他狠狠踢了一脚，一个声音吼道："闭嘴！"

接着便传来了发动机的声音，他们又开始转移了。他们坐在一辆卡车的后面。几分钟后，卡车停了下来，路易被拽了出去，重新由人扛了起来。他感到背他的人向前走了几步，上了两级楼梯，身边的光线变得更暗了。路易感觉菲尔已经不在他身旁了，紧接着他迷失了方向，随即被人向后重重地抛了出去。路易的背摔到了墙上，整个人都落到了地板上。有人猛地拉掉了他眼睛上的绷带。然后就听到房门被“砰”的一声关上，紧接着是锁门的声音。

一开始，路易几乎什么都看不到。这里伸手不见五指，路易简直不知道该看哪里。他的大脑飞速转动着，思考着究竟发生了什么事情。几个星期以前，他们一直生活在一个开阔的环境中，如今突然被关押到一个漆黑的房间里，他甚至无法忍受这种来自四面八方的压迫感，顿时感到惊慌失措。

慢慢地，路易平息了自己的紧张情绪，开始适应周围的黑暗。他意识到，自己被关进了一间木制的牢房。这间狭小的牢房大约一人高，宽则不过他的肩膀。他头顶上则是茅草做的房顶，大约距离地面 7 英尺。唯一的窗户就是牢门上大约一英尺见方的一个小洞。地板上铺着肮脏不堪的沙砾，还有蛆在地上蠕动。耳边不断响着苍蝇和蚊子的嗡嗡声，它们已经开始向路易涌来。地上有一个洞，埋着一个水桶，是用来排泄的。牢房里闷热压抑，空气仿佛静止了一般，不时散发着粪便的恶臭。

路易向上望去，在微弱的亮光中，他看到了墙上刻着一些字：1942 年 8 月 12 日，9 名海军陆战队员被困于马金岛。在这排字的下方，还写着一排名字：罗伯特·阿拉德，达拉斯·库克，理查德·戴维斯，约瑟夫·吉福德，约翰·科恩斯，奥尔登·马蒂森，理查德·阿尔伯特，威廉·帕勒森和唐纳德·罗伯顿。一种强烈的不祥感涌上路易的心头。

于是，路易呼唤着菲尔的名字。菲尔回应了路易，但是声音遥远而微弱，大约是在路易的左方。和路易稍有不同的是，他被囚禁在走廊尽头一个肮脏的洞穴里。两个人相互询问了彼此的情况，他们都知道这很可能是他们的最后一次交谈，没有道别的机会了。一名卫兵正在走廊里看守着他们，路易和菲尔什么都没有再说。

路易看了看自己的身体，曾经在瓦胡岛上强健有力的双腿如今变得瘦骨嶙峋，一度充满活力的身体也只剩下皮包骨头，而且上头爬满了寄生虫。

他不无悲哀地想到，现在的自己很快就会变成一个只有呼吸的活死人。

路易的精神彻底崩溃了，开始绝望地低声哭泣。他把头埋进双腿中，好遮住自己的声音，以免被卫兵听到。

UNBROKEN

第四章 战俘营：不屈岁月

活死人

突然，什么东西从窗户掉进来，“砰”的一声砸在地上，碎成了小块。路易凑过去一看，原来是水手的标准伙食——两块压缩饼干。此外，在窗台上还放着一小杯茶，但是茶的味道实在太淡了，几乎与白开水无异，而杯子也实在太小了，一口就能咽下。菲尔也得到了一份食物，却没有热茶。和路易一样，他爬了过去，捡起地上的饼干碎块，然后全部倒进了嘴里。

牢房外面忽然传来了一阵阵脚步声。有人朝路易这边走了过来，用英语亲切地喊着他的名字。路易盯着来人看了看。

这个人是夸贾林环礁的一个土著，他向路易解释说，他们两个流落至此的美国飞行员成了全岛最热门的话题，一个体育迷甚至叫出了路易的名字。他喋喋不休地谈论起径赛、足球、奥运会，只有需要问路易问题时才会停下来。当路易每说上一两句，这名土著就开始滔滔不绝地自言自语。

几分钟以后，这名土著看了看自己的手表，说他必须离开了。路易问他，墙上刻着的这些海军陆战队员的名字是什么意思。就像刚才一样，他满不在乎地答道，这些人都死了。这座岛上的所有战俘都被处决了。

当这名土著走出去的时候，卫兵狠狠地瞪着路易，然后把手平放在脖子上，做了一个杀头的动作。他指了指墙上的那些名字，然后又指了指路易。

那天晚上，路易把头顶在门上，想要通过那个小孔尽量往远处张望。他刚刚把眼睛对准小孔，卫兵一把推开了牢门，抓住路易并将他的头摁在下水道上。路易挣扎了一下，却激怒了这名卫兵。于是他只好停止反抗，按照卫兵的命令躺了下来。他知道卫兵之所以让他保持这样的姿势，是因为可以从门上的窗户看清自己。在接下来的整个夜里，每隔几分钟，卫兵就会朝窗口张望，确保路易没有挪动身体。

★★★

第二天早晨，菲尔和路易仍然躺在那里一言不发，想到不知什么时候自己也许就会被拖出去执行死刑。几名卫兵一边大踏步地来回走动，一边皮笑肉不笑地咆哮着，冲他们比画着杀头的手势。

路易的消化系统变得越来越糟。他开始狂泻不止，腹部剧烈绞痛。因为外面全是苍蝇和蚊子，他扯过毛毯盖住自己的全身，只把屁股对着下水道。但是那个卫兵很快就过来，对着路易就是一巴掌，让他把脸对着下水道。

一天过去了。卫兵一共从门洞中扔了三个饭团进来，每个只比高尔夫球大一点点。有一两次，窗台上还会放一小杯茶，路易一口就灌了进去。

第三天、第四天就这样过去了。一周过去了。这里闷热极了，虱子在他们的身上爬来爬去。到处都是蚊子，路易一巴掌拍下去，然后张开拳头，手心全都变成了红色。他的痢疾变得越来越严重，甚至开始便血。每一天，路易都会大声喊着要看医生，后来终于进来了一名医生。只见他朝牢房里探头探脑地看了看，然后“扑哧”一笑就转身离开了。

路易和菲尔蜷缩着身体，躺在满是沙粒的地上，瘦得只剩下皮包骨头。路易央求卫兵拿一条毯子好让自己坐下，但没有人理睬。于是，路易努力伸展自己的双腿，挣扎着从地上站起身来，扶着墙支撑一两分钟，然后“扑通”一声就栽了下来。他开始怀念在救生艇上的日子。

由于严重脱水，一天两小杯茶根本不足以弥补路易流失的水分。他爬到门边，恳求卫兵给自己一些水。卫兵转身离开，然后端着一个杯子回来了。路易心存感激地靠近门口想要喝水，但是卫兵却把这杯滚烫的茶水泼在了他的脸上。尽管如此，口干舌燥的路易还是不停地乞求卫兵给他水喝。至少有四五次，卫兵都是同样的做法，最后路易的脸上烫满了水泡。路易知道，严重脱水会导致死亡，不过有时候他甚至希望自己真的能够一死了之。

一天，当他气息奄奄地躺在那里时，忽然听到耳畔传来一阵歌声。这阵歌声路易在救生艇上的时候就曾经听到过。于是，他环顾牢房四周，却什么也没有发现，只有歌声不绝于耳。路易索性侧耳细听，好像歌声中充满了希望。最后，这个声音变得越来越远，但是歌声却深深地印在了路易的脑海中。一个小时又一个小时过去了，路易开始不断虔诚地祈祷。

在走廊的尽头，菲尔的情况也极为糟糕。洞穴里到处都是老鼠，它们在他的便桶上爬来爬去，甚至在他的尿里四处打转。到了夜里，它们就会爬到他的脸上啃啮起来，导致他根本无法入睡。每过一段时间，就会有人用棍子驱赶着让他起来，然后站在一盆水前洗手洗脸。到那时，菲尔就会一头扎进盆里猛吸几口。

路易经常抬头盯着墙上那些海军陆战队员的名字，不知道他们是谁，不知道他们有没有妻子和孩子，不知道他们最后的结局如何。路易觉得这些人仿佛就是自己的朋友。一天，路易解开自己的皮带，取下皮带扣，在他们的旁边用力刻下了自己的名字。

路易不能和菲尔交谈，菲尔也不能同路易讲话，但是每隔一段时间，他们两个就会咳嗽几声或者跺上几脚，好让对方知道自己还活着。有一次，趁着卫兵离开牢房的工夫，即菲尔和路易第一次没有人看守时，路易听到菲尔的声音传了过来：

“会发生什么事？”

路易不知道该怎么回答才好。这时从走道的那头传来一阵重重的脚步声，他们俩顿时沉默了下来。

★★★

所有卫兵的态度都一模一样，他们一边恶狠狠地朝着这些战俘咆哮，一边做出杀头的姿势。他们几乎每天都会怒气冲冲地朝着菲尔和路易扔石块和点燃的烟头，冲着牢里吐痰，或者用棍子戳他们。每当有脚步声传来，路易都会希望美国胜利了，他们最终会从这里出去。但是，只要这里有两个以上的卫兵出现，情况就会变得更加糟糕。这些卫兵一个比一个残酷，似乎想要通过自己的暴行给对方留下深刻印象。

实际上，卫兵的暴怒大部分时候都是因为语言不通，因为这些战俘来自一个与他们的文化风俗完全不同的国度。路易和菲尔根本不懂这些卫兵的命令。虽然身体语言会有一些帮助，但是不同国家的手势往往代表着截然不同的含义。就像这个国家的大部分居民一样，他们长期偏安一隅、与世隔绝，生平没有见过外国人，不知道如何与这些不是日本人的家伙打交道。如果俘虏没有弄懂他们的意思，他们就会变得格外愤怒，然后冲着这些战俘大吼大叫。为了自我保护，路易和菲尔仔细倾听他们所说的每一个字，后来掌握了一些日语词汇。比如，“Kocchi koi”的意思是“过来”，“Ohio”的意思是“你好”，但是后者只有一个相当有教养的卫兵才会说。因为“Ohio”的发音和英语中的“俄亥俄州”极为相似，所以每当他向路易问好时，路易就会不由自主地回答：“不是，我是加利福尼亚州的。”菲尔后来也弄懂了，“Mizu”就是“水”的意思，但无论他怎么大声呼喊“Mizu”，那些卫兵仍然对他置之不理。

当卫兵不再把自己的怒气朝战俘身上发泄时，他们就会自得其乐地对这些战俘进行肆意羞辱。每天都会有几名卫兵用枪指着路易，让他站起身来，左摇右摆地手舞足蹈，然后他们站在一旁捧腹大笑。这些卫兵还会让路易吹口哨、唱歌，用大把大把的石块扔他。当路易爬到门边，捡起地上的饭粒时，他们就会在一旁打闹讥笑，甚至用长棍捅进窗户猛戳路易，然后乐不可支地看着他因为疼痛而扭曲的表情。在走廊的另一头，菲尔也遭到了同样的虐待。有时候，路易偶尔能够听到菲尔纤细孱弱的声音。一次，一名卫兵用棍子捅路易的时候，他感到忍无可忍，一把就把木棍扯了进来。路易知道，自己很可能是自寻死路，但是在这种每况愈下的虐待中，他的身体发生了某种变化。他在救生艇上所体现出来的不屈不挠的求生意志和顽强毅力突然爆发了。

自从“青蜂侠”号坠落以后，路易和菲尔的身体状况极度虚弱，他们没有食物，没有淡水，也没有用于遮蔽身体的衣物。但是现在，在夸贾林环礁上，这些日本卫兵剥夺了唯一能够支撑他们生存下来的东西，那就是尊严。这种自尊自重的价值感深深根植于每一个人的内心，如果没有了这一点，一个人就不能够再被称之为人。在遭到如此惨无人道的虐待时，很少有人能够幸存下来。因为没有了尊严，人就丧失了存在的意义；没有了尊严，他们就不再是他们自己，而成了这些囚禁者淫威之下的傀儡。一名美国飞行员在遭到了日军残酷无情的侮辱之后，用这样一句话来形容自己当时的心理状态：“我早已人不像人鬼不像鬼了。”

在日本这样一个崇尚体面、畏惧耻辱的社会之中，一个人一旦丧失了荣誉就可能自寻短见。这也正是在二战期间，日本士兵为什么会如此热衷于肆意侮辱他们的囚徒，采取最令人感到痛苦和毁灭性的方式剥夺战俘的尊严。就像在希特勒“死亡集中营”里的犹太人一样，就像在美国南北战争中南方的奴隶一样，在夸贾林环礁，路易和菲尔最终看清了这里的残酷事实。对于人而言，尊严像水、食物和氧气一样不可或缺。即使是面临残酷无情的严刑虐待，只要留有尊严，人们甚至能够忍受生理上无法忍受的极端痛苦。因此，剥夺一个人的尊严，就像剥夺他的水、食物和氧气一样，是一种异常残忍的行径。然而在夸贾林环礁上，日军的肆意羞辱就像子弹一样穿透了这些战俘的胸膛。

★★★

路易被关在夸贾林环礁上已经有一个星期了。一天，路易的牢门突然被打开，两名卫兵将他拖了出去。路易恐惧极了，以为自己就要被斩首。当他来到一处看似军官营房的地方时，身边走过了两名长着亚洲面孔的女孩，她们离开这里时低垂着头，尽量不与任何人目光相接。路易被拖进一个房间，推到一个铺着雪白台布的餐桌前。桌子上放着许多食物，旁边坐着几名身着戎装、抽着香烟的日本军官。原来路易不是被执行死刑，而是去接受讯问。

这几名日本军官长长地吸了一口烟，然后吐在路易的脸上。每过一会儿，就会有人打开一罐可乐倒进杯子里，然后慢慢地品着，好像故意要让路易眼馋一样。其中一名军衔较高的军官冷冷地打量着路易。他问路易美国士兵是如何满足自己的性欲。路易说他们不需要满足，因为他们会克制自己。听到这里，这位军官忍不住笑了起来。他说，日军为自己的士兵提供女人。他说的是事实，日本军队曾经从中国、朝鲜、荷属东印度（现印度尼西亚）和菲律宾掠夺了成千上万的妇女，强迫她们沦为慰安妇。路易忽然想起刚才的那两名女孩。

他们继续问起路易失事的那架飞机。大概是从路易获救的那艘船上的军官那里听说，他们知道那是一架 B-24。这是一种什么型号的战机？在瓦胡岛上的时候，路易就曾经听说过，在一次战斗中，一架 D 型 B-24 撞上了一块礁石，随后被日本人收走。“青蜂侠”号正是 D 型，既然日本人已经了解了这种型号的飞机，路易决定没有必要进行隐瞒，于是告诉他们自己的飞机是 D 型的。接着，这几名军官递给他一支铅笔和一张白纸，让他把战机画下来。当路易画好以后，他们还对着这张草图拍了一张照片。其实，他们只不过是在考验路易。

知不知道 E 型的 B-24？不知道，路易回答。他说的是谎话，“超人”号飞机就是在 D 型的基础上进行了升级改造，和 E 型其实相差无几。雷达系统设在哪里？由于雷达系统的位置与工作原理没有任何关系，于是路易就实话实说。你是怎样进行操作的？路易虽然知道答案，但回答自己只是一名炮手，因此并不知道。日本军官让他把雷达系统画下来，路易根据自己的想象编造了一个，但画得相当复杂，后来他还记得，这幅画看起来就像“一只张牙舞爪的章鱼”。日本军官点了点头。

他们接着问起诺顿瞄准仪。你是怎样操作这个仪器的？只要按下两个按键就行了，路易回答。他们显然很不高兴，于是就把路易带回了牢房。

路易担心自己还会继续被审问，于是他开始冥思苦想日本人会问自己什么样的问题。路易想到，在有些问题上他可以如实相告，但是在另一些问题上绝不可以。对于后者，他必须事先编好谎言，然后再设法自圆其说。因为在第一次审讯过程中，在有些问题上路易说的是实话，所以现在如果撒谎的话，形势对他也较为有利。

菲尔也被拖去接受审问。他同样听说过那架 D 型 B-24 失事后落入了日本人之手，所以便没有隐瞒关于其零部件的信息。接着，日本人又问到美国的战略。菲尔答道，他认为美军会从外围包抄被占领土，然后向中心进发，最终打败日本。听到这里，对方突然高声笑了起来，可菲尔感觉他们的笑声有些勉强。菲尔怀疑，这些军官已经感到日本将要在这次战争中失败。

★★★

当路易在牢房枯坐时，一个陌生的卫兵朝门口走了过来。一想到新来的卫兵都会首先给自己一个下马威，路易立刻心生警惕。

“你是基督徒吗？”卫兵问道。路易回答是。

卫兵笑了笑说："我也是。"

接着，这个卫兵把自己的名字告诉了路易。后来，路易隐隐约约地记得大概是叫川村。但是，川村的英语很差，路易只能听懂他在说什么人在加拿大传教，然后他也信教了。这名卫兵悄悄地往路易和菲尔的手里塞了两块硬糖。他们顿时对川村心生好感。

川村拿来一支铅笔和一张纸，然后在上面写着画着，努力解释自己想要表达的意思。他在几个牢房之间来回奔走，在纸上画下不少东西，包括汽车、飞机、冰激凌等，然后一边说一边写下这些物品的日语名字。路易和菲尔也写下它们的英语单词，然后对川村念出来。至于川村究竟说了些什么，路易和菲尔谁也弄不明白，但是他的善意显然用不着翻译。尽管对于他们虚弱的身体状况川村也无能为力，但是他友好的举动无疑给他们带来了希望。

每当川村离岗后，就会由另外一个卫兵前来把守。这个卫兵会捡起一根长棍，然后猛捣路易的脸，像要戳瞎他的眼睛。第二天，当川村看见路易血淋淋的面孔时，就会问是谁干的。路易说出那个名字以后，川村的脸色突然阴沉了下来，他朝路易举起自己的手臂，然后握紧了拳头。当他换班时，路易看到满脸怒气的川村迅速离开了。

整整两天，路易既没有看到川村，也没有看到那个凶恶的卫兵。后来川村终于出现了，他把路易的牢门推开一条缝隙，略显骄傲地指着那个曾经虐待路易的卫兵。只见这名卫兵的头上和嘴上都缠着厚厚的绷带，他从此以后再也没有在这里出现过。

★★★

一天，当路易和菲尔在牢房里躺着的时候，外面突然听起来乱哄哄的，好像是有什么人在闹事一样。接着，便有人趴在路易的窗洞上，开始朝里面投掷石块。一个接一个的人跑了过来，对着路易的牢房吼叫、吐痰、投掷石头和木棍。在走廊的另一头，菲尔也遭到了同样的虐待。这些人的暴行似乎无休无止。前后差不多有八九十个人，每个人都对所有的战俘进行了 30 秒左右的殴打，最后他们终于离开了这里。路易浑身流血地坐在一堆石块、木棍和痰液里。

当川村得知这里发生的事情以后，他简直怒不可遏，并且告诉路易刚才袭击他们的是一群日本潜水员。接着路易又被带去接受审问，他向那些日本军官诉说刚才遭到的殴打，但是这些军官却说他活该如此。

他们想要路易讲出美军驻夏威夷群岛的飞机、战舰和人员的具体数量。路易告诉他们，自己最后一次待在夏威夷还是 5 月，而现在已经是 8 月，所以目前的信息他并不清楚。随后，路易又被带回了牢房。

★★★

路易来到夸贾林环礁大约三周后，他再次被带出牢房。这也是路易第一次在外面看到菲尔。他们四目相视，好像知道自己的大限将至。

他们被带到审讯室外，但是却没有进去，卫兵让菲尔站在一边，路易站在另一边。不一会儿，两个穿着白大褂的人走了过来，旁边还跟着四个拿着文件和秒表的助手。许多日本人纷纷来到走廊下面围观。

他们让路易和菲尔躺了下来。医生取出两支长长的皮下注射针管，在里面装满浑浊的溶液。有人说是可可乳，不过这种说法是真是假谁也不知道。医生告诉路易和菲尔，这些溶液对他们的身体有益。如果针剂能够像预期的那样效果明显，日本就会在军中推广这种针剂。

医生让他们掌心朝上，然后用酒精进行擦拭。针头推进以后，溶液慢慢地注射了进去，旁边的助手掏出秒表开始计时。医生让路易和菲尔描述一下自己的感受。

在不到几秒钟的时间内，路易突然感到走廊开始旋转。接着，医生继续向他的体内注射这种溶液，路易只感到天旋地转，好像有无数根钉子扎在自己的身上。后来，路易感到自己头部剧烈充血，就像菲尔驾驶着疾速俯冲的“超人”号突然升空一样。路易的皮肤仿佛就要燃烧起来一样，顿时觉得又痒又蜇。走廊里一片漆黑，接着就倒了下来。在走廊的另一边，菲尔也出现了同样的症状。但是那些医生仍然操着不关痛痒的语气，继续问他们问题。随后，一切都变得越来越模糊。路易大声叫道，他快要昏过去了，医生这才拔出了注射器。

卫兵把路易和菲尔带回牢房。在接下来的 15 分钟内，路易感到自己的全身都火烧火燎、奇痒无比，躺在那里怎么都睡不着。几天以后，当这些症状开始逐渐消退时，他和菲尔再次被带到走廊，医生向他们体内注射了更多的溶液。像上次一样，他们感到头晕目眩、浑身灼热。几天以后，医生进行了第三次皮下注射，然后是第四次。在进行最后一次注射时，他们的血管内被推进了 400 多毫升的这种溶液。

路易和菲尔活了下来，尽管他们经历了如此可怕的遭遇，但比起其他人来还算是幸运的。在所有的日占领土上，日军对包括婴儿在内数以万计的战俘和平民进行了生化武器实验，成千上万人因此惨死。

★★★

回到牢房以后，路易感到自己头痛欲裂，不一会儿就开始眩晕发烧，连骨头都疼得厉害。在走廊的另一头，菲尔也在遭受同样症状的折磨。卫兵叫来一名医生。路易听到了一个熟悉的词语——登革热。他和菲尔都患上了登革热，这是一种在热带地区由蚊子传播的致命疾病。医生什么药也没有开就走了。

路易烧得晕晕乎乎，随着时间的流逝，他仿佛渐渐失去了知觉。当他躺在那里一动不动时，只听到门外传来一阵重重的脚步声，接着石块便像雨点一样砸了下来，木棍噼里啪啦打在他的身上，还有许多人朝他吐痰。原来是另一帮日本潜水员。

路易感到自己好像要飘起来一样，根本没有力气进行反抗。那伙人高声尖叫着，满腔怒火地对着他投掷石块和木棒。路易觉得自己的骨头都要烧着了。时间过得很慢很慢，最后一切终于结束了。

路易被带去进行最后一次审讯。几名军官在他的面前摊开一张夏威夷群岛的地图，让他在上面标出军事基地的具体位置。

路易想要进行反抗，但是那几名军官却狠狠施压，最后路易实在受不了，于是他一脸愧色地低下头来，说出了美军基地的具体方位和战机数量。

日本人顿时得意扬扬地笑了起来。他们打开一罐可乐，连同一块饼干和点心递给路易。当他们庆祝的时候，却不知道路易所说的那个“基地”只不过是路易和菲尔在夏威夷海滩兜风时无意间看到的一处伪装。如果日军真的按照路易的指示进行轰炸，那么他们炸毁的将是一堆木板做的模型。

对于日本人来说，路易和菲尔很快就没有任何用处了。在营地总部，军官们开始讨论如何处置这些战俘。他们做出决定也许并不困难，因为正是这群人屠杀了路易墙上写着的那些海军陆战队员。等待路易和菲尔的将是死刑。

8 月 24 日，几个人聚在路易的牢房前，再一次把他拖了出去。结束了吗？路易心想。他被拖进审讯室里。但是，路易听到的结果却出乎意料，他不是要被砍头。一艘日本海军的船只正开往夸贾林环礁，他将被转送至日本本土横滨的一个战俘营里。在最后一刻，这些日本军官决定留下活口，直到很久以后，路易才明白他们为什么要这样做。路易长出了一口气，认为到了战俘营里，在国际公约的约束下，自己也许能够受到仁慈的待遇，和红十字会取得联系，并且可以写信给自己的家人。同时，他告诉菲尔他们要前往横滨，菲尔觉得惊讶极了，好像自己的前途充满了希望。

1943 年 8 月 26 日，在来到这个“死亡之岛”43 天后，路易和菲尔赤条条地从牢房里走了出来，卫兵举起水桶泼向他们，然后让他们重新穿上衣服，登上一艘开往日本本土的舰艇。

最后一次走出牢房时，路易向后望去，想要在人群中找到川村，但是却没有看到他的踪影。

两百个沉默者

路易和菲尔坐在舰艇的储藏室里，突然舱门被打开，走进一群醉醺醺的、满脸兴奋的人来。其中一个问他们，日本是否能够打赢这场战争。

"不会。"菲尔回答。

有人照着菲尔的脸捣了一拳，然后再次猛地挥拳过去。他们又问路易，哪个国家能够取得胜利。

"美国。"

这群水手蜂拥而上，拳头像雨点一样落了下来。不知是谁砸到了路易的鼻梁，只听到"咔吧"一声。这时，一名军官跑了进来，扒开人群，喝令他们出去。路易的鼻子顿时鲜血直流，他摸到了一个深深的伤口，一根骨头朝外露了出来。

这名日本军官操着一口蹩脚的英语告诉他们，这群水手刚刚搜刮了他们登船时上缴的钱包，看到路易的钱包里面卷着一张小小的剪报。虽然这张《檀香山日报》的剪报已经被钱包染成了紫色，但还是能够看清有关路易在威克岛空袭行动中表现英勇的报道。这名军官告诉他们，这艘舰艇上约有一半船员当时都在威克岛，他们停靠在岸边的舰艇被美军击沉了。不过，他们对自己刚才殴打他俩的行为表示懊悔。

过了一会儿，舱门再次打开了，两名水手走了进来，小声咕哝着向路易和菲尔道歉，然后伸手摸了摸路易的伤口，并且递给他一瓶日本清酒。

路易和菲尔再次被分开。路易被锁进一名军官的船舱。每过几天，就

海上漂浮的日子里，这张剪报一直放在路易的钱包里，被染成了紫色。在日本水手爆打路易和菲尔时，他们发现了这张剪报

（本图片由路易·赞贝里尼提供）

会有一名举止怪异的水手皮笑肉不笑地钻进船舱问：“打你一下给你一块饼干，好不好？”说完，他会用手背的关节猛敲路易的脑袋，接着递给他一块饼干，然后悄悄溜走。趁水手没有出现的工夫，路易没有其他办法，只能用手指使劲夹紧自己的鼻子，努力固定那根突出的骨头。百无聊赖的路易在船舱中四处翻寻，竟然发现了一瓶清酒。于是，他偷偷地啜了一小口，以确保不会有人注意到瓶子里的酒少了。有一次，路易刚拿起酒瓶，舰艇上突然拉响了警报，他一下子喝了太多，反正肯定会露馅的，索性直接喝了个底朝天。在接下来的航程中，船舱里就只剩下这个瘦骨嶙峋的美国战俘和一个空瓶子。

★★★

船在日本本州东岸的横滨停了下来。路易被蒙上双眼带了出去，他感到自己踩上了坚硬的土地。来到日本以后，透过眼罩的一丝缝隙，路易瞥见的第一个词就是贴在一辆汽车毂盖上的“雪佛兰”。随即他被带到了那辆汽车前。

就在这时，一阵脚步声和喊叫声传了过来，他身旁的士兵突然立定不动了。路易心想，过来的一定是一名军官。路易感到，这名军官将自己的上半身推进了汽车的后座。当他挣扎着想要把腿也伸进来时，这名军官举起手电筒砸向他的脑袋，导致他鼻子上受伤的骨头再次断裂开来。他记起了船上的那瓶清酒，心中暗想这个人很可能就是这瓶清酒的主人。接着，路易和菲尔一起挤在汽车的座位上。

雪佛兰呼啸着穿过崎岖不平的乡村。一个小时以后，汽车忽然停了下来。有人猛地按住路易的头部，让他弯下腰去，然后解开了他眼上蒙着的布。这里是一间浴室，路易心想大概自己已经到了战俘营里，不过菲尔却不在自己身边。他的面前放着一个木盆，里面的水散发出一阵酸臭的消毒液的味道。有人命令路易脱光跳进去，于是他跳进木盆，感到水热乎乎的，这是他离开瓦胡岛以后第一次洗净自己的身体。

冲洗完毕以后，路易按照命令重新穿好衣服。一个人拿着剪刀走了过来，胡乱地剪掉了他的头发和胡须。接着，路易被押解着经过走廊，在一扇门前停了下来。卫兵让他进去听候指令。

路易走进屋里。因为关着灯，他只能依稀分辨出一个平民装束的男人的背影。随后有人"啪"的一声打开电灯，那个人转过身来，路易看到了他的面孔。

他就是路易大学时代的朋友吉米·佐佐木。

"我们又见面了。"佐佐木说道。路易吃惊地盯着他，对于佐佐木从事间谍活动的传闻，路易一无所知，所以当他在敌军的营地里见到他时，路易顿时感到目瞪口呆。佐佐木亲切地看着昔日的同学，虽然事先知道路易会来，但是看到骨瘦如柴的路易时，他还是大吃一惊。佐佐木半开玩笑地告诉路易，他的秃头看起来可真丑。

接下来便是一场蹊跷的谈话。佐佐木问路易是如何历尽千辛万苦来到这里的，然后便开始回忆起他们在南加州大学的日子。他们曾一起在学生会用餐，一起到操场上观看 10 美分一场的露天电影。路易惶恐不安地等着佐佐木问自己有关军事方面的问题，但他始终只字未提，而只是表达了一下对于日本赢得胜利的信心。佐佐木告诉路易，他是日本海军的一个平民雇员，军方任命他负责对所有来到日本本土的战俘进行审讯。他还说，自己的军衔相当于海军少将。

路易被人带到外面。在一个大型操场上坐落着几栋平房，旁边围着铁丝网做成的栅栏。就像所有刚刚被带到这里的战俘一样，路易立刻发现，这个地方看起来诡异极了。平房前面聚着几群看起来弱不禁风的盟军战俘，有两百多人。每一个人的眼睛都盯着地面，到处都是一片死寂。

有人押着路易来到距离其他战俘较远的一条长凳前。路易看到，菲尔就在不远处独自坐着，还有几名战俘坐在他们对面的长凳上，不过双手却藏在了身后，背着卫兵互相发送摩尔斯代码——拳头代表一点，手掌代表一划。当一名战俘朝他走过来时，路易转过头来。在这些战俘当中，好像只有他一个人可以讲话。他告诉路易他们现在身处何方。

这不是一座战俘营，而是大船镇一个秘密审讯场所。在这里，那些“利用价值较高”的战俘会软禁在囚室里，忍饥挨饿、遭受折磨以及严刑拷打，直到他们吐露自己知道的一切军事秘密为止。由于大船镇几乎与世隔绝，所以日本人可以为所欲为。“大船镇的这些人，”他说，“不能被称为‘战俘’，而是在对日作战中‘赤手空拳的斗士’，因此无法接受有关国际公约的保护。”事实上，他们没有任何权利。如果他们“承认对日本犯下了罪行”，日军就会“按照规定”对待他们。在二战中，约有 1 000 名盟军战俘被押解到大船镇，有些人在这里遭到了长达数年的残酷折磨。

这个人告诉了路易这里的规矩。除了卫兵以外，他不能和任何人讲话，不能把手放进口袋里，或者与其他战俘进行眼神交流。无论何时何地，眼睛都要始终看着地面。此外，他必须学会用日语数数，因为每天早上集合点名时，必须用日语报数。如果想要上厕所，也必须一边鞠躬一边使用蹩脚的日语说：“Benjo kudasai。”每一个人都没有杯子，如果感到口渴，只能乞求卫兵把自己押到洗脸的地方。在这里的日常生活中，从怎样叠毯子到怎样系扣子，规矩无处不在。所有的人都必须互不联系、绝对服从，稍有反抗就会遭到一顿毒打。

只有一件事，日本人不能确定。在这个与世隔绝之地，他们不仅可以，而且已经采取任何手段虐待战俘，但是谁也不会知道。日本人强调，他们不能保证所有人都能在大船镇活下来。“他们随时都可能杀掉你，”这个人告诉路易，“因为没人知道你在这里。”

夜幕降临时，路易被带进一间小小的牢房。地面上铺着一层薄薄的稻草做的榻榻米和三张纸做的床单，这就是他的床。牢房里只有一扇窗户，但是窗户上没有玻璃，所以寒风飕飕地刮了进来。墙壁四面透风，地板上到处都是裂缝，屋顶搭着一块沥青毡子。眼看严冬将至，而路易却要住在这样一间用一个战俘的话来说连风都挡不住的牢房里。

路易在纸做的床单下面蜷缩起来。他旁边的牢房里还有几十个战俘，但没有一点声息。菲尔在走道远处的那一头，这是几个月来路易第一次距离他这么远。在这处关满战俘的牢房里，路易突然成了孤身一人。

★★★

每天早上 6 点，铃声响起时，卫兵大喊集合，然后战俘们就会慌忙跑到外面的操场上。路易站在这队憔悴不堪的人群中间。卫兵们手中拿着木棒、肩上背着带有刺刀的步枪，不时做出咄咄逼人的姿势，或者莫名其妙地大发雷霆。每天他们都被迫履行这种近乎疯狂的仪式：点名报数，向裕仁天皇鞠躬，匆匆忙忙地洗脸、上厕所，然后在 5 分钟内飞奔回来。接着，他们要回到牢房，任凭荷枪实弹的卫兵四处翻寻违禁物品，凡是毯子没有叠好、扣子没有系好或者做了其他不合规矩的人都要挨打。

吃早饭的时候，每个人只能待在自己的牢房里，接过一碗稀稀的、酸臭的、黏糊糊的东西。然后，卫兵会让他们每两人一组，拿着一块墩布一边跑一边擦拭长达 150 英尺的走廊，而卫兵则跟在他们后面不时地拳打脚踢。接着，他们要来到操场上，按照卫兵的要求跑步或者做出各种各样的姿势，直到最后晕倒为止。训练结束以后，不管天气如何恶劣，他们只能静静地待在操场上。唯一打破这份沉寂的只有从审讯室里传出的惨叫声。

除此之外，就是无休无止的殴打，有的人是因为抱着肩膀，有的人是因为露出了伤疤，有的人是因为剔牙，有的人是因为说梦话，而在大部分情况下都是因为他们没有听懂这些卫兵用日语发出的命令。只要有一个人犯错，其他几十个人就得站成一排，任凭卫兵用木棍敲打他们的膝盖。在大船镇，卫兵最喜欢的惩罚方式就是让战俘屈膝蹲伏：双膝弯曲、高举手臂，有时甚至长达几个小时，凡是跌倒或者手臂放下的都要遭受拳打脚踢。如果有人想要帮助别人，必定会遭到卫兵更加用力的殴打，所以每个人只能默默忍受。在挨打的时候，如果有人下意识地低下头去或者遮挡面部，那么卫兵的殴打就会变得更加凶狠。“我唯一能够做的，”一个名叫格伦·迈克科内尔的战俘回忆道，“就是不让自己的鼻子从脸上掉下来，不让自己变得七零八落。”“卫兵的殴打，”他还写道，“过于狠毒，因此许多人都不知道自己能不能够活到战争结束的那一刻。”

到了晚上，路易回到牢房，默默地在黑暗中咽下自己的晚饭。他不能说话、吹口哨、唱歌、敲打、诵读，甚至也不能朝窗外张望。卫兵始终在窗外踱来踱去进行检查，当他们终于度过了一个令人不安的夜晚之后，黎明到了，他们又开始新一轮的被呼喝、奔跑和挨打。

★★★

大船镇，就像散布于日本本土及其他占领领土的数十座战俘集中营一样，那些担任看守的卫兵无一例外都是日军中的渣滓。许多人因为无法执行一些最基本的任务而从部队淘汰了出来，还有些人干脆就是精神不正常。按照这些战俘们的说法，大船镇几乎所有的卫兵都具有以下两个特点：其一是笨头呆脑；其二就是虐待成性。

当时在日军中，体罚早已司空见惯。日本士兵中甚至流传着这样一句谚语：“铁不打不成器，人不打不知礼。”另一句谚语是：“不挨打的士兵成不了好士兵。”对于所有的日本士兵，尤其是下级士兵来说，挨打几乎是每天一项不可避免的功课。正是因为这样，这些地位微末的集中营卫兵才会如此热衷于暴力，才会把自己的怒气发泄在这些处于他们魔掌之下的无助的战俘身上。因此，日本历史学家才把这一现象称为“压迫转移”。

当时日本社会中的两种普遍观念，使得这种趋势变得更加根深蒂固。一种人认为，日本无论是从种族上还是道德上都比其他民族更加优越、更加“纯正”，因此天生就应该统治其他民族。就像盟军士兵往往在本国受到种族主义思想影响而敌视日本人一样，日本士兵和国民也因为受到了政府的极端灌输，对于他们的敌人持有某种强烈的偏见，认为他们是一群凶残低劣的野兽或者可怕的“盎格鲁-撒克逊魔鬼”。因此，这种种族主义思想及其衍生的仇恨和恐惧心理进一步加剧了他们对盟军战俘的无情虐待。

在日本的军事社会中，所有的公民从小就被灌输了宁死也不能被俘的思想。1941 年，对于那些即将沦为阶下囚的广大官兵，一份日军电码直言不讳地表明了态度："记住，首先为自己的家人着想。作为一名士兵，与其苟且偷生，不如光荣就义。"因此，在许多毫无胜算的战斗中，几乎每一名日本士兵都顽抗到底、宁死不屈。在盟军士兵中，每 1 人阵亡，就有 4 人被俘；而在日军士兵中，每 120 人阵亡，只有 1 人被俘。每当战败在即，为了避免被盟军生擒活捉，日本士兵甚至不惜集体自杀。即使是少数落入敌手的将士也往往会谎报姓名，好让家人以为自己已经捐躯疆场。对于上述观念，日本人始终深信不疑，这一点从史上著名的"千人自杀之夜"事件中便可窥一斑。1944 年，在澳大利亚考拉镇的军营里，数以百计的日军士兵纵火烧毁牢房，在机关枪的扫射下，进行大规模的集体自杀。对于那些屈膝投降或者战败被俘的日军乃至盟军官兵，大多数日本人都会感到轻蔑和嫌恶。因此，在这种观念所制造的氛围中，人们认为虐待、奴役甚至屠戮战俘不仅合情合理，而且也是人心所向。

一些深受极权统治毒害以及种族主义和歧视战俘思想灌输的卫兵很容易就会堕落成为虐囚者，即使是那些对这种文化偏见颇有微词的人也难以压抑暴力的想法。对于多数士兵来说，看守战俘是一件令人感到不安的差事，因为其职责就是剥夺他们最基本的生活必需品。有些卫兵甚至认为，迫使战俘在最不人道的条件下勉强生存，乃是这些无耻之徒的应有下场，只有这样他们才能够心安理得。事实上，正是那些对虐待手段感到惶恐不安的日军士兵对战俘实施了最惨无人道的暴行，这不能不说是一种悖论。

在回忆起自己幼年的奴隶生涯时，著名的废奴运动领袖弗雷德里克·道格拉斯曾经谈到，自己主人的妻子不仅心地慈悲，而且从来都没有蓄养过奴隶。"她的脸上总是带着天使般的微笑，她的声音如同乐曲一样令人心旷神怡。"道格拉斯写道。这个女人不仅给予了他慷慨的母爱，而且还教他读书认字。在当时蓄奴体制的社会中，她的这种做法可谓前所未闻。但是，在丈夫喝令她必须按照对待奴隶的方式对待这个男孩之后，她很快变成了一个穷凶极恶的"魔鬼"。就像百年之后大船镇的那些卫兵一样，按照道格拉斯的说法，"在滥用职权的致命毒害之下"，她最终选择了同流合污。

在大船镇上，北村陶治令其他对战俘进行残害的日本看守相形见绌。假使在平时，北村应该不是一个清酒推销商就是一个电影编剧；而在大船镇，他却成了一名军医。由于热衷于折磨他人，他总是强迫那些患病或者受伤的战俘到他这里接受“治疗”，而所谓的“治疗”就是拷打残害再加上严刑逼供。每到这时，北村垂涎的嘴角就会露出一丝狞笑。在大船镇，对于毒打战俘没有人比他更加津津乐道,因此人送绰号“屠夫”和“拐子”。北村块头硕大、健壮如牛，所以挥起拳头来就像一个重量级拳击手。也正因为如此，大船镇上人人都对其深恶痛绝、闻之色变。

虽然这种野蛮文化在无形中对人们产生了巨大的压力，但是仍然有些士兵拒绝参与虐囚的暴行。有一次，卫兵用木棍对一个战俘进行了灭绝人性的痛打。就在战俘奄奄一息的时刻，这名卫兵突然被上级调离，并且由一个名叫広江（疑为一个名叫成岛広绘的日军中尉）的士兵继续行刑。等到其他卫兵离开自己的视线以后，広江一边让这个战俘继续惨嚎，一边用木棍使劲敲击地面。直到“拷打”进行得差不多了，他们两个才结束了这出把戏。毫无疑问，如果不是広江，这名战俘只怕早就一命呜呼了。

広江此举堪称胆大妄为。在日本，无论是什么地方，对囚徒或者战俘慈悲为怀都是一种天大的忌讳。一个居住在普善寺战俘营附近的孩子曾经对遭受羁押的战俘表示同情，然而他的言论却立刻激起了全日本的公愤。有时候，就连那些试图改善战俘生存条件，甚至仅仅是对他们流露出恻隐之心的士兵也会遭到上司的殴打。加野谕吉是另一所战俘营里的一个士兵，由于经常对战俘进行救助，所以深得人心。“当时，公众对战俘的看法非常苛刻，”他这样写道，“在执行任务的时候，如果让其他日本人误以为你心慈手软，那么你就要冒上一定的风险。虽然敌视或者歧视战俘是一种缺乏修养的错误表现，但是对于像我这样级别低微的士兵来说，想要抵制这种风气却异常艰难。”

在大船镇，凡是心慈手软的士兵都为此付出了代价。听说某个卫兵对战俘表示怜悯以后，一名军官立即挥剑向他砍去。一名战俘也曾经看到，有一个卫兵因为不肯殴打囚犯，所以每天晚上当他从厨房返回住处时，都会遭到其他士兵的集体围攻。

★★★

大船镇的战俘不但会遭到毒打，还要忍受饥渴。他们的一日三餐除了一碗漂着几片菜叶的菜汤，就是一碗发霉的米饭，有的时候米饭里还掺有大麦。这种伙食毫无营养价值和热量可言，更不用说含有蛋白质了。但是，战俘营却规定，对于那些被怀疑拒不如实招供的囚犯，要减少其口粮的供应，或者降低其伙食的质量。有时候，为了惩罚某个守口如瓶的战俘，整个营里的囚犯都要受到牵连。这些食物里不仅有老鼠屎和蛆虫，而且还有许多沙粒和石子。没过多久，路易的牙齿就被硌得残缺不全，于是他把自己的囚饭戏称为“一堆垃圾”。

由于摄取的食物热量过低而且大都陈腐变质，再加上时常被迫接受体罚，这些战俘的生命已经危在旦夕。“每天只有大约 500 卡路里的热量，”一个名叫吉恩·鲍尔奇的战俘写道，“我们都快饿死了。”坏血病在这里司空见惯。由于食物里布满了寄生虫和病菌，所以几乎人人都患上了痢疾。最可怕的还是脚气，这是一种因为缺乏维生素 B 而导致的疾病，情况严重的可能置人于死地。脚气分为“湿脚气”和“干脚气”，这两种类型的疾病有可能同时发生。“湿脚气”会影响一个人的心脏和血液循环系统，从而导致手足严重浮肿。如果得不到及时治疗，多数患者只能坐以待毙。“干脚气”会影响一个人的神经系统，从而造成肢体麻痹、精神错乱、步履蹒跚甚至全身瘫痪。如果对湿脚气患者肿胀的四肢进行按压，即使是在压力消失很长一段时间以后，肌肉上的凹陷处仍然难以复原，因此他们往往会产生错觉，认为自己的骨头已经开始软化。在某些情况下，湿脚气还会引起阴囊肿胀，有些战俘的睾丸甚至变得足有一块面包那么大。

★★★

在大船镇，卫兵的暴虐行径让人们不得不时刻担心自己是否能够继续生存下去，而死亡在这里也早已屡见不鲜。对于路易、菲尔以及其他战俘来说，唯一的希望就是有盟军前来营救，但是即便美国真的打了胜仗，他们的处境仍然十分危险。

1942 年秋季，美国在吉尔伯特群岛的塔拉瓦一举击沉日本的所有舰只后，日军立刻将该岛所有 22 名战俘斩首。在肖特兰群岛的巴拉尔岛上，所有的英国战俘被迫为日本人建造机场。根据一名日本军官的说法，1943 年春，当美国即将打到巴拉尔岛时，日本当局发出指令，如果该岛失守，就立即处决所有战俘。虽然美军最终并没有在巴拉尔岛登陆，但是作为对盟军轰炸此地的报复，日军杀掉了这里的所有战俘，估计有 70 ~ 100 人。

路易来到大船镇一周以后，美国的一艘航空母舰开始对威克岛进行轰炸，而此前曾经沦为日本人奴隶的美军战俘仍然在该岛遭受奴役。日军误以为美国人很快就会攻占这里，因此下达命令将所有的战俘都蒙上双眼、五花大绑后集体射杀，然后扔进一个洞穴里，只有一个人侥幸逃脱。三个星期以后，他再次被捉，并且被日军指挥官枭首示众。数年以后，人们才发现这些战俘留下的一些痕迹。在这座小岛潟湖中间的一大块珊瑚上，其中一名战俘用手指刮出了这样一条信息：

98

美国

战俘

5—10—43

这些残忍的屠杀成了日本后来臭名昭著的“杀光政策”的第一次实践。这一政策规定，无论出现任何情况，每一位集中营的指挥官都不能让战俘重新落入盟军手中。如果盟军有可能开展营救行动，那么日军就要立即处决所有的战俘。“如果战争形势不利，战俘有可能获救，”1944 年 5 月，日军向所有战俘营的指挥官下达了一道命令，“必须坚决采取措施，绝不让一名战俘落入敌手。”当年 8 月，日本统帅部就这道命令发出声明，并且将声明送至所有战俘营中：

随着战事日渐危急，重要的是必须确保所有战俘在重兵把守之下集中囚禁于目前地点，然后等待上级的最后指令……无论采取各个斩首还是集体屠杀等任何手段，可以对战俘进行集体轰炸、

> 使用毒气或者毒药、溺水、斩首，或者视实际情况处决……总之，在任何情况下，我们绝不能让一名战俘漏网，必须将其全部歼灭，并且不留一丝痕迹。

当盟军浴血奋战，不断向日本推进时，大船镇以及其他集中营里的战俘都面临着同样的威胁。如果盟军大获全胜，那么等待他们的将是日本的"杀光政策"。虽然这里的战俘对于此前发生的屠杀并不知情，但是大船镇的卫兵却一再幸灾乐祸地向他们重申这一威胁。就像其他战俘一样，路易深知，大部分卫兵在执行这一政策时绝对不会心慈手软。

对裕仁天皇放屁

起初，这里只有沉默和孤独。晚上，路易所能看到的只有墙和透过地板裂缝看到的斑纹，再有就是自己瘦得像芦苇一样纤细的四肢。卫兵会重重地跳下走廊，随意拖出一个人来尽情殴打。在路易四周的牢房里有许多人，但是没有一个人讲话。白天，路易突然被带到他们中间，人们摇摇晃晃地站成一个个圆圈。所有人的眼睛都顺从地盯着地面，唯一发出声响的就是迅速移动的双脚和来回晃动的胳膊。路易绝不孤单。不知从什么时候起，牢房里来了一个皮笑肉不笑的卫兵，他总是喜欢在牢房的走廊里散步，然后在每一个牢房前停下，抬起腿来对准每一个战俘放屁。在他走出牢房区以前，一路上他总是不停放屁。

从偷偷看到的情形和这里一片死寂的沉默，路易大致判断出了这里的状况。在他居住的牢房里，大多数战俘都是美国人，他们不是飞机坠毁就是轮船失事的幸存者。走廊尽头住着两名瘦弱的美国海军高级将领。级别最高的是指挥官阿瑟·马赫，他自己的军舰"休斯敦"号在荷属东印度的巽他海峡被击沉后游向爪哇岛，然后逃进山里，不料却被日本人活捉。另外一名是约翰·菲茨杰拉尔德。在自己的潜艇被击沉后，他也落入了日本人之手。为了从菲茨杰拉尔德口中得到情报，日本人尝试了各种酷刑，用棍棒打他，用尖刀扎他的手指，拔掉他的指甲，还有"水疗"——把犯人的身体翻转过来，堵上嘴以后再往鼻孔里灌水，直至犯人昏死过去。马赫和菲茨杰拉尔德都会说日语，因此成为集中营里仅有的两名翻译。无论是

◤

大船镇上路易所在的牢营。右起第三扇窗户是路易的牢房

（本图片由弗兰克·廷克提供）

哪个国家的战俘，都要听从他俩的命令。

一天，在进行强制运动的时候，路易和 25 岁的海军军官威廉·哈里斯走到了一起。哈里斯是菲尔德·哈里斯将军的儿子。他身材高大、相貌堂堂、威武严肃。哈里斯是 1942 年 5 月美军在科雷吉多尔岛投降的时候被捕的。当时他和另一个美国人（未来的印第安纳州州长埃德加·惠特科姆）逃了出来，精疲力竭地游了八个半小时，终于渡过了马尼拉湾。在瓢泼大雨中，他一边奋力划水，一边忍受着鱼群的啮咬。最后，他拖着疲惫不堪的躯体爬上日本占领的巴丹半岛海岸，开始逃往中国。他跋山涉水，乘坐好心的当地人赠送的小舟来到岸边，骑着一头驴子继续前行，并且依靠捕食蚂蚁充饥。后来，哈里斯还参加了菲律宾的游击队，当他听到美国在瓜达卡纳尔岛登陆的消息后，他的内心仿佛受到了某种力量的召唤。哈里斯迅速乘船向澳大利亚方向划去，希望能够在途中遇到自己的部队，最后历尽艰辛来到了印尼群岛的莫罗泰，却被当地居民抓获，交给了日本人。

随后，日本人得知他的父亲是一名美国将军，便准备把他押解到大船镇。听到这里，哈里斯想要马上离开，却无路可逃。

路易每天都和哈里斯待在一起，一起进行艰苦的劳作，一起忍受卫兵的殴打，一起小声议论着什么。令人感到奇怪的是，尽管哈里斯只有六尺二或者六尺三的身高，但是他的女儿却提到，包括路易在内的每一个人都认为他是个巨人。关于这一点，一种说法是哈里斯足有六尺八，还有一种说法是六尺十。从某种意义上说，路易他们的记忆并没有出错，因为哈里斯简直是个天才。他受过良好的教育，除了能够讲一口流利的日语以外，还会说好几种外语。此外，他的记忆力也非常强，就像是一台照相机。只要他看过一眼，就能够记住大量信息，几乎可说是过目不忘。在大船镇，他的这种天分既是一种福气，也是一种诅咒。

吉米·佐佐木经常拜访大船镇，而且他还喜欢把路易叫到他的办公室。在穿着破衣烂衫的战俘和身着土褐色制服的卫兵中间，佐佐木不啻为一个奇观。他的穿着非常引人注目，头发也总是梳得一丝不苟，就像霍华德·休斯一样从中间向两边分开，战俘们都私下里讥讽地叫他“英俊的哈里”。路易希望有人能够审问自己，但是这种事情从来都没有发生过。佐佐木只是向他谈起南加州大学的时光，并且不断吹嘘日本胜利在望。他知道路易在夸贾林环礁的审问中撒了谎，但是并没有继续追问真相。路易不清楚这是怎么回事。其他每一名战俘至少在刚开始的时候都受到了审问，但就是没有人审问路易。因此，路易禁不住怀疑是不是佐

威廉·哈里斯

（本图片由凯瑟琳·H.米尔斯提供）

佐木利用自己的影响力对他进行了暗中保护。

大船镇还有另外一个居民嘎嘎。嘎嘎是一只鸭子。它总是拖着一条骨折过的腿，在镇上走来走去。它的那条伤腿被一名战俘绑上了一个小小的夹板。于是，这只鸭子就像小狗一样跟着这些战俘，一瘸一拐地进出厨房。显而易见，在那里有人喂它吃的。每天早上点名的时候，安着夹板的嘎嘎会跟着战俘们一起来到操场上。一个战俘后来发誓说，当人们向天皇敬礼时，嘎嘎也在模仿他们低头示意。在这样一个暗无天日的地方，这只可怜的鸭子尤其受到人们的钟爱。战俘博英顿曾经这样写道：“嘎嘎成为他们惨遭折磨时心灵唯一能够得以稍事休憩的一种寄托，他们祈祷着、盼望着有人能够拯救他们于水火之中。”

一次，路易和菲尔互相倚靠着在操场上慢吞吞地行走，菲尔突然谈起了那次坠机事件。为此他感到十分痛苦，并且认为所有人的死都是自己的责任。路易安慰他说这不是他的错，但是菲尔似乎仍然固执己见。

“我再也不会开飞机了。”他说。

★★★

直到后来，路易才发现在大船镇，人们压抑的沉默以及表面的屈服只不过是一种假象。在沉默的下面，正是这些战俘们强烈的鄙视。

战俘们偶尔会待在角落里窃窃私语。因为卫兵不可能时时刻刻无处不在。只要在他们监视不到的地方，一些战俘就会三三两两地交头接耳。人们潦草地在茅房里的手纸上做下一些记号，并且藏匿到茅房里面。一次，为了便于翻译卫兵的命令，日军允许指挥官马赫可以大声讲话。当一名卫兵毫无觉察时，他用英语告诉另外一名战俘赶紧偷些东西。这名勇敢的战俘径直走向卫兵，直视着他们用英语讲话，就好像自己是在问问题一样。一脸不解的卫兵以为他在问什么问题，而实际上马赫和战俘正在交谈。

当不能使用语言时，人们就使用摩尔斯密码。晚上，等所有的卫兵离开这里以后，在小小的隔间里，整个牢房里便开始了敲敲打打。有时候，他们还会使用一些简称作为密码，比如用“tit”代表一点，用“da”代表一画，这样嘴唇就用不着张开。还有人会使用一些身体语言，比如路易就采用手语当作自己的密码，以蒙蔽看守的卫兵。虽然他们讨论的大部分内容都很琐碎，有时候甚至只是谈谈自己母亲的厨艺，但是内容并不重要，重要的是他们敢于反抗的精神。

路易很快懂得了其中的重要规则，那就是永远不要使用卫兵的真实名字。如果让这些卫兵发现他们在谈论自己，或者为自己取外号，战俘们就会遭到虐待和毒打。但是战俘们还是乐此不疲，他们把那些行动迟钝、性格安静的卫兵称为木乃伊，其他卫兵的绰号还有诸如粪鸟、大饼脸、黄鼠狼、黑唇、肥仔、白蚁等不一而足。一个令人讨厌的卫兵甚至被他们称作“白痴”。

战俘们私下里的挑衅行为愈演愈烈。他们会面带微笑、语气友善地跟卫兵说话，但实际上是在对他们进行辱骂。一名战俘甚至告诉一个弱智的卫兵说，如果他划一根火柴，日晷即使在晚上也能够继续转动。当自己的肠道内聚集有气体时，有些战俘会暂时忍住，但是因为许多人都患有严重痢疾，所以在集合时经常有人控制不了自己的肠道蠕动。于是，当卫兵喝令他们向天皇低头致敬时，战俘们会一边集体低下头来，一边高声放屁，以表示对天皇的“礼敬”。

此外，路易还有一种秘密的反抗行为。一名与他在一起做苦力的战俘从前是个装订工。他给了路易一个小本，那是他在集中营里把米糊压平，装订到一起制成的。路易找到，或者不如说偷来了一支铅笔，然后开始写日记。他在日记上记录了自从坠机以后，在海上漂泊和被关进集中营里所发生的一切。在这个本子的中间一页，他用深深的笔迹为其他战俘写下了家人的联系信息，这看起来好像只是一个无关紧要的地址簿。在记日记时，他的笔迹很轻，而且先从本子的后边往前写，因为这里最不容易引人注意。有一次，路易在自己牢房的地板上发现了一块木板，于是便把日记藏到下边。路易知道，如果有人检查这个房间并且发现了这本日记，那么路易就会招来一顿毒打。然而，这个小小的本子对于路易来说意义重大。他清楚自己很有可能死在这里，因此他想为自己所遭受的种种磨难留下一些证据，好让人们知道自己是谁。

除了对食物的渴求以外，每个人想得最多的就是关于战场状况的消息。但是，日本人把他们所在的集中营和外界的信息完全隔离开来，并且设法让这些战俘相信，盟军胜利无望。一开始，他们不断地吹嘘日军捷报频传。接着，当日军节节败退时，他们又杜撰出一系列盟军受挫的故事和一些虚假至极的赫赫战功。他们甚至宣布日军一举击沉了“林肯”号航母，并发射鱼雷摧毁了华盛顿特区。“他们不明白我们为什么会忍俊不禁，”一名战俘说道，“大船镇的守卫不知道，除了他们散布的虚假消息以外，我们已经找到了了解战争情况的消息来源。”

他所说的消息来源就是那些新来的战俘。只要他们来到这里，大家就会迫不及待地把他们所知道的一切消息挖空，然后迅速传遍各个牢房。在集中营里，报纸十分罕见，所以只能靠偷，一旦有人开了个头，就会有其他战俘效仿。有时候，他们的口粮被报纸包裹着，所以在厨房工作的艾伦·米德和恩斯特·杜瓦会悄悄地把报纸塞进兜里。还有一名胆大妄为的战俘甚至想在接受审问时，偷走刑房里的报纸。如果有人偷到报纸，大家就会开始进行秘密传递，直到报纸到了菲茨杰拉尔德和马赫手里。当他们俩翻译报纸的时候，放哨的战俘就会站在一旁，假装是在系鞋带或者摆弄自己的皮带。如果有卫兵走过来，他们就会立刻发出暗号，报纸便被藏了起来。翻译工作结束以后，这些报纸还能够继续发挥自己的作用。在集中营里，有太多人感染痢疾，但是卫生纸却非常有限，所以这些报纸就变成了无价之宝。

大多数战俘都能够得到关于战争近况的消息，他们甚至相互打赌什么时候能够结束。当他们得知盟军打了胜仗以后，个个精神为之一振，好像这里的苦难变得没有那样难以忍受。他们清楚，这种行为无异于向日本人挑衅，因此异常危险，但是能够保住他们的尊严，从而保住他们的性命。每一个人都知道，如果偷报纸时被捉住后果将会怎样，但即便如此，他们还是愿意铤而走险。

★★★

秋天还没有结束，这里就开始下雪，雪花透过牢房的缝隙飘落进来。每天早上，当他们用拖把拖地时，地面上的水早已冻成了冰。几乎每个人都病倒了。路易还穿着被捕时的衣服，他也得了重感冒。一次，日本人把他们关在外面整整一天，路易只好和其他人站着挤在一起，围成一个大圈。每隔一段时间，他们就会彼此交换位置，好让每个人都能站到中间，因为那里是最暖和的。

粮食在不断缩减。日军供应给大船镇的粮食本来就很少，战俘们能够吃到的还不到这些粮食的一半。在卡车上卸下的粮食中，人们经常可以看到大豆、蔬菜和其他营养物品，但是当战俘们进食的时候，这些东西都不见了。实际上，正是营地的一些军官偷走了这些食物。其中最臭名昭著的就是一个长着卷发的厨师，人们称他为“卷毛”。战俘们经常眼睁睁地看着“卷毛”把他们的食物举过栅栏递给别人，或者把这些东西绑在自行车上，然后去黑市卖掉，因为这些货物在那里可以卖到很高的价钱。有时候，他会把路易叫到跟前，递给他一包战俘们的食物，让他带到栅栏那边，交给一名妇女，然后把现金拿回来。据一名战俘讲，“卷毛”用卖粮食赚的钱购置了一套房子，而且还进行了装修，这件事几乎路人皆知。

他们的偷窃行径让大船镇陷入了一种空前的饥荒状态。“为了把妻子的照片粘到牢房的木板上，必须要有极为坚强的意志力才能够把从碗底刮出来的最后一点米糊抹在后面，”指挥官菲茨杰拉尔德写道，“可想而知，我们有多么饥饿。”于是，马赫向日本军官们乞求，希望能够得到更多的食物。但是，为了惩罚他的无理要求，这些军官不仅大幅度削减他的口粮，而且还让他加大劳动强度。

为了能够找到一些东西来填满自己饥饿的嘴，战俘们大都吸烟成瘾，但是香烟的数量却少得可怜。几乎像所有其他的战俘一样，路易也开始吞云吐雾，而且十分上瘾。一些不吸烟的人在领到香烟配额后，立刻就会变得非常富有。一个上了年纪、名叫安东·门萨斯的挪威水兵，是路易的朋友。由于吸烟成瘾，他甚至不惜用自己的口粮来换烟抽。路易劝说他要吃饭，但是门萨斯并不听劝，因此变得日渐消瘦。

营地里的每个人都很瘦，所以看起来异常憔悴。然而，除了菲尔以外，路易比其他任何人都要瘦。路易没有可以御寒的衣物，口粮又完全不够，而且还患上了严重的痢疾和咳嗽。每一次，路易都是步履蹒跚地完成自己的劳作，稍不注意便会栽倒在地。到了晚上，他把纸做的毯子折叠起来，希望可以变软一些，但是根本没有作用；牢房里没有任何取暖设备，四处漏风，屋里的温度只比寒冷的屋外暖和一点点。有一次，营地的军官们甚至还在战俘中间举行了一场棒球比赛，好让自己找点乐子。他们派路易上场击球。路易举棒击球，但是只走出了一步就摔倒了，最后四脚朝天地躺在地上，周围立刻响起了一阵哄笑。

那年秋季的一天，一个日本报社编辑来到了集中营里。他不知从何处获悉路易·赞贝里尼就关押在这里。在日本，田径运动非常盛行，许多国际明星几乎家喻户晓。这个编辑带来了有关路易信息的档案，并且把它拿给卫兵看。

当卫兵们听说路易是一名前奥运会选手时，个个目瞪口呆。不一会儿，他们就找到一名日本长跑选手，让他与路易进行比赛。卫兵们把路易拖了出来，强迫他立刻跑步，最后的结果是路易失败了。于是，这些卫兵便开始对他进行冷嘲热讽。路易感到异常愤怒，也相当震惊，因为他日益虚弱的身体连自己都感到害怕。在日本本土和所有日占领土的集中营里，每天都有成千上万的战俘死去。

于是，路易去找佐佐木帮忙。按照佐佐木自己的说法，他是一个相当有权势的人，所以似乎应该能够轻易介入。然而，尽管佐佐木经常对路易开口闭口谈到“我们”如何如何，但他从未打算履行自己说过的话。他最多只能给路易拿来一个鸡蛋和一个橘子，而且路易还会跟其他战俘共同分享这些东西。路易开始相信，佐佐木不仅和自己势不两立，而且也不会保护自己免遭刑讯的荼毒。日本人好像并不打算从他这里得到什么情报，他们把路易带到大船镇来似乎另有居心，可究竟为什么，他不得而知。

佐佐木让路易感到十分失望，但是在厨房里干活的米德和杜瓦却冒着极大的危险设法帮助路易。每天当他们走过牢房大厅去发放口粮时，他们就会把剩下的米饭或者鱼肉揉成一团，然后趁着卫兵不注意时偷偷扔给路易。米德的要求只有一条，他悄声告诉路易：要给菲尔一半。于是，路易总是藏好一半米饭，在操场上慢慢走近菲尔，然后塞进他的手里。

10月份，由于安东·门萨斯一直在用自己的食物换取香烟，在一次强迫活动中他突然瘫倒在地，卫兵们对他一顿毒打。此后不久，脚气开始在集中营里流行，门萨斯已经虚弱得无法举步。最后，日本军官们带来一名医生，给门萨斯注射了一针绿色的药剂，门萨斯立刻一命呜呼。战俘约翰·阿瑟·克森曾经写道：“我们都知道，这些绿色的液体就是结束他生命的毒药。”（他们的看法很可能是对的。此后，又有两名战俘在注射这种绿色药剂后相继毙命。当时，日本国内允许进行安乐死，所以医生的做法也许是出于同情。）

路易在自己的牢房里冻得浑身发抖，于是开始不停地祈祷。一个名叫陶比·克里斯托弗森的挪威士兵非常同情他，在自己的东西里翻捡了半天，拽出一件外套来递给路易。正是这件外套救了路易一命。他一边紧紧地裹上这件衣服，双手抱肩，一边暗中希望自己不要像门萨斯那样惨死在这里。

1943 年年末，日本人对大船镇战俘的管制开始有所松动。包括路易在内的一些长期遭受羁押的战俘可以偶尔到外面说说话。然而，每当有新的战俘到来，他们就会接受单独监禁，而且在进行第一次审讯前是不能讲话的。于是，每当这些新来的战俘受到严刑审讯时，路易他们就会在窗前闲逛，假装和别人闲聊，实际上却是互相发送暗号。

1944 年的前几周里，路易突然得到消息，说有一个刚刚脱离单独禁闭的新战俘在到处找他。当路易见到这个人以后，才知道这个一头卷曲金发的人居然来自离托兰斯镇不远的伯班克。他的一条腿没了，裤腿就绑在膝盖下。他告诉路易自己是 B-24 轰炸机上的一名飞行员，叫弗雷德·迦勒特。当他看到路易出现在自己面前时，显得十分惊讶。接着，他向路易讲了一个不同寻常的故事。

圣诞节之前，美国人向位于马绍尔群岛的日军基地派出许多轮轰炸机后就离开了。在这次飞行任务中，迦勒特所在的飞机被击中后坠入大海。迦勒特的脚踝复合型骨折，他的救生艇在海上漂泊了 10 个小时候以后被一艘日本拖船发现。他们把迦勒特带上岛，让那里的日本士兵轮流狠踢他悬挂起来的脚踝。

随后，迦勒特被送到了另外一座岛屿，关进一间牢房，那里还关押着 19 名因飞机失事而被捕的美国飞行员。不久以后，迦勒特的脚踝就开始流脓长蛆，他自己也高烧不止。然而，日本士兵告诉他，只有透露一些军事秘密，他才能得到相应的医护治疗，反之只有死路一条。在审讯过程中，迦勒特不得不撒了谎，但他被日本人识破了。

圣诞节过后第二天，迦勒特被卫兵五花大绑后注射了一针脊髓麻醉剂。一个日本战地医务兵一边锯掉他的一条腿，一边强迫他看着手术的全过程，随后只听“嘎巴”一声，他的一条腿就掉了。迦勒特只不过是脚踝感染，但是整条腿却被锯掉了。这个医务兵还告诉迦勒特，这样他以后就再也不能开飞机了。神志迷糊的迦勒特被扔回了牢房。第二天早上，他又被丢进一辆卡车，和其他两名战俘一起前往日本内陆。当他们被带去大船镇以后，就再也没有看到剩下的 17 个美国战俘。

接着，迦勒特告诉路易，为什么自己一定要找到他。因为他在发着高烧痛苦地躺在那座小岛上的牢房里时，抬头看到墙上写着 10 个人的名字。他问这是什么意思，有人告诉他，在这 10 个人当中，前 9 个都已经被处死了。没人告诉他第 10 个人发生了什么事情。迦勒特花了很长时间冥思苦想，不知道墙上写着的最后一个人现在身处何方。他忍不住想知道，这个人是不是仍然活着。当他到达大船镇以后，开始四处打听是否有人认识路易·赞贝里尼这个人。因为迦勒特和赞贝里尼都是洛杉矶人，所以他们被关在夸贾林环礁上的同一座牢房里，而这里距离他们的家乡足有 8 000 英里之遥。

★★★

在操场做苦力的那年冬天，路易、哈里斯跟弗兰克·丁克尔结成了好友。丁克尔是一名俯冲轰炸机的飞行员，同时也是一名歌剧演员。他和迦勒特一起从夸贾林环礁被带到这里。每当在户外劳作时，他们三个人大部分时间都待在一起，要么坐在长椅上，要么沿着院子里的角落一边走路一边闲谈，以分散对寒冷天气的注意力，免得自己牙齿一直打战。由于过度饥饿，哈里斯和丁克尔的思维反而变得格外清晰。对于这一点，路易在救生艇上漂泊时早就体会到了。丁克尔在自己的牢房里向别的战俘学习，不到一周就可以讲挪威语。丁克尔也碰到过哈里斯与另外一名战俘讨论中世纪的历史和《大宪章》。有次他见哈里斯拿着一本书坐在那里，好像在喃喃自语。于是，丁克尔问他在干什么。哈里斯告诉他说，自己正在读多年以前在安纳波利斯学过的一本书。那年冬天，在陶比·克里斯托弗森赠予的外套，杜瓦和米德偷送的大米以及在哈里斯、丁克尔和迦勒特三人友谊的帮助下，路易终于活了下来。由于体内摄取的热量不再像过去那样远远不足，路易双腿的情况开始逐步好转。当他在院子里走的时候，已经可以弯膝蹲下来。于是，卫兵们开始不停地驱赶路易，让他一个人在院子里跑步。

春天到了，大船镇的军官又带来一名日本居民，让路易跟他赛跑。路易不想赛跑，但是他们告诉路易，如果他胆敢拒绝，所有的战俘都将受到惩罚。他们要围着院子进行一英里半的赛跑，但是路易并没有打算赢得这场比赛，因此大部分时候都故意落在那个日本人的后面。然而，当他迈开双腿跑步的时候，发现自己身轻如燕，步伐也异常轻松舒展。院子四周的战俘们都屏住呼吸，瞪大了眼睛看着路易。到了最后，路易听到这些战俘开始为他欢呼。路易看着前面的日本选手，内心仿佛一直在告诉自己："一定要超过他。"但是路易知道，如果自己赢了这场比赛，除了会让自己的狱友感到高兴以外，后果将会怎样。尽管如此，数月以来心中的羞辱让他感到难以忍受，于是路易加快步伐，抢先一步到达终点。战俘们顿时欢声雷动。

路易没有看到，许多棍棒正朝他劈头盖脸地挥舞过来。霎时间，他感到天旋地转，然后便栽倒在地。睁开眼睛时，他看见自己的四周围满了战俘，心想这是值得的。

但是，日本卫兵认为应该给路易一次教训。没过多久，另外一名长跑选手带着自己的女友来到路易所在的集中营。路易本来准备一举获胜，但是在比赛之前这名选手十分友善地操着英语对他说，如果路易能够输掉这场比赛，他会送给路易一个米饭团子。他说，能够在自己的女友面前赢得这场比赛对他来说太重要了。于是，路易故意输掉了那场比赛，他看到这名日本选手的女友十分激动。比赛结束后，这名日本选手给了路易两个米饭团子，其中一个算做利息。有了这种报酬，路易说："我便开始以此为生。"

3 月份，菲尔被调离集中营。他似乎终于得到了幸运之神的一丝眷顾。有军官说，他将被送到一个叫善通寺的战俘集中营。对于战俘们来说，善通寺可是每一个人都向往的地方。据说那里的战俘可以在红十字会注册，可以给家人写信，而且生活条件也要好很多。在所有的战俘集中营里，传言善通寺是最好的去处。每当有战俘因为态度合作而受到表扬时，那些日本军官就会奖励他们来到这个堪称"奢侈"的营地。

菲尔和路易只是进行了简单的道别。他们彼此承诺，等到战争结束以后，有一天他们一定要找到对方。接着，菲尔就被带出了大门。

然而，关于善通寺的传言只是日军的谣言。菲尔被押往东京北边一个叫作足尾的地方。后来，足尾的战俘被转交给一家电线电缆公司。这家公司把战俘们赶到地下去开采铜矿，而那里根本无法居住。一般情况下，从事这项工作的只有战俘中的士兵，不过偶尔也会有例外，所以菲尔也不清楚自己现在究竟是不是已经沦落为奴。

然而，在足尾却有一个好处。在过去的两年里，菲尔既没有见过茜茜，也没见过他的家人。菲尔想，他们大概早就认为自己已经死了。在这里，日军告诉他可以给家人写信。于是，菲尔立即拿出纸和笔，从他和赞贝里尼在救生艇上漂泊的日子开始写起，一直到他是如何被捕以及对家人的无限思念。“等我回家的那天晚上，你们一定能够听到许多有趣的故事，”他写道，“我爱你们，希望我们能够早日团聚。艾伦。”

写完以后，菲尔把自己的这封信交了上去。过了一段时间，有人在垃圾堆里发现了这封已经被烧得残缺不全的家书。虽然信封的边缘已被烧毁，但是内容还大致可以读到。菲尔捡回自己的这封信，并且小心翼翼地收藏了起来。等到战争结束时，如果他还活着，他会亲手将这封信寄出去。

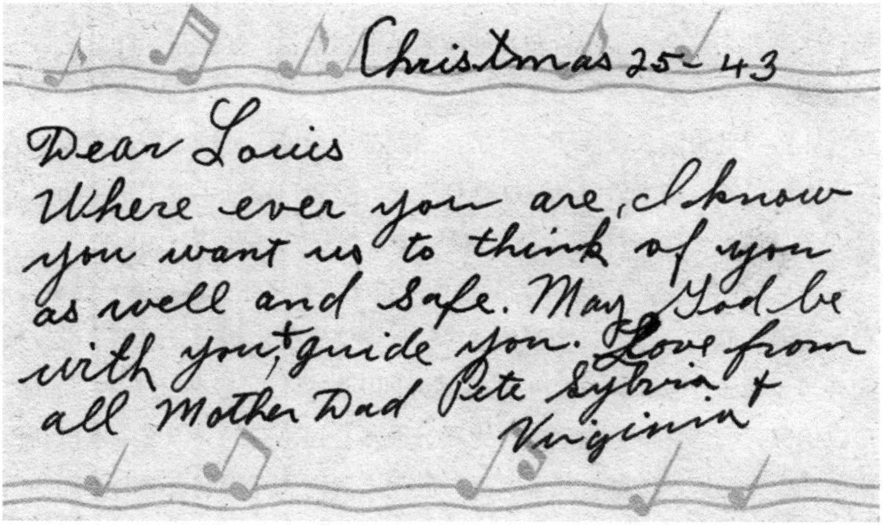
Christmas 25-43

Dear Louis
Where ever you are, I know you want us to think of you as well and Safe. May God be with you, guide you. Love from all Mother Dad Pete Sylvia + Virginia

（本图片由路易·赞贝里尼提供）

信念不移

托兰斯高中后面的一片空地上杂乱无章地长着不少树木。在哥哥失踪以后几个月里的许多下午，西尔维娅·赞贝里尼·弗拉默尔经常独自一人来到这里，把车停在树下，然后一动不动地呆坐在昏暗的灯光里。车子刚停稳没多久，西尔维娅早已泪流满面。有时候，她甚至会哭出声来，因为她知道没人会听到自己的哭声。几分钟后，她轻轻擦去脸上的泪水，站起身来，重新发动汽车。

在回家的路上，西尔维娅会编造出一条谎言，好解释自己为什么到邮局去了这么长时间，因为她从来不想让别人知道自己有多么害怕。

1943 年 7 月 4 日，他们家接到一封电报，宣布路易失踪，接下来便是让人难以忍受的沉默。一周又一周过去了，军方还是没有搜索到关于路易以及其他机组成员与失事飞机的任何踪迹。在托兰斯小镇上，希望仿佛也已经消失不见。每当赞贝里尼一家外出时，左邻右舍脸上总是挂着一副于心不忍的表情。

然而，在位于格拉梅西大道的一栋白房子里，人们的看法却完全不同。就在收到电报的前几天，路易丝·赞贝里尼还一直深信自己的儿子仍然活着。她的丈夫和其他孩子也都这么认为。一天接一天过去了，一周接一周过去了，春去夏至，还是没有任何消息，但是这一家人的信念却没有丝毫动摇。对他们来说，路易仍然在他们身边。每当他们开口闭口谈到路易时，好像他就在这条街上，随时都会回来。

对于赞贝里尼一家人来说，这既不是一种否定，也不是一种希望，而是一种信念。无论是路易丝和安东尼，还是皮特、西尔维娅和弗吉尼亚，他们仍然能够感觉到路易的存在，甚至能够亲手触摸到他。他们不是由于忧伤而感到悲痛，而是因为知道路易在外面遇到了很大的麻烦，可是自己却无能为力，所以才异常难过。

7 月 13 日，路易丝突然产生了一种极为迫切的感觉，于是她写信给第七航空队指挥官威利斯·黑尔少将。在这封信上，她请求黑尔不要放弃对路易的搜救工作，她深信，路易一定还活着。可是路易并不知道这件事，他就是在这一天成了日军的战俘。

几周以后，赞贝里尼家收到了黑尔办公室的回信。信上说由于这次搜救行动没有任何线索，所以军方不得不接受路易及机上其他成员已经阵亡的消息。他们希望路易丝能够接受这一事实，路易丝却将这封信撕得粉碎。

皮特还在圣迭戈训练空军新兵。因为压力巨大，他开始感到烦躁不安。有时候，他会开车回到托兰斯镇看望家人。每当回到家中，每个人都暗暗担心他日渐憔悴的身体。当年 9 月，皮特寄给路易的最后一封信被退回原地，而这封信就是在他们得知路易坠机前几小时寄出的。退回的信件前面潦潦草草地写着“海上失踪”字样，而信封的背面也盖着“飞机失事，已经证实”的邮戳，皮特的那张照片还在信封里。

就在这个月里，西尔维娅的丈夫哈维也去前线参战。在随后的两年中，哈维再也看不到自己的妻子。西尔维娅独守空房，每天都为自己丈夫和哥哥的安危忧心如焚，但是没人可以分担她的焦虑。就像皮特一样，她几乎吃不下东西，瘦得好像一根绷紧的绳子。她不想再这样离群索居，于是决定搬去与父母同住。

当西尔维娅开车回到托兰斯镇的家中时，发现父亲和他第一次听到路易失踪的消息时一样，看起来精神振作，面带微笑，但有时候也会流泪。弗吉尼亚住在家里，她在西部管道和钢铁厂（生产军舰为主）工作。她和西尔维娅一样十分忧虑，然而她们更加担心的是自己的母亲。一开始，路易丝经常啼哭不止，几个月过后，她的状况变得越发糟糕。一听到关于路易失踪的消息，她就会变得情绪激动、泪流满面，并且使劲地拍打自己的双手。现在，她的手已经戴不上手套，什么活儿也干不了。

西尔维娅只好和父亲轮流做饭。

西尔维娅辞去了牙医诊所的工作，来到一家军队医院做牙医助理。她希望这份工作可以帮助自己得到有关路易的消息。在那里，她偶然听说美军缺少飞机，所以又在一家飞机设计所找到一份可以夜间工作的兼职。她感到自己的精神异常紧张，每天都要工作到很晚才下班。有一次，西尔维娅看到一群工人在一架飞机下面赌博。她突然失声吼道，自己的哥哥失踪了，美国现在这么需要飞机，而他们却在这里混日子。虽然西尔维娅对自己突然情绪失控感到十分吃惊，但是她并不后悔，因为这样让自己感到好多了。

10月6日，路易沉重的军用行李箱被送至父母家门前的台阶上，这是路易最后用过的行李箱。路易丝不敢打开箱子看，于是把箱子拖到地下室，用一张毯子盖上。这个箱子一直放在那里，直到她死也没打开过这个箱子。

赞贝里尼家里的每个人都备受煎熬，但是孩子们不想让自己的母亲受到影响。他们从来不在一起哭诉，而是经常互相讲述一些自己杜撰的有关路易在热带岛屿探险的故事。大部分时候，安东尼都对路易绝口不提。西尔维娅每天都会到教堂为自己的丈夫和哥哥祈祷，有时也会和弗吉尼亚开车去圣迭戈看望皮特，然后三人一起喝得酩酊大醉，并且互相鼓励。他们从来都不会提起路易有可能已经不在人世。当西尔维娅和家人一起经过托兰斯市中心时，他们注意到路人纷纷侧目窥视，表情好像在说，直到现在赞贝里尼一家人还不能接受事实，真是令人感到同情。

西尔维娅每天晚上都会给丈夫写信。每周她还会给路易写一封信，信上主要说家里发生的一些琐事，就好像家里一切正常。但是，她只有哈维的通信地址，却没有路易的，所以她把给路易的信寄到了红十字会。她只是告诉母亲自己要去寄信，然后钻进汽车，开车前往邮局。把信丢进信箱以后，西尔维娅就会开车来到托兰斯高中后面的那片树林，把车停在树下失声痛哭。

每天晚上熄灯以后，当西尔维娅独自一人躺在儿时的床上，她就会再次崩溃。等她睡着以后，总是有些东西反反复复地出现在她的梦里。西尔维娅不知道自己的哥哥现在情况如何，但是她的头脑中只有一个画面，就是那一天她在瑙鲁岛报纸上看到的路易在“超人”号的机舱里透过洞眼向外观看。这个画面让她相信，路易的飞机一定是被击落了，而这一场景几乎每天都会出现在她的噩梦之中。没有坠机，没有海水，只有被子弹打得浑身血淋淋的路易坐在轰炸机里。西尔维娅总是试着走近路易，但是从来都没有成功。虽然这只是一场噩梦，但是在梦里路易没有死掉。即使在自己的想象中，西尔维娅也不允许哥哥不明不白地死去。

1943 年 12 月，赞贝里尼一家准备庆祝没有路易参加的第一个圣诞节。每天邮递员敲门送来大量的卡片和信件，大部分都表达了对他们的同情。圣诞树上挂着爆米花和越橘，下面则放着一堆送给路易的礼物。他们会收好这些礼物，因为他们相信总有一天路易会回到家中，并且亲手打开这些礼物。

路易丝买了一张小小的圣诞卡片，卡片上画着一个身穿红裙的天使，站在一群小羊中间吹着号角。她在卡片里这样写道：

> 亲爱的路易，你到底在哪里。我知道，你一定想让我们知道你很好，也很安全。上帝指引着你，保护着你。我们所有的人都爱你。
>
> 妈妈、爸爸、皮特、西尔维娅和弗吉尼亚。
>
> 1943 年 12 月 25 日

两个月后，经过一场大规模的轰炸，美军最终夺取了夸贾林环礁。登陆部队涉水来到一个被夷为平地的荒丘，那里光秃秃的，没有一棵植物。人们在唯一残存的一栋办公楼里发现了一堆文件。此外，当一名美军爬过一座木头房屋时，在残骸里发现了一些东西，并把它挖了出来。原来是一块长长的、被腐蚀得残缺不全的木片，上面写着几个大字：路易·赞贝里尼。

“黛西·梅”机组飞行员乔·迪西被召回到希克姆基地后，上级要求他翻译一些从夸贾林环礁带回的日语文件。他开始阅读这些文件。文件上说，有两名美国空军军官从一个救生艇上被打捞上来，被带到夸贾林环礁。文件没有提到他们的名字，只说他们是一名飞行员和一名投弹手。他们的飞机坠毁了，有三人幸存，其中一人死在了救生艇上，另外两人在海上漂泊了 47 天。文件还包括一些审讯记录和战俘们对这架 B-24 飞机的描述。报告上说，这些人遭到殴打，后来被押解到了日本本土。

迪西读到这些报告后，便立即知道了他们几个人的身份。常年参战的经验战胜了迪西的个人感情，他从这些可怕的真相中发现：菲尔和赞贝里尼在这次坠机事故中幸存了下来。随后，迪西本来庆幸的心情马上被一种罪恶感所代替：他们历尽千辛万苦在大海上进行搜救，可最终发现这些失踪人员的却不是他们，而是他们的敌人。

“我很高兴找到了他们，”迪西后来回忆说，“但接下来的问题是，他们到底在哪里？即使他们被押往日本的报道是正确的，也不意味他们就能够活着到达那里，或者无论发生了什么事情，他们仍然活着到达了日本？”

至此，军方才获悉，在“青蜂侠”号失踪的全体机组成员中，除了赞贝里尼和菲利普斯，其他所有人都已经遇难。不过很明显，因为这些报告语焉不详，路易和菲利普斯的命运仍然生死未卜，所以军方并没有将这一消息告知死者和两名失踪人员的家人。

★★★

就像赞贝里尼一家一样，自从艾伦失踪后，菲利普斯一家也一直笼罩在黑暗当中。艾伦的父亲在弗吉尼亚州的皮科特基地，母亲凯尔西在印第安纳州普林斯顿空空如也的房子里独自焦急地走来走去。一封电报通知他们艾伦失踪了，接着他们收到一封来自空军第 24 飞行中队一名副官的信。他在信上详细描述了艾伦失踪的过程。在这封信中，他以一种几成定局的语气写道，我们深知“你们悲痛欲绝”，但艾伦“将会永远受到军方的敬重”，并且提出“自己将竭尽所能减轻你们的痛苦”。在接下来的一个月里，艾伦的父亲在皮科特基地收到了一个装有两枚铜质橡树叶的勋章。这两枚铜质橡树叶勋章是为了奖励艾伦在马金岛、塔拉瓦岛和瑙鲁岛执行任务时表现出来的英勇行为。“你儿子最后的职位还没有确定，”附信中说，“随信寄去橡树叶勋章以便保管。”虽然菲利普斯一家并不知道，但艾伦正是在他们收到这两枚勋章的当天被俘的。

牧师菲利普斯想把这两枚橡树叶勋章寄给自己的妻子，但是又担心在邮寄过程中丢失，所以最后还是决定把它们留在弗吉尼亚。他把这两枚勋

菲尔的未婚妻：茜茜·佩里
（本图片由凯伦·卢米斯提供）

章和艾伦的服役绶带、飞行章、徽章和空军勋章放在一起拍了一张照片，然后把照片放在一块紫红色的毛毡上，这是他从一顶女帽上剪下来的。最后把这块毛毡贴到一块胡桃木板上。等他回到印第安纳州以后，他决定把真的勋章和绶带也放到这块木板上面，然后把胡桃木板放到艾伦照片下面的书架上。“那样肯定棒极了。”他在给女儿的一封信中写道。

由于缺少相关的信息，菲利普斯一家人所能做的只是反复思索他们知之甚微的消息。和赞贝里尼一家人一样，他们拒不接受那些宣布自己孩子业已阵亡的消息。“我反反复复地从每一个角度考虑了艾伦可能发生的事情，而每一种可能我都不会放弃。”8 月份，牧师菲利普斯在写给女儿的信中说，“许多事情都有成真的可能，正是这些事情增强了我自信的感觉，而且这种感觉永远都不会动摇。总有一天，我们会像所希望、所等待的那样，一家人团聚在一起。”

茜茜·佩里是从她的老朋友史密提的信中得知艾伦失踪消息的，史密提是艾伦所在空军飞行中队的一名飞行员。他在信中告诉了茜茜自己所知道的一切关于艾伦失踪的事情，然后告诉她搜救人员是如何千方百计寻找艾伦的。但是，他没有告诉茜茜自己看到了漂在海面上的黄色箱子，因为这些箱子很可能来自那架失事飞机。他写信告诉茜茜，在艾伦失踪的前一天晚上他俩还坐在一起，艾伦非常想念她，想离开战场前去看望她。

自从收到史密提的来信，茜茜就再也没有得到任何新的消息。她迫切地想得到更多信息，但住在印第安纳州的她势单力孤。茜茜想起自己的一个朋友住在华盛顿特区的郊区，也许在首都可以获取更多的消息。因此她辞去教师一职，长途跋涉搬进朋友的公寓，在自己的房间里贴满了艾伦的照片。她在环球航空公司找到一份工作，因为她想自己也许能够通过航空公司获悉一些事情。虽然她逢人便问，但是对于艾伦的下落仍然一无所知。

茜茜本来是一个聪明伶俐而且受过良好教育的女子，由于心情悲痛欲绝，她一反常态地找到一位占卜师，让他占卜艾伦的下落。

这位占卜师告诉她，艾伦并没有死，他只是受伤了，仍然活着。“在圣诞节之前，”占卜师说，“你就能找到艾伦。”茜茜接受了她的预言，对此深信不疑。

★★★

1944 年春，“青蜂侠”号机组成员的几位母亲和其他的家庭成员开始互相联系。在来自美国各地的 12 封信件里，她们分享着自己的感情，互相鼓励对方不要放弃对自己孩子生还的希望。后来，凯尔西回忆说，这些信件让她觉得每一名空军战士都令人敬爱。

“今年肯定是悲伤而又漫长的一年。我们只能等着他们的消息。”当年 6 月，“青蜂侠”号后部炮手奥托·安德森的姐姐迪莉亚·罗宾逊这样写道，“我们必须保持希望。”然而，这种期待让莱斯利·迪恩的母亲变得越来越憔悴，后来她不得不前往威奇托进行为期几周的治疗。但是，她仍然像其他人一样绝不轻言放弃。“我们可以肯定，等到年底时一定能得到一些信息，”她写信告诉路易丝，“军方并不肯定所有的机组成员都已经阵亡，否则他们早就通知到我们了。所以我认为，他们仍然在某个地方活着，我们仍然可以满怀希望。”

迪恩夫人是在 1944 年 6 月 27 日写下上述话的。然而，也正是在那一天，确切地说是在“青蜂侠”号坠机的 13 个月以后，飞机机组成员的母亲分别接到了美国陆军部的电报。路易丝·赞贝里尼收到这份电报后，立刻泪流满面。在这份电报中，军方宣布，路易和其他机组人员已经阵亡。

凯尔西·菲利普斯并不相信。凯尔西料到，当地的报纸《拉波特先驱报》一定会刊登这一消息。于是，她联系该报主编，请求他们不要刊登菲尔的死亡通知。她告诉他们，她儿子没有阵亡。出于对她的尊重，主编答应了这一要求。所以虽然官方已经宣布罗素·艾伦·菲利普斯的死讯，但是报纸上并没有刊登他的讣告。

赞贝里尼一家人的感受和菲利普斯一家人毫无二致。当死亡通知最初造成的震惊消退以后，赞贝里尼家中的每一个人都意识到，他们的一切并没有改变。这个通知只是官方对失踪 13 个月仍然毫无音讯的飞行员一种例行公事的处理方式。官方宣布路易死亡的日期是 1944 年 5 月 28 日，也就是在“青蜂侠”号坠毁后的一年零一天。然而，这份通知只是一张纸而已，“没有人会相信它。没有人会，”西尔维娅说，“永远不会。即使我们死了也不会相信。”

在赞贝里尼一家人的心中，他们仿佛能够感到路易的存在，感到他就生活在世界的某个角落。只要这种感觉没有消失，他们就始终坚信路易仍然活着。

吃晚饭时，皮特和父亲开始制订寻找路易的计划。等到战争结束以后，他们要租一条船，搜遍太平洋里的每一座岛屿，不管需要多长时间，他们会不停地寻找，直到找到路易为止。

秘密计划

这个秘密计划是由一个问题引起的。1944 年夏天，路易和弗兰克·丁克尔一起走在大船镇的院子里。路易听到从远处传来一阵飞机在跑道上滑行时发出的声音，正是这个声音让路易开始了思考。“如果我们离开这里，”他问丁克尔，“你能开日本飞机吗？”

“只要它有机翼。”丁克尔回答说。

自从那次简短的交流以后，他们逐渐产生了逃跑的念头。路易、丁克尔和哈里斯计划秘密逃跑。

★★★

他们再也无法忍受下去了。每天他们都会被抽耳光，被人拳打脚踢，受尽了凌辱和折磨。他们随时都有可能遭受毒打，然后倒在地上。他们只能希望自己不要这样死掉。那年春天，日军明显地削减了所有战俘的口粮。最后盛到战俘碗里的口粮大约只有官方供给的一半，人们变得越来越消瘦。当日本人给战俘称重时，六英尺多高的威廉·哈里斯却只有 120 磅，而且还患上了脚气。

路易被逼无奈，越发不顾后果地四处搜罗食物。有一次，他偷到一个洋葱，悄悄地放在热水器下面烤熟，然后把这个洋葱分给了几个人，每个人得到的都不多。还有一次，他偷到了一包日本豆酱面团，趁卫兵不注意胡乱塞进嘴里一口吞了下去。路易不知道那是一种浓缩的豆酱，需要稀释以后才能佐食。不一会儿，他不得不跑到牢房后面开始呕吐。他太需要食物了，于是便偷偷离开自己的单人牢房，冲进厨房抓起一把栗子就塞进嘴里。那些栗子本来是为卫兵准备的，当他抬起头时，猛地发现那个绰号“白痴”的卫兵就站在那里看着他，路易连忙后退了几步，迅速跑回牢房。虽然“白痴”并没有因此对他进行体罚，但是他脸上那种可怕的表情足以让路易不敢再犯。对于路易来说，他最好的一件差事就是自愿给卫兵的衣物上浆。淀粉浆是由米汤压在布上做成的。在挤压过大米以后，路易就会趁机捡起从布料里漏掉的米粒吃。

后来，路易得到一个取得食物的机会。集中营里需要一名战俘为卫兵理发，每次工作的报酬是一个米饭团子。虽然在卫兵身边干活儿是一件非常可怕的事情，但路易还是想要那个饭团。当他走出队列时，他拿到的不是电动理发剪，而是一个折叠式剃刀。路易以前从没有用过剃刀，而且他知道如果卫兵被剐伤，他将会得到怎样的下场。于是，他把剃刀带回牢房，在自己的头上反复练习，直到熟练为止。

然而，当他为第一个卫兵理发时，这名卫兵用肉球似的拳头打在他的身上，并且告诉路易美式发型看起来十分怪异，而他只想剃前额，那是一种标准的日本发式。随后，每一个卫兵都要求路易这样做。路易小心翼翼地为他们理发，唯恐剐伤了其中一个。靠着那些饭团，路易继续活了下来。

在这些卫兵当中，有一个卫兵因为过于残暴而臭名昭著，人称“黄鼠狼”。他也找路易理发，可每次都不给报酬。尽管如此，路易知道自己根本不能拒绝。在给“黄鼠狼”剃前额的头发时，路易手中的刀片稍微向下偏了一点，于是“黄鼠狼”本来粗重的眉毛立刻变成了一条颇具弧度的曲线。剃好后，“黄鼠狼”自己没有觉察，站起身来就离开了，然后走进卫兵室里。片刻之后，路易听到从里边传来一声叫喊：“玛莲娜·迪特里希！”

路易紧张地后退了几步，等着“黄鼠狼”气急败坏地疾奔出来。随后，又有几个卫兵走进卫兵室，路易听到里边传来一阵哄笑声。幸运的是，“黄鼠狼”并没有因此而殴打路易，但他此后再也不找路易理发了。

对这些战俘来说，似乎每一天都是他们的末日。因为盟军离日本越近，“杀光政策”的威胁就越大。对于外界的战况，虽然战俘们只有一个模糊不清的概念，但是日本人显然看上去非常担心。在春末进行的一次审讯过程中，一名军官告诉菲茨杰拉尔德，如果日军失败了，所有的战俘都将会被处死。“希望日本胜利。”他只能这样说。因此，如何设法得到一些关于战争的消息是一项非常紧迫的事情。

一天早上，路易一边按照命令打扫院子，一边四下里走动。他看到那个绰号“木乃伊”的集中营指挥官手里拿着报纸坐在一棵樱桃树下打盹儿。路易不动声色地靠近“木乃伊”。只见“木乃伊”的脑袋上下叩动，手指慢慢张开，报纸滑落到了地上。路易绕到他的旁边，一边假装扫地，一边伸出扫帚轻轻地把报纸朝自己这边勾了过来。报纸上的文字是日文的，但是里面附有一张关于战争的地图。路易跑回牢房找到哈里斯，把报纸放到他的面前。哈里斯盯着这张报纸，把地图的内容记在了脑子里。然后，路易把报纸扔进垃圾堆，从而销毁了自己偷窃的证据。很快，哈里斯凭借记忆画出了一张翻译好的地图，陆续拿给其他战俘看，然后也毁掉了。地图上的内容可以证实，盟军已经接近日本。

到了 7 月份，集中营里开始不断传出关于美国正攻打日本南部马里亚纳群岛中最大的岛屿——塞班岛的消息。一名瘦高个新战俘被拖了进来，每个人都把他看成是最新消息的来源，但是卫兵却把他隔离开来，不许其他战俘与他说话。当这名新来的战俘被带去冲洗的时候，路易看到了机会。他偷偷溜到澡堂的后边，透过开着的窗户看到这名战俘赤裸裸地站在那里，手里拿着一盆水正在冲洗，而卫兵走到一旁去点烟。

“如果我们攻占了塞班岛，把盆扔到地上。”路易悄声说。

盆子掉到了地上。接着，这名战俘捡起盆子又扔到了地上。如此反复三次以后，卫兵突然回来了。于是，这名战俘立即假装盆子是不小心滑到地上的。

路易一溜烟地跑到自己的狱友那里，宣布美军攻克塞班岛的消息。在他们刚被俘的时候，美军航程最长的轰炸机是 B-24，但其航程不过 3 000 英里，所以不可能往返于塞班岛和日本国内的其他岛屿之间。但是战俘们相信，攻下塞班岛只是轰炸日本内陆的第一步。他们不知道的是，当时美国陆军航空队已经启用了一种航程更远的新型轰炸机，完全可以从塞班岛飞抵日本本土。

集中营里的卫兵和军官们越来越惶惶不安。很久以前，佐佐木就曾经吹嘘日本一定能赢得战争，但是现在他却对这些战俘表现得十分友好，并且告诉路易自己对前首相和战争设计者东条英机有多么痛恨。听起来他似乎开始偏向盟军了。就在他们反复思索关于塞班岛消息的时候，路易和其他人对盟军不断推进可能带给他们的风险却一无所知。就在这个月里，美国的军队已经转向了塞班岛邻近的一座小岛提尼安岛。那里关押着 5 000 名被迫沦为苦力的朝鲜人。显然，日本人担心，如果美军攻占该岛，岛上的朝鲜人就会加入敌方，所以他们不惜采取“杀光政策”。顷刻之间，岛上的 5 000 名朝鲜人全部人头落地。

到了晚上，战俘们躺在自己的牢房里，隐约听到远处传来一阵令人不安的声音。这个声音越来越大，原来是空袭警报震耳欲聋的声音。他们等着轰炸机的声音，可到最后一架也没有飞来。

★★★

夏天到了，大船镇的情形每况愈下。空中到处都是苍蝇，虱子在人们的头皮上爬来爬去。路易身上的虱子排列起来，几乎和他的上衣一样长。路易不分昼夜地拼命抓挠、拍打，可他的皮肤还是和其他人一样到处是红肿发炎的地方和蚊子叮咬的疤痕。卫兵们许诺，拍死苍蝇最多的战俘可以得到一个米饭团子，于是他们开始了残酷的竞争，并且堆积了大量的苍蝇尸体。到了 7 月，卫兵又把这些战俘带到野外的水渠里，让他们舀水浇稻田。一天下来，他们的身上爬满了水蛭。路易光胸口就有 6 条水蛭，让人抓狂。于是，战俘们央求借用一下卫兵手中的香烟。当他们趴在地上扭曲着身体用香烟戳弄水蛭时，一名卫兵低头看着他们。

“你们真应该为自己的工作感到高兴。”他说。

8 月 5 日，一辆装有一个月口粮的卡车来到了集中营里。菲茨杰拉尔德亲眼看到，光是集中营里的那些军官就已经把车上的东西一抢而光。“卷毛”宣布，因为鼠患，他们的口粮被再次削减。菲茨杰拉尔德在自己的日记上写道，自从这些军官们开始使用本来供给战俘的 70 磅红糖制作“自备午餐”后，这里所有的战俘只剩下一茶杯红糖。8 月 22 日，一辆卡车忽然停在厨房门口，日军命令厨房的战俘立即离开。菲茨杰拉尔德躲进茅房，从那里可以看到厨房里的情形。他看到一袋袋粮食被扔进卡车，然后

◤

“拐子”

（本图片由路易·赞贝里尼提供）

卡车开走了。“有人开了一个商店，而且实际上已经开始营业了。”他写道。

暴力从来都没有停止。其中一个外号“拐子”的卫兵尤其残酷。一天，路易看到一些日本人把鱼扔进战俘洗手洗脚的水槽。接着，有人让路易过去洗鱼，路易走过去看了看水槽里的鱼。这条鱼已经腐烂掉了，身上爬满了四处扭动的蛆虫。路易禁不住往后退去，“拐子”发现了，于是开始狠揍路易。那天晚上，“拐子”把鱼舀进路易的碗里。路易没有动。一名卫兵拿起刺刀戳向他的耳后，并且强迫他吃下这条鱼。

还有一件事情是关于嘎嘎的。嘎嘎是一只讨人喜欢的鸭子，也许是人们对它的喜爱激怒了这些日本卫兵。他们残忍地折磨这只鸭子，用脚踢它，然后使劲晃动它的脑袋。绰号“白痴”的卫兵甚至解开裤子，朝嘎嘎身上撒尿。最后，嘎嘎被折磨死了。在这场战争中。路易曾经亲眼见过许许多多残忍的事情，但是这次惨剧最令人发指。

路易的心仿佛离开了大船镇，回到了自己的家中。他已经两年没有见到家人了。他怀念自己家白色的房屋，想念弗吉尼亚、西尔维娅、父亲安东尼和挚爱的皮特。只要想起母亲，路易就会感到无比心酸。弗雷德·迦勒特告诉路易，他已经开始放弃，准备面对死亡，但是路易难以想象，如果自己的母亲听到这样的消息会怎样。

路易有太多的磨难和痛苦的回忆，而且深知，日本人是不会让他们活着离开大船镇的，于是他开始考虑附近的飞机，想要知道这些飞机是否可以解决他们的问题。在检查过这里的栅栏以后，路易、丁克尔和哈里斯得出结论，他们可以避开日军卫兵，越过带刺的铁丝网。这个主意把他们三人绑到了一起。他们决定一起出逃，然后抢下一架飞机逃离日本。

★★★

从一开始，他们的秘密计划就钻进了死胡同。因为他们都是被蒙着眼睛带到这里来的，只有在灌浇稻田时才有机会在短时间内冒险离开集中营，所以，他们对这里的地形知之甚少。他们既不知道机场在哪里，也不知道怎样偷走一架飞机。就在这时，一个心地善良的卫兵无意间帮助了他们。考虑到他们可能喜欢看书，这名卫兵送给他们一本日语年历。哈里斯打开这本书后，很快就被其中的内容吸引住了。因为这本书中不仅详细介绍了日本的港口、海湾的船只和船只所需的燃料，而且还有关于不同城市之间和地标之间距离的详细介绍。这本书中包含了他们制订逃跑计划所需要的一切信息。

他们花了几个小时读熟了这本书，然后制订了一个秘密计划。他们决定放弃驾驶飞机逃跑的计划，而改用船。从这里向东走几英里就是横滨港，那里没有安全可行的路线。但是如果他们能够穿过日本的西海岸，就可以到达另外一个港口，在那里他们可以找到一个逃离日本的最佳路线。

所以他们必须先步行。哈里斯绘制出一条穿过西海岸的小径，这条小径大约有 150 英里，沿途异常危险，但是哈里斯徒步穿越巴丹半岛的经历坚定了他们的信心。一旦抵达港口，他们就可以偷走一艘机动船以及燃料，然后穿过日本海逃到中国。路易曾经靠着一只残缺不全的救生艇在几乎没有任何食物的状况下从海上漂泊了 2 000 多英里，所以一艘坚固的机动船在日本海上应该可以至少驶出几百英里。丁克尔比哈里斯和路易被捉来的时间晚一些，因此他对敌军占领了中国哪些城市最为清楚，并且制定出一条可以帮助他们摆脱日本人的路线。

他们希望可以在中国找到一处安全的海湾。1942 年，美国对日本本土岛屿发起了第一次也是迄今为止唯一一次炸弹袭击。这次袭击是由吉米·杜立特中校指挥 B-25 轰炸机从航母上发起的。在向日本投掷炸弹之后，杜立特的机组人员发现，这架战机的燃料不够用了，他们必须选择进行水上迫降或者在中国上空跳伞。在日本人搜捕这些飞行员时，当地的百姓把他们藏了起来。哈里斯、丁克尔和路易听到过一些模糊的谣言，说日本人对中国平民包庇杜立特等飞行员一事进行了报复，但是他们并不清楚这一谣言的真实程度。据闻，日本人一共杀害了 25 万平民百姓。

但是，还有一个问题他们不知道如何解决。和卫兵混在一起的话，即使掩藏起自己的面部特征，人们也不可能注意不到他们和日本人在体形上的区别。日本人的平均身高是五英尺，而路易身高五尺十寸，丁克尔身高六英尺，哈里斯更高。如果徒步穿过日本，他们必然非常显眼。如果在中国当然很好，但是在日本不可能有人善待他们，他们也不会有这种愚蠢的想法。战争结束以后，一些战俘可能讲过，有些英勇的日本百姓曾经由于为他们偷取食物和药品而被抓，并且遭到卫兵的残忍殴打，然而这种现象并不常见。在穿过城市的时候，战俘们经常遭到成群平民的殴打，有些百姓会朝他们扔石头或者吐口水。如果路易、哈里斯和丁克尔被他们抓住，几乎可以肯定只有死路一条。既然不能掩盖体形上的差异，他们决定晚上行动，也许这样情况会好一些。即使他们死在日本，在自己生命的最后一刻，至少也是他们自己——而不是这些日本卫兵成为自己灵魂的主宰。

这个秘密计划酝酿好以后，他们几个开始想方设法地多走路，从而加强腿部肌肉的锻炼。他们还研究了卫兵换岗的时间，发现在晚上的一小段时间内只有一个卫兵站岗，那时路易会趁机顺手拿走卫兵们的食物。此外，作为理发员，路易还有权使用工具，因此他可以随身带一把剃刀。他还会不时地偷些日本豆酱和大米。他把被风吹散到院中的小片纸收集在一起，

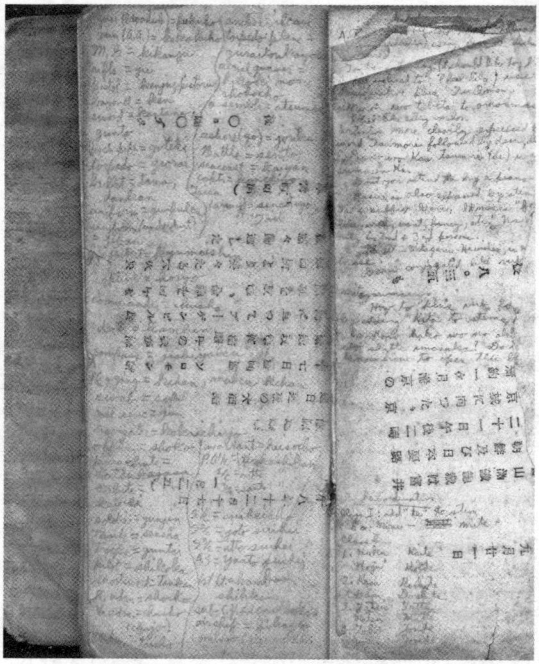

哈里斯自制的日英词典，被“拐子”北村陶治发现

（本图片由凯瑟琳·H.米尔斯提供）

当作手纸使用。他把自己能够找到的每一条绳子都收集起来，并且把所有的东西都藏在了地板下面。

两个月后，一切准备就绪。他们的计划非常危险，但是掌控自己命运的兴奋期望远远超出了计划的危险程度。随着逃跑日期日渐临近，路易对自己所谓的“可怕的欢乐”充满了期待。

但就在他们计划逃亡的前几天，集中营里发生的一件大事，足以改变这里所有的事情。在一个集中营里，一名战俘逃跑了。

大船镇的军官立刻召集所有人，同时发布了一条新的命令：任何试图逃跑的人在被抓住以后都要立即处死。此外，只要有一名战俘逃走，其他几名战俘也要被立刻枪毙。于是，路易、丁克尔和哈里斯暂时推迟了他们的秘密计划。

★★★

由于这一计划的夭折，路易和哈里斯把更多精力投入到他们的反抗活动之中。9 月初，一名战俘看到“拐子”的桌子上放着一张报纸，上面印着一张战争地图。没有比从“拐子”那里偷盗物品更加危险的事情了，但是考虑到一旦盟军攻入日本，他们就可能全部被杀，这些战俘们宁愿冒着巨大的风险。在他们中间，只有一个人有过这样危险的偷窃经验。

一连几天，路易都监视着“拐子”的办公室等待时机。有一次，路易看到“拐子”手里拿着烟盒走出办公室，于是他立即从房子的一侧爬过，双手和双脚都贴在地上，这样窗户外面的人就不会看到他。路易爬进办公室的大门，报纸还在桌子上，他一把将那张报纸抓了过来，塞进自己的衬衫里。接着，路易又俯身爬了出去，站起身来，迅速迈步走进哈里斯的牢房。他打开报纸递给哈里斯。在哈里斯盯着报纸看了几秒钟以后，路易又把报纸塞进衬衣口袋即刻爬回“拐子”的办公室里，把报纸扔到桌子上，然后飞快地逃走了。谁也没有看到他。

有天哈里斯拽出一张卫生纸和一支铅笔来，开始在纸上画地图。所有人的目光都跟随着他的画笔。后来，哈里斯的记忆也许和地图上的主题不

威廉 · 哈里斯

（本图片由凯瑟琳·H. 米尔斯提供）

太一样，但是每个人都记得上面画的是盟军的动态。随后，哈里斯把这张地图藏到了自己的行李中间。

9月9日下午晚些时候，哈里斯和另外一名战俘坐在牢房里讨论战争，这时“拐子”忽然从门口经过，但是哈里斯并没有听到他的声音，“拐子”注意到哈里斯手里拿着什么东西，于是走进来一把从哈里斯的手中夺了过去。原来是一张地图。

“拐子”仔细地研究了那张地图，他看到地图上写着“菲律宾”，于是便要求哈里斯告诉他是什么。哈里斯回答说那只是自己胡写的，但是“拐子”并没有被糊弄住。他走进哈里斯的牢房，翻了个底朝天。据说，“拐子”在哈里斯那里发现的私藏物品包括一张日本内陆防空形势的手绘地图、一张偷来的剪报和一个手写的日英军事术语字典。“拐子”叫来一名卫兵对哈里斯进行训话。每个人都以为，这件事情已经解决了。

然而，就在那天晚上，“拐子”突然把所有的战俘都叫到了院子里。他面皮紫胀，看起来非常奇怪。一开始，“拐子”命令他们做了大约20分钟的俯卧撑，接着采取大船镇上特有的蹲伏姿势，然后命令哈里斯出列。这时，路易忽然听到哈里斯在小声嘀咕：“哦，天哪。我的地图。”

接下来发生的事令所有人都永生难忘。“拐子”一边尖叫着对哈里斯拳打脚踢，一边从另一名受伤的战俘那里抄起一根拐杖痛击他。哈里斯立刻瘫倒在地，鼻子和胫骨流血不止。但“拐子”却命令其他战俘将他扶起来，继续对其进行殴打。这顿毒打大约持续了25分钟，也许有半个小时，哈里斯早就人事不省。另外两名战俘也随即昏倒。最后，天空突然开始下雨。当雨点落到“拐子”身上时，他停止了对自己脚下的躯体的殴打。于是，他扔下拐杖，走进附近的另一栋建筑，然后斜倚在墙上，晃动着身体疲倦地滑坐在地上。

当卫兵把哈里斯拖回牢房时，路易也跟了进去。只见这些卫兵猛地一搡，把哈里斯推到墙边，然后就离开了。哈里斯的双眼睁得很大，眼睛里一片茫然。他呆呆地坐在那里，直到两个小时以后才能挪动一下身体。

在接下来的几天中，他开始慢慢地恢复。由于哈里斯不能独立进食，所以路易总是坐在旁边喂他吃饭，并与他讲话，但是哈里斯仍然神志恍惚，几乎无法与他人进行交流。后来，当他终于走出牢房穿过营地时，整个面部变得伤痕累累、形容丑陋，整个人也变得呆滞起来，即使有朋友向他打招呼，他也根本不知道这些人是谁。

三周以后，也就是 1944 年 9 月 30 日的早晨，卫兵点名叫到赞贝里尼、丁克尔、杜瓦和其他几个人的名字，并且告诉他们要被送往东京郊外的大森战俘营，只有 10 分钟的时间收拾行李。

路易跑回自己的牢房，打开地板，掏出日记塞进叠好的衣服里。但是他知道，前往一个新的战俘营搜身是免不了的，所以便把自己的其他东西都留给了另外一名战俘。他向自己的朋友一一道别，看到哈里斯仍然惊恐交加。佐佐木倒是十分友好，而且为他提供了一些建议：在接受审问时，一定要咬定自己在夸贾林环礁陈述的是事实。几分钟以后，路易结束了自己在大船镇一年零十五天的生活，被押往另外一个战俘营。当卡车一路磕磕碰碰穿过山区，路易突然感到精神一振。他想自己即将前往的战俘营一定是一片乐土。

遭遇魔鬼

1944年9月30日的中午，路易、丁克尔和几名长期被关押在大船镇的战俘来到大森战俘营的门前。这个战俘营位于东京海湾的一个人工岛上，岛上到处都是沙坑，一条纤细的竹条桥把这座小岛和海岸连接在一起。对岸便是繁华的东京。战争几乎没有对它造成任何影响。岛上只有一小片地方被冰雪覆盖着，看起来就像是“跳房子”游戏里的一个个方块，而在其他地方每一寸土地显现出一种近乎苍白的诡异的灰色。这种颜色使得那些战俘想到了月亮，但是这座岛上却连一只飞鸟都没有。

他们得到命令，在一小间办公室前集合待命。而他们的面前是一个日军下士。这名下士就站在办公室旁边，一直斜眼打量着这些战俘。

这名下士不到30岁，长相英俊，衣着考究。然而，就在这张英俊的面孔底下，他丰满的嘴唇却在微微翕动，微微露出一种异常残酷的表情。下士身材匀称，身上的制服精致合体，身体似乎充满了活力。下士的臀部优雅地悬着一把宝剑，腰间系着一条钉着大量金属扣的网眼状宽腰带。在这个引人注目的下士身上，唯一不和谐的部位就是他的双手。这双手看起来仿佛就像一对巨大的、凶残的、充满兽性的爪子。

路易和其他战俘丝毫不敢懈怠，他们笔直地站在那里，双手紧贴身体两侧，两只胳膊都快要僵了。但是，这个下士继续一言不发地打量着他们。在他身边站着一名戴着少尉肩章的副官，但这名副官却卑躬屈膝地跟在这个职位较低的下士身边。5分钟，也许10分钟过去了，这位下士仍然一

渡边弘光，外号“大鸟”
（国家档案馆）

动不动。然后，他突然趾高气扬地朝这群战俘走去，那名少尉也急急忙忙跟在后边。只见下士高高地抬起下巴，挺起胸膛，动作既夸张又傲慢。接着，他开始像一个君主般地上上下下审视这群战俘，仿佛自己就是上帝一样。

这个下士大踏步向这一列战犯走去。他停在每一个人面前，用眼睛一扫，然后断喝一声：“名字！”当他停在路易的面前时，路易立刻报上了自己的姓名。但是，下士却眯起了眼睛，如果一个人看到这样的眼神，即便是在战争过去若干年以后，恐怕也无法忘记自己所看到的景象。路易立刻感到心慌气促，脊背一阵阵发凉。他只得垂下眼睑，但是下士的胳膊立刻挥了过来，空中传来气流的声音，路易的脑袋上重重地挨了一拳。他一个踉跄，差点就跌倒了。

“你为什么不看我的眼睛？”这个下士不满地吼道。战俘队伍里的其他人也开始精神紧张起来。

路易用力站稳脚跟。当他抬起眼睛看着下士的脸时，立刻感到紧张不安起来。接下来，又是一只胳膊飞过，狠狠地打在他的头上。路易双腿不稳，但还是拼命站直身体。

“你没有看我。”这时，丁克尔忽然觉得，这个人肯定是个精神病。下士命令他们走到隔离区。那里只有一顶摇摇欲坠的帐篷，他命令这队战俘站在帐篷底下，然后便离开了。

★★★

几个小时过去了，这些人仍然站在那里。冷风呼呼地灌进他们的袖口和裤腿，他们感到异常寒冷。最后，他们坐了下来。接下来是漫长而寒冷的下午。那个下士仍然没有回来。

路易看到附近的地上有一个木制的苹果箱。他还记得自己参加童子军时接受过摩擦起火的训练，于是他一把抓过箱子，三下两下将它拆开。接着，路易让另外一名战俘解开他靴子上的鞋带，再在苹果箱的木板上凿出一个小洞，然后把竹棍放进小洞里面，最后把鞋带绑到竹棍两端，同时拉紧鞋带迅速转动。不一会儿，苹果箱开始冒烟了。路易捡到一些废弃的榻榻米垫子，把它们放到冒烟的地方，用嘴使劲一吹。只听垫子立刻发出了嘶嘶的声音，并且蹿出了火苗。这些战俘一起围拢过来，有的还从口袋里掏出了香烟。每个人都感到暖和多了。

可就在这时，下士突然出现在他们眼前，大声吼道：“你们想干什么！”他命令他们说出火柴的来由。路易只好向他解释自己是怎样把火点着的。下士在听完路易的解释以后，脸色立刻沉了下来。几乎没有任何征兆，下士一拳重重打在了路易的脑袋上，然后向后一挥胳膊又是一击。路易本能地想要躲闪，可又忽然想起大船镇的那些战俘曾经告诫他说，躲闪只会招致更多殴打。所以，路易仍然站得笔直，即便在遭到第二次重击时，他的脸上仍然没有任何表情。接着，下士命令他们立刻把火灭掉，然后转身离开。

要是能够将他置于死地，路易宁愿豁出自己的性命。

★★★

这个下士名叫渡边弘光，出生于 1917 年或者 1918 年。（集中营里的战俘都记得，这个下士名叫渡边松广，但是据官方文件记载，他的名字应该是渡边弘光。）他的母亲渡边静香是一个性格活泼而且极为富有的女人。渡边静香有六个孩子，弘光是她的第四子。渡边一家生活优越，拥有东京高松酒店和一些位于长野县和满洲的其他地产和煤矿，并且通过这些产业聚敛了大量财富。弘光的父亲是一名空军飞行员，不过好像在他很小的时候就过世了，也有可能是离家出走。弘光从小就在奢华的环境下长大，在日本的各个地方都有不少豪宅，就连用餐的时候也都有仆人服侍，而且家中还有私人游泳池。他的兄弟姐妹都喜欢称他为“阿弘”。

★★★

渡边弘光的童年是在神户度过的，之后就读于东京最有声望的早稻田大学。他在大学里学习法国文学，并且非常迷恋无政府主义。1942 年，渡边毕业后在东京一家报社工作。他只在那里工作了一个月，接着日本就发动了战争。由于渡边具有强烈的民族主义情结，因此他立即报名参军。

作为一名士兵，渡边弘光对自己有着很高的期望。他的一个兄长是一名军官，一个姐夫是新加坡樟宜地区一个大型战俘营的指挥官。因此对于渡边来说，没有什么比军官的军衔更重要了。在他提出申请成为一名军官时，曾自以为凭自己的学历和家世，转为军官是一件理所当然的事情。但是，他的申请被拒绝了，而只能成为一名下士。

无论从哪方面来说，这一时刻都令他感到异常羞辱和气愤，并且对那些军官产生了强烈的仇恨和嫉妒心理。知道这段经历的人都明白，当他头脑中所有这些想法汇集在一起，顿时激起了他的某种耻辱感，而正是这种耻辱感导致了他此后的一切残暴行为，同时给无数战俘带来了悲惨的遭遇。

下士渡边被派往东京的皇家近卫团，该团驻扎在裕仁宫殿附近。由于当时日本本土尚未卷入战争，所以渡边从来没有看到过真枪实弹的厮杀。1943 年秋天，不知道是出于什么原因，渡边被调往军队中最为人不齿的基地——战俘营。也许是上司想要把这个喜怒无常并且总是充满敌意的士兵赶出皇家近卫团，也许是他们想要利用一下渡边这种暴躁凶残的性格。渡边被指派到大森集中营，担任“纪律军官”。1943 年 9 月的最后一天，渡边上任了。

★★★

早在渡边到来之前，大森就是个令人望而生畏的地方。1929年，《日内瓦公约》（日本签署了该公约，但从未正式批准施行。）允许羁押国使用战俘充当劳力，但必须遵守一些限制条件。比如：充当劳力的战俘必须身体健康；不能让战俘从事任何危险的、不健康的或者过于困难的工作；战俘从事的工作不能与战争之间存在任何关系；战俘营要付给战俘相应的报酬；不可以强迫战俘中的军官工作，以确保战俘营的秩序。

然而日本完全没有按照《日内瓦公约》所规定的条款来对待战俘。日本政府抓获的战俘其实就是奴隶。日本政府与私人公司签订合同，把这些战俘送到工厂、煤矿、码头、铁路进行无偿劳动。在那里，战俘们被迫从事非常艰苦的军工生产或者物资运输工作。而且始终有人挥舞着警棍，监视他们的工作。这些工作十分危险和辛苦，成千上万的战俘都是在工作时一命呜呼的。日本政府唯一偶尔遵守《日内瓦公约》的条款就是，很少强迫军官干活。

正如其他战俘营一样，大森也是一个奴工营。大森的战俘每天至少要工作10～12个小时，每周工作7天。他们要在铁路、码头、卡车装卸站、采沙坑和煤场从事非常辛苦的工作。只有当他们奄奄一息或者发烧到40摄氏度以上时，才可以停止干活。然而，这些工作异常艰辛，无异于一种折磨。战俘营里的汤姆·韦德曾经说过，每个战俘每天在东京铁路场总共要装卸20～30吨的货物。这里的劳力每人每月都可以领到3日元的报酬，而且还是因为大森是一个所谓的“模范营”，所以这里的战俘都要在红十字会注册登记，同时需要公布自己的薪水。3日元还不够买一包香烟，而且只能在战俘营的餐厅里买一些毫无价值的小东西，所以最后这些血汗钱还是回到了日本政府那里。

大森另外一个困境就是食物问题。这里的口粮比大船镇的质量要好，但也只比那里多一点点。因为军官不能参加劳动，所以他们的口粮只有那些从事苦力战俘的一半，理由是考虑到他们需要的热量更少。每次只有一碗大米饭和几片蔬菜，根本没有任何营养价值可言。大约一周一次，会有人用独轮车把“肉”推进战俘营里。大家都知道推独轮车的好处，因为每推一次独轮车就可以得到一块顶针大小的肉。这些“肉”可能是动物的肺、肠，也可能是狗身上的哪个部位，于是被战俘们戏称为“大象精子”。有一次，大家对着其中一块看起来怪怪的肉研究了半天才得出结论，原来竟然是一头牝马的阴户。

就像大船镇的战俘营里一样，脚气病和其他本来可以预防的疾病也在大森广为流传。由于生病的战俘不能工作，所以口粮便会减半，但是如果口粮减半，这些生病的战俘就更加难以康复。人们最怕的疾病就是痢疾，他们甚至会吞食煤块或者烧过的木棍，以阻止自己不停地腹泻。最后，很多人瘦得连 90 磅都不到。

1943 年 10 月之前，大森战俘营的唯一好处是，这里日本人的态度不像大船镇那样刻薄恶毒。战俘给他们也起了绰号，比如猪头、婴儿肥、豁嘴、流浪汉等。还有一个倒霉的军官，战俘刘易斯·布什曾经这样写道，“总是穿着肥大的裤子，走起路来就像要急着上茅房那样”，因此人们给他起了个外号叫“屎裤裆”。虽然战俘营的卫兵不乏恶棍和白痴，但有几个卫兵还是很友善的。其他人虽然异常冷漠，动不动就对他们拳打脚踢，以维持所谓的纪律，但至少他们的拳打脚踢来来回回就那么几招。因此，相比较而言，大森的暴力虐囚行为不算非常严重。但自从渡边到来以后，一切都变了。

★★★

有时，渡边为战俘们带来糖果和香烟，甚至面带微笑地与一些英国军官谈笑风生，一起拍照留念，还对美国和英国赞不绝口。一连几天过去了，战俘营里没有发生过任何不愉快的事情。

一个星期天的早上，渡边朝几个挤在牢房楼道的战俘走去。这时一个名叫德里克·克拉克的战俘为了给他清道，大声冲着其他人喊道：“让开！”然而，渡边却勃然大怒，他一下子扑到克拉克身上，把他摁倒在地，然后用脚猛踹。布什想要向渡边解释，克拉克其实并没有恶意，但是渡边却拔出剑来，大喊要杀死布什。最后，一个日本军官制止了这场殴打。那天晚上，渡边又开始找布什的麻烦，他把布什推到滚烫的炉子旁，对他拳脚相加。等布什回到床上以后，他又怒不可遏地跟了过来，强迫布什向他下跪。

整整三小时里，他都在不停地一边用脚狠踹布什，一边用剑削布什的头发。在他离开后不到两个小时，渡边再次返回。布什以为这次渡边一定会杀死自己，但是恰恰相反，他只是把布什带到自己的办公室，拥抱了他一下，然后送给他一瓶啤酒和一些糖果香烟。渡边哭着给布什道歉，并且发誓今后再也不会虐待其他战俘了。然而，他很快就开始自食其言。那天后半夜，他拿起一根练剑用的粗长竹棍，狂吼着跑进牢房，逢人便打。

渡边终于暴露了自己的本性。从那天开始，凡是受到过他殴打的战俘以及他的同事都不禁开始思考他举止残暴乖戾的原因，并且众说纷纭。战俘营里的会计野藤佑伊认为，渡边根本就是个疯子。其他一些人则认为，渡边的乖戾脾气很可能是某些事情慢慢积累起来造成的。在殴打过克拉克以后，战俘营里从前并不留意渡边的那些军官开始面带惊恐地看他。正是某种近乎疯狂的本性才导致了他如此暴虐的行径。韦德说道："在对一些战俘进行毒打过以后，他突然发现自己变得更加受到人们的敬畏，所以这就变成了他的一种行为方式。"渡边还能从暴行中得到另外一种快感。根据哈托的说法，渡边其实是一个性虐待狂，就连他自己也坦承，鞭打战俘可以让自己达到高潮。哈托后来写道："他的确喜欢残害战俘，并且通过这种虐待方式来发泄自己的性欲。"

从此，大森战俘营里诞生了一个暴君。渡边每天都会鞭打战俘，扭裂他们的气管，戳破他们的耳膜，打碎他们的牙齿，撕掉战俘的半只耳朵，直到把他们折磨得不省人事。在寒冬腊月，他喝令一名战俘只穿着日式丁字裤在外面站了 4 个小时。有一次，他把一名 65 岁的老战俘绑在树上吊了好多天。他还和一个刚刚切除阑尾的病人练习跆拳道。每当他陷入这种殴打所带来的快感时，他一边怒吼狂嚎，一边口吐白沫，有时候还声音哽咽、泪流满面。后来，人们逐渐发现了渡边实施暴行前的一丝征兆，凡是在他毒打战俘之前，他的右眼皮都会耷拉下来。

渡边可怕的名声很快就传遍了整个日本。于是，其他战俘营里的军官纷纷开始把一些麻烦的战俘送到渡边这里进行"调教"，所以大森也被称为"惩罚集中营"。用指挥官马赫的话说，渡边是他在日本见到过的最为恶毒的军人。后来，马赫也从大船镇被调到大森，成为大森最高军职的战俘。

有两件事可以把渡边和其他声名狼藉的日本战犯区分开来。第一，他强调心理上的折磨。由于不能消除自己心理上的耻辱感，他就把同样的痛苦发泄到那些受制于他的战俘身上。诸如“拐子”这样的军官完全是个十足的恶棍，而渡边更加倾向于采取身体上的鞭打和心灵上的摧残。他命令战俘弯腰站在南瓜上或者是树上，还要求一名牧师整夜整夜地向日本国旗敬礼，同时用日语高喊“Kiray！”（日语“立正！”的意思。——译者注），最后这名牧师开始不停地哭泣，直到精神错乱。他还没收或者撕碎战俘家人的照片，并且把战俘带进自己的办公室，拿出他们家人寄来的信件，然后当着他们的面烧毁这些尚未开封的信件。为了让每个战俘都感到彻底绝望，他改变了自己每天点名的方式，而是让战俘们猜，凡是猜错的都会遭到无情的殴打。此外，他还命令战俘违反集中营里的规定，然后以违纪为由对其进行残害。战俘营里的杰克·布莱迪用一句话来概括渡边：“他绝对是我见过的最变态的虐待狂。”

另外一个可以把渡边与其他臭名昭著战犯区别开来的特征就是，他总是喜怒无常。在大多数时候，渡边都是大森集中营里愤怒的主宰。但是在殴打过战俘以后，他有时候又哭着回去道歉。然而他的这种忏悔只是持续了片刻，便又会继续怒吼着开始毒打战俘。渡边经常在没有任何征兆的情况下，突然从举止安详变得雷霆暴怒。一名战俘曾经回忆道，有一次，他看到渡边正在语气和蔼地称赞一名战俘，可是眨眼之间却又勃然大怒，把那名战俘打得不省人事，然后他若无其事地走回办公室，开始悠闲地享用自己的午餐。

每当渡边停止殴打战俘的时候，他就会强迫他们做自己的朋友。他会在深更半夜叫醒一名战俘，然后态度友善地让他去自己的房间里吃饼干，并且讨论法国文学。有时候，渡边还会把集中营里会演奏乐器或者唱歌的战俘叫到一起举行一场音乐会。他希望这些人能够对他顶礼膜拜，而且有时候，他看起来也真的相信这些人对他十分崇拜。

也许他举行这些聚会是想让战俘们感觉更有压力，也许他只是感到孤单而已。由于总是目中无人，经常炫耀自己的财富，而且做事鲁莽草率，所以大森的日本人非常鄙视他。他总是在军官会议上对自己的教育夸夸其谈，无聊地说起无政府主义，甚至大谈特谈法国文学。然而，没有一个同事愿意听他的演说，这不是关于话题的问题，而是他们打心底里就讨厌渡边。

也许这就是渡边要跟战俘做朋友的原因。德里克·克拉克写道，参加渡边的茶会是一件令人紧张到窒息的事情。因为哪怕是一丝一毫的失误或任何有可能产生误解的片言只语，都可能让那个渡边突然爆发，摔碎茶壶，掀翻桌子，把他的客人打晕过去。每当战俘们离开以后，渡边好像为自己强迫这些卑贱的战俘与自己交朋友而感到十分耻辱。于是，到了第二天，他就会对自己昨天晚上的朋友进行残忍的痛殴。

就像其他任何一个暴徒一样，渡边更倾向于虐待某一类型的战俘。战俘中的士兵通常只是偶尔遭到掌嘴，但是他对一些军官的残害程度却令人发指。其中一些军官尤其能够触发他的怒火，比如医生、牧师、指挥官等，凡是没有对他卑躬屈膝的战俘，必然会受到他无尽的仇恨和残酷的蹂躏。

很快，渡边就把自己的目光锁定在前奥运会长跑选手、一个名叫路易·赞贝里尼的军官身上。从那时起，再也没有其他人能够引起他的兴趣。

任人宰割

在寒冷的隔离区度过了一整天以后，路易被带到一个规模较大的混合战俘营区。那里拥挤着 900 多名战俘。路易沿一长排牢房走去，直到找到自己的那一间。他刚走进去，就有几名战俘走上前来向他打招呼。其中一个人把一杯热茶塞到他冰冷的手中。还有一名苏格兰战俘一手拿着勺子，一手提着一只皱巴巴的袜子走了过来。只见他把勺子伸进袜子，舀出满满的两勺糖，倒进路易的杯子里。对于任何一名战俘来说，糖都是无价之宝，但是路易不清楚他怎么弄到这一整袜子糖的。

路易一边小口喝着茶，一边听他们介绍牢房里的两名指挥官——一名是英国上尉汤姆·韦德，另一名是美国上尉鲍勃·马丁代尔。他们给路易的第一个告诫就与在门口殴打他的那个下士有关。下士的名字叫渡边，但提到他时最好不要使用他的真实姓名。因为渡边是个偏执狂，经常会躲在牢房外边，偷听战俘议论他的话语，并以此为由进行殴打。他们给渡边起了好多绰号，比如禽兽、大旗和小拿破仑等，不过最常用的还是“大鸟”。因为“大鸟”这个外号既没有任何负面的暗示，也不会为此招来殴打。“大鸟”最喜欢的消遣就是让卫兵高喊“立正！”，然后突然闯进一间牢房，挑选自己的牺牲品。因此，坐得离门口远并不一定安全。因为“大鸟”有时会从敞开的窗户直接跳进来。战俘们时刻提防，而且也只能低声耳语，并提前商量好转移的话题，以防“大鸟”突然钻进来，质问他们刚才讨论的话题。战俘们都知道，最好的办法是说他们在谈论有关性的话题，而这也是

“大鸟”最感兴趣的，从而分散他的注意力。

大森的牢房被一条中心街分成两排，渡边的办公室位于街尾。在这个位置，渡边可以透过办公室的窗户看到整条街上的状况。除了去战俘营后面的茅房外，前往其他任何地方都要经过这里，进入“大鸟”的视线。“大鸟”对战俘制定了许多苛刻的规定，其中一个就是要求战俘不仅要向他敬礼，而且要向他办公室的窗户敬礼。不仅如此，他还经常走出办公室，手里拿一根棒球棍藏在身后，随时准备狠击那些没有向他办公室窗户行礼的战俘。

正是因为如此，战俘中间逐渐产生了一套尤为复杂的放哨系统，专门用来监视“大鸟”的一举一动。如果渡边在办公室里待着，他们会说，“‘大鸟’在笼子里”；如果渡边不在办公室，他们会说，“有一只动物走了”；而“升旗”的意思就是渡边快要来了。战俘之间的相互配合十分默契，他们只要一听到“嘚嘚”声，就知道那是“大鸟”的木屐踩在沙地上发出的声音。每当听到这个声音，所有的战俘就会立刻蜂拥着朝茅房跑去，因为“大鸟”一般不会去那里。

路易虽然了解到一些如何对付“大鸟”的建议，但是他听到的其他事情却让自己的心情变得更加沉重。路易原本以为，这只是一个普普通通的战俘营，自己可以给家人写信，告诉他们自己还活着。确实，有一段时间，大森的战俘曾经可以与家人通信，但时间不长就被“大鸟”禁止了。

任何刚来到大森的战俘都要在红十字会注册登记，他们的有关信息会被寄往当事国的政府，然后邮到他们的家里。但是，大森的军官并没有登记路易的名字，因为对于路易，他们有着一个特殊的计划。很明显，他们是要将路易隐藏起来。由于红十字会的花名册没有路易的名字，所以美国政府无法得知路易仍然活着，而路易的家人对此也一无所知。

对于路易来说，有关“大鸟”的忠告对他并没有起到任何作用。路易刚一踏出牢房就被“大鸟”发现了。“大鸟”训斥他违反了莫须有的纪律条款，然后就是一顿暴打，第二天又是一顿暴打，第三天还是一顿暴打。虽然这里有近千名战俘，但是这名疯狂的下士就是盯着路易，从人群里四处搜寻这位前奥林匹克长跑选手。他把路易称为“一号战俘”。路易一直想要混迹于人群当中，但是“大鸟”总是能够迅速找到他的位置。路易说，在战俘营里度过了些日子以后，每当“大鸟”看见自己，立刻就变得像一头丛林里的狮子。

★★★

每天早上醒来，路易第一个就会想起“大鸟”。当早晨集合时，他会一边四下里搜寻这个下士的踪迹，一边列队报名、向天皇放屁致敬，然后匆匆忙忙往肚里塞进尚不足果腹的口粮。吃过早饭以后，战俘中的士兵就会列队集合，然后陆续离开。由于人数一下子减少了很多，没有地方可以躲藏，“大鸟”立刻就能发现路易。

在大森战俘营里，作为军官只有一点好处，那就是可以免除奴隶般的劳作，不过不从事苦力是要以损失一半口粮为代价的。但是自从路易来到后，“大鸟”大声喝令那些军官，宣布从即日开始，他们必须在劳动场所和那些士兵一起参加劳动。一个战俘说“大鸟”的做法违反了国际公约，于是“大鸟”立刻挥舞着练习剑术的棍子直接打在了这名战俘的头上。“大鸟”又朝下一个战俘走去，因为这个战俘说自己不想干活，“大鸟”的棍子又猛地落到了他的头上。路易是第三个人。为了避免自己的脑袋被敲碎，路易立刻脱口而出，说自己愿意在这里工作，把战俘营变成一个更好的地方。

“大鸟”停下来。他似乎觉得只要能够强迫这些军官前去干活，自己就胜利了。他命令这些军官去草棚缝制装弹药的皮革袋子和军用背包。路易每天都要在那里工作 8 个小时，但是他们只有当“大鸟”在的时候才干活。即便如此，他们仍故意把那些皮革袋子缝错。

“大鸟”的另一个举动就是宣布从今以后，军官必须打扫厕所。8 个厕所根本不够 900 多个身患痢疾的人使用，而且不让粪便从茅坑里溢出是个非常难以执行的命令。路易只好使用一个大长柄勺把坑里的废物舀进桶里，然后再把桶推到集中营外边的粪坑。这是一件肮脏而又为人不齿的工作。每当下起大雨时，雨水就会把这些废物从粪坑里冲出来，然后又咕咕地冒着气泡流回战俘营里。为了不让“大鸟”看到他们受尽折磨的狼狈样子而感到痛快，他们干脆兴高采烈地接受了这项任务。马丁代尔甚至宣称：“清扫茅房是一件高贵的使命。”“不过，这一则座右铭肯定不宜刊行。”他这样写道。

这些军官拿着长勺舀完粪坑里的粪便，然后心不在焉地完成自己的缝纫工作，等到他们回来以后，那些受人奴役的士兵也被押回了营地。这是路易第一次亲眼看到他们返回战俘营，他终于明白那一袜子白糖是从哪里弄来的了。

在他们做苦力的地方，大森的战俘们正在发动一场游击战。在铁路工作的战俘会撕掉邮寄的标签，然后重新填写邮寄地址；他们改写货车车厢上的标签，把上万吨的货物发到错误的地方。他们将一把一把的泥土倒进汽车油箱里，只要是经过这里的机器，他们就会设法弄坏。美国人密尔顿·麦克马伦被强迫修建发动机组，为了通过检查，他把外边制作得非常精细，但是却偷偷改动里边的装备，这样发动机就不能转动了。在码头装卸货物的战俘总是假装偶尔把一些易碎物品掉到地上，包括被运往纳粹大使馆的酒和其他物品。这些摔碎的物品会被转送，然后倾倒在战俘营里的餐厅。在拿到德国大使的衣物箱以后，战俘们撕碎箱子里的衣服，浸泡在泥和油里，然后再重新装好，并且贴上一个标签，标签上面写着“温斯顿·丘吉尔”。他们故意喝下去很多茶水，然后在装卸的每袋大米上撒尿。值得庆幸的是，战俘们总是用力地把那些很重的货物扔到游艇上，这样他们就可以把游艇沉下河，并且挡住河道。在花费很大力气清空沉底的游艇以后，日军就会派一条新的游艇过来，但是战俘会把这条新的游艇再次弄沉。

麦克马伦心想，反正自己也会死在日本，所以没有什么好担心的，于是他和其他一些战俘做了一件看起来无异于自杀的危险事情。在铁路干活的时候，他们发现一伙轨道工人把工具丢在了一旁。这时，卫兵正在专心致志地向一个可爱的女孩求爱，于是这些战俘立刻冲出车站，抓起工具丢到轨道上，拧掉了上面的一些螺丝，然后匆忙跑回去继续工作。那个卫兵还在跟女孩聊天，什么也没注意到。一列拖着几节车厢的火车驶了过来，顿时撞到了横在铁轨上的木条，最后翻倒在地。虽然没有人受伤，但日本人却大为恼火。他们转过头去看了看正在干活的战俘，但是这些战俘脸上却毫无表情。于是，他们只好开始咆哮着互相指责对方。

对于战俘来说，这些行动太危险了，因此充满了变数。但是，能够冒着自己的生命危险对敌军进行暗中破坏，这些人在战俘眼中早已不再是普通的战俘，而是变成了勇敢的斗士。

如果是不能破坏的东西，他们就会设法偷走。他们闯进运输间，用铰链打开储藏室的门，将船上的厨房洗劫一空。在三菱仓库干活的苏格兰战俘进行的是最复杂的操作。当日本人为他们定做工靴时，这些战俘就会故意把自己的鞋码多报几号，然后编织一种大概四英尺长的袜子，并且捡来一些很短的竹竿。每逢在工地的时候，他们就会假装斜靠在那些装糖的麻袋上，然后顺势把竹竿插进袋子，让糖流进袜子里，等到袜子满了，再把竹竿放进袜子。也有一些人把裤口扎紧，然后把竹竿扎进腰带，用裤子来装糖。他们把自己每次偷来的东西都放在茅厕中的一个秘密隔间里，等到天黑以后再取出来。

每天下午，路易看到这些战俘迈着沉重的脚步回来，而衣服里却装满了偷回来的战利品。但是，这种情况在检查牢房时却很危险。就在卫兵转身的那一刻，这些战俘就会敏捷地传递着这些私货，或者在检查的过程当中，随身携带着这些物品。麦克马伦甚至把鱼藏在自己的衣袖里，在进行搜身时，他就举起胳膊，用手抓住鱼的尾巴，这样鱼就不会滑出来了。最为危险的就是如何对那些喝醉的战俘进行掩饰。因为有些战俘会把自己不能偷回来的酒全部喝掉，所以人们便会把他们夹在队伍中间，慢吞吞地往前挪动，以免被卫兵发现。

等到他们安全地返回牢房以后，路易看到这些人纷纷解开自己的衣服。在外套的下面，他们装满糖的袜子可能挂在脖子上，也可能挂在胳膊上，或者悬挂在腋下，也许装在裤子里、高领毛衣的衣领下或者帽子下面。路易曾经看到一名战俘从一只靴子里拿出了三盒牡蛎罐头。烟叶可以缠在腿上。一名美国战俘还在餐厅设置了一个秘密隔间，隔间下面放的是偷回来的酒，但是为了应付检查，隔间的上面只放水。

但是，他们偷东西的时候经常会被抓住，而且一旦有人被逮住，工作组里所有的人都会被拳打脚踢。然而，他们别无选择，因为战俘每天的口粮实在太少，而要干的活又过于辛苦。为此，这些人甚至建立了一所“小偷大学”，由身手最敏捷的小偷充当教练，手把手地向他们传授偷窃技术。最后的考试就是进行偷窃。如果有人被抓，大森的军官就会建议将这些进行偷窃的战俘调到不需要搬运食物的地方。日本人同意了他们的这一提议。于是，战俘营里的军官就会派出身手更好的扒手再次行窃。

作为一名军官，路易没有机会进行偷窃，但是他很快便融进了这个偷窃系统。他把烟叶弄干以后，再放到一个秘密的“安全墙壁”上进行加工。当这些叶子晒干以后，路易就把这些叶子卷成烟。

人们偷来这些物品以后，便开始在集中营的黑市上进行交易，各种各样的物品在那里流通。一次，几个人偷来了一些烘烤面包的配料，但是当他们烤面包的时候才发现，原来自己偷来的面粉只是水泥。战俘当中有许多人开始偷东西，因此这里才有大量物品可以供应，而且每个人都在某种程度上有所受益。无论什么时候，只要有人一次偷到不少东西，他们就会给路易一些，因为路易的体重直到现在仍然没有恢复。有几次，还有人偷来牡蛎罐头给路易补充营养。在吞食了这些牡蛎以后，路易偷偷地跳过栅栏把罐头盒子扔进东京湾里。

他们偷来的食物，尤其是那些苏格兰战俘的白糖，几乎成了集中营里通行的货币。“偷糖男爵”成了这里最有钱的人，他甚至还雇了助手为自己洗衣服。但是，他们也会把自己偷来的战利品的 1/4 送给那些生病的战俘。一天晚上，路易发现丁克尔病得很严重，等卫兵过去以后，路易溜到那些苏格兰人的牢房，告诉他丁克尔遇到了麻烦，于是他们免费送给路易一块糖让他带了回去。丁克尔后来说，正是路易的那块糖拯救了他的性命。据马丁代尔讲，丁克尔并不是唯一一个因此而获救的人。从前，战俘中由于各种疾病和营养不良而死去的事情十分普遍，可自从小偷学校成立以后，只死了两名战俘。其中一个人还是得急性阑尾炎死掉的。虽然偷窃在正常情况下来说并不是一种光明正大的行为，却让这些战俘挽回了自己的尊严。

几周过去了，“大鸟”仍然没有减轻对路易的殴打，每天只要一碰到路易，这个下士就会朝着他劈头盖脸一顿猛揍。

如果路易稍有反抗，或者只是本能地挡住自己的脸，都会激起“大鸟”更加狂暴的行为。因此，每当“大鸟”毒打自己的时候，路易什么也不做，只能踉踉跄跄地站着。路易不明白为什么这个下士总是盯着自己，他迫切地希望有人能够解救自己。

有一次，当路易挨打时，他看到战俘营的指挥官阪场栗原正走出办公室，朝他的这个方向看了过来。路易顿时松了一口气，因为他忽然想起，阪场曾经制止过下士虐待战俘的暴行，但是这一次他只是冷冷地看了一眼，便回到了自己的办公室。结果路易只能继续忍受“大鸟”的毒打。当其他一些日本军士看到“大鸟”如此虐待战俘时，有的颔首示意，有的略感震惊。有时候，他们竟任由“大鸟”这样一个下士当面拒绝他们的命令。

据战俘营里的会计野藤佑伊讲，这种奇怪的情况是由军衔的问题造成的。阪场渴望升职，所以如果他所在的营地能够保证秩序和劳动量，就能为他带来相应的利益。渡边的残暴行为只不过是他的一种工具。谁也不清楚是不是他命令渡边虐待战俘的，但很明显他认同渡边的做法。据野藤讲，渡边对待战俘的方式触怒了营里的一些军官，但是因为渡边的做法可以取悦阪场，所以就连那些军衔比“大鸟”高的军官也只能对此置若罔闻。结果“大鸟”反而成了这个战俘营里的实际统治者。他甚至把这些战俘看成是自己的私人财产，有时候还会对其他与这些战俘来往的日本军官进行干涉。哈托说，渡边不像是一个下士，而更像是大森战俘营的国王。

包括野藤在内的一些日本人都曾经试图背着渡边帮助战俘，其中最著名的就是集中营里的翻译列兵加野谕吉。生病的战俘因为不能工作，所以得到的口粮就会减半。于是，加野就会设法为他们找到一些较为容易的工作，这样他们就可以得到足够的食物，从而尽早康复。如果他看到有战俘偷吃菜园里的蔬菜，或者从外边的海滩上捡拾贝壳，他就会把其他卫兵的视线引开。冬天，他在医务室的墙上挂上毛毯，弄来木炭使屋子变得暖和。他偷偷地把生病的战俘从残酷成性的日本医生那里弄走，然后交给战俘营里的好心医师。“加野的内心在大部分时候都饱受煎熬，因为他既对自己同胞的无知和残忍表示理解，又对这些战俘遭受的困难表示同情，”战俘博英顿写道，“他远比我勇敢。”然而，对于“大鸟”对路易近乎偏执的虐待，加野却感到无能为力。

一次，路易看到几个红十字会的官员来到了战俘营里，他想自己获得解救的时刻终于到来了。但是让他感到吃惊的是，“大鸟”一直跟在红十字官员的后面，当战俘回答他们提出关于战俘营生活的问题时，“大鸟”就站在一旁侧耳细听。因此，没有人傻到如实回答这些官员所提出的问题，因为他们知道那样做只会为自己带来更加严厉的惩罚。路易别无选择，只能闭上嘴巴。

路易只能靠自己。“大鸟”对他的殴打使他变得越来越愤怒。路易记起自己儿时被人欺凌后浑身是伤被送回家中的经历，如今仿佛再次上演。他的内心充满了愤怒，而且他再也掩藏不住了。

每当“大鸟”戳他时，路易就攥紧自己的拳头。每当“大鸟”猛踢路易的时候，路易就想象着自己正在勒死“大鸟”。“大鸟”命令路易看着自己的脸，但是路易并不照办。于是，“大鸟”就会试图把路易打倒在地，但是路易摇晃着身体就是不愿倒下。从自己的余光中，路易看到“大鸟”非常愤怒。虽然有战俘告诫路易说，如果不顺从“大鸟”，他是不会停止殴打的，但路易偏不那样做。他抬起头来，眼中流露着仇恨的目光。然而对渡边来说，他的职责就是强迫他人顺从自己，所以路易的反抗是不可容忍的，是对他个人权威的一种侵犯。

现在战俘们听到从东京传出空袭警报的次数越来越多。虽然有些警报是假的，但是却燃起了战俘们心中的希望。路易仰望着天空，希望轰炸机能在“大鸟”杀死自己之前赶到。

★★★

1944年10月18日，也就是星期三格林尼治时间晚上六点半，一个名为《邮递员之声》的节目在东京广播电台播出，这是12个用英语向盟军军队广播的节目之一。在战俘营里，人们把广播员称作“宣传战俘”，他们通常都是在鞭子甚至死刑的恐吓之下进行工作的。

当天晚上，这个节目发出了一则通告：“这里是《邮递员之声》广播节目。加利福尼亚州托兰斯镇格拉梅西大街的路易·赞贝里尼夫人请注意，我们收到了一条来自你的儿子路易·赞贝里尼中尉的消息。目前，他正在东京的战俘营里。‘亲爱的，我没有受伤，身体很好。我非常爱你们，经常会在梦里见到你们，我也爱自己所有的亲戚朋友。请代我保管好我的所有财物。爱你的路易。”

路易虽然位于东京几英里之外的大森，但对此广播一无所知。这很可能是日本政府自己杜撰出来的信件，或者是他们强迫宣传战俘写的。

这条广播并没有在美国播放，但是在南非的克莱蒙特小镇上，一个名叫E.H.斯蒂芬的人或许在短波收音机上收到了信号。斯蒂芬在一个服务机构工作，而这个服务机构负责监听广播，然后把战俘的消息发送给他们的家人。

斯蒂芬把这条广播记录贴在一张卡片上，然后把联系方式的信息打印上去，但是把联系方式误写为：加利福尼亚州特罗纳市布拉梅西大街2028号，路易丝·凡塞里尼收。写好联系方式以后，他把这张卡片投进了邮箱里。

由于错误的收信地址和战争期间邮寄的耽搁，这张卡片在邮路上转了好几个月。直到1945年1月，这张卡片才出现在加利福尼亚的特罗纳。将近2月份，也就是在那条广播消息播出三个半月以后，特罗纳的一名居民看到了这封信，并且草草地在信封上写上“转托兰斯镇”，然后寄出了这张卡片。

“超级空中堡垒”B–29

1944 年 10 月末的一天，路易推着独轮车走过大森的一座桥梁，穿过桥尾的村庄，来到了东京。和他一起前往的还有另外一名战俘和一个卫兵，上级命令他们去领取给战俘配给的肉食。虽然路易在日本待了一年多，但他还是第一次以一个普通人的身份来到这个俘虏他的社会中。

东京城的血液好像已经流干了，四处没有一个年轻人。战争不仅造成粮食和物资的极度匮乏，也导致市场和餐馆纷纷倒闭。城里的人们穿着破衣烂衫，每个人都知道美国人快要来了，整个场面让人感到窒息。成群的孩童和少年正在用铲子挖掘战壕，他们还推倒房屋用来做防火墙。

路易他们推着车子来到一间屠宰场，往独轮车里装满了马肉。在推车返回大森的路上，路易抬头看到一座建筑，墙上有人歪七扭八地写着几个日文字母，第一个很好认，是英文字母 B。第二个字“Niju”是“二十”的意思，接下来的“Ku”代表着“九”。然而他不知道的是，“Ku”还有另外一层意思，即“痛苦、灾难、苦难”。路易推着独轮车回到大森，他一直在想，这个“B29”究竟指的是什么，还有为什么会有人把“B29”写在墙上。

★★★

1944 年 11 月 1 日早上 5 点 50 分，一架美国飞机在塞班岛的跑道上起飞。这架飞机大得超出人们的想象，足有 100 英尺长、141 英尺宽、

30 英尺高，载重可达 12 万磅甚至更多。相比之下，B-24 战斗机就会显得十分矮小。这架飞机有着高达 2 200 马力的强劲动力，每台发动机的能量几乎相当于 B-24 的两倍。这足以使它携带大量的弹药，并以每小时 358 英里的速度冲上天空。B-24 轰炸机不能自由往返于塞班岛和日本之间，但这架飞机可以做到。这就是美军的“超级空中堡垒”B-29，一种可以打败日军的新型战机。

为了对那些宣扬日本战无不胜的广播员女士进行嘲讽，这架远程轰炸机后来被命名为“东京玫瑰”，由拉尔夫·斯蒂克利上尉驾驶着一路向北驶去。飞机划破长空，来到了海拔将近 6 英里的高空，上面是湛蓝湛蓝的天空。在他们下方的地平线上，日本本土的轮廓隐约可见。

早在四个半月以前，B-29 轰炸机已经从中国起飞对日本发起过多次进攻。但因路途遥远，运输补给十分不便，所以行动结果不尽如人意。但对日本人来说，这种体型庞大而又身轻如燕的轰炸机给他们带来了极大的恐慌，这也正是路易在墙头看到的那几个日文字母的含义。美军第一次从中国基地对日本发动袭击后，就占领了塞班岛，随后美军战机就可以从塞班岛起飞。这是斯蒂克利首次从塞班岛飞往东京。自从 1942 年美国对东京发动的杜立特空袭以后，日本人还从没看到过美国飞机。不过他的飞机携带的不是炸弹，而是相机，因为斯蒂克利要用相机把 B-29 的飞行路线记录下来。中午时分，他驾驶着飞机到达了东京。

当时，路易正站在一群战俘当中，按照卫兵的命令做体操。就在这时，突然响起一阵警报声。卫兵像往常一样把他们赶回牢房。不过，这里的战俘早已习惯了警报声，而且因为过去发出的空袭警报大都是虚惊一场，所以这次发出的警报也没有引起人们过多注意。

牢房里的战俘偷偷地朝窗外望去。这一次，战俘营里出现了一些不同于往日的情景：卫兵纷纷目瞪口呆地望着天空，正如鲍勃·马丁代尔所写的那样，“他们好像在寻找救世主一样”。然后，有人惊慌失措地用手指着空中的一道闪光，战俘们也都挤到了门口。路易跑到牢房外面，仰头看到在东京上空有一个发出白光的银色物体，这个物体的后面拖着一道长长的轨迹。“天哪，美国飞机来了！”有人脱口而出。这些卫兵个个看起来精神紧张。马丁代尔听到，卫兵们议论纷纷，互相在说着什么。但有一个词尤其突出，那就是“B-29”。

和其他的战俘一样，路易并不知道这是一架什么型号的飞机。一个刚刚被俘的战俘告诉他们，那是美国新型轰炸机B-29。人群中顿时发出一阵欢呼声。人们开始大喊：“B-29，B-29！”路易突然觉得，这架远程轰炸机是自己看到过的最美丽的东西。

在海湾的另一端，大批的百姓站在街头仰望着天空。当飞机进入他们的视野以后，弗兰克·丁克尔听到人们在小声议论着，接着开始大声呼喊，最后各种声音汇集在一起，成了一种震天动地的咆哮声。在大森，路易朝营地的南端望去，他发现“大鸟”站在办公室外，一动不动，面无表情地望着天空。

“这不是他们的救世主，”马尔代丁写道，“而是我们的救世主。”

★★★

远程轰炸机的飞行没有遇到任何阻挡。斯蒂克利驾驶飞机在城市上空连续飞行，好让自己的机组成员拍摄照片。在这架飞机的下面，日本卫兵开始轰赶那些兴高采烈的战俘，想要把他们赶回牢房。为了避免遭到毒打，人们互相示意安静了下来。喧闹声逐渐消失了。路易和其他人站在一起，时不时地抬头看看那架轰炸机。为了避开卫兵，他们不得不穿梭于各个牢房之间。

斯蒂克利驾驶飞机在东京上空飞了一个多小时。在他飞行期间并没有遭到任何日本飞机或者炮火的攻击。最后，当他离开东京返回塞班岛时，一架零式战斗机远远地在后面尾随，但只是短暂地跟踪了一段距离，很快就飞走了。

在大森，想要偷到一张报纸并不算非常困难。那些辛苦劳作的战俘会想方设法把报纸弄到自己手中。密尔顿·麦克马伦用一袋偷来的大米和一名朝鲜卡车司机交换一小张英语报纸，然后再放进自己的靴子里带回牢房。对战俘们来说，这些报纸给他们带来了无穷无尽的欢乐。虽然日本对欧洲战场进行了准确的报道，但是对太平洋的报道完全是歪曲事实，甚至谎话连篇。路易曾经读到过这样一则故事，故事中说一名日本飞行员在一次混战中用光了飞机上所有的弹药，最后竟然用自己的饭团击落了敌机。

在 B-29 进行低空飞行的第二天，各大报纸纷纷对此进行了报道。“报道中说，一架 B-29 敌机孤零零地前来日本参观，”欧内特·奎斯特在自己的日记中写道，“报道还说，这架飞机来自马里亚纳群岛，飞过东京时没有来得及投下一枚炸弹就被赶出了日本。当我读到‘赶走’这个词时突然感到十分滑稽。因为距离这架美丽的战机几英里开外，既没有日军的防空炮火，也没有任何一架零式战斗机的踪影。”路易也读到另外一则头条，上面写着“美军轰炸机落荒而逃”。

这架 B-29 只不过来到了东京上空，但在日本，无论是平民还是战俘，每一个人都知道这次行动意味着什么。每天早晨，大森的战俘们都要在外面集合，然后用日语报数点名。1944 年 11 月 1 日后，编号为 29 的战俘会放开嗓门用日语喊出自己的号码。韦德写道：“现在即使是刺刀也无法将战俘们脸上的笑容挖去。”

然而，路易他们并没有高兴很久。因为 B-29 战机将要带来的不祥征兆让“大鸟”变得更加刻薄。一天，路易和朋友们坐在牢房的后边，眼睛望着窗外，以防“大鸟”进来。当人们用手纸卷成香烟四处传递的时候，两名卫兵突然高声喊道：“立正！”只见“大鸟”噔噔地走了进来。路易立即和其他人跳起来站成一排，为“大鸟”的到来做好准备。

“大鸟”向四周看了看，然后走进牢房。路易又落入了他的视线。“大鸟”快步走了过去，停在路易的面前。他的腰间还系着路易在大森的第一天看到他时所系的网状腰带，皮带上的扣子是用黄铜做的，足有好几英尺宽。“大鸟”站在路易面前，猛地从腰间拉下腰带，双手抓着皮带的两端。

“你立正得太慢了！”

“大鸟”奋力挥舞着手中的皮带，朝着路易的身上乱打一气，甚至连上面的扣子都被崩掉了。

路易觉得“大鸟”打中了自己的脑袋。虽然他决心一定不要让“大鸟”把自己打倒，但是这次殴打的力气实在太大了，路易感到自己的头都快要爆炸了，腿也好像在流血，然后路易觉得天旋地转，便倒了下去。

路易躺在地上，感到一阵头晕眼花，太阳穴处也开始流血。他定神望去，发现“大鸟”正蹲在他的旁边，发出了一种母亲般充满怜悯的声音：“呜呜呜呜。”“大鸟”从口袋里掏出一叠纸巾，轻轻地放到路易手中。

路易把纸巾按在自己的太阳穴上。

“好了，现在不流血了吧？好些了吗？”“大鸟”温柔地问道。

路易努力站起身来。“大鸟”十分耐心地等着路易自己站直。“大鸟”和蔼的声音再加上刚才递过来的那一叠纸巾，让路易觉得也许这个人还是有一丝同情心的。但是，路易刚刚松了一口气，“大鸟”立刻挥舞着手中的皮带，再次砸向路易头部刚才受伤的地方。路易感觉自己的后脑勺都快要炸开了，他的身体流血不止，倒在地上失去了知觉。

路易的左耳朵失聪了数周。“大鸟”仍然每天鞭打路易。每当“大鸟”殴打路易的时候，路易都会紧握着拳头，眼睛里充满了仇恨。但是这样无穷无尽的殴打使路易感到精疲力竭。这个下士在自己的美梦人生中作威作福，每天拼命殴打路易，他的身体里燃烧着恶毒的疯狂。路易每天不断向上帝祈祷，希望有人能够拯救自己。在想象中，路易看见自己在奥运会的赛场上，登上了冠军的领奖台。他常常想起家人，一想到自己的死亡会给母亲带来的痛苦，他就会备受煎熬。他很想给母亲写信，但这是不可能的。有一次，一名日本军官宣布他们可以给家人写信了。营地里每一个人都在给他们的父母、妻子、孩子或者女友写信。“大鸟”听到这件事情以后，立刻让指挥官马赫把信交给他，然后强迫他烧掉这些信件。

11 月中旬的一天，路易正坐在他的牢房里，这时“大鸟”朝他走了过来，跟他一起的还有两个陌生的日本人。路易原以为自己又会遭受一顿毒打，但他猜错了。相反，这两个陌生人显得十分友好。他们告诉路易自己是东京广播电台的制作人，他们有一样东西，路易可能会喜欢。说着，他们递给路易一张稿纸。路易看到那是一份哥伦比亚广播公司宣布自己死亡的手稿。广播手稿是真的。路易死亡的消息是在 6 月份宣布的，消息到美国媒体手上时正好是 11 月 12 日，和路易看到报纸是同一周。

东京电台的工作人员想让路易去他们的演播室在《邮递员之声》节目里宣布自己还活着。他们说，为了路易自己的安全和他受苦的家人，他们希望路易能够这么做。他还可以加上一些自己想要说的信息。路易并不相信他们，所以没有给他们任何答复。他们又说可以给路易一天的时间考虑。路易跟马尔代丁商量，马尔代丁说已经有好几个战俘做过这样的广播声明，而且只要路易不读宣传材料，这样做也没什么坏处。

所以路易答应了他们的要求。东京广播电台的工作人员给路易拿来纸和笔，路易开始写草稿。路易知道，自己的家人也许不会相信这真的出自他手，所以为了能够让自己的家人相信这一点，路易添加了很多细节内容。为了确保他写的内容能够通过日军的检查，路易决定采用一种积极的语调谈论他被关押这件事。他还提到了其他一些战俘的名字。这些战俘害怕他们的家人认为他们早就已经死了。他还提到了威廉·哈里斯，他最后一次见到哈里斯已经是一个半月以前在大船镇上的时候。但是路易没有提到菲尔，因为他已经 8 个月没见到菲尔了，所以也不确定他到底还活着没有。

路易被带到东京广播电台的录音室。制作人对路易表示欢迎，好像路易是他们一位挚爱的朋友一样。他们读完路易的演讲稿后，非常友好地批准可以广播该演讲稿。这是为两天之后的一档广播节目录音。日本人计划用晚间广播来愚弄观众，在把路易的声音公布于众之前，让观众等待，然后证明他们说的是事实。

路易被带到麦克风前，然后接到暗示，为了让制作人高兴，他开始宣读自己的稿件。在卫兵要带路易返回大森时，路易走到一位看起来尤其和蔼的制作人面前说，战俘营里有一个名叫渡边的下士总是殴打战俘。这位制作人看起来非常关心这件事情，并且告诉路易说他会亲自过问此事。

1944 年 11 月 18 日凌晨两点半，旧金山的一名年轻女子林恩·穆迪独自在战争信息办公室值夜班。当她穿过联邦通信委员会的大厅时，她的一名同事正在收听日本电台的广播。她需要一边听一边把这些广播内容打印出来，这些广播的副本可以让宣传分析员用来作评论。穆迪感到十分无聊，于是想要穿过大厅去跟自己的同事打个招呼。她的同事问穆迪是否可以顶替一会儿自己的工作，以便让自己休息一下。

穆迪戴上耳机，开始一边听，一边将听到的内容打印出来。广播中的节目是《邮递员之声》。在她打字的时候，穆迪忽然听到了路易·赞贝里尼的名字，这让她感到特别吃惊，因为她太熟悉这个名字了。穆迪是南加州大学 1940 级的学生，路易是她的一位老朋友。广播员正谈论着早在 10 月 18 号广播的信息。那条信息很可能是由路易播发的，但实际上，关于广播的具体内容路易却一无所知。穆迪感到十分激动，她开始打印收听到的广播内容，并且把不清楚的单词用圆括号括了起来：

准确地说，一个月以前，我们广播了一条来自美国陆军航空队中尉路易·赛尔维·赞贝里尼的消息。这条消息是由同一个广播电台，同一个栏目《邮递员之声》播出的。最近的一条新闻报道引起了我们的注意。这条报道说，美国陆军总部将中尉路易·赞贝里尼列入了阵亡将士名单。根据这条报道，赞贝里尼中尉在1943年5月南太平洋的一次行动中失踪。很明显，这条没有根据的报道来自加州的广播电台，而消息则引自美利坚合众国陆军部。我们希望可以纠正这一错误信息，路易·赞贝里尼现在是东京的一名战俘，他仍然活着。

有很多在行动中失踪的人员被错误地报道为阵亡，但是稍后又会证实是谎言。今天路易的错误报道只是其中一个例子，上一次战争中也有很多类似的例子。其实由于这种错误报道而带来的痛苦是完全可以通过向相关的方面传递信息来避免的。这个节目的目的之一就是缓和这种状况，向拘留在全日本战俘营地战俘的亲戚和朋友们提供及时的、可靠的、真实的消息。我们真诚地希望路易的母亲正在收听今晚的节目，或者有人会向她告知今晚的广播内容。

路易·赞贝里尼的名字会永久地活在我们的记忆里。来自南加州大学的人们非常怀念路易在一英里比赛中打破纪录的那段日子。他在国家校际间的（一英里比赛）中创造了无人能及的最好成绩。我们密切关注在1936年德国柏林举办的奥运会上赞贝里尼所取得的骄人成绩。无论是他的对手还是这个国家的一些前辈都对他做出了很高的评价。他曾经与坎宁汉（等人）进行了激烈的竞争，而现在他仍然跟我们在一起。关于路易业已阵亡的报道给大家带来了许多痛苦，对此我们深感抱歉。不过我们希望《邮递员之声》节目能够（或多或少地）为其他战俘朋友们带来帮助。

所以，（加州）的赞贝里尼夫人，路易还在这里。他还是一个快乐的、具有运动员精神的路易，并且是南加州大学全体毕业生的偶像。赞贝里尼夫人，听到这则消息的肯定不是只有你一个人，因为我们知道，所有热爱（这项体育运动）的人都会为听到路易还活着的消息而感到高兴。路易不再参加比赛，对此我们也感到非常抱歉。人们会对此表示怀念。路易并没有失踪或是阵亡，听到这一消息我们感到十分高兴。同时，我们也很高兴这档节目能够为战俘及其亲属带来帮助。另外，我们真诚地希望，在今后的广播节目中不要再出现类似的错误报道。我们希望将来的《邮递员之声》栏目能够为你提供更多的服务。我们还希望赞贝里尼女士能够继续收听这个节目。我们将随时为你提供相关信息，并且很高兴能这样做。

★★★

穆迪以最快的速度将广播内容打印了出来，她太高兴了，以至于出现了一连串的错误。大约一小时以后，联邦通信委员会的那个女同事回来了。穆迪后来写道："我几乎是在屋子里欢蹦乱跳地告诉了她刚才发生的一切。"

在托兰斯镇，赞贝里尼一家花了一周时间来处理官方宣布路易阵亡后所带来的影响。一个装着一枚紫心勋章的包裹寄达以后不久，他们还收到了一封有关偿付路易保险费的信件，一共是一万美金。路易丝把这些钱存到了银行，一分也没有花。她说这些钱仍然属于路易。路易阵亡的消息传出后，电影导演塞西尔·B. 威密尔也来到了路易家中。为了制作一档名为《第六次战时公债大募集》的节目，他对路易一家人进行了采访。西尔维娅和路易丝分别拿到一个脚本。在这个采访脚本上，要求她们在谈到路易时表现出好像他真的阵亡的样子。出于礼貌的缘故，赞贝里尼一家按照这一脚本的内容照本宣科地读了一遍。

在采访过程中，一名邮递员为西尔维娅送来了一束鲜花。这束花是她丈夫哈维送给西尔维娅的结婚纪念日礼物。哈维目前正在荷兰操作一辆坦克炮。几天后，他们收到了一封电报：哈维受伤了。但电报上却只字未提哈维受伤的原因和严重程度。西尔维娅焦虑不安地等待着，最后终于等到了一封信。这封信是由哈维口述，一名护士代写的。信上说他的坦克被击中后，突然着火，他逃了出来，但他的双手和脸都被烧伤了。在西尔维娅所能想到的所有可怕的场景中，大火是她从未想到过的。哈维曾经是一名消防队员。西尔维娅熬过了漫长的 11 月，她异常疲惫，几乎吃不下任何东西。每天晚上，她都会噩梦连连，整个人都像丢了魂一样。

★★★

11 月 20 日，林恩·穆迪仍然停留在两天前听到路易消息的某种兴奋状态之中。凌晨两点半，联邦通讯委员会的一名誊写员喊着让她赶快过去。

穆迪跑进去，戴上耳机，开始收听广播，又是《邮递员之声》这个节目。“来自美国的朋友，大家好，”广播员开始说道，“这里是《邮递员之声》特别节目。今天我们为加利福尼亚州托兰斯镇格拉梅西大街 2028 号的路易丝·赞贝里尼女士带来了一条非常特殊的消息。此前，我们曾经向这位女士许下了诺言。我们希望赞贝里尼女士也正在收听我们今晚特别为她制作的节目。前些日子，美国陆军部宣布她的儿子已经失踪并且阵亡，便放弃了对路易的寻找。听到这一错误报道以后，她的儿子特地来到了我们的演播室，发出这条令人感到宽慰的消息。我们向赞贝里尼女士保证，路易失踪和阵亡不是真正的事实。在接下来的节目里，你将会听到，目前在东京战俘营里美国空军中尉路易·赞贝里尼的声音。赞贝里尼中尉，请你讲讲吧。”

电波里传来了一位年轻男士的声音，穆迪马上就分辨出这正是路易的声音。

> 妈妈，爸爸，我的亲人和朋友们，你们好。这是你们的路易在讲话。由于这里当局的恩惠，我才能在这里向你们报告一下自己的一些信息。
>
> 两年半以来，这是你们第一次听到我的声音。我相信，我的声音听上去和当初我离开家时一模一样。
>
> 我没有受伤，身体也很好，我迫不及待地期待着与你们重逢。自从我突然离开以后，就再也没有收到过你们的消息，因此我非常担心家里的状况和家人的健康。我希望这条消息可以让你们恢复如初，继续保持良好的精神状态。
>
> 我现在被关押在东京的一座战俘营里，在这里我受到了战争

条件下最好的待遇。战俘营里的官员对我非常友善，我从来都没有受到过任何虐待。

请经常给我写信，并且把家里人的照片随信寄给我。当我感到寂寞的时候，能够看到家人的照片会是一件十分惬意的事情。

差点忘记了，爸爸，如果你还保存着我的那支猎枪，我会感到非常高兴。当我回家的时候，我就可以用它打猎了。

妈妈、西尔维娅和弗吉尼亚，我希望你们继续保持你们高超的厨艺。我经常想起你们做的馅饼和蛋糕。另外，皮特还是每周从圣迭戈回家一次吗？我希望他还待在咱家的附近。

替我向戈顿、哈维尔顿和亨利问好，希望他们一切都好。我要把自己最深切的关爱送给西尔维娅、弗吉尼亚和皮特，希望他们都喜欢现在所从事的工作。我非常想念他们。

因为我在日本，所以在这里遇到了几个老熟人。他们当中的一些人，你们可能也非常熟悉。

来自肯塔基州的高个子炮手哈里斯，他也在这里，而且身体健康。洛伦·斯托达德·史丹利·曼尼威和彼得·赫里斯卡尼奇也在这里，而且身体十分健康。你们一定还记得来自南卡罗来纳州的威廉·黑斯汀吧。我们住在同一个房间两个月了。他也很好。

我知道你们已经替我照管我的财物好久了，而且你们肯定也收到了我在部队的其他物品。

替我向鲍勃·卢维凌和镇子上的朋友们问好。最后祝你们圣诞节快乐！新年快乐！

爱你们的儿子，路易。

★★★

第二天一早，赞贝里尼家的电话突然响起。打来电话的是圣马力诺附近一个区的一名妇女。她说自己正在听收音机，该广播站播放了一段摘自一名美国战俘通过东京广播电台发布的消息。虽然节目很不清楚，还不时发出咔嚓咔嚓的声音，但她肯定自己听到的名字是正确的。这名战俘，她说，叫路易·赞贝里尼。

听到这个消息，赞贝里尼一家感到非常震惊，同时也很谨慎。因为这名女子是个陌生人，他们担心她只是在恶作剧。西尔维娅和路易丝询问了她的地址，然后开车来到她的家中。这名妇女告诉她们自己听到的所有广播内容。西尔维娅和路易丝向她表示感谢，然后离开了。他们相信这名妇女所说的话，但是不知道该不该相信这次广播的内容，因为发布假的广播内容太容易了。西尔维娅后来回忆："当时我在想，这个节目是真的吗？这个节目是真的吗？"

西尔维娅和路易丝回到家中以后，收到了一份来自马歇尔将军办公室的电报。电报上写着："以下是截取于日本敌方宣传广播的一则消息。"接着便是穆迪打印出来的路易所说的那些话。这份电报最后又说："军方需要等待进一步确认，才能判断有关信息是否属实。"

消息从四面八方涌进赞贝里尼家中。许多朋友和来自全国各地的陌生人都告诉他们，自己听到了广播节目中的内容。先后有几家广播电台再次播出了那条截获的广播信息。路易的叔叔吉多尔·多西也从艾奥瓦州威明顿市打电话过来。他听到了那段广播，并且确定自己听到的正是侄子的声音。

这则广播的消息几经转播，有些内容不尽相同，但是在众多版本中却有一个相同的要求，那就是要他们照看好路易的猎枪。在卡维拉印第安居留地打猎和托兰斯镇野外捕猎兔子已经成为路易的一种生活习惯。他尤其爱惜自己的那支猎枪。对于赞贝里尼一家来说，这仿佛就是某种暗号。路易丝和西尔维娅的眼里充满泪水，她们开始高兴地大喊大叫。

皮特也拿起电话，拨通了佩顿·乔丹的号码。电话里，他只说了几个字："佩顿，他还活着。"

最后的疯狂

东京广播电台的人员回到大森，微笑着说："路易的声音很好，他的工作完成得很出色！再做一次播音节目如何？"

只要是让自己写稿，路易便没理由拒绝这件差事。他又给家人写了一则消息，之后便和制作人一起骑车来到东京广播电台。他们刚到电台，制作人就宣布计划有变。他们不再需要路易自己写的稿子，因为他们已经准备好了一份。他们把写好的稿子递给路易。稿子是这样写的：

不管你们信与不信……我想我也许已经成了这些"幸存者"中的一名。我不知道，也许我很不幸……不管怎样……这就是我，路易·赞贝里尼，今年27岁，来自美国加利福尼亚洛杉矶市。我所说的幸运就是至今我仍然健康地活着……是的，这件事情听起来很滑稽……我已经听说并且亲眼看到有报道说我在海上失踪，并且已经阵亡……是的，在那些报道中，我已经成了一位牺牲的勇士……我还记得，官方报道是这样的……路易·赞贝里尼中尉曾是国家大学生校际比赛的一英里项目冠军，现在已经不幸阵亡……曾经参加一英里赛事的南加利福尼亚大学的长跑运动员现在却被认定已经于1943年5月在南太平洋失踪……可是，你们知道吗？……我现在不仅仍然好好地活着……而且十分强壮……有些愚蠢的家伙却宣传我已经死去……是啊，这让我想起了自己同船的另一位战友……他告诉我说，官方报道称他已经在战争中阵亡，但事实上他只是个战俘……几个月以后，他收到了妻子的来信，信中说她已经结婚了，因为她以为他已经死了……当然，当她得知他安然无恙地活在战俘营里时，感到非常吃惊……但是，她安慰他说，等他回家后，她愿意离婚，并且与他重归于好……伙计们，我真的很同情他们，所以对官方随意发布不可靠消息的做法表示谴责……他们应该做的，就是让家人知道自己的孩子身在何方……

不论怎样，这都不是我所担心的。我只是希望让家人知道事实真相，那就是我仍然活着，而且打算继续活下去……一个不允许人活着的世界是多么可悲，有些人的名字就是这样被那些所谓的官方报道而无情地抹杀了。你们是怎么看待这件事情的呢？……

路易顿时感到瞠目结舌。他曾经花了很长时间才弄明白，当第九个叫马里尼斯的战俘被处死以后，为什么自己没有在夸贾林环礁被处以死刑，为什么他要和其他人一样，在大船镇这个地方受尽摧残，却从来都没有接受过讯问。最后，日本人说出了他们的真实意图。在夸贾林环礁时，上级已经下达处死路易的命令。当时，有位军官跑去说服他的上级，留着路易一条活命，因为可以把他变成一种宣传工具。上级想到，一个颇为知名的美国奥运会长跑选手可能会很有一些利用价值，便点头应允。（菲尔的死刑命令很可能也已经下达，大概是考虑到他的死会让路易变得更加不合作，所以菲尔也暂时逃过一劫。）随后，路易被日本士兵押到大船镇，然后送到由“大鸟”管辖的大森战俘营中，目的就是让他受尽煎熬，最终不得不屈服于他们，心甘情愿地做他们想要路易做的任何事情，甚至是背叛自己的祖国。

路易拒绝播发自己刚才读到的那则消息。制作人依然面带微笑，让路易和他们一起出去逛逛。他们带着路易来到一家咖啡馆，给他点了一份美味的美式菜肴。饭后，又把他带去一座私人住宅，床上还铺着柔软床垫和整洁的床单。制作人说，倘若路易接受了这个广播讲稿，他可以继续住在这里，不用再回老地方受苦。最后，他把路易介绍给了另外几名战俘，其中有美国人和澳大利亚人。制作人告诉他说，这些人也在帮助他们做广播。但是，当路易朝他们伸出手时，那些人却都羞愧地低下了头。

路易被带回电台。当被逼着去录制节目时，路易拒绝了。制作人的脸色马上沉了下来，表情僵硬，他要求路易服从命令，但路易偏偏不听。于是，制作人离开了这个房间，到隔壁开了一个小型会议。

只剩下路易一个人待在播音室里。日本人拟好的几份稿子就放在他的面前。于是，他将自己的一只手迅速伸出口袋，抓起一页稿子，放进自己的外套里面。就在这时，制作人突然出现在他的面前。

“好哇！”其中一个说，“现在你可以回到‘惩罚营’里去了。”

★★★

所谓的“惩罚营”就是大森，但是很明显制作人指的是其他地方。对于路易来说，任何一个营地都比大森好，因为“大鸟”不在那里。制作人给他最后一个机会，想要让他改变主意，但是他依然拒不改口。

路易又被押回了大森。怒火中烧的“大鸟”看到路易回来，便开始对他进行变本加厉的毒打，作为对他拒绝播音的惩罚。不过，也可能是因为路易先前求助的那个制作人将路易说他的坏话的事告诉了他。路易站在那里一动不动地接受殴打，但是心中充满了叛逆，等着被送往“惩罚营”的船只。像所有其他的战俘一样，他一边凝望着天空，一边暗中祷告，希望B-29轰炸机能够尽早赶来。

★★★

11月24日星期五的清晨，东京拉响了空袭警报。天边传来一阵巨大的轰鸣声，听起来让人浑身战栗。战俘们抬起头来，看到B-29轰炸机正成群结队地在高空飞行，共有110架战机将这座城市团团包围。它们的目标是一个飞机制造厂。由于遇上了人们后来所说的“捷流”，这些战机正在以每小时445英里的速度靠近目标，比人们预想的速度每小时快了将近100英里。这些美国战俘已经看到了它们。

“那是一个寒风凛冽的日子，却晴空万里，”一个名叫约翰逊·约翰·亚

日本上空的一架 B-29 轰炸机
（美联社）

瑟的战俘写道，“飞机在蓝天的衬托下闪着银光，这真是一个壮美的景象，同时也激起了我们高昂的斗志。”战俘们开始大声呼喊：“赶紧投弹吧！”“平安着陆呀！”“欢迎回来！”那些看守他们的卫兵也胆战心惊地注视着天空的动向，甚至对这些战俘的呐喊声充耳不闻。

在大森，战俘营里的会计师野藤佑伊和一群战俘站在一起。他们看到一架日本战机朝 B-29 的方向迅速飞了过去，接着猛地一头撞了过去，随后便跌落在东京湾里，碎片像雨点一样纷纷落下。但是，那架 B-29 也开始变得摇摇欲坠，一阵白色的烟雾从轰炸机顶部缓缓飘出。

当他们看到轰炸机一侧有一顶降落伞鼓起来时，只听一名战俘大声喊道：“有一个人还活着！有一个人活着！”野藤也听到了，他看到那架美军轰炸机掉入海中，除了乘降落伞逃生的飞行员以外，其他机组成员无一生还。

那名飞行员的降落伞就像蒲公英的种子一样在东京上空缓缓飘荡。野藤忽然产生了一种不祥之感，他在想：那个飞行员肯定会飞进东京，然后掉到地面上，到时候不知道会发生怎样的后果。其他的轰炸机还在继续飞行。几分钟后，隆隆声变得越来越远。

★★★

秋天渐渐逝去，几乎每天都有 B-29 轰炸机在大森的上空盘旋。有时候只是一架，有时候会突然出现一群。天色放晴时，战俘们就会站起身来仰头注视；而到了阴天，他们只能听到飞机从灰暗的天空中传来的阵阵轰鸣声。日本卫兵开始频繁地拉响空袭警报，命令战俘挖掘战壕，并且引来东京湾的海水填满。此外，他们还让这些战俘把窗户上的玻璃从窗框里卸了下来，以免在将来爆炸时碎片四溅，这样人们就可以迅速撤离。在东京，空袭警报接二连三，战俘们很快就变得习以为常，甚至可以继续睡觉。

11 月 27 日，81 架轰炸机朝东京飞过来。29 日晚，天空中下着毛毛细雨，日本的工业区突然遭到两枚燃烧弹的袭击，战俘们都被惊醒了，听到远处传来一阵爆炸声。紧接着陆地上燃起的火苗将仅剩的 2 773 座建筑在一夜之间夷为平地。为了躲避炸弹袭击，城中的平民纷纷越过吊桥，在大森城墙外临时安顿下来。

一天夜晚，路易站在外面，看到几架日本战机气势汹汹地把一群 B-29 轰炸机围了起来。战斗在高空打响，他们能够看到美军战机在空中时隐时现。每隔片刻，轰炸机的侧面就会射出一道刺眼的光芒。对于路易来说，

“超级空中堡垒”：
B-29 轰炸机
（美联社）

那道光芒就像爆竹一样，因为那是日军战机被 B-29 轰炸机射中后爆炸所发出的火光。B-29 轰炸机在天空中肆意盘旋。“大鸟”怀着悲痛的心情望着这一幕。“该死的飞机，”他厉声骂道，“该死的飞机。”同时，他也为日本缺乏装备精良的战机而感到惋惜。

B-29 轰炸机很快就在东京上空杀出了一条血路，这使“大鸟”受到了巨大的精神打击。他不停地派人追捕战俘，严禁他们吸烟、唱歌、玩扑克和从事任何违法的宗教活动。他疯狂地扇一个战俘军官的脸，5 分钟以后，又让他光着身子在寒冷的户外一动不动地站了 4 个小时，然后又命令他连续两周每天清扫茅厕两个小时。他抄起一个像船桨一样大的长勺狠命敲向一个厨房的伙计。“大鸟”还四处翻寻战俘们的私人物品，没收他们的报纸、个人信件和家人的照片，只要是他认为可疑的东西都必须马上销毁。“大鸟”变得越来越偏执，他甚至冲着一名战俘喊道：“如果你们赢了，你们就会像压榨黑人奴隶一样欺压我们所有的日本人！”接着，他又把马克·戴维拖进自己的办公室里，先是指责他密谋烧毁集中营，然后对他拳脚相加，接着又拿起一根练习剑道的棍子猛打，所有的东西都被他打翻在地。

到了 12 月的时候，“大鸟”离开了几天，大森的战俘营里暂时安定下来。但是，在听说“大鸟”就要回来的前一天夜里，许多战俘突然从睡梦中惊醒。他们听到，在猛烈的暴风雨中，“大鸟”大声吼叫着，说要进行一次消防演习。他指挥这些战俘冒着冰冷的倾盆大雨集合起来，然后用力扇了几个人的耳光。他一路奔跑着穿过兵营，一边疯狂地叫嚣，一边逢人便打。接着，“大鸟”命令牢房里的所有人都出来排成一列。路易和其他人都按照他的要求站成一排，但是“大鸟”却拔出剑来四处挥舞，对他们进行高声谩骂。过了大约两个小时以后，“大鸟”强迫他们根据自己的想象，假装用水浇灭大火，从楼里跑进跑出，“抢救”这里的食物和文件。

12 月一天一天地过去了，“大鸟”变得越来越丧心病狂。他把所有人都召集在一起，驱赶着他们过桥来到东京，并且告诉他们只是到炸毁的建筑物里捡拾一些柴火。东京街道的两边设有不少消防水槽，每当他们来到一个水槽跟前，“大鸟”都会跳到上面，拔出剑来，大声喊道：“立正！”于是，战俘们立即向“大鸟”致敬，而“大鸟”就会开始浮想联翩，似乎自己正在检阅部队一样。他的这个姿势忽然让汤姆·韦德想起了墨索里尼。许多平民开始聚拢，对着“大鸟”欢呼。等到战俘经过以后，“大鸟”就会立刻从上面跳下来，然后三步并作两步跑到前面，接着跳到另一个水槽上，一边吼叫着挺直身子，一边让这些战俘向他敬礼。在短短数英里的行程中，他一而再再而三地上演这出闹剧。

每当有炸弹落下来时，“大鸟”就会大喊大叫，挥舞着长剑在战俘营中四处奔跑，对着战俘大声哭号。有时候，他会口吐白沫，舌头打结，脸皮紫胀，眼睑也耷拉了下来。每次遭受轰炸时，他都时刻提防着这些战俘，怕他们用土填满已挖好的战壕。有一次，他跑到战俘营里，让他们立正站好，然后命令卫兵举起枪瞄准他们。只要炸弹声一响，“大鸟”就会在战俘中间挥舞着长剑四处乱窜。

每次轰炸强度加大时，“大鸟”就会加倍对路易进行惩罚。为了找到路易，他总是心急火燎、怒气冲冲地在战俘营的周围跑来跑去。路易吓得赶忙躲了起来，但是“大鸟”却总能发现他的踪迹。每周有三到四次，“大鸟”会拿路易发泄，拳头像雨点一样落在路易的脸上和头上，弗兰克·丁克尔把“大鸟”的毒打称作“死亡攻击”。每当路易出现时，“大鸟”就会把他打得头晕目眩、鲜血直流。路易开始觉得，除非他自己死掉，否则渡边是绝对不会放过自己的。

路易几乎要崩溃了。每到夜里，他就会梦见“大鸟”挥舞着皮带，疯狂地朝他冲过来。在梦中，“大鸟”对路易拳打脚踢，那种令人窒息的愤怒压得他喘不过气来，于是他一翻身把这个魔鬼压倒在下面，双手掐住“大鸟”的脖子，想将他置于死地。

★★★

整个 12 月，路易都备受煎熬。与此同时，在距离这里大约 300 英里的善通寺战俘营里，到处又脏又冷。8 月，菲尔被转移到这里，变得日益消瘦起来。没过多久，他就和从大船镇过来的、只剩下一条腿的弗雷德·迦勒特成了朋友。

虽然日军卫兵反复宣称，关押在善通寺是对战俘们一种堪称“奢侈”的奖励，但实际上并非如此。战俘们的口粮质量很差，分量也严重不足。他们经常饥肠辘辘地四处游荡，甚至拔起地上的野草果腹。他们的所有饮用水都来自同一个蓄水池，但是里面的水是从用粪便施肥后的稻田中流出来的。为了不被渴死，战俘不得不喝下这里的水，所以他们当中有 90% 的人都患上了痢疾。在过去的 18 个月中，这座集中营里的战俘平均体重减轻了 54 磅。几乎每个人都得了脚气，还有一些人因为营养不良而双目失明。在 11 月的最后一天里，他们还埋葬了一名被活活饿死的美国战俘。

在善通寺，只有一件事令人振奋：菲尔他们可以用明信片给家人寄信。他写了一张又一张的卡片。明信片被寄了出去，但是因为邮寄过程一团混乱。秋去冬来，很快圣诞节就要到了，但是菲尔的家人却还没收到过一张他写的明信片。

一年半过去，菲尔仿佛凭空消失了一样。他的家人感到十分迷茫，自从飞机失事以后，他们就再也没有听到过有关菲尔的任何消息。11 月，他们听到了路易通过广播电台播发的一则消息，这则消息让人感到焦急不安。因为路易虽然提到了几名和他在一起的战友，但是由于静电的干扰，名字非常模糊，而且文字记录上也没有确切的显示。路易提到艾伦了吗？菲尔的家人弄不清楚。

1944 年 12 月一个周五的晚上，凯尔西·菲利普斯家的电话响了，是美国陆军部国民警卫队办公室的一名少校打来的。陆军部通过红十字会收到了善通寺那边的消息，得知艾伦还活着。

凯尔西感到异常兴奋。她让来电的少校给自己的丈夫和儿子的未婚妻发出一份电报。在华盛顿，茜茜也收到自己期盼已久的消息。占卜师曾经告诉她，圣诞节前会找到艾伦，而现在刚好是 12 月 8 日。茜茜强压住自己悲喜交加的心情，直到哥哥过来时才大声喊了出来。她立刻辞掉了工作，跑回自己的公寓，从一个手提箱里翻出艾伦的衣服和相片，盼着在飞回印第安纳州的飞机上能够出现未婚夫的身影。

还有 4 天就要过圣诞节了，而艾伦在 10 月份寄出的那张明信片也终于辗转来到家人手中。“亲爱的家人：希望你们一切都好，我多么希望此时此刻能够和你们一起住在家中。我希望能够和父亲一起出去打野兔。替我向茜茜·玛莎和迪克问好。祝父亲生日快乐！”凯尔西久久凝视着那张珍贵的卡片，看着儿子熟悉的笔迹，她感到无比的安慰。正在法国服役的菲利普斯牧师也在圣诞节前夕得知了这一消息。“我根本无法用语言来表达自己的感受，”他在给女儿的信中这样写道，“现在我生活在一个崭新的世界当中。我觉得再也没有比这里更好的去处了。这大概就是人们所说的天堂吧。”

在这封信中，艾伦确认了自己的战俘身份，但是菲利普斯不愿把这个消息公开。与此同时，赞贝里尼一家也从陆军部收到了类似的信件，上面说军方相信路易的那次播音是真实的，并且嘱托他们不要将这则消息公之于众。在日本人正在极力混淆视听的时候，陆军总部很可能不想让人们知道，他们的确曾经错误地发布了两名空军机组人员阵亡的消息。

当时，凯尔西只能给自己的儿子发一份电报；在其余的日子里她开始不停地给菲尔写信。12 月 14 日，她还给路易·赞贝里尼写了一封信。尽管凯尔西知道艾伦的消息后情绪好转了许多，但是仍然感到十分沉重。在“青蜂侠”号的所有机组成员当中，目前只找到了路易和艾伦。休·卡帕内尔的母亲开始变得意志消沉，再也不愿继续给其他人写信。炮手弗兰克·格拉斯曼的母亲格拉斯曼·莎蒂也写信给路易丝，问她是否听到过一些关于弗兰克的消息。“即使弗兰克仍然没有什么音讯，”她写道，“但是你已经得到了一些消息，这一点也足以让我们感到欣慰。”

“一想到其他机组人员的母亲，想到她们面临可能失去亲人而悲痛时，我便很难喜形于色（虽然自己的心里的确感到振奋），”凯尔西在信中告诉路易，“我十分同情她们，觉得自己应该给她们每个人写信。”

★★★

圣诞节日益临近，路易却变得越来越虚弱，饥饿正在吞噬着他的健康。偶尔也会有人接济他，把自己偷来的粮食分给他一些，但是这些远远不够。更让人感到痛苦的是，路易距离堆积如山的粮食只有咫尺之遥。

那年秋天，红十字会给战俘派发了两次救济物资。但是，战俘营里的日本军官并没有把这些粮食分给他们，而是直接拉进仓库，开始挑选自己喜欢的东西。（战后，东京战俘营区的司令官承认，他曾经亲自下令把这些来自红十字会的包裹分发到日本人手中。）他们甚至完全不打算掩饰自己的偷窃行为。“我们眼睁睁地看着他们随意丢掉那些食品的包装，整碗整碗地舀走大部分可可粉和白糖，甚至还有人把美式奶酪当作肥皂来洗衣服。”汤姆·韦德写道。在他们当中，“大鸟”的行径最为卑劣，他一边吸着好运牌香烟，一边公然地把红十字会送来的食物扣在自己的房间。有一次，红十字会送来240箱物资，仅“大鸟”一人就扣下了48箱，足有500多磅重。

一天，“大鸟”命令所有人来到操场上。战俘们发现，这里停着一辆装满苹果和橘子的卡车。路易做了这么长时间的战俘，只看到过一个水果，就是上次佐佐木递给他的那个橘子。卫兵告诉他们，一个人可以拿到两个水果，于是这些饥饿的战俘纷纷拥上前去。当他们围在车子的旁边时，一些日本摄影师立刻开始拍照。然而，正当他们准备把水果吞下肚子的时候，卫兵却命令他们把水果放回原地。原来日本人兴师动众只不过是为了进行宣传。

圣诞夜，红十字会送来的包裹终于被分发到这些战俘手中。路易在自己的日记里满怀喜悦地写道，他收到的包裹重约11磅，里面有牛肉、奶酪、肥鹅、鲑鱼、黄油、果酱、巧克力、牛奶、西梅和四个装着大衣的包裹。整个夜里，大森的战俘们都在互相交换东西，他们一边吸烟，一边大快朵颐。

那天夜里，大家还得到了另一次款待，之前一连串怪事儿也才有了头绪。在战俘营里，有一个名叫贡纳·曼斯菲尔德的战俘，由于长期不洗澡，身上总是脏兮兮的，精神好像也有一些问题，而且偷窃成癖。

圣诞节前不久，曼斯菲尔德绕过7名看守，溜进仓库偷走了几箱东西，并且把它们埋到了自己牢房的下面。后来，卫兵发现他从仓库偷过东西，就把他关进了牢房。当时曼斯菲尔德把自己偷来的箱子藏在一个秘密的隔间里，还在门上做了记号。他告诉其他战俘，那里有食物，他们可以各取所需。当他再次行窃时被日本人发现，被吊在外面的一棵树上。当时天上还下着大雪，曼斯菲尔德既没有东西吃，也没有水喝，还要不断遭受毒打，就这样他被吊在那里整整10天。

一天深夜，路易从茅房回来，看到一个二等兵加野蹲在曼斯菲尔德的身边，给他裹了一条毛毯。第二天早上，毛毯不见了，为了不让“大鸟”看到，加野把它拿了回来。最终，日本人还是放了曼斯菲尔德，并且把他关进一个平民牢房，在那里他的身体恢复了许多。

一次，曼斯菲尔德在仓库意外地发现了一个红十字会的箱子，箱子里装满了演出的道具。这是一件好事。他把自己的这个发现告诉了其他战俘，这让他们产生了一些想法，通过表演戏剧的形式来庆祝圣诞，以鼓舞士气。于是，他设法取悦“大鸟”，邀请他来做“节目主持人”，并且让他坐在“戏院”即公共浴室前面最显眼的位置。战俘们在澡堂上搭建了几块木板作为舞台，并且决定表演一场由英国战俘改写的音乐剧《灰姑娘》，这个故事不仅富有创造性，而且洋溢着某种自由的气息。弗兰克·丁克尔充分展现了自己的表演天赋，扮演了潘德兰德的王子利安得。一个身材高大的、操着一口伦敦方言的英国人身穿芭蕾舞裙和紧身衣，扮演仙女教母。里面的人物还有黛儿·拉瑞夫人和加纳·拉瑞夫人。路易觉得这是他见过最滑稽的事情。二等兵加野坐在后面给卫兵们做翻译，他们一边笑着一边鼓掌。“大鸟”非常引人注目，自己也感到扬扬得意，因为那天晚上他让路易和其他人都感到十分开心。

在善通寺，菲尔和弗雷德·迦勒特一起度过圣诞。一些战俘找来乐器并集中起来，在几百名忍饥挨饿的战俘前面，他们弹奏着欢快的音乐，一起歌唱。最后还唱了英国、荷兰和美国的国歌。善通寺的战俘们站在一起，一边静静地观看表演，一边想念着自己的家乡。

★★★

圣诞节过后，“大鸟”没有对战俘继续施暴，甚至连路易也好像被他忘掉了，而是在战俘营中神魂不定地走来走去。战俘们远远地看着他，想知道接下来会发生什么事情。

那年，一个叫德川奈良的高官来过这里几次。据说这个赫赫有名的高官是德川家康将军的后代，正在为日本的红十字会做巡回演讲。在大森，他遇见了一个名叫刘易斯·布什的战俘。刘易斯向他讲起了“大鸟”的暴行。

“大鸟”已经起了戒备之心。德川的第一次来访结束以后，“大鸟”禁止布什再与他见面。可是，每当德川到来的时候，布什就违抗“大鸟”的命令。等到德川走后，布什只能接受“大鸟”残忍的暴打。在最近一段时间里，德川不断前来造访，而布什也一直与他见面。“大鸟”的拳打脚踢并没有起到任何作用。听说此事以后，德川感到非常不安，便分别前往陆军部和红十字会，敦促他们管管渡边。他告诉布什说，自己对这种行径感到非常气愤。就在这一年即将结束的时候，德川取得了胜利，“大鸟”终于被调离大森。

然而德川的胜利有名无实。军方并不是真的打算让“大鸟”与战俘脱离联系。他们只是把他转移到一个稍微远些的封闭的军营。在那里，估计“大鸟”还会像以前一样折磨其他战俘，而且那里也没有达官贵族和红十字会的耳目。阪场上校为了确保渡边不会受到其他人的非难，将他升为中士。

“大鸟”为自己举行了一个告别聚会，并且命令战俘中所有的军官前去参加。军官们从四面八方赶了过来，从身体最虚弱的痢疾病人那里搬来凳子，在凳子上摆满年糕，并加上了肉汁。聚会开始以后，他们把年糕送到“大鸟”面前，以表达对他的“爱戴之情”。他们假惺惺地告诉“大鸟”，他走了以后他们会有多么想念他。“大鸟”一边伤心地啃着年糕，一边为自己的离去感到悲痛。

那天夜里，直到很晚的时候，路易从自己的牢房里向外张望，看到“大鸟”正站在门口向一群人挥手作别。所有的战俘顿时情绪高涨。路易悄声打听，他们外面在干什么。有人告诉他，“大鸟”要永远离开这里了。路易高兴坏了。

虽然这些年糕的确发挥了作用，但是此前谁也没有料到事情会进展得如此顺利。“大鸟”已经走过桥的尽头，踏上了岸，看起来一切正常。大森的恐怖统治终于结束了。

残兵败将

大森的生活状况改善了很多。二等列兵加野很快接管了这座战俘营。取代渡边的是一个名叫小栗的中士。小栗是一个性情温和、心地善良的人。“大鸟”制定的那些规章制度很快就被取消了。有人在“大鸟”的办公室里发现了一堆战俘家人写给战俘的信件。有些信件已经在“大鸟”的办公室被扣押了9个月。他们把这些信件分发给战俘，并且还允许战俘给家人写信。“相信你们一定身体健康，精神状态也都很好。”路易在给家人的一封信中写道。“告诉皮特，”他在另一封家信中这样写道，“当我50岁的时候，头发也一定比他20岁时多。”

在距离1945年还有两周的时候，一群衣衫褴褛、弯腰驼背的战俘步伐沉重地走过竹桥，来到了大森。路易认识这些面孔：他们是大船镇战俘营里的战俘。指挥官菲茨杰拉尔德也和这群人待在一起。大森的战俘告诉菲茨杰拉尔德，他是日本战俘营里最幸运的人，因为那个绰号“大鸟”的暴君刚刚调离了这里。

在这些新来的战俘中，路易很快就认出了威廉·哈里斯。不过看到他时，路易的心猛地一沉。因为哈里斯的身体和精神状况都很差。路易跟他打招呼时，这位老朋友只是不经意地看了他一眼，而且态度冷淡，神情恍惚，好像正在努力思考着什么。

1944年9月，“拐子”曾狠命地毒打过哈里斯，但那并不是最后一次。11月6日，“拐子”好像听到哈里斯在和什么人说话，于是他立即抓住这一点不放，和其他几名卫兵一起把哈里斯打得不省人事。两个月以后，他们又以哈里斯偷走一枚钉子修自己的鞋子为由，再次鞭打他。哈里斯的确是想修好自己那双破旧的鞋子，好让自己度过寒冷的冬天。他也的确请求日本人给他一些钉子，但是日本人没有答应。

大森战俘营里的医生对哈里斯进行了仔细检查，然后告诉路易，他觉得这名炮手可能会不久于人世。

同一天，小栗打开仓库的大门，取出红十字会送来的箱子进行分发。路易把自己得到的那只箱子送给了哈里斯，这件事情对他来说既是举手之劳，也是一次极为困难的选择。但是，哈里斯因此得以恢复。

由于拒绝为日军进行宣传，路易正等着他们把自己押往“惩罚营”去。在那个时候，“大鸟”始终对他纠缠不休，不停地寻衅滋事，所以路易颇为镇静地等待着自己接下来的命运。

但是现在“大鸟”已经离开了这里，而哈里斯和他的一些朋友仍然留在这里，所以路易并不想离开。他每天都在担心中等待着自己被调离的命令。

★★★

B-29飞机还是每天都会到来，空袭警报也经常拉响。战俘营里传言四起，据说马尼拉已经被盟军占领，德国沦陷，接下来美国便会控制日本。和其他战俘一样，路易也对此感到十分担心。日本卫兵被炸弹吓坏了，他们经常会感到心惊肉跳，所以变得更加暴躁。就连那些从前相当友善的卫兵现在也变得充满了敌意，他们经常毫无理由地鞭打战俘。由于美军攻势的加剧，日本失守的可能性越来越大，他们开始把这些战俘视为一种威胁。

在美国军队当中，一条令人毛骨悚然的消息浮出水面。150 名美国战俘被长时间地关押在菲律宾的巴拉望岛。他们像奴隶般地在那里修建机场。自从 12 月美国飞机炸毁飞机场后，这些战俘便被迫挖避难洞，而且洞口只允许一个人进出。

12 月 14 日，在巴拉望附近出现了一支美国车队。日本第二航空师的指挥官随即由此判定美国决意入侵日本，并且制定了相应的政策，即“杀光政策”。当天晚上，这名指挥官向巴拉望发了一条广播信息，要求他们“就地处决 150 名战俘”。

大森战俘营上空的一架 B-29（雷蒙德·哈洛伦）

12 月 15 日，巴拉望的卫兵们突然开始高声呼喊："敌机来了！"战俘们被驱赶着爬进避难洞中，坐在那里，但是他们并没有听到飞机的声音，而是感到某种液体像下雨似的浇在他们的身上。是汽油！卫兵们朝洞中丢进火把，然后甩进手榴弹。洞中霎时间火光冲天。

正当这些卫兵欢呼时，洞中的战俘也在设法逃生。他们当中的一些人指甲盖都已经磨掉了，几乎所有逃出去的人都被刺刀捅死，被机关枪射死，或者干脆被殴打致死，只有 11 个人侥幸逃脱。他们游过附近的海湾，被当地居民发现了。这些居民把他们送到菲律宾游击队员那里，然后再由游击队员把他们带往美军所在地。

当天晚上，日本人开聚会庆祝这次大屠杀。但是后来，事实证明他们对美国登陆日本这一预测是错误的。

★★★

1月16日黎明，大森下起了雨，雨中还带着雪花。早上7点15分，路易和其他战俘刚刚吃完早饭（大麦和一碗汤），忽然听到空袭警报声。指挥官菲茨杰拉尔德看着他的狱友们，他知道这一次不可能是B-29，因为B-29要飞一整夜才能在清晨时分抵达日本。不过，这很可能是一些舰载飞机，因为美国的海军舰队就在附近。几秒钟过去后，房间开始摇摇欲坠，人们纷纷向门口奔去。

路易跑出屋子，到处都响起了震耳欲聋的枪声。整个世界仿佛都在为之震颤。数以百计的战机布满了整个天空，有美国战机，也有日本战机，正在枪林弹雨中互相射击。在东京上空，一排排俯冲式轰炸机直冲海岸，向飞机场和跑道上投掷炸弹。每当有轰炸机飞过来时，下面就会冒出一团巨大的火焰。在这场空战过程中，路易站在一架最大的日军战机下面。

卫兵们用刺刀指向战俘，命令他们回到牢房里。路易和其他的战俘只好排成纵队返回牢房，但是等到卫兵冲出去驱赶其他战俘时，他们又重新溜了出来。他们跑到牢房的后面，爬上营地的栅栏，用胳膊肘支撑在栅栏上仰头观看。眼前的景象让他们欣喜若狂。飞机扫过天空的每个角落，四周的轰炸机掉进水里。

路易全神贯注地观看着空中的这场战斗。一架美国F-6F海军歼击机盯上了一架日本轰炸机，然后开始对其进行追击。日本的轰炸机朝城市飞去，并且潜伏在海湾的低处，而美国的F-6F也紧跟其后。这两架战机从战俘营的上空迅速飞过，日军轰炸机已经开到了最快的速度，而那架F-6F穷追不舍，并且开枪射击。几百名战俘从营地的围墙向外观看，他们凑到围墙的缝隙当中，或者用头顶开栅栏。他们感到自己的心怦怦直跳，耳边充斥着飞机的轰鸣声和咆哮声。轰炸机离得太近了，路易甚至觉得能够看清双方驾驶员的面孔。随后，那架日本轰炸机横穿海岸，F-6F战机放弃了这场追逐。

据说，那天共有150架美国飞机和几百架日本飞机飞过战俘营地。那天晚上，整个东京市陷入了一片火海中。第二天，支援的飞机也赶来参战。截至2月17日，包括地面上和空中的飞机在内，日军一共损失了500

多架飞机。除此之外，日本的飞机厂也受到了重创。美国损失了 80 架战机。

7 天后，这里再次上演了惊人的一幕。早上 7 点，在一场暴风雪中，1 600 架舰载飞机飞过大森，向东京投掷炸弹。紧随其后的便是携带燃烧弹的 229 架 B-29 战机。美军几乎没有遭遇任何抵抗，他们迅速飞往工业区投掷炸弹。战俘们甚至可以看到地平线上跳动的火焰。

2 月里的最后一天，路易和其他军官被带到一个厂区，一共有 15 个人的名字被点到了，其中包括赞贝里尼、韦德、丁克尔和菲茨杰拉尔德。他们被告知要被转移到另外一个战俘营里，也就是直江津战俘营。听到这个消息后，路易反而感到十分高兴，因为无论他去哪里，都会和自己的战友待在一起。

3 月 1 日下午，这些人把他们的物品集中到一起，然后穿上日军前一天发给他们的衣服。路易前去同哈里斯道别，因为以后可能很难见到他了。

这些将要前往直江津的战俘爬上外边的一辆卡车，一路开到东京。当他们看到东京发生空战时，个个欢呼雀跃，但是看到这场空战带来的后果时，他们同样感到无比震惊。整个城市已经变成了一片烧焦的废墟，一栋栋的房屋只剩下黑黢黢的框架。在这片瓦砾当中，路易看到了一些闪闪发光的东西。许多屋子里还有大量的工业机器。路易看到的只是移交到无数私人家庭、学校和小型军需工厂的大量工业机器和军工生产的一小部分。

路易和其他需要转移的战俘被押到火车站后，登上一列火车。火车一直向西开了一晚上，他们看到一片美丽的雪景。火车继续前行，雪越来越厚。

3 月 2 日大约 9 点，火车抵达直江津，这是一个位于日本西海岸的海滨村庄。他们被带到火车站前，眼前的景象令人惊愕。屋顶上的雪大概有 14 英尺。他们爬上一个在雪墩里打扫出的楼梯，就像站在一座雪山上一样。他们来到了一个白茫茫的地方，整个村庄掩映在雪的世界之中。“我们好像住在镇子当中一个巨大的奶油蛋糕里。”韦德写道。这里的雪太厚了，为了进出家门，村民只能挖开通向家里的垂直地道。与火光冲天的东京比起来，这里显得那样不协调。

他们把行李放到雪橇上，走了差不多两英里才抵达了战俘营。风呼呼地刮着，天气滴水成冰。菲茨杰拉尔德的脚由于严重感染，走起路来相当吃力。他把拐杖深深地戳进雪里，可还是支撑不住自己的身体。

这些战俘穿过一座桥梁后，便看到了日本海。直江津的战俘营恰好位于荒川和保仓河形成的对角之中。不过这个营地几乎整个被大雪盖住。路易和其他战俘步伐沉重地走进一座院子，有命令让他们站在一个破旧的木棚跟前立正等候。寒风把他们的衣服掀得老高，他们只能站在那里耐心地等待。

终于，门“砰”的一声打开了，里面冲出一个人来，只听他厉声喝道：“立正！”原来是“大鸟”！

路易的双腿一阵发抖，大雪重重地压在他的身上，他顿时倒了下去。

阶下之奴

路易还记得，再次看到“大鸟”的时刻是他人生中最黑暗的一刻，但是对“大鸟”来说就是另外一回事了。他脸上流露出的表情就像是一个正在准备庆祝自己生日的孩子。他扬扬得意地打量了一遍自己的新玩偶。他似乎认为，这些战俘一定很高兴再次见到自己。

菲茨杰拉尔德把双拐交叉放在前面，想要告诉“大鸟”自己为这几名战俘负责。“大鸟”立刻宣布，就像在大森一样，这些人必须对他绝对服从。他还说，在自己的任期内，他要把这里变得像大森一样。

听到这些，路易呆住了，不过他很快就打起精神穿过雪地，来到自己的牢房。牢房是位于结冰的保仓河正上方悬崖边上的一栋两层建筑。这里关押的 300 多名战俘大多是澳大利亚人，早已被折磨得瘦骨嶙峋。大部分人还穿着当初被抓时单薄的卡其布军装。由于长年累月穿在身上，他们的衣服破旧不堪，就像海带一样又轻又薄。从海面刮来的风透过墙上的裂缝吹进来，发出呼呼的声音，房顶上净是洞眼，屋里也都是雪。整个屋内到处都是跳蚤和虱子，老鼠在屋里窜来窜去。床就是钉在墙上的木板，一堆稻草就是他们的褥子。地上大大的裂缝随处可见，屋里的温度通常都在零摄氏度以下，战俘们只有依靠点燃拆掉的地板取暖。

几十个小盒子堆在一面墙下，其中一些已经破裂，不少骨灰已经落到了地板上。那是 60 名澳大利亚战俘的骨灰。在 1943 年至 1944 年间，有 1/5 的战俘因为肺炎、脚气病、营养不良、结肠炎或者这些病的综合征

直江津的战俘们
（澳大利亚战争纪念馆，底片号 6033201）

而惨死在这座集中营里。大部分人死于长期的肉体折磨。战俘营是说明日军残酷性最好的例子，这一点也许在整个历史上都能引起人们的共鸣。在所有战俘营当中，直江津是日本最为黑暗的地方，也是路易到过的最糟糕的地方。

路易躺在床上，努力想让自己对直江津的生活做好心理准备。那天晚上，当他睡着的时候，在地球的另一端，世界上最优秀的长跑选手们正在麦迪逊广场花园里举行一场盛大的田径运动会。为了纪念路易，这些发起者重新命名了这一项目的名称。除了路易的家人以外，几乎所有的人都认为路易已经死了。当赞贝里尼一家听到这个消息以后，他们感到十分恼火，因为这次比赛被命名为“纪念路易 · S. 赞贝里尼一英里赛跑”。为了表示对赞贝里尼家人的尊重，这个名字后来被改为“路易 · S. 赞贝里尼邀请赛”，但是许多参赛者还是情绪低落。路易曾经的队友，1936 年奥运会运动员马蒂 · 格里克曼泪流满面地观看了这次比赛。

最后，美国最优秀的一英里选手吉姆 · 拉弗蒂赢得了这次比赛。他的成绩是 4 分 16 秒 4，比路易在“青蜂侠”号失事前于瓦胡岛沙滩上创下的纪录慢了 4 秒。

★★★

来到直江津的前几周里，路易得了重感冒。每天晚上，他在稻草床上冻得浑身发抖，天还没有亮就会被突然叫醒，然后被迫到黑黢黢、刮着狂风的雪地里点名。白天，在黯淡的晨光下，他和丁克尔、韦德以及其他狱友挤在一起，徒劳地希望暖和一些。很快，他就开始咳嗽、发烧，出现了感冒的各种症状。直江津的伙食质量极差，所以他的身体很难康复。军官们的口粮只有士兵的一半，几乎顿顿都是糙米、大麦和里面飘着几片蔬菜叶的海带汤。战俘们用雪橇拖来的饮用水不仅颜色发黄，还散发出一股浓烈的臭味。红十字会定期给这些战俘送来一些补给物资，但结果就是所有的日本卫兵都开始改抽美国香烟了，战俘们仍然一无所获。

“大鸟”还是大森营地的那个魔鬼，他经常残酷地虐待战俘，因此这里的澳大利亚人故意把“渡边弘光”念成“渡边混球”。直江津的指挥官个子矮小，但却趾高气扬地留着一小撮胡子，很明显是为了模仿希特勒的做派。虽然渡边的军衔比他低，但就像在大森的时候一样，他也要听从渡边的命令。在这里，渡边找到一个体型像茄子一样的人做自己的爪牙，这个人叫河野宏明。河野整天跟在渡边身后，在营地里四处转悠，动不动就殴打战俘。韦德曾经写道：“河野是一个气急败坏的纳粹走狗。”

路易被调入直江津后，再次落入“大鸟”的手中，这并不是偶然的。包括路易在内，前往直江津集中营的战俘都是渡边亲自挑选出来的。据韦德分析，这次挑选的战俘或多或少都有一技之长或者一些个人背景，而“大鸟”看重的也正是这一点。艾尔米德做过大森厨房的帮工，是他让路易在大船镇免于忍饥挨饿；韦德曾经是战俘营的指挥官；菲茨杰拉尔德曾是名一等军官。然而，唯一没有这样背景的人就是路易。但是韦德认为，“大鸟”之所以挑选路易，就是想对他进行折磨。

韦德猜对了，自路易踏进营地的那一刻起，“大鸟”就盯上了路易，他狠命地抽路易耳光，用拳头揍他，或者对他破口大骂。“大鸟”对路易的暴行，让其他战俘都感到震惊。其中一名战俘记得，“大鸟”说“这只是为了进行训练”。路易对“大鸟”的蔑视更激起了他的怒火，也为自己招致了更加残暴的毒打。再次落到这个暴君的魔掌之中，路易的精神变得格外紧张。

然而，由于路易是一名军官，所以还算是幸运的。直江津的很多工厂生产一些重要的战争物资，但是当地几乎所有的年轻人都去打仗了。于是只能由战俘代替劳力在工厂里干活。战俘里的士兵们艰难地穿过雪地，去到矿山、钢厂、化工厂、煤港、盐船上从事苦力。他们的工作非常辛苦，而且十分危险，每天都要不分昼夜地连续工作 18 个小时。因此，当他们从劳动的地方踏着厚厚的积雪返回集中营时，双腿很快就失去了知觉。有些人因为过于疲倦，不得不靠别人把自己架进牢房。毋庸讳言，日本人就是打算活活累死他们。虽然路易受尽了折磨，但作为一名军官，他不用做苦力。

★★★

冬天渐渐过去了。河里冰消雪融，房子慢慢露出了原貌。当院子里的积雪融化以后，让人感到不可思议的是，这里竟然出现了一头猪。整个冬天里，这头猪都生活在战俘营下面的一个雪洞里，依靠一个澳大利亚人扔进去的一丁点儿食物活了下来，瘦得皮包骨头。

地面上的积雪已经融化，“大鸟”宣布要派这些军官们去农场劳动。虽然这一做法违反了《日内瓦公约》中有关禁止强迫军官劳动的规定，可是大家都无可奈何。直到现在，菲茨杰拉尔德才知道和“大鸟”生活在一起是什么滋味。不过，如果能够到农场上干活，他们每天至少可以有几个小时远离“大鸟”的折磨，况且他们再累也没有那些做繁重体力活的士兵辛苦，所以菲茨杰拉尔德并没有反对。

每天早上，路易和其他军官一起在牢房前集合，由一名叫小川的卫兵看管。他们要先往一辆平车上装满茅房里的粪便——把粪便当作肥料在日本由来已久，然后像牛一样把车套在自己的脖子上，并且把这些粪便倒进田地里。在他们返回集中营之前，趁小川转身的时候，他们会冲进菜地偷上一些蔬菜。许多日本农民都直瞪瞪地看着这些战俘，也许这是他们第一次见到西方人。路易也转过头去看着那些面色苍白的男男女女，战争的灾难在他们的脸上显露无遗。由于缺少食物，他们个个都看起来弯腰驼背。

他们的周围还有一些蹦蹦跳跳的孩子，但是看不到一个年轻人。他们纷纷举起双手，模仿投降的动作，好像是在嘲笑这些战俘。

他们每天都要气喘吁吁地来到 6 英里以外的地方，相比之下，在这些贫瘠的土地上种土豆所要付出的劳动还稍微轻一些。小川性情温和，虽然手里总是拿着一根棍子，但从来都不用它打人。田里有一口干净的井，里面的水质比战俘营里那口散发着阵阵恶臭的井水要好得多。小川总是让他们喝个够。因为现在他们在战俘营以外劳作，所以可以分到全额的粮食。虽然日本因为财政紧张而减少了每个战俘的口粮，但是满满一碗海带汤总比半碗强吧。

4 月 13 日，天气晴朗，万里无云，温暖的阳光洒在地面上，路易和其他的军官们正在田地里辛苦劳作，突然感到一切变得异常安静，于是人们不约而同地抬起头来往天空张望。与此同时，几乎所有的直江津战俘都停止了自己手中的活计，仰头凝望着天空。在阳光下，好像有什么东西在闪烁着，而且后边还拖着一条细长的白烟。原来是一架 B-29 轰炸机。

这是绰号“超级空中堡垒”的 B-29 第一次来到直江津的上空。那些来自大森的战俘早已目睹过 B-29 的英姿，但这些澳大利亚战俘从 1942 年起就被关在这里，所以根本没见过这种轰炸机。

无数目光都投向了这架 B-29，有的充满了希望，有的充满了恐惧。B-29 沿着海岸线慢慢在空中划出了一条优美的弧形，并没有投掷炸弹，只是在天空缓缓飞过。但是，这足以说明美国正准备大举进攻，而且几乎志在必得。在直江津成千上万目光的注视下，轰炸机飞出了人们的视线，那一串白烟也随即渐渐消失了。

战俘们顿时感到欢欣鼓舞，可是日本人却十分不安。在他们劳作的地方，为了不激怒那些由于高度紧张而充满敌意的卫兵，战俘们尽量压抑着自己兴奋的心情，看起来仿佛面无表情。当天晚上，在回去的路上，虽然日本卫兵照例对他们进行拳打脚踢，但是他们的内心却充满了希望。当他们到达战俘营门口时，“大鸟”正在那里等候。

“罗斯福死了。”他宣布。

听到这里，战俘们个个都感到十分沮丧。接着，“大鸟”把他们押回了牢房。

几天以后，小川向“大鸟”半开玩笑地说，那些军官们都是一群懒骨头。小川本来没有任何恶意，但他的话却激怒了“大鸟”。“大鸟”立刻大声喝令，让路易他们一字排开站在自己面前，然后开始训斥他们干活偷懒。他一边愤怒地咆哮着，一边口吐白沫，看起来好像已经精神错乱了。

最后，他尖叫着说要对所有人进行惩罚。他下令：从第二天开始，所有的军官都要干重活，要去驳船上装煤，如果有人胆敢不从，他会处死所有的人。有人看了看“大鸟”，然后叮嘱菲茨杰拉尔德不要反抗“大鸟”的命令。“大鸟”是认真的。第二天一大早，军官们列队集合，准备参加劳作，而“大鸟”却面带微笑地站在一旁看着他们走了过去。

★★★

这里离士兵们劳动的场所很近。这些军官们被带到河边，塞进一艘堆满煤的驳船。这里的煤是为钢厂准备的。卫兵给其中 6 个人每人一把铁锹，让路易和另一个人分别拿着一个大筐子，并告诉他们要用皮带把筐绑到自己的背上。然后，卫兵命令那些拿着铁锹的战俘往筐里装煤。每立方英尺的散煤重达 60 磅，所以背着筐子的人很快就开始摇摇晃晃地站立不稳。等到筐子装满以后，卫兵便命令他们把筐里的煤背出驳船，爬过一段狭窄的陡坡，将这些煤倾倒在铁道旁的一辆卡车上，然后返回驳船，再次装满他们的筐子。

一整天里，他们目睹了太阳东升西落，而他们除了装煤还是装煤。卫兵命令，运煤人必须以自己最快的速度前行，一小时至少要来回 30 趟。当卫兵允许他们停工的时候，这些人早就已经精疲力竭。按照韦德的估计，一天下来，每个背筐子的人可运 4 吨煤。

每一天，他们都重复着相同的工作。每当卸完一艘驳船上的煤以后，他们就会被带到另一艘驳船上。这些军官不仅要承受着身体上的痛苦，还要忍受精神上的折磨。因此，每当他们艰苦劳作的时候，韦德就会开始背诵那些著名的诗篇和演讲词，而路易也会和其他运煤的士兵一起，一边负重行走，一边背诵莎士比亚发人深省的独白、丘吉尔慷慨激昂的誓言和林肯振聋发聩的演说。

驳船上的煤终于卸完了，然而这些军官们的奴役生活才刚刚开始。在这些战俘当中，路易和几个人被分到其中的一条驳船上，由一艘拖船将其拖入日本海。被拖出将近一英里的距离以后，这条驳船才在一艘已经抛锚的煤船旁边停了下来。浪花四溅的海水不时飞落到他们的甲板上。战俘前面的一个日本卫兵用手比画着，让他们把一个网挂在驳船的一边，然后命令他们跳上网后爬上大船的甲板。

看着脚下波涛汹涌的海面，战俘们感到心惊胆战，这两条船在海水中不停摇晃着，一会儿碰到一起，一会儿又互相分开，那张网也颤颤巍巍的。如果他们跳进网里的时机不对，要么会夹在两条船的中间，要么会掉入海里。但是，当他们全都畏缩不前时，卫兵就会拿刀逼迫，他们最终只好闭眼一跳。像其他战俘一样，路易战战兢兢地跳了过去，再挣扎着爬上那艘船的甲板。

等所有人都爬上了大船的甲板后，他们立刻又被推搡到船的底舱，那里有一大堆煤，旁边还挂着一张大网。路易刚拿起一把铁锹，突然看见四周出现了许多卫兵，他们厉声下令，让这些战俘开始工作。路易把铁锹插进煤堆里，然后把煤向网中送去。

时间一小时一小时地过去了，路易始终弯着腰，用铁锹搅拌着一团团黑色的煤土。而那些卫兵在他们的身边围成一圈，一边对他们大呼小叫，一边抡起棍子便打。他们逼迫这些战俘疯狂地劳作，不让他们有一刻喘息的工夫。路易一边忍受卫兵的鞭打和折磨，一边疯狂地用铲子铲煤。他身边的战俘悄声对他说，不要这么拼命，慢点干。到了傍晚，他们终于可以结束当天的劳作，被押回岸边。他们下船以后，人人身上都落满了煤灰，根本无法辨认出他们的面孔。

第二天白天，这些人就会被押去继续运煤；晚上，他们才能拖着沉重的脚步返回集中营里。人们看到，一队浑身乌黑的战俘步伐沉重地走回牢房，一下子跌倒在床上，累得骨头都散架了，就连吐出的痰都是黑的。集中营只有一个浴缸，而浴场里的水也很少更换。钢厂里虽然有一个大桶，那是另一个可以洗澡的地方，可是卫兵每隔 10 天才让战俘列队去那里洗一次。由于不愿意在集中营里洗澡，在煤场劳作的这些人宁可生活在煤灰中，等着去工厂洗澡。最后，韦德觉得这样实在太不卫生了，干脆让人剃光了自己乱蓬蓬的头发，并且写道：“这算是一种解脱了。”

路易日复一日地在卫兵的看守下运煤。后来，他们又从煤场被调到工业盐厂干活，但工作同样十分繁重。盐溶化在他的汗水里，顺着后背流淌下来，渗进大大小小的伤口中，路易顿时感觉一阵钻心的疼痛。菲茨杰拉尔德也要和这些人一起劳动，为了保护自己的狱友，他经常与监工发生争执。一次，他们已经连续劳动了 14 个小时，菲茨杰拉尔德命令这些人停止干活，告诉监工如果没有饭吃他们是不会继续的。经过一番激烈的争执以后，监工给他们一人发了一个饭团，然后命令他们继续回去干活。

在这种情况下，发生悲剧是不可避免的。路易曾经目睹过这样一场悲剧。当他站在驳船上等着往船上跳时，在他前面的那名战俘因为起跳时机不对，刚好在两艘船相撞的时候跳了下去。只见他重重地摔在了船舷上，被夹在中间，随后倒在了驳船上。卫兵催促路易跳下去，其他人也先后从这名战俘的身边走过。这名受伤的战俘被留在了驳船上，从此以后路易再也没有听到他的消息。

在直江津，战俘像奴隶一样进行劳作，这种劳作甚至能够吞噬他们的灵魂，但是他们总是能找到一些取得胜利的方法——无论是身体上的还是精神上的，这对他们能否生存下去至关重要。在大多数工地上，很少有人进行蓄意破坏，行窃却蔚然成风。驳船上驾驶员刚刚离开，他们就会立刻冲进厨房，把能塞进衣服的食物一扫而光。而那些平民卫兵带来的午餐饭盒也经常莫名其妙地消失。如果哪个监工放下一盒烟，然后转过脸去说话，等他扭过头来时那盒烟早已不翼而飞。战俘们常常顺手牵羊，而到手的东西往往又没有什么价值，而且为此即使冒着挨打甚至更大的风险也在所不惜。这些对他们来说都是像铅笔盒一样没用的东西，本身也许没有什么意义，但他们的行为本身却是有意义的。

战俘的饮食非常缺钠，因此很多人都患上了肌肉痉挛和其他疾病，从而成了瘸腿。后来战俘们创立了一套偷盐和加工盐的系统。在盐船上干活的战俘会偷偷地把一把盐藏进口袋。因为这些未经加工的粗盐不可以食用，所以他们就会把这些盐带回集中营里，然后塞给那些在钢厂干活的战俘。那些战俘把粗盐藏在自己的衣服里带入工厂，趁卫兵不注意时把盐丢入装满水的壶里。等到一天的劳动结束时，他们会再把水壶挂到装有煤火的大缸旁边。第二天早上，水烧干以后就只剩下可以食用的盐粒，而这些盐粒就成了他们的无价之宝。

有一天，路易透过茅房墙上的一个小孔看到，在一间储物室的一面墙上挂着一个巨大的麻袋。路易离开茅房，凭借自己在大森集中营里从苏格兰人那里学到的盗窃本领，很快就找到一堆空竹竿。他捡起其中一根，趁卫兵不注意，开始打磨竹竿的一端。那天晚上，路易穿上营地发给他们的那种裤腿上缠有带子的睡衣，把竹竿放入口袋，系紧裤口的带子来到茅房。一进茅房，他就顺着墙上的小孔用力把竹竿插进粮袋，然后把这根竹竿的另一头插进自己的扣眼中。白花花的大米顺着竹竿流入了他的裤子里。等到每条裤腿里都灌满大约 5 磅大米的时候，他才抽回了竹竿。

路易大摇大摆地走出茅厕，睡衣里装着的 10 磅大米也随着他的脚步来回摆动。他若无其事地走过卫兵们的房间，爬上梯子来到二楼，菲茨杰拉尔德已经铺好了一张毯子在等他。路易双脚踩到毯子上，解开裤腿，大米哗啦一声就落了下来。然后，路易赶忙爬回自己的床铺，而菲茨杰拉尔德也迅速叠起毯子，把这些大米分别装进袜子里，然后藏入墙壁上的那个秘密隔间里。等到摸清卫兵的巡视规律以后，路易和菲茨杰拉尔德趁着守卫不在的工夫，立刻取出那些大米，迅速扔进炉子上的水壶里，等到大米煮熟，与其他几名战俘一起分享。他们狼吞虎咽地吃了下去，尽管每个人吃到的大米并不多，但是对于他们来说，能够智胜那些残暴的卫兵才是最好的补品。

在直江津战俘营的一系列反抗行动中，最了不起的可能要数路易的朋友肯·马文了。肯·马文是一名轰炸机炮手，后来在威克岛被俘。他在一个绰号“独眼龙”的平民卫兵手下干活。当“独眼龙”让马文教自己英语时，马文看到了机会。他一边在心里暗自好笑，一边教给“独眼龙”一些不堪入耳的粗话。从那以后，每当有人向他问好，他就会回答：“关你屁事！”

★★★

那年春天，路易在河堤上碰到了一件极为糟糕的事情。路易被调去运盐，他要佝偻着腰，用力地把沉重的盐袋背到一节火车车厢上。他背着盐袋走上河堤，步履蹒跚地爬上有轨电车的斜坡。当路易上去的时候，一名卫兵正从那个斜坡上下来。他们两人擦肩而过的时候，这名卫兵突然用肘部捣向背着盐袋的路易，路易一下子没有站稳就倒了下去。他想要在倒向地面前站稳双脚，但是在距离地面不到 4 英尺的地方，他的一条腿先着地。路易立刻感到踝关节和膝盖处传来阵阵撕心裂肺的灼痛。

路易的双腿站不起来了，在他跳着往回走的时候遇到了另外两名战俘，是他们架着路易回到了牢房。路易不用再去煤场干活了，可这并不是一件令人欣慰的事情。因为这样一来，他就不得不整天跟“大鸟”待在一起，而且路易的口粮也被减至一半。

路易饥肠辘辘地躺在牢房里，他的痢疾越来越严重，高烧不退，有时候甚至烧到 40 摄氏度。为了分到全额口粮，路易想要找到一份只用一条腿也可以完成的差事。他不知从哪里找到一台已经报废的缝纫机，并且自告奋勇地要求为卫兵们缝制衣服，这样就可以领取自己的全部口粮。可是很快就没有衣服可做了，他的口粮又缩减到原来的一半。路易只好不顾一切地向“大鸟”乞求，让他分给自己一点活干。

“大鸟”答应了他的请求。他说从现在开始，路易负责照看院子里的猪。这项工作可以让他领到自己的全部口粮，但附加条件是路易不能使用任何工具进行清扫，而要使用自己的双手来打扫这个猪圈。

猪圈里肮脏不堪，臭烘烘的粪便让路易感到一阵阵作呕。即使离开猪圈后，他还是抑制不住恶心。但是路易实在太饿了，他的身体急需热量，为了填饱肚皮，他甚至从猪食中挑拣东西放进嘴里吃。路易的身体每况愈下。

220个耳光

1945年5月5日上午11时30分，空中四个庞大发动机发出的声音打破了直江津的宁静。一架B-29轰炸机盘旋在他们的上空。空袭警报顿时拉响了，可是钢厂的监工们似乎并不在意，战俘们也继续在火炉旁干活。突然间山崩地裂、大地颤抖，工厂内扑簌簌地下起了暴雪。

实际上，那不是雪，而是从屋顶落下的大量灰尘。战俘们感觉好像有什么东西猛地撞上了厂房，但监工宣布那只是变压器爆炸造成的，让他们继续干活。

片刻过后，一名工人跑进来，急切地对这名监工耳语了些什么，只见监工立刻停下了所有事情，飞一般地狂奔出去，跑进海滩的防空洞里，而把那些战俘扔在那里。只有B-29轰炸机才能让这些监工如此心惊胆战。惊慌的战俘们挤在一间小屋里，不停祈祷炸弹不要打中自己。

所幸他们没有被击中。这架B-29轰炸机没有打中这个工厂，只是在附近的地面上炸出几个大坑。差不多两个小时以后，在这座集中营里，无论是卫兵还是战俘才逐渐冷静下来。一些卫兵甚至带着几名战俘来到院子里查看那些弹坑，试图让他们知道美国的炸弹有多么不准，美国飞行员有多么无能。不过，就连他们自己也不相信自己的谎言，每个人都心惊胆战，美军战机的打击目标绝对不止工厂里的两三个弹坑。虽然这里的战俘对太平洋战场上的情况一无所知，但这次空袭和村庄上空越来越多的B-29轰炸机却给他们带来了无限的希望。如果美军已将主要攻击目标转移到地处偏远地区的直江津，这是不是说明 B-29 轰炸机已经摧毁了日本的主要城市？

10 天后，答案不言而喻。400 名新来的战俘迈着沉重的步伐走进大门，站在院子里。“大鸟”立刻跳上他们前面的高台，发表他例行的冗长演说。

“你们必须保持清醒！你们必须绝对忠诚！你们必须努力劳作！你们必须服从我的每一条命令。”

“你以为自己是谁呀？”一名战俘小声咕哝道。

“大鸟”结束演讲以后，400 名新来的战俘与这里原有的 300 名战俘挤在一座牢房里，厕所都不够用了。这些新来的战俘说他们来自生产军需用品的大城市神户以及日本最大的港口城市大阪。几周前，300 余架 B-29 横扫而来，这些城市顷刻之间就火光冲天。神户和大阪大部分地区都已经被夷为平地。但是对于他们来说，这次袭击并没有产生多大影响，因为日本人把他们转运到直江津来，再次沦为阶下之奴。新来的战俘还带来另一条振奋人心的消息，那就是德国已经战败，现在盟军将矛头对准了日本。

★★★

那个月里，“大鸟”只是偶尔才在直江津露面，因为他除了负责这里的集中营以外，还被任命为满光岛集中营的纪律长官。到达那里以后，他立刻冲了进去，对着那些目瞪口呆的军官大声斥责：“你们在干什么！”然后就开始对他们进行夜以继日的残害。因此，这里的战俘把他叫作“白痴”。

“大鸟”在满光岛的暴行令人发指，这里的战俘很便快得出结论，如果他们还想活命的话，就只有杀死“大鸟”。反叛者甚至成立了一个暗杀小组，秘密策划淹死“大鸟”或者把他推下悬崖。因此，无论“大鸟”什么时候来到这里，都会有人在暗中跟踪，但是他好像看穿了这些人的计划，每次都有全副武装的卫兵不离左右。与此同时，军医理查德 · 惠特菲尔德和阿尔弗雷德 ·温斯坦也正在策划使用大剂量的阿托品和吗啡毒死“大鸟”。然而，“大鸟”再次逃过了一劫，在医生们制订好计划的第二天，“大鸟”就将药房的药品锁了起来。

随后，惠特菲尔德又想出了一个新的计划。他准备了一瓶碱盐泻药和葡萄糖，用来当作培养基，然后把两名患有阿米巴痢疾和杆状细菌痢疾的战俘的粪便混在一起，轻轻摇晃，然后装进瓶子里，为了使其滋生细菌，惠特菲尔德随身携带了好几天，然后和温斯坦把病菌交给战俘营里的厨师。为了让病菌更快地发挥作用，厨师把它倒入了“大鸟”的米饭里。但是令他们吃惊的是，“大鸟”并没有被感染。后来，这两名医生又将 6 个痢疾病人的粪便混合在一起，制造出一种新的病菌，这次他们成功了。

在短短的两天里，“大鸟”就病得很严重。剧烈地腹泻和 40.6 摄氏度的高烧使他动弹不得。当温斯坦去房间看望他时，发现他正像个小孩一样在哭泣。“大鸟”命令温斯坦赶紧把他治好。于是，温斯坦给他开了一片磺胺类的药剂，但是“大鸟”对此很怀疑，他让温斯坦先吃。温斯坦照办，因为他知道这是用阿司匹林和小苏打做成的。在 15 天内，“大鸟”整整瘦了 15 磅。温斯坦只好告诉“大鸟”多吃一些米饭。

在“大鸟”不在的日子里，这里的战俘甚至卫兵们，正如温斯坦写的那样，“高兴得像个孩子”。但“大鸟”并没有死。10 天以后，他的高烧退去，又回到直江津，并把自己的怒火发泄到路易和其他军官身上。

★★★

6 月份，路易的腿逐渐康复后，又被送去运送煤和盐。路易的身体越来越虚弱，痢疾根本没有任何好转。路易发烧时，曾请求“大鸟”允许自己稍事休息，却被“大鸟”严词拒绝。他说路易只烧到 39.8 摄氏度，还不能休息，必须立刻回去工作。路易只好失望地走开了。

6 月里的一天，路易、丁克尔和韦德在驳船上铲煤的时候，监工发现有人曾经从船上的厨房里偷走了一些鱼。于是，监工喝令让小偷自动站出来，否则他就会向“大鸟”报告此事。

午休时，一些人劝说偷鱼者前去自首。但到了晚上，当这个人返回营地以后，监工还是把这件事告诉了“大鸟”，因为他怀疑船上不止一个人在偷他的东西。于是，“大鸟”让在船上工作的所有战俘在他的面前站成一排，然后命令偷东西的毛贼站出来。接着，他走到队列前面，把韦德、丁克尔、路易和其他两名军官拽了出来，让他们和盗贼站在一起。“大鸟”宣布，这些军官要为自己的行为接受惩罚，而他的惩罚是让其他战俘对这些军官和盗贼进行掌嘴。

他们几个看着长长的战俘队伍，感到不寒而栗，因为这列队伍至少有100多人。凡是拒绝执行这一命令的战俘，“大鸟”宣布，将受到同样的惩罚。他还命令卫兵使劲用棍棒毒打那些没有用力掌嘴的战俘。

那些战俘没有别的选择。刚开始，有人想要下手轻一些，但是“大鸟”却严密地注视着每一个人的行动。如果发现有人没有用力，“大鸟”就会立即断喝一声，让卫兵用棍棒敲打这个人。然后，他还会让这个没有听从他命令的人再次对路易他们掌嘴，直到“大鸟”表示满意为止。于是，路易告诉每一个站在他面前的战俘说，自己能挺得住，用力打吧。还有几名英国士兵举起手来扇向韦德之前先小声说道：“长官，对不起。”

最初的几下掌嘴路易还能挺得住，但是他的双腿很快就开始颤抖，随后路易摇晃了一下，倒在了地上。他努力站起身来，但是接着一拳打来，他又倒在了地上，最后直到昏死过去。当他醒来以后，听见“大鸟”在一旁尖叫：“下一个，下一个，下一个！”他强迫战俘们继续对路易实施掌嘴。路易感到天旋地转，但是“大鸟”仍然在声嘶力竭地呼喊。

太阳下山两个小时以后他们的惩罚才宣告结束，“大鸟”带着无比的快感看着自己面前倒下的一个个军官。不过，这一切还不够，“大鸟”再次下令，让所有卫兵拿起竹刀在每个军官的头上狠敲两下。

最后，当这些军官被人们抬回牢房时，路易的双颊因为肿胀得厉害，连续几天都张不开嘴。据韦德估计，他们每个人都挨了220记耳光。

★★★

1945年7月，每天都会有一架B-29轰炸机在直江津的上空掠过，人们只能看到机尾的那道白烟，于是把它称为“孤独的突击队员”。每天晚上，轰炸机穿过直江津上空在这些战俘眼里变成了一道美丽的风景。“所有的战俘都感到喜气洋洋，”战俘乔·伯恩写道，“就好像他们要去户外野餐一样。”无论是白天还是晚上，空袭警报随时都会响起。到了晚上，人们就会静静地躺在那里，满怀欣喜地倾听着从黑黢黢的夜里传来的B-29的轰鸣声。

但是路易病倒了，情绪也十分低落。他躺在自己的铺位上，想象着自己去到奥林匹克赛场，唯有这样他才能对自己抱有一丝希望。他不停地祈祷，希望有人把自己从这里营救出去。“大鸟”对他的折磨让他仿佛置身地狱，毛骨悚然，而且越来越难以忍受。一天，当一名战俘拖着沉重的步伐从工厂回到牢房后，看起来好像虚脱了一样，一下就栽倒在自己的铺上。他让路易到了吃午饭的时候叫醒他，然后就没了动静。

到了午餐时间，路易踢了踢他的脚，只见这名战俘一动不动，原来他早已气绝身亡。他看起来和其他人一样年轻，而且什么疾病也没有。

这里的伙食变得越来越差。因为春天从神户和大阪运来了不少战俘，所以这里的人数增加了一倍，可是他们的口粮却没有任何增加。因此，大家的伙食越来越少，有时候甚至只有一碗海带汤。

曾有一个饥饿的战俘向百姓乞讨，“大鸟”扬起手就是一个耳光，打得他的下巴鲜血直流。战俘里的几名军官向当局请愿，要求为他们增加肉制品，否则他们的行为就违反了国际法。这次请愿过后，有两名卫兵离开了集中营。当他们回来时手里牵着一条狗，据说这是直江津剩下的唯一一条小狗。第二天早饭铃声响起，路易来到院子里，看见面前的旗杆上挂着一张剥下来的狗皮。几分钟后，早餐开始了，他们的碗里零零星星可以见到一些骨头渣儿。

夏天过去了，口粮变得更少，路易和其他战俘甚至开始满怀惊恐地等待着冬天的到来。卫兵告诉他们，冬天的口粮和燃料供应还会继续减少，甚至停止供给。所有的战俘都瘦骨嶙峋，许多人病倒了，在牢房里奄奄一息。无论是直江津还是其他战俘营，没有一个战俘知道自己是否能够活到明年春天。在大森，有人曾这样写道：“1945 年时还在旧金山生龙活虎，1946 年在这里却已命在旦夕。”

不过，他们还有更担心的事情。尽管直江津偏安一隅，但战俘们还是从各种迹象窥知日本帝国已经摇摇欲坠。他们看到美国的 B-29 战机在直江津一带如入无人之境，显然证明日本的防空力量已经回天无力。美军很快就会打到这里，放眼望去，满目疮痍。成年人里脚气病猖獗一时，许多人的脚已经严重肿胀。孩子们个个都羸弱不堪。目睹此情此景，即使是战俘也深感不安，于是他们不再偷工地上的东西，因为他们很清楚日本注定要在这场战争中失败。

但是，日本决不会轻易投降。如果大规模的空袭不足以让他们投降，

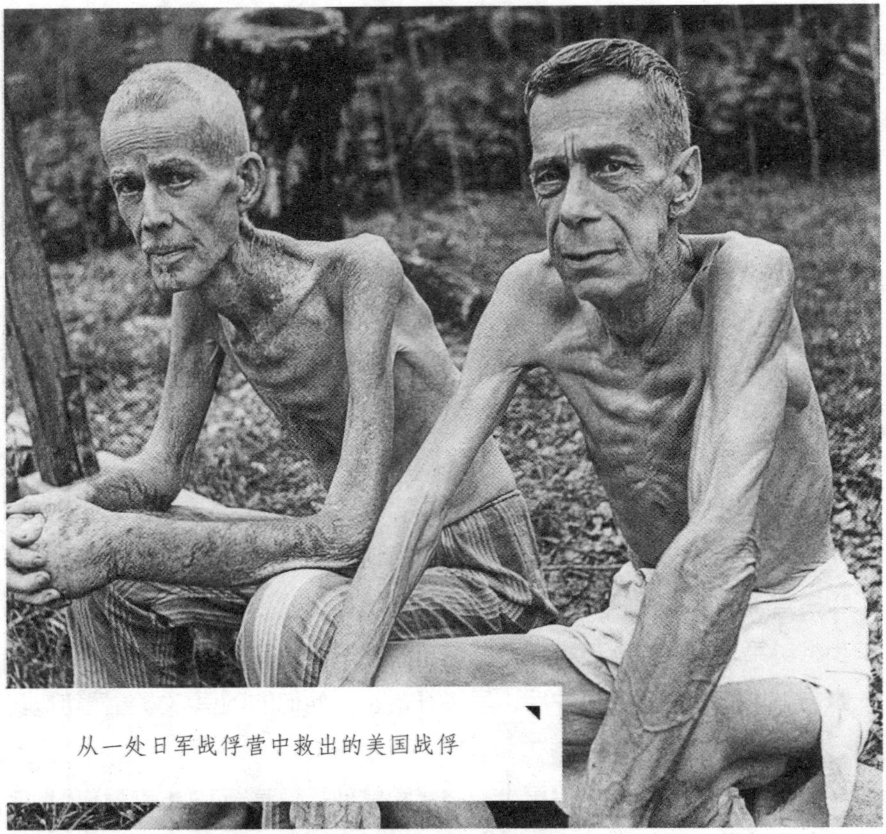

从一处日军战俘营中救出的美国战俘

那么唯一可能让日本就范的办法就是发动地面攻击。在日本本土，种种迹象都令人担忧。战俘们看到，许多柔弱的妇女正拿着尖木棒在草人身上练习刺杀，学校里的孩子也站成一排拿着木头做的假手枪练习射击。在日本人看来，投降是一种可耻的行为。毫无疑问，即使最后只剩下一个男子、妇女或者儿童，他们也不准备投降。

对于这些战俘和日本人来说，最后的厮杀不仅不可避免，而且迫在眉睫。此外，许多战俘都听说过日本人的“杀光政策”，这让他们不寒而栗。

在婆罗洲沓都林党区战俘营一处，关押着 2 000 多名战俘。盟军的轰炸机每天都在那里的战俘营上空盘旋。一位平民警告 G.W. 普林格尔：“日本官方下达指令，不能让任何战俘获救。所有战俘必须处死。”据当地平民说，他们已经在丛林里看到了成百上千具尸体。“他们的悲惨遭遇就是我们即将面临的命运。”普林格尔在日记中写道。一次，一个因为虐待成性而臭名昭著的战俘营守卫曾经假惺惺地告诉这些战俘，他们正准备建立一个新的集中营，那里食物充足、医疗条件良好，没有人会强迫战俘参加劳动。但是，所有的战俘都清楚，这只不过是一个用来引诱他们上当的谎言，因此普林格尔这样写道：“他们这是在为日本政府施行‘杀光政策’提供铺垫。”

普林格尔说对了，在战俘营的办公室里放着一份由指挥官起草、中央军事当局批准的书面文件，要求他们在 9 月 15 日杀光所有战俘。于是，他们毒死妇女和孩子，枪毙平民男丁，捅死伤兵和残疾人。还有 500 名战俘被带到 21 英里外的丛林里一并枪毙并焚烧。

在大森，厨房的日本工人和其他一些人都曾经告诉这些战俘，消灭他们的计划早已确定。日本人会假意释放这些战俘，让他们共同保卫日本，而一旦他们踏上吊桥，卫兵就会用机枪对他们进行集体扫射。战俘中的军官聚在一起，想要讨论接下来该怎么办，但谁也没想出什么办法。

在日本的战俘注意到了一些不祥之兆。每一个战俘营里的机关枪和桶装助燃剂增多了。战俘身上的金属身份识别牌也被没收了，以便在执行“杀光政策”时不留任何痕迹。日军命令战俘不停地挖掘地道和洞穴。一些较为友善的卫兵警告他们说，这些沟壑和地道即将成为他们的墓穴。

那年夏天，在菲尔和弗雷德·迦勒特所在的善通寺战俘营，日本军官突然宣布要把美籍战俘同其他国籍的战俘分开。据说为了他们的安全，美籍战俘要被转送到一个更加舒适的集中营里。于是，这些美籍战俘被押上火车，驶过日本，在那些悲伤欲绝的难民潮中迤逦而过。黎明时分，他们透过车窗的缝隙看到，所过之处已经被夷为平地，空中到处都弥漫着一股烧焦的尸体的味道。

天黑以后，他们来到一个偏僻的地方，登上一条盘旋在山峰一侧的羊肠小道。他们顶着狂风暴雨，徒步行走了几个小时，然后穿过一片森林、乱石滩和一道峡谷，最后爬上一座白雪皑皑的高山。迦勒特的残肢还没有痊愈，只能拄着双拐走路，但是日本人不允许其他人进行帮助。由于精疲力竭，许多人都昏倒了，可日本人一刻也不让他们停下来休息，用鞭子驱赶着他们继续前行。瓢泼大雨浇透了他们的全身，这些战俘已经一瘸一拐地走了 11 英里，为了减轻负担，他们扔掉了所有不必要的东西。

凌晨两点，菲尔、迦勒特和其他的战俘来到山上的一块空地中，那里搭着不少木棚。他们已经累得站不起来了，纷纷瘫倒在地上。这就是日本人所说的新战俘营——六吕师。没人解释为什么要把这些战俘带到这样一个不毛之地。考虑到他们目前的处境，军医赫伯特·范环顾四周以后得出了结论：这里将是他们的葬身之处。

那年夏天，直江津集中营里的军官们表示，由于担心他们会在空袭中受伤，所以日军准备把他们转运到山里一个安全的地方。然而，当日本军官离开以后，卫兵们却是另一种说法。他们告诉这些战俘，军部已经下达指令，要在 8 月份将他们全部处死。如果放在以前，人们会以为这些卫兵在说谎，但是今非昔比。当年 7 月，一名对战俘持同情态度的平民卫兵曾经发出警告，处决他们的日期已经定下来了。在另外两座集中营里，不少战俘也听到了同样的说法。

这名卫兵说，直江津的所有战俘都将在 8 月 22 日被处死。

沸腾的城市

直江津的每一个人都彻夜未眠。每天晚上，B-29 轰炸机都在直江津的上空盘旋，防空警报器一响就是几个小时，似乎在向飞机的轰鸣声发出挑战。引擎声、警报声以及出现得越来越多的美军战机，让“大鸟”陷入一种空前的疯狂状态。

发生空袭时，日本人四散奔逃，却让战俘待在牢房里。等到轰炸结束以后，“大鸟”会突然出现在牢房里，命令美国战俘站到牢房外边。他和自己的爪牙河野一边大喊大叫，一边挥舞着棍子、竹刀或者步枪在战俘身后走来走去。

有些晚上，“大鸟”还会让这些战俘面对面站成两排，然后命令他们互相扇对方的耳光。有时候，他和河野会让这些人把胳膊举过头顶，一站就是两三个小时，或者强迫他们将手臂举过头顶蹲在地上，如果有人摇晃起来，他就会开始毒打。有一次，路易被棍子打到以前受伤的脚踝，疼得连路也走不成了。一天夜里，路易甚至被“大鸟”打得不省人事。

★★★

现在，路易已经不用待在猪圈里劳动了。战俘们在驳船上进行的装卸工作也取消了，因为盟军飞机击沉了大量日本船只，直江津的港口见不到一艘驳船。路易的口粮又缩减到原来的一半。由于身染疾病、四肢乏力，饥肠辘辘的路易央求“大鸟”给自己分配一份工作，只有这样他才可以再次领到全额口粮。于是，“大鸟”给了他一只灰色的山羊，这只山羊瘦骨嶙峋，看起来奄奄一息。

“如果这只羊死了，你就别活了。”他对路易说。

因为集中营里没有围栏，所以没有办法把羊圈起来进行保护。路易的朋友肯·马文从工地上偷回一条绳子送给路易。路易用这条绳子把羊拴到一根杆子上，给羊喂水和粮食，开始细心照料这只小羊。到了晚上，再把羊拴进一个粮食棚里。不料羊却病得越来越严重。

一天早上，“大鸟”命令路易来到他的面前。他说那只羊挣脱绳子，冲进了一个粮食仓库，偷吃了那里的粮食。那只羊病得很厉害，所以这肯定是路易的错。但是路易知道，羊身上的绳子拴得很结实，如果说羊挣脱了这根绳子，那肯定是有人替它解开了绳索。后来，那只羊还是死了。

由于害怕遭到“大鸟”的报复，路易尽可能地躲着“大鸟”。他的痢疾变得越发严重，所以最后还是冒着被“大鸟”发现的危险，想到营地的医生那里讨些药。但“大鸟”还是碰见了他，问他是否得到过接近医生的许可。路易说没有。

“大鸟”带着路易来到院子里，然后停了下来。他们面前的地上有一根长约 6 英尺、又粗又重的横梁。“举起来。”他对路易说。路易使尽了全身的力气将这根横梁举了起来。“大鸟”又命令路易将横梁举过头顶。当路易举起横梁以后，“大鸟”叫来一名卫兵，并且告诉他，如果这个战俘的胳膊弯了，就用枪打他。接着，“大鸟”朝附近的一个木棚走去，爬上屋顶，坐在那里看着这里的一切。

路易高举横梁站在太阳地里，而“大鸟”就像一只心满意足的野猫一样，一边狂笑着指着路易，一边与路过的日本人打招呼。路易紧盯着“大鸟”的脸，眼中散发出仇恨的目光。

几分钟过去了，路易仍然直视着“大鸟”站在那里，但是感觉这根横梁变得越来越重，而此时他身上的疼痛也越发剧烈。“大鸟”一边欣赏着路易痛苦的样子，一边得意扬扬地对路易进行嘲讽。

5 分钟过去了，10 分钟过去了，路易的胳膊开始发抖，变得麻木起来。他的身体开始摇晃，头上的横梁开始倾斜。卫兵用枪戳戳路易，路易勉强站直身体。由于头部供血不足，他开始觉得自己神志不清，整个战俘营也仿佛随之旋转。路易感到自己的意识变得越来越模糊，但是有一点他很清醒：他绝对不能被“大鸟”打倒。

时间一分一秒地过去了，路易仍然保持着同样的姿势一动不动，刚开始是有意识地保持姿势，这会儿大概都是下意识了。他紧盯着“大鸟”的双眼，依旧举着横梁。他要坚持到最后一刻，直到自己的力气全部耗尽。“我的身体里好像有什么东西在支撑着自己，”路易后来说道，“但是我也不知道那是什么。”就在这时，院子另一头的“大鸟”停止了自己的讥笑。

“大鸟”突然从屋顶上跳了下来，狂奔着冲过院子，猛地一拳打在路易的胃部，路易痛苦地蜷缩在一起，高举的横梁砸在头上，他“扑通”一声倒在了地上。

路易醒过来的时候不知道自己身在何处，也不知道发生了什么事情。他看到韦德、其他战俘和几名卫兵围在自己的身边。“大鸟”已经离开了。路易不记得最后到底发生了什么事情，也不知道自己究竟站了多长时间。但是，当路易倒在地上的时候，韦德看了看营地的钟表。

路易在院子里高举横梁整整站了 37 分钟。

★★★

8 月 1 日那天晚上，空袭警报响起，霎时间地动山摇。战俘们纷纷朝牢房外面望去。只见空中到处都是轰炸机，这是第二次世界大战中最大规模的一次空袭行动的一个组成部分，一共 836 架 B-29 轰炸机分别开赴日本的各个地区。在工厂值夜班的战俘跑到海滩上的防空洞里，但是飞机并没有对直江津发动袭击。在 40 英里开外的长冈地区，村民抬头看天时还以为是在下雨，不过这不是雨水，而是凝固汽油（凝固汽油弹爆炸后飞溅的液体。——译者注）。

轰炸机在空中扫过，“大鸟”冲进牢房，大声叫喊着让美国战俘出去。等这些人在院子里排队站好，“大鸟”和河野拿起竹刀，走到他们的身后，开始狠狠击打他们的头部。战俘们一个个倒下去。路易倒下之后，“大鸟”又蹲下身去，用竹刀砍他。路易的耳边只能听到“大鸟”和警报器尖锐刺耳的叫声，很快便头昏眼花地躺在了地上。

黎明时分，警报声消失了。海滩上的战俘从洞里爬了出来。院子里

1945年8月1～2日，超过500万份传单被投放至日本35座城市，
警告日本民众，猛烈轰炸即将来临，他们必须马上疏散撤离

的“大鸟”和河野也渐渐平静了。路易挣扎着站起身来，向东北方向望去。只见地平线上发出白色的光芒，长冈已经被付之一炬。

同一天晚上，B-29轰炸机在日本35个城市上空大量投掷传单，警告城里的百姓这里即将发生大规模袭击，敦促他们尽快疏散。但是，日本政府命令百姓向当局上交所有的传单，禁止他们与别人谈论上面的消息，逮捕那些私自扣留传单的居民。

★★★

那天晚上，路易已经危在旦夕。从第二天早上开始，路易的痢疾突然加重，他严重脱水，就连进食都相当困难。路易一天天地消瘦下去，身体变得越来越虚弱。

B-29轰炸机不分昼夜地在空中穿梭，而“大鸟”仍然在战俘营里横行霸道。他毒打肯·马文，等到他不省人事时，又把一桶冷水泼在他的脸上，让他小心一点，然后再次对他进行踢打。由于高烧不退，路易躲在楼上的铺位上，看到“大鸟”和河野正在殴打两名生病的战俘，直到这两名战俘按照命令舔去“大鸟”靴子上的粪便，他们才停止了自己的暴行。一天，路易透过窗户看到，院子里的“大鸟”和河野站在一列战俘面前，手中拿着几本刚刚没收上来的关于拳击的书籍，然后轮流用拳头猛击那些战俘的腹部。

当路易来到院子里时，被“大鸟”一把捉住，并且拖进了粪便横流的茅坑。接着，他又拖进来几名战俘，然后强迫路易他们趴在茅坑上面做俯卧撑。路易用尽浑身的力气，才勉强没有跌进粪坑里。但有些人没有一点力气，当他们撑不起自己的身体时，“大鸟”就会用枪托按住他们的头颅，把他们的脸按到粪便里。

路易担心的日子终于到来了。一天，当他往桶里装水时，“大鸟”突然叫他过去。等到路易过去以后，“大鸟”怒不可遏地瞪着他，指着水桶说道：“明天我要淹死你。”

第二天，路易十分恐惧，他一边窥视着“大鸟”的行踪，一边看着桶里的水。当“大鸟”找到路易时，路易感到无比惊恐。

“我改主意了。”他一边说着，一边突然冲向路易，用拳头左右开弓，狠击路易的脸。过了一会儿，他突然无缘无故地停了下来，说道：“我明天再淹死你。”

接着，“大鸟”若无其事地离开了。与“拐子”殴打哈里斯时脸上的表情一样，“大鸟”说这话的时候脸上的表情显得非常满足，好像刚刚发泄完性欲一样。

★★★

路易再也无法忍受这里的一切。他和另外 12 名军官暗中召开了一次秘密会议。会议结束时，他们制订出了一个杀死“大鸟”的计划。

计划很简单。人们来到“大鸟”面前，将他推上顶层的牢房，让他朝窗外的下方保仓河看去，然后再把他捆到一个大石头上推出窗外。当他掉到水里的时候，石头会带着他沉入水底。这样他就死定了。

在这次谋杀计划中，每一名军官都承担着不同的任务。其中几个需要设法控制“大鸟”，因为他十分强壮，很难被人制伏。几个块头最大的战俘要找到一块足够沉重但又可以搬起的石头，趁“大鸟”不注意的时候抬上梯子，推到窗户跟前。路易负责偷来一根把石头和“大鸟”绑在一起的长绳。

但是，路易找不到这么长的绳子，只好四处搜罗一些较短的绳子藏起来，然后按照自己在参加童子军训练时的方法把这些绳子系在一起。与此同时，负责寻找石头的人也发现了一块足以让“大鸟”葬身河底的巨大卵石。他们先把这块石头搬到院子里，然后推上梯子。在做这些事情的时候，没有人发现。

接着，他们把石头搬在了窗户边上。随后，路易的绳子也终于就绪，他把所有的短绳结成一根长绳，然后把绳子的一头缠到石头上，另一头垂在地上，准备用来捆绑“大鸟”。接下来，路易开始进行这项计划的第二部分。他自告奋勇地和其他人一起前去捉拿“大鸟”，然后把他拖上来淹死。

一切都进行得十分顺利。有天，“大鸟”突然走进顶层的牢房。石头就扔在窗户那边，不过“大鸟”根本没看到那块石头，更不可能意识到它是干什么用的。进屋以后，他四处翻查战俘的东西，并且在一个英国军官的草垫下面发现了一张列有日本军官罪行的纸片。当他抬起头时，看到这些人在冷冷地看着自己。

“大鸟”感到一阵战栗。无论他的猜测是否正确，可以肯定的是这些战俘个个满脸杀气。在此之前，他们从来没有用这样的眼神看过他。“大鸟”知道，如果日本在这场战争中失败，等到战争结束以后，美国人一定会对他进行军事审判。根据眼前这些战俘的控告，美国人一定会判自己死刑。他知道，到时候没有人会替自己辩护。这些事实让他感到既气愤又恐慌。于是，“大鸟”准备采取一种极端的方式来拯救自己。

“大鸟”每天都会经过窗边，石头和绳子准备好了，可战俘们还在耐心地等待时机。

★★★

1945年8月6日凌晨2点45分，一架B-29轰炸机从天宁岛起飞。驾驶员是一个名叫保罗·蒂贝茨的老牌轰炸机驾驶员。战机一路朝北飞向日本。这次飞行任务十分机密，因此蒂贝茨让所有的机组成员都带上了氰化物胶囊，以备飞机坠毁被俘时使用。

当太平洋上的第一束阳光升起时，飞机已经飞到了3万多英尺的高空，在这个高度，飞机可以实施高空轰炸。两名机组人员钻进炸弹舱。那里放着一枚长12英尺，重达9 000磅，绰号“小男孩”的炸弹。这两个人分别跪在地上，从炸弹四周拔掉所有的测试插头，并且换上防火栓。现在，“小孩男”已经一切就绪。

穿过日本海，前方的城市已经一览无余。一架侦察机飞过城市的上空，并且通过无线电发回一则密电：这里天气晴朗。他们不用绕过这个城市去寻找其他目标。蒂贝斯的声音从对讲机里传出来：“这是广岛。”

飞机穿过海岸线来到城市上空。蒂贝茨驾驶飞机向西飞去，然后命令机组人员戴上遮阳护目镜。他看到飞机下面有一座T字形桥梁，那就是他们的目标。于是，蒂贝茨把飞机的操控权交给诺顿投弹瞄准仪。

8点15分17秒，飞机投下了炸弹。为了使飞机达到最快的速度，蒂贝茨开足马力，猛地向下俯冲。43秒后炸弹才能抵达不到2 000英尺的爆炸高度。但谁也不知道在这么短的时间内，轰炸机能否飞出安全的距离。一个机组人员开始在自己心中计时，他数了43下，但是什么事情也没有发生。他不知道是不是数得太快了，有一会儿他甚至以为这次行动也许失败了。

就在他绞尽脑汁的同时，天空好像被烈焰和暴风撕开了一样。霎时间狂风大作。一道看起来比太阳还要刺眼的光芒照彻了整个天空。尾炮手透过护目镜朝飞机后边看去，觉得自己的眼睛都快被这道光线刺瞎了。蒂贝茨也感到自己的牙齿一阵刺痛，好像嘴里含着一口铅一样。后来有人告诉蒂贝茨，他嘴里的金属片是炸弹爆炸造成的放射物质。他抬头向前看去，整个天空已经陷入一片浅红色和蓝色的旋涡之中。他身边的副驾驶员草草地在自己的日记本上写下两个字：天哪！

在蒂贝茨身后，尾炮手看到城市上空有一个形状诡异的发光体以将近每秒1 000英尺的速度朝他们猛冲过来。“来了！”他说。飞机猛地震动了一下，机舱中的人们被抛入空中又落了下来。在一团混乱的时候，只听一个人喊道：“是高射炮！”紧接着便是几轮颠簸，飞机猛地下冲，“轰”的一声后又向上弹起。

10-D战俘营地位于广岛市一座山峰的另外一侧。在那里，一个名叫费龙·康明斯的战俘突然感到，山上传来一阵剧烈的震动，空气中也弥漫着一股奇怪的热浪。他抬头望去，看到城市上空聚集起了一团巨大的、正在腾腾翻滚的蓝灰色的浓云，足有 3 英里高，而下面的广岛就像开了锅一样，顿时一片沸腾。

“我自由了！”

战俘们知道日本的直江津港发生了大事。卫兵惊慌失措地踱来踱去。走过战俘营的人们都目光呆滞，双手紧握。卫兵对路易说，广岛发生了霍乱，整个城市里的工厂都关门歇业了，到处都空无一人。这让路易陷入了沉思。

在其中一个工地，有个人讲了另一件事情：美军投下一枚炸弹，整个城市都毁于一旦。战俘们认为，美军一定出动了许多轰炸机，但是那个人固执己见地反复强调美军只投下了一枚炸弹，好像听人说，是一个“原子”什么的东西。这个词人们并不熟悉，因为之前谁也没有听说过一枚炸弹就能摧毁一座城市。汤姆·韦德不知从哪里弄过来一份报纸。报纸上说，美军投下一枚“电子炸弹”，造成了大量人员伤亡。所有的战俘都百思不得其解，不知道这枚炸弹是用什么材料制造出来的。

在大森的集中营里，指挥官声音颤抖地命令所有战俘集合。“一架飞机过去以后，”他说，“整个城市都消失了。”他问有没有人知道是什么武器能有如此巨大的杀伤力。没有人回答。

★★★

8月9日，像广岛一样，长崎也消失了。

但是很快，动荡的日子过去了。直江津港又像从前一样，战俘仍然被派往日本兵工厂不分昼夜地辛苦劳作。很明显，灾难发生以后，日本人并没有投降。对于战俘来说，他们只能在等待中拖时间。将近8月中旬，“杀

1945 年 8 月 9 日，长崎
（长崎原爆纪念馆/欧洲新闻图片社/考比斯图片公司提供）

光政策”开始浮出水面。战俘们想，即使日本投降，卫兵也会出于报复将他们全部杀光。日本军官谈到，要把他们带到山上新建的集中营里。因此他们觉得，也许日本人正盘算着把他们的尸体扔在山上的一片森林里，这样谁也不会发现他们。战俘们想要设计逃脱，但是面对 25 名荷枪实弹的卫兵，他们却感到不知所措。逃跑是不可能的，因为他们所在的集中营非常偏僻，四周围绕着大海和两条河流，而且无法找到一条能够同时载走 700 多名战俘的船只。唯一的出路就是从村庄里逃出去，但是那些老弱残兵只能束手就擒、坐以待毙。

路易撑着虚弱的身体呆坐在床上，一边不停地向上帝祷告。有一次做噩梦，他梦到自己与“大鸟”展开了一场殊死搏斗。“大鸟”想要将他置于死地，而他也想拼命地把“大鸟”勒死。整个集中营里，只有“大鸟”一个人仍然在毒打战俘，所以路易想方设法尽可能离他远些，但是“大鸟”总能抓到他。

不久，“大鸟”停止了他疯狂的暴行，离开了这座集中营。有卫兵说，他去山上准备为这些战俘再建一个集中营。现在，距离8月22日的“杀光”末日还有一周的时间。

★★★

8月15日，路易醒来后感觉自己气若游丝。他现在一天便血20次左右。虽然上个月称体重时，他没有在日记里记下自己的体重，但记得自己瘦了6公斤，也就是不少于13磅，饿得只剩下一把骨头。当他用手指按压自己的双腿时，上面的痕迹很久很久都不会消退。路易曾经看到有许多战俘都是因为这种疾病死去，却不清楚是什么。接着，他又染上了脚气。

那天上午，趁卫兵换班时，路易从牢房里偷偷溜了出来。因为“大鸟”不在，所以在外面活动一下没有太大风险。路易跨过栅栏，看到监工小川正站在土豆田里。小川性情温和，所以路易从来都不怕他。但是这一次，当他看到路易后立刻就抄起棍子，照着路易劈头盖脸一顿猛打。路易大吃一惊，他的脸很快就变得鲜血直流。

几分钟以后，时近正午，操场上突然变得死一般寂静。日本人都走了。在工厂的餐厅里，战俘放下手中的碗筷，这才发现除了他们以外，这里已经空空如也。只剩下门外的日本卫兵。

战俘营中，丁克尔正在操场上散步。当他经过卫兵室时，向里面瞥了一眼，看到所有的卫兵都挤在一个收音机周围，全神贯注地收听由于信号微弱而断断续续的日本广播。广播里好像正在播放一条重要的新闻。

一点半左右，卫兵们纷纷来到工厂，喝令战俘回到自己的位置上。等肯·马文回到自己的位置以后，他发现那个监工也在那里坐着。有人告诉他这里已经没有活可干了。马文看看周围，看到“独眼龙”在自己旁边。“独眼龙”只是一个普通卫兵，他曾经让马文教自己英语，可马文教给他的都是一些粗话。于是马文走到他的身边，问他为什么这里没有活可干了。“独眼龙”说停电了。马文抬头看了看，所有的灯泡都亮着。他满脸疑惑地转过头来，告诉“独眼龙”灯还都亮着。“独眼龙”说日本好像发生了什么事情，但是马文似懂非懂，于是他满腹疑惑地走进隔壁房间，找到一个日语讲得比自己好的朋友。马文拉着这个朋友来到“独眼龙”那里，让他重复一下刚才说的那些话。

“战争结束了。”

马文开始啜泣，然后和他朋友站在一起，像个孩子似的号啕大哭起来。

所有参加劳动的战俘都回到战俘营里。马文和他的朋友忙不迭地跑到这群战俘中间，告诉了他们“独眼龙”的话，但是没有一个人相信他的话。因为此前几乎每一个人都听到过这样的传言，而且事实证明每次都是假的。在他们的战俘营里，没有任何异样的迹象。营里的日本军官解释说，暂停工作只是因为停电了。即便如此，人们还是感到兴高采烈。无论是路易还是其他战俘都无从推测这一消息的真实度，因为有些人曾经听说直江津港在夜里遭到了轰炸。

所有战俘都无法入眠。马文躺在床板上，自言自语地说，日本人早上还派他们参加劳动，所以“独眼龙”可能说了假话。如果今天没有去工厂，可能战争真的结束了。路易病恹恹地盘腿坐在床铺上，等着轰炸机的到来。

然而，那天夜里直江津没有见到一架 B-29，监工告诉他们没有活干，然后宣布解散。

路易开始呕吐。他感到恶心得厉害。就在这时，有人来到他的床前，递给他五封信件。这些信正是皮特、西尔维娅和他的父母好几个月前寄出的。路易把信封撕开，掉出来几张家人的照片。在将近两年半的时间里，这是路易第一次看到他们的照片，也是第一次收到他们的来信。他紧紧地抓着这些信，怎么也不肯放下。

战俘们满腹疑团，可卫兵什么消息也不肯透漏。这一天很快就过去了，仍然没有一点消息。到了夜晚，他们看了看集中营的周围，发现了一些不同寻常的迹象。在直江津地区，整个村庄里的灯火在黑夜里闪闪发光，灯火管制已经取消了。为了证明此事，有些战俘悄悄拆掉了牢房里的遮光窗帘，但是卫兵命令他们把窗帘安上去。如果这场战争真的结束了，那么他们也许正在挖空心思进行掩饰，以免让战俘知道真相。现在，距离日本人进行屠杀的日子还有 5 天。

第二天，路易仍然卧病在床。他上上下下打量了一下自己孱弱的身体，心中感到无比凄凉。路易在日记中草草写下几句话：“我看起来形同鬼魅，感觉自己虚弱极了。”

“大鸟”又来了。显然，他是回来找放在储藏室的东西，然后拿给山上的那些战俘用。他看起来和以前大不相同，蓄起的胡子甚至遮住了整个嘴巴。路易站在操场上，看见“大鸟”向远处走去，于是便紧盯着他的后影，直到他走进办公室，关上了门。

★★★

8 月 17 日，六吕师战俘营里，电话铃声突然响起。

六吕师战俘营位于日本一座山峰寒冷的山顶上，虽然时值盛夏，被关押在这里的菲尔、迦勒特和战俘营里其他 350 多名战俘仍然冻得发抖。他们的一日三餐差不多都是一碗汤，只能勉强维生而已。日本卫兵已经把门钉死了。战俘们注意到，在这个地处偏远而又悄无声息的地方，电话有好久一阵子没响过了。接过这个电话几分钟以后，日本指挥官匆匆忙忙地跑出营地，下山了。

这段时间，六吕师军营的战俘都感到心惊胆战。整个夏天，空中随处可见飞机留下的痕迹。7 月里的一天晚上，战俘们从营地向外看去，发现正南方向火光冲天，整个天空都亮如白昼，连书上的字都可以看得一清二楚。

8 月 15 日，日本卫兵突然变得异常凶狠，并且加大了战俘的劳动强度，让他们在山坡上粉碎石块。

指挥官离开后的日子里，其他麻烦又来了。卫兵开始把战俘分成几个小组带出集中营，然后漫无目的地朝深山走去。在森林里步行了一段时间以后，卫兵又命令他们原路返回。在接下来的日子里，日军接二连三地将他们带出营地，好像准备进行什么可怕的勾当一样，所以才要他们提前适应这个离奇的行动方案。

★★★

8 月 20 日，直江津上空突然浓烟滚滚，让人感到心惊胆战。操场上突然传来一声大喊：所有人到外面集合！数百名战俘迈着沉重的步伐从房间里走了出来，在楼前排成几列。指挥官站在一个高台上，手上戴着一副白色的手套，腰上挎着一把宝剑。河野也走上前去，站在他的旁边。指挥官一边讲，河野一边进行翻译。

“战争已经接近尾声。”

战俘们没有反应。有些人虽然相信他的话，但是因为害怕遭到报复而继续保持沉默。其他人不信，怀疑这只是个骗局。指挥官继续热情洋溢地发表演说，好像把这些战俘当成了他的老朋友一样。他希望他们能够帮助日本对付红色恐怖势力——苏联的打击，因为该国已经占领了日本四岛。

指挥官讲完以后，虽然所有的战俘仍然满腹疑团，但个个都沉默不语。河野甚至还允许他们去北荣河洗澡，这真是一件古怪的事情，因为日本人很少允许他们到河中洗澡。他们纷纷离开队列，从山上向河边走去，一边走一边脱衣服。路易步履蹒跚地跟在他们后面，顺手剥掉自己身上的衣服，往河里走去。

人们在长长的河流中分散开来，一边搓洗身体，一边思索自己未来的命运。接着，他们忽然听到头顶有一阵动静，原来是一架飞机发动机发出的轰鸣声。这架飞机体形庞大，距离他们非常近，水中的战俘纷纷抬头去望。但是除了阴森森的乌云以外，他们什么也没有看到。随后，云层里突然钻出一架鱼雷轰炸机。

战俘们看到，这架飞机俯冲而下，从他们的身旁稳稳当当地掠过，发动机发出刺耳的声音。他们抬头向上看去，飞机正朝着他们这边飞过来。

在飞机接近他们头顶上空时，站在河里的人们已经认出了驾驶舱里的飞行员。等到飞机来到他们的正上方以后，他们看到机身两侧和机翼下面都有同样一个图案，蓝色的圆圈中间画着一个白色的星星。这架飞机不是日本的，而是美国的。

飞机上的红色信号灯迅速闪烁着。路易旁边的一个无线电人员突然看懂了这个信号，立即兴奋地大叫起来：“哦！战争结束了！”

霎时间，很多人光着身子从河里跑出来，开始往山上爬去。当飞机在上空转圈时，飞行员向他们招手，他们兴高采烈地挤在操场里，每个人都欣喜若狂。他们对日本卫兵的恐惧、对即将到来的大屠杀的恐惧都被飞机的咆哮声驱散了。战俘们跳来跳去，大声叫嚷着，哭喊着。一些人爬到营地的屋顶上，向美军轰炸机挥手致意，有些人甚至开始引吭高歌。有些人挤在一起撞倒了围墙，还有些人找来火柴。不一会儿，整个围墙都燃起了大火。日本人仓皇逃跑。

在这群欢庆胜利的人当中，路易双腿颤抖着站在那里。由于身患重病，他看起来异常憔悴，身上的水滴滴答答地落了下来。他在自己疲倦的脑海中一遍又一遍地呐喊：“我自由了！我自由了！我自由了！”

★★★

一位名叫马特·克利夫特的澳大利亚战俘因为受了重伤，只能沿着河堤坐在岸边。他看到那一架鱼雷轰炸机从头顶飞下来，又从河上掠过，接着飞向了战俘营。当克利夫特看着的时候，一样东西从驾驶舱里飞了出来。这个物体的后面悬挂着一条长长的黄色绸缎，一路向河边飘去。克利夫特站起身来伸手去拿，因为离得太远，他差点儿跌进河里。就在这时，一个小小的包裹掉入他的手中。他连忙一把抓住，然后迅速恢复了平衡。克利夫特心中暗想：“一定是巧克力！”霎时间，他的心中对自己头顶那名“心地善良”的飞行员充满了感激之情。

克利夫特费了好些时间才把那个包裹打开，原来里面并没有巧克力，只有一张手写的字条：

今天，我军鱼雷轰炸机没有成功送达物品，明天会携带食品和其他物资尽快返回。VF-31AR 霍金斯中尉。得克萨斯州，拉夫金，战地邮局 948 号。（鱼雷轰炸机驾驶员雷·霍金斯的经历堪称传奇。在第二次世界大战中，他一共击落了 14 架日本战机，成为美军王牌飞行员，并且被授予海军十字勋章。随后，他又参加了朝鲜战争，成为美军蓝色天使特技飞行队的队长。他也是第一个从一架超音速飞机弹射出并幸存的飞行员。）

霍金斯离开前一共扔下来两份礼物：一份是单独包装的块状糖，好像已经被人咬了一口；另一份是一包 20 支装的香烟，不过里面少了一根。菲茨杰拉尔德把糖分成小块发到每个人的手中。他们舔着手指，把糖块轻轻放进嘴里。路易的那一份看起来只有蚂蚁大小。然后，菲茨杰拉尔德让他们围成 19 个圆圈，每个圈子发给一支香烟，这样每个人都能吸上一口。

另一架美国飞机也停在了半空中，好像有个人正往下跳。他越落越低，却没有成功地打开降落伞。每个人都倒吸一口冷气。后来他们才知道，原来降落伞下面的不是一名飞行员，而是一条裤子，裤子里塞满了东西，裤腰和裤腿都被拴住了。

战俘们捡起那条裤子，打开裤腰口时，路易就站在他们的中间。里面有一本美国杂志，摞在一堆食物的最上面。杂志的封面是一团巨大的蘑菇云，看起来令人难以置信。人群顿时沉默了下来，想起了此前的那条传闻，据说一枚巨大的炸弹顷刻之间就让广岛烟消云散。

杂志的下面是整包整包的香烟和糖块。很快，操场上到处都扔着包装纸，许多人光着已经皮包骨头的身子正在吞云吐雾。在一个包裹里，菲茨杰拉尔德发现了一封属于这条裤子主人的信。看起来这位主人一定很忙：他在加利福尼亚有个妻子，但还有个女朋友住在佩斯。

★★★

在牢房中的窗户下面，石头还放在那里，路易的绳子仍然拴在上面。但是他们的计划为时已晚，谁也没有发现“大鸟”的踪迹。那天，也许是前一天，不知道什么时候，他脱下制服，拎起一麻袋大米，偷偷溜到直江津的农村去了。

被隐瞒7天的真相

8 月 22 日，菲尔和弗雷德·迦勒特坐在六吕师战俘营里，想知道发生了什么事情。他们被扔在寒风凛冽的山顶上，没人告诉他们战场最近的情形。他们只知道战俘营的指挥官已经离开这里 5 天了。就在他离开的前几天里，日本卫兵曾经把他们骗到了一片恐怖的森林之中。

当天下午，那名日本指挥官步履艰难地走回战俘营，一脸憔悴。他来到牢房，朝这里级别最高的美国军官马里翁·昂鲁中校走过去。

“天皇给全世界带来了和平。”他说。

接着指挥官把自己的佩剑交给昂鲁。昂鲁把所有战俘召集到一起，告诉他们战争已经结束。战俘们立刻聚集在一起，做感恩礼拜。昂鲁告诉他们，不要伺机报复。作为一名军官和绅士，他们绝对不应该有如此行径。

大家额手称庆，全体聚餐。他们拆掉营地的栅栏，搬来一大堆木头。据一名战俘回忆，这堆木头约有 50 英尺那么高。他们问日本翻译官是否可以给他们弄一些清酒，不一会儿满满一桶清酒就运到了。人们把桶的盖子撬开，开始饮酒庆祝。随后，人们又点燃了那堆木头，一名来自亚拉巴马州的战俘用一个罐头制成一面鼓，喝醉的人们纷纷开始疯狂地围着营地、穿过牢房手舞足蹈。有些战俘一边跳舞一边脱掉自己身上的衣服，然而人们看到的却是伤痕累累的身体。这次狂欢整整持续了一个晚上。他们饮酒狂欢，到最后就连他们自己也感到惊讶，因为他们居然可以活着看到太阳再次升起。第二天，这群宿醉未醒而头晕眼花的战俘走下山去，来到距离

战俘们庆祝战争结束
（海军历史中心）

最近的一个村庄。他们发现小镇上已经空无一人。昨天晚上，当这里的百姓看到他们的篝火时，早已吓得四散奔逃。战俘们只好再次回到山上，等着援兵的到来。

★★★

在直江津，大部分卫兵都留在了战俘营里。他们扔掉了自己从前盛气凌人的腔调，取而代之的是滔滔不绝的阿谀奉承。这里既没有食物吃也没有烟抽。菲茨杰拉尔德每天去日本指挥官那里三次，向他要求更多的食物，但是每次都被拒绝。战俘们只好离开营地，自己去寻找食物。有一次，一个人牵回了一头牛，其他人还赶回了一群猪。但是这些仍然不够吃。菲茨杰拉尔德只好致信瑞士驻东京领事馆，说战俘营里的条件十分糟糕，要求立即给予帮助。但是日本指挥官拒绝邮寄这封信件，这让菲茨杰拉尔德感到非常气愤，他威胁说要把指挥官的行为告诉美国军队，但是这名指挥官仍然拒不理睬。

8 月 26 日上午十点钟左右，也就是在直江津宣布战争结束后的第六天，菲茨杰拉尔德刚刚踏出指挥官的办公室，一群从“莱克星顿”号航母上升空的战斗机在他们上空进行拍摄后开始盘旋下降。战俘们大声叫喊着冲向外边。他们很快便清理出来一片空地，然后抓起一些白灰在地上写了几个大字：食物，烟。很快，驾驶员座舱传来信息说，他们的飞机负责为战俘营地运送紧急物资，但是现在飞机上的货物已经投递完毕。飞行员承诺，会尽快给他们送来食物。

既然不能立刻给战俘空投食品，飞机上的飞行员接下来做出了一个惊人的举动。他们在空中进行了 30 分钟的特技表演，战俘们纷纷在下边鼓掌喝彩。菲茨杰拉尔德站在这群人的中间，为他们洋溢着快乐和幸福的脸而深深感动。“‘精彩’这个词根本就不足以形容我们当时的心情，”J.O. 杨格在自己的日记中这样写道，“在这场战争中，如果不是作为一名战俘，你根本就无法理解‘老萨米’在战俘营上空飞舞的真正意义。”

显然，战斗机比菲茨杰拉尔德更有说服作用。随后，日本的营地指挥官把菲茨杰拉尔德叫了过来，抱怨他的所作所为并不像是一位“绅士”，并且指责他不应该恐吓说要把自己的行为向美军报告。

“我说话算话。”菲茨杰拉尔德回答道。

90 分钟后，日本卡车往营地送来了干粮、饼干和罐装水果。

那天下午，更多来自“莱克星顿”号的飞机在他们上空飞行，往战俘营投掷下许多帆布袋子。为了避免砸中自己，人们慌不择路，有一名战俘甚至在跳过栏杆时扭伤了脚。其中一个袋子没有落在营地上，而是掉进了河里。于是，有战俘冒险跑了出去，撕开袋子，给大家分发里面的食物。最后，每个人可以分到半个橘子罐头、一包压缩饼干、两支香烟和一点糖果。有人跳进河里，捞起漂在水面上的袋子，看到里面还装有几本杂志和一张报纸。菲茨杰拉尔德发现飞机投下的食物根本不够，所以让人在地上写下“700 名战俘”几个大字。

人们一边吃东西，一边传阅着手中的杂志，然后翻弄着浸湿的帆布袋子。他们从杂志上得知，这场战争早在 8 月 15 日就结束了。就在这一天，韦德曾经隐隐约约地听到，从卫兵房间的收音机里传出一阵裕仁天皇的声音，却不知道当时他已经宣布停战。这就意味着，在过去的 5 天里，日本人对直江津的战俘隐瞒了真相，而对六吕师的战俘来说，真相被隐瞒了 7 天。所有迹象无一例外地表明，日本指挥官在等待是否进行屠杀的命令，如果上级的答复是肯定的，那么在此之前，他们必须确保这些战俘仍然服从约束。

战斗机飞来的 3 天以后，美国再一次派出了“大男孩”——6 架 B-29 轰炸机，每个轰炸机的机翼上都写着几个大字：“战俘食物”。炸弹舱的门开着，货物被抛出后，在红白蓝三色相间的降落伞下摇摇摆摆地坠落下来。不过，只有第一只箱子落到了院子里，其他的都掉进了稻田里。骨瘦如柴的人们立刻兴高采烈地分头寻找这些箱子。有人发现，在一个霰弹筒里装着一条用白色粉笔写下的信息：1945 年 5 月，我曾经在这里投弹，不幸的是没有命中目标。纽约，罗德岛，小比利。地上到处是箱子。有些日本居民看到了，就把箱子拖到自己家中藏了起来。但是也有一些当地居民，虽然自己早就食不果腹，但还是费尽周折地把这些箱子拖到战俘营里。

有的箱子在重重地砸向地面时摔开了，粉色的桃子落得遍地都是。一个装着蔬菜的箱子也在半空中裂开，豌豆像雨点般地落向地面。一个箱子把直江津的电线砸坏了，另一个落到了卫兵室上面。当一个装满鞋子的巨大的鼓形箱子滚落下来时，虽然没有砸到路易和丁克尔，却砸在了一名澳大利亚战俘和一名来自爱达荷州的黑人士兵身上。这个澳大利亚人的腿被砸断了，后者的头颅也被砸伤，所幸伤不致命。在此之前，这名爱达荷人整整斋戒了一天，希望有人为他们空投爱心包裹，这样他就可以不用再喝海带汤了，而是尽情地享用美国食物。为了防止再次有人受伤，一名战俘跑到公路上，写下“在此空投”几个字样。

人们开始忘乎所以地一边大吃大喝，一边吞云吐雾，然后紧接着又是第二轮和第三轮。路易打开一罐浓缩豌豆汤倒进嘴里，因为太饿了竟然忘了往汤里加水。约翰·杨格和其他两个朋友一口气喝下了两加仑的可可饮料。飞机上的人还在往下投掷食物。但是，这些食物实在太多了，因此菲茨杰拉尔德派出一名战俘，让他去公路上看看，刚才人们写的是不是“700 名战俘”，而不是由于一时疏忽写成了“7 000 名战俘”。

到了傍晚，人们终于停止了大吃大喝。他们挺着饱胀如鼓的肚子，如释重负地倒头睡下。这里没有空袭，没有点名，没有“大鸟”。路易躺在他们中间，用一顶从稻田里拖来的降落伞把自己裹了起来。

“现在是下午六点，我躺在这里，心里既充满感激，又充满痛苦。所有战俘都围坐在一起，但是在梦里他们仍然在遭受折磨。美军战机空投了太多食物，多到简直让人无法呼吸，”J.O. 杨格在他的日记中写道，“对这些遭受了 4 年囚禁之苦的战俘来说，没有什么比能吃饱更让人感到满足的了。要么是食不果腹，要么就像现在这样一下子吃得太多。这种感觉十分痛苦。”

“现在我们唯一能做的事情就是美美地睡上一觉，”他继续写道，“作为一个自由的美国人，这种感觉真是太棒了。但是现在要想意识到自己已经自由了，对我来说可能还是有些困难。”

一架救援机在战后拍摄的直江津战俘营相片。战俘们在营房屋顶上写下给飞行员的信息

★★★

9月2日上午，一架被称为“幽灵船”的B-29轰炸机沿着日本西部海岸飞了很长一段时间。这架飞机之所以被称为“幽灵船”，是因为一名空中交通管制员没有看到坐在飞行员驾驶舱里身高五尺七寸的飞行员拜伦·凯尼，于是他尖声叫道：“飞机里没有人！这一定是架幽灵船。”那天下午，在关岛的汇报会召开之前，凯尼被要求前往一个名为直江津的偏远战俘营里运送救济物资。

“幽灵船”穿过云层，掠过这座战俘营的上空，然后投下第一个箱子。当时，院子里只有路易一个人。在开始第二次空投之前，这架飞机在空中盘旋了很长时间。昏昏欲睡的战俘们听到轰炸机的声音，然后才睡眼惺忪地走出牢房，开始朝稻田方向跑去。路易看到飞机盘旋而来，于是挥手警告人们躲开。凯尼降低了飞行高度，看到稻田里站着许多战俘，他们看起

1945年9月2日，B-29飞行员拜伦·凯尼最后一次飞过直江津拍下了这张照片。直江津战俘营就在正前方，远处大桥的另一边。路易和其他战俘计划谋杀“大鸟”的牢营隐约可见，就在两条河流的交汇处

（拜伦·凯尼）

来“肮脏不堪，衣衫褴褛，面容憔悴”。当凯尼看到路易正慌忙把这些人拉回去时，他暂时停止了投掷，再次在空中盘旋。等他返回原地时，路易已经把稻田里的人都拉了出去。于是，第二轮空投开始了。

凯尼再次降低了飞行高度，然后使飞机机翼向一侧倾斜。路易站在一群战俘中间，挥舞着自己手中的衬衫。凯尼的飞机飞得太低了，他和路易甚至能够看到彼此微笑的面孔。“最后一次飞过那里的时候，甚至能够听到他们的欢呼声，”凯尼写道，“他们看起来欢呼雀跃，这让我们十分感动。好像我们是在顺应天意一样，这次任务让我们感到无比欣慰。”

“幽灵船”飞走以后，凯尼的一名机组人员把收音机对准了对讲机。东京湾“密苏里”号的广播中传出道格拉斯·麦克阿瑟将军的声音。和麦克阿瑟站在一起的是威廉·哈里斯，他被美军从大森的集中营里解救了出来，带上一艘战舰，并且坐在上首的位置。几名日本军官站在美国人的一旁。

日军的暴行及由此造成的死亡人数令人发指。他们屠杀了大批战俘。据统计，日本共抓获了 132 000 名美国、英国、加拿大、新西兰、荷兰和澳大利亚的战俘。在这些战俘中，有近 36 000 人死亡，超出了总数的四分之一。（还有 215 000 名战俘和秘密劳工，由于日本对此秘而不宣，所以他们的死亡率无从得知。）美国战俘的遭遇尤其悲惨：在日本被俘的 34 648 名美国人中……超过 37% 的人死亡。（关于美军战俘的统计数字，人们历来说法不一。此处援引的数字来自查尔斯·斯坦格尔博士为退伍军人管理局进行的一项综合调查，有关数据相当确凿。）相比之下，在被纳粹和意大利逮捕的美国战俘中，只有 1% 惨遭不幸。在“死亡之旅”中，日军屠杀了成千上万名战俘，另外还有数以万计的战俘因过度劳累致死，其中包括那些与 100 000 名亚洲劳工一起修筑缅甸到泰国铁路时死亡的 16 000 名战俘。此外，还有数以万计的战俘曾经遭到鞭打、焚烧、枪刺，有的甚至被殴打致死、枪毙、杀头，还有的死于医学实验，甚至在食人仪式上被活活吃掉。由于食物和饮水供给极度匮乏，而且质量低劣，大批战俘死于饥饿以及一些极易预防的疾病。在婆罗洲山打根集中营里逃出的 2 500 名战俘中，只有 6 个人活到了 1945 年 9 月。但是，还有一些数字世人却不得而知。有许多战俘被捉以后立即处决，还有的被拖去像夸贾林环礁这样的地方惨遭

坚不可摧

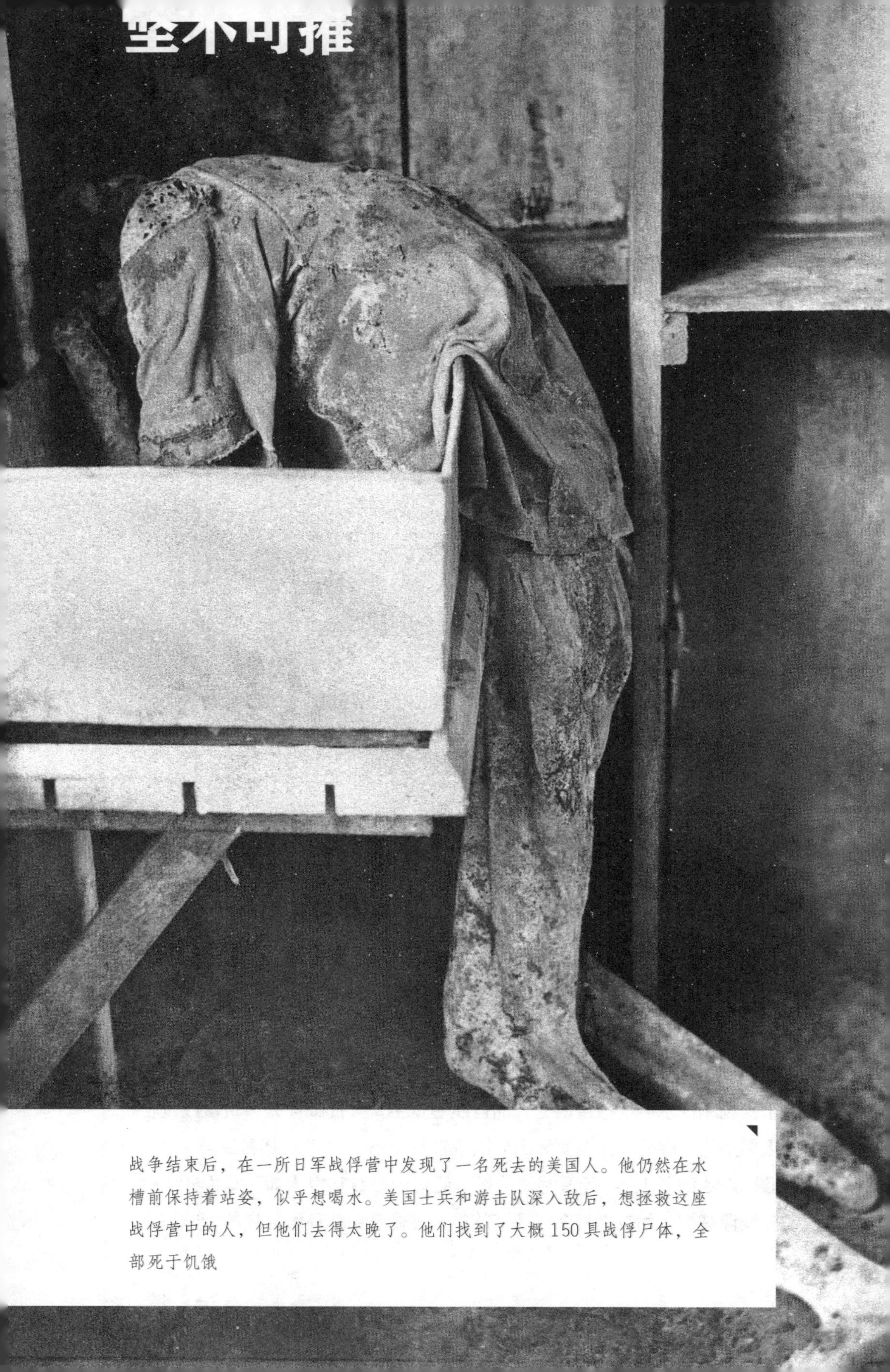

战争结束后，在一所日军战俘营中发现了一名死去的美国人。他仍然在水槽前保持着站姿，似乎想喝水。美国士兵和游击队深入敌后，想拯救这座战俘营中的人，但他们去得太晚了。他们找到了大概 150 具战俘尸体，全部死于饥饿

毒手，这些人数都没有被包括在内。

根据上级制定的“杀光政策”，日本屠杀了天宁岛的 5 000 名韩国战俘以及贝拉里、威克岛和塔拉瓦岛的所有战俘。除了 11 人以外，巴拉望群岛上的其他战俘也惨遭杀害。显然，当美军在日本投下原子弹时，他们已经磨刀霍霍，对准了所有被俘的士兵和平民。

1945 年 9 月 2 日上午，日本正式签署了投降协议。第二次世界大战结束了。

★★★

对路易来说，现在的日子充满了欢乐。尽管他仍然抱病在身，极度虚弱，但他浑身洋溢着一种从未有过的幸福感。他忘却了自己对那些日本军官和卫兵的憎恨。和周围的人一样，他感到无比激动，并且对所有的人和事都充满了爱。

只有在想到“大鸟”时，路易才会失去这样的感觉。几天以前，路易会毫不后悔地将他置于死地，但是现在这种复仇心理似乎已经不再那样执着。“大鸟”走了，他再也不会接近路易了。那一刻，路易感到欣喜若狂。

直江津所有的战俘都选择了宽恕。他们把物资分给平民百姓，并且站在孩子中间分发巧克力。路易和其他战俘把食物送给卫兵，让他们带回家里。甚至连河野都得到了大家的宽恕。自从他接到留在战俘营的命令以后，整整 11 天里，他一直把自己关在办公室。因为害怕遭到战俘们的报复，所以寸步不离。有一次，一个战俘打开他办公室的门，河野倒吸一口气，吓得立刻跑到墙角。几天以前，人们也许会对他进行报复，但是现在人们已经不屑这样做了，他们放河野走了。（河野穿上一身平民的衣服逃离了战俘营，随后写信告诉母亲准备自杀，然后化名在新潟隐居。一年以后，当局对其进行通缉，并以虐囚罪名判处其终身监禁。）

在营地里，人们只对一个人进行过报复。当一个平日举止暴虐的卫兵出现在走廊里时，一名战俘抓住他的衣领和裤子，一把将他扔出了门外。这个卫兵掉进了河里，从此以后人们再也没有看到过他。

飞机仍然不停地空投物资。自从 B-29 轰炸机飞来以后，人们不再缺少食物、药品和衣物。只要一有食物落下，几名军官就会开始分发这些食物。

每个人都能吃饱肚子。最后，有人爬上屋顶写道：“不用了……谢谢。有什么消息吗？”

暴饮暴食也给大家带来了严重的后果。在过去的几年中，每天两三碗海带汤，让他们的消化系统变得十分脆弱，所以肠胃很快就不堪重负。人们排着长队上茅房，有些人甚至等不及排到就立即脱掉裤子，在田地里就地解决。可是紧接着，他们仍然重蹈覆辙，兴高采烈地继续大吃大喝。

B-29 轰炸机在给日本所有的战俘空投食物。地面堆满了 1 000 多架飞机运来的 4 500 吨猪肉罐头、什锦水果、浓缩菜汤、巧克力、药品、衣物和数不尽的其他物资。在大森，鲍勃·马丁代尔接管了“大鸟”的办公室。战俘们对“大鸟”深恶痛绝，以前他就是坐在这里的落地窗前监视他们的一举一动。当马丁代尔坐在那里时，一个装满可可粉的巨型盒子刚好落在窗户外边的地上，然后突然爆裂开来，“大鸟”的办公室顿时“尘土”飞扬，马丁代尔慌忙跑了出去，从头到脚都是可可粉，所幸没有受伤。

★★★

战俘营里的每一个人都想马上回家，但是广播中传来的一则消息说，他们还要在这里停留一阵子。菲茨杰拉尔德随后得知，9 月 4 日会有一支疏散部队进驻直江津，负责将这些战俘运送至横滨，再转送回国。所以，他们能做的事情就是进食、抽烟、休息、庆祝、游泳，然后接着吃进去更多的东西，并且耐心地等待。路易也开始贪婪地进食，他的身体开始逐渐康复，体重也增加了很多，但是由于水肿，脸部和身体肿胀了起来。

路易尽量把自己收拾干净。他先从棉布衬衫开始清洗。自从那天清晨登上“青蜂侠”号以后，他就每天都穿着这件衬衫，再也没有脱掉过。对他来说，这件上衣似乎变得情同手足。不过，褪了色的衬衫早已经变得破旧不堪，上面沾满了煤灰，胸前口袋上的铭牌几乎看不清了。为了清除衬衫上面的虱子和跳蚤，路易把它放进盆里反复蒸煮，然后把上面的煤擦洗干净。战俘们在村庄里散开了。人们把美军的空投物资带到镇上，并且用这些物品同当地那些目光警惕但态度友善的居民进行交换，让他们为自己修面、理发或者交换纪念品。他们敲开屋门，用自己手中的罐装食品和香烟换取新鲜的食物。

这些战俘看到，许多房屋里都放着大型的工业机器，就像路易在东京的废墟里看到的一样。丁克尔还在营地中找到了一台留声机，于是来到镇上为路易买了一张唱片——古斯塔夫·夏邦泰的《意大利印象》当作礼物。战俘们闯进商店，一共找到了 1 500 多只来自红十字会的救济箱子。有些战俘还发现了一座妓院，然后满面坏笑地返回了营地。当肯·马文和一个朋友骑着两辆借来的自行车散步时，才发现原来自己一直待在一个景色宜人的地方。他们还在无意间发现了一个公共澡堂，里面到处都是日本百姓，于是马文直接跳进澡堂，和他们一起洗了起来。自从 1941 年 12 月前往威克岛以后，这是他第一次痛痛快快地洗了个澡。"天哪！"他记得，"这简直就像吃瑞典自助餐一样，痛快极了。"

★★★

9 月 4 日到了，但是疏散部队并没有来。迄今为止，距离美军战机从上空飞过并且发出战争已经结束信号的时间，已经过去了两周，菲茨杰拉尔德和营地里其他战俘早已厌倦了这种等待。他让马文和另一个人戴上宪兵徽章跟他去火车站一趟。到达火车站以后，菲茨杰拉尔德告诉这里的一名日本军官，明天为他们安排一辆十节车厢的火车，但遭到拒绝，而且态度极不耐烦。

自从 1943 年 4 月以后，指挥官约翰·菲茨杰拉尔德一直被监禁在日本。两年半以来，为了保护自己的下属，他曾经遭到疯狂的虐待，并且不得不向那些愚蠢的小人卑躬屈膝。他曾经挨饿受冻，遭受酷刑，甚至沦落为奴。日本人强行给他灌水，然后拔掉了他所有的指甲。而现在他再也无法容忍这里的一切，于是他一反常态地伸出拳头，照着那个日本军官就是一顿猛揍，就连肯·马文也感到痛快极了。第二天上午，火车准时到达了车站。

9 月 5 日清早，路易拿起日记、丁克尔送给自己的唱片以及几封家信，最后一次走下牢房的梯子。院子里战俘们欢欣鼓舞、满怀期待地进行了庆祝。每个人都带着自己仅有的一些物品，英联邦国家的战俘拿走了那些白色盒子，里面装着死在营地里的 60 名澳大利亚战俘的骨灰。人们在自己的国旗后面列队集合以示庄重，然后一起穿过营地的大门，离开了这个丑陋不堪的地方，朝着火车站，朝着自己的父母、妻子、亲人和孩子，朝着久别的家园走去。

路易一边前行，一边回头望了一眼，只见一些日本卫兵和军官站在院子里，目送他们离去。一些病情严重的战俘仍然留在这里，等着第二天乘坐另一班火车。菲茨杰拉尔德也留了下来，他要等最后一名部下获救以后才肯离开。（菲茨杰拉尔德回国以后，为了奖励他在战俘营中的英勇表现，杜鲁门总统亲自授予他一枚海军十字勋章。）路易挥了挥手，与这场战争作最后道别。他走过吊桥，距离战俘营越来越远。

火车一路驶向横滨，直江津在他们的视线中逐渐淡去，就像一条断断续续的虚线，这是战俘们对它最后的印象。几名友善的平民卫兵和营地的工作人员站在路边，向他们挥手作别。

“9月9日就是母亲节”

直江津的战俘们挤满了火车。每到一站，列车就会停靠下来，人们三三两两地走下火车，一边开怀痛饮日本清酒，一边顺手牵羊地各取所需，然后再挤回这辆火车。火车继续向前开去，当日本清酒流入这些人瘦弱的身体以后，他们开始变得越来越粗暴。这时，一名中尉站了起来，他板起面孔警告他们注意行为检点。他不想任何人被火车落下，这名中尉说道。

大约在下午三点，火车停了下来，开始向后倒车。就像这名中尉刚才担心的那样，一个人被火车落下了。火车渐渐向后退去，战俘们远远地看到了一个人的身影。然而，那个人正是中尉本人，他酩酊大醉，但至少是幸运的。整个下午，不少醉酒的战俘都错过了发车时间，但是列车并没有为他们倒退。他们只能依靠自己了。

在日本全境，所有的火车上都挤满了战俘，一路开往横滨。人们把脸贴在火车的窗户上，这是他们第一次目睹 B-29 轰炸机的巨大威力。曾经偌大的城市现在却变成了一片片废墟。所有的地方看起来都毫无二致，唯一可以辨认出的就是那些被大火烧焦的公路指示牌，但是现在早已面目全非，谁也不知道这条公路会通向哪里。

一开始，他们看到敌国遭受如此重创，不禁感到振奋不已。然而，当他们来到另外一座城市、第三座城市以及接下来的一座又一座城市，只见到处都是满目疮痍，那些大难不死的人就像幽灵一样正在废墟中捡拾东西，他们的欢呼声消失了。当路易乘坐的火车路过东京时，车上一片死寂。在路易离开大森一周后，方圆 16 平方英里的东京城以及成千上万的生命已经被 B-29 轰炸机毁于一旦。几列火车摇摇晃晃地驶过广岛。几乎所有的战俘都认为，正是这座城市的毁灭使得他们免遭日军的毒手。巴丹岛“死亡行军”中的一名幸存者约翰·法可纳在火车接近广岛时向外看去，“开始的时候这里还有树，”他告诉历史学家唐纳德·诺克斯斯，“然后树叶没了。当你走近一看，树枝没有了。再往前走，树干也没有了，接着，当你走到跟前的时候，发现那里什么都消失了。什么都没有！这太美了！我知道，正是原子弹结束了这场战争。这意味着我们不用再忍饥挨饿，而且还能尽快接受治疗。对于其他人的需求和苦难，我仿佛懵然不知。我知道，自己不应该说这太美了，因为我们眼前的景象一点也不美。但是我相信，结果也许比手段更重要。”

★★★

那天下午七点，直江津的火车开过已经被夷为平地的横滨，在车站停了下来。

“欢迎回来，士兵们。”

“站在我面前的是一个身穿卡其布制服，头戴帽子的美国女孩。她笑靥如花、妆容无瑕、金发飘飘，简直太完美了，”汤姆·韦德写道，“在战俘营里待了三年半以后，前来迎接我们的竟然是这样一位可爱的金发美女！”

幸福的战士们很快就被红十字会的护士团团包围。有一些护士在看到他们时突然失声痛哭。也许这些女人并不都是天生丽质，但是在肯·马文看来，她们每一个人都像天使一样。

不知是谁找到了这个混乱不堪的大厅，随即涌进大批人流。这群人的中间站着一名记者，他的名字叫罗伯特·特伦布尔。他大声问道，是否有人愿意谈谈自己的遭遇。当他在大厅里匆忙穿梭的时候，弗兰克·丁克尔指着路易说，也许他可以和路易·赞贝里尼谈谈。

“赞贝里尼已经死了。”特伦布尔说。当他看到眼前的路易时，根本没有想到这就是那个曾经名噪一时的奥运会长跑选手。于是，他问路易是否可以证明自己的身份。路易掏出钱包，里边几层都已经被人搜光了，但是在一个暗兜里却装着八美元的钞票、一张漫画和一张上面写有路易名字的南加州大学的入学通知单。为了这张漫画，路易和菲尔还曾经惨遭毒打。

特伦布尔大吃一惊，立即把路易带到一旁开始进行采访。路易向他叙述了自己的多舛遭遇。但是，他有意漏掉了其中的一个细节：为了迈克和他的家人，路易没有提到救生艇上的巧克力是如何不翼而飞的。菲尔也没有说，而是说巧克力都掉进了海里。当路易讲完自己的故事以后，特伦布尔请他总结一下自己所遭到的苦难。路易沉默良久。

“如果我知道自己会再次遭受那样的苦难，”最后他说，“我会选择自杀。”

第二天上午，路易被送往飞机场前往冲绳。他看到桌子上堆满了食品，就开始往自己的衬衣里左塞右塞。虽然一名工作人员向他保证，他完全没有必要囤积这些食物，因为他再也不会挨饿了，但路易根本不加理睬。最后，大腹便便的路易登上了飞机，看起来就像一位十月怀胎的妇女。

当人们乱哄哄地相互道别时，路易离开了这些战友。那天早上七点，他乘飞机离开日本。他只希望永远地离开了日本。

★★★

第 11 轰炸团的弗兰克·罗斯尼克上士站在冲绳的飞机场上，看着战俘一瘸一拐地走出运输机来。“他们看起来十分可怜：几乎所有的人都骨瘦如柴、衣衫褴褛，穿的还是被俘前的衣服和临时捡来的鞋子，而且个个看起来精神紧张。”他写道。于是，路易来到这群人的中间，只见这里乱作一团，人们早就泣不成声，热泪盈眶地看着自己妻子或者女友的照片，希望她们还没有放弃自己。（一名战俘的噩梦变成了现实。有记者告诉他，因为相信他已经阵亡，这个人的妻子刚刚嫁给了他的叔父。当她得知自己的前夫还活着时，立刻宣布自己现在的婚姻无效，然后通过美联社向自己失踪的丈夫发出一则信息：“我只爱你一个人，基恩。请原谅我吧。”）

罗斯尼克的指挥官让他前去参加第 11 轰炸团战俘的汇报会。当罗斯尼克进去以后，他看到三名军官正坐在一名战俘的前面，这名战俘形容枯槁，脸上长满了胡须，身上的衣服也因为风吹日晒而变得斑驳陆离。这些军官上下打量着这名战俘，感到无比震惊。上校告诉罗斯尼克，这名战俘就是路易·赞贝里尼，大约两年半以前他就失踪了，轰炸机团的每个人都认为他死了。对于此事，罗斯尼克觉得简直不可思议。他的工作就是给那些失踪人员的家属或者近亲写信，也许还曾经给赞贝里尼的母亲写过信，但是他不记得了，因为自己处理过太多类似的信件。然而迄今为止，还没有哪一个失踪人员活着回来。

当天晚些时候，当这名已被宣布阵亡的战俘路易·赞贝里尼走进第11轰炸团总部时，曾经在瓦胡岛为他收拾遗物的约翰·克雷闻讯而至，他的第一反应就是“天哪，瞧瞧我都干了些什么”！

这不是路易期望中的再次团聚。这里的大部分人他都不认识。路易后来得知，他的许多朋友都死了。包括路易在第12飞行中队的26名机组人员在内，第11轰炸团共有125名人员被官方宣布失踪或者阵亡。更多将士已经在这场战争中牺牲了。在瓦胡岛的16名军官中，只有路易、菲尔、杰西·斯代和乔·迪西还活着。路易和菲尔在太平洋战争时失踪。迪西由于肺结核被遣送回国。只有斯代完成服役期间的40次军事任务。他目睹了自己战机旁边另外5架飞机被敌机击中，机组成员无一生还。但是不知道为什么，除了一个弹孔，他的轰炸机几乎毫无破损。那年3月，他服役期满返回家中。

有人拿给路易一份8月15日的《明尼阿波利斯之星杂志》。在杂志的最后，刊登了一篇名为“永远不能忘记”的文章，里面谈到了许多在战

路易在冲绳。右手所戴是南加州大学的班级戒指，拾获于飞机坠落的残骸中
（本图片由路易·赞贝里尼提供）

争中牺牲的运动员。一共有400多名体育运动的业余爱好者、专业运动员和大学运动员遇害，其中包括19名职业足球运动员、5名美国棒球联赛球员、11名职业高尔夫球手和1922年奥运会短跑冠军查理·帕多克。路易认识查理·帕多克。就在那一页，路易还看到了自己的照片，照片的下面写着："杰出的一英里项目赛手……已经在战争中葬身南太平洋。"

在24小时为战俘开放的冲绳大厅内，到处都是熙熙攘攘的人流，他们不停地吃着喝着。路易一直向前走，然后在门前停了下来。因为日本人从未在红十字会为他注册，所以名单上没有他的名字。也就是说，对于这里的工作人员来说，路易不是一名战俘。当他想领取新的制服，好换掉自己身上肮脏不堪的衣衫时，也遇到了同样的问题。从1943年5月27日起，路易每天都穿着现在他身上这套衣服。而当他身旁的战俘纷纷拿到自己的食品和衣物时，路易只能依靠红十字会护士送给他的块状糖生存。

路易到冲绳后不久，便被送往医院进行检查。由于连续数周狼吞虎咽，路易现在的体重已经达到143磅重，只比坠机前轻17磅。但是水肿让他的双颊摸起来像面团一样软，没有一点肌肉。此外，他还患有严重的痢疾，身体异常虚弱。对于28岁的路易来说，27个月的虐待和饥饿，无论是在身体上还是精神上都对他造成了永久的创伤。医生得知路易曾经是一名运动员后，表情严肃地与路易谈论了他的病情。医生离开后，一名记者问路易对自己今后的生涯作何打算，是否还会继续跑步。

"结束了，"他语气尖锐地说，"我永远不会再跑步了。"

★★★

赞贝里尼一家人一直感到焦躁不安。自从路易坠机以后，美国官方得到的唯一信息就是10个月前他在电台录制的一次广播节目。在"大鸟"离开大森以后，路易写给家人的信件并没有寄到。除了陆军部于当年12月证实路易已经沦为日本人的阶下囚之外，他们没有得到任何关于路易的进一步消息。报纸关于谋杀战俘的报道连篇累牍，让这些被俘美军的家人寝食难安。安东尼联系了陆军部，可什么消息也没有。西尔维娅坚持给路易写信。在信里，她告诉路易当他回家以后，家人会为他做哪些事情。"亲爱的，我们会竭尽所能地照顾你，"她写道，"你就是家中的帝王，只要是你想要的，没错，包括红发美女在内，我们都会想方设法满足你的要求。”但是，西尔维娅和家里其他成员一样担惊受怕。皮特住在圣迭戈的军营里，每天打电话回家询问是否收到什么消息。然而，答案总是否定的。

9 月 9 日上午，有人忽然猛地把皮特从梦中推醒。他看到一个朋友脸上带着灿烂微笑，弯腰站在床边，一只手正抓住自己的肩膀使劲晃动。《洛杉矶时报》刊登了特伦布尔的报道，标题是《赞贝里尼起死回生》。

皮特马上站起来，穿上衣服，冲向电话，拨通父母的号码。西尔维娅接起电话。皮特问她是否听说了这个消息。

“你问我听说这个消息了吗？”西尔维娅连问了两遍，“我怎么可能没有听说呢！天哪！”皮特要跟母亲通话，但是路易丝已经激动得说不出话来。

路易丝和弗吉尼亚直奔教堂感谢上帝，然后又跑回家中为路易收拾房间。路易丝站在路易的房间里，仔细擦拭所有的奖杯，眼泪一滴滴地落了下来。路易丝喃喃自言自语：“他回来了。他回来了。”

“从今天开始，”她说，“9 月 9 日就是母亲节。因为今天我终于知道，自己的儿子就要回家了。”

“你是怎么想的？”有人问路易的父亲。

“日本人不可能打倒他，”安东尼说，“要知道，我的儿子非常坚强。”

★★★

在六吕师的战俘营里，菲尔和迦勒特等了很久才终于获救。8 月 22 日，战争结束以后，所有的战俘一直在那里等着援军的到来。他们找到一台收音机，从广播中不断地听到人们解救其他战俘营的报道，可是这里却没有援军的踪迹。他们开始怀疑，人们是否知道他们在这里。直到 9 月 2 日，才有几架 B-29 飞到这里向稻田里空投物资。有些包裹坠落时势头过猛，所以人们不得不把它们从地里挖出来。战俘们开始不顾一切地进食，其中一个人一天之内吃下了 20 磅食物，奇怪的是竟然没有生病。

那天下午，一名美国海军军官把个人财产从地下挖了出来，取出自己最秘密、最珍贵的物品。这是一面普通的美国国旗，但它却有着非同寻常的来历。1941 年，就在日本攻占新加坡后，一名美国女传教士把它赠送给一名英国战俘。这名战俘被押到船上运往国外，后来这条船沉没了。两天后，另一名英国战俘从水底打捞出这面国旗，把它转送给这名美国海军军官。在这场战争中，这名海军军官一直随身携带着这面美国国旗，此前他一直向日本人隐瞒了这件事情。于是，这名海军军官一把扯下日本国旗，在六吕师的旗杆上冉冉升起了星条旗。当人们列队集合，举手向国旗敬礼时，眼泪不禁夺眶而出。

9月9日，菲尔、迦勒特和其他的战俘终于被卡车送出了山。他们到达横滨以后，人们拿出刚刚烤好的蛋糕，带着载歌载舞的乐队前来欢迎。"加利福尼亚，我回来了。"当一名将军看到他们时，情不自禁地失声痛哭起来。人们将这些战俘护送到船上，他们洗了个热水澡，然后吃了一些煎饼。9月11日，这艘船起程回国。

早在去年12月，凯尔西·菲利普斯就知道艾伦在飞机坠毁后幸存了下来，但是因为陆军部一直不让她公开这一消息，所以左邻右舍并不清楚。当特伦布尔的故事公布以后，凯尔西的电话开始响个不停。她的朋友和记者们蜂拥而至，纷纷来到凯尔西家的前廊上追问，但是凯尔西始终面带微笑地保持沉默。直到9月16日，她才收到一份来自陆军部的电报，这份电报宣布所有战俘已经获救。接下来，凯尔西的妹妹也打来电话，有关菲尔还活着的消息立刻不胫而走，"艾伦从六吕师经由横滨转到旧金山，然后从新泽西州抵达印第安纳州：他自由了。"艾伦的朋友们一直以为他已经不幸阵亡，而现在他们连忙前往市区买来报纸，然后传给客厅里的每一个人。整整一上午，他们都在一边反反复复地读着这张报纸，一边忍不住泪流满面。

当他们进行庆祝的时候，凯尔西忽然想起艾伦曾经写给自己的一封信。"只要能够让我回家与你们团聚，无论让我付出什么样的代价，我都在所不惜，"信上这样写道，"我期待着与你重逢的日子，不管这一天有多么漫长。"

"这一天，"凯尔西欢欣鼓舞地说道，"终于到来了。"

★★★

在冲绳，路易有大把时间吃喝玩乐。当他接到出院命令时，他恳求医生让自己再多住一段时间。因为他不想让母亲看到自己这么瘦，结果医生不仅同意让路易继续"住院治疗",而且还为他举办了一场欢庆重生的聚会。在这次聚会上，他们一共喝光了五加仑的桶装"波旁威士忌"，这是一种在酒精中掺入可乐、蒸馏水以及诸如此类东西的饮料。

一个多星期过去了,轰炸机载着大批战俘离开了。路易仍然留在冲绳，护士们为他举行了又一次聚会。路易一杯接一杯地喝着人造波旁威士忌，接着在月光下和一位漂亮的女孩一起开车兜风。在路上，路易忽然发现了一件有趣的事情，如果人们都以为自己死了，那么现在自己就可以吓他们一跳。有一次，美国某前任田径运动员来到这里招聘英才。在得知这一消息以后，路易让自己的一个朋友告诉这位招聘人员说，他认识一个参加高校运动会四分钟完成一英里项目的合适人选。于是，这位招聘者迫不及待地想要与这名选手见面。然而，当路易突然出现在他的面前时，这位招聘人员顿时吓得摔了一跤。

9 月 17 日，冲绳遭到台风袭击。当时，路易因为内急，不得不顶风冒雨跑到屋外的厕所。他刚刚褪下裤子，突然一阵大风刮来，连同厕所和路易一起掀进了河堤。暴风雨一下子就把他摔进了泥水里，在倾盆大雨中，路易勉强站起身来，刚刚提上裤子，又一阵大风刮来，把他甩在另一侧的地上。于是，路易只好"像一只蜥蜴一样一步一步爬过"河堤，最后终于来到山头的营地。路易拼命拍打着医务室的门，过了好久才有人听到他的声音。

第二天早上，人们发现飞机翻倒，船只沉没，帐篷倒塌。厕所里的东西翻了个底朝天，全都泼在了路易的身上，直至此时他才终于愿意离开冲绳。路易叫来一名士兵，让他往自己的头上不断冲水，而他自己用肥皂使劲儿搓洗身体后，才起身前往机场。然而，当他看到即将乘坐的飞机时，忽然感到一阵头晕目眩，原来这是一架 B-24 轰炸机。

飞机的第一站是菲律宾的拉瓦格,一路上平安无事。第二站是马尼拉，因为战俘太多飞机超载，刚起飞时差点儿从空中掉了下去。他们航行的高度很低，海水穿过炸弹舱的缝隙喷溅到战俘们的双腿上，但是这架轰炸机最终还是平安抵达了马尼拉。(路易还算是幸运的。由于几名荷兰战俘携带了大量美军军靴想要回国销售而导致飞机超载，另一架运输机刚刚起飞就坠毁了，机上成员无一生还。还有一架运送战俘的飞机在海上失踪了。)

路易走下飞机，来到另一架运输机上，他坐在驾驶舱里，与驾驶员讲起自己的遭遇，先是飞机坠机，然后被困夸贾林环礁，最后来到日本。在路易说这些的时候，飞行员突然降低了高度，然后在一个岛上着陆。飞行员问路易以前是否见过这个地方，路易向四周望去，只见到处都是一片焦土，他认不出来这是哪里。

“这就是夸贾林环礁。”飞行员说。

这不可能是夸贾林环礁，路易心想。在被羁押的日子里，当日本人推推搡搡地带着他进行审讯或者药物实验时，他曾经透过蒙眼布的缝隙看见，这座小岛上到处都是花草树木，而现在却连一棵树也看不到。战争已经将这里夷为平地。路易想知道，那些心地善良的当地土著是不是也随着这座岛屿不复存在了。有人告诉路易，实际上这里还有一棵树没有被炸碎。他们借来一辆吉普车，带着路易开车过去。路易凝望着夸贾林环礁的最后一棵绿树，这时的他不再有饥饿，不再有囚禁，不再有毒打，他觉得自己仿佛活在一个甜蜜的梦里。

到达夏威夷以后，美国当局对这些战俘的状况进行了检查，几乎所有的战俘都需要进行住院治疗。路易被送往檀香山当地一家医院检查，旁边的病床上就是弗雷德·迦勒特。自从路易被俘以后，这是他第一次睡在一

罗素·艾伦·菲利普斯到达母亲家中。这张照片背后，有人写下了“凯旋”的字样
（本图片由凯伦·卢米斯提供）

张有床单的床垫上。他领到一套崭新的制服和上尉勋章。和其他许多战俘一样，路易也是在囚禁期间被擢升为上尉的。于是，路易脱下那件数年来与自己形影不离的棉布衬衫，然后换上了这套新军装，却把衬衫忘在一边。当他来到城里以后，忽然想起自己的旧衬衫，于是连忙赶回去取，但不知被谁丢掉了，路易感到十分伤心。

路易和弗雷德一起来到镇上。这里有不少人都想带着他们一起兜风、吃饭，然后开怀痛饮。在海滩上，当有人对迦勒特残缺不全的肢体投来怜悯的目光时，他突然扔掉双拐，一条腿跳着扑向路易，和他扭打成一团，引得人们纷纷驻足围观。有人对路易的做法愤愤不平，他们认为这样一名体魄强壮的士兵不应该殴打一个无助的截肢者。接着，他们两人在夏威夷四处闲逛，喝酒，斗殴，从来不让自己有时间去回忆这场战争。“以前，觉得自己很空虚，但是现在很充实，”路易说，“今后我仍然想继续保持这种感觉。”

10 月，汤姆·韦德从加拿大的维多利亚港走下运输机，与众多战俘一起登上了一列火车，穿越加拿大前往美国。一路上，他们兴高采烈地尽情狂欢，其间还举办了 8 场婚礼。“在这趟列车上，亲吻过我的女孩一定有 1 000 个，”韦德写信告诉路易，“火车驶过第一站以后，当我满脸都是唇膏印地下车时，立刻成了全火车上最受欢迎的军官。”来到纽约以后，他又搭乘“伊丽莎白女王”号轮船驶向英国。韦德悄悄走下舷梯，和一名来自红十字会的女郎亲吻拥抱，并且顺手偷走了一盒赫尔希巧克力棒。到达英国以后，韦德发现当地的妇女更喜欢美国人和加拿大人。“既然是这样，”他写道，“我索性在自己的制服上缝了一些补丁，看起来破旧不堪，一下子就镇住了他们。事实证明，这是一个明智之举，我做得非常正确。”

10 月 16 日，在印第安纳州，罗素·艾伦·菲利普斯穿着崭新的军礼服、戴着上尉肩章走下了火车。他已经离开 4 年了。他的母亲、姐姐和一大群朋友正在车站迎候，父亲也发来一份电报：“感谢上帝，这个伟大的日子终于到来了。欢迎回家，我的儿子。”那个支撑他活下去的女人——茜茜，最后也一头扑进了他的怀抱。

在凯尔西位于普林斯顿的家里，他们和艾伦一起坐在门口的台阶上合影留念，艾伦终于露出了笑颜。照片洗出来以后，有人在上面写了字，“凯旋”。

四周以后，在凯尔西家的房子里举行了一场婚礼，艾伦终于如愿以偿地迎娶了茜茜。因为没有车，他从一个朋友那里借来一辆。然后，就像数年以前在信上承诺的那样，艾伦带着茜茜去了一个没有人能找到的地方。

★★★

皮特强烈渴望见到路易，他一天也无法忍受下去。这场战争在8月中旬就结束了，现在已经是10月了，路易还在远离家乡的医院里。后来，当皮特得知路易已经到达美国本土，并从夏威夷转运到旧金山的运动员医院时，立刻停下手边的工作，搭乘一架开往旧金山的海军飞机，然后又坐便车来到这家运动员医院。随后，皮特来到前台，打电话到路易的病房。一转眼的工夫，路易飞一般地跑进大厅。突然看到对方，他们都感到十分震惊。皮特原以为路易一定异常瘦弱，却惊奇地发现他看起来几乎有些肥胖。路易看到，数年来的煎熬让皮特变得憔悴不堪，而且已经开始谢顶，他的心中不由一阵酸楚。最后，兄弟两人流着泪拥抱在一起。

这几天里，皮特一直和路易待在旧金山，医生也终于治好了路易的痢疾。读完特伦布尔的文章以后，皮特原本担心可能会触发路易严重的精神创伤，但是两人却相视大笑，互相取笑对方，皮特的恐惧消失了。路易还像以前一样乐观豁达、滔滔不绝。有一次，当一群记者冲进来采访路易时，他们一股脑儿地全都围在皮特周围。他们以为在这两个人当中，这个满面憔悴的人一定才是路易。

10月里的一天，天空下着毛毛细雨，一架B-25飞赴旧金山，送路易和其他战俘回家。皮特抛下自己的工作，和弟弟一起登上这架飞机。那天早晨，飞机起飞了，穿过云层来到湛蓝湛蓝的碧空中。皮特开始吓坏了，只好死死地盯着一团颜色较亮的云朵，努力忘记战机的震耳轰鸣。在云层的下面，风雨大作、电闪雷鸣，但是在云层的上面，皮特觉得自己仿佛可以走出飞机，在上面行走。

飞机抵达长滩后，在一片风雨中着陆。他们的父母、西尔维娅和弗吉尼亚从部队的汽车中飞奔而来。飞机刚一停下，路易立刻跳下飞机，三步并作两步跑向泣不成声的路易丝，一把将她搂在自己的怀中。

“亲爱的妈妈！”他柔声说道。过了很久很久，他们才松开彼此。

长滩飞机场，回家时的路易，前排，从左至右依次为：弗吉尼亚、西尔维娅、路易丝、路易

（本图片由路易·赞贝里尼提供）

UNBROKEN

第五章 战后：救赎之路

窈窕淑女

10 月的一天下午，路易走下一辆军用汽车，站在格拉梅西大道 2028 号的草坪上，眼前就是父母的住宅。3 年多来，这是他第一次见到这座房子。

“这座小小的房子，”他说，“让一切都有了价值。”

当父母和兄妹鱼贯而入时，路易却突然停了下来。不知为什么，他感到一阵陌生和不安，于是强迫自己跨上台阶。

为了迎接路易凯旋，整栋房子都翻修一新。餐厅的桌子上堆满了盘子。3 年来，人们送给路易的圣诞贺卡和生日礼物都堆在那里，等着他亲手打开。还有一块刚刚出炉的蛋糕，上面写着：“欢迎回家，路易！”车库里，路易那辆浅褐色的普利茅斯敞篷汽车还停放在那里，就像他没有离开过一样。

一家人将路易围在中间，好像有说不完的话。他们不停地打量着他，抚摸着他。像皮特一样，西尔维娅也变得瘦骨嶙峋。安东尼和路易丝面带微笑，但是他们眼神中却流露出一丝隐隐的担忧，这是路易从来都没有见过的。路易没能看见母亲手上因忧思过度而起的那些疹子。一听说儿子就要回家了，路易丝手上的疹子一夜之间忽然消失不见了，甚至连一丁点痕迹也没有留下。但是，她永远不会向路易讲起这件事。

吃过点心以后，他们围坐在一起说话。就像平日里一样，他们的交谈看似漫不经心，没有人说到战俘营的事情，倒是路易自己主动讲了一

家人重聚。左起：西尔维娅、安东尼、路易、路易丝、皮特和弗吉尼亚

（本图片由路易·赞贝里尼提供）

些过去的经历。让大家感到欣慰的是，被俘的遭遇似乎没有对他造成太大的影响。路易看上去好像一切正常。

西尔维娅为路易准备了一份惊喜的礼物。林恩·穆迪转录了路易的那期广播节目，并且还安排别人把这段录音寄到了赞贝里尼家。他们非常珍惜这卷磁带，因为正是这个让他们始终相信路易还活着。至于这段广播是在什么情况下录制的，西尔维娅根本无从知晓，她只是迫不及待地想要和路易一起分享自己的感受。路易惬意地坐在旁边，于是西尔维娅摁下按键，磁带转动起来，开始播放那段录音。

路易突然暴跳如雷。西尔维娅转过身来，发现他浑身颤抖，歇斯底里地叫嚷着："把它拿走！把它拿走！我受不了了！"西尔维娅连忙站了起来，就在这时路易开始大声咒骂，痛斥那些宣传战俘的种种行径。当西尔维娅抓起这卷磁带时，路易高声叫喊，让她立刻把它砸碎。于是，西尔维娅敲碎了磁带，然后扔了出去。

路易浑身颤抖着陷入了沉默，一家人惊恐不安地盯着他。

路易走上楼，躺在自己以前的床上。他终于睡着了，但是梦里又出现了“大鸟”的身影。“大鸟”好像如影随形，一直跟着他来到梦里。

★★★

那年秋天，“大鸟”也出现在了许多其他战俘的梦中。无论是停靠在横滨的船只上，或者是在马尼拉的帐篷里，还是在美国本土的医院里，许多战俘都在讲述着自己的悲惨遭遇。军事调查人员正在四处搜集关于战犯罪行的证词。他们坐在一旁，倾听这些战俘讲述自己遭受的虐待和苦难，而这些又增加了他们证词的可信度。他们的故事被一遍又一遍地证实，类似的暴虐行径在日本战俘营中十分普遍。在一次接一次的采访过程中，几乎所有的战俘都无一例外地提到了同一个名字：渡边弘光。当韦德在证词上写下这个名字时，调查人员顿时惊呼：“不会还是那个渡边吧！这已经是第六次了，我们早就听够了！”

“请你们少安毋躁，”韦德答道，“接下来提到他的人还多着呢。”

9 月 11 日，占领日本期间，盟国最高统帅的麦克阿瑟将军下令逮捕 40 名战犯嫌疑人。最初，这份名单上主要有那些在这场战争中被指控犯下严重罪行的人。其中包括珍珠港事件的策划者以及对战俘进行奴役和虐待的授命者东条英机，制造巴丹岛“死亡行军”的责任人本间雅晴。（当东条英机被人发现时，他正在家中切腹自杀，鲜血从伤口向外汩汩流淌。他高呼“天皇万岁”，宣布自己宁死也不愿接受审判。在注射来自美国的血浆以后，东条被送往医院抢救。康复以后，他被软禁在大森地区，就睡在鲍勃·马丁代尔睡过的铺位上。东条对那里的虱子和臭虫抱怨不绝。东条后来被宣判死刑，并于 1948 年执行绞刑。此后，他和其他 1 068 名二战战犯被供奉于为纪念为天皇战死日军而建立的东京靖国神社。）此外，这份名单上还有渡边弘光。

★★★

“大鸟”惊慌失措地离开直江津，却没有任何逃亡计划。根据渡边家人的讲述，他逃到了母亲和其他亲戚居住的一个名为草部的小村庄里。来这里一个多星期后，弘光的姑妈发现他偷偷溜出去喝酒，便告诉他在广播中听说，他的名字已经被列入战犯嫌疑人的名单内。于是，渡边决定逃跑。他假装告诉母亲说自己要离开这里，前去墓地吊祭一位朋友，然后把自己的妹妹拉到一旁，告诉她自己必须马上逃走，但是不让她告诉母亲。在弘光准备离开的时候，他的妹妹送给他一副扑克牌用来占卜吉凶。

渡边匆匆忙忙穿上制服，撕下自己的肩章，往行李箱中塞进一些食物和衣服，然后放进车里。他独自驾车来到车站，然后立刻登上一辆火车，至于这列火车的目的地是哪里，他连问都没有问。他只是希望火车把他带到一个荒无人烟的偏僻之处，但是火车沿途只停了两站就到达了终点甲府，而甲府是日本的一个大都市。于是，渡边只好下了火车，在车站四处查看了一下，然后躺下睡觉。

当天早晨，他从甲府市继续前行。当他路过一座城市时，忽然从广播中听到自己的名字已经被列入战犯名单。听到官方正在对自己进行通缉，渡边并不感到十分惊讶，但是当他听到自己的名字和东条英机列在一起的时候，却大吃一惊。渡边清楚，如果自己的罪行和东条英机相提并论，那么一旦遭到逮捕就只有死路一条。

不管需要付出什么代价，渡边发过誓，绝不会落入美国人的手中。他决定永远消失。

★★★

渡边逃跑以后，官方对他的抓捕行动随即展开。虽然现在向日本警察发号施令的是他们从前的敌人，但他们还是迅速出动，着力追捕战犯嫌疑人。渡边的案件也不例外。警察来到渡边最后一次出现过的地方，但是仍然一无所获。于是，他们来到渡边静香居住的草部。渡边静香告诉他们，儿子曾经来过这里，不过早已离开，而且已经三天没和自己联系过了。静香暗示，弘光可能前去住在东京的姐姐美智子家寻求庇护。静香还说，她很快就会去找美智子，如果发现弘光在那里，她会劝说自己的儿子自首。

静香还把美智子的地址给了警察。根据这条线索，他们集中精力进行搜索。然而，静香所说的那个地方不仅没有见到美智子，而且连一所房子都没有。这里的房屋很久以前就被燃烧弹炸毁了。

现在，静香成了警察怀疑的重点。她会定期前往东京，而且总是和美智子待在一起。如果她每周都这样做，那么她肯定知道女儿的房子已经被烧毁。不过，静香对侦探的误导也许透露了一条信息——警察可以顺藤摸瓜，首先找到美智子的新家。她仍然住在这条街上，唯一变动的就是门牌号。警察开始怀疑，静香可能知道儿子的藏身之处。9 月 24 日，警察逮捕了她，不过即使她知道些什么，也始终守口如瓶。最后静香什么也没有说，警察不得不将其释放。

在彻底放弃之前，警察曾经费尽周折。一开始，他们派出两名侦探跟踪静香，并且经常前去她家盘问。他们追踪她的全部现金交易，定期审问她的房东。此外，警察还对渡边家的其他亲戚也进行了调查审问，有时候还会搜查某些人的住处。他们截留了静香所有的信件，并且曾经以一个陌生人的名义向渡边家写过一封假信。警察假装这封信是弘光写的，显然是希望他的家人可以在信中透露渡边的下落。

警察扩大了对渡边的搜捕范围，甚至对他的前陆军室友进行了审问。与渡边在大森共事的指挥官的家也遭到了搜查和监视。随后，他们还在整个东京及其 4 个辖区分发渡边的照片。

渡边家族在长野经营着一座煤矿，于是他们对该地区进行了彻底搜查。侦探查阅了渡边所有的学习记录，并且对他的老师和同学进行了搜查，甚至一直追溯到他的童年时代。后来，他们找到了一封某个女孩写给他的情书，在信上这名女孩问渡边是否愿意娶她为妻。

他们只发现了两条线索。一个士兵告诉他们，渡边曾经说过打算逃到福冈去当农民。据他猜测，渡边也许藏在一个叫作优的朋友那里。警察找到优后对他进行了审问和调查，对他的街坊邻居也一一盘问。最后，他们发现这条线索没有任何价值。与此同时，一名侦探在满广岛发现了一个曾经在 8 月份看到过渡边的人。但是这个人说，渡边已经离开那里，并且声称等到战争结束后要前往东京。不过，最后渡边还是去了草部，而且也没有任何证据表明他去了东京。也许渡边想要向自己熟悉的人散布虚假消息，从而误导追捕他的警察。

还有另外一个可能的线索。满广岛有人无意中听到渡边的讲话：他宁可自杀也不要被捕。这绝不是毫无根据的威胁。那年秋天，在被搜查的战犯嫌疑人当中，很多人在遭受追捕的过程中选择了自杀。说不定“大鸟”

已经死了。就在调查人员在日本进行搜查的时候，250 名战俘的证词也像洪水般地涌向检察官的案头。这些证词无一例外地都与渡边在战俘营里的所作所为有关，检察官从中提炼出一份长达 84 条的罪状，准备对其进行控告。即使渡边的每条罪状都使用最简练的语言书写，并且以单倍行距打印，这份起诉书也会超过 8 页。

然而，许多战俘却说这也只能反映出渡边罪行的冰山一角，而他对路易进行的反复毒打也只是其中的一条罪状。调查人员相信，现在所掌握的证据已远远超过能够证明渡边有罪并且判处死刑所需要的证据。但是一切都没进展，因为“大鸟”仍逍遥法外。

★★★

当路易的折磨者消失在黑暗中时，他却被推到了聚光灯下。报纸、杂志和广播报道了他的坎坷遭遇和英勇事迹以后，一时举国轰动。有 2 000 多人致信路易，出版社的摄影师也到处追赶为他拍照。每当路易想要好好睡一觉时，就会被电话铃声打断。许多陌生人出现在他的周围，竭力打探路易接下来的打算。每个人都想让路易讲述一下自己的遭遇。陆军部甚至预约让路易进行一次巡回演讲。四面八方的演讲邀请像洪水一样淹没了他，而且这些邀请通常都会为他颁奖，因此他几乎无法一口回绝。在路易与父母待在一起的前几周里，他一共发表了 95 次演说。当他前往俱乐部用餐时，经理就会请求他出来向所有的宾客讲两句。但是对路易来说，这些过分的关注是一种让人无法忍受的骚扰。

当佩顿·乔丹再次看到路易时，乔丹发现自己的这位老朋友仍然会顽皮地露齿微笑，说话时的声音也总是抑扬顿挫，一切还是那样熟悉，这让他感到十分欣慰。但是当路易谈到这场战争时，乔丹似乎感到在他眼睛的深处隐藏着某种东西，那是一种极度压抑的、令人狂躁的感情。路易谈话时既没有愤怒的语气，也没有痛苦的心情，而更像是一种困惑。有时候，他会满脸迷惑地突然停下来，然后转移到另一个话题上去。“他好像正在努力挣扎着，”乔丹回忆道，“想要忘掉什么事情一样。”

路易内心的挣扎远非乔丹或者其他任何人能够理解。每次当他需要站在众人面前或者用言语表达自己曾经感受到的恐惧时，他的五脏六腑会拧到一起。每天晚上，在他的梦里都会有一个幽灵阴魂不散，并在那里剧烈燃烧。那就是“大鸟”，只听他在声嘶力竭地尖叫着：“下一个！下一个！下一个！”

一天早上，路易很早就踮着脚尖走出房间，没有告诉任何人自己要去哪里，偷偷溜进那辆普利茅斯敞篷车，踩下油门，一直开到一座山上才停了下来。整整一天，他都在林中独自散步，想念自己死去的战友，想起自己的侥幸存活。在一片旷野中，路易似乎重新获得了内心的宁静，这种感觉只有他小时候待在印第安人的卡维拉居留地时才体验得到。接着，路易把车开了回来，继续这种纷纷扰扰的生活。

很快他就坐在《洛杉矶时报》举办的一次盛会上，会上人们为他颁奖。整个晚餐，路易都举着叉子，等着人们宣布自己的名字。他非常担心，不想在这些人面前再次回忆自己痛苦的经历，于是他小口啜饮着面前的饮料，神经渐渐地松弛了下来。轮到路易起立发言时，他好像做梦一般，甚至东拉西扯地讲了很长时间。回到座位上以后，路易长吁了一口气，酒精带来的麻木让他感到轻松多了。

不久以后，路易一边坐在那里吃早餐，一边为另外一次演讲发愁。于是，他打开一瓶加拿大威士忌倒进自己的咖啡里，然后一口气喝了下去，顿时感觉异常温暖，便又为自己倒了一杯。路易心想，再喝一杯也没什么大不了的。接着，他晕晕乎乎地出现在演讲现场，例行公事般地完成了自己的致辞。从此以后，酒成了他唯一的朋友，无论是在停车场里还是在演讲厅的走道旁，他都会偷偷地喝上几口。当那些痛苦的回忆一次次向路易袭来时，他就会不由自主地拿起酒瓶，就好像拿起苍蝇拍来拍苍蝇一样自然。

★★★

1946 年 3 月中旬的一个下午，路易来到迈阿密海滩德维尔俱乐部的一家酒吧里，和一名女服务员搭讪。他刚刚结束一段痛苦不堪的经历，在麦迪逊广场花园举行的“赞贝里尼一英里邀请赛”上打发令枪。在此之前，几乎所有的人都认为他已经死了，所以才为这个项目取了这样一个名字，以表达对他的缅怀。比赛结束后，他来到迈阿密海滩，享受由政府授予退伍军人的两周休假。路易在南加州大学时代的同学哈里·瑞德和他待在一起。

辛西娅·艾普尔怀特，遇见路易的第二天

（本图片由路易·赞贝里尼提供）

酒吧里，一扇门突然打开了。路易抬头瞥了一眼，只见一位貌若天仙的年轻女士飞快地走了进来。她有一头金发，行动像小鹿一样敏捷优雅。那些认识她的人似乎都在对她啧啧称赞。路易一边喝着酒，一边久久地凝视着她。后来他告诉西尔维娅，当时他忽然产生了这样一种想法：他一定要和这个女孩结婚，想到这里连他自己都感到十分震惊。

第二天，路易和哈里回到俱乐部来，跳过海滩四周的栅栏，在两个正在晒日光浴的女人附近铺开自己的浴巾。其中一个女人转过身来，路易立刻认出她就是酒吧里的那个美人。因为担心自己会显得行为粗野，正当路易犹豫着到底要不要与她搭腔时，哈里却开门见山，和她们两个一起谈起了路易的经历。当哈里提到在 1938 年全国大学生体育锦标赛上，一名对手曾经用鞋钉扎伤了路易的双腿时，这个可爱的女人立刻打断了哈里。她告诉他们，那年她只有 12 岁，母亲带她到影院，一睹扮演罗宾汉的埃罗尔·弗林的风采，然而在那里播放的一则新闻纪录片中，她却看到了在全国大学生体育锦标赛中一英里项目的获胜者和他用绷带缠着的双腿。从此以后，这幅画面就深深地印在了她的脑海里。

她的名字叫辛西娅·艾普尔怀特，再过几周她就 20 岁了。路易和她交谈了一会儿，很快便发现他们两个居然来自同一个地方。童年时，辛西娅曾经住在托兰斯镇附近。她看起来很喜欢路易，而路易也认为她是一个聪明、可爱、美丽的女孩。当他们离开时，路易小声咕哝了一句，说辛西娅也许不想再见到他了。“也许，”她调皮地回答，“我还想再次见到你呢。”

路易不是第一个对辛西娅倾心的人，太多太多的人曾经拜倒在她的石榴裙下。现在，想要和辛西娅约会的两个人恰好都叫马克，而每个马克都在努力打败对方。每天晚上他们两个都会抢着邀请辛西娅，所以路易决定在白天约她一起钓鱼。辛西娅穿着一条长度及膝的蓝色牛仔裤，她一边摆弄着渔竿，一边开心地笑着拍照，即使晕船也毫不介意。当路易问是否可以再次邀请她一起出来时，辛西娅回答：“可以。”

他们似乎不太可能成为夫妻。辛西娅是出身名门的富家女，在私立学校接受过良好的教育，并以优异的成绩完成了大学学业。然而，辛西娅并不是一个循规蹈矩的女孩。有一位朋友曾经说过，她非常“与众不同”，既热情奔放，又容易冲动。13 岁时她们家还住在纽约，当时辛西娅尤其迷恋劳伦斯·奥利维尔。她甚至在父母不知道的情况下，跳上一辆开往曼哈顿的火车，想要亲眼看看《呼啸山庄》里的劳伦斯·奥利维尔。16 岁时，她开始喝杜松子酒。那时的辛西娅穿着大胆，爱写小说、画画，并且渴望在世界上某个被人遗忘的角落自由徜徉。她天生大胆妄为，对一切都无所畏惧，一旦有人试图控制她，她就会不由自主地进行反抗。然而，大多数时候，那些围着她转的男孩不是呆头呆脑，就是性格懦弱，因此辛西娅始终觉得迈阿密海滩特别令人乏味。

这时路易出现了。他不属于迈阿密海滩，他的一切似乎与这里格格不入，因此路易不仅能够满足辛西娅对于冒险的渴望，而且能够理解她极其独立的个性。当路易像个名人一样郑重其事地告诉她自己的全名时，辛西娅立刻对这个比自己大几岁的男人有了深刻的印象。他们第一次约会时，路易就和她在旅馆里赛跑，并且一把拽起卫生纸卷，让纸从旅馆一侧滚了下去，虽然旅馆的经理对此感到怒不可遏，但是辛西娅觉得十分开心。很快，她就放弃了那两个马克，开始和路易一起在迈阿密形影不离。

3 月底，在路易离开此地去作巡回演讲之前，他把辛西娅带到海滩上，向她表白说自己爱上她了。辛西娅回答，她认为自己也爱着路易，但还不是很确定。路易并未气馁。在他们回家之前，路易终于说服辛西娅同意结婚。直到这时，他们认识还不到两周。

当路易离开以后，辛西娅把这个消息告诉了自己的父母。艾普尔怀特一家人感到十分震惊，他们才刚满 20 岁的女儿决意要嫁给一名 29 岁的军人，而这个人她才认识几天而已。因为辛西娅结婚的决心毫不动摇，所以艾普尔怀特夫人拒绝资助她前往加州结婚。但是辛西娅却发誓，不管是借钱也好，还是违背母亲外出工作，一定要设法筹集足够的资金。

路易几乎每天都给辛西娅写信，而且每天早上 10 点 30 分，他都会坐等邮递员送来辛西娅用粉红色信封装着的情书。虽然双方在情书中都表达了对彼此的爱慕，但是这些信同时也揭示出他们对彼此知之甚少。辛西娅并不知道路易有些心理失衡。从哈里那里，她听说过一些关于路易曾经被俘的事情，而路易本人几乎只字未提。只有一次，路易在信中半开玩笑地说，他希望辛西娅在做饭的时候能够厉行节约，不要浪费。

还有一次，当他们约会的时候，路易喝得烂醉如泥。不过，他很快就为此事向辛西娅道歉，并且对自己严加控制。辛西娅觉得，路易酗酒也许并没有对自己造成什么伤害，但是实际上，路易的这个问题变得日益严重起来。因此严格来讲，辛西娅并不了解这个刚刚和自己订婚的男人。

路易知道，在结婚这件事情上，他似乎操之过急了一些，经常提醒辛西娅做出决定。但他仍然想尽快举行婚礼。“我们最好把日子定在6月初，”4月份时，他写信告诉辛西娅，“否则我会彻底疯掉。”可是没过多久，他又写信说他们必须在 5 月里完婚。辛西娅回信说，她会帮助路易忘掉过去，而路易立刻把辛西娅的话当作自己的救命稻草。“如果你爱我爱得很深，”他在回信中写道，“我就会忘记过去。但是，你爱我到底有多深？”

★★★

在辛西娅对父母做思想工作时，路易早已在着手筹备自己的婚礼。他开始四处收集有关婚宴地点、邀请函、大厨和珠宝商人的信息。此外，路易还找到辛西娅小时候曾经到过的一座名为“我们的救世主”的教堂。他买了一辆二手的雪佛兰敞篷汽车，为了让辛西娅高兴，亲自动手对它进行大修。为了让自己显得焕然一新，路易甚至戒掉了烟酒。现在，路易正式从美国空军退役，但是 8 月份以前，他仍然可以穿着自己的制服并且领取工资，随后转为空军后备役上尉。眼下，路易暂时找了一份薪水微薄的工作，在华纳兄弟制片厂教演员骑马。

但是，路易找不到一个合适的住处。在洛杉矶，因为大量士兵被遣送回国，所以几乎没有廉价的住房。路易仍然和自己的父母住在一起。辛西娅写信说，她非常想拥有自己的家，路易只好回信解释说，他没有那么多钱，这一点真是令人感到苦恼。他唯一能够做到的就是搬进哈里·瑞德与母亲一起居住的房子，但是向辛西娅承诺，他会尽最大的努力，赚足够多的钱为她购置房屋。为了对此进行弥补，路易给辛西娅买了一个充气床垫，但是自己却睡在地板上。在战俘营待过以后，路易说，就是睡在地板上也没有关系。

艾普尔怀特一家极力反对他们的婚姻。一方面想让辛西娅过得舒适一些，一方面还要在自己黑暗的记忆中苦苦挣扎，因此路易承受了很大的压力，几乎没有食欲。他刚刚从长达数年的虐待和磨难中走了出来，但是现在却总是担心这些可怕的事情会出现在辛西娅的身上。他无时无刻不在思念着辛西娅，好像随时随地会有人把她从自己的手中夺走。

路易十分担心辛西娅父母对自己的看法。在路易看来，因为自己的意大利血统和中产阶级出身，他们一定不会喜欢自己，于是他开始满怀诚挚地给辛西娅的父亲写信，试图赢得他的认可。当路易看到瑞德的房前总是停着同一辆汽车时，他相信这一定是辛西娅父亲雇用的私家侦探。不过，按照辛西娅的哥哥瑞克的说法，他的父母并没有对路易表示异议，只是反对他们草率的婚姻。至于侦查，瑞克说，这种行为根本不是他那位性格随和的父亲的所作所为，而且这种行为根本没有任何意义，因为艾普尔怀特先生很喜欢路易。无论路易的猜测是对还是错，他一直都对自己配不上辛西娅的这种说法十分敏感。也许他努力想要说服的并不是艾普尔怀特一家，而是他自己。

从日本回国 6 个月以后，路易开始感到一种熟悉的召唤。从 1936 年开始，奥林匹克夏季运动会再也没有举办过，但是 1948 年 7 月将在伦敦举行。听说这个消息以后，路易突然产生了这样一种感觉。他的一条腿虽然受过伤，可目前已经基本康复，而且自我感觉良好。于是，路易借来一条狗，陪着自己一起进行长跑训练。他感觉自己步伐稳定，身体变得越来越强壮。现在距离1948年7月还有两年半，路易开始着手进行训练。

★★★

到了5月，辛西娅终于和父母达成了一致。辛西娅可以去探望路易，但前提条件是直到今年秋天他们才能够在艾普尔怀特府邸举行婚礼。随后，辛西娅匆匆往行李箱中塞了几件衣服，然后直奔机场。辛西娅离开以后，她的哥哥瑞克感到十分不安，因为他担心不谙世故的妹妹也许会铸成大错，在仓促之间与一个自己几乎不了解的男人结婚。

5月17日，在伯班克的飞机场，一架飞机停在了跑道上。舷梯打开以后，路易飞奔过去，一把抱住了辛西娅，然后带着她一起回家见自己的家人。就像路易一样，赞贝里尼一家都非常喜爱辛西娅。

这次见面结束以后，路易驾车和辛西娅一起离开，能够感觉到她仍然犹豫不决。也许就在刚才，路易的某一句话或者某个眼神所带来的暗示忽然让她感到惊慌不安，或者她忽然醒悟，这只是他们在两地相思时由于一时冲动而做出的草率决定。无论怎样，路易认为自己有可能会失去辛西娅。想到这里，路易突然情绪失控，脱口而出说他们也许应该取消婚约。辛西娅十分恐慌，两个人因为过度激动而争吵起来。在冷静下来以后，他们做出了最后的决定。

5月25日是个星期六，有报纸引述了路易的原话，他曾经表示，“要在今年夏末和辛西娅结婚”。就在同一天，路易和辛西娅开车来到那座名为“我们的救世主”的基督教堂。在那里，赞贝里尼一家正在热切地等候。路易穿着自己的衣服，而辛西娅只穿了一件款式简单的白色礼服。路易大学时代的一位好友牵着辛西娅从过道尽头走来，然后路易和辛西娅互相山盟海誓。因为没有时间烘制结婚蛋糕，所以西尔维娅就用一天前自己送给皮特的生日蛋糕临时替代。

由于害怕路易的朋友会在新婚之夜搞恶作剧，这对新人悄悄来到了一家不起眼的酒店。辛西娅打电话回家，宣布自己已经和路易结婚。但是这则消息引起了轩然大波，整个晚上辛西娅都在哭哭啼啼地通电话。为了筹备他们秋天的婚礼，辛西娅的母亲已经费尽了心血，于是她在电话中大声训斥女儿。当坐在一旁的路易听到辛西娅因为与自己的婚事而备受指责时，他立刻让辛西娅挂掉电话，但是辛西娅没有听从。最后，路易拿起一瓶香槟，打开盖子，一口气喝了个底朝天，然后开始呼呼大睡。

归来以后

从房间里看去，他们和普通人没什么两样。1946 年下半年的一个夜里，路易坐在好莱坞一家名为“佛罗伦萨花园”餐吧的餐桌旁，辛西娅依偎在他的身边。菲尔和茜茜从印第安纳州前来拜访。为了能够与他们共进晚餐，弗雷德·迦勒特大老远地骑摩托车从镇子那头一路赶来。菲尔和路易咧着嘴互相打量对方。上一次他们见面还是 1944 年 3 月，当时菲尔乘船被押解出大船镇。从此以后，他们谁也不知道是否能够活着再见到对方。

他们在一起谈笑风生。即将成为一名航空交通管制员的迦勒特刚刚换了一副假肢。迦勒特兴高采烈地跳进舞池中央，向大家展示他仍然舞技超群。菲尔和茜茜准备搬往新墨西哥州，然后在那里开一家塑料厂。蜜月归来的路易和辛西娅看起来神采奕奕，他们一直住在路易最喜欢的一座大山里，并且在同一个睡袋里入眠。这时的辛西娅已经完成了自己的学业。路易每天都汗流浃背地泡在运动场上。他重新振作起来开始跑步，雄心勃勃地准备干一番事业。当他们聚在一起合影留念时，每个人似乎都已经忘却了曾经遭受的磨难。

就在他们有说有笑的时候，一名侍者把一只盘子放到了迦勒特面前。在盘子里面，主菜的旁边盛着一份白米饭，并没有什么不对的地方。迦勒特顿时勃然大怒，脸皮紫胀。他气急败坏甚至歇斯底里地对着侍者劈头盖脸就是一顿臭骂。路易想让他安静下来，但是谁的话迦勒特也不听。他完全不管不顾。侍者匆匆端着米饭走了出去，迦勒特这才勉强恢复正常，但是气氛被破坏了。对于这些人来说，事情不可能再恢复原样。

★★★

二战结束以后，成千上万名曾经沦为日军阶下囚的美军官兵，也就是那些太平洋战俘，开始了他们新的生活。在囚禁期间，几乎每一个人的身体都遭受了严重折磨。美国陆军和陆军航空队的太平洋战俘平均每人减重 61 磅。这些人里有 3/4 在刚刚入伍时只有 159 磅或更轻一些。肺炎、疟疾、腹泻、营养不良、失眠、眼疾以及伤口感染随处可见。在一家医院里，医生发现在这些战俘中仅湿脚气患者就占 77%，干脚气则占到一半。在加拿大战俘中，84% 的人都受到了神经损伤。许多人发生了严重骨折，造成四肢残缺或者畸形。还有一些人的牙齿也因为遭受毒打和掺满沙砾的伙食而坏掉了。营养不良导致不少人双目失明。大批士兵从战俘营出来后都一病不起，需要留院观察数月后才能遣返回国。有些人甚至在抢救过程当中死去。

他们个个元气大伤，因为身体上的伤痛不仅难以痊愈，有时候甚至是致命的。1954 年的一次调查发现，在二战后的头两年中，前太平洋战俘的死亡率差不多超出平均年龄预期死亡率的 4 倍。而且在接下来的数年中，这一比率仍然高居不下，令人触目惊心。对于他们当中的许多人来说，身体上的康复往往需要几十年之久。一项跟踪调查显示，在二战结束 22 年之后，前太平洋战俘因某几种疾病的住院率要比前欧洲战俘高出数倍。

这些人的身体伤痕累累，可精神伤害却更加隐蔽、广泛并且难以磨灭。在二战结束后的 6 年中，前太平洋战俘的常见病就是精神疾病。根据研究显示，在战争结束将近 40 年以后，超过 80% 的前太平洋战俘患有创伤后应激障碍（PTSD），症状包括记忆断续、精神焦虑和做噩梦。在 1987 年进行的一次调查中，80% 的前太平洋战俘患有“精神障碍”，60% 患有焦虑症，超过四分之一被诊断为 PTSD，而近五分之一心理抑郁。对于有些人来说，似乎只有一个办法可以一了百了。1970 年的一份调查报告显示，前太平洋战俘自杀的比例要比正常情况下多出 30%。

生理上和心理上的疾病导致大量人员死亡，死亡数字足以令人震惊。根据伤残程度的不同，二战老兵可以享受 10% 至 100% 的抚恤金。

1953 年 1 月，在接受无伤残抚恤金的人员名单中，有 63% 是前欧洲战俘，而只有 30% 是前太平洋战俘。二战结束 8 年以后，仍有 1/3 的前太平洋战俘被划入 50% 至 100% 的重度残疾。

★★★

隐藏在这些统计数字背后的是痛苦的折磨，有时候甚至是生命的代价。不少人的脑海中都存在着记忆残片，在重现这些创伤时，他们无法辨别记忆和现实。几乎人人都在做噩梦。他们在半睡半醒间回想起集中营里的种种惨痛经历，然后在尖叫和哭泣中突然醒来。有些人因为在床垫上无法入睡，干脆就睡在地板上，有些人每当有飞机飞过就立刻卧倒，还有些人不停地进食。有个人一直产生幻觉，总是看到那些死去的战友从自己面前经过。还有人失忆。米尔顿·迈克米伦说话时经常夹杂着日语词汇，这种习惯已经变得根深蒂固。阿尔弗雷德·韦恩斯坦医生由于在美津岛把痢疾传染给了“大鸟”，至今仍然改不掉到垃圾箱搜寻食物的怪癖。（二战结束后，面临住房短缺的状况，韦恩斯坦贷款 60 万美元在亚特兰大建造了一处复合公寓，以平均每月不到 50 美元的租金租给 140 户老兵。“优先考虑条件排序如下：1. 前战俘；2. 紫心勋章获得者；3. 海外老兵；4. 老兵；5. 平民，”他在自己的广告中这样写道，“……对于前美国陆军、海军陆战队和海军服役人员，我们会优先考虑。对于前陆军航空兵团服役人员，如果不是喋喋不休地自吹自擂他们是如何打赢了这场战争，我们也可以接受其申请。”但是，韦恩斯坦禁止三 K 党成员入住的举动招致了许多恐吓电话。“我把自己的办公室和家庭住址都给了他们，”韦恩斯坦说道，“并且告诉他们，我总是随身带着自己用来射击水牛的柯特 45 手枪。”）为了寻求逃避，大多数人染上了酗酒的恶习。在一项针对前太平洋战俘的调查中，有超过 25% 的人被诊断为酒精中毒。

雷蒙德·哈普·哈罗兰在二战时期曾经是一名导航员。在 B-29 轰炸机被击落以后，他在东京上空跳伞，刚一着陆就遭到大批暴徒的殴打，然后被日本人抓了起来，受尽折磨。日本人把他锁进一个猪圈，随后又把他关进一个被炮弹击中而着火的马厩。他们剥光了哈罗兰身上的衣服，把他押到上野动物园的一个空闲的老虎笼中进行展览，好让当地的居民围观他肮脏不堪、遍体鳞伤的裸体。由于极度饥饿，他的体重减轻了 100 磅。

获救之后，哈罗兰在医院住了 8 个月才回到辛辛那提的家中。“1942 年秋天，我才 19 岁，为我送别时母亲亲吻了我的额头，而现在早已今非昔比。”他这样写道。不管什么东西从后面接近，他都会感到无比恐惧和紧张。在睡觉的时候，他总是用胳膊遮挡着自己的身体，随时准备防御他人的攻击。每天晚上，哈罗兰都会在噩梦中惊醒，然后奔到院子里大声呼救。哈罗兰从不住酒店，因为担心自己的尖叫会惊扰其他客人。在战争结束 60 多年以后，他仍然无法控制自己囤积货物的怪癖。在他的卧室里，哈罗兰藏着 8 个枕头、6 个闹钟、穿不完的衣服和用不尽的东西，甚至还储藏了大量的食物。不过，哈罗兰还是幸运的。在他们 5 名幸存的机组成员当中，有 2 名因酗酒过度而死亡。（当哈罗兰乘降落伞往东京方向降落时，那架击落他们战机的零式战斗机紧追不舍，就像许多其他想要利用降落伞逃生的飞行员一样，他还以为这架日军战机打算进行低空扫射。然而日军飞行员不仅没有开火，反而朝他挥手致意。战争结束后，哈罗兰和这个日本飞行员结成了好友。）

一些前太平洋战俘变得性格暴躁。每当看到亚洲人或者听到有人讲日语时，他们当中的许多人就会双手颤抖、开始哭泣，接着便怒不可遏，或者沉浸在恐怖的回忆当中而难以自拔。一个曾经当过战俘的人从前和蔼可亲，但是现在只要看到亚洲面孔，他就会立刻一口啐过去。二战以后，在莱特曼医院里，4 名前太平洋战俘对一个日裔职员进行围攻，而不知道他也是一名美国老兵。

这些曾经沦为日军阶下囚的老兵满腹困惑，却无处可逃。迈克米伦从战场归来后，受尽了噩梦的折磨，精神极度紧张，甚至说不出一句完整的话来。当他向家人讲述自己的遭遇时，他的父亲指责他说谎，并且禁止他再谈起这场战争。过分抑郁的迈克米伦几近崩溃，根本吃不下饭，最后体重锐减至 90 磅。随后，他来到一家老兵医院，但是医生只是给他注射了一针维生素 B12 了事。当他与一名陆军军官谈起自己的经历时，这位军官干脆拿起电话与别人聊了起来。两年以后，迈克米伦可以下地行走了，可心灵上的创伤却永难康复。在战胜日本 6 年之后，他仍然经常梦到自己在战俘营受难。只要回忆起自己的那段惨痛遭遇，他就会连续几周精神恍惚。

每一个在 1945 年回国的太平洋战俘都心力交瘁。对于人类究竟能够承受多少饥饿和苦难，他们已经有了深刻的理解。没有人知道，他们把自己曾经蒙受的痛苦和羞辱埋在了心底。他们深知自己随时都有可能变得手无寸铁并且遭受非人的待遇，人生就是这样不堪一击。他们忍受了许多常人所无法忍受的虐待，因此时常感到异常孤独和寂寞。他们已经丧失了自己的尊严，取而代之的是无尽的耻辱和自暴自弃。他们清楚，在这样一场悲剧中，任何人都无法想象他们所遭受的痛苦。当他们返回自己的家园时，等待他们的将是漫长的、可怕的孤独。

对于他们来说，战后生活最令人纠结的核心就是如何重建自己的尊严，并且找到一种使自己不再把这个世界看成是某种巨大威胁的方法。通向内心宁静的途径不是只有一条，每一个人只能根据自己的经历找到适合自己的方式。有些人成功了。但是对另一些人来说，这场战争从来就没有结束过。他们离群索居地蛰伏起来，沉湎于自己的逃避之中。在一些人看来，当你独自咽下这些愤怒、惊恐以及羞辱时，经年累月，它们就会凝结为大屠杀幸存者让·阿梅利所说的“一种令人热血沸腾的、对复仇的纯粹渴望”。

★★★

到山区度蜜月是辛西娅的主意。路易喜欢她活力四射的性格，并且选择了符合自己心意的事情。“你应该往自己的四周看看，看看那些高山绿树和溪流湖泊，”在婚礼举行前他写信给辛西娅，“……我从里面看到了你的影子。”每晚在辛西娅的身旁入睡，路易仿佛感到“大鸟”在自己的梦境里躲了起来，而那些日本卫兵也好像有些担惊受怕，不知道是退了回去，还是在等待机会。自从“青蜂侠”号失事以来，这是路易有过的最为平和的感觉。

他们开车返回洛杉矶，这样便可以距离哈里·瑞德母亲的住宅远一些。辛西娅不喜欢住在那里，而路易也想带给爱妻一个她喜欢的家。路易需要找一份工作，可他还没有准备好。在南加州大学就读时，路易仅以几个学分之差与本科学位失之交臂。然而在眼下充斥着复原老兵的人力市场上，这一点却尤为重要。在大学时代，就像许多其他精英运动员一样，路易把自己所有的精力都集中在了训练上，完全没有考虑过自己将来的生计问题。

蜜月中的辛西娅·赞贝里尼
（本图片由路易·赞贝里尼提供）

因此，将近而立之年的他对于该如何谋生仍毫无打算。

对于投资房地产或者谋一份朝九晚五的差事，路易并不热心。他的知名度很高，所以围在身边的熟人很多。在拿到自己的人寿保险金以后，不少人表示愿意与他共同投资。路易来到一家军用物品商店，买下几辆活动房屋，然后把它们改装成电影工作室。他还改装过冰箱，投资过电话业务。路易的收入虽然不多，但是这些投资很快就转入了正轨。这对于他和辛西娅来说是一份稳定的收入，足够他们支付公寓的房租。尽管他们只是住在好莱坞偏远地区的一个小地方，但是辛西娅还是尽其所能将这里收拾得十分温馨。住进公寓的头一天晚上，路易躺在床上，闭上眼睛开始做梦。就像往常一样，“大鸟”还在那里等着他，不过这一次他没有丝毫犹豫。那些卫兵也径直朝路易扑了过来，皮带在手中啪啪作响，然后刷地一下抽到了路易脸上。每天晚上回家以后，路易仍然感到脆弱无助，这些可怕的场面他怎么也逃不掉。

路易开始拼命训练。他重操旧业，仿佛自己的力气又都回来了一样，腿上的伤痛也不复存在。他慢慢地朝着心中的目标——1948 年伦敦奥运会奋进。路易把自己的目标设定为 1 500 米，并且安慰自己，如果完不成这项任务，他还可以继续跑 5 000 米甚至越野障碍赛。刚一开始，路易跑完一英里只用了 4 分 18 秒，只比自己过去的最好成绩差 2 秒。他仿佛又回到了自己的巅峰状态。

但是这次跑步与以往不同。从前他是为了自由而奔跑，而现在他则是为了逃避，所以训练起来毫无乐趣。然而想要解除自己心头的痛苦，除此之外他别无选择。路易把自己的训练强度加倍，很快他就开始感到不适。

一天，路易让辛西娅站在旁边为他计时，他想要看看自己究竟能够多快跑完两英里。刚开始，路易感到自己在直江津受伤的左脚踝一阵阵疼痛，但是他仍然继续加速奔跑。当他跑完一英里时，一阵钻心的刺痛穿过他的脚踝。他继续跑着，好像眼前就是伦敦奥运会。

在最后一圈时，路易觉得自己的脚踝像是被突然劈开了一样。他连蹦带跳地来到线外，立刻瘫软下来。1946 年，他在太平洋沿岸跑完两英里的速度达到了自己的顶峰，但是现在这些已经没意义了。在接下来的一周里，他不能下地；在接下来的几个星期里，他只能一瘸一拐地走路。医生诊断说，他在战争中的旧伤严重恶化。一切都完了。

★★★

路易变得一蹶不振。从前，正是这种顽强不息的精神挽救了他的生命，但是现在它们却不见踪迹。路易心底的最后一丝希望轰然崩塌。每到白天，他都禁不住想起“大鸟”；而每到夜里，“大鸟”就开始折磨饥渴交加的他。每当皮带抽下来的时候，路易都会紧紧扼住对方的咽喉，然后越掐越紧。但是不管他怎样用力，那双眼睛仍然死命地盯着他。路易经常会大汗淋漓地尖叫着从梦中醒来。他开始害怕睡觉。

路易又开始抽烟喝酒。他找不到不去喝酒的理由，所以每天晚上，他都开怀痛饮，而辛西娅等到的是自己烂醉如泥的丈夫。俱乐部的邀请函总是接二连三，对于路易来说，接受一些免费的饮料没有什么大碍。一开始他只喝啤酒，后来开始喝烈性酒。如果他能够酩酊大醉，就可以暂时忘却那场战争。有时候，路易甚至喝得不省人事，自己却不以为然，因为只有这样，他上床的时候才可以不用害怕心中的那些魔鬼。辛西娅左劝右劝没有什么效果，于是不再和路易一起出门。从此以后，到了晚上就只剩下辛西娅独守空房，而路易在为忘记那场战争而酗酒。

无论是愤怒暴躁还是借酒消愁都无法浇灭他心中的痛苦，他开始变得反常。有一次，因为他车前面的一个人在经过十字路口时行动缓慢，路易立刻高声辱骂，这个人随即朝他吐了一口。于是，路易加大油门把车停在路边，噌地跳了出来。当辛西娅叫他住手时，这个人已经倒在路易的拳下。还有一天，一个男子在走进酒吧时不小心碰到了他，路易挺身而出，与他扭打在一起，结果很快将那人的脸摁到了地上。

他的精神也开始失控。当路易在一家酒吧里呆坐时，突然听到一声巨响，大概是谁的汽车回火了。路易立刻条件反射般地蜷缩着卧倒在地，让酒吧里所有的人都目瞪口呆。一天晚上，路易喝得神志不清，听到旁边有人和朋友高声说笑。在路易听来，不知是谁蹦出了一句“立正！”，他立即跳了起来，挺直脊背，仰起头来，双手笔直放在身体两侧，心里七上八下地等着皮带落到自己身上。转瞬间，路易清醒了过来，发现酒吧里所有的人都望着自己，他顿时感到自己愚不可及、无地自容。

一天，路易突然产生了一种奇怪的、无法言喻的感觉，好像战场上的一切突然回到了他的身边。他不是在回忆，而是在亲身经历——炮声隆隆、火光冲天、气味刺鼻、鬼哭狼嚎，令人心惊胆寒。不一会儿的工夫，这些场景仿佛历历在目，让他感到无比困惑和恐惧。这是路易的第一次记忆残片。从此以后，只要看到一丁点鲜血，或者有人在酒吧打架，他就好像立刻回到了战俘营里一样，无论是外界的光线和声音，还是自己的身体和感觉，都真真切切。不知从什么时候起，路易总觉得自己的身上爬满了虱子和跳蚤，而实际上什么都没有。在这种情况下，路易的酒喝得更厉害了。

辛西娅劝说路易寻求帮助，于是他颇不情愿地来到一家老兵医院。他对心理咨询师谈起这场战争和自己的噩梦，可是回家以后和离家之前并没有什么区别。在进行过两三次治疗以后，他选择了放弃。

有一次，路易翻开报纸，一则故事吸引了他的注意力。一名前太平洋战俘走进一家商店，无意间碰到曾经活捉自己的那个士兵。这名战俘立刻打电话报警，警方以战争罪将其逮捕归案。读到这里，路易心中所有的愤怒汇成了一股洪流。他仿佛看到自己找到了“大鸟”，一拳把他打翻在地，然后掐住满脸是血的“大鸟”。路易幻想着，他一点一点地折磨着“大鸟”，然后看着他慢慢死去，让他感觉到自己曾经感受到的一切痛苦、恐惧和无助。想到这，路易突然感到自己血脉贲张。

路易不知道现在的“大鸟”是什么样子，但是他相信只要自己返回日本，便能找到他的踪迹。这就是路易对灭绝人性的“大鸟”不容置疑的回答：我仍是一个顶天立地的男子汉。他知道，要挽救自己，只有这一条路可走。

路易已经无缘奥运会，但是他找到了另外一个替代的办法。他要将“大鸟”置于死地。

山冈弃尸

这是战后的第一个冬天。一位上了年纪的日本警官翻山越岭，来到长野山区的一个村庄，挨家挨户地敲门盘查。由于抓捕渡边弘光的行动无果而终，内政部大为光火，于是他们更新了原先的行动计划，把逃犯的照片和详细信息发到了日本境内的每一个警察局。警方几乎每天都展开搜查。仅在某一个县，就有 9 100 名警察参与了此次行动，而长野县的这名警官也正是在执行这一任务。

将近正午时，他来到村里一户较大的宅院前，里面住着一个农夫和他的家人。有人打开门，以为警方正在进行人口普查，于是便邀请他来到家中。警官发现，屋子里除了这位身材肥胖的老农和他的妻子以外，还有一个常住的仆人。就像平时一样，这个仆人为来客端来一碟腌菜和一杯热茶，接着警官掏出一张渡边身着戎装的照片，问有没有谁见过这个人。三人都回答没有。

这个警官走了出来，接着去下一户进行盘查。然而他没有意识到，就在刚才，那个手里端着腌菜碟子的仆人正是自己想要捉拿归案的逃犯。

“大鸟”从兄长家中出走以后，在 9 月潜逃至长野一带，之后又逃到甲府。到达万座温泉度假区后，他住进了一家旅店，并且化名为大田三郎，这是一个再普通不过的名字，不会引起任何人的注意。在战争快要结束时，他就蓄起了小胡子，还告诉人们他是从东京过来的难民，所有的亲人都在战争中丧生了。许多人都相信了他的故事。因为这在战后的日本司空见惯，不足为奇。他依靠两样东西生存了下来，那就是沉默和忍耐。

万座是一个避难的好地方。渡边可以安全地藏身于熙熙攘攘来往交织的游人中。但是很快，他就改变了主意。相比拥挤的人群，渡边觉得偏远的山区更适合隐姓埋名。他找到一位老农，请求这位老农为他提供食宿，作为交换，他可以从事劳动。农夫答应了渡边的交易，把他带到了自己远在山村的家中，渡边就此安定下来，给农夫做劳力。

每天晚上，渡边垫着草席躺在农夫家的地板上，但是迟迟无法入睡。就在他东躲西藏的时候，日本各地都在抓捕战犯。这些战犯被关起来，等候审讯。渡边认识的人里很多都已经被绳之以法。他们无一例外地接受了审判，等待他们的就是刑罚，甚至是死刑。只有他逃之夭夭，苟延残喘。在他的日记中，渡边对自身的处境不无担忧。他反复地思考自己对战俘们的行为，认为自己非常“强横”，“在要求战俘服从规则时显得过于苛刻”。“我有罪吗?”他在日记中反问自己。对于这个问题，他并没有进行直接回答，但是也没有表现出一丝愧疚。即使在表达对这位收留他的农夫的感激之情时，他也并不认为是因为自己的残酷而导致那些落入他手中的战俘受尽了折磨。

农夫经常在家中听收音机，而渡边每天也会注意倾听有关战犯逃亡情况的报告。每当播报这些新闻时，他就会小心地窥测主人脸上的表情，担心他们会对自己产生怀疑。报纸上经常对这些逃犯进行连篇累牍的报道，甚至有人把他们称为“人类的公敌”。这些报道让渡边感到极为受伤。他对盟国“绝不原谅日本”的态度和监督日本政府搜捕战犯的行为感到极为愤慨。在他看来，只有上帝才有资格对他进行审讯。“我真想号啕大哭一场，”渡边这样写道，“这太不公平了！”

对于自己的逃亡生活，渡边感到忧心忡忡，他尤其担心农夫的妻子会觉察自己的身份，因为每次她看到自己时眼神中都流露出怀疑和猜测的神情。在这样的精神压力下，渡边开始严重失眠，只有通过夜以继日的劳作，他才能让自己在精疲力竭之后获得片刻休憩。每天他都在自己内心进行激烈的思想斗争，决定到底是否需要投案自首。一天晚上，在炉边的火苗快要熄灭时，渡边走进了农夫的房间，告诉了他们自己的真实身份。农夫安静地听着，一边盯着炉火，一边摆弄着自己的假牙。“常言道，要管好自己的嘴巴，否则就会招来灾难。”农民说道，“你说话要小心点。”

然后，农夫没有再说什么，而是转身走开了。

★★★

就在“大鸟”亡命天涯的时候，其他虐待过战俘的罪犯纷纷被捕。他们被关押在东京的巢鸭监狱等待审判。有 5 400 名日本人接受了美国及其他国家的审判，其中 4 400 余人被判有罪，包括 984 名死刑和 475 名终身监禁。30 多名来自大船镇的卫兵被法庭宣判有罪，他们被判处共约 350 多年的监禁。喜欢小偷小摸的厨师羽田被判处 20 年监禁。曾经鞭打过无数战俘，且无耻残害了“嘎嘎”的“白痴”正次郎被判处 4 年监禁。人称“木乃伊”的指挥官伊达冈仓，由于直接导致 5 名战俘的死亡，被判处死刑。同时被判刑的还有“拐子”北村陶治，他严重残害战俘的身体，曾经残忍地棒打过哈里斯，并且导致 4 名战俘死亡。在这 4 名战俘中，还包括 1 名在战争结束前不久从大船镇转移过来的战俘。北村被判处绞刑，在死前的几个小时里，他一遍一遍发出凄凉的哀号。

大森指挥官阪场栗原被判无期徒刑。从直江津来的所有人中，6 个平民卫兵被定罪并判处绞刑。另外 7 名日本士兵也被宣判有罪：2 名被绞死，4 名终身监禁和苦役，1 名则被判 20 年监禁。

警方发现吉米·佐佐木一直干着里通日本海军、外投盟军的卑劣勾当。在审讯时，他满口谎言不断狡辩，并且告诉调查人员，大船镇上的审讯人员“一直善待俘虏”，他从来没有见到有人虐待俘虏，也很少听到有战俘抱怨。在调查人员的质问下，他才说出了自己在大船镇的真实身份。他曾经自称为审判总长，级别相当于海军上将，而事实上，他只不过是个级别卑微的翻译而已。在接受审讯时，这个总是不断更换主人的爪牙再次转变了自己投靠的对象，他甚至询问审判人员，考虑到自己对美国的贡献，是否能够为他在美国军队中谋得一席之地。不过，他当然不会得到工作，相反，等待他的是虐待数名战俘的指控，其中一名战俘因为他的命令而饱受折磨，并且被活活饿死。虽然审判中的证词仍然有许多疑问之处，但是佐佐木最终被宣布有罪，并且被判处接受 6 年苦役。

这个心理扭曲的路易的老朋友最终死在了巢鸭监狱。在巢鸭监狱服刑期间，佐佐木悉心照料菜园，辛勤修剪树丛，俨然是那里的模范囚徒。直到最后，吉米·佐佐木的真实面目也始终没有被揭开。始终没有人知道，他到底是个忠心事主、阴险狡诈的间谍，还是只不过是个无辜的战争受害者。

★★★

战争结束以后，在路易所在集中营里的日本卫兵里，命运最惨的要数加野谕吉了，这名大森集中营里的普通列兵曾经竭尽所能地救助和保护那些战俘，他冒着生命危险挽救了好几名俘虏的生命。就在战争刚刚宣布结束时，加野遇到了一群喝得醉醺醺的营区卫兵，这群人大呼小叫、跌跌撞撞地来到一架 B-29 战机前，拿出刺刀准备对这些战俘泄愤。但是加野和其他几个人一直守在这些卫兵途经的小道上，经过一番扭打终于阻止了这些醉汉。加野的行为堪称英勇，但是当美军来到这座集中营解救其中的战俘时，有两名美国士兵想要将加野制服上的领章扯下来，这时鲍勃·马丁代尔走了进来，严厉地制止了他们。由于担心人们会将加野当作战犯，在临走之前，马丁代尔和其他几名军官特地为加野写了一封信，并且在信中对他的善举表示赞扬。

然而，这封信却没有起到任何作用，最后加野还是被逮捕了，并被视为战犯嫌疑人而关了起来。至于为什么会有人对他进行指认则无从知晓。许多战俘在后来的书面陈述中都提到了他，几乎所有人都对他的美德赞不绝口。不过，因为他的姓氏和另外两个无恶不作的人极为相似。一个是大森的一名军官加藤铁太郎，他被指差一点儿就把一名战俘活活踢死；而另一个是"大鸟"在直江津的助手河野宏明。加野被关押了几个月，在狱中备受折磨和侮辱。他既没有被控告，也没有被提审。加野悲愤不已，他满腹哀怨地写信恳请当局对他进行调查，还他清白。"我对天发誓，"他在信中写道，"我没有做错过什么。"

1946 年冬天，加野的冤案终于得以昭雪。麦克阿瑟下令将他释放。随后，加野搬到了横滨的一处地方，开始从事进出口生意。他极为想念自己在集中营的那些战俘朋友们，但他很多年都没有去联系他们。"我想我不应该给他们写信，"他在 1955 年给马丁代尔的一封信中这样写道，"因为我的信可能会让他们回想起在大森的苦难岁月，而那段岁月一定是他们最想忘记的。"此后不久，加野就因癌症病逝。

渡边化名为大田三郎隐姓埋名，在那个偏远的农家等待了整整一个寒冬。夏天到来时，农夫要求渡边和他的儿子一起周游全国，贩卖皮带。这次出行将要经过全国各大城市，渡边知道自己一旦到了那些地方，就会被立即逮捕。可是另一方面，农夫对他有救命之恩，万般无奈下，渡边只好接受了农夫的安排。最后，他戴上了一副眼镜来掩饰自己的模样，然后惴惴不安地出发了。

他们一起来到像秋田和新潟那样繁华的港口城市。渡边没有引起任何人的注意，慢慢地，他开始不再担心会有人认出他来，久而久之，他甚至开始享受这样的生活。城里人的话题总是集中在这场战争上，而每个人都会对日本士兵的行为，特别是那些战犯的所作所为发表自己的观点。每当有人谈论政府抓捕嫌疑战犯的进展情况时，渡边都会侧耳细听。

由于长期与社会隔离，渡边非常挂念自己的家人。他想起当母亲还在东京时，每到夏天她就会去探望自己的姐姐美智子。很快，渡边再也无法抑制自己对家人的思念。他拿出姐姐给他算命的扑克，决定占卜是否要冒险回家。扑克牌告诉他，他会安然无恙地回到家中。于是，在1946年盛夏的一天，渡边登上了一辆前往东京的火车。

实际上，渡边选择了一个糟得不能再糟的时间。警察花了一个冬天的时间搜捕渡边却一无所获，这时正准备再次展开追捕。有人发现了渡边的踪迹并且拍下了他的近照，于是警察局复印了这张照片，把它和一份有关渡边的报告分发往全国各地。这份报告中指出，渡边“据说有性变态”的行为，因此可能会在那些“有不良妇女”的地方出现。由于日本国民要登记自己地址变更的情况，所以警察奉命专门紧盯那些独自出行的人员。他们得到命令，严密监视粮食配给中心、邮局、汽车站、火车站、出租汽车站、码头渡口、矿山、黑市、旅馆和房屋交易所以及任何一个渡边可能出现的地方。想到渡边可能自杀，警察转而调查自1945年11月以来所有的非自然死亡和意外死亡记录，尤其是那些身份不明者的死亡记录。然而，对家人的极度思念最终让渡边从隐姓埋名渐渐走近了天罗地网。

这天，渡边静香正坐在美智子的房间里，和自己另外两个孩子坐在一起。突然前门开了，弘光走了进来。房间顿时安静了下来，家人瞠目结舌地看着他，然后又彼此对望。渡边弘光感到一阵眩晕，无法抑制自己激动的情绪，他颤抖着，生恐自己会晕倒在地。美智子听到声音后走了进来，接着便看到了自己的弟弟。一家人立刻陷入了狂喜之中。

在接下来的两个小时里，弘光一直坐在家人身边，喝着饮料，听他们讲自己被捕，遭受盘问、跟踪和搜查的过程。对于自己的经历，他却始终缄口不言。他清楚如果家人知道这些情况的话，就会变得更加恐惧。时间一点点过去了，他们才开始变得焦虑不安，因为担心弘光会被那些侦探抓住。事实上，两天以前他们才刚刚到达这个地方。到了两点时，静香警告弘光说，侦探们经常在每天的这个时间来此进行搜查。但是弘光却让母亲放心，并且说扑克牌告诉自己，一切都会好起来的。

门外响起了脚步声，渡边的家人朝外望去，是那些侦探过来了。他们顿时慌作一团，一个人把弘光的东西塞进柜子里，另一个一把抓起茶杯扔进了水槽。弘光立刻跑进茶室关上了门。他刚刚躲进茶室，就听见客厅里响起一阵脚步声。他听到警察正在盘问自己的母亲和姐姐。警察告诉这两个女人，如果抓到了弘光，他们一定会对他进行从宽处理。

侦探们就站在距离渡边几英尺的地方，仅仅隔着一扇门。渡边感到自己心跳加速，不断思考自己究竟应该夺门而逃，还是继续躲藏在这间茶室里。这是一个非常小的储物间，里面放满了枕头，此外，茶室里还有一个壁柜。渡边小心翼翼地打开壁柜，把拉门推开，然后侧身挪了进去。他没有关上壁柜的拉门，因为害怕会发出响声。接着，渡边站在壁柜里，用手紧紧压在自己的嘴巴上，以免有人听到他紧张的呼吸声。

茶室的门开了，一名侦探一边朝里面东张西望，一边向渡边的家人说："你们家还挺大的。"随后，他四下看了看。如果他看到了茶室里的壁柜，就一定会发现渡边，但是他没有看见。"这里很干净。"侦探说道，接着关上门，然后相继离开了。弘光本来希望能够留下来过夜，但是现在却突然改变了主意。他告诉自己的母亲，他会设法在两年之内回来看她，然后就离开了。就像他后来在日记中写到的那样，渡边重新回到了"一个寂寞的世界"。

渡边重新回到了那个小山村。农夫的儿子因为皮带卖不出去在村里开了一间咖啡店。所以渡边就成了这家咖啡店里的招待。

农夫还向渡边提了一门亲事。因为在当时的日本，包办婚姻是一件很平常的事情，所以农夫为渡边找到了一个对象。渡边非常向往。很久以来，他有的只是孤独和不幸，因此当农夫提出这门婚事时，他感到十分欣喜。但是渡边也很清楚，像自己这样身陷绝境的人是不可能结婚的，于是他拒绝了农夫的建议。

然而那个年轻的女子最终还是找到了渡边。当农夫的儿子生病时，她来到农夫家中探望，而渡边也满怀好奇心地走进了房间。当他提起农夫的儿子正在读的一本小说时，心里想："如果她也喜欢读书的话，那她一定能够理解人生的痛苦和艰辛。"在渡边的日记中，他并没有详细记录这名女子对人生的看法，但是显然很喜欢她，并且认为她是个"不错的管家"。渡边似乎有意于她，并相信爱情能够"拯救我的日常生活"。

很快，这名年轻的女子也被渡边所吸引，为了接近渡边，她经常光顾这家咖啡店。渡边并没有告诉她自己的真实身份，于是这个女人开始向自己的父母提起渡边，希望得到父母对自己婚姻的祝福。在深思熟虑之后，渡边决定终止自己与这个女人的关系。在对她进行解释时，渡边只说自己"负担沉重，无法让她过上幸福的生活"。

就这样，渡边毁掉了自己刚刚在村子里建立起来的仅有的一点存在感。他辞去咖啡店的工作，然后离开了山村。随后，他一路流落到了长野附近的千曲河畔，开始给人放牧。但是这些牲口却不听他的指挥，这让他极为愤怒和沮丧。日落时分，他抬起头向远方望去，雄伟的浅间火山喷出道道烟雾，就像丝带一样飘浮在空中。在山脚下，牛儿正在悠闲地吃草。一切看起来都是那样静谧和安详。

当地人把矗立在奥秩父山上的三峰山称为圣峰。此时的三峰山上一派郁郁葱葱，峰顶还有一座古老的神社。1946 年秋，人们在山上的洞穴里和荆棘丛中发现了一男一女两具尸体，尸体的旁边放着一把用于自杀的手枪。没有人认识他们。

警方找到渡边静香，让她和家人一起来到这座山上。到达三峰山以后，渡边静香在向导的指引下，来到了那两具尸体的跟前。静香低下头去，久久凝视着这个年轻人了无生气的尸体。

随后，各大报纸纷纷在头条刊登了一则爆炸性的新闻：日本头号通缉犯之一渡边弘光已经身亡。他和一个女人——很可能是他情人——双双自尽。

扭曲的绳索

路易不知道“大鸟”已经死了。当人们在三峰山上发现“大鸟”的尸体时，路易正在好莱坞几近崩溃。他酗酒成性，无时无刻不沉浸在自己痛苦的回忆当中。路易经常在噩梦中一边高声尖叫，一边撕扯着自己的衣服，随时随地都会大发雷霆。人们不知道的是，他一门心思地想要将“大鸟”置于死地，甚至为此付出自己的生命也在所不惜。路易经常来到公寓附近的一个体育场里，每天都要花上好几个小时对着一个拳击袋狠命痛打，为那场即将到来的决斗锻炼身体，从而最终拯救自己。每时每刻无论他走到哪里，他的脑子里只有一个念头，那就是杀死“大鸟”。每天他在四处走动时，脑子里都会反复出现这个念头。

在 1947 年到 1948 年期间，为了筹资前往日本，路易仓促、鲁莽地制订了一个又一个的计划。辛西娅的哥哥瑞克来看路易的时候，发现他的身边围着很多阿谀奉承的小人，而这些人只不过是想利用他。其中一个人说服路易投资七千美元在菲律宾倒卖推土设备，并且许诺他的钱会翻一番。路易签了支票，然而这却是他最后一次看到这位投资者和自己的钱。随后，路易又与他人合伙开了一家塔希提人客船公司，但是债权人却抢占了这艘客船。后来，他又来到埃及，成立了一家电影制片厂，结果也大同小异。路易甚至还考虑过前往一个加勒比海小国，在一场政变中充当一名外国雇佣投弹兵，可后来政变未遂，路易的计划告吹。于是，他又和别人合伙与墨西哥官方达成口头协议，获得独家发放来美国进行捕捞的许可证，可当他的搭档开车去签署协议时被一辆卡车迎面撞死，那个协议随之泡汤。每当他赚到一些钱时，总会在另一次失败的投资中立刻亏损。因此，路易前往日本的计划不得不一直向后推。

一旦开始喝酒，他就可以在很长一段时间内什么都不想。渐渐地，路易开始沉醉其中而一发不可收拾，这不仅是因为他想喝酒，更是因为他需要酒。在白天，他需要保持清醒，但是到了晚上，他只有在酩酊大醉时才能够面对睡着以后的情形和无穷无尽的噩梦。没过多久，他就酗酒成性。当他和辛西娅一起回佛罗里达拜访家人时，路易坚持要随身携带大量烈酒。为了装载这些烈酒，他甚至不惜卸掉那辆雪佛兰的后座。

他变成了一个连自己都不认识的人。一天晚上，在日落大道上的一个酒吧里，路易独自坐在一个凳子上，整个晚上都在喝酒，最后喝得烂醉如泥。当一个男人陪着自己的女友从他身后走过时，路易忽然转过身来，伸手去摸那个女人的屁股。接下来路易只知道自己栽倒在地上，然后被一个朋友半拖半扛地拽了回来。直到后来他才知道，自己一定是被那个女人的男友打晕了。

还有一个晚上，他把辛西娅独自一人留在家里，自己和两个在赛跑时认识的朋友来到了好莱坞的一家餐厅。以前，他只喝一杯啤酒，所以喝完之后头脑还比较清醒。每次喝完酒以后，他都会觉得浑身轻松，因此总是为自己找借口出去喝酒。但是现在，他的意识突然变得不再连贯。路易茫然地开着车，既不知道自己要去哪里，也不知道自己是怎样到达那里的。他在大街小巷来回穿梭，最后来到一个高楼大厦林立的地方，那里到处都是宽阔的草坪。路易感到一阵头晕目眩，于是他停车走下来，靠在面前的一棵树上。当他转过身来以后，却找不到自己的车了。他只好跌跌撞撞地在阴暗潮湿的黑夜里踽踽独行，怎么也找不到自己回家的路。路易整整走了一个晚上，他感到十分惶恐，因为自己已经有些神志不清。

当阳光照射到他四周的时候，他才意识到原来自己一直都站在公寓的门前。等他进门后，发现辛西娅担心得快要发疯了。路易“扑通”一下就倒在了床上。醒来以后，他穿好衣服，对昨天晚上发生的事情却毫无印象。他不明白为什么自己的新鞋跟会突然磨坏。他走出去往四处看了看，没有找到自己的汽车，便报警说自己的车被偷了。两天以后，警察打电话告诉他，

辛西娅·赞贝里尼
（本图片由弗兰克·廷克提供）

他们在好莱坞山上的富人街区找到了他的汽车。于是，路易来到警察找到汽车的地方，那天晚上的记忆突然回到了他的脑海里，路易觉得这仿佛就像一场噩梦。

辛西娅哀求路易不要再喝酒了，但没有任何作用。

★★★

路易越陷越深，最后已经无法掩饰。瑞克·艾普尔怀特注意到，有时候路易会像疯了一样害怕细菌，他总是一遍又一遍地清洗自己的双手，洗完以后还要冲洗水槽上的水龙头和把手。路易的一些朋友也纷纷劝说他不要再继续喝酒，可他们的话同样没有任何作用。当佩顿·乔丹看到路易时，他意识到路易陷入了某种困境，却不愿意告诉自己。皮特也很担心路易现在的状况，但一直以为这是因为他经济拮据。他不知道路易已经在不知不觉中酗酒，也不知道路易着手策划了一个疯狂的谋杀计划。

辛西娅非常担心丈夫现在的状况。在公众场合，路易的行为举止不但让人感到惊恐，而且让人感到尴尬。在私下里，路易突然变得暴躁易怒，而且性格乖张。辛西娅竭尽全力想要安慰路易，但是一切都是枉然。有一次，趁路易出去的时候，她在厨房粉刷了精美的葡萄藤和动物的图案，希望可以给路易带来一个惊喜，可他根本就没有注意到这些变化。

辛西娅感到很受伤，也很担心，因为她无法挽救路易。她的痛苦终于变成了一种愤怒，她开始和路易争吵。辛西娅甚至扇路易的耳光，朝他扔盘子；而路易也用力抓住她，在她身上留下不少瘀青。一次，路易回家以后，发现辛西娅把家里所有可以打碎的东西都摔到了地板上，整个屋子都变得狼藉不堪。还有一次，一个朋友在游艇上举行聚会，辛西娅过来帮忙准备晚餐，可路易对她百般挖苦，辛西娅一气之下跑了出去。路易追出去赶上了她，然后一把抓住了她的脖子。于是，辛西娅猛地打了路易一巴掌，路易终于松开了手。辛西娅逃回父母的家中，路易也来到路易丝那里。

最后，辛西娅还是回来了，两个人勉强地生活在一起。路易的钱用光了，为了一千美元的贷款，他不得不用自己的雪佛兰汽车作为抵押。很快，就连贷款也花光了，而路易的另一个投资也宣告失败，眼看贷款就要到期，路易不得不交出自己的房屋钥匙。当路易还是个孩子的时候，有一次他急着去上学，曾经在一个台阶上绊倒了。当他站起来以后，他再次在那里绊倒，接着便是第三次。当时路易认为，上帝一定是在嘲弄自己。现在，这种想法再次回到了他的脑海里。当他听到有人在收音机里进行传教时，忍不住怒气冲冲地立刻关掉，甚至禁止辛西娅去教堂。

1948 年春天，辛西娅告诉路易自己怀孕了。路易很激动，可一想到以后自己将要肩负更大的责任，内心又充满了负疚和绝望。那年夏天，瑞典的亨利·埃里克森在伦敦的奥运会上赢得了 1 500 米项目的金牌。而在好莱坞，路易酗酒的毛病却变得愈加严重。

没有人能理解路易，因为他从来没有真正地回到家中。在战俘营里，他受到“大鸟”惨无人道的虐待。在那个世界里，“大鸟”就是绝对的统治者。而现在，他仍然活在这样一个世界里。“大鸟”已经剥夺了他所有的尊严，

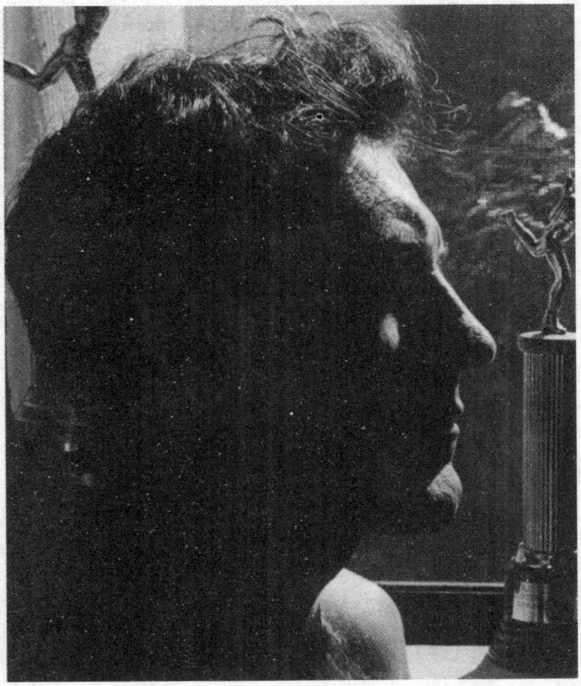

战后的路易
（本图片由弗兰克·廷克提供）

让他感到羞辱、惭愧和无助。路易认为，只有让“大鸟”受尽自己的折磨，并且最终将他置于死地，自己才能恢复作为一个人的尊严。于是路易开始相信，自己的一切希望就寄托在这场刺杀行动当中。

这种复仇心理的悖论在于，一个人往往离不开那些曾经伤害过自己的人，而且只有让这些行凶者受到自己的折磨，他们才能够从痛苦中解脱。为了使自己解脱，路易希望能够将“大鸟”置于死地，却再一次把自己的命运与这个恶魔绑在了一起。在战争期间，“大鸟”从来都没有放过路易；在战争结束后，路易也绝不能放过“大鸟”。

★★★

1948 年末的一个晚上，路易躺在床上，辛西娅躺在他的一边。他开始做梦。在梦中，“大鸟”站起身来，抡起手中的皮带，路易感到皮带上的金属扣深深地陷进了自己的头颅，太阳穴像被电击一样疼痛。皮带一下一下地落在他的脑门上。最后，路易伸出双手，猛地掐住了“大鸟”的脖子。

紧接着便发出一声尖叫声，也许是路易的怒号，也许是“大鸟”的惨叫。路易继续用力，想要将“大鸟”置于死地。后来，事情突然发生了变化，路易低头看着自己膝下的“大鸟”，他的身体突然变成了另外一个人的形状。

原来，路易正骑在辛西娅的胸前，两手拼命掐住她的脖子。辛西娅眼看就要断气了，所以才大声尖叫起来。路易差一点就勒死了自己有孕在身的妻子。他松开双手，从辛西娅身上跳下来。辛西娅一边大口喘着粗气，一边胆战心惊地躲到了后边，大声地哭喊着。在一片黑暗中，路易满怀恐惧地坐到妻子身边，他的睡衣已经被汗水湿透了，旁边的床单已经被他拧成了绳子。

★★★

圣诞节两周后，小辛西娅·赞贝里尼出生了，他们亲切地称她为茜茜。路易感到欣喜若狂，甚至不让任何人抱她，并且亲自给她换尿布。但是，即使是小辛西娅也不能改掉路易酗酒的毛病，也不能阻止他杀死“大鸟”的想法。由于忙着照顾新生的婴儿，路易和辛西娅经常失眠，再加上压力很大，他们又开始不停地争吵打闹。辛西娅的母亲赶过来帮忙，但是当她看到公寓里的状况时，顿时泪流满面，而路易仍在毫无节制地痛饮。

一天，辛西娅回家后，发现路易双手抓着大声哭叫的茜茜，使劲摇晃着她。辛西娅大叫一声，立刻把孩子抢了过来。路易对自己的行为感到异常吃惊，但是仍然继续喝得烂醉如泥。辛西娅感到忍无可忍，最后打电话给父亲。父亲寄钱来让她返回迈阿密海滩，并且决定按照法律手续提出离婚。

辛西娅收拾好自己的行李，带着孩子走了。现在只有路易一个人，除了酒精以外，他剩下的只有仇恨。那种感情，珍·埃默里曾经这样写道：“把我们每一个人都钉在自己曾经痛苦的十字架上。”

★★★

1948 年即将过去，一天晚上，在这个世界另一边——东京新宿地区一栋两层楼的餐馆里，渡边静香独自坐在一楼。外面的街道上挤满了小商小贩和食客。静香面朝着门口，看着模糊不清的面孔一个一个从自己的面前飘过。

她就是在那儿看到他的。就在门外，人们以为她的儿子已经死了，但是现在他正站在一群路人中间默默地望着她。

心的召唤

对于渡边静香来说，当她看到自己儿子的那一刻，她的那颗绝望的心也一定得到了满足。两年以前，有人开车带她到山里去认领一具尸体，那个人看起来很像弘光。包括亲戚朋友在内的人都认为那个人就是弘光，报纸也到处宣扬弘光自杀的消息，但是就像人们都认为路易阵亡时路易丝·赞贝里尼一家所经历过的感情一样，静香还是感到一丝怀疑。一个母亲的直觉告诉她，自己的儿子仍然活着。显然，她并没有公开表示过自己的怀疑，但是在私下里，她仍坚守 1946 年夏天弘光在东京最后一次见面时曾对她许下的诺言：1948 年 10 月清晨 7 点，他会设法到东京新宿地区的一个餐馆与她见面。

她一直等待着那一天的到来，然而其他人也开始怀疑渡边是否真的死了。有人检查了渡边在陆军所用枪支的登记序列号，发现和那具尸体身边枪支的序列号不一样。虽然渡边可以使用其他枪支，但是通过对这具尸体的仔细检查，人们还是发现了一些与这名逃犯不一样的特征。尽管侦探不能排除这具尸体就是渡边本人，但也不太确定就是他。于是，他们重新开始对渡边进行搜索，警察也再次突然盘问渡边一家。

无论静香去哪里都会被人跟踪，她的信件遭到搜索，她的朋友和家人也受到审问。两年来，她一直受到警方的严密监视。1948 年 10 月，她来到那家餐馆，很明显已经摆脱了她的尾随者。她的儿子就在那里，可看起来形同鬼魅。看到儿子时，静香感到既高兴又害怕。她知道，弘光公然露面，站在人人都能看到的地方，已经冒着巨大的风险。静香站在离他很近的地方，努力掩饰着自己声音里的兴奋。他们只交谈了几分钟，弘光表情严肃地向她询问了一些警察的行踪。至于自己住在哪里，现在在做什么，他什么也没告诉母亲。如果他们一起出去会引起别人的注意，于是静香决定和儿子分开。弘光说两年内他会再来看她，然后偷偷溜出了门。

警察并不知道这次会面，他们仍然继续跟踪静香和她的子女。凡是前来这里拜访的人们都要受到跟踪和调查。每当静香外出谈生意时，侦探们都会跟着她。而当她离开以后，他们就走进去，询问那些同她有生意来往的商人。警察隔三岔五就会过来盘问静香，但是当他们问起渡边的下落时，她总是会说他已经自杀了。

一年多过去了。静香没有听到过关于儿子的任何消息，那些侦探也一无所获。人们的传言不一。有人说他逃往中国，在满洲里藏了起来；也有人说他被美国兵枪毙了；还有人说他被一名美国士兵绑在火车轨道上碾死了。但是，流传最广的说法是他已经自杀了，有人说他是开枪自杀的，也有人说他是在天皇宫殿前切腹自杀的，还有人说他是跳进火山自杀的。也许在这次无功而返的大搜查中，对于每一个人来说，这是唯一一个能够说得过去的结论。

没有人知道静香是否相信这些传言。但是在他们最后一次见面时，弘光说过的一句话让她不无担心。“两年之内，我会再次跟你见面，”他说，“只要那时候我还活着。”

★★★

1949 年 9 月的第二个星期，一名骨瘦如柴的年轻人从一辆横跨美洲大陆的火车上下来，走进洛杉矶。他个头很高，长着一头引人注目的金黄色长发，目光坚毅，下颚轮廓鲜明，说话时带着浓重的南方口音，因为他从小在北卡罗来纳州的奶牛场长大。他就是葛培理牧师。

31 岁的葛培理是美国最年轻的大学校长。他任职的学院名叫明尼苏达西北学院，是一所文理学院式的小型基督教神学院。此外，他还是“国际基督青年会”的副主席。他一直奔走在世界各地，宣传自己的信仰，结果却并不尽如人意。最后一次宣讲时，他来到了宾夕法尼亚州阿尔图纳的一个煤城里，却遭到强烈的反对，有人大喊大叫扰乱秩序，唱诗班里一名因为精神错乱而遭到开除的人不知怎么回事竟然又回到了这里。整个镇上到处都弥漫着煤灰，当葛培理离开这里的时候，他感到自己两眼生疼并且布满了血丝。

同年 9 月，在洛杉矶，华盛顿和希尔街角上的一个空旷的停车场上，葛培理和他的小组匆匆忙忙搭起一顶长约 480 英尺的圆形帐篷。他们在帐篷里面放置了 6 500 把折叠椅，并且在地上倒了很多锯木屑，然后敲敲打打地搭建起了一个就像后院一样大小的舞台，舞台旁边放着一本高达 20 英尺的《圣经》。他们举行了一个记者招待会，宣布将开展为期三周的宣讲活动，指引洛杉矶居民来到基督身旁，可没有一家报社报道他们的新闻。

一开始，葛培理传教时，帐篷里的位子有一半都是空的。但是他坦率而有说服力的演讲很快就得到了人们的认可。10 月 16 日，他本来打算结束自己的宣讲活动，但是帐篷里的听众却越来越多。于是，葛培理和他的团队决定继续宣讲。后来，据说报界巨头威廉·伦道夫·赫斯特给自己的编辑下达了一条三字令：葛培理。 葛培理在一夜间得到了各大报社的青睐，每天都有一万多人挤进他的帐篷。最后，活动的举办方不得不换了顶大帐篷，又多加了几千把椅子，但这里仍然十分拥挤。为了聆听葛培理的传教，数以千计的听众只能站在街道上，甚至引起了交通堵塞。某个电影界大亨从他的身上看到了商机，于是想要葛培理在自己的电影中出演角色。葛培理却放声大笑，告诉他即使每个月给自己 100 万美元，他也不愿意放弃现在的工作。在这个曾经以犯罪而著称的城市里，葛培理的出现引发了一场宗教复兴运动。

路易没有听说过葛培理。他从战场归来有 4 年了，可还住在好莱坞的公寓里，沉迷于酒精之中，一心想要将“大鸟”置于死地。辛西娅已经从佛罗里达回来了。如果离婚的事情有了着落，她就会马上离开。两个人共处一室，却始终僵持不下，谁也无法解决他们之间的问题。

10 月的一天，辛西娅和路易经过走廊的时候，一名新房客和自己的女友从一套公寓走了出来。于是，这两对夫妇开始聊天。一开始，这场谈话进行得十分愉快，但是当那名男士提到了一个名为葛培理的传教士正在市中心布道时，路易却突然转身离开了。

辛西娅留在大厅里，继续听邻居讲话。回到公寓以后，她告诉路易自己想让他去听一听葛培理的传教，路易却一口回绝。

辛西娅只好独自前往，回来时容光焕发。辛西娅找到路易，告诉他自己不想离婚了。这个消息让路易感到十分安慰，于是辛西娅告诉路易自己刚刚经历了一次宗教上的觉醒，路易颇为震惊。

路易和辛西娅来到西尔维娅和哈维家中共进晚餐。晚饭过后，辛西娅在厨房里提到了自己在聆听葛培理传教时的感受，并且告诉大家想让路易也去听听他的布道。但是，路易极不耐烦地回答，他是绝对不会去的。这次争论整整持续了一个晚上，一直到第二天天亮。辛西娅邀请邻居和自己一起前往，回家以后便开始对路易左劝右劝。一连好几天，路易都断然拒绝，并且一直躲着自己的妻子和邻居，想耗到葛培理离开这个城市为止。但是，葛培理延长了自己的传教时间，因为路易对科学方面的事情很感兴趣，所以辛西娅便对路易撒谎说葛培理详细讲到了许多关于科学的话题。听到这里，路易终于让步了。

★★★

比尔·葛培理精疲力竭。他每周连续 7 天，每天都要工作很长时间，面对人山人海的听众传教。这是一件颇为辛苦的工作，因为他不仅要使用浑厚的嗓音，还时不时地会有人举起手来或者站起身来发问。为了抚慰这些困扰的灵魂，葛培理每天五点起床，一直在帐篷里待到深夜。

葛培理的体重迅速下降，眼睛上出现了明显的黑眼圈。当他停下来的时候，他会感到浑身酸软，所以为了不让自己跌倒，他只能一边慢慢地走着，一边开始布道。有一次，在他传教的时候，有人抱过来一个孩子，于是葛培理问这是谁家的孩子。他已经离家太久了，竟然连自己的女儿都不认识了。他本想尽快结束这次宣讲活动，可这次活动所带来的巨大成功又让他觉得，上帝一定还有别的用意。路易和辛西娅走进帐篷后，路易却坚持坐在后边。最后，他闷闷不乐地坐下来，心想等到布道活动结束以后，他会立刻回到家中，然后将这里发生的事情忘得一干二净。

帐篷里一片肃静。不远处突然传来一阵高昂的、充满召唤的声音。路易从小就对这种声音十分熟悉。那个时候，他总是睁着眼睛躺在皮特的身旁，一边想着什么时候自己才能远走高飞。那是火车的汽笛声。

★★★

葛培理出现时，路易感到大吃一惊。他原以为这个人应该像自己小时候在托兰斯附近看到的那些传教士一样，是一个道貌岸然、满口空话、四处游荡的江湖骗子，但是现在他看到的却是一个精神饱满、衣着整洁，甚至比自己还年轻两岁的牧师。虽然他告诉人们自己因为嗓子疼而无法大声说话，所以才把扩音器调大，却没有显露出任何疲态。他让自己的听众翻到《圣经·约翰福音》第八章。

1. 耶稣往橄榄山方向走去。

2. 第二天清晨，他又回到殿里。众百姓都到他那里去，他就坐下教导他们。

3. 文士和法利赛人把一个犯有通奸罪的女人带到这里；他们让她来到了中间。

4. 他们告诉他说，主啊，这个女人通奸时被当场抓获。

5. 摩西在律法上告诫我们，这样的妇人要用石头砸死。你们说该把她怎样呢？

6. 他们想要试探耶稣，抓住控告他的把柄。但是耶稣却弯着腰，用手指头在地上写字，好像没有听到他们在说什么。

7. 他们还是不住地问，于是耶稣直起腰来对他们说，你们中间谁是没有罪的，就可以先拿石头砸她。

8. 接着，他又弯下腰去，用手指在地上写字。

9. 他们听到这话，就从老到少一个一个地都出去了，最后只剩下耶稣一个人，还有那妇人仍然站在当中。

10. 耶稣直起腰来，对她说，妇人，那些人都到哪里去了？难道没有人定你的罪吗？

11. 她说，主啊，没有。耶稣说，我也不定你的罪。去吧。从此不要再犯罪了。

（英王钦定版）

路易突然感觉恍然大悟。葛培理描述在经过一整夜的祈祷之后，他会感到耶稣从自己的膝盖处慢慢升起。接着，他问自己的听众，当他们虔诚地祈祷过后，过了多长时间会有同样的感受。最后，葛培理谈到耶稣弯下腰来，在法利赛人脚下的沙地上写字，让他们陷入恐惧之中。

“他们看到耶稣写的是什么？”葛培理问。这时，路易感到自己的心中仿佛有什么东西在纠缠不休。

“黑暗遮挡不住上帝的眼睛，”葛培理说，“从你出生到死亡，上帝都记下了你的一切。当最后的审判来临时，你站在上帝的面前，你会想要说：‘主啊，其实我并不是一个坏人。’这时，他们就会放下幕布，播放你从生到死的每一个瞬间。到那个时候，你就会听到自己每一天、每时每刻、每分每秒的每一个想法，听到自己说过的每一句话。到了那一天，当你站在上帝的面前，你所说过的每一句话、你所有过的每一个想法、你所做过的每一件事情，都会成为否认自己说法的证明。那个时候，上帝就会说：‘请你离开我。’”

路易感到自己内心的愤怒好像被一根火柴点燃了一样。我是一个好人，他想，我是一个好人。

虽然他这样想着，但是仍然感觉到自己在撒谎，因为他十分了解现在的自己。在盛怒之下，路易的心中隐隐潜伏着一种莫名的不安，就像那些鲨鱼时不时地会用脊背蹭一下救生艇的船帮一样，让人感到不寒而栗。他不愿意去想起，也不愿意去回忆这件事情。路易感到好像有一头野兽在后面紧追着自己，而他只想拼命逃跑。

葛培理俯视着自己的听众。“今天晚上，就在这里，有一个即将溺水的男人，一个奄奄一息的女人，一个生命垂危的男子，一个濒临死亡的女孩，他们都在人生的海洋中迷失了自我。”接着，葛培理又谈到地狱和拯救，谈到那些被拯救的人们和那些迷失方向的人们。听着听着，路易感到越来越愤怒，越来越惊恐。

“请大家低下头来，然后闭上眼睛。”葛培理说。这是一个传统的宗教仪式，用于请求救赎、信仰和免罪。路易一把抓住辛西娅的胳膊，突然站起来，三步并作两步地走出了帐篷。此时，不知从这座城市里的哪个地方传来了一阵警报器的低声啜泣。这个声音变得越来越大，然后又越来越小，最后穿过了帐篷，录进了葛培理的布道里。

那天晚上，当“大鸟”再次抡起皮带抽打自己时，路易无助地躺在那里。接着，“大鸟”在路易的面前蜷缩了起来，那张脸突然变成了魔鬼的面孔。

★★★

路易从噩梦中醒来，发现辛西娅就在自己旁边。星期六上午，辛西娅反复劝说，想让路易再去听听葛培理的布道。路易怒不可遏，仿佛感到了某种威胁，所以坚决拒绝。辛西娅不依不饶地和路易争论了几个小时，最后禁不住妻子的苦劝，路易只好点头同意，但是有一个条件，当葛培理说到“请大家低下头，然后闭上眼睛”的时候，他们就立刻离开。

那天晚上，在帐篷底下，葛培理讲到他们生活在一个战争的年代，一个充满了迫害与苦难的年代。葛培理问，为什么当有好人在受苦受难的时候，上帝却始终保持沉默。在他回答这个问题之前，他让观众凝望着夜晚的天空。“假如你观察今晚的天空，在加利福尼亚州这个美好的夜晚，我们不仅可以看到星星，还可以看见上帝的足迹，”他说，“……我想，我的父亲，我的天父，正在那里伸出他闪闪发光的指尖，举起他无所不能的双手。虽然他统治着整个宇宙，但是他绝不会因为忙着统治整个宇宙，而没有注意到我头上的头发或者没有看到有麻雀从树上掉了下来。上帝注意到了我……只不过他是在用整个宇宙说话。”

路易的心紧紧地揪在了一起。他忽然记起当他和菲尔在大海上奄奄一息的时候，救生艇漂到了赤道无风带。头顶的天空亮得耀眼，平静的海水像镜子一样映衬着天空，只有偶尔跳出水面的鱼儿打破了那份宁静。在一片神圣的静寂中，路易忘记了干渴和饥饿，忘记了自己已经濒临死亡。他的心中充满了感恩。就在那个时候，路易曾经相信，他们的周围充满了无穷无尽的力量，充满了上帝的慈爱和怜悯。但是这么多年过去了，他早就将这种想法忘得一干二净。

葛培理继续讲下去。他说，上帝就在我们当中，他带给了我们奇迹和祝福，正是这些奇迹和祝福让人们化悲痛为力量。“上帝创造了一个又一个奇迹，”他说，“……上帝说，‘如果你遭受困厄，我会赐予你恩典，让你不断前行。’”

路易忽然记起，就在“青蜂侠”号即将坠入海底的那一刻，此前还缠着自己的电线，不知是什么原因突然消失了。他还记起，当日军轰炸机在救生艇的上空发动袭击时，子弹像雨点一般射向他们，可没有一颗子弹打中他和菲尔、迈克。虽然他经历了种种痛苦的磨难，但是他最终还是挺了过来。当这些记忆一一出现在自己的脑海中时，唯一的解释就是，最不可能发生的事情就是最可能发生的事情。葛培理说，上帝要求人们信仰他。我们之所以看不到他，正是他对人们信仰的最真实的考验。为了了解那些看到自己的人们，上帝必须不让人们看见。

路易的身上被汗水湿透了。他觉得好像有人在指责自己，把自己逼到了一个角落里，压抑得只想疯狂地逃跑。葛培理让人们低下头来，然后闭上眼睛，路易突然站起身来，拖着辛西娅就往外面跑。“谁都不能离开，”葛培理说，“在我讲道的时候，你可以离开，但现在不可以。请大家安静下来，低下头，然后闭上眼睛。”接着，葛培理让心诚的人们走到前面。

霎时间，路易思绪翻滚，他感到自己愤怒到了极点，甚至想要动手打人。路易从自己座位旁边的一排听众中挤了出去，当他来到走廊时，忽然停了下来。辛西娅和所有听众低下的头，还有脚下的木屑和周围的帐篷，仿佛全都消失不见了。他好像记起了什么，就在昨天晚上，这些记忆还曾在自己的脑海里出现。

路易在救生艇上。虚弱的菲尔蜷缩在自己的前面，骨瘦如柴的迈克也只剩下了一口气，放眼望去，海水无边无际，火辣辣的阳光照射在他们的身上，还有一群狡猾的鲨鱼始终紧追不舍，在救生艇的周围伺机等待。路易感到自己就像一具尸体一样一动不动地躺在救生艇上，干渴极了。他正张开自己肿胀的嘴唇，喃喃地想要说些什么。那是他曾经向上帝许下的诺言，一个自己没有遵守的诺言，一个直到刚才他才想起的诺言：如蒙获救，终身事主。

接着，在一个晴朗的夜晚，路易站在洛杉矶市一顶圆形帐篷的下面，一场大雨不期而至。这是他最后一次回忆起过去的事情。路易放开辛西娅，转身走向葛培理，他感到自己充满了活力。

“上帝正在对你说话，”葛培理说道，“他说，你已经跟了上来。”

★★★

在回家的路上，辛西娅一直盯着路易。回到公寓以后，路易直接走到自己藏酒的地方。每到晚上，路易就会无法克制自己对酒精的依赖。但是这么些年以来，这是他第一次没有了痛饮的欲望。他把这些瓶瓶罐罐拿到厨房的水槽，然后打开瓶盖，把所有的酒都倒进下水道里。然后，路易在房间里四处搜罗，把所有的香烟、自己偷偷藏起来的那些不堪入目的杂志以及过去颓废日子里所有的东西全都丢进了垃圾桶里。早上一觉醒来，路易感到自己精神焕发。5 年来，这是“大鸟”第一次没有出现在他的梦里。“大鸟”永远也不会再来了。

路易找到了一本《圣经》。这本《圣经》还是陆军航空队发给他的，当军方宣布他阵亡的消息时，有人把它寄给了路易的母亲。路易来到巴斯代尔公园。刚刚认识辛西娅的时候，他们两人经常会去那里。后来，当路易独自开怀痛饮时，辛西娅就会自己去那里。路易来到一棵树下，找到一个地方坐了下来，然后开始阅读。

当路易坐在树荫下的时候，他的内心深处感到一种从未有过的平静。他回想起自己的种种遭遇，此时，心中回肠荡气的并不只有痛苦和折磨，而是一种神圣的爱，正是这种爱将自己拯救了出来。他已经不再是“大鸟”淫威之下那个一无是处、几近崩溃、被人遗忘的囚徒。不知从什么时候起，他的愤怒、恐惧、耻辱和无助都悄悄地消失了。那天早上，路易忽然觉得自己好像脱胎换骨、焕然一新。随后，他静静地睡着了。

黎明到来

1950 年秋天一个寒冷的早上，路易走上一条长长的平坦小路，这条路通往一个临时搭建的简陋建筑物前。路易走近这座建筑物拱门的时候，感到整个身体一阵刺痛。只见拱门上写着“巢鸭监狱”，路易站在拱门外边等着战俘营的那些卫兵。路易终于回到了日本。

自从路易走进葛培理牧师帐篷的那一年开始，他就严格按照自己的诺言办事，并且成为一名基督教宣讲员，在美国各地讲述自己的经历。这项工作的薪水和捐款虽然十分菲薄，但是足以让他支付自己的账单，并且买到一辆价值 150 美元的二手德索托汽车，彻底丢掉了那辆抵押贷款的汽车。他攒到钱恰好可以分期付款买到一栋房子。不过，路易仍然很穷，家里唯一一件像样的家具就是西西的婴儿床。路易用单线电炉做饭，和辛西娅睡在婴儿床旁边的睡袋里。他们的生活可以勉强维持下去，但重要的是他们已经深深地理解了对方，并且幸福地生活在一起。

在战后的 4 年多时间里，路易始终耿耿于怀，想要返回日本，杀死那个曾经毁掉自己的恶魔。但是现在，他打消了这种念头。他回到这里不是来为自己报仇，而是来回答一个问题。

有人告诉路易，那些曾经折磨过他的人都已被逮捕，并且关押在巢鸭监狱里。现在，他可以心平气和地想起或者提起他们，甚至包括“大鸟”。但是，路易的脑海里一直有一个问题：如果他再次见到他们，他是否还会像现在这样平静呢？他已经找到的内心的宁静是否还会保持下去？带着这

路易（右）在巢鸭监狱

（本图片由路易·赞贝里尼提供）

种不安，路易决定前往巢鸭监狱，亲自站在这些人的面前。

那天晚上，路易写信告诉辛西娅他接下来的打算，希望她能为自己祈祷。

那些卫兵有 200 多名，他们盘腿坐在一间没有任何家具的公共休息室里。所有的人都剃了头，穿着囚服。路易站在屋子前面，俯瞰着这里的一张张面孔。刚开始，他一个人也没有认出来。之后在后边稍远一些的地方，路易忽然看到了一张熟悉的面孔，然后是第二个、第三个："卷毛""黄鼠狼"、河野、吉米·佐佐木。"拐子"也在这里，他正在上诉，要求减轻自己的判决。当路易的眼睛停留在最后一个人身上的时候，他忽然想到了威廉·哈里斯。

这里还差一个人的面孔：路易没有找到"大鸟"。于是，他问卫兵渡边在哪里，卫兵告诉他"大鸟"不在巢鸭监狱。在过去的 5 年里，成千上万的警察搜遍了整个日本，但是谁也没有找到他。

当路易收拾行李前往日本的时候，在渡边静香的一生中，她期待已久的日子：1950 年 10 月 1 日，也已来临。渡边弘光曾许诺，如果他还活着，这一天他会设法来见自己的母亲。他告诉静香到东京新宿两年前他们最后一次见面的那家餐馆里等他见面。那天上午 10 点 5 分，警察看到静香登上一辆开往新宿的火车。不过，渡边并没有在餐馆里出现。

静香又去了大船镇。她住进一家旅馆，独自一人坐在那里，没有和任何游客讲话。她在整个城市里漫无目的地游荡了 4 天，然后没有付房钱便突然离开了大船镇。警察走进旅店，问那个女老板静香是否提到过自己的儿子，她给出了肯定的回答。

“弘光，”静香说，“已经死了。”

在她起居室的一个角落里，静香按照日本家庭丧失亲人的习俗，给弘光设立了一个小小的神龛。每天早上，她都会摆上祭品纪念自己的儿子。

★★★

在巢鸭监狱，路易问那名卫兵“大鸟”后来怎么样了。卫兵告诉他说，据说这名中士在遭到逮捕或者放逐期间，因为绝望而自杀身亡。

这些话立刻涌进了路易的脑子里。在战俘营里，是渡边让自己生活在惨无人道的困境和虐待里。回国以后，丧失尊严的路易仍然生活在一片黑暗和迷惘之中，有关“大鸟”的一切始终不断冲击着自己的记忆。那年 10 月的一个晚上，路易来到旧金山，佩顿·乔丹在说话时无意间提到了“黎明”这个词语。路易忽然觉得，那些曾经让自己对“大鸟”感到无比憎恨的耻辱感和无助感仿佛全都消失了。这时的“大鸟”已不再是一个魔鬼，而是一个普通人。在巢鸭监狱里，当卫兵告诉路易“大鸟”后来的命运时，他所看到的只是一个死人和一个无法得到救赎的生命。对于那个曾经将他囚禁起来的人，他的心头产生了一种前所未有的感觉。在一阵惊异之中，他感到自己浑身颤抖，这种感觉就是怜悯。那一刻，他内心有什么东西发生了巨大的转变。那是一种美丽的感觉，是一种发自内心的彻底的宽恕。直到此时，对于路易·赞贝里尼来说，这场战争才终于结束了。

★★★

离开巢鸭监狱之前，陪同路易的军官让曾经看守过路易的卫兵主动站出来。在屋子的后边，一些囚犯慢慢站起身来，缓缓地来到走廊，一边犹豫不决地向前挪动，一边抬起头来望着路易。

路易突然感到自己就像一个孩子那样充满了快乐。他不由自主地跳下走廊，走向那些曾经虐待过自己的卫兵，带着灿烂的笑容向他们伸出手来。

后　记　新的开始

1954 年 6 月的一天，在加利福尼亚州圣加百利山区一条蜿蜒崎岖的小路上，一群男孩跳下一辆卡车，站在阳光下不停地眨着眼睛。他们个个性情急躁、桀骜不驯，大部分都是少管所和监狱的常客。他们踏上这块没有柏油、没有围墙的土地时，顿时产生了一种异样的感觉。路易和他们站在一起，看着这些孩子，仿佛再次看到了自己的少年时代。

路易一生当中最伟大的事业从此拉开序幕，他建立了一所不以赢利为目的的“胜利少年营”。路易早有此意，但苦于资金缺乏，他只能找到一处因年久失修而租金低廉的营地，然后游说一些商人提供物资赞助。接着，路易又花掉两年时间铲土填坑，整理路面，还挖出了一个游泳池。当一切完工以后，他的眼前出现了一个整洁美观的营地。

“胜利少年营”成了许多叛逆少年的救星。路易对任何人都来者不拒。有一次，为了接手一个不服管教的孩子，他甚至请来当地的警长出面作保。他带着这群男孩一起钓鱼、游泳、骑马、露营，到了冬天他们还会一起滑雪。路易带着他们翻山越岭，倾听他们的心声，和他们一起通过绳索爬下峭壁。他还为这群孩子播放假日电影，看着看着，有的男孩会悄声说道：“这就是我想要做的事情！”每天傍晚，路易和他们一起坐在篝火旁边，向他们讲述自己年少时候的事情、参战的经历以及自己是

路易向他少年营的孩子演示如何利用绳索下降
（本图片由路易·赞贝里尼提供）

如何最终回归内心宁静的。他会极为谨慎地向这些孩子谈起基督教，把这作为他们一个自愿的选择。有些人接受了路易的看法，有些人没有，但是无论怎样，那些刚刚来到“胜利少年营”时无法无天的孩子在离开时，大都已经洗心革面、焕然一新。

如果不是和这些孩子在一起，路易就会兴致勃勃地往来于世界各地，在校园里和体育场中向那些如痴如醉的听众讲述自己离奇的遭遇。令人感到惊讶的是，路易最喜欢在豪华游艇上发表演讲，这样他不仅可以免费作一次惬意的旅行，而且还能够躺在头等舱的甲板上一边端着冰镇饮料，一边享受凉爽的海风。但是，路易担心如果自己接受过高的报酬，中小学校和小型团体就很难再邀请自己发表演讲，因此他只接受那些报酬适中的邀约。路易赚来的钱刚好够给女儿茜茜和小儿子卢克买纸尿片和牛仔裤，然后供他们读大学。此外作为兼职，他还在好莱坞第一长老会教堂的老年中心从事管理工作。

在过去的几十年中，他获得了不计其数的奖项和荣誉。当路易在直江津受尽磨难时，洛米塔机场被重新命名为“赞贝里尼机场”，并且先后两次为他举行纪念活动。南加州大学的一座广场和托兰斯高中的一座体育场也分别以路易的名字命名。1980 年，有人甚至把一匹赛马取名为“赞贝里尼”，但这可不是那个奥运会长跑选手。他们住在格拉梅西大道的房屋成了历史

路易在为 1984 年的夏季奥运会传递火炬

（本图片由路易·赞贝里尼提供）

81 岁的路易在玩滑板
（本图片由路易·赞贝里尼提供）

建筑，而路易也先后在五场不同的比赛中被选中担任奥运会火炬手。虽然许多组织都争先恐后地为路易颁发奖项，可真正恰如其分的并不多。

他的身体并没有因为年迈或者曾经遭受过的折磨而显老态。随着时间的推移，他腿上的伤势已经痊愈。路易在年届花甲时还每周爬一次卡维纳峰，在 6 分钟内跑完一英里。他在年逾古稀时爱上了滑板运动。在 85 岁高龄时，他曾经返回夸贾林环礁，想要找到那 9 名在他的牢房里刻下自己名字后遇难的海军陆战队员的遗体，但是最终无功而返。“如果我老了，”路易在夸贾林海滩一边抛起一个足球一边说道，“我会告诉你们。”路易已近耄耋之年时，有邻居看见他骑在院子里一棵高高的树上，手里还拿着一把链锯。“如果上帝想要我，他随时都可以把我带走。”路易告诉满脸不以为然的皮特。“那你还一个劲折腾什么？”皮特问道。在 90 多岁时，尽管有几次摔断了骨头，但路易仍然对滑雪运动乐此不疲，总是欢天喜地从山峰上飞奔而下。

没有人不为路易豁达的人生态度而感染。有一次，他告诉一位朋友说，记得自己上次愤愤不平已是 40 多年前的事了。他坚信凡事必有原因，亦必有善果，因此即使是在极为艰难的日子里，他也能够保持乐观平静的精神。2008 年末，就在 92 岁生日之前，他在台阶上用手推车移动一块水泥板时，推车的轮子突然掉了，于是路易和水泥板一块摔到台阶上，最后不得不住进医院。除了一根大拇指摔碎和臀部轻微骨折以外，他并无大碍。当他的女儿急忙赶来医院时，却听到不少人亲切地向父亲问好，原来路易很快就在这里结识了一大群朋友。“我还从来没有听说过，”有一次皮特说道，“会有人不喜欢路易。”刚从医院出来，他就来了一次三英里的徒步旅行。

★★★

战争结束以后，菲尔再次做回了艾伦。一开始，他和西西在阿尔布开克市经营一家塑料厂，可生意很不景气。后来，他们搬回艾伦的家乡印第安纳州的拉波特，并且在一所中学里就职，艾伦教授科学，西西教

1952 年艾伦·菲利普斯在给他的两个孩子，克里斯（左）和凯伦（右）讲睡前故事

（本图片由路易·赞贝里尼提供）

授英语。他们很快就生下一儿一女。

艾伦很少提到这场战争。由于担心引起艾伦的不安，他的朋友们只好把自己的问题留在心里。除了额头的伤疤以外，唯一能够反映出艾伦痛苦遭遇的就是他的某些生活习惯。在大海上漂泊的时候，因为他们只能依靠捕食信天翁和燕鸥维生，所以现在他对禽肉碰都不碰，并且尤其嗜食冷冻罐头。昔日曾经在飞行中队称雄一时的艾伦如今甚至不愿走近飞机旁边。当时乘飞机出行在美国已经普及，可艾伦宁愿驾车出行。多年以后，只有当女婿在车祸丧生时，他才壮着胆子乘机前去探望女儿。

他再也没有回过日本，而且从表面上看起来似乎忘记了从前的仇恨。一次，一本有关路易的传记在注脚里使用微不足道的寥寥数语提到他时，有人觉得艾伦似乎闪过一丝不快。无论遭到怎样的误解，他都能处之泰然。1954 年，在一档名为《这就是人生》的电视节目上，主持人大赞路易的丰功伟绩，并且送给他一块金表、一台摄像机、一辆福特水星汽车和 1 000 美元奖金。在舞台上，千里迢迢赶往加州与路易的家人和朋友团聚的艾伦一丝不苟地打着领结，说话时眼睛始终看着地面。当人们摆好姿势一起合影留念时，艾伦却悄悄地躲到了后面。在他的后半生中，艾伦总是对自己的轰炸机津津乐道。

上了年纪退休以后，他和茜茜一起安享晚年。有时候，艾伦还会打打棒球，不过却把自己的兴趣从白袜队转向了小熊队，经常坐在那里一整天都一言不发。“父亲总是坐在前院里的秋千上，”艾伦的女儿凯伦·卢米斯说，“可谁也不知道他究竟在想些什么。”

从 20 世纪 90 年代起，艾伦相继患上糖尿病和心脏病。1998 年，在去世的几个月前，他搬进了一家疗养院。当这里的医护人员听说了他在战争中的英勇事迹以后，准备为他热烈庆贺一番。也许直到那时，人们才对他在这场战争中的表现进行了客观中肯的评价，而不只是在提到路易时对他一带而过。这是艾伦生平第一次变得无话不谈。当人围拢在他的身边，心醉神迷地听他讲述自己的遭遇时，凯伦看到父亲的脸上充满了慈爱的光芒。在这道光芒的下面，她说道，“隐藏着一张开心的笑脸”。

★★★

路易在遭受囚禁期间结识的那些好友都重返平民生活。有些人飞黄腾达，有些人挣扎着度过整个余生，只有一个人不幸遇难。

战争结束后，威廉·哈里斯被从大森战俘营选中，来到“密苏里”号战舰上接受日军投降。刹那间，因为“拐子”殴打而失去的独一无二的敏捷才智又回到了他的身上。回国后，他疯狂地爱上了一名海军上校的女儿，并与她缔结了美满的姻缘。婚后，他们生下两个女儿，而哈里斯也变成了一个慈爱的父亲。在即将退役时，他选择继续留在海军陆战队里，后来晋升中校之职。哈里斯经常与路易书信往来，计划有朝一日能够再次相见。

1950 年 9 月，当哈里斯在公路上行驶时，有警察拦下了他。上级要求他第二天出发，前往朝鲜指挥一个营。在临走之前，他告诉妻子，如果此行运气不佳，他绝对不会再让敌人生擒。

1950 年威廉·哈里斯和女儿凯蒂。
几个月后哈里斯失踪了
（本图片由凯瑟琳·H.米尔斯提供）

1950 年 12 月 7 日，哈里斯带着自己疲惫不堪的营站在朝鲜一座冰封雪冻的高山上。在多次激战以后，他的营只剩下四分之一的人马。那天清晨，他们作为后卫护送一名特使离开。在一片漆黑中，当特使经过空地上的一个十字路口时，大批埋伏在此地的敌方军队突然对他们发动袭击。哈里斯集合自己仅余的兵力，冒着枪林弹雨，径直朝着敌方军队的方向杀去。虽然他们伤亡惨重，但是最终为特使脱身争取到足够的时间。

天色放亮以后，谁也找不到哈里斯。最后一次有人见到他时，他正扛着两支步枪向一条路上走去。他的部下搜索了几个小时，却没有发现他的任何踪迹。他们认为，哈里斯很可能再次被俘。

由于在这次任务中表现英勇，哈里斯被授予海军十字勋章，这是仅次于国会荣誉勋章的殊荣。克利夫顿·开普斯将军一直把这枚勋章放在自己的办公桌里，希望有一天哈里斯能够亲自回来领取。但是，从此以后，年仅 32 岁的哈里斯再也没有出现过。当美国战俘从朝鲜释放时，谁也没有报告说见到过他。无人知道哈里斯的下落。

多年以后，哈里斯的家人收到一盒来自朝鲜战场的骨灰，据说其中的遗骸与哈里斯一致。但是，因为这份报告很不完整，哈里斯的家人始终不知道这里面的骨灰究竟是不是他的。最后，他们把这个骨灰盒埋在了肯塔基州的一座公墓里。至于 1950 年的那天早上究竟发生了什么事情，谁也不得而知。

★★★

战争结束以后，皮特与堪萨斯城的漂亮姑娘多莉斯喜结连理，婚后他们生了三个孩子。皮特把毕生的精力都用在自己热爱的事业上。他在托兰斯高中担任足球教练，还一举拿下锦标赛的冠军。随后，他又来到威明顿的班宁高中担任径赛和足球教练。在班宁高中举行的长达 30 年的所有径赛中，他只输过一次，因此深受人们爱戴。1977 年，当皮特退休的时候，800 多人在“玛丽女王”号游艇上为他设宴庆功。

“我要退休了，因为多莉斯太累了。”这是皮特最喜欢说的口头禅，后来甚至把这句话印在自己的名片上。实际上，皮特从来都没有真正退休过。在 90 岁高龄时，就像自己的父亲一样，他还用水泥和废旧罐头做成哑铃组织左邻右舍的孩子们进行训练。他还经常一边带着这帮孩子在人行道上跑步，一边为他们大声加油。每次参加跑步的孩子都可以得到一角钱，而那个跑在最前头的就可以得到两角五分钱。

对于路易在战争中所遭受的苦难，皮特心中的痛苦比自己的弟弟更甚。1992 年，当他护送一群学生进行海上钓鱼旅行时，虽然这艘长达 90 英尺的游船崭新无比，但是只要一想到海上的情景，皮特就会感到胆战心惊。他甚至不顾一切地随身携带着许多求生用品，其中包括一只加厚塑料汽船、一把防水手电筒、一根 6 英尺长的绳索、一个求生口哨、一把用于对付食人鲨鱼的折刀。整个旅途中，他都心事重重地盯着一望无际的海水。

在自己生命终点临近之时，皮特还像小时候那样保持着对路易的关爱。在皮特的一本厚厚的书里，大大小小地夹着无数张有关路易的剪报和照片。只要提起路易，他经常一个下午都口若悬河。有一次，他甚至裹着浴巾和一名记者整整通了将近三个小时的电话。在他 90 岁的时候，皮特仍然能够清清楚楚地记得路易最后一次赛跑的成绩，而当时距离路易的比赛已经过去了 75 个年头。早在罗杰·班尼斯特于 1954 年在 4 分钟内跑完一英里以前，皮特始终认为路易能在 4 分钟内跑完一英里，而 1968 年美国奥运会田径队教练佩顿·乔丹也这么认为。在二战结束几十年以后，皮特对路易遭受的种种磨难仍然耿耿于怀。有一次，在一场为路易举办的聚会上，当提起自己弟弟遭受的折磨时，皮特突然失声痛哭，痛苦得说不出话来。过了很长时间，他才恢复过来。

2008 年 5 月的一天，一辆汽车停在了皮特位于圣克莱蒙特家的门前，路易走下汽车，准备与自己的兄长作最后的道别。皮特被诊断出恶性黑素瘤，已经扩散到了脑部。几周以前，他们最小的妹妹弗吉尼亚刚刚去世；几个月后，西尔维娅和佩顿·乔丹相继与世长辞。年迈的辛西娅尽管还像从前那样美丽而坚强，但也在 2001 年因癌症而辞世。临死前路易一直趴在她的脸上，柔声对她说“我爱你”。而早在 60 年前就被宣布阵亡的路易却比他们任何一个人都要长寿。

皮特闭着眼睛躺在床上。路易坐在他的床边，从 1919 年因为肺炎一家人来到加州开始，悄声说起他们在一起的点点滴滴。就像他们在孩提时代躺在一张床上等待着“齐柏林伯爵”号一样，这两位饱经沧桑的世纪老人久久不忍分离。

路易说起自己从前是个叛逆少年，为了挽救自己，皮特耗尽了毕生的精力。他还告诉皮特，自己以皮特为榜样，曾经做了许许多多好事。他也和皮特一起，在那些接受他们指导的孩子身上看到了无限的生机。所有的这些孩子，路易说：“都是你生命的一部分，皮特。”

皮特睁开眼睛，突然感到自己的心头一片澄明，于是最后一次把头靠在了自己弟弟的脸上。他虽然不能说话，但是身上却散发着奕奕光芒。

★★★

1996 年秋，在好莱坞第一长老会教堂的办公室里，电话铃突然响了起来，即将 80 岁的路易拿起了听筒。

打电话的人名叫德拉根·米哈伊尔洛维奇，是哥伦比亚广播公司的一名节目制作人。1998 年冬季奥运会的举办权被授予长野，而路易接受了参加火炬接力的邀请，中途要经过直江津。当时，米哈伊尔洛维奇正在摄制一部关于路易的节目，准备在冬奥会期间播放，所以要前往日本进行准备。他在一边吃着面条一边与人闲聊时，无意间听到了一则爆炸性的新闻。

米哈伊尔洛维奇问路易是不是坐着。路易说是。米哈伊尔洛维奇让路易抓紧椅子的扶手。

“‘大鸟’还活着。”

路易差一点摔到地上。

★★★

1952 年的一天深夜，这个“死人”从黑暗中走了出来。他已经消失了整整 7 年。渡边在神户下了火车，徒步穿过这座城市，在一栋带有花园的房屋前停了下来，花园中有一条石头铺成的小径。在他消失之前，渡边静香每年都有一段时间住在这里；但是渡边离开了这么多年，所以不知道母亲是否还在。他来回踱步，想要找到一些蛛丝马迹。在门口昏暗的灯光下，他看到了静香的名字。

当人们都以为渡边死了的时候，其实他一直躲藏在乡下。整个夏天里，他都骑着一辆装有冰箱的自行车，穿越各个山村，叫卖冰激凌。看着周围嬉笑戏耍的孩子们，渡边感到非常羡慕。夏季结束以后，他回到农田里，开始照料稻田。接着，1952 年 3 月的一天，渡边读报纸的时候，目光突然停在了一则新闻报道上。对战犯嫌疑人的通缉令已经取消，这份名单上赫然印着他的名字。

取消对战犯嫌疑人的通缉令成为历史上令人难以置信的一笔。二战刚刚结束时，世界各国纷纷呼吁，要求对那些虐待战俘的日本人进行惩处，并且着手进行战争罪行的审判。然而，新的政治形势迅速抬头。当美国占领者致力于将日本转变为一个民主、独立的国家时，"冷战" 拉开了序幕。当共产主义势力横扫远东地区时，美国领导人逐渐意识到，未来与日本结盟对于国家安全尤为重要。问题的症结在于战争罪，对于战犯的审判在日本国内遭到极大的阻力，甚至有组织开始谋求释放所有战犯。当为战俘伸张正义的诉求与美国的安全目标发生冲突时，就必须有人做出牺牲。

从 1948 年 12 月 24 日起，美国对日本的占领逐渐放松，麦克阿瑟将军宣布对最后 17 名因策划战争而等候审判的甲级战犯实行"圣诞大赦"。许多被告被释放，有些人甚至飞黄腾达。1957 年，一度因为强迫数以万计的中国人和朝鲜人沦为劳工并且在战犯名单榜上有名的岸信介出任首相。虽然美国官方宣传被释放的被告大都无罪，但是这种说法难以自圆其说，因为有二三十名甲级战犯被告曾经受审后定罪。即使是在日本，民众也大都认为多数被释放的人的确有罪。

10 个月以后，对乙级、丙级被告,也就是那些被控下令或者亲自对战犯进行虐待和残害的战犯的审判最终结束。最后一个受到美国审判的日本军官叫屿修佐田野，为了迎合美日和解的大趋势，这个将一名美军飞行员斩首的军官只被判处 5 年徒刑。1950 年春，麦克阿瑟规定，凡是认罪态度较好的战犯均可以减刑，而那些被判处终身监禁的人在 15 年后就可以假释出狱。随后，在 1951 年，有关盟国和日本缔结《和平条约》，从而结束了美国的占领。这一条约放弃了前战俘及其家属要求日本政府和那些曾经奴役过他们并且从中获益的公司进行赔偿的权利。(美国 1948 年和 1952 年的《战争罪法案》规定，如果战俘能够证明在羁押期间没有得到《日内瓦公约》所规定数量和质量的食物，按照监禁的天数，每天可以领取 1 美元的抚恤金；如果能够证明在羁押期间遭到了非人道的待遇或者被强迫从事繁重的体力劳动，每天可以领取 1.5 美元的抚恤金。按照《和平条约》，日本价值 1 260 万美元的资产被划归战俘所有，但是由于美国战俘已经开始根据《战争罪法案》支取微不足道的补贴，所以这笔财产最终被划归其他国家所有。）最后，在 1952 年 3 月，就在该条约即将生效和美国准备结束对日占领之前，日本取消了对所有在逃战犯的通缉令。从理论上说，虽然渡边的名字也在逃犯之列，但是几乎所有的人都认为他已经死了。

看到这则报道以后，渡边仍然保持警惕。他担心这很有可能是警察设下的圈套，所以并没有直接回家。那年春天，他大部分时间都在四处贩鱼，对于自己是否真的能够重获自由，他始终不敢确定。最后，渡边决定偷偷溜到母亲那里。

渡边摁响门铃，没有人答应。他接着摁了很长时间，这才听到从花园里的小径上传来一阵脚步声。大门“吱呀”一声打开了，露出一张稚气未脱的脸庞，正是渡边年幼的弟弟，他们已经好多年没有见面了。看清门口站着的人以后，渡边的弟弟立刻一把抱住了他，然后把他拉进家中，兴奋地大声喊道：“弘光哥哥回来了！”

渡边弘光终于结束了自己的逃亡生涯。在他消失的那段日子里，战俘营里的许多卫兵和军官都被判定犯有战争罪，有些人被处决，还有一些人在狱中郁郁而终。为了体现美日和解，包括那些被判处死刑的战犯很快就能假释出狱了。就连已经被判处死刑的“拐子”北村陶治也被释放。截至 1958 年，所有未被处决的战犯都重获自由，并且于当年的 12 月 30 日获得大赦。巢鸭监狱随即被拆毁，而所有战俘在日本遭受的史无前例的残忍折磨也渐渐在全世界人们的心中烟消云散。

后来渡边承认，从他刚刚开始流亡的时候，他就一直在反复思考自己是否真的有罪。最后，他把责任归咎于“这场充满罪恶的、荒谬疯狂的战争”，而不是自己。渡边认为自己也是一个牺牲者。对于他的所作所为，随着对在逃战犯通缉令的取消，如果说他曾经还有一丝良知的话，也都不复存在了，并且更加坚定地认为，罪责不在自己的身上。

“能够如释重负，重获自由，我感到无比欣喜，”1956 年，渡边写道，“但是我没有罪。”

★★★

渡边结婚后有了两个孩子。他在东京开了一家保险公司，据说赢利十分可观。渡边不仅拥有一所价值约 100 万英镑的豪宅，而且在澳大利亚的黄金海岸还购置了一栋别墅。

几乎所有认为他有罪的人都以为他已经死了。据渡边自己叙述，他曾经先后数次造访美国，但是显然从来都没有遇到过那些战俘。随后，在 20 世纪 80 年代初，一名美国陆军军官在访问日本期间无意间得知“大鸟”还活着。1991 年，鲍勃·马丁代尔听说，一名日本老兵在参加体育比赛时，看到了一个与渡边极为相似的人。一年以后，有人把渡边在战后写过的一篇文章的复印件拿给了马丁代尔。但是其他战俘几乎还没有人知道这件事情。对于“大鸟”的音讯，路易始终一无所知，并且一直以为早在几十年前他就自杀了。

1995 年，从直江津离开整整 50 年以后，渡边已经 77 岁了。他两鬓斑白，昔日盛气凌人的身躯也开始变得佝偻起来。在他人生即将结束之时，渡边一直没有公开面对自己的过去。但是在那一年，他终于承认自己曾经虐待过他人。也许他开始感到愧疚；也许在临终之前，对于自己成为人们记忆中的魔鬼，他一直怀着某种复杂的感情，并且想要努力驱散自己心头的阴影；也许正是在战时吞噬他灵魂的虚荣让他重新想要利用自己的经历以及那些无辜的牺牲者们为自己博取关注，甚至让人们称颂自己的悔悟之情。那年夏天，当《伦敦每日邮报》的彼得·哈特菲尔德登门造访时，渡边让他走进家门。

渡边坐在自己的公寓里，爪子一般的手中握着一杯红酒。他终于同意谈起那些战俘。

“我对他们遭受的痛苦表示理解，他们可能不知道我为什么会那样严厉，”他说，“但是现在我觉得自己想要对他们表示歉意，深深的、深深的歉意……我太严厉了，真是太严厉了。”

渡边在面前挥舞了一下拳头。“如果有战俘愿意的话，我宁愿让他们来这里揍我一顿。”

他声称自己只对战俘动过拳头，但是这一说法势必会激怒那些曾经被他拳打脚踢或者用竹棍、木棒和皮带殴打过的人们。渡边说，他只是想要那些战俘遵守军纪，并且坚称自己一直是奉命行事。“在这场战争中，如果我能够接受更好的教育，我想自己一定会更加仁慈一些、友善一些，”他说，“但是，人们却告诉我，那些屈膝投降的战俘应该为自己的行为感到耻辱。对于《日内瓦公约》,我曾经一无所知。当我就此事询问指挥官时，他告诉我，‘这里可不是日内瓦，而是日本。’”

“我好像变成了两个人，”他继续说道，“一个只知道按照军法行事，另一个与普通人无异。有时候，我想要发发善心，但是当时的日本绝不允许。如果放在平时，我根本不会这样做。”

“战争本身就是一种违反人类本性的罪行，”最后渡边说，“听到首相为战争道歉，我感到非常欣慰，但是我不理解为什么政府就不能进行集体道歉。我们的内阁真是糟透了。”

这次采访结束以后，《伦敦每日邮报》的一名记者设法联络到汤姆·韦德，并且告诉他渡边想要得到人们的宽恕。“我接受他的道歉，希望他能够在自己的暮年感到安宁，”韦德说，“事情已经过去这么久，没有必要一直揪住不放。”

当记者告诉韦德渡边说自己愿意让从前的那些战俘殴打自己时，一开始韦德说不会，然后想了想又说：“也许我真的会狠狠地揍他一顿。”

显然，《伦敦每日邮报》只在英国地区发售。直到将近一年以后，路易才得知渡边还活着。他的第一个反应就是自己想要见见渡边。

★★★

在二战结束后的数十年中，直江津的营地已经成了一片荒冢，附近村子里的居民也不再提起当年发生在那里的往事。随着时间的流逝，人们似乎将它忘得一干二净。直到 1978 年，一名前战俘致信直江津高中的教师，开始向当地人谈起发生在这个村子里的一幕幕惨剧。10 年以后，一个名叫弗兰克·霍尔的前战俘来到这里，但是直江津已经与另外一个村庄合并，成为后来的上越市。他在市政厅的外面亲手种下三棵桉树，并且将一块匾额赠送给当地市长，以纪念在集中营里牺牲的 60 名澳大利亚战俘。

上越市的居民得知这些战俘的遭遇以后，纷纷表示同情。他们自发成立了一个组织，准备在这里建立一处和平标志，纪念那些不幸遇难的战俘。其中包括一个名叫石家翔一的日本老兵，被盟军活捉后，他得到善待，成了一名“幸运的战俘”。当他听说盟军战俘在自己的家乡遭到如此虐待时，心中感到非常恐惧。很快就有人成立了委员会，开始募集捐款，并且在镇上进行相关的展览。如果这项计划能够顺利实施，那么上越市将成为日本91座曾经设立战俘营的城市中第一个为那些死难的战俘建立纪念碑的地方。

虽然有85%的当地居民都参加了募捐，但是这项计划引发了巨大的争议。一些居民极力反对，甚至以死亡相威胁，发誓要摧毁这座纪念碑，并且放火焚烧那些支持者的房屋。为了体现和解的目标，这个纪念委员会希望那些被处以绞刑卫兵的家属参与其中，但是这些人因为害怕受到打击报复而畏缩不前。该委员会对战争双方家人的悲痛均表示尊重，于是提议为战俘和卫兵共同建立一座衣冠冢，但是此举触怒了许多直江津的前战俘。因此这个计划一度几乎成为泡影。

最后，人们终于普遍接受了和解的精神。1995年10月，在前直江津战俘营的原址上，建立了一座和平公园。公园的中心矗立着两座天使的雕像，雕像上悬挂着霍尔赠送的那块匾额。距此数米开外地方，人们为8名处以绞刑的卫兵建立了另外一座纪念碑。在这些卫兵家属的要求下，碑文上没有他们的名字，而是刻着这样一行字：和平的天空中，有八颗闪烁的星星。

★★★

1997年初，哥伦比亚广播公司电视台的德拉根·米哈伊尔洛维奇带着一个地址和一个电话号码，前来东京寻找渡边。该公司日本部总裁拨通了这个号码，接电话的是渡边的妻子。她告诉他们渡边重病在身，无法同他们讲话。于是，米哈伊尔洛维奇请部里再次致电，表达自己对渡边早日康复的祝愿。他的祝福终于起到了作用：渡边夫人说自己的丈夫因公出差，不知道什么时候才能回国。

米哈伊尔洛维奇心知渡边在有意躲避自己，所以便紧盯着渡边的住处和办公室。他一等就是几个小时，但是渡边始终没有露面。就在米哈伊尔洛维奇即将放弃希望的时候，他的手机响了。渡边刚刚回过日本部总裁的电话。听说制片人捎来路易·赞贝里尼的消息后，渡边同意和他们在东京酒店见面。

米哈伊尔洛维奇在东京酒店租下一个房间，然后把摄制人员带了进来。但是，他担心渡边很可能只愿意坐下来谈谈，所以让摄制人员躲了起来，然后把一部微型相机藏进了一顶棒球帽里。约定的时间到了，“大鸟”准时走了进来。

他们在大厅里坐下，渡边要了一杯啤酒。米哈伊尔洛维奇告诉渡边，他们正在摄制一部关于路易·赞贝里尼的专题片。听到这个名字以后，渡边立刻做出了反应。“600 名战俘中，”他说，“赞贝里尼名列第一。”

米哈伊尔洛维奇的随行记者鲍勃·西蒙认为，这有可能是自己最后一次质问渡边的机会，于是便开始盘问渡边是如何对待路易的。渡边大吃一惊。他语无伦次地说道，路易是个好人，而且自己，也就是渡边，非常痛恨战争。他说自己最关心的就是这些战俘的安全问题，如果他们从战俘营里逃走，当地平民就会将他们杀掉。当西蒙问为什么他成了被通缉的头号战犯嫌疑人之一时，他的态度显然充满了自负。“我是七号，”他说，“东条是一号。”这些年的流亡生活，渡边继续说道，让他感到十分痛苦。

他们问渡边是否能够上楼接受摄像采访。渡边问这次采访会不会在日本播出，米哈伊尔洛维奇说不会。让米哈伊尔洛维奇感到吃惊的是，渡边竟然表示同意。

他们来到楼上，打开摄像机，然后把路易年轻时的一张照片递给渡边。在这张照片上，路易正面带笑容地站在赛道旁边。西蒙趁机插了进来。

“赞贝里尼和其他战俘之所以对你印象深刻，是因为你是所有卫兵中最残忍的一个。对于这一点，你作何解释？”

渡边的右眼皮顿时耷拉了下来，米哈伊尔洛维奇突然感到如芒在背。

“我不是在奉命行事。”渡边回答，不过显然与自己在 1995 年接受采访时的说法自相矛盾。“出于个人感情，我把这些俘虏当作日本的敌人，所以才对他们十分严格。我很熟悉赞贝里尼。如果他说自己曾经受到了渡边的殴打，假使你们能够考虑到我当时的个人感情，那么这种事情只可能发生在战俘营里。”

渡边高昂着头，抬起自己的下巴，直瞪瞪地瞪着西蒙。他说，那些战俘总是对一些微不足道的事情斤斤计较，并且给日本人起外号。这些事情，渡边说，让自己感到异常愤怒。再加上一共有数百名俘虏，所以自己的压力非常大。

“在白人社会里，拳打脚踢被认为是一种残忍的行为。虽然这种行为有些残忍，”他的语速非常缓慢，“但是在战俘营中的有些情况下，拳打脚踢是不可避免的。”

当这次采访结束以后，渡边看起来浑身颤抖，怒气冲冲。当有人告诉渡边赞贝里尼即将前来日本，希望能够见到他并且对他表示宽恕时，他回答自己可以见见路易，并且向他道歉，但前提是这只是一种个人行为，而不能代表日本军方。

就在摄制组准备收拾东西离开时，米哈伊尔洛维奇最后问渡边是否愿意让他们拍摄他在街上行走的镜头？米哈伊尔洛维奇的提议好像正中渡边下怀。只见他戴好帽子，来到人行道上，然后转过身来，就像是在过去检阅战俘一样，昂首挺胸、盛气凌人地朝着摄像机走了过来。

9 个月后的一天，路易准备前往日本进行奥运会火炬接力。临走之前，他坐在自己的书桌前，反复思考了几个小时。接着，他打开电脑，在键盘上敲打起来。

致渡边弘光：

作为一名战俘，我曾经受到了你缺乏根据、毫无理由的惩罚。战争结束后，这些经历一度成了我心头的梦魇。然而，这不只是因为我所承受的痛苦与折磨，更是因为精神上的压抑与耻辱，因此我曾经满腹仇恨地想要进行报复。

在你的羁押之下，我丧失了作为一名战俘甚至一个人的所有权利。经过无数次挣扎，靠着仅存的尊严和希望，我才一直活到战争结束。

接连不断的噩梦让我战后的生活变得一塌糊涂，承蒙福音传教士葛培理的帮助，我才得到了上帝的眷顾，并且皈依了基督教。此后，我用仁爱代替了曾经对你的憎恨。耶稣曾经说过：“要宽

> 恕你的敌人，并且为他们祈祷。”
>
> 你也许知道，1952年时我曾经返回日本，并且有幸对巢鸭监狱的所有战犯发表演说……当我问及你的情况时，有人告诉我你有可能已经切腹自尽，听到这个消息以后，我感到十分难过。从那时起，就像其他人一样，我也原谅了你，并且希望有朝一日你能够成为一名基督徒。
>
> 路易·赞贝里尼

写好这封信以后，路易将它随身带到日本。

但是他们没能见面。哥伦比亚广播公司再次联系渡边，告诉他赞贝里尼想要和他见面。渡边几乎想要啐到他们的脸上，一口回绝了他们的要求。

路易来到上越市，身上仍然装着那封信。有人拿走这封信，答应路易会把它转交给渡边。不过，即使渡边真的看到了这封信，他也未做出任何回应。

2003 年 4 月，渡边死了。

★★★

1998 年 1 月 22 日清晨，雪花轻轻飘落在这个曾经名为直江津的地方。道路两旁堆满了积雪，再有 4 天就年满 81 岁的路易·赞贝里尼独自站在一片银装素裹之中。他的身体饱经沧桑，皮肤上刻满了岁月留下的皱纹。昔日浓密的黑发如今已变成了稀疏的银发，只有那双蓝色的眼睛仍然不时地闪耀着光彩。在他右手的无名指上，一道伤疤至今清晰可见，那是“青蜂侠”号在这个世界上给他留下的最后印迹。

时间终于到了。路易伸出手来，接过奥运会火炬。虽然他的双腿已经不再像从前那样健步如飞，但是仍然坚实无比。他举起火炬，鞠躬致意，然后开始向前跑去。

路易看到，自己的四面八方都是一张张日本人的笑脸。一群孩子戴着帽子好奇地朝他张望，而那些曾经与在钢厂沦为苦力的战俘一起工作的人们和许许多多平民百姓有的举起手中的相机，有的朝他挥舞着手臂，有的为他鼓掌喝彩。120 名日本士兵列成两队在前面为他开路。路易跑过了那个昔日囚禁自己的地方，在那里一个黑眼睛的卫兵曾经啃啮着自己的心灵。但是现在，无论是囚笼还是“大鸟”都不复存在。在欢呼的人群中，在漫天的飞雪里，他们早已消失得无影无踪，只有一位欢欣鼓舞的老人不停地向前奔去。

年迈的路易·赞贝里尼在回忆往昔
（《每日微风报》）

致 谢

有一次路易对我说道："写我要比写'海洋饼干'(《奔腾年代》里一匹赛马的名字。——译者注）容易得多了，因为我会说话。"

完成《奔腾年代》后，我觉得再也不会有什么题材能够像大萧条时期的这匹赛马和那些训练它的勇士们那样令我心潮澎湃了。但是，当和路易·赞贝里尼进行过一次谈话之后，我就立刻被他热情洋溢、不屈不挠的个性所深深感染了，并且改变了自己的想法。

那次谈话之后，我花了长达 7 年的时间对路易坎坷多舛的生平进行了调查。有关他的故事散见于诸多奥运会参赛选手、二战战俘和飞行员、驻日老兵以及亲戚朋友的回忆录、日记、信件、文章和电报中，而这些人大多已离开人世。此外，在一些军方文件和模糊不清的照片中，在浩如烟海的书面证词和战犯审讯记录中，在包括奥斯陆和堪培拉在内遍及各地早已为世人遗忘的档案里，也可以看到不少关于路易的故事。在完成这些调查工作以后，对于路易的生平，我已像他本人一样了然于胸了。有一次，路易告诉自己的朋友："如果我想知道自己被关在日本的时候都发生了什么事情，我就会打电话给劳拉。"

向我敞开自己内心世界的过程，使得我对路易充满了感激之情。他一共接受过我 75 次采访，回答过数千个问题，但其间没有表现出一丝不耐烦。他总是对我坦诚相见，勇于承认自己的错误，并且纠正了一些记者在对他进行报道时的溢美之词。路易有着惊人的记忆力，每当我就一些新闻报道、官方记录以及其他资料中的有关事件向他求证时，他总能记得事情的细枝末节，即使这些事情已经过去了 85 年之久。

路易尤其喜欢收藏物品，从柏林奥运会上他从杰西·欧文斯那里偷来的“请勿打扰”的标志，到 1934 年他在全国校际运动会上打破一英里赛纪录的号牌，他几乎收集了一生当中所有能够收集到的东西。路易主动提出过要送给我其中一本重达 63 磅的 1917 年至 1938 年的纪念册，并且将它转交给了我新近结识的一位朋友德比·金斯伯格，然后由德比亲自搬运到邮局并通过邮寄的方式寄给我。与这本纪念册一起寄来的还有另外几本，好在它们的分量要轻得多，另外还包括数百张照片、信件、日记和那张他在救生筏上漂流时一直夹在钱包里的剪报等许多对于他来说弥足珍贵的东西。这些东西对我来说不啻于无价之宝，因为其中记载了许多有关路易的故事以及一些鲜为人知的细节。对于路易能够将如此珍贵的物品托付于我，并且毫无保留地向我敞开心扉，我的心中充满了感激之情。

虽然皮特·赞贝里尼、西尔维娅·赞贝里尼·弗拉默尔、佩顿·乔丹在本书付梓前已经先后辞世，但是他们所提供的生平回忆以及诸多纪念品对本书得以完成起到了至关重要的作用。在我的创作过程中，能够有幸与皮特、西尔维娅和佩顿等人交谈，我感到十分愉快。此外，我还要感谢哈维·弗拉默尔、辛西娅·赞贝里尼·加利斯、瑞克·阿普尔怀特以及玛吉·乔丹，谢谢你们让我了解了路易和辛西娅的故事。

罗素·艾伦·菲利普斯的妻子茜茜和女儿凯伦·卢米斯向我讲述了他们家中发生的故事，凯伦还将父亲在战时写给母亲的情书、一些纪念册、照片、剪报以及祖母的回忆录寄给了我。正是因为他们的热心，我才有机会了解寡言谦逊但却勇敢坚强的菲尔的生平。我曾答应过凯伦要亲口尝一尝她做的松饼，所以我一定会抽空前往佐治亚州完成这桩夙愿。此外，我要感谢威廉·哈里斯的女儿凯蒂·米尔斯，是她给我寄来了她失踪的父亲的照片，并且向我讲述了她的父亲经常在厨房里倒立好逗他们开心的故事。我还要感谢门罗和菲比·波尔曼、特里·霍夫曼和比尔·佩里，是他们向我讲述了有关菲尔和茜茜的故事。

对于那些曾经沦为日军阶下囚的战俘来说，任何有关这场战争的话题都无异于一种折磨，尽管一度泣不成声，但是他们仍然不吝向我讲述自己的遭遇。对于他们，我心中充满了深深的感激之情。我永远也忘不了鲍勃·马丁代尔、汤姆·韦德和弗兰克·丁克尔，正是他们让我仿佛亲临战俘营并目睹了那里所发生过的一切悲惨之事和“大鸟”的种种恶行。此外，米尔顿·麦克米伦还向我描述了有关大森集中营和战俘起义的情况以及他们扒窃火车的经历。约翰·亚瑟·约翰森不仅向我讲述了大森集中营里所发生的故事，而且还慷慨地将自己一些记录战俘营中遭遇的文章借给了我。肯·马文告诉我，在日军对威克岛发动突袭之前，他刚刚拿起一张薄饼，并且向我讲述了“大鸟”是如何在直江津为非作歹，以及自己是怎样假借教日本卫兵学英语之名让他口吐秽言的。格伦·迈克康奈尔提到了大船镇的情况，还有那只名叫“嘎嘎”的鸭子的故事和威廉·哈里斯所遭受的毒打的经历。约翰·库克讲到了他们在直江津为奴的经历，并且将自己尚未出版的回忆录借与我用。我还要感谢前战俘费斯克·汉利、鲍勃·霍灵斯沃兹、拉雷·罗德斯、乔·布朗、V. H. 斯宾塞、罗伯特·加斯迪、莱昂纳多·伯彻尔、乔·亚历山大、米诺斯·米勒、伯恩·奥尼尔、查尔斯·奥迪特、罗伯特·希尔、保罗·卡西欧，还有一些前战俘的家人，包括 J. 瓦特·辛森、琳达·韦斯特、凯瑟琳·伯彻尔、鲁斯·戴克尔、乔伊斯·福斯、玛丽安·图戈斯、让·理查德森、詹妮弗·珀塞尔、凯伦·希尔和安吉·格拉蒂娜。

史丹利·皮尔斯贝利曾经多次与我通话，向我讲述了自己在心爱的“超人”号上的遭遇，还有圣诞夜对威克岛发动的袭击以及他在瑙鲁击落一架零式战斗机的经历。弗兰克·罗斯尼克天生擅长讲故事，他将自己尚未出版的回忆录《天生折翼》（*Not Everybody Wore Wings*）借给了我。在他的来信中，弗兰克写到了富那富提的那次轰炸，以及路易是如何奇迹般地在冲绳岛死里逃生。莱斯特·赫尔曼·斯科尔斯、飞行员约翰·约瑟夫·迪西和杰西·斯代讲到了威克岛、瑙鲁、富那富提的军事打击，以及对“青蜂侠”号失踪人员的搜救行动。马丁·科恩提到了自己在夏威夷群岛的营地生活，而约翰·克雷提到了路易是如何失踪，然后又出现在众人眼前的。拜伦·凯尼则向我描绘了他驾驶 B-29 战机飞越路易所在直江津战俘营的上空，以及飞回关岛时目睹日军投降的情形。约翰·惠勒还亲口向我讲述了操纵 B-24 战机上性能复杂的导航仪是一件多么恐怖的任务。

此外，几名日本人向我直言不讳地讲述了那个暗无天日的年代里自己国家的种种作为，让我备受感动。大森集中营的会计野藤佑伊曾经深受战俘爱戴，当我们没法使用电话交谈的时候，是他通过书信的方式而且是英文为我提供了有关“大鸟”、大森集中营和日军卫兵的部分资料。近藤尚史则为我讲述了有关上越和平公园建立的经过，源氏涉谷写信告诉我直江津日本人的生活。日本战俘研究网站的历史学家福林透和笹本大晃也曾经为我指点迷津。

路易孩提时代的好友鲍威尔索克斯·威特茨尔来自弗吉尼亚州。她开朗活泼，绰号“宝贝”，是她为我录制了 20 世纪 30 年代托兰斯高中风靡一时的流行音乐，并且回忆了自己担任学校啦啦队长时的往事。她曾经在路易 16 岁生日时结识了路易，和皮特一起鼓励他参加了托兰斯高中的径赛，还在基洛位于长滩的汉堡摊前与他一起踢过足球。就在本书付梓之前，这位老人不幸过世。在我认识的所有人当中，只有她在年近耄耋时还对《美国偶像》津津乐道。

奥运会选手威尔玛·登·普罗塞尔和伊利斯·卡明斯·克利切尔向我栩栩如生地讲述了他们在美国军舰“曼哈顿”号以及柏林奥运会期间顺手牵羊的经历。德拉根·米哈伊尔洛维奇还亲自为我讲述了自己遭遇“大鸟”的离奇经过。乔治·布莱特·康科尔则在来信中描述了他的兄长——英勇的诺尔曼·布莱特。

在我挖掘路易的故事的过程当中，有许许多多的人们都曾经热心地帮助过我。摄影师戴维·麦金托什专门飞往加利福尼亚，研读了路易的剪贴簿、日记和纪念品，巧妙地拍摄了许多路易家族保有的历史物品和从未公开过的家庭照片。他为本书的插图四处奔波、深入调查，为修复本书所有老相片而煞费苦心，有些照片已有数十年历史。我向他致以深深的感谢。同时我也要感谢善良仁慈的西尔维娅·赞贝里尼·加利斯，她在戴维收集相片和纪念品的过程中提供过重要帮助。还有黛比·海斯，托伦斯历史学会副主席，她慷慨地向戴维开放了托伦斯历史学会的赞贝里尼档案室，帮助他找到许多历史物品和相片。

在前陆军航空队投弹手罗伯特·格兰茨的帮助下，美国陆军航空历史协会的威廉姆·达伦得以将一台诺顿轰炸瞄准仪搬到我家的餐厅里，并且铺开了一张亚利桑那州的地图，手把手地教我如何对凤凰城进行“轰炸”。在我创作此书的过程中，对于我没完没了的问题，比尔总是不厌其烦。美国残疾老兵协会的加里·惠弗尔亲自登上一架 B -24 轰炸机，为我拍摄战机内部的构造。在此我还要感谢加里·西尼斯为我联系到了惠弗尔先生。曾驾驶一架修复如初的 B -24 战机为美国空军进行过纪念飞行的查理·蒂尔曼，也曾经教我如何操纵“解放者”。

当我因病不能前往国家档案馆翻阅有关资料时，是佩格·安·布朗和莫莉·布鲁斯替我在浩如烟海的战俘和战犯记录中查找资料，并且带回了不少极为关键的史料。在我感到体力不支时，是约翰·布罗德金帮我打字，并且对路易的纪念册一页一页地进行拍摄。妮娜·B. 史密斯为我翻译了来自挪威的关于战俘的文件，实藤纪子则充当了我的日语翻译。在我用自己那部老掉牙的录音机对许多年事已高、吐字不清的当事人进行采访以后，是朱莉·惠洛克将它们一一誊写出来。为了寻找路易少年时代的照片，托兰斯高中校友会的盖尔·摩根翻遍了该校的所有档案。

我还要对哥伦比亚广播公司的德拉根·米哈伊尔洛维奇、克里斯托弗·斯文德森和肖恩·麦克马纳什表示衷心的谢意，感谢他们让我观看了哥伦比亚广播公司在 1998 年为路易制作特写时拍摄的未经播放过的录像带。对于集中营里的种种状况，罗杰·曼塞尔驻日战俘研究中心（http://www.mansell.com/pow-index.html）为我提供了许多宝贵的资料，尤其要感谢在该中心工作的历史学家维斯·英杰德。关于 20 世纪 30 年代一英里赛的体育纪录，是《田径新闻》杂志副总编乔恩·亨德肖特不厌其烦地为我答疑释惑。关于优生论，我参阅了保罗·隆姆巴多的《灵丹妙药：优生学，最高法院以及巴克诉贝尔案》（*One Sure Cure*）和托尼·普拉特的《血债累累：再现希特勒纽伦堡法令》（*Bloodiness*）。此外，海军莱克赫斯特历史中心的里克·齐塔罗莎就“齐柏林伯爵”号的有关问题为我做出了解答。东北地区气象中心的詹妮特·费舍尔、国家气象资料中心的詹妮特·华尔以及“气象博士”网站（http://www.islandnet.com/-see/weather/doctor.htm）的凯斯·海多恩博士对有关气候的问题为我进行了讲解。医学博士弗雷德·吉尔则帮助我分析了菲尔头部的伤势，查尔斯·斯坦格尔博士为我整理了有关战俘的数据。

在博林空军基地空军历史研究分析中心分析文献部工作的文献人员伊冯娜·金凯德和J.A.萨弗尔达上校（已复员）和弗兰克·特里皮上校（已复员）的热心帮助下，我才得以见到诸多有关陆军航空队的资料。此外，我还要感谢博林空军基地空军历史研究所的罗伯特·克拉克空军中校（已复员），国家档案馆的威尔·麦哈尼、埃里克·范·斯兰德和戴夫·佐丹奴，麦克斯韦尔空军基地空军历史研究机构的加西·考克斯和巴里·斯宾克，以及胡佛研究所档案馆的助理档案检索员卡罗尔·莱登汉。我还要感谢自己的几位好友与美国海军上尉威廉姆·鲁迪奇共事的海军陆战队上校米歇尔·C.霍华德（已复员）、海军陆战队中校托德·霍尔姆吉斯特、海军陆战队少校希瑟·考托亚、美国海军船长大副弗兰克·韦伯（已复员）以及波特兰大学的吉姆·希斯教授，是他向我介绍了因救助飞行员而被鲨鱼杀死的导航员埃弗里特·阿尔蒙德的故事。

我还要感谢的人有：美国航空航天博物馆通讯主管皮特·戈尔金；实验飞行器协会的米奇·费希尔；第307轰炸集团军的帕特里克·兰弗朗兹和格雷格·巴宾斯基和吉姆·沃尔什；美国海军博物馆的肯·斯奈德少校；美国海外退伍军人协会的里奇·科尔布和迈克·迈耶；挪威海事博物馆的海伦·弗鲁；WarSailors.com网站的西丽·劳森；第11轰炸团史学家菲尔·古登斯瓦格；第11轰炸团的贾斯廷·马克和韦布·德维洛佩尔；史学家比尔·巴雷特；威顿学院比利·格林厄姆中心档案馆的韦恩·韦伯；拉里·罗斯通讯公司的梅拉妮·埃思里奇；比利·格林厄姆福音传道者协会的特丝·米勒和希瑟·范考内特；LA84基金会图书馆管理员雪利·伊图；乔治城公共图书馆的维多利亚·帕尔默；帕洛·阿尔托高中的伊迪丝·米勒；洛杉矶业余体育基金会副总裁的韦恩·威尔逊；美国《特洛伊家庭》杂志的劳伦·瓦尔泽；普林斯顿《校友录》的彻丽尔·莫里斯；《托兰斯新闻火炬报》的帕克尔·博斯特威克；托兰斯高中的埃里克·斯波茨。

其他参与协助工作的人还包括：朋友阿兰·波钦基给了我极大的帮助；《不正当得利》（*Unjust Enrichment*）的作者琳达·戈茨·霍姆斯；《魔鬼战士》（*Ghost Soldiers*）的作者汉普顿·塞茨、莫顿·詹克洛、戴夫·图利、卡伦和拉斯·斯科勒；缅因州大学的威廉·贝克教授；NorthChinaMarines.com 网站的约翰·鲍尔、肯·克罗瑟斯、克里斯廷·霍夫曼、巴德·罗斯、约翰·查普曼、罗宾·罗兰、埃德·霍塔灵、莫顿·卡斯罗、克里斯·麦卡伦、鲍勃·柯伦、迈克·布朗和理查德·格洛弗；pbyrescue.com 网站的吉姆·蒂加登；Wingslip 公司的汤姆·格温；《前战俘通讯录》主编彻丽尔·塞拉蓬；曾在美国战犯监狱工作的克莱蒂·摩根；accident-report.com 网站的迈克·斯通、史丹利·霍夫曼博士、卡希·哈尔和吉姆·迪齐；海军上尉鲍勃·拉斯姆森；索雷夫·安杰森；珍妮特·麦克尔万；加里·斯塔弗；琳·加玛；帕特里克·霍夫曼以及吉恩·文兹克。

此外，我尤其需要向以下几位表示感谢。我的哥哥约翰·希伦布兰德，他兼任我的长期私人飞机驾驶员，他对书中有关飞机和飞行的部分进行了认真审核，并向我介绍了航空学的奥秘。我的姐姐苏珊·阿瓦隆反复阅读了全书的草稿并提出很多宝贵建议，在很多问题上和我一起讨论。苏珊和约翰，能成为你们的小妹妹是我的幸运。此外，我还要感谢 *EQUUS* 杂志的编辑劳里·普林茨和我的英国老朋友克里斯·托夫特，他阅读了我的草稿并提出很多极富见解的建议。

《太平洋 B-24 战机的尘封往事》(*Finish Forty and Home*)的作者菲尔·希尔斯比其他任何史学家都更熟悉参加太平洋战争的美国空军。就在我创作本书的时候，菲尔慷慨地与我分享他的研究成果，向我推荐参考资料，并帮我对这些资料进行筛选。我觉得对菲尔歉疚太多。

感谢 B-29 轰炸机导航员及前战俘雷蒙德·哈罗兰。在创作这本书的时候，他几乎每天都与我通过电子邮件进行交流，为我提供帮助，分享他的照片，介绍他的经历，甚至在我姐夫去世时给他的孩子们送去了安慰的礼物，他显然就是我最好的朋友。没有几个人像雷蒙德一样目睹过如此多残忍的人世黑暗面，但他依旧能轻松面对，依旧宽容大度。他的豁达就是对我最大的激励。

从接手这个项目开始，我就一直与日本的两位翻译合作。他们给我的帮助不仅仅局限于翻译，他们还向我介绍了日本的文化，帮助我从日本人的角度认识这场战争，并对我的草稿提出很多宝贵意见。由于这场战争在日本人中依旧存在很多争议，因此，他们一直要求我不要提及他们的姓名，但我还是要感谢他们对我本人和这本书作出的贡献。

感谢我的编辑詹妮弗·赫希。她是一个和蔼可亲、富有耐心的人，她不仅阅读了本书的第一稿到最后一稿，并且提出很多宝贵的意见，她还为我的健康提出了很多建议。我对我的天才出版人萨莉·马尔温和助理编辑乔伊·麦加维的感谢无以言表，她们为本书的面世费尽心血。另外我要感谢才华横溢并积极参与此书版权的代理人蒂娜·本奈特，还有最早看好这个故事的琼·卡普。此外还要感谢蒂娜的助手斯威特拉娜·卡茨和詹妮弗的助手考特尼·莫兰。

创作本书的大部分时间里，我都怀疑自己无法为这本书给出一个完满的结局，但我的丈夫博尔登从不吝惜他对我的鼓励。他把很多时间花在了厨房的餐桌上，他认真阅读我的手稿并提出很多修改意见，当疾病让我只能躺在楼上的卧室里时，他总会让我的小屋充满快乐。博尔登，谢谢你对我的关爱、启迪和信任。当然，还有你为我送来的三明治。

最后我希望借此缅怀二战期间数以百万计的盟军将士和战俘。他们当中的许多人早已战死疆场，虽然有许多人最终得以返回故土，但是身心却留下了巨大的创伤。我希望能够将这部作品献给他们，对于他们为了人类的幸福而遭受的苦难以及做出的牺牲，谨以本书表达最衷心的感谢。

对 话 作 者

兰登书屋书友会（以下简称兰登）： 路易·赞贝里尼是一个不朽的人物。他的青年时代，无论是作为健步如飞的长跑选手，还是大难不死的集中营战俘，都家喻户晓。但在20世纪前半叶，他却相对默默无闻。你最初是怎么听说路易这个人的？又是什么时候意识到，他的故事可以写成一本书？

劳拉·希伦布兰德（以下简称劳拉）： 我的第一本书讲的是大萧条时期的一匹赛马，名叫“海洋饼干”。在本书的创作过程中，我阅读了大量20世纪30年代的报纸。一天，在浏览1938年有关“海洋饼干”的剪报时，我翻到报纸背面，无意间看到一篇关于天才长跑少年路易·赞贝里尼的报道。我津津有味地读了起来，虽然当时路易还没有参战，但他的故事已非常引人入胜。于是，我在“海洋饼干”的研究笔记里，草草记下了这个名字。

后来，我再次看到了路易的名字。这一次，我还了解到他在战争岁月里的一些传奇经历。我非常好奇，所以在完成《奔腾年代》一书后，我搜索到路易的地址，给他去了一封信。在收到回信后，我们开始在电话中交谈。我发现，这是我生平遇到过的最令人心驰神往的谈话。他向我讲述了自己的经历，他的故事让我着迷不已。

路易的传奇事迹中有许多扣人心弦的地方，但其中一件事尤其令我难以忘怀。路易告诉我，他曾经遭到狱卒难以想象的虐待。但每当谈及此事，他既没有自怜自艾，也没有丝毫怨恨。事实上，他的态度积极乐观，语气十分平静。当他讲完自己的故事后，我只有一个问题：“你曾经遭受如此可怕的折磨，怎么会毫无愤怒之情？”他的回答很简单：“因为我已经宽恕了他们。”这句话令我久久难以忘怀。他怎么可能去宽恕那些罪无可恕的人？在为路易创作传记的同时，我也开始寻找其中的答案。

兰登：你笔下的这两个角色一样不同凡响，都曾在20世纪上半叶轰动一时。他们的故事感人肺腑、鼓舞人心。在你看来，什么才是好的题材，你会寻找哪些题材？

劳拉：在身处绝境时，常人必须深入内心，寻找自己人格中某种真实的东西。有些人找到了空虚、脆弱，甚至邪恶的冲动；但也有人找到了可贵的品质——勇敢、机智、忘我、无畏、独创精神以及不屈不挠的毅力。正是这些品质扭转了历史的方向，正是这些品质使人们在艰难困苦中奋发向上。人们只有在逆境中才能做出种种壮举，而他们的故事震撼人心、荡气回肠，令人深受启迪。这正是我最喜欢的故事。

我还认为，最好的题材是那些能以小寓大的故事。你可以认为，“海洋饼干”讲的是75年前一匹从落魄失意到名满天下的赛马。这本身就是一个奇迹般的故事。它的所有者是一名汽车大亨，它的训练者是一名边疆居民，它的骑师是一名前职业拳击手。但在这匹赛马非凡的一生和这些人传奇的经历中，蕴含着一个更加波澜壮阔的故事——大萧条时期的美国。我不仅搜集了大量有关他们个人生活的素材，而且描绘了他们所处的时代背景。那是一个动荡不安的年代，而他们恰恰象征着那个时代的拼搏精神。

就像“海洋饼干”一样，路易也只是个体。他的传奇经历离不开历史上最大的一场灾难，因此我才有机会讲述一个更加宏伟的故事，而不只是刻画一个参加过希特勒主办的奥运会的运动员，或一名参加过太平洋战争的士兵，《坚不可摧》也不只是记录了一位美国空军飞行员、一名日本集中营战俘的经历。只有当你了解一个人所处的世界时，你才能真正理解这个人。而在阐述他的世界时，你可能会通过一种易于感知和切实有形的方式，捕捉那个时代的历史瞬间。无论是在《奔腾年代》还是在《坚不可摧》中，我不仅仅是刻画某个人物，而是试图描绘他们所处的时代。

兰登：你为《坚不可摧》一书所作的研究使你对第二次世界大战和太平洋战场有了深入了解。在撰写本书的过程中，你对战争的看法是否产生了改变？其中哪些研究结果尤其振聋发聩？

劳拉：当我开始为《坚不可摧》作研究时，我对太平洋战争史已经相当熟悉。但当我亲自跳进壕沟，对战俘和飞行员进行采访，研究诸多统计数字，阅读飞行中队的历史、日记、俘虏的书面陈述以及其他资料时，我产生了许多疑问。

我意外地发现，在第二次世界大战中，飞行员们所冒的生命危险远大过其他兵种。这场战争让美军付出了惨重代价：共有 52 000 名陆军航空队飞行员在战斗中牺牲。在二战的最后几年里，飞行员只要在太平洋参加 40 次战斗任务，就算一次服役期满。然而令人难以置信的是，其中半数都在服役期满前丧生。尤其令我感到震惊的是，很多人并非死于战斗。15 000 名陆军航空队成员在美国本土发生的飞行事故中死亡，平均每天高达 19 人，其中多数都是新兵。此外,还有 36 000 名陆军航空兵死于交战区域的非战斗事故，大多是意外坠机。这一死亡人数令人难以置信。路易的经历也可以证明这一点：1942 年，在瓦胡岛营房里的 16 个人中，仅有 4 人在二战中幸存，其中仅有 1 人服役期满。

在我看来，这个故事中最令人不寒而栗的，是俘虏可能被盟军解放时，日本下达的“杀光命令”，即屠杀战俘的政策。日本人在多个地方执行了这条命令。有证据显示，当他们准备屠杀日本及其占领地区集中营里所有的战俘和囚犯时，原子弹为这场战争画上了句号。

对许多太平洋战场的俘虏们来说，他们始终活在恐惧之中，因为他们知道自己随时都可能被处以极刑。“杀光命令”是他们战俘生涯中，甚至是终其一生遇到过的最恐怖的事。然而，在本书长达 7 年的创作过程中，我曾与不计其数的人们进行交谈，但没人听说过“杀光命令”以及日本为了执行这一命令而开展的集体屠杀。我采访了众多饱受精神创伤的战俘，很多战俘曾经得知自己的死期，甚至目睹了看守们准备进行杀戮。正因如此，我才迫不及待地想将这些事实公诸于世。

其中也有令人惊喜的时刻。我一直以为，这些战俘曾经饱受蹂躏，而他们也别无选择，只能彻底屈服于俘虏者的淫威。但当我对他们进行采访，浏览他们的日记、回忆录和书面证词时，我才得知，包括路易·赞贝里尼在内的这些战俘并没有卑躬屈膝，而是冒着生命危险进行反抗，与敌人开展了勇敢的斗争。他们捣毁日方设备，破坏日本的驳船和铁路运输，窃取食物和报纸，以振作士气并坚持到底。他们的故事有些令人捧腹，有些惊心动魄，让我不禁屏住了呼吸。这些人虽然遭到罄竹难书的虐待，但他们从未停止反击。我认为这一点令人深受鼓舞。

兰登：《坚不可摧》一书出版后，你收到大量读者来信。这些读者的家人或朋友，尤其是他们的父亲、祖父或外祖父，曾经参加过第二次世界大战。他们在评论中说，这本书为他们打开了一扇新的窗口，了解亲人所经历的往事和遭遇的苦难。对此你是否感到惊讶？这些来信是否改变了你对《坚不可摧》的看法？

劳拉：很多退伍军人和前战俘，或者说他们当中的大多数人，在重返家园时都饱受精神创伤，其中许多人从未康复。PTSD（创伤后应激障碍）在太平洋战场的俘虏中十分常见。他们中的1/4染上了酒瘾，一些人甚至酗酒致死。很多人感到愤怒、焦虑和抑郁，还有人离群索居，有的甚至自寻短见。令人悲哀的是，路易也曾借酒浇愁，并且出现了愤怒、焦虑、噩梦和闪回等典型症状。

对很多人来说，他们所遭受的恐怖经历过于痛苦，难以用语言描述。在我采访过的老兵中，有相当一部分表示，在此之前，即使是对自己最亲密的家人，他们也没有讲过自己的遭遇。时隔70年，有些人在回忆起当时的情况时，仍然感到强烈的痛苦，甚至失声大哭。一名战俘的妻子告诉我，对战争的回忆令丈夫饱受折磨，每当与其他人谈论过此事后，他通常需要3个星期才能恢复内心的平和。战争带来的痛苦在这些老兵心头挥之不去，为此他们和自己的亲人付出了巨大代价。这种心灵创伤往往会对他们之间的关系造成毁灭性打击。由于老兵们不愿提起自己身上发生的事，在那些需要他们的人以及希望帮助他们、治愈他们心灵创伤的人们看来，他们就显得难以理解。正如路易的妻子所言，他们常拒人千里之外。

《坚不可摧》问世以来，我收到大量来自战俘、飞行员以及其他参战人员亲属们的来信。很多人甚至终其一生也无法了解这类人心中的伤痛。战争破坏了参战人员与亲人间的关系，这让双方都备感挫折。他们是冷漠压抑的丈夫、动辄暴跳如雷的伯父、酩酊大醉的父亲、郁郁寡欢的祖父。许多老兵不愿提起这场战争，所以他们的亲人无从得知，他们都经历过什么。但路易的故事让这些老兵的亲属深受启发，仿佛为他们打开了一扇窗，让他们看清了战争为他们的亲人带来了哪些痛苦。他们反复在来信中表达出怜悯、理解和宽恕之情。有时候，阅读这些来信不禁令我潸然泪下，但我也从中感到深深的满足。

“我毕生都在问自己，为什么父亲对酒精的沉迷超出了对我的关爱。我深爱着他，竭尽全力想要挽救他，但我没有做到。36 年前，他因病去世。

我看过所有战争题材的电影和纪录片，但在读完这本书之前，我始终不知道父亲经历过哪些事。60 年来，我对他爱恨交织。丧亲之痛让我泪如雨下，因此耽搁了这么久我才提起笔来。也许过去我从未理解过这些事，但现在我终于可以原谅他，也可以原谅我自己了。”

——谢丽尔·哈伯德牧师（陆军航空队上士欧文·“比尔”·海姆之女）

“我觉得我开始理解父亲的遭遇，以及他种种行为背后的原因了。‘二战’期间，作为一名伞兵，他曾被派往菲律宾，却绝口不提此事。赞贝里尼先生的故事终于让他向我敞开了心扉，对此我心存敬意。一句道谢之辞显然不足以表达我的感激之情，但我仍然要说声谢谢你。”

——莫妮卡·米汉·贝尔格（陆军一等兵詹姆斯·L. 米汉之女）

“我与伯父同名，他曾在菲律宾被俘，被迫加入了‘死亡行军’队伍。虽然历经死亡之旅和长期监禁，但他最终得以生还。就像《最伟大的一代》一书中的大多数人一样，他不愿提起自己被俘的经历，而你的书恰恰揭示了这段不可思议甚至令人难以置信的经历。读到一半时，我便因为哭泣而难以继续，我开始真正理解伯父的遭遇。非常感谢你，为我的家人和整个世界带来这部作品。”

——C. 雷·琼斯（陆军中士查理·R. 琼斯的侄女）

“感谢路易和劳拉将这个故事公之于世，而我们从未听父亲提起过这些事。这个故事让我深感震撼，久久难以忘怀。”

——林迪·克拉克（陆军中士理查德·艾伦·马歇尔之女）

兰登：你在上大学时被诊断为肌痛性脑脊髓炎，也就是人们通常说的慢性疲劳综合征（ME/CFS）。你曾为包括《纽约客》在内的一些出版物撰写了自己的患病经历。这种疾病对你的写作和研究过程造成了哪些影响？

劳拉：19岁那年，我在凯尼恩大学读二年级。那时我健康结实、性格开朗，但不幸突然患病。这是一种可怕的疾病，会导致严重疲劳，患者经常连续数月甚至数年卧床不起。其他症状包括发烧、出汗、畏寒、淋巴结肿大、平衡感失调、视力模糊和知觉紊乱等。由于重病在身，并且完全丧失了行动能力，我不得不中途辍学，开始面临人生中最严峻的考验。

我的病情时好时坏。有时需要连续卧床休养几年，甚至经常难以坐起身来，为此我不得不与外界切断了一切联系。但也有些年，我感到有力气了些，虽然缺乏免疫力，但完全可以做到生活自理。不幸的是，我的情况非常复杂，因为出现了继发性疾病。我患上了晕眩症，经常头晕眼花，无法辨别倾斜、转身和快速移动的感受，觉得身边的一切好像都在移动。我酷爱读书，但因为患有眩晕症，所以我每次只能阅读或书写几段文字。这种情况同样时好时坏。

写作本身不是一件易事，对患有这种疾病的人来说更是一项巨大的挑战。为了创作《奔腾年代》和《坚不可摧》，在病情好转时，我要么在进行采访，要么就是往返于图书馆和档案馆，以搜寻研究资料。当病情欠佳时，我索性坐在门廊前、阳台上或浴缸边构思书中的语句，或者闭上双眼在便笺本上记下这些词语，以免加重眩晕。《奔腾年代》中相当一部分内容就是在这种情况下完成的。因为闭着眼睛，我的笔迹十分潦草，甚至歪歪扭扭、相互重叠，后来经常难以辨认。由于患有眩晕症，我只能一小段一小段地阅读研究材料，所以进展十分缓慢。

2007年，当《坚不可摧》的创作进入第4个年头时，我遭遇了重大挫折。在过去几年里，我的情况始终良好，但由于复发病情严重，我的身体变得极其虚弱，好几个月都无法下楼。在长达2年的时间里，我甚至没有力气走出家门。幸运的是，我的采访和研究工作已经完成大半，剩下的只是进行写作。虽然每次只能完成一小部分，但我日复一日、持之以恒。出于好意，兰登书屋推迟了截稿日期。当我康复后，这本书也已经完成，但比原定日期晚了2年多。

这些年来，尽管健康问题为写作带来了不少困难，但我也找到了各种各样的解决办法。因为低头容易引发眩晕，所以在撰写《奔腾年代》时，我会把研究材料钉在写字板上，再把写字板放在一摞书上，以便双目可以保持平视。我手头的研究材料数以千计，为了检索其中的引语，我不得不反复起身，因此我把所有图书、访谈记录和其他文件放在地板上，在自己身边围成一圈。在广播电台录制节目，推广本书时，因为我的病情容易导致出汗，我就坐在地板上，把双脚放进随身携带的制冰机里。无论遇到什么样的麻烦，我总能设法渡过难关。《坚不可摧》出版后，我不仅服用了新药，还采用了新的方法进行治疗，健康状况大有起色，将来甚至有望痊愈。

以我的情况来看，从事写作固然非常困难，但我也能够借此摆脱寂寞，沉浸于鲜活的人生中，这无疑是弥足珍贵的经历。从某种意义上来说，疾病也帮助了我。正因为命运多舛，我感到自己与那些饱经苦难的人们仿佛心有灵犀。也正因如此，我才会被"海洋饼干"和它的骑师，以及路易的遭遇深深吸引。我绝不会把自己的经历与路易遭受的可怕折磨相提并论，但苦难让路易与我变得亲近起来，也令他更容易向我敞开心扉，他认为我能够理解他的遭遇。如果不是身染疾病，我也许很难做到这一点。几年前，读完我在2003年一期《纽约客》上发表的有关慢性疲劳综合征的实录后，路易把他获得的一枚紫心勋章送给了我。"你比我更有资格拥有这枚勋章。"他这样说道。虽然我的苦难根本不值一提，但他的这一做法让我深受感动，这种心情根本无法用语言表达。

兰登：你最近正在寻求将《坚不可摧》改编成一部青少年读物。从儿童和青少年的视角看待本书，与成年人有什么不同?

劳拉：有一个事实一直令我感到困惑。很多学校在讲授有关第二次世界大战的知识时，重点几乎全放在了欧洲战场，太平洋战场在很大程度上遭到了忽视。对于这场惨烈的战争以及美国军人为此作出的牺牲，我们的学生乃至整个社会都知之甚少。读者在来信里最常提到的一句话大概就是："这本书应当成为每一所学校的教材。"大量教师和学校图书管理人员写信给我，强烈要求我为年轻读者创作一个新的版本。于是我欣然从命。

为了确保我能以最佳方式改编这个版本，我先后咨询了十几位教师和图书管理员，以及数十名读过本书成人版的学生。在他们的指点下，我将文本量压缩至成人版的一半，并增加了一些青少年可能不熟悉的历史知识。为了使新版本图文并茂，书中的插图增加了一倍，有100多幅。其中包括许多精彩照片，例如路易在20世纪30年代穿过的跑鞋，在救生艇上随身携带的钱夹，他的秘密战俘日记和战地日记等。在飞机失事的当天清晨，路易曾在日记中写道，他即将离开基地参加一次营救行动。这幅照片也被收录进来。此外，我还收录了我与路易之间的问答，问题大都来自青少年读者，他的回答时而令人轻松愉悦，时而令人拍案叫绝。

兰登：在路易的故事中，有哪些地方值得我们学习？

劳拉：无论是在运动场上屡创佳绩，还是遭遇空袭、坠机、鲨鱼袭击和海上漂流，或是长达数年的战俘生涯，路易的人生都是独一无二的。然而，尽管他的人生非同寻常、跌宕起伏，他的故事仍然能使我们这些普通人深受启发。这个故事证明，只要拥有足够的毅力、勇气和智谋，我们就能做到此前无法想象的事情，就能战胜此前无法战胜的苦难。这个故事证明，仇恨不仅会侵蚀人的心灵，还会吞噬人的生命，只有宽恕才能带来崇高的自由与和平。路易一生历经过磨难、痛苦、困顿和胜利，这段非凡的经历固然与众不同，但其中的精神值得我们所有人学习。他无疑是一位令人深受鼓舞的英雄！